동화의 정체

Fairy Tales and the Art of Subversion

동화의 정체

문명화의 도구인가 전복의 상상인가

잭 자이프스 지음 | 김정아 옮김

문학동네

책머리에

『동화의 정체 *Fairy Tales and the Art of Subversion*』가 1983년에 처음 출판된 후 한 번도 절판된 적이 없었다는 것은 나에겐 무척이나 반가운 일이다. 그러나 짧지 않은 시간 동안 민담과 동화에 관한 연구를 계속해나가면서 나는 이 책에 채워야 할 빈틈이 있음을 깨달았다. 다행히도 엄청난 빈틈은 아니었다. 개정판을 내며 책 전체를 손보고 새로 두 장을 덧붙일 수 있게 해준 빌 제르마노와 출판사에 감사의 마음을 전한다.

초판이 나온 후 지금까지 동화 문학의 역사적 전개에 대한 나의 시각은 바뀌지 않았다. 특히 동화가 문명화 과정의 일부로서 아동 문학으로 다듬어지는 과정이 곧 동화 문학의 전개 과정이라는 나의 생각에는 여전히 변함이 없다. 그러나 학계의 태도가 바뀐 덕분에 나의 많은 분석과 해석이 좀 더 복잡해지고 폭넓어졌다.

1980년대 이전에는 사실상 동화 연구라고 할 만한 것이 없었다. 동화 문학은 주변화된 장르였고, 동화 문학을 진지하게 연구하는 사람들은 민속학자들뿐이었다. 그리고 민속학자들은 동화 문학이라는 이른바 '오염된' 장르에 대해 상반된 태도를 보였다. 곧, 동화가 구전 전통에 뿌리박고 있다면서 동화를 찬양하거나, 동화가 '진정한' 민담을 더럽힌다면서 동화를 비난하는 태도를 취했다.

그러나 1980년대 이후로 동화 문학에 대한 좀 더 다양하고 세련된 감상과 연구가 나타나기 시작했고, 학자들과 교육자들은 동화라는 장르의 중요성을 좀 더 분명하게 깨닫기 시작했다. 동화가 아이와 어른의 문명화에 여러 가지 방식으로 영향을 미칠 수 있다는 사실을 깨닫기 시작한 것이다.

이를 가장 잘 보여주는 사실로 북아메리카와 서구에서 동화와 관련된 서적과 논문이 엄청나게 출판되었다는 점을 들 수 있다(그중 일부가 이 책의 참고 문헌에 포함되었다). 수천 편의 동화가 나왔고, 『마블스 앤드 테일스Marvels and Tales』 같은 중요한 잡지들이 창간되었으며, 'Sur la Lune' 같은 유용한 웹사이트들도 만들어졌다. 요컨대, 동화 문학에 대한 엄청난 관심이 생겼고, 나의 작업도 그러한 관심으로부터 막대한 영향을 받았다. 이에 나는 그간의 연구 성과들을 테오도르 아도르노와 피에르 부르디외, 마리나 워너 등으로부터 얻은 영감들과 함께 이 책의 개정판에 포함시킬 필요성을 절감했다. 나에게 영감을 제공해준 책들을 다 인용할 수는 없었지만, 노르베르트 엘리아스의 영향은 분명하게 각인시켜 좋았다.

내가 이 책에 덧붙인 두 장에서는 이탈리아 작가 조반 프란체스코 스트라파롤라와 잠바티스테 바실레가 프랑스의 구체제 작가들에게 미쳤던 영향과, 월트 디즈니가 동화에 미쳤던 지대한 파급 효과를 다루었다. 나는 이 동화 이론에 빠지면 안 되는 내용과 주장, 곧 동화를 서구에서 진행된 정교한 문명화 과정의 일부로 검토해야 하는 이유를 이해하는 데 필수적인 내용과 주장이 이 두 장에 담겨 있다고 생각한다. 또한, 원래 있던 장들에서 나는 최근의 보다 중요한 연구들을 포함시킬 수 있도록 내용을 확장하고 수정했다.

20년 전에 한 독일 학자가 동화는 20세기의 유토피아적 에너지를 잃어버릴 것이라고 예견했다. 전 세기의 참상을 생각하면, 진지한 글쓰기로 볼 수 있는 것은 디스토피아적 글쓰기밖에는 없으리라는 주장이었다. 일리 있는 주장이었다. 그러나 우리가 문명화를 믿고 예의범절의 미덕을 믿는다면, 동화가 문명화 과정에서 담당하는 역할의 중요성은 사라지지 않을 것이며, 동화의 역할은 그저 가벼운 오락에 그치는 것이 아니라 휴머니티와의 접점을 상실한 문명화 과정의 전복적 대안으로 작용할 것이다.

잭 자이프스

한국 독자에게 드리는 글

『동화의 정체 *Fairy Tales and the Art of Subversion*』의 한국어판에 짧은 글을 싣게 되어 매우 기쁩니다. 한국에서 이 책에 관심이 있었다는 것 그리고 이 책이 번역된다는 것을 영광스럽게 생각합니다. 서구 문화에서 동화가 전개되어온 과정을 다룬 이 책은 동화가 서구의 문명화 과정에서 필수적인 역할을 담당해온 양상에 초점을 맞추고 있지만, 이 책의 이론적 전제는 한국의 동화 연구에서도 적절성을 갖게 될 것이라고 믿습니다. 국민국가로 정착된 사회는 가치와 규범, 윤리를 세움으로써 사람들로 하여금 문화적 변용 과정을 거치게 만들고, 이를 통해 국민국가의 가치척도에 순응하는 '좋은' 국민으로 삼으려 합니다. 어느 문화에서든지 구전 민담과 동화 문학은 널리 퍼져 있고, 이 분야가 어린이와 청소년을 사회화하는 데 핵심적인 역할을 담당하고 있으므로, 각각의 사회가 이른바 '예법' 또는 예절 바른 행동을 조장하기 위해서는 이와 같은 구전 민담과 동화 문학을 전용하고 통합할 필요가 생깁니다. 한국에 가본 적은 없지만, 민담과 동화가 문명화의 진행 과정에서 핵심적인 역할을 한 것은 한국도 예외가 아니리라고 확신합니다. 이 책의 이론적 전제가 한국의 동화 연구에서도 적절성을 가지리라 믿는 것은 그 때문입니다.

독일의 사회학자 노르베르트 엘리아스가 말하는 문명화 과정은 사람들이 한 사회의 성원으로 받아들여지기 위해 그 사회의 규칙과 윤리에 그저 순응한다는 뜻은 아닙니다. 문명화 과정이라는 개념을 통해서 오히려 우리는 가치와 규범이 역사적으로 어떻게 정착되어왔는지, 어떻게 강제되어왔는지 그리고 사람들이 어떻게 그러한 가치와 규범에 저항해왔는지를 '설명'할 수 있습니다. 동화는 문명화 과정을 따르는 동시에 전복합니다.

동화의 전개 과정에서 매력적으로 부각되는 점은 바로 이 이중적 역할입니다. 한편으로 동화는 아이들을(그리고 어른들을) 사회화함으로써 그들을 순종적이고 수동적인 시민으로 만듭니다. 그러나 다른 한편으로 동화는 문명화 과정에 내포된 정치와 윤리에 심각한 의문을 제기합니다. 한국에도 분명 관습적 동화와 전복적 동화가 있을 것입니다. 또한, 한국 역시 서구 문화, 특히 월트 디즈니로부터 분명 큰 영향을 받고 있을 것입니다.

오늘날 문명화 과정을 말할 때는 노르베르트 엘리아스를 넘어서서 지구화의 부정적 효과와 긍정적 효과를 염두에 두어야 합니다. 전 세계에서 아이들은 '문명화' 를 거쳐 세계 시민이 됩니다. 여러 모로 볼 때, 세계화란 특정 문화들이 파괴되고 동질화되는 과정이며, 이로써 지배 문화의 가치가 조장되는 과정입니다. 이 과정에서 세계화는 그 제국주의적 경향들을 포함하며, 그래서 매우 위험합니다. 예를 들어, 한국의 많은 아이들이(그리고 어른들이) 서구의 동화란(또는 동화란 원래) 디즈니 회사나 다른 서구 회사에서 만든 것이라고 생각하게 될지 모릅니다. 세계화가 득세함에 따라 한국의 민담과 동화가 경시되거나 신비화될지도 모릅니다.

그렇기 때문에 동화가 역사적으로 어떻게 전개되어왔는지, 문명화 과정에서 어떻게 발전되고 변화되어왔는지를 이해하는 것이 중요합니다. 어느 문화에서든지 가장 좋은 것을 지켜가기 위해서는 민속의 역사를 알아야 하고, 설화와 문학이 오늘날까지 발전하고 활용되어온 과정을 알아야 합니다.

이 책이 한국 동화의 진지한 비판적 연구에 도움이 되기를 바랍니다. 특히, 한국의 풍요로운 민간 전통이 어떻게 한국의 문명화 과정 속에 통합되어왔는지, 동화가 어떻게 한국 사람들의 필요성과 아무 상관없는 인위적인 문명화의 관념들에 문제를 제기하고 나아가 그러한 관념들을 전복할 수 있는지를 연구하는 데 작게나마 보탬이 되기를 바랍니다.

잭 자이프스

• 차 례 •

1장

동화 담론: 장르의 사회사를 위하여

언어와 문체는 눈먼 힘이요,
글쓰기는 역사적 연대의 행위이다.

언어와 문체는 대상이요, 글쓰기는 기능이다.
글쓰기는 창작과 사회를 연결한다. 글쓰기는
형식이되 인간의 의도 속에 포착되는 형식, 따라서
역사의 거대한 위기들에 구속되는 형식이다.

롤랑 바르트(Roland Barthes)
『글쓰기의 영도(零度) *Le degré zéro de l'écriture*』(1953)

동화(fairy tale)는 아이들의 삶에서 가장 중요한 문화적·사회적 사건이다. 그런데 아직까지 동화 장르의 역사에 관한 연구는 나오지 않고 있다. 아동 문학의 역사를 다루는 수많은 저서에 동화에 관한 장(章)이 끼여 있기도 하고, 성인 동화를 다루는 논문이 많이 나오기도 한다(심지어 단행본도 나온다). 동화가 아동에게 미치는 영향을 다루는 심층 심리에 대한 연구나 특정한 작품의 구조와 형식에 대한 연구는 차고 넘칠 정도이다. 그런데 아동 동화(fairy tale for children)의 역사는 없다. 특히, 아동 동화의 사회사는 전혀 없다. 그저 빈 칸으로 남아 있을 뿐이다.

역사 탈각도 역사이다. 다시 말해 동화의 역사가 사라진 상황이 받아들여진다는 것은 동화의 간략한 연대기가 동화의 역사를 대신하고 있다는 뜻이다. 아동 동화 문학(literary fairy tales for children)의 연대기가 동화의 역사를 대신할 때 발생하는 가장 큰 문제점은 동화가 시대를 초월해 있다는 느낌을 준다는 점이다. 이런 상황 속에서 최고의 동화는 보편적이다. 동화가 언제 씌어졌는지, 왜 씌어졌는지 따위는 전혀 중요하지 않다. 중요한 것은 동화의 마법이다—엄마가 동화를 읽어주면, 아이는 마법처럼 불안이 치유되고 자기가 누군지 알게 된다. 동화를 사회적·정치적 맥락에서 해부하거나 연구해서는 안 된다—동화의 마법이 사라질 수 있으니까.

아동 동화는 보편적이고, 시대를 초월해 있으며, 불안을 치유할 뿐 아니라 마법적이고, 아름답다—이것이 우리 시대의 동화가 지니고 있는 모습이다. 동화의 신비한 과거에 대해서 아는 것은 별로 중요한 일이 아니다, 동화가 지금 우리 곁에 있다면 그것으로 충분하다—이러한 생각이 우리 머릿속에 박혀 있다(어렸을 때나 어른이 된 후나 마찬가지다). 과거는 미스터리다. 따라서 아동 동화의 역사 또한 미스터리다.

프레드릭 제임슨(Fredric Jameson)의 주장에 따르면, "역사는 텍스트가 아니요, 내러티브가 아니다. 주인 내러티브(master narrative)가 아닌 것은 물론, 어떤 다른 내러티브도 아니다.* 그러나 역사는 부재 원인(absent cause)** 이다. 즉, 우리가 역사를 이해하기 위해서는 역사가 텍스트의 형식으로 존재해야 한다. 우리가 역사를 이해하고 실재계(the Real) 자체를 이해하기 위해서는 역사가 우선 정치적 무의식*** 속에서 텍스트로 변형되고 내러티브로 변형되어야 한다."[1] 이로부터 한 가지 결론이 도출된다. 그것은 우리가 우리의 텍스트를 우리의 손으로 써야 한다는 것이다. 이를 통해 우리는 한편으로는 지금까지 일어난 일들의 의미—현실 자체 속에서 일어난 일들의 의미뿐 아니라 심리적·경제적·문화적 차원 등에서 일어난 일들의 의미—를 알 수 있고, 다른 한편으로는 우리가 쓰지 않은 사회적-역사적 텍스트가 우리의 사유를 통제하는 상황에서 벗어날 수 있다. 사회구조와 생산 양식, 문화 산물의 생산 과정을 제대로 이해하기 위해서는 우리가 쓰지 않은 텍스트를 무너뜨려야 한다. 역사적 텍스트를 쓴다는 것은 (나아가 텍스트를 쓴다는 것은) 세계관이 있다는 뜻이고, 역사를 조망하는 관점이 있다는 뜻이며, 이데올로기가 (의식적인 것이든 무의식적인 것이든) 있다는 뜻이다. 이때 역사적 텍스트는 자기의 이데올로기를 시험하는 경향을 보일 수도 있고, 자기의 이데올로기를 정당화하는 경향을 보일 수

*역주 : 제임슨은 역사는 없고 역사라는 이름의 허구만 있을 뿐이라는 주장을 반박한다. 주인 내러티브란 사회를 지배하는 계층에 의해서 만들어진 역사를 뜻한다.

**역주 : 현실의 원인, 곧 현실을 지금 이런 모습으로 존재하게 만드는 물질적 근거 자체는 현실 속에 현상하지 않는다는 의미에서 부재한다.

***역주 : 제임슨은 무의식이 탈역사적이고 탈정치적이라는 사이비—프로이트적 편견을 비판하면서, 무의식 자체가 정치적으로 구조화되어 있다고 주장한다.

도 있다. 텍스트의 형식은 텍스트를 쓰는 사람이 선택하는 방법론에 따라 달라진다. 무엇을 쓰는가 만큼 어떻게 쓰는가도 중요하다.

제임슨에 따르면, 우리는 매개의 방법론을 사용해야 한다. 매개의 방법론을 사용할 때 역사를 최대한 종합적인 방식으로 이해하고 평가할 수 있게 되기 때문이다.

> 매개란 **코드 전환**(transcoding)의 과정, 곧 현실의 여러 영역 가운데 하나의 영역에서 통용되는 술어 집합을 고안하는 과정과 특정한 코드 내지 특정한 언어를 전략적으로 선택하는 과정으로서, 매개를 거치면 같은 술어를 가지고 같은 현실의 전혀 다른 두 영역의 구조를 분석하고 표현할 수 있다. 매개는 분석자가 사용하는 장치이다. 구체적인 분석이 진행되는 경우에 매개를 거치면, 사회 생활의 여러 영역의 파편화·자동화(이를테면 이데올로기 영역과 정치 영역의 분열, 종교 영역과 경제 영역의 분열, 일상 생활과 분과 학문의 틀 안에서 진행되는 연구 사이의 괴리)를 최소한 부분적으로 극복할 수 있다.[2)]

제임슨의 방법론을 '학문연계적'이라고 말할 수도 있지만, 학문연계적이라는 설명이 지나치게 단순화된 것일 수도 있다. 제임슨의 방법론은 전통적인 실증주의의 토대 위에 여러 가지 분과 학문을 결합하는 문학 연구—여러 가지 통계적·전략적 각도에서 진행되는 문학 연구—가 아니기 때문이다. 학문연계적 방법론을 통해서 제임슨은 여러 가지 접근 방식을 포함할 수 있는 이데올로기 코드를 고안함으로써 현실의 근원적인 힘들—역사에 균열을 내고 문학 창작의 본질에 대한 이해를 가로막는 힘들—을 이해하려 한다. 제임슨의 목표는 정치적 무의식을 탐색하는 것이다(제임슨이 사용하는 개념 가운데 다수는 롤랑 바르트Roland Barthes가 『글쓰기의 영도(零度)*Le degré zéro de l'écriture*』(1953)와 『신화학*Mythologies*』(1957)에서 다듬어놓은 것들이다). 제임슨은 문학 작품 하나하나를 **상징 작용**—"현실적 모순의 상상적 해결"[3]—으로 정의한다. 이러한 정의는 아동 동화 문학의 기원을 이해하는 데 도움이 된다. 문학에 대한 제임슨의 정의를 통해서 우리는 글쓰기 과정이 사회적 과정의 일부—권력 관계와 사회 관계를 둘러싸고 진행되는 끝없는 담론과 논쟁, 투쟁에 끼어들기—임을 한눈에 알 수 있기 때문이다. 제임슨에 따르면, "이데올로기란 상징 생산의 바탕이 되거나 상징 생산에 동력을 제공하거나 하는 그런 것이 아니다. 오히려 미적 작용 자체가 이데올로기적이다. 우리는 미적 형식 내지 내러티브 형식의 생산 자체를 이데올로기 작용으로 이해해야 한다. 이데올로기는 해결할 수 없는 모순에 대한 상징적 내지 형식적 '해법'을 고안하는 기능을 수행하기 때문이다"[4]

제임슨의 주장은 일단 개별적인 아동 동화 문학을 논의할 때 확실하게 적용된다. 곧, 한 편의 동화는 한 작가의 이데올로기적 관점이 스며들어 있는 **상징 작용(symbolic act)**이다. 여기에 한 가지 중요한 사항을 덧붙여야겠다. 아이들을 위한 동화와 어른들을 위한 동화를 구분할 수 없다는 점이 그것이다. 동화 장르는 구전 설화의 전통에서 비롯되었으며, 어른들에 의해 전개, 발전했다. 처음에 동화를 하나의 문학 장르로 받아들인 것은 어른들이었으며, 후일 동화라는 문학 장르가 아이들에게 책으로 전파된 것은 18세기의 일이었다. 유럽에서 동화 문학(literary fairy tale)이 출현했던 양상을 연구하는 평자들이 대부분 동의하는 것처럼,[5] 식자층 작가들은 구전 설화를 전유(專有)해 관행·가치·관습에 관한 문학 담론의 한 형태로 가공했다. 이러한 전유와 가공의 목적은 아이들을 당대의 사회 규범에 적합한 존재로 문명화하는 것이었다. 18세기에 들어와 새러 필딩(Sarah Fielding)

과 르프랭스 드 보몽 부인(Madame Le Prince de Beaumont) 등 아동 동화 작가들은 이데올로기적으로 **작용**(사회 상황과 사회 갈등에 대한 자신의 태도를 밝히는 방식으로 작용)하고, **상호 작용**(공공 영역에서 동시대의 다른 작가들과 과거의 작가들, 전승된 민담들 등과 상호 작용)했다.

이러한 상호 작용은 이미 16세기에 이탈리아에서 시작된 것으로, 이러한 상호 작용을 통해서 프랑스에서는 제도화된 상징 담론이 생성되었고, 동화 장르의 토대가 마련되었다. 예를 들어 18세기 후반에 프랑스에서 이탈리아 설화를 모델로 한 동화 문학을 창작한다는 것은 루이 14세의 궁정이나 파리의 유명 살롱에 출입할 수 있음을 뜻했다. 구전 설화가 오랫동안 번영했던 곳은 시골 마을과 가정의 아이들 방이었다(구전 설화는 민중 담론의 일부이자 보모와 상층 계급의 유아 사이에서 사용되는 담론의 일부였다). 구전 설화가 문학으로 출판되는 경우도 있었다(보급형 '청색총서' 가 행상들에 의해 농민층과 하층 계급에게 판매되었다).[6] 그러나 귀족 계급과 부르주아 계급은 구전 설화라는 문학 형식을 무시했다. 구전 설화에 대한 멸시가 종식된 것은 구전 설화에 토대를 둔 맹트농 부인(Madame de Maintenon)이나 페늘롱(Fénelon)의 작품들이 궁정의 인정을 받으면서부터였다. 궁정이 구전 설화를 인정한 이유는 구전 설화가 규범적인 방식으로 편집될 수 있었고, 인텔리겐치아와 **구체제**(**ancien régime**)에 유리한 사회 관습을 표현할 수 있었으며, 나아가 공인된 담론 양식을 강화하는 방식으로 사용될 수 있었기 때문이다.[7] 그 무렵은 부르주아 계급의 이념들과 생산성을 차용하는 것이 유행하던 시대였다. 당시의 문학 제도와 **대화**(**conversation**) 제도 사이에는 흥미로운 유사성이 존재한다. 궁정과 살롱에서 발전했던 품위 있는 비강제적 대화법은 역설적이게도 예절 규범을 지켜야 한다는 엄격한 강제에서 비롯되는 것이었다.[8] 화자는 자연스러워야 한다는 강제 아래 놓여 있었고, 청자는 수용과 논평에서 자발적이어야 한다는 강제 아래 놓여 있었다. 설화가 대화의 규칙에 종속될수록 지배 담론이 설화를 윤색하고 수용할 가능성도 커졌다.

지금까지는 사회학적 시각에서 바라본 아동 동화 문학의 역사적 기원에 대한 설명이었다. 동화 창작이란 제도 내부에서 행해지는 선택인 동시에, 정해진 동화 담론에 자신의 대화법을 부과하는 방식이었다.

여기서는 제임슨의 장르론이 도움이 된다. 제임슨은 장르를 다음과 같이 정의했다.

> 장르는 본디 문학 **제도**, 곧 작가와 특정한 독자층 사이의 사회 계약이며, 장르의 기능은 특정한 문화적 산물을 올바르게 이용하는 방법을 자세하게 설명하는 것이다. 일상 생활의 발화 행위에는 이미 지침과 신호—억양, 몸짓, 맥락, 용도—가 수반되어 있으며, 이를 통해 발화 내용에 대한 올바른 이해가 보장된다. 좀 더 복잡한 사회 생활에서 발생하는 수많은 매개적 상황에서—글쓰기의 출현은 이러한 매개적 상황의 패러다임으로 여겨지는 경우가 많았다—텍스트가 무수한 의미들 사이에서 표류하지 않게 하기 위해서는 감각으로 받아들일 수 있는 신호 대신 관습이 들어서야 한다(비트겐슈타인에 따르면, **의미**는 묘사되어야 한다). 텍스트는 무매개적 수행 상황을 벗어나 점점 자유로워지고, 그에 따라 텍스트의 독자에게 정해진 장르 규칙을 부과하기가 점점 어려워진다. 문학적 발화는 온갖 부적절한 반응을 일으킨다. 글쓰기 예술에서 적지 않은 노력은 독자의 부적절한 반응을 자동으로 배제할 수 있는 완벽한 메커니즘을 고안하려는 (불가능한) 시도에 할애된다.[9]

아동 동화 문학이라는 장르를 다루면서, 많은 평자들은 블라디미르 프로프(Vladimir Propp)의 형태론적 연구[10]나 알기르다스-줄리앙 그레마스

(Algirdas-Julien Greimas)의 기호학적 실천[11]에 입각한 정의에서 출발했다. 이러한 논의는 내게는 무익해보인다. 프로프와 그레마스의 논의가 동화의 텍스트 구조와 기호를 이해하는 데 유용한 것은 사실이지만, 장르의 본질 또는 상징 작용의 실체—동화 장르가 해당 사회의 제도화된 문학담론에 개입할 때 어떠한 형태를 취하는가—를 포착하고 이해할 종합적인 방법론적 뼈대를 제공해주지는 못한다.

이러한 사실은 많은 정보를 담고 있는 마리-루이즈 테네즈(Marie-Louise Tenéze)의 논문「경이담 장르Du Conte merveilleux comme genre」를 읽을 때 분명해진다. 논문은 프로프와 막스 뤼티(Max Lüthi)의 작업을 토대로 설화 속 마법의 핵심(un noyau irréductible)을 포착하려 한다.[12] 테네즈는 프로프의 테제—마법 설화는 기능(function)의 수가 한정되어 있고, 사건들이 동일한 방식으로 전개된다—에서 출발한다. 주인공은 뭔가가 결여된 존재로서 자신을 도와줄 존재(중재자)를 찾아서 행복(대부분 결혼)을 성취하려 한다. 모든 마법 설화는 이러한 탐색 구도를 따른다. 한편, 테네즈는 프로프의 논의에 뤼티의 논의—마법 설화의 주인공은 정해진 과제를 수행해야 하는 방랑자다—를 결합한다. 설화는 과제에 대한 답이나 해결책을 미리 알려주기 때문에 설화에서는 결코 우연한 사건이 발생할 수 없다. 모든 설화가 정확하고 구체적인 문체로 되어 있는 것은 그 때문이다. 설화는 주인공이 위험을 극복하고 임무를 완수하는 각각의 단계에 대한 자세한 설명으로 구성되어 있다. 테네즈에 따르면, 설화의 풍요로운 다양성은 내레이터가 정해진 도식 안에서 기능과 과제를 변경할 자유를 가지고 있다는 사실에서 비롯된다. 테네즈는 프로프와 뤼티를 종합함으로써 다음과 같은 공식에 도달한다.

> 마법 설화의 핵심은 '해답'—획득된 수단—과 '문제'—사용된 수단— 사이에 처해 있는 주인공의 상황을 내러티브로 만드는 것이다. 바꾸어 말하면 내가 장르의 구성적 범주로 보는 것은 주인공—명시적이든 암시적이든 언제나 구원을 확신하고 있고, 구원이 보장되어 있다—과 어려운 상황—액션이 진행되는 동안에 주인공이 부딪히는 상황—사이의 관계이다.[13]

테네즈는 프로프의 테제와 뤼티의 테제를 결합함으로써 설화의 역동성과 가변성을 강조하는 구조적 접근 방식을 마련하려 하는 동시에, 프로프와 뤼티가 설정하는 고정적 모델의 함정을 피해가려 한다. 테네즈에 따르면, 클로드 레비-스트로스(Claude Lévi-Strauss)가 『슬픈 열대*Tristes Tropiques*』에서 묘사했던 북아메리카 인디언 원시 부족의 통과의례와 설화 사이에는 흥미로운 유사성이 존재한다.[14] 광야에 혼자 남겨진 사춘기 소년은 생존 능력과 권력 감각을 키우는 한편으로, 사회 질서를 이탈한 사람이 경험하는 부조리와 절망감을 깨닫게 된다. 테네즈의 견해는 다음과 같다.

> 통과의례를 거치는 현실 속의 주인공처럼, 마법 설화 속의 주인공은 혼자서 낯익은 환경을 떠나 위험을 무릅쓰고 예외적 경험의 한계를 시험한다. 이러한 예외적 경험 덕분에 주인공에게는 '개인적 권력 확보'—세상 속으로의 진입—가 가능해진다. 따라서 픽션의 세계에서는 사회 질서를 벗어나려는 부조리하고 절망적인 시도에 대한 마법적 해결책이 구현된다. 설화는 현실의 억압적 질문에 대한 대답이 아닐까?[15]

마법 설화의 본질을 설명할 때 테네즈는 프로프나 뤼티와 마찬가지로 구조적 접근 방식을 선호한다. 설화의 의미—설화가 말하려 하는 내용—를 이해하기 위해서는 설화의 구조나 구성을 고려해야 한다는 것이다. 테네즈도 잘 알고 있듯이 구조적 접근 방식은 한 가지 문제점을 안고 있다. 곧, 모든 설화가 본질적으로 동일한 '형태'(morphology)로 되어 있다면, 모든 설화가 표현하는 내용—인간의 역경에 관한 모종의 보편적 진술—은 동일하다(단, 각각의 기능은 다를 수 있다). 따라서 형식 자체가 의미가 되며, 작가와 사회의 역사성은 사라진다. 우리가 설화와 동화를 보편적이고 초시대적이며 영원한 것으로 간주하는 것은 이런 식의 형식주의적 접근 방식에 기인하는 바가 크다. 형식주의적 접근 방식에는 창작의 노력을 동질화함으로써 인간적·사회적 작용들의 차이를 흐리려는 경향이 나타난다.

테네즈는 구조적 접근 방식의 문제점을 매우 잘 알고 있었으며, 따라서 여기서 만족할 수 없었다. 장르를 다루는 테네즈의 논문은 실제로 후반부로 가면서 경이담의 본질을 정의하는 데 도움이 될 만한 또 다른 측면들—신화 및 전설과의 관계, 내레이터 및 공동체와의 관계 등—을 탐색한다. 수용미학을 다루는 비평을 개괄하면서 테네즈는 특정한 내레이터와 수용자층 그리고 그들이 갖고 있는 특정한 규범과 가치의 중요성을 강조한다. 이런 것을 고려할 때 비로소 우리는 장르의 핵심, 특히 장르의 전개 과정이 가지는 의의를 이해할 수 있다는 것이다. 이로써 테네즈는 다음과 같은 결론에 도달한다.

> 마법 설화를 구체적인 문화 구성체로 파악할 때 우리가 고려해야 할 세계는 이야기 속에 나오는 세계가 아니라 이야기가 소통되는 세계이다. 마법 설화는 이야기가 소통되는 공동체의 표현 체계가 가지는 총체적 기능 속에서 고려되어야 한다. 나아가 마법 설화는 이야기가 통용되는 공동체의 생활 자체 속에서 고려될 필요가 있다. 지금 유럽 설화 연구에서 우리가 해야 할 일은 바로 이런 것이다.[16)]

설화 한 편의 역사적 기원과 사회적 의의(내레이터와 수용자층의 관계)를 연구하는 것은 대단히 어려운 일인 반면에(원시 부족과 원시 사회에 대한 정보가 부족하기 때문), 아동 동화 문학의 역사적 발생을 정의하기는 별로 어려운 일이 아니다. 모든 동화는 구전 설화(때로는 유명한 동화 문학)의 모티프와 테마, 기능, 구조를 변형하고 재편함으로써 후기 봉건 사회와 초기 자본주의 사회의 교육받은 지배 계급의 관심사에 관여하려 하는 **상징 작용**이다. 아동 동화 문학을 정의하는 작업은 바로 이런 전제에서 출발해야 한다. 테네즈가 설화의 역동적 구조를 구체적으로 논의했다면, 아우구스트 니치케(August Nitschke)는[17] 설화의 구조를 원시 부족과 현대 사회의 자동동력(autodynamics), 타동동력(heterodynamics), 변성작용(metamorphosis)의 맥락에서 논의했다. 니치케의 주장에 따르면, 역사를 이루는 각각의 집단과 사회는 구성원이 스스로를 배치하고 시간을 인식하는 방법에 따라서 그 특징이 정해지며, 이를 통해 집단이나 지배적 사회 활동(다른 말로 하면 운동노선)이 생성된다. 지배적 사회 활동에 대한 구성원의 관점들과 입장들을 가리켜 사회의 지형(configuration)이라고 한다. 사회의 지형은 사회 질서의 특징을 지칭한다. 시간적-물질적 배치는 지배적 사회 활동을 중심으로 이루어지며, 노동과 교육, 사회 발전, 죽음에 대한 구성원들의 태도 역시 지배적 사회 활동을 통해서 구체화된다. 이렇듯 사회의 지형이란 사회화된 인식 양식과 관련된 사회적 활동의 배열과 재배열 패턴을 뜻한다. 설화의 시간적-물질적 배치 속에 반영되어 있는 질문은 사회 질서에 참여할 새로운 가능성이 존재한다고 인식되는가와 변화의 가능성이 존재하지 않을 때 사회 질서와 투쟁해야 하는가이다. 바로 이런 이유에서 문명화의 새로운 단계와 역사의 새로운 시기마다 설화의 상징과 지형은 사회 질서 내부에서 살아가는 사람들의 필요와 갈등에 반응하면서 새로운 의미를 띠기도 하고 변형되기도 하며 없어지기도 한다. 설화의 미학적 배치와 구도는 화자가 사회적 갈등과 모순을 해결할 가능성을 인식하는 방식이나 변화의 필요성을 절감하는 방식에서 파생된다.

봉건 시대와 초기 자본주의 시대에 퍼져 있던 엄청난 분량의 유럽 설화—우리가 아주 익숙하게 알고 있고 일찍이 문자로 기록된 우리의 유산—를 검토할 때 우리가 잊지 말아야 할 것은, 유럽 설화의 구도와 상징 속에 이미 특정한 사회 정치적 인식이 스며들어 있었다는 점이다. 아울러 유럽 설화는 유럽 상층 계급의 아동 문학으로 변형되기 이전에 이미 모종의 제도화된 담론 속에 포섭되어 있었다는 사실도 잊으면 안 된다. 예를 들면, 하이데 괴트너-아벤트로트(Heide Göttner-Abendroth)가 『여신과 용사 *Die Göttin une ihr Heros*』[18]에서 설득력 있게 주장한 내용에 따르면, 원래 설화가 갖고 있던 모계적 세계관과 모티프는 '부계화'의 수순을 밟았다. 곧, 구전 설화에는 원래 모계 신화가 각인되어 있었는데, 중세를 거치며 여러 가지 방식으로 변형되었다. 여신은 마녀나 사악한 요정이나 계모가 되었고, 적극적인 공주 대신 적극적인 남자 주인공이 나타났으며, 결혼과 가족 관계는 모계에서 부계로 바뀌었고, 모계 사회의 제식에 토대를 두고 있던 상징들은 그 본질을 상실하고 온건한 것으로 변했으며, 성숙과 통합을 중시하던 행동 패턴은 점차 지배 관계와 재산을 강조하는 방식으로 바뀌었다.

설화는 이교적 예술 형식 또는 비기독교적 예술 형식으로서 그 바탕이 되는 자연 조건이나 사회 상황에 따라 다양하게 전개되었으며, 금속성과 광물성을 선호하는 경향을 보였고, 견고하고 영구적인 세계를 그렸다. 15세기와 16세기, 17세기의 시각에서 보자면 이렇듯 고정되고 고도로 구조화된 세계는 중세의 가부장제와 군주정치, 절대주의 등과 연결될 수 있었다. 설화의 세계에 거주하는 존재는 주로 왕과 왕비, 왕자, 공주, 군인, 농부, 동물, 초현실적 존재(마녀, 요정, 엘프, 난쟁이, 요괴, 거인)이며, 부르주아 계급이나 성직 사회의 구성원은 거의 나오지 않는다. 또한 기계와 산업화의 표식들, 장사와 도시 생활에 대한 자세한 설명도 나오지 않는다. 바꾸어 말해서 설화에서 그려지는 주요한 인물이나 관심사는 군주 사회와 부계 사회, 봉건 사회에 속하는 인물 내지 주제이며, 계급 투쟁과 권력 투쟁이 벌어지는 장소는 귀족 대 귀족 또는 농민 대 귀족 계급이다. 따라서 15세기에서 17세기 사이의 이른바 전(前)자본주의 시대에 퍼져 있던 모든 설화의 중심 테마는 "권력이 정의다"였다.[19] 오직 권력을 가진 자만이 자신의 의지를 관철시킬 수 있고, 잘못된 것들을 바로잡을 수 있고, 귀족이 될 수 있고, 재산과 토지를 축적할 수 있고, 여자를 차지할 수 있다. 이때 여자는 목표인 동시에 사회적 특권이다. 테네즈의 지적대로 설화의 핵심적 관심사는 권력과 억압의 문제였다. 민중, 특히 농민이 설화에 지대한 관심을 보였고, 또 설화의 최대의 전달층이 되었던 것은 그 때문이다. 구전 설화라는 상징 작용을 통해서 민중은 자신의 소망을 발화하고 마법적 가능성을 투영할 여러 가지 창조적인 방법들을 마련했다(여기서는 누구든지 빛나는 갑옷의 기사도 될 수 있었고 아름다운 공주도 될 수 있었다). 또한 구전 설화는 권력 정치의 진실을 있는 그대로 그렸으며, 일상 생활의 폭력성과 야만성을 은폐하지 않았다. 아이들의 굶주림과 강간, 체벌, 가혹한 착취, 그밖에 폭력과 야만의 일상은 설화의 뿌리를 이루는 배경이었다. 설화에서 상징적 추상화가 이루어질 수밖에 없었던 이유는 현실의 상황이 그만큼 가혹했기 때문이다.[20]

뤼티의 주장대로,[21] 설화에서 내러티브 시점은 직접적이고 분명하고 병렬적이고 일차원적이며, 이러한 내러티브적 입장은 자신의 상황을 벗어날 대안이 극히 제한되어 있는 봉건 사회 안에서의 생활의 한계를 반영한다.

현실과 마찬가지로 설화에서도 대안은 극히 제한되어 있다. 마법적 변신이 일어나지만, 대안적 세계에 대한 언급은 나오지 않는다. 등장 인물과 생활 조건이 그려질 때에도 한 가지 측면만 그려진다. 곧, 모든 것이 도덕 없는 세계, 계급과 권력이 권력 관계를 결정하는 세계에 갇혀 있다. 이런 상황에서 마법과 기적은 봉건적 한계에 균열을 가져오며, 권력 장악을 소망하는 하층 계급의 의식적·무의식적 욕망을 상징한다. 이러한 과정을 거치면서 권력은 도덕적 속성을 띠게 된다. 민중이라는 설화의 전달층이 노골적으로 사회 관계의 총체적 혁명을 추구했던 것은 아니지만, 그렇다고 해서 설화라는 계급 갈등의 상상적 표현에 포함된 유토피아적 측면이 약화되는 것은 아니다. 설화의 결말은 민주적 요소를 포함하는 좀 더 정의로운 봉건 질서를 긍정한다는 의미에서 대부분 행복한 결말이자 '모범적' 결말이다. 그러나 설화의 결론이 어떻게 나는가와 무관하게 억압을 극복하고 사회를 변혁하려는 욕망(역사적으로 설명이 가능한 욕망) 속에는 '마법'의 충동과 '마법'에 의거한 비판이 뿌리박혀 있다.

17세기에 모든 계급의 아동은 이러한 민담을 들으며 자랐다. 농부들이 난롯가에 모여앉아 이야기꽃을 피울 때도 아이들과 함께였고, 하층 계급의 유모와 보모는 집에서 들었던 이야기를 상층 계급의 아이들에게 들려주었다. 모든 계급의 사람들이 온갖 유형의 이야기에 가담했고 또 온갖 유형의 이야기를 받아들였다는 점도 덧붙여야겠다. 민담이라는 단어에서, '민(民)'은 배제적인 의미가 아닌 '포괄적인' 의미로 이해해야 한다. 민담은 앞으로 나타날 아동 동화 문학의 재료였다. 그러나 민담을 아동 동화 문학으로 정착시키기 위해서는 그 형식과 작풍을 지정함으로써 아이들에게 재미와 교훈을 줄 수 있는 방식으로 각색해야 했다. 민속 자료의 각색—상징적 전유 작용—이란 민속 자료를 프랑스 궁정 사교계와 부르주아 살롱의 담론적 요구에 맞도록 새로운 규범에 따라 다시 편집하는 것이었다. 최초의 동화 작가들은 동화책을 출판하기에 앞서서 동화 장르의 사회적 가치를 증명해야 했으며, 그것은 아동 동화와 성인 동화 둘 다 마찬가지였다. 남성이 지배하는 기독교적 시민 질서의 도덕과 윤리가 동화 문학의 주제이자 소재가 되어야 했다. 이러한 도덕과 윤리는 주어진 소여(所與)였다. 프랑스의 초기 동화 작가들이 창작—상징 작용—을 시작했을 무렵에는 이러한 규칙에 동의하는가의 여부와는 상관없이 이러한 규칙에서 출발하지 않을 수 없었다.

어린이가 특별한 속성을 갖고 있는 별도의 연령 집단으로 주목받기 시작했으며, 시민예법의 대의를 증진할 수 있는 명시적·암시적 교수법의 중요성이 부각되었다. 이를 통해 어린이와 청소년의 예법과 관행이 지배 계급의 사회적 권력과 특권, 위계 질서를 반영하게 만들려는 것이었다. 그야말로 설화를 통한 사회화이자 가치의 내면화였다. 우리는 아동 동화가 절대주의 시대—프랑스 문화가 유럽 전체의 시민예법에 기준을 설정하던 시기—에 등장했다는 사실을 기억해야 한다. 동화를 통한 아동 교육을 목적으로 하는 문명화 담론의 계발에 많은 공이 들어갔다. 이런 면에서 볼 때 아동 동화는 독자로 하여금 모범적 아동의 모델을 머릿속에 떠올리게 했다는 의미에서 다른 문학(우화, 입문서, 그림책, 설교문, 교훈적 이야기 등)과 별반 다르지 않았다. 동화와 아동 문학은 아동을 사회화함으로써 가정과 공적 영역에서 일정한 규범적 기대에 부응하게 만든다는 목적 아래 씌어졌다. 아이들의 행동 기준은 관습과 예법을 다루는 책자를 통해서 명시적으로 규범화되기도 했다. 다시 말해 동화 문학의 창작이라는 개별적 상징 작용에서 우리는 그 무렵의 규범적 사회화 양식과 연결되는 일정한 수준의 사회적 의식과 양심을 발견할 수 있다.

드니즈 에스카르피(Denise Escarpit)가 유럽의 아동 동화 문학의 기원에 대한 논의에서 분명히 밝힌 것처럼, 동화의 목적은 처음 씌어질 때부터 교훈과 재미를 주는 것, 곧 도덕적 교훈과 사회적 구속을 달콤하게 만드는 것이었다.

> 공리주의적 도덕주의는 '올바른 행실', 곧 얌전하고도 영리하게 사회 속에 편입되는 방법—사회에 혼란을 가져오지 않고 자신도 힘들지 않으면서 사회 속에 편입되는 방법—을 가르쳤다. 한 가지 분명한 사실은 저자가 삼중적 조작을 가했다는 점이다. 첫째, 저자는 문화적 · 개인적 정치를 돕는 조작을 가했다. 둘째, 저자는 사회에 대한 모종의 이미지를 제시하는 일종의 사회적 조작을 가했다. 셋째, 저자는 17세기 말엽 부르주아 도덕주의 규범을 지지하는 도덕주의적 조작을 가했다. 이러한 다중적 조작의 가능성이 바로 동화의 힘이 되었다. 동화는 어떤 옷을 입느냐에 따라서 다양한 형식을 띨 수 있었는데, 이때 동화의 형식은 당대의 사회적·문화적 규범이 행사되는 방식이기도 했다. 또한 같은 방식으로 동화는 해당 시기가 어떠한 사회적·문화적 영향을 받고 있느냐에 따라서 환영받을 때도 있었고 배척당할 때도 있었다. 동화가 성애 동화, 철학 동화, 교육적 도덕 동화 등으로 변형된 것은 그 때문이다. 아동 독자를 겨냥한 것은 교육적 도덕 동화였다.[22]

아동 독자를 겨냥하는 동화에서 조작의 측면을 지나치게 강조하는 것은 분명 위험한 일이다. 조작이 동화에서 가장 중요한 역할이나 기능이라면, 우리는 동화 장르가 음모라고 해야 할 것이다. 그러나 내가 앞에서 증명하려 한 것처럼 아동 동화 문학이 하나의 장르로 구성되기 시작하는 과정에서 동화는 점점 제도화된 담론으로 변했으며, 이때 조작은 동화의 구성 요소 가운데 하나가 되었다. 동화라는 담론에는 여러 가지 차원이 있었으며,

그것은 지금도 마찬가지다. 아동 동화를 창작한다는 것은 가치와 관습을 주제로 대화를 나눈다는 것이었고, 아동 동화 작가의 대화 상대에는 설화와 동시대의 동화 작가, 당대의 일반적 사회 규범, 독자로 가정된 어른들과 아이들, 독자로 가정되지 않은 독자층 등이 포함되었다. 동화 담론의 윤곽과 동화 속 지형의 윤곽을 형성한 것은 유럽의 문명화 과정이었는데, 유럽의 문명화 과정은 16~18세기를 지나면서 근본적인 변화를 겪었다. 아동 동화 문학의 심원함과 마력과 인기에는 이러한 변화가 각인되어 있다. 동화 문학이 서구 부르주아 유산의 토대 가운데 하나임을 생각하면 당연한 일이다. 이렇듯 동화 문학은 당시의 문학 제도에 혁명을 일으키는 동시에 당시의 문학 제도의 규칙을 지켰다. 샤를 페로(Charles Ferrault)는 동화를 근대적인 현상으로 인식하면서, 자신의 혁신적 상징 작용을 통해 동화의 역사를 만들어나갔다.

부르주아 문명화 과정과의 관련성 속에서 아동 동화 문학의 사회사를 쓴다는 것은 엄청난 작업이다. 이 책에서 그런 일을 시도한 것은 아니다. 나는 동화에 나타난 문명화 담론의 전체적인 윤곽을 검토함으로써 아동 동화 문학의 사회사를 쓰기 위한 골격을 마련해보려고 했다. 전반부에서는 17세기부터 20세기까지 유럽과 미국에서 활동했던 주요 **고전 동화** 작가들—조반 프란체스코 스트라파롤라(Giovan Francesco Straparola), 잠바티스테 바실레(Giambattiste Basile), 샤를 페로, 야코프 그림(Jacob Grimm)과 빌헬름 그림(Wilhelm Grimm), 한스 크리스티안 안데르센(Hans Christian Andersen), 조지 맥도널드(George MacDonald), 오스카 와일드(Oscar Wilde), 프랭크 봄(L. Frank Baum)—을 다루었다. 여기서 이들이 주로 남성 작가라는 점이 주목을 요한다. 동화 담론은 이들 작가의 손에서 진화하고 확장되고 쇄신되었으며, 이로 인해 이들 작가는 우리의 문화 유산 속에서 '고전'의 반열에 오르게 되었다. 이들의 작품을 '고전'이라고 부르는 이유는 다양하다. 이들의 상징 작용은 서구의 문명화 과정을 때로는 정당화하려 했고, 때로는 비판하려 했다. 작가들 중에는 동화의 변형을 통해 서구의 문명화 과정에 대한 전복을 꾀했던 작가도 있었다. 마지막 세 장에서는 상징적 혁신과 상징적 분규를 통한 전복의 양상을 상세하게 다루었다. 특히 제7장에서는 독일의 바이마르 시대와 나치 시대에 동화 담론을 둘러싸고 벌어졌던 지배 투쟁을 다루었고, 제8장에서는 세계대전 이후 서구 세계의 전반에 걸쳐 진행되었던 해방적 동화 창작의 시도들을 다루었다. 그리고 제9장에서는 디즈니의 영화들이 동화 담론에 미친 영향을 다루었다.

내가 주장하려 하는 바는, 동화 담론이 역사적 문명화 과정을 구성하는 역동적 요소라는 점과, 각각의 상징 작용이 공적 영역에서 사회화에 개입하는 행동이라는 점이다. 동화 한 편을 출판한다는 것은 상징적인 공적 발언이자 작가 자신과 독자인 아이들과 문명화 과정 전체를 중재하는 행위이다. 이것은 역사적 진술이라고 할 수 있는데, 여기서 말하는 역사는 연대기가 아니라 연대기 사이의 부재와 균열이다. 이러한 부재와 균열을 채우기 위해서는 텍스트가 필요하다. 동화 창작이라는 상징 작용을 문제 삼기 위해서는 동화와 사회, 동화와 우리의 정치적 무의식을 연결할 질문들을 던져야 한다. 일부 동화 작가들이 동화를 통해서 아이들의 아이 이미지와 어른 이미지에 영향을 미치려 했다면, 그들은 어떤 방식으로 또 어떤 이유에서 그렇게 했을까? 이들 작가들이 자신의 필요와 사회적 경향에 따라 사회가 규정한 동화 담론을 변경하려 했다면, 이와 같은 반응과 개입의 방식은 어떤 것이었을까? 지금 내가 쓰고 있는 이 비평적 텍스트는 역사의 부재 원인이 스스로 말하게 하려는 시도이다. 나는 고전주의와 고전 동화, 선택과 배제와 보상의 과정에 대한 우리의 태도를 정치적으로 이해하려 한다는 점을 숨기지 않겠다. 우리가 고전으로 숭배해온 동화들이 그 자체로 초시간적이거나 보편적이거나 아름다운 것은 아니며, 아이들을 위한 최상의 치유책이 되어주는 것도 아니다. 동화라는 역사적 처방은 내면화되어 있고, 강력하며, 폭발적이다. 우리가 동화를 신비화한다면, 그것은 동화가 우리의 삶에 미치는 영향을 인정한다는 이야기이다.

2장

이탈리아에서 동화의 기원을 찾다: 스트라파롤라와 바실레

마리-카트린 오누아 부인(Madame Marie-Catherline d'Aulnoy)과 샤를 페로, 카트린 베르나르(Catherine Bernard), 마리-잔 레리티에(Marie-Jeanne Lhéritier), 앙리에트 쥘리 드 뮈라(Henriette Julie de Murat), 샤를로트-로즈 드 라 포르스(Charlotte-Rose de la Force), 장 드 마이(Jean de Mailly), 외스타슈 르 노블(Eustache Le Noble) 등 1690년대에 활동한 프랑스 작가들의 주요한 역할은 유럽에서 동화를 하나의 문학 장르로 정착시키는 것이었다. 그러나 그들의 작품은 흔히 생각하듯 그렇게 독창적인 것도 아니었고, 그들이 동화라는 장르를 처음으로 만든 것도 아니었다. 사실, 유럽에 동화 문학이 등장하는 과정에서 이탈리아 작가인 조반 프란체스코 스트라파롤라와 잠바티스테 바실레가 대단히 중요한 역할을 했으며, 이들의 동화는 프랑스에 지대한 영향을 미쳤다. 이것은 동화의 역사에서 가장 알려지지 않은 비밀 중 하나이므로, 이를 밝혀내는 일도 의미 있는 작업이라고 할 수 있다. 이를 통해 유럽 전역에서 동화 문학이라는 장르가 문명화 과정의 확산과 얼마나 긴밀하게 연관되어왔는가를 알 수 있기 때문이다.

동화 문학이라는 짧은 내러티브 형식이 등장한 것은 14세기 피렌체에서 융성했던 문학 활동으로 거슬러올라가며, 이는 다시 보카치오(Boccaccio)의 『데카메론*Decamerone*』의 영향 아래 이탈리아어와 라틴어로 집필된 다양한 노벨레(novelle) 작품집의 창작으로 이어진다. 노벨라(novella)는 다른 말로 콘토(conto)라고 하며, 시간과 행동에 통일성이 있어야 한다는 원칙과 명료한 내러티브 플롯이 있어야 한다는 원칙을 준수했던 짧은 이야기를 뜻했다. 이러한 이야기는 일상생활의 기상천외한 사건들에 주목했고, 구전 기담과 동화, 파블리외(fabliaux), 기사 로망스, 서사시, 우화에서 영향을 받았으며, 독자에게 즐거움과 가르침을 주는 것을 목적으로 했다. 보카치오의 작품이 나오기 전까지 가장 유명했던 작품집은 13세기에 토스카나에서 나온 작자 미상의 『노벨리노*Novellino*』였다. 그러나 액자 내러티브와 미묘하고 정교한 문체를 통해서 이후의 모든 노벨라 작가에게 본보기를 제공한 사람은 보카치오였다. 또한 노벨라가 지닌 소재의 범위를 넓히고 잊지 못할 인물을 창조한 이도 보카치오였다. 수많은 작가가 보카치오를 모방했으며, 세르 조반니 피오렌티노(Ser Giovanni Fiorencino)와 조반니 세르캄비(Giovanni Sercambi), 프랑코 사케티(Franco Sachetti), 피오바노 아를로토(Piovano Arlotto), 마테오 반델로(Matteo Bandello) 등은 그 중 일부일 뿐이다.

스트라파롤라가 그의 작품집 『유쾌한 밤*Le piacevoli notti*』(상권 1550, 하권 1553)을 출판하게 되었던 이유로는 먼저 보카치오라는 모델이 있었다는 점과 베네치아에서 교육 수준과 출판 상황이 나아졌다는 점 그리고 노벨라에 대한 관심이 높았다는 점 등을 꼽을 수 있을 것이다. 스트라파롤라가 매혹적인 인물이라고 하는 이유는 그가 구전 전통에서 많은 이야기를 차용했던 최초의 작가였고, 그의 작품집에 실린 74편의 노벨레 가운데 동화 문학이 14편에 이르기 때문이다. 또한, 스트라파롤라가 신비로운 인물이라고 하는 이유는 우리가 그에 대해 아는 바가 거의 없기 때문이다. 스트라파롤라는 1480년경 카르바조에서 태어난 것으로 추정된다. 그러나 그의 삶을 엿볼 수 있을 만한 기록은 전혀 없다. 심지어 그의 성(姓)인 '스트라파롤라' 도 수다스러운 사람이라는 뜻으로, 필명일 가능성이 크다. 스트라파롤라에 관한 유일한 정보의 출처는 『유쾌한 밤』 상권으로, 그 책을 통해 그가 카르바조에서 태어났다는 것과 『오페라 노바 데 조안 프란체스코 스트라파롤라 다 카라바조*Opera nova de Zoan Francesco Straparola da Caravazo*』(1508) — 소네트와 시를 묶은 책으로, 베네치아에서 출판되었다 — 라는 또 다른 작품의 저자라는 것을 알 수 있을 뿐이다. 또한 그가 1557년에 사망한 정황도 확실하지 않다. 그가 젊었을 때 베네치아로 떠났다는 것은 거의 확실하고, 그의 노벨레 모음집—그는 이를 파볼레(favole)라고 불렀다—에서 분명히 알 수 있는 바와 같이 그는 교육 수준이 매우 높았으며, 일정 기간 동안 베네치아에 거주한 것으로 보인다. 그는 라틴어와 여러 가지 이탈리아 방언들을 구사할 줄 알았으며, 그가 다른 문학 작품을 언급하는 부분이나 문학 형식들에 대한 이해의 정도를 통해 그가 인문학에 조예가 깊었음을 알 수 있다. 스트라파롤라가 누구였건 간에 그의 『유쾌한 밤』은 엄청난 성공을 거두었다. 1553~1613년에 25번째 재판이 나왔고, 1560년과 1580년에 프랑스어 번역판이 나왔으며, 1791년에 독일어 번역판이 나왔다. 교황이 이 책에 금지령을 내린 적도 있었다.

그의 작품에서 느낄 수 있는 매력의 요인은 여러 가지이다. 먼저 성애적이고 외설적인 수수께끼를 사용한다는 점과 액자 내러티브에서 화자들이 품위 있는 이탈리아어를 완벽하게 구사한다는 점, 이야기 속에서 평민층의 조야한 언어가 발견된다는 점, 이탈리아 사회의 권력투쟁을 비판적인 시각으로 바라본다는 점, 도덕주의적 설교가 없다는 점, 이례적으로 동화 14편이 작품집에 포함되어 있다는 점, 마법이나 예측할 수 없는 사건, 속임수, 초현실에 관심을 보인다는 점 등을 그와 같은 요인으로 꼽을 수 있다. 보카치오와 마찬가지로 스트라파롤라는 권력층에 대한 불경한 태도를 드러냈으며, 액자 내러티브를 통해서 정치적 긴장을 노출시켰을 뿐 아니라, 해피엔딩 이후 조화롭고 행복하게 살아갈 가능성에 대해 다소 아이러니한(나아가 비관적인) 시각을 노출시켰다.

책의 도입부에서 스트라파롤라는 파볼레 전체에 액자를 세팅한다. 액자에 따르면, 오토비아노 마리아 스포르차(Ottoviano Maria Sforza)가 로디의 주교로 임명되었는데(실제로 1540년에 사망한 스포르차Sforza로 추정된다), 그는 자신을 해치려는 정치적 계략으로 인해서 부득이 밀라노를 떠나지 않을 수 없었다. 그는 자신의 딸인 미망인 루크레티아 부인(Signora Lucretia)을 데리고 떠난다. 그녀의 남편이 세상을 떠난 것이 1523년이므로, 『유쾌한 밤』의 배경은 1523년에서 1540년 사이로 추정해볼 수 있다. 주교 부녀는 로디로 피신했다가 다시 베네치아로 건너간 뒤 마침내 무라노 섬에 정착한다. 그리고 그들의 주변으로 마음이 통하는 사람들이 모여든다. 우아한 귀부인 10명과 나이가 지긋한 부인 2명, 학식을 갖춘 저명한 신사 4명이 그들이다. 루크레티아는 카니발 기간이기 때문에, 사순절이 오기 전에 2주 동안 차례대로 돌아가며 이야기를 들려주면 좋겠다고 제안한다. 이렇게 해서 13일 밤 동안 이어진 이야기가 총 74편에 달한다.

무라노 섬에 모인 허구적인 인물들은 대화의 이상을 구현하고 있다고 볼 수도 있다(그들은 온갖 유형의 경험에 대해 재미있고도 교훈적인 방식으로 이야기를 주고받으며 자신의 의견을 표명한다). 스트라파롤라가 창작한 이야기 형식은 동화 문학과 약간 수정을 거친 구전 설화, 일화, 성애담, 이탈리아 평민의 삶에서 비롯된 익살담, 교훈적 일화, 우화 등과 함께 보카치오와 프랑코 사케티, 세르 조반니 피오렌티노, 조반니 세르캄비 등 이전에 나왔던 작가들의 작품에 토대를 둔 이야기 등이다. 동화에서도 스트라파롤라는 대부분의 내러티브 형식과 마찬가지로 권력과 재산에 초점을 맞춘다. 행운이 없다면(마법, 요정, 기적이 없다면) 주인공은 자신의 사명을 성취할 수 없으며, 마법을 사용할 줄 모르거나 뜻밖의 사건이나 선물에 편승하지 못하면 주인공은 성공할 수 없다. 악당이 벌을 받는 것은 사실이지만, 예법의 기준을 세우는 주체는 권력층뿐이다. 사실상 예법의 기준과 올바른 규범은 대부분 지켜지는 일이 거의 없다. 「갈레오토Galeotto」 이야기에서 동물 왕자는 신부들을 마음대로 살해할 수 있으며(모방작으로는 오누아 부인의 「마르카생 왕자Le Prince Marcassin」와 드 뮈라 부인의 「돼지 왕Le Roy Porc」 등이 있다), 「테발도Tebaldo」 이야기에서는 아버지가 딸과 마음대로 동침할 수 있다(페로의 「당나귀 가죽을 쓴 공주Peau d'Ane」는 이 작품의 영향을 받았을 수도 있다). 이야기의 주인공은 대부분 능동적 남성이며, 그가 '영웅적 주인공'으로 등장하는 이유는 재산과 권력과 돈을 얻을 만한 기회를 이용할 줄 알기 때문이다. 스트라파롤라의 이야기는 대부분 작은 마을이나 작은 도시에서 시작되고, 이야기가 전개됨에 따라 주인공은 다른 나라 또는 다른 세계로 떠나고, 숲 속이나 바다로 떠나는 경우도 물론 있다. 주인공들은 모험가들이며, 작가가 동화들을 수집한 지역이 베네치아에 국한된 것이 아니라 훨씬 넓은 세계라는 인상을 풍긴다.

스트라파롤라가 자신의 생애 가운데 대부분을 베네치아에서 보낸 것이 사실이라면(확인할 길은 없다), 그가 이 항구 도시에서 읽고 들은 이야기가 유럽과 그 밖의 다양한 나라들로부터 흘러들어온 이야기라는 것이 우연은 아닐 것이다. 16세기에 베네치아는 번영하는 부유한 도시였고, 스트라파롤라는 필시 이탈리아와 유럽, 동양을 포함하는 온갖 지역에서 온 외국인들과 접촉할 수 있었을 것이며, 적어도 그 같은 여러 지역에서 들려오는 뉴스를 접했을 것이다. 이 진짜 뉴스들이 그의 작품집에 들어간 'fiabe'(동화)의 토대를 이루었으며, 이 작품집이 유럽 전역으로 널리 퍼진 것도 사실이다. 그러나 이 작품집이 유럽 동화 문학의 발전에서 차지하는 의의는 대체로 간과되어왔다. 물론 스트라파롤라 홀로 동화 문학을 발전시켜나갔다는 것은 아니지만, 그의 동화들이 유럽 전역에서 읽히고 있었다는 점과 교육받은 작가들 사이에서 상당한 영향력을 가지고 있었다는 점을 보여주는 분명한 증거들이 존재한다. 뒷날 베네치아에서 살게 되는 바실레도 그의 책을 잘 알고 있었음이 틀림없고, 오누아 부인과 드 뮈라 부인, 샤를 페로, 외스타슈 르 노블, 장 드 멜리가 그의 책의 번역판을 알고 있었음도 분명하다. 스트라파롤라의 이야기는 이들을 통해서 독일로 퍼졌고, 결국은 그림 형제에게까지 영향을 미쳤다. 그림 형제는 스트라파롤라와 바실레에 대한 기록을 남기기도 했다.[1] 요컨대 스트라파롤라는 유럽에서 동화 문학이라는 장르를 개척하는 데 이바지한 인물이다.

여기서 동화 문학의 통시적 역사를 구성하려는 것은 아니다. 스트라파롤라로부터 일종의 연쇄반응이 시작되어 바실레로 이어지고, 다시 1690년대의 프랑스 작가들로 이어진 뒤, 마침내 그림 형제의 작품에서 절정을 이루게 되었다고 주장하는 것은 아니라는 뜻이다. 그럼에도 스트라파롤라와 바실레, 프랑스 작가들, 그림 형제를 포함하는 일군의 동화가 초기 동화의 기본적 요소들을 아우르는 역사적 골격을 제공하는 것은 틀림없다. 다시 말해 오늘날 우리가 동화의 인물이나 토포스, 모티프, 비유, 플롯이라고 부르는 것들이 바로 이런 골격의 내부에서 제도화되었다는 점은 틀림없다. 수많은 작가는(그리고 구전 전통을 잇는 이야기꾼들은) 바로 이런 동화의 인습성 안에서 매우 독창적인 동화들을 실험하고 생산할 수 있었다. 이탈리아에서 스트라파롤라의 작품이 특별히 혁신적이었던 이유는 그때까지 구전 민담이 라틴어가 아닌 일상어를 사용하는 동화 문학으로 각색된 적이 없기 때문이었다. 스트라파롤라가 작품을 쓰던 때는 라틴어가 글로 쓰인 텍스트에서 여전히 지배적 언어였는데, 그는 토스카니의 이탈리아어 등 모종의 방언을 사용함으로써 당시 증가하던 중간 계급의 독자들에게 호소하려 했다. 또한 당대의 부패와 부도덕을 바라보는 그의 관점에는 도덕과 예절, 관습을 바꿔야 한다는 생각이 반영되어 있다. 그가 살던 시대에 이탈리아에는 궁정 예절과 귀족의 올바른 교육을 다루는 수많은 책들이 있었고, 그중에는 이탈리아 내에 있는 특정한 공국을 염두에 둔 것과 함께 유럽 사회의 전반을 염두에 둔 것도 있었지만, 그럼에도 당시 이탈리아에서 규범적인 문명화 과정이란 존재하지 않았다고 해도 무방하다. 보다 일반적이고 효율적인 형태의 문명화 과정에서 선조의 역할을 담당한 이들은 16세기 프랑스인들이었다. 그러나 이탈리아에서 글을 읽고 쓸 줄 아는 것은 중요한 일이었고, 글을 읽고 쓰는 것이 문명화 과정의 일부가 되었으며, 스트라파롤라의 동화를 출판하고 배급하고 읽는 것은 당시 이탈리아에서 태동하던 문명화 과정의 일부였다. 특히 그가 보여준 것은 구전 동화와 동화 문학이 비유적 형식을 취함으로써 독재군주의 권력, 정의, 올바른 행실 등과 관련된 기묘한 문제들을 다룰 수 있다는 점이었다. 그가 살던 시대에 책을 읽던 방법을 염두에 둔다면, 사람들은 그의 작품 중 다수를 낭독의 형태로 접했을 것이고, 스트라파롤라 자신도 모종의 이야기꾼이었다는 점을 짐작해볼 수 있을 것이다(그의 기묘한 이름은 수다스러움과 관련되어 있다). 16세기에 작가들은 작가인 동시에 이야기꾼이었다. 구전 민담의 화자와 텍스트의 화자는 오늘날 우리가 생각하는 것처럼 그렇게 동떨어진 존재가 아니었으며, 자신이 속해 있는 사회의 민담을 얼마나 알고 있느냐가 동화 문학의 집필에서 중요한 역할을 차지했다. 바실레의 경우도 마찬가지였다.

스트라파롤라에 대해서 알려진 바가 거의 없는 것과는 대조적으로 바실레에 대해서는 많은 것이 알려져 있다. 바실레는 1575년에 나폴리 근처에 있는 작은 마을의 중류층 가정에서 태어났고, 1603년에 나폴리를 떠나 북쪽을 여행하다가 결국 베네치아에 정착했다. 베네치아에서 바실레는 군인으로 생계를 이으며 시를 쓰기 시작했다.

1608년에 그는 나폴리 지역으로 돌아가 여러 공국들과 궁정들에서 행정관으로 일을 했으며, 그와 동시에 1632년 세상을 떠날 때까지 작가의 이력을 쌓았다. 그는 이탈리아어로 쓴 시와 송시, 오드, 목가, 극으로 이름을 알리는 한편으로 궁정 연극들을 감독하기도 했지만, 오늘날 그의 명성은 나폴리 방언으로 쓴 경이로운 50편의 동화 모음집 『이야기들의 이야기 *The Tale fo Tales*』(1634~1636)이다. 『펜타메로네 *Pentamerone*』라는 제목으로도 알려진 이 동화집은 그가 죽은 후에 유명한 오페라 가수였던 그의 누이 아드리아나(Adriana)의 노력으로 출판되었다.

바실레가 스트라파롤라의 작품을 알고 있었다는 분명한 증거는 없지만, 어떻게든 알고 있었을 가능성이 더 높다. 특히 바실레는 3년간 베네치아에 거주했었는데, 그 도시는 스트라파롤라의 작품이 출판된 곳이자 인기를 누렸던 곳이다. 스트라파롤라가 바실레의 동화 구상에 얼마나 중요한 역할을 했든 간에 바실레의 이글이글 타오르는 상상력에 비교하면 스트라파롤라는 희미한 불꽃에 불과했다. 나폴리의 바실레는 시끌벅적하고 아이러니한 이야기들을 만들어내기 위해 풍요로운 문학적 자료와 역사적 자료를 끌어왔을 뿐 아니라, 나폴리 부근의 광범위한 지역에 퍼져 있던 민담을 알고 있었고, 스트라파롤라와 마찬가지로 근동의 작품들도 잘 알고 있었다. 또한 바실레는 나폴리 방언을 놀랍도록 능숙하게 구사했다. 그는 고상한 바로크 형식의 방언을 비속한 표현과 비유 및 어법 그리고 재기발랄한 속담들과 뒤섞는 데 성공했다(속담 중 다수는 그가 만들어낸 것이었다). 액자 내러티브는(물론 보카치오를 따른 형식으로) 그 자체로 매혹적이다. 그의 액자 이야기인 '이야기들의 이야기'는 49편의 놀라운 이야기에 무대를 제공한다. 여기서 조자(Zoza)는 발레펠로사의 왕(King of Vallepelosa)의 딸로서 웃음을 잃어버린 인물로 나온다. 그녀의 아버지인 왕은 딸에게 행복을 주기 위해 각지에서 사람들을 초대해 딸을 웃게 만들려고 한다. 그러나 아무도 그녀를 웃게 하지 못한다. 그런데 한 노파가 궁전의 문 앞에서 기름을 빨아들이려다 짓궂은 궁정 시동의 장난에 휘말려 단지를 깨뜨려버린다. 이어 노파와 시동 사이에 말싸움이 벌어져 상스럽고 저속한 욕설이 오가는데, 이때 이를 본 조자가 즐거운 듯 웃음을 터뜨린다. 그러나 이 웃음으로 인해 마음이 상한 노파는 공주를 향해 "꺼져, 네가 캄포로톤도의 왕자(Prince of Camporotondo)와 결혼하지 않는다면, 남편의 그림자도 찾을 수 없을 거다!"라고 저주의 말을 퍼붓는다.[2] 조자는 타데오(Tadeo)라는 이름의 이 왕자가 사악한 요정의 주문에 걸려서 무덤 속에 있다는 사실을 알고 실의에 빠진다. 왕자를 잠에서 깨워 무덤에서 구출하기 위해서는 여자가 무덤의 벽에 걸려 있는 주전자를 눈물로 채우는 방법밖에 없다.

도움이 필요한 조자는 요정 셋을 차례로 찾아가 호두와 밤과 개암을 선물로 받는다. 이어서 조자는 타데오의 무덤을 찾아가 이틀 동안 주전자에 대고 눈물을 흘린다. 이윽고 주전자가 거의 가득 찼을 즈음에 조자는 울다 지쳐 잠이 든다. 그러나 조자가 잠든 사이에 한 노예 소녀가 주전자를 훔쳐내 눈물을 마저 채우고 타데오를 깨운 후 자신이 왕자를 살린 것이라고 주장한다. 타데오는 노예 소녀와 결혼하고, 노예 소녀는 아이를 갖는다.

그러나 자신의 행복이 타데오에게 달려 있는 조자는 왕자를 노예 소녀에게 양보하지 않으려고 한다. 조자는 타데오의 궁전 맞은편에 집을 빌려 타데오의 관심을 끄는 데 성공한다. 그녀는 필요한 상황이 벌어질 때마다 호두와 밤과 개암을 깨뜨린다. 호두에는 노래하는 작은 난쟁이가 들어 있었고, 밤에는 황금으로 만들어진 병아리 12마리가 들어 있었으며, 개암에는 황금 실을 잣는 인형이 들어 있었다. 이를 본 노예 소녀는 매혹적인 그 물건들을 가져야겠다고 조르고, 타데오는 조자에게 사람을 보내서 원하는 것은 무엇이든 줄 테니 그것들을 달라고 청한다. 놀랍게도 조자는 그것들을 선뜻 선물로 준다. 그런데 마지막 선물인 인형이 임신 중인 노예 소녀로 하여금 이야기를 듣고 싶어 하는 억제할 수 없는 열망을 불러일으키고, 노예 소녀는 다시 한번 타데오를 위협한다. 여자들을 불러들여 이야기를 하게 하지 않는다면, 아직 태어나지 않은 자신들의 아기를 모두 죽이겠다는 위협이었다.

그래서 타데오는 평민들 가운데 이야기를 잘 하기로 유명한 여자들 10명을 골라 초대한다. 여자들은 낮에는 잡담과 수다를 나누다가 저녁 식사 후 하룻밤에 한 명씩 이야기를 시작한다. 이야기는 5일 밤 동안 계속된다. 결국 마지막 날에는 조자를 초대해 마지막 이야기를 들려달라고 하고, 조자는 자기가 당한 일을 들려준다. 노예 소녀는 조자의 입을 막으려 하지만, 타데오는 이야기를 끝까지 듣겠다고 고집한다. 타데오는 조자의 이야기가 진실임을 깨달은 후, 임신한 노예 소녀를 산 채로 파묻고 조자와 결혼함으로써 이야기들의 이야기는 '해피엔드' 로 끝난다.

보카치오나 스트라파롤라의 내러티브와는 달리 바실레의 이야기는 음악과 게임과 춤이 있는 연회가 벌어지는 동안에 이야기꾼들이 들려준 것으로, 구전 전통의 수정이자 하층 계급의 인물들에 관한 이야기다. 나폴리와 근처 지역의 사회적 관습, 정치적 음모, 가족 내 갈등과 관련된 그 지역 특유의 언급이 계속 나온다. 사회에 대해 빈틈없는 논평을 가했던 바실레는 자신이 섬기던 궁정의 타락상에 좌절을 느끼고 시골 민중에게 끌린 것이 분명해보인다. 시골 민중의 놀라운 익살과 기행 그리고 보다 나은 삶의 조건을 확보하고 싶어 하는 필요와 지향에 애정을 느꼈던 것이다.

스트라파롤라와 마찬가지로 바실레도 권력과 예법, 변신을 중시했으며,

운명의 수레바퀴에 매료되었다. 운명의 여신이 종종 신비로운 'fata'(운명과도 연관된 요정)의 모습을 띠고서 사람들의 삶에 개입해 사회적으로 출세할 기회나 어느 정도 행복을 얻을 기회를 제공하는 양상에 매료된 것이다. 물론 바실레는 운명의 여신이 사람들을 파멸시키거나 재앙을 초래하는 양상도 그렸다. 또한 스트라파롤라와 마찬가지로 사회적 평등과 조화로운 공동체를 이룩할 가능성에 지나친 낙관을 표하지 않았다. 그의 작품들을 지배하는 갈등은 평상시에 얌전했던 신데렐라가 계모의 목을 치거나 분별 있는 공주가 남녀 간의 전쟁에서 유혹하는 남자를 가차없이 없애버리는 것으로 끝난다. 그런데도 그의 이야기가 웃음을 자아내는 이유는 언어를 재미있게 뒤집고 카니발적 분위기를 창조하기 때문이다.[3] 액자 이야기가 노예 소녀의 비밀을 폭로하고 그녀를 끔찍하게 파멸시키는 것과 마찬가지로, 그의 모든 내러티브는 모든 사회 구성원의 모순적 본질을 폭로한다. 그들은 고상한 기준에 따라서 처신하는 척하지만, 재산과 행복을 얻기 위해서는 아무리 저열한 짓이라도 마다하지 않는다. 바실레는 비천한 농부와 고귀한 귀족 사이의 차이를 최소화하는 데서 기쁨을 느낀다. 만약 그가 이탈리아어로 작품을 쓰고 출판했었다면, 교회의 금서 목록에 들어갔을 것이 틀림없다.

사람들이 나폴리어를 읽는 것이 어려웠으리라는 점을 생각하면, 바실레의 작품이 17세기에 여러 번 재판을 찍었다는 사실이 놀라울 수도 있다. 실제로 바실레의 작품은 17세기와 18세기에 이탈리아어와 프랑스어로 번역되어 명성을 얻기도 했다. 레리티에 양이 바실레의 작품을 아주 잘 알고 있었다는 것은 분명해보인다. 그녀의 작품 가운데 「신중한 공주 L'Adroite Princess」와 「웅변의 매혹 Les Enchantements de l'éloquence」 「리크댕 리크동 Ricdin Ricdon」은 각각 바실레의 「사피아 리카르다 Sapia

Liccarda」와 「세 요정 Le Tre Fate」 「베이컨 껍질 일곱 조각 Le Sette Cotennine」에 빚진 바가 매우 크다. 실제로 1690년대에 이탈리아가 프랑스에 미친 영향력은 학자들이 짐작한 것보다 훨씬 강력했다. 오누아 부인의 동화 가운데 적어도 6편은 스트라파롤라의 'fiabe' 에서 그 흔적을 찾을 수 있고, 드 뮈라 부인의 작품 가운데 2편은 스트라파롤라에 상당 부분 빚진 작품이며, 멜라의 작품 3편과 르 노블의 작품 2편은 스트라파롤라의 작품을 모방한 흔적이 역력하다. 앙투안 갈랑(Antoine Galland)의 『천일야화 *Les Milles et une nuit*』에 포함된 「샘 많은 자매와 그들의 여생도 Histoire de deux soeurs jalouses de leur cadette」에서도 스트라파롤라의 「안칠로토 Ancilotto」의 흔적을 찾아볼 수 있다. 끝으로 페로의 작품은 거의 모두 스트라파롤라와 바실레의 작품집에 그 모델을 두고 있는데, 특히 「장화 신은 고양이 Le Maitre Chat ou le chat botté」와 「신데렐라 Cendrillon」가 그러하다. 이러한 점들로 미루어 보자면, 프랑스에서 이탈리아 작품들을 잘 알고 있었음에 틀림없다.[4] 여기서 우리의 관심을 모으는 것들은 프랑스 작가들이 약 1690년부터 민담과 동화에 관심을 가지기 시작했다 점과 그들이 유행시킨 작품의 형식이 대략 1세기 정도 지속되면서 유럽과 북아메리카에서 동화를 하나의 문학 장르로 제도화했다는 것이다.

프랑스 작가들 가운데 특히 여성 작가들 그리고 그 가운데에서도 특히 오누아 부인이 위와 같은 설명에 부합되는 인물이다. 이들은 구전 설화뿐 아니라 이탈리아와 근동의 이야기들을 경이로운 동화로 변형시켰으며, 이들에 힘입어 동화는 18세기 말에 베르사유와 파리에서 궁정 생활과 문화투쟁에 대한 진지한 논평이 되었기 때문이다.[5] 스트라파롤라나 바실레와 마찬가지로 프랑스 작가들은 저마다 자신들이 속해 있는 사회에서 진행되는 문명화 과정과 자신이 속해 있는 계급의 구성원들 사이에서 진행되는 권력

투쟁, 사회 계급 사이의 모순 등에 지대한 관심을 가지고 있었다. 프랑스 작가들이 자신들의 동화를 스트라파롤라나 바실레를 따라 액자 내러티브 속에 넣었던 가장 큰 이유는 자신들의 동화를 누군가가 들려주는 대화의 한 대목처럼 만듦으로써 현실 속에 사실상 각인되어 있는 현 시대의 이상스러운 쟁점들을 재미있게 들려주기 위한 것이었다. 이런 면에서 볼 때, 프랑스 동화들은 여성의 역할과 다감 tendresse의 본질, 프랑스 궁정에서 권력과 정의를 올바로 행사하는 방법 등에 대한 논쟁 속에 개입하는 수단이 되었다.[6] 또한 프랑스 동화들 속에는 니콜라 부알로(Nicolas Boileau)와 페로가 '신구논쟁' 이라는 이름으로 촉발했던 당시의 문화전쟁이 반영되어 있었는데, 이 논쟁에는 여성의 역할을 둘러싼 주요 쟁점들도 포함되어 있었다.[7] 그것이 의식적이든 무의식적이든 프랑스 작가들은 그들에게 영향을 주었던 이탈리아 문학작품을 근대화하는 한편으로 당대의 민담을 근대화했는데, 그들은 이를 통해 당시에 프랑스에서 일어난 문명화 과정에 논평을 가하려는 의도를 가지고 있었다. 이런 면에서 볼 때, 그들은 유럽에서 동화의 근대화에 초석을 마련한 셈이며, 그들 이후 유럽의 동화는 독일 그리고 그 이후 영국과 북아메리카에서 매우 다양하게 발전했다. 그러나 우리가 여기서 잊어서는 안 될 것은 프랑스 동화가 보여준 이러한 탁월한 발전이 이탈리아에서 비롯된 역사적 흐름의 일부라는 사실이다.

따라서 우리가 이탈리아인들이 1690년대의 프랑스 작가들에게 미친 영향에 대해서 말할 경우, 어떤 프랑스 작가가 구체적으로 어떤 이탈리아 작품을 접하거나 차용했는지 또는 일부 이용했는지를 정확하게 증명하는 작업은 연구에 도움이 될 수는 있지만 필수적인 것은 아니다. 우리에게 더욱 필요한 것은, 프랑스 작가들이 이탈리아 작가들로부터 배운 내러티브 전략을 이용해 문명화 과정에 개입했던 양상과 이를 통해 헤게모니 집단의 권력에 의문을 제기하는 전복적 관점들을 책이라는 형식으로 공표한 양상을 논의하는 작업이다. 그러나 스트라파롤라와 바실레가 문명화 과정에 개입하는 전범을 보인 양상을 설명하기 전에, 나는 잠시 문명화 과정에 대한 노르베르트 엘리아스(Norbert Elias)의 설명을 검토한 후, 피에르 부르디외(Pierre Bourdieu)로부터 차용한 몇 가지 개념을 가지고 엘리아스의 설명을 확장시켜보려 한다. 엘리아스의 『문명화 과정 *Über den Prozeß der Zivilisation*』은 이 분야의 선구적 저서로서 1939년에 처음 출판되었지만, 1977년에 재발견될 때까지는 유럽에서 별다른 영향을 미치지 못했다. 이 저서에서 엘리아스는 루이 14세의 구체제를 자신의 이론의 모델로 삼고, 민족국가가 권력과 지배, 존립을 유지할 장기적 과정을 산출하기 위해 어떤 방식으로 사회의 뼈대를 구축해가는가를 설명했다. 엘리아스의 설명에 따르면 여기서 가장 중요한 과정은 문명화 과정인데, 이를 통해 민족국가는 온갖 집단으로 나누어진 사람들을 헤게모니 집단이 지배하는 상호의존 네트워크로 통합한다. 여기서 헤게모니 집단이 지배력을 확보하는 방법은 규범과 관습, 규칙, 예의범절, 문화 코드 등의 주입이다. 엘리아스의 주장에 따르면, 민족이 사회 또는 국가로서 상호의존 관계 속에 살아남기 위해서는 네 가지 기본적 기능이 충족되어야 하는데, 첫째가 기본적인 의식주를 제공하는 경제 기능이고, 둘째가 하나의 계급 내의 폭력통제와 여러 생존 계급 사이의 폭력통제를 가능하게 하는 갈등 조정 기능, 셋째가 지배와 매개를 조장함으로써 자연에 대한 공포를 극복하고 다양한 집단들 사이의 이해를 도모하는 지식 기능, 넷째가 개인이 자제의 사회적 패턴에 적응할 것을 요구하는 문명화 과정의 기능이다. 마지막 문명화 과정의 기능은 통과의례와 또래 압력, 집단 압력, 사회적 규약, 법률 등에 의존한다.[8)]

15~17세기 이탈리아 도시국가의 경우와 17세기 프랑스 민족국가의 경

우에, 국가의 발생은 지배 계급의 권력을 강화하는 특정한 양식과 자제의 규범에 점점 의존하는 방향으로 전개된다. 권력통제와 권력사용에서 변화가 생기면 문명화 과정에도 변화가 생긴다. 관리들과 여러 전문가들, 지배 집단들이 권력을 잃지 않기 위해 결핍과 만족을 상호조정하기 때문이다. 집단들이 권력과의 관계 속에 형성되는 양상을 검토하면서 엘리아스가 주장하는 바와 같이, 우리는 사회가 발전하고 변화하는 양상을 이해할 수 있다. 다시 말해, 우리는 문명화 과정이 작동하는 양상을 이해할 수 있다. "인간의 집단 가운데 폭력과 오리엔테이션, 자본축적 및 자본투자, 다른 인간 집단들의 조직 등을 전문으로 하는 집단들은 필경 사회에서 국가 중앙독점의 통제자를 자임함으로써, 단독으로 또는 또 다른 집단과 연계해 사회 지배 기능을 수행하게 된다. 국가 내 권력갈등과 국가 간의 권력갈등, 기성과 이단의 권력갈등 — 다시 말해, 온갖 헤게모니 투쟁과 생존 투쟁 — 은 사회 발전의 가장 강력한 추동력 가운데 하나다. 이보다 강력한 추동력은 없을 것이다."[9]

문명화 과정 가운데서 엘리아스는 성차 형성과 남녀 갈등이라는 측면을 다루지 않았다. 피에르 부르디외는 바로 이 측면을 『남성 지배 *Masculine Domination*』에서 탁월하게 설명했다. 부르디외의 주장에 따르면, "사회적 세계가 구성하는 육체는 성별에 따라서 정의된 실재이자 성별에 따라서 시각과 기관 분할을 정의하는 원칙들의 저장소다. 이렇게 구현된 사회적 인지 프로그램은 세계의 모든 사물에 적용되며, 특히 육체라는 생물학적 실재에 적용된다. 이런 프로그램에 의해 구축되는 남녀의 생물학적 차이는 여성에 대한 남성의 지배라는 자의적 관계에 뿌리박은 신화적 세계관의 원칙들에 부합된다. 한편, 이런 원칙들은 노동분업에 의존하는 사회질서의 현실 속에 각인되어 있다."[10]

남성 지배 과정은 문명화 과정보다 훨씬 오래된 과정이요, 따라서 문명화 과정에 이미 내재하는 과정이다. 다시 말해, 문명화 과정에서 권력을 둘러싸고 어떠한 갈등과 어떠한 투쟁이 벌어지든 간에, 여기에는 남성이 자신의 권위와 세력을 강화하는 방식과 여성이 자의적인 남성의 지배와 대결하고 이를 폭로하는 방식이 연루되어 있다. 어느 사회에서든 예의를 지키고 선량한 시민으로 간주되기 위해서는 사회적 규약을 이해하고 준수해야 하는데, 이러한 사회적 규약은 내가 만든 것이 아닌데도 나의 성적 정체성과 사회적 지위를 상당 부분 결정한다.

동화는 (그리고 구전 민담은) 언제나 남녀의 역할과 사회 계급, 권력에 관심을 가졌다. 스트라파롤라와 바실레는 문명화 과정이 작동하는 양상을 예리하게 관찰했고, 특히 16세기와 17세기에 여러 이탈리아 공국에서 문명화 과정이 전쟁과 가족 갈등, 무역 및 상업의 변화에 의해서 부패하는 양상을 관찰했다. 그들이 동화에 끌렸던 이유는 동화에서 그들이 원하는 글쓰기 양식과 함께 내러티브 전략과 담론을 발견했기 때문이다. 그들은 폭력과 자제의 조정을 수반하는 문명화 과정과 생활 규범 교육이 왜곡되는 양상에 관심을 가졌는데, 이런 관심사를 동화를 통해 다룰 수 있었던 것이다.

스트라파롤라가 목숨을 구하기 위해 베네치아로 도피하는 유력한 공작을 중심으로 액자를 구성하는 것은 우연이 아니다. 나아가 바실레가 궁정 사회에서 벌어지는 두 여자의 갈등을 중심으로 액자를 구성하는 것도 우연이 아니다(명목상의 지배자인 왕자는 아무것도 모르는 나약한 방관자로서, 궁정에서 벌어지는 사건들을 제대로 이해하지 못한다). 스트라파롤라의 액자 속에 들어 있는 이야기의 화자가 대부분 우아한 귀부인이고, 바실레의 액자 속에 들어 있는 이야기의 화자가 대부분 하층 계급 가운데서 재능 있는 여성 이야기꾼인 것도 우연이 아니다. 이야기의 관점은 대부분 피지배 성별, 즉 여성의 관점이자 하층의 관점인 동시에 궁정사회와 남성지배의 어두운 이면—남성은 불합리하고 독단적인 방식으로 권력을 사용하면서, 자기 눈에 문명화 과정에 따르는 올바른 남녀 역할과 사회규약으로 보이는 것들을 강화하려 한다—을 폭로하는 전복적 관점이다. 바실레의 『로 쿤토 데 일 쿤티 *Lo cunto de li cunti*』에 대한 논평에서 미켈레 라크 Michele Rak가 주장하는 바와 같이, "이 작품은 이후 오락(intrattenimento)을 겨냥하는 작품들을 예표함과 동시에 궁정식 대화를 통해서 그 장르적 특성과 연극적·희극적·일탈적 표식들을 사회 상황의 제약들 내부에 기록한다. 여기서 사회 상황의 제약들은 당대의 관습과 예절의 지침에 의해서 암시된다. 이 작품은 중세에 노변에서 밤을 새며 주고받던 이야기로부터 유래해 17세기 프랑스 살롱의 동화까지 이어지는 유럽의 이야기 전통에 속하는 바로크적 연결고리 가운데 하나다."[11] 문명화 과정 속에 존재하는 궁정식 대화와 스토리텔링을 성찰하고 차용하는 경향은 스트라파롤라의 작품에서도 매우 분명하게 나타난다. 그러나 이탈리아에서는 동화라는 장르가 문학으로 형성되고 제도화될 조건들이 아직 마련되지 않았기 때문에, 스트라파롤라와 바실레의 작품들은 17세기 말에 프랑스에서 비로소 뿌리를 내릴 수 있었다.

유럽에서 동화가 하나의 장르로 제도화되었던 1690년대에 프랑스 작가들 가운데 상당수가 여자였고, 이 여성 작가들은 작품집 속에서 이야기를 들려주는 방편으로 대화의 액자를 차용하는 경우가 많았다. 여성 작가들의 작품이 남성 작가들의 작품보다 많았는데, 남성 작가들의 작품에는 보통 액자가 없었다. 어쨌든 남녀 모두 루이 14세의 궁정을 중심으로 전개되는 프랑스 문명화 과정의 갈등 속에 휘말려 있었으며, 어떤 식으로든 궁정에 애착을 가지고 있었다. 스트라파롤라와 바실레는 민담과 동화를 통해서 이른바 궁정식 행동과 부도덕, 독단적 폭력을 비판했으며, 민담과 동화를 활용한 덕분에 교황과 군주의 검열을 피할 수 있었는데, 프랑스 작가들은 이를 잘 알고 있었으며, 그들이 동화라는 장르에 끌린 것도 그 때문이었다. 곧, 프랑스 작가들은 동화를 통해서 당대의 풍속과 관행, 습관, 권력 사용 등에 전복적인 방식으로 문제를 제기하려 했다. 이탈리아 동화와 프랑스 동화는 서로 다른 문화에서 비롯되었고, 서로 다른 시대에 나왔으며, 따라서 자기네 나라의 특정한 문명화 과정을 특정한 방식으로 반영한다. 그러나 이탈리아 동화와 프랑스 동화에는 공통점이 있다. 문명화 과정의 모순을 폭로한다는 점과 권력이 기회주의적인 사람들이나 좋은 조건을 갖춘 사람들에게 유리하게 작용하는 양상을 보여준다는 점, 문명화 과정에서 낙오되지 않기 위한 자제의 양식을 제안한다는 점이 바로 그것이다. 또한, 아이러니와 풍자와 익살을 통해서 권력의 남용을 조롱하고 변화의 가능성을 보여주려 한다는 점도 이탈리아 동화와 프랑스 동화의 공통점이다. 물론 이탈리아 작가와 프랑스 작가 가운데 자기의 시대에 대해서 급진적인 태도를 취하는 사람은 아무도 없었다. 스트라파롤라는 교육을 받은 중간 계급 출신으로 궁정의 관습을 잘 알고 있었을 것으로 추정되며, 그것은 바실레도 다르지 않았다. 한편, 프랑스 작가들은 주로 귀족 계급 출신이었고, 예외라고 할 수 있는 페로 역시 상층 부르주아 계급 출신으로서 궁정과의 거리가 매우 가까웠다. 그러나 그들 모두 궁정에 불만을 가지고 있었고, 당대의 체제에 문제를 제기했다. 그들이 체계에 불만을 표하고 문제를 제기하는 동시에 그로 인한 처벌을 피하는 가장 좋은 방법은 동화가 아니었을까? 그렇다면 그들이 사용한 전략은 정확히 무엇이었을까?

이제 나는 이탈리아와 프랑스의 교양층 민담과 이야기 문학이 문명화 과정에 대한 비판적 감수성을 어떻게 표현하고 있는가를 설명할 것이다. 그러나 동화들을 모두 검토하기 위해서는 책 한 권이 필요할 터이니, 여기서는 몇 가지 사례의 인용으로 논의를 한정하는 것이 불가피하다. 이와 관련해 나는 중세 후기와 르네상스 시기의 민담과 문학 전통에서 모두 나타나는 이야기 유형을 분석할 것이다. 그리고 이를 위해 비슷한 유형에 속하는 이야기를 한데 모을 것이고, 이로부터 네 가지 담화 세트를 소개할 것이다. 구전 전통에서 비롯된 각각의 세트는 사회적 생존에 필요한 자제와 행동이 어떤 것인가를 전달할 목적으로 입에서 입으로 전해지다가 글자로 기록되었다. 하나의 세트에 속하는 이야기는 익숙한 플롯을 가지고 똑같은 모티프와 인물들을 반복, 변형하며, 이렇게 형성된 담론은 유형화를 거치면서 사회화와 문명화 과정에서 적절성을 획득한다.

첫 번째 세트에는 짐승으로 태어난 왕자가 나온다. 두 번째 세트에서는 저속한 바보 어부가 궁정사회의 취약함을 폭로한다. 세 번째 세트에서는 젊은 여자가 기사로 변장하고 궁정을 개혁하려 한다. 네 번째 세트에서는 영리한 고양이가 나와서 옷이 사람을 만든다는 것이 무슨 뜻인가를 보여주고, 왕과 왕의 졸개들이 얼마나 천박한 존재인가를 보여준다. 이 모든 이야기 속에서 작가들은 궁정사회의 공허함과 우둔함을 다루면서, 올바른 행실을 통해 이러한 공허를 채우거나 고쳐야 한다고 주장한다. 물론 이 작품들을 여러 다른 방법으로 해석할 수도 있겠지만, 내가 보기에는 이탈리아 작가들과 프랑스 작가들이 예법과 문명화 과정을 둘러싼 핵심적인 질문들을 던지고 있는 듯하다. 지배 계급의 구성원들이 이상적 왕국을 세우려면 어떠한 미덕이 필요할까? 젊은 남녀가 사회에서 출세하거나 사회를 개혁함으로써 정의로운 지배자가 되기 위해서는 어떤 유의 행동들을 보여야 하는가? 동화에는 궁정사회의 비판이 함축되어 있다. 곧, 이러한 동화에 따르면, 궁정사회에는 친절함과 우아함, 겸손함, 지혜, 다감, 정의 등 예법의 명분을 내세우는 데 필요한 자질들이 부족하다.

스트라파롤라와 오누아, 드 뮈라는 「돼지 왕자Galeotto, re d'Anglia, ha un figliuolo」(1550), 「마르카생 왕자」(1698), 「돼지 왕」 (1699)이라는 각자의 작품을 통해서 짐승 왕자에 의해서 야기된 문제들을 묘사한다. 짐승 왕자의 조야한 행실은 궁정의 비도덕성과 잔인함을 폭로한다. 그러나 작가들은 문제들을 폭로하는 동시에 왕자를 문명화시킴으로써 궁정을 보다 인간적이고 도덕적인 곳으로 만드는 방법들을 제안할 수 있다. 이 세 편의 플롯은 쉽게 요약할 수 있다. 아이를 낳을 수 없는 왕비가 모습은 어떻든 좋으니 아들을 낳게 해달라고 간절하게 기도한다. 요정은 왕비의 소원을 들어주고, 왕비는 돼지 아니면 멧돼지를 출산한다. 왕자는 장성해 결혼하고 싶어한다. 충격과 당황에도 불구하고 왕비는 아들의 소원대로 아들에게 신부를 구해준다. 그러나 결혼한 아들은 자신의 야만적인 행동을 거부하는 아내를 살해한다. 두 번째 아내를 얻었을 때도 같은 일이 벌어진다. 세 번째 아내는 참을성 있고 나서지 않는 성품으로 남편의 무례함과 저속함을 참아낸다. 그래서 왕자는 아내의 유덕한 행동으로 구원을 받아서 잘 생긴 왕자로 변한다. 다시 말해, 아내의 정숙함과 헌신, 자제가 남편을 인간으로 바꾼다.

짐승 신랑에 관한 이야기를 관통하는 기나긴 구전 전통과 문학 전통은 아풀레이우스(Apuleius)의 라틴어 로맨스 『황금 당나귀*The Golden Ass*』(기원전 2세기)를 거쳐 『판카트란타*Pancatranta*』(기원전 300년)—산스크리트로 되어 있는 인도의 교훈적 우화집—까지 거슬러올라갈 수 있다. 여기에는 인간/남성이 사회 집단 속에 통합되기 위해 거쳐야 할 인간화 과정 내지 문명화 과정이 반영되어 있다. 이때 여성의 가치는 여성의 미덕, 즉 남성이 사회에 통합되는 것을 도와주기 위해 어떠한 행동을 하는가에 따라 결정된다. 스트라파롤라의 작품에서 흥미로운 점은 남성의 시점에서 남성의 변신을 책임질 사람이 가난한 젊은 여자들이라는 것이다. 여자는 남자의 비속하고 조야한 예절을 묵묵히 견딜 수 있음을 증명해야 하는데, 돼지 왕자의 악취와 더러움을 참아낼 수 있는 사람은 셋째 딸뿐이다. 셋째 딸은 그 덕분에 목숨을 건지고 왕자가 변신하게 도와준다. 스트라파롤라의 작품에 예법의 기준을 정하는 것은 남성의 독단적 통치이며, 이를 완화할 수 있는 것은 여성의 자기희생밖에 없다. 오누아의 「마르카생 왕자」와 드 뮈라의 「돼지 왕」은 둘 다 내러티브가 길고 복잡한데, 이 두 작품에서 강조하는 바는 스트라파롤라의 작품과 사뭇 다르다. 오누아와 드 뮈라는 둘 다 요정들이 행사하는 문명화의 힘을 강조한다. 요정들은 젊은 여성이 짐승을 다정한 연인으로 바꾸도록 도와준다. 짐승 같은 왕자는 사람을 죽일 권리가 없다. 요정은 공주에게 왕자를 인간화할 임무를 맡기며, 왕자는 요정의 명령에 순종하면서 고통을 견뎌내야 한다. 프랑스 여성 작가들은 루이 14세의 권력과 가톨릭 교회의 권력을 다루기를 원하지 않았다. 그들의 동화가 모두 세속적이며, 그들의 내러티브가 모두 귀족 계급 여성들의 감수성이 충족되는 방향으로 진행된다. 요정들이 다소 독단적일 수도 있겠지만, 요정들의 행동은 이탈리아 궁정의 비도덕성이나 17세기 프랑스의 지배적인 원칙들과 전혀 다른 행실의 기준을 구축하고 지지한다. 오누아와 드 뮈라의 작품들은 폭력과 위반을 비판적으로 그리고 있으며, 모욕당한 여성들의 입장을 겸손하고 확고한 목소리로 대변한다.

두 번째 세트의 이야기에는 가난하고 약간 어리석은 어부가 등장한다. 그는 오만한 공주가 임신하게 되기를 기도한다. 이탈리아 동화와 프랑스 동화 모두 요정들이 발휘하는 문명화 효과를 함께 강조한다. 스트라파롤라의 「바보 피에트로Pietro the Fool」와 바실레의 「페루온토Peruonto」, 오누아 부인의 「돌고래The Dolphin」 등에서 어부는 모두 언제나 바보로 그려지며 마법의 물고기나 요정에 의해서 축복을 받는다. 어부가 마법에 의해 공주를 임신시킨 것 같다는 의혹이 생기면, 왕은 즉시 딸과 바보 어부를 왕국에서 추방한다. 왕은 공주와 바보 어부를 약간의 음식과 함께 통에 넣고 바다로 띄워보낸다. 공주와 바보 어부는 기적적으로 살아나서 한 섬에 상륙하고, 그 섬을 멋진 왕국으로 바꾸어놓는다. 나중에 자신의 행동을 후회하던 왕이 우연히 그 섬에 도착하고, 딸에게 예법에 관한 설교를 듣게 된다. 스트라파롤라의 작품에서는 피에트로와 공주가 둘 다 변신을 거친다. 열두 살에 임신한 공주와 바보 어부는 마법의 물고기 덕분에 성숙하고 우아한 한 쌍의 젊은이로 변신하고, 모두가 겸손을 배운다. 바실레의 작품은 도입부에서 백치 페루온토에 대한 풍부한 묘사를 제공한다.

카소리아(Casoria)에 유덕한 여인이 살고 있었는데, 그녀의 이름은 체카렐라(Ceccarella)였습니다. 그녀에게는 아들이 있었고, 아들의 이름은 페루온토(Peruonto)였습니다. 그때까지 세상에 나왔던 사람 가운데 이 아들처럼 수치스럽고 어리석고 소름끼치는 얼간이는 일찍이 없었습니다. 가난한 어머니의 마음이 장막처럼 어두워지는 것은 그 때문이었고, 자기가 개의 내장만도 못한 이 바보를 위해서 무릎을 벌리고 세상으로 나올 길을 열어주던 날을 천 번도 더 저주하는 것도 그 때문이었습니다. 그러나 이 불행한 여인이 아무리 입을 크게 벌리고 고래고래 소리를 질러도 이 게으름뱅이는 콧방귀 한번 뀌지 않았으며, 어머니가 시키는 일이 아무리 쉬워도 그는 결코 하는 법이 없었습니다.[12)]

그는 행운의 여신 '포르투나'(fortuna)에 의해 자신의 인생을 바꿀 수 있게 된다. 곧, 그는 요정의 아들 삼형제에게 도움을 주게 되고, 삼형제가 그에게 마법을 선물한 덕분에 자기가 원하는 것은 무엇이든 얻을 수 있게 된다. 그러나 이 작품의 결말은 스트라파롤라의 작품보다 훨씬 아이러니하다. 페루온토와 그의 아내는 자신들의 재산과 위엄으로 왕을 깜짝 놀라게 한 뒤, 왕에게 용서를 구한다. 스트라파롤라와 바실레는 궁정에서 실력을 통해서 고위직을 얻을 수 있다고 생각지 않는다. 자신의 처지를 바꾸고 권력을 획득함으로써 지배 계급의 폭력으로부터 스스로를 보호하기 위해서는 행운의 여신이 필요하다. 반면에 오누아를 비롯한 프랑스 동화 작가들은 이미 만들어진 가치들이 (주로 지배 계급의 구성원들 사이에서) 예법을 세우는 데 필요한 것이라고 가정한다. 오누아의 작품 「돌고래」에서 주인공 알리도르(Alidor)는 착한 마음씨를 가진 왕자지만, 외모가 너무 추한 나머지 수치심을 견디지 못하고 아버지의 왕국을 떠난다. 그는 여행길에 숲의 왕이 사는 궁정에 이르고, 거기서 아름다운 공주 리보레트(Livorette)를 깊이 사랑하게 된다. 그러나 공주는 왕자의 못생긴 외모를 조롱한다. 다행히도 왕자는 낚시를 하다가 돌고래를 잡게 되고, 인정 많은 왕자가 돌고래를 도로 놓아주자, 돌고래는 왕자에게 마법을 선물한다. 얼마 후, 알리도르는 카나리아로 변해 리보레트에게 구애한다. 그러나 알리도르는 무심코 그로네트(Grognette)라는 이름의 사악한 요정에게 모욕을 주게 된다. 알리도르와 리보레트에게 고통을 주고 싶은 그로네트는 리보레트가 아기를 가지게 만든다. 리보레트는 아들을 낳은 후에 인간으로 변한 알리도르와 함께 집에서 쫓겨나 통에 담겨 바다를 떠돈다. 그러나 돌고래가 나타나 알리도르와 리보레트가 한 섬에서 유토피아 왕국을 건설하게 도와준다. "섬에 사는 사람들은 그들이 누릴 수 있는 온갖 즐거움을 제공했습니다. 그들의 강물에는 물고기가 넘쳤고, 그들의 숲에는 사냥감이 넘쳤고, 그들의 과수원에는 과일이 넘쳤고, 그들의 들판에는 밀이 넘쳤고, 그들의 풀밭에는 잔디가 넘쳤고, 그들의 우물에는 금은보화가 넘쳤습니다. 전쟁도 소송도 없었습니다. 젊음과 건강, 아름다움, 재치, 책, 깨끗한 물, 맛있는 포도주가 흘러넘치고, 코담배가 끝없이 샘솟는 곳이었습니다! 알리도르가 리보레트를 사랑하는 만큼 리보레트도 알리도르를 사랑했습니다."[13)]

리보레트는 바로 이 이상적인 왕국—루이 14세의 현실 속 왕국과 대치되는 공간—에서 부모와 화해를 하는데, 화해 역시 착한 돌고래와 요정들 덕분에 가능했다. 예법의 기준을 유지하는 유일한 방법은 여성의 마법적 손길밖에 없다는 뜻이다. 모두가 자신의 폭력적 감정을 억제해야 하며, 모욕을 당한다는 것이 어떤 것인가를 이해해야 한다.

기사로 변장한 공주를 다루는 세 번째 세트의 이야기에서 스트라파롤라와 바실레, 오누아, 드 뮈라는 문제가 발생한 궁정을 개혁하는 문제를 숙고한다. 궁정의 문제는 병들고 타락했다는 것일 수도 있고, 문명에 적대적인 야만의 군대로부터 공격을 당했다는 것일 수도 있다. 각각의 작품에서 젊고 용감한 공주는 기사로 변장하고 아버지를 대신해야 한다. 아버지는 아들도 없는데다 너무 늙어 왕을 도울 힘이 없기 때문이다. (이 작품들에서 아서 왕의 기사Arthurian Knights들이 끼친 영향이 분명하게 드러난다.) 공주는 왕의 궁정에 도착한 후 음모에 휩싸이게 되고, 마침내 궁정의 타락상을 폭로한다. 공주의 고귀한 행동은 예법의 모범으로 칭송받고, 공주는 왕과 결혼해 정의로운 통치 질서를 회복한다. 스트라파롤라의 「콘스탄자/콘스탄조Constanza/Constanzo」에서 변장한 공주는 궁정을 위협하는 호색가를 색출하는 데 성공하고, 이어 호색가도 왕비에게 여러 명의 애인이 있음을 폭로한다. 결국 왕은 왕비와 왕비의 애인들을 화형에 처하고 콘스탄자와 결혼한다. 바실레의 「세 개의 왕관The Three Crowns」에서 작가는 플롯에 약간의 수정을 가한다. 여기서 마르케타(Marchetta)라는 이름의 공주는 정략결혼을 피해 달아나는 인물로 나온다. 공주는 여귀를 도와주게 되고, 여귀에게 남자의 의복과 마법의 반지를 받는다. 어떤 왕이 숲 속에서 공주를 발견하게 되고 그녀를 시종으로 삼아 자신의 궁전으로 데려온다. 불행히도 왕비는 마르케타가 젊은 남자라고 믿고 그녀에게 사랑을 느끼지만, 마르케타가 자신의 유혹을 뿌리치자 그녀를 화형에 처하라고 요구한다. 다행히도 마르케타는 여괴의 마법의 반지를 사용해 진실을 밝히고, 왕비는 바다에 던져진다. 오누아의 「벨벨 또는 기사 포르투네 Belle-Belle; or the Chevalier Fortuné」에서 벨벨은 길에서 마주친 7인의 마법사의 도움으로 왕의 적을 무찌른다. 이 작품에서 포르투네를 유혹했다가 거절당하고 앙심을 품는 것은 왕의 누이동생이다. 왕의 누이동생은 포르투네에게 폭행당했다는 거짓말로 왕을 속여 포르투네를 화형에 처할 것을 요구한다. 그러나 포르투네의 옷이 찢겨지자, 형리들과 사람들은 그녀가 여자이며 따라서 왕의 누이동생을 겁탈할 수 없었음을 알게 된다. 이렇게 해서 포르투네는 목숨을 구하고 왕과 결혼한다. 바실레의 작품은 "하느님이 살피시는 배는/곤경에 빠진 배라네"라는 아이러니한 교훈으로 끝을 맺는다. 오누아의 작품은 다음과 같이 끝을 맺는다.

> 벨벨의 모습이 바뀌자 그녀의 죄 없는 영혼이 죽음을 모면했고,
> 그녀를 죽이려던 왕은 그녀에게 반하고 말았어요.
> 하늘은 죄 없는 자를 보호하며, 하늘의 역할을 다하여
> 악덕을 물리치고 미덕에게 왕관을 내립니다.[14)]

드 뮈라 부인의 「야만인 The Savage」은 스트라파롤라와 바실레를 둘 다 차용한 작품으로 보이는데, 여기서도 미덕이 핵심적인 역할을 수행한다.

여기서 콩스탕탱(Constantine)이라는 이름의 공주는 정략결혼을 피해서 도망치다가 결국 야만인의 도움으로 시칠리아의 왕과 결혼한다. 야만인은 알고 보니 마법에 걸린 왕자였다.

드 뮈라와 오누아의 작품들은 매우 길고 복잡하며 올바른 예절과 미덕에 관한 궁정풍 담론을 담고 있다. 이러한 작품은 다정하고 진실한 사랑과 여성, 요정 등을 궁정에 조화와 개혁을 가져오는 힘으로서 찬양한다. 반면에 당시의 가장 유명한 동화 작가였던 샤를 페로는(「장화 신은 고양이」 같은 작품에서 그렇듯이) 문명화 과정 자체에 언제나 문제가 있다는 것과 여성은 문명화 과정에서 부속물에 지나지 않는다는 것을 암시한다. 「장화 신은 고양이」와 같은 유형의 이야기를 처음으로 글로 남긴 작가는 알려진 바와 같이 스트라파롤라이다. 그의 동화 「콘스탄티노 포르투나토 Constantino Fortunato」에서 고양이는 실수를 연발하는 농부가 욕심쟁이 왕을 속여넘기도록 도와주는 요정으로 밝혀진다. 농부는 고양이의 도움으로 자신의 누더기를 왕의 옷과 바꾸고 부자 귀족으로 행세한다. '옷이 사람을 만든다'라는 것이 이 동화에서 가장 선명하게 드러나는 주제이며, 바실레의 「카글리우오소Cagliuoso」에서도 중심적인 주제이다. 스트라파롤라와 마찬가지로 바실레도 궁정사회가 얼마나 천박하고 거짓된 곳인지를 드러내는 것을 목적으로 한다. 그러나 바실레는 여기서 한 발 더 나아간다. 여기서 마법의 고양이는 암컷으로 나오는데, 고양이는 조야한 농부 카글리우오소가 왕이 되게 도와준 후 그로부터 모진 학대를 당하다가 결국 그의 곁을 떠나 도망친다. 카글리우오소가 그의 장인과 똑같이 타락하고 무례한 인물이 될 것은 분명하다. 페로는 이 주제에 약간의 변형을 가해 처음으로 고양이를 권위 있는 남성으로 바꾸었고, 결국은 고양이가 파리에서 살아가는 기회주의적 상층 부르주아 계급의 대변자로서 이야기의 주인공이 된다. 모든 것을 조종하는 인물, 농부를 세련된 신사로 만드는 인물이자 괴물을 죽이는 인물, 결말에서 이 모든 일에 대한 상으로 높은 지위를 얻는 인물은 바로 교활한 고양이다. 여기서는 루이 16세 시대의 이른바 예법에 대한 비판이 가해진다. 곧, 궁정사회에서 성공하기 위해서는 올바른 의복과 예절과 가식이 필요할 뿐 아니라 누군가를 죽이거나 속임수를 써야 한다.

앞에서 보았던 것처럼 스트라파롤라와 바실레가 프랑스 동화 작가들에게 모범이 될 수 있었던 이유는 당대의 문명화 과정에 따르는 모종의 자제와 결단을 요구하는 심각한 갈등에 초점을 맞추었기 때문이다. 그들의 이데올로기적 관점과 내러티브 전략은 작품이 어떠한 사회적·정치적 문제를 다루느냐에 따라 달라졌다. 여기서 가장 중요한 점은, 루이 14세 왕정이 위기에 봉착했던 17세기 말에 프랑스 작가들이 동화를 채택하고 계발하거나 차용함으로써 예법에 대한 자신의 견해를 표명할 수 있음을 깨닫게 되었다는 사실이다. 동화는 프랑스 문명화 과정에 논평을 가하는 비유적 담론이자 내러티브 전략으로 자리 잡아갔고, 이와 함께 동화라는 장르의 엄청난 가능성이 발굴되고 발전되어갔다. 유럽의 역사는 책이라는 형식이 모든 사회 계급에 점점 많은 영향력을 발휘하는 방향으로 나아갔고, 이와 함께 동화 문학이 하나의 장르로 자리 잡았다. 동화 문학은 21세기에도 여전히 아이들과 어른들을 문명화하는 수단으로 채택되고 있을 뿐 아니라, 라디오와 영화, 연극, 오페라, 인터넷을 통해 그 영향력을 확대하면서 남녀의 차이, 행실, 폭력조정 등에 관한 생각들을 전달하고 논의하는 수단이 되어왔다. 21세기에 존재하는 사회 계급, 소통과 오락의 수단들, 권력 행사의 방식들은 르네상스 시기와는 완전히 다르지만, 최근 인기를 누렸던 두 편의 동화 영화 『슈렉 *Shrek*』(2002)과 『슈렉 2』(2004)가 보여준 것처럼 부와 권력을 남용하는 세력은 여전히 존재한다. 그들은 명사로 행세하고, 가난한 사람들을 괴롭히며, 예법의 기준을 지키는 척 위선을 떨면서 제멋대로 권력을 휘두른다. 시대가 바뀐 것처럼 보일지는 모르지만, 스트라파롤라와 바실레가 동화를 만들어낸 덕분에 우리는 여전히 동화의 내러티브 전략에 의존해 현실을 직시할 수 있다. 곧, 우리가 과거의 체제보다 좀 더 문명화되고 좀 더 바람직한 세계에 살고 있다고 생각하는 것이 얼마나 위험한 일인지를 직시할 수 있다는 것이다.

3장

동화, 문명화의 기준이 되다: 샤를 페로와 여성 작가들의 전복적 역할

우리 문화와는 달리 이른바 '고대' 문화에는 나는 내가 아닐 때만 나일 수 있다 — 헤겔 식으로 말하면, 나의 한계를 경험하고 극복할 때 비로소 내가 누구인지 알 수 있다 — 는 보다 분명한 깨달음이 남아 있다.

그러나 내가 아닐 때만 나일 수 있다는 말은, 우리의 한계를 정해놓은 말뚝을 뽑아 점점 멀리 옮겨놓아야 한다는 뜻이 아니다. 우리의 '바깥'에 존재하는 것들을 계속해서 뿌리 뽑고 갈아엎고 정리해야 한다는 말도 아니다. 오히려 내가 아닐 때만 나일 수 있다는 말은, 우리 속의 광야에 휘둘리지 않으려면, 스스로를 길들여진 존재 — 문화적 동물 — 로 인식할 수 있으려면, 우리 자신이 광야가 되어야 한다는 뜻이다.

한스 페터 뒤어(Hans Peter Duerr)
『꿈꾸는 시간 *Traumzeit*』(1978)

I

샤를 페로의 『옛날 옛적 이야기들*Histoires ou contes du temps passé*』이 출판된 시기는 1697년이었다. 이 무렵은 필리프 아리에스(Philippe Ariés)가 지적한 것처럼 사회 규범과 사회 관습의 중대한 전환기였다.

> 13세기부터 16세기까지 인구에 영향을 미치는 조건에는 별다른 변화가 없었고, 아동의 사망률도 여전히 높았다. 어린아이에게 영혼이 있다고는 생각되지 않았다. 그런데 새로운 감수성에 생기면서 세계는 이 연약하고 위태로운 존재 안에 영혼이 있음을 인정하게 되었다. 어린아이의 영혼도 어른의 영혼처럼 영원불멸한다는 사실을 세계의 양심은 이제야 비로소 발견한 것 같았다. 어린아이의 인격이 중요하게 부각되었다는 사실은 기독교가 생활과 관습에 점점 많은 영향을 미치게 되었다는 사실과 연결된다.[1]

따라서 페로와 1690년대 여성 작가들이 동화 창작에 매진했던 가장 큰 이유가 아이들에 대한 자신들의 시각을 표현하고, 아이들이 사회에서 수행할 역할을 미리 가르치기 위해서였다는 점은 우연이 아니다(페로와 그 당시 여성 작가들은 개인의 사회적 역할에 대해서 이상주의적 신념을 가지고 있었다).

페로와 살롱의 여성 작가들이 동화를 쓰던 시기는 역사적으로 아이를 독자로 명시하는 유럽 작가들이 점점 많아지던 시점과도 일치하고, 근대 아동 문학의 기준이 마련되던 시점과도 일치한다. 이들의 작품을 보다 광범

위한 사회 현상의 일부로 이해해야 하는 것은 그 때문이다. 18세기에 동화가 그야말로 홍수를 이룬 것은 사실 이들 때문이었다. 이후 동화 문학은 19세기 유럽과 북아메리카 전역에서 아동 문학과 대중 서적으로 좀 더 분명한 모양새를 갖추기 시작한다.

대부분의 동화가 여전히 성인 독자의 취향을 우선적으로 고려했던 것은 사실이지만, 이러한 동화에서도 상층 계급에 속하는 아동의 양육과 교육을 위한 행동 모델을 제공하려는 경향이 두드러졌다. 동화는 아이를 작품 속에 등장시키고, 또 아이를 독자로 명시한다는 점에서 과거의 구전 설화와는 명백히 달랐다. 작가들이 동화에 매진했던 이유는 어린이와 청소년이 저마다의 사회적 기능을 수행할 수 있도록 적절한 가르침을 주고자 했기 때문이다. 많은 동화들이 이탈리아의 스트라파롤라와 바실레의 이야기들로부터 각색되거나 하층 계급의 유모와 보모, 하인들이 들려주는 구전 설화로부터 각색되었다. 이렇게 각색된 동화들은 모두 정제를 거쳐 살롱이나 궁정에서 유통되었으며, 나중에는 좀 더 많은 독자들을 대상으로 출판되었다. 실제로 1690년대에 이르면 아이들과 어른들을 위한 동화 문학을 창작하고 출판하는 일이 크게 유행하게 된다.[2] 오누아 부인이 1790년에 자신의 소설 『뒤글라의 백작 이폴리트 이야기 *Histoire d'Hypolite, comte de Duglas*』에 놀라운 디스토피아 동화인 「행복의 섬」을 포함시켰을 때, 그녀는 자기가 곧 프랑스에서 하나의 유행을 선도하게 되리라는 것을 미처 깨닫지 못했다.[3] 그로부터 5년도 채 지나지 않아서 동화 문학은 문학 살롱의 주요 화제가 되었으며, 문학 살롱에서 이미 화제에 올랐던 것들이 책으로 출판되기 시작했다. 오누아의 동화들에 이어 레리티에의 『도덕적 작품집 *Oeuvres Meslées*』(1695), 베르나르의 『코르뒤의 이네 *Inés de Cordue*』(1695)(「웅변의 매혹 Les Enchantements de l'Eloquence」과 「더벅머리 리케 Riquet à la houpe』를 포함하는 소설), 샤를로트-로즈 드 라 포르스의 『이야기들의 이야기들 *Les Contes des contes*』(1797), 페로의 『옛날 옛적 이야기들 *Histoires ou contes du temps passé*』(1697), 슈발리에 드 마이(Chevalier de Mailly)의 『유명한 요정들, 용감한 이야기들 *Les Illustres fées, contes galans*』(1698), 드 뮈라 부인의 『요정담 *Contes des fées*』(1798), 폴-프랑수아 노도(Paul-François Nodot)의 『멜뤼진 이야기 *Histoire de Mélusine*』(1698), 장 드 프레샤크(Jean de Prechac)의 『좀 더 사실적인 이야기들 *Contes moins Contes que les autres*』(1698), 뒤랑 부인(Mme Durand)의 『모르탄의 백작 부인 *La Comtesse de Mortane*』(1699), 드 뮈라 부인의 『숭고하고 우의적인 이야기들 *Histoires sublimes et allégoriques*』(1699), 외스타슈 르 노블의 『돈에 손을 댔다 *Le Gage touché*』, 루이즈 오뇌이유 부인(Mme Louise D'Auneuil)의 『파괴당한 요정들의 독재 *La tiranie des fées détruite*』(1702), 뒤랑 부인의 『1699년의 밤참들 *Les Petits Soupers de l'année* 1699』(1702)이 나왔다.

부르주아 계급과 귀족 계급에 속해 있던 작가들은 프랑스 민담의 훌륭한 자산을 발굴해 자기 계급에게 유리하게 이용했을 뿐 아니라, 이탈리아의 문학 전통, 특히 스트라파롤라의 『유쾌한 밤』(1550, 1553)과 바실레의 『펜타메로네』(1634~1636)를 차용했다. 또한 작가들은 근동 동화들을 번역하기 시작하며 엄청난 영향을 미쳤다. 1704년에 앙투안 갈랑은 『아라비안 나이트 *Arabian Nights*』의 일부를 번안했고, 1707년에 프티 드 라크루아(Petit de Lacroix)는 『천일야화 *A Thousand and One Days*』라는 제목으로 페르시아 동화집을 편역했다. 18세기에는 재능 있는 작가들이 무수하게 등장했다. 그중에는 독창적인 실험 동화를 창작한 작가도 있었고, 페로와 오누아, 뮈라, 레리티에, 프레샤크의 17세기 작품들을 단순히 모방하는 작가도 있었다.[4] 비교적 참신하고 흥미로운 작품들 가운데 가브리엘-쉬잔 드 빌뇌브(Gabrielle-Suzanne de Villeneuve)의 『미국 소녀와 바다 이야기들 *Contes marins ou la Jeune Amériquaine*』(1740~1743), 자크 카조트(Jacques Cazotte)의 『천일객설, 터무니없는 이야기들 *Mille et une fadaise, contes á dormir debout*』(1742), 클로드-필리프 드 케뤼스(Claude-Philippe de Caylus)의 『발목장화 왕자와 담비코트 공주 *Le Prince Courtebotte et la Princesse Zibeline*』(1741~1743), 잔-마리 르프랭스 드 보몽(Jeanne-Marie Leprince de Beaumont)의 『아동 잡지 *Magasin des enfants*』(1757), 샤를 뒤클로(Charles Duclos)의 『아카주와 지필 *Acajou et Ziphile*』(1762) 등이 있다. 장-자크 루소(Jean-Jacques Rousseau)까지도 1758년에 『환상 여왕 *La Reine Fantastique*』이라는 동화를 지었다. 동화의 유행이 절정에 달한 시기는 샤를-조제프 드 메예르(Charles-Joseph de Mayer)가 17세기와 18세기에 출판된 중요한 동화 문학 작품들을 가지고 선집을 출판했을 때였다. 선집의 분량은 모두 41권에 달했고, 선집의 제목은 『요정들의 장식장 또는 요정담과 기타 경이담 *Le Cabinet des fées ou Collection choisie des contes des fées et autres contes merveilleux*』(1785~1789)이었다.

동화 붐이 프랑스 혁명의 발발과 함께 수그러들었다는 점은 주목할 필요가 있다(프랑스 혁명은 하층 계급의 이해 관계가 좀 더 분명하게 드러나고, 그 결과 사회적-문화적 관점에 일대 전환이 일어나는 시기였다). 그러나 독일에서 프랑스 동화 문학은 여전히 막강한 영향력을 행사했다. 볼프강 아마데우스 모차르트(Wolfgang Amadeus Mozart)의 『마술피리 *The Magic Flute*』(1791)는 이러한 전통에서 비롯된 작품이다. 또한 크리스토프 마르틴 빌란트(Christoph Martin Wieland)와 요한 카를 아우구스트 무조이스(Johann Karl August Musäus)와 요한 볼프강 폰 괴테(Johann Wolfgang von Goethe), 요한 루트비히 티크(Johann Ludwig Tieck), 노발리스(Novalis), 클레멘스 브렌타노(Clemens Brentano), 요제프 프라이허 폰 아이헨도르프(Joseph Freiherr von Eichendorff), 프리드리히 하인리히 카를 푸케(Friedrich Heinrich Karl Fouqué), 아델베르트 폰 샤미소(Adelbert von Chamisso), 에른스트 테오도어 아마데우스 호프만(Ernst Theodor Amadeus Hoffmann), 그림 형제 같은 작가들은 모두 이런저런 방식으로 프랑스 동화 붐의 영향을 받은 수혜자들이었다. 통설에 따르면, 17세기 말 프랑스 동화 문학의 융성은 19세기에 유럽과 미국에서 동화가 개화하게 하는 원인이 되었다. 특히 여기서 내가 중요한 문학 유산으로 주목하는 것은 상층 계급을 위한 문학으로 시작해서 점차 하층 계급으로 퍼져나간 것들이고, 그 가운데 내가 좀 더 중요한 동화로 간주하는 것은 아동 독자들을 대상으로 문명화 과정의 모범적 행동 기준을 마련하는 것들이다.

프랑스에서 일부 동화는 아동 교육 장르를 형성하게 되는데, 이러한 유형의 동화를 처음 쓰기 시작한 사람은 교육 받은 귀족 부인들과 페로와 마이를 비롯한 몇몇 남성 작가들이었다. 이들은 동화라는 새로운 장르를 가지고 예절과 법률, 관습에 관한 담론을 세웠다. 프랑스 동화 작가는 크게 두 가지 경향으로 나뉘었다. 첫 번째 경향의 작가들은 동화 장르를 진지하게 받아들였다. 이들은 자신들의 시각에서 아이와 어른이 따를 만하다고 여겨지는 이념과 규범과 가치를 내러티브 구조 속에 주입하려 했다. 동화 장르를 하찮게 생각했던 두 번째 경향의 작가들은 동화 장르를 패러디했으며, 마법과 기적을 하층 계급의 미신과 연결지었다. 하층 계급이 진지한 고려의 대상이 아닌 것과 마찬가지로 동화 역시 그러했다. 두 가지 경향의 작가들은 모두 뛰어난 기교를 자랑했으며, 평민의 설화를 그야말로 '고급' 예술로 바꾸어놓았다. 작가들 중에는 사회적 성공—또는 이른바 상업적 성공—을 목적으로 기교가 뛰어난 작가들을 서툴게 모방함으로써 동화 장르를 하찮게 만드는 사람도 물론 있었다. 그러나 동화를 쓴 목적과 상관없이 모든 작가들은 동화를 씀으로써 17세기와 18세기의 관행과 관습에 관한 담론의 제도화 과정에 관여했다.

페로가 아동 동화 문학의 발전에 기여한 바는 매우 특별하다. 페로는 동화 장르의 유행을 만들어낸 인물로 명성을 누리는 경우가 많지만, 실제로 동화라는 장르에 기초를 세우고, 동화를 가지고 보다 고전적인 장르들을 전복하는 역동적 역할을 수행했던 사람들은 당시의 재능 있는 여성 작가들이었기 때문이다. 그러나 페로는 아카데미 프랑세즈 회원이었으며, 여러 가지 복잡한 이유로 인해서 페로가 서구 문명에서 좀 더 많은 관심을 받아왔다. 그중 두 가지 이유만 들자면, 페로는 우선 확실한 명성을 누리는 남성 작가였고, 이어 여성 동화 작가들에 비해 (그리고 모든 남성 동화 작가들에 비해) 세련되고 온건했다. 페로는 여성 작가들에 비해 혁신적인 측면이 덜했지만, 그럼에도 그의 동화들은 좀 더 장기적인 영향력을 행사했다. 페로는 종종 민간 전승 자료들을 정교한 문학 형식으로 정착시킨 일등공신이자 동화라는 유쾌한 수단을 통해서 어른들과 아이들의 행동에 영향을 미치기 위해 동화에 진지하고 도덕적인 목적을 주입한 일등공신으로 간주된다. 한편, 페로는 어린이의 발달 과정을 규제하고 제한한다는 목적과 청소년의 성관계 및 사회적 행실을 규제한다는 목적에 따라서 엄격한 행동의 척도를 마련했다. 이와 같이 독자들을 '문명화' 한다는 의도는 레리티에와 오누아, 드 라 포르스, 드 뮈라, 르프랭스 드 보몽 등 다른 작가들의 작품에서도 분명하게 드러난다. 그들에게 독자들을 사회화한다는 것은 독자들의 본성을 억제하는 것과 결코 다르지 않았다. 특히 여성 작가들의 경우에는 남성적 규약을 전복하고, 교육받은 여성의 구미에 맞는 좀 더 자유로운 규약으로 대체하려 했다. 여성 작가들은 자신의 삶에 대한 결정권을 확보하기 위해 좀 더 많은 권력을 원하고 있었다. 페로와 여성 작가들이 사악한 계획을 가지고 작당해 아이들의 머릿속을 거짓 환상으로 채우려 했다는 말은 아니다. 페로는 민담에 대한 태도에서 아이러니했고, 아동과 성인을 동시에 독자로 삼았다는 점과 도덕적 열정과 아름다움을 동시에 목적으로 삼았다는 점에서 이중적이었지만, 어린이와 청소년의 사고 방식과 행동 방식을 향상시킨다는 의도에서는 대단히 진지했다. 『운문체 이야기 *Contes en Vers*』(1695)의 서문에서 페로는 취향이 고상한 사람들이 동화의 실질적 가치를 인식하게 되었다고 주장했다. "이런 사소한 것들〔동화〕은 단순히 사소한 것들이 아니다. 동화에는 유익한 교훈이 담겨 있다. 동화가 가벼운 내러티브를 선택하는 이유는 사람들의 마음속에 좀 더 기분 좋게 스며들고, 교훈과 재미를 동시에 제공하기 위해서다—사람들은 이러한 사실을 깨닫게 되었다."[5] 페로는 자신의 동화와 선조들의 설화를 다음과 같이 비교했다.

> 설화는 언제나 교훈적 도덕을 제공하는 것을 중시했다. 선은 언제나 상을 받고, 악은 언제나 벌을 받는다. 모든 설화는 정직하고, 참을성 있고, 조심성 있고, 근면하고, 말 잘 듣는 것이 이롭다는 것을 보여주려는 경향이 있다. 예를 들어 요정이 말을 걸어올 때 예의 바르게 대답하는 소녀는 요정의 선물을 받는다. 소녀는 말을 할 때마다 입에서 다이아몬드와 진주가 쏟아져나온다. 반면에 요정에게 예의 없이 대답하는 소녀의 입에서는 개구리와 두꺼비가 쏟아져나온다. 또한 부모님의 말씀을 잘 듣는 아이는 훌륭한 왕이 되는 반면에, 버릇없고 말 안 듣는 아이는 끔찍한 불행을 당한다. 설화에 나오는 모험은 하나같이 허황하고 괴상하지만, 아이의 마음속에 욕망—행복을 찾은 인물을 닮고 싶다는 욕망—과 공포—사악한 인물이 자초한 불행에 대한 공포—를 불러일으킨다. 아이가 아무 꾸밈없는 딱딱한 진실을 받아들일 줄 모르는 시기에 부모들이 아이로 하여금 이러한 진실을 사랑하게 만들어준다면—부모들이 이러

한 진실을 아이의 나이에 맞는 매혹적인 내러티브로 감싸주어 아이가 이러한 진실을 쉽게 받아들일 수 있게 된다면—부모로서 칭찬받을 일이 아닌가? 정직한 본성이 타락하기 이전의 순수한 영혼들이 이러한 숨겨진 교훈을 굶주린 듯 삼키는 것을 보면 믿어지지 않을 정도이다.[6)]

이러한 주장은 1697년 『옛날 옛적 이야기들』의 헌사에서 다시 한 번 반복된다.[7)] 이후, 1729년 페로 동화 영역판 「헌사*Dedication*」에서 로버트 샘버(Robert Samber)는 페로 동화의 교육적·도덕적 가치를 강조함으로써 교훈주의 전통을 계승한다.

그러나 작품 가운데 일부—특히 첫 번째 동화—가 질이 아주 낮고 유치하다는 반론도 있었다. 사실이 그렇다. 그러나 바로 이런 유치함에 페로 동화의 **탁월함**이 있다. 따라서 유치함을 **반론**의 근거로 제시하는 사람들은 자기가 무슨 말을 하는지 제대로 모르는 것 같다—그런 사람들은 페로 동화가 아이들을 대상으로 쓰여진 것이라는 사실을 곰곰이 생각해보지 않았던 것이다. 또한 **저자**는 독창적으로 거장답게 창작했기 때문에, 작품이 진행되는 과정에서 **힘**과 **아름다움**이 하나씩 하나씩 서서히 자라나고, **줄거리**에 힘과 아름다움이 담겨 있으며, **도덕**에 힘과 아름다움이 담겨 있고, 줄거리와 도덕을 전달하는 방식은 **순진하고** 자연스러우며 **단순하다**. 따라서 아이들뿐 아니라 **성숙**한 연령의 사람들도 페로 동화를 보면 흔치 않은 **쾌감**과 **기쁨**을 발견하게 될 것이다.[8)]

동화를 통해 페로와 여성 작가들은 역사의 흐름 속에서 자신들의 문화적 사명을 훌륭하게 완수했다. 곧, 17세기와 18세기의 프랑스 동화가 지녔던 미학과 이데올로기는 서구의 전반적인 문명화 과정의 본질을 형성했으며,

오늘날 동화의 바탕을 이루게 되었다. 페로의 궁정 사교계 동화와 월트 디즈니(Walt Disney)의 문화 산업으로 영화화된 동화 사이에는 직접적인 연관성이 존재한다. 프랑스 동화의 전성기에 나왔던 작품들 가운데 다수는 시간의 시험을 견디지 못하고 사라졌고, 좀 더 현실에 걸맞은 현대적인 작품들이 그 자리를 차지했다. 그러나 우리가 지금까지 동화를 무반성적이고 무비판적인 방식으로 읽고 수용하는 것은 대체로 프랑스에서 동화가 유행할 무렵에 글을 썼던 작가들의 영향이다. 동화를 사회적 제도로 만든 사람들이 바로 그들이다. 그러나 고전 동화라는 문학 유산에는 어두운 이면이 있으며, 나는 이러한 고전 동화의 이면을 근대 서구의 문명화 과정이라는 측면에서 논의하고자 한다. 이러한 어두운 이면을 아동 사회화 기능과의 관련성 속에서 이해하기 위해서 나는 노르베르트 엘리아스(Norbert Elias)가 2권짜리 연구서 『문명화 과정 *The Civilizing Process*』에서 전개했던 문명화 개념을 페로와의 관련성 속에서 상술하고자 한다.[9] 이어서 나는 당대의 동화가 문학을 통한 아동 교육에 모순적인 동시에 전복적인 방식으로 이바지했던 내용을 중심으로 페로의 중요한 동화들과 지금까지 소홀히 다루어졌던 여성 작가들의 동화 몇 편을 검토하고자 한다.

나의 우선적인 관심사는 동화의 작동 방식—동화가 아이들에게 지배 이데올로기를 주입하고, 이를 통해 아이들이 사회적 척도에 순응하게 만드는 방식—이다(이때 사회적 척도가 아이들에게 반드시 이로운 것은 아니다). 17세기 이래로 '고전' 동화 문학이 정확히 어떠한 이데올로기를 전달하는지, 아이들에게 정확히 어떠한 이데올로기적 영향을 미치는지 과학적으로 규명하기는 쉽지 않다. 동화의 고전은 계속해서 변경되고, 나라마다 사회적-문학적 변수가 다르며, 17세기 이래로 동화를 수용하는 방식에 상대적 변화가 있었다. 이런 점을 고려할 때, 우리는 이데올로기가 동화의 독자에게 영향력을 행사하는 사회적-심리적 메커니즘에 주목해야만 한다. 따라서 이데올로기의 작동 방식을 밝히기 위해서는 현실의 사회적 구도에 상응하는 동화의 패러다임 패턴을 추적하는 것이 현명하다. 이에 대해 크리스티안 치머(Christian Zimmer)는 다음과 같이 말했다.

> 이데올로기와 대결하는 것은 유령과 대결하는 것과 같다. 이데올로기는 육체도 없고, 얼굴도 없다. 이데올로기는 기원도 없고, 토대도 없다. 이데올로기에 대항하는 투쟁에서는 명확한 투쟁의 대상을 그려볼 수 없다. 이데올로기는 유동적, 산발적, 영구적 다형성(polymorphism)의 형태로만 자신의 모습을 드러내며, 은근하게 스며드는 방식으로만 작용한다. 이데올로기에는 이렇다 할 언어가 없으며, 특히 폭력의 언어가 없다. 이데올로기는 공격성이 전혀 없고, 무엇으로든 변형될 수 있으며, 자신의 모습을 무한히 바꿀 수 있고, 이로 인해 순진함과 중립성이라는 가면을 쓸 수 있다. 그리고 앞에서 말한 대로 이데올로기는 무엇보다 현실 자체 속에 섞여들 수 있다. 마지막으로 이데올로기의 최고의 계략은 일종의 보호구역(secteur)을 지정하는 것이다. 이데올로기는 이곳을 오락(divertissement)이라고 칭하며 현실과 단절된 곳으로 정했다. 나아가 이데올로기는 두 가지 차원, 곧 일상의 차원과 일탈의 차원—꿈, 상상계(the imaginary)—에서 동시에 작용한다. 따라서 오락은 이데올로기의 직접적 창작품이다. 오락은 언제나 권력으로부터의 소외이다. 즐긴다는 것은 스스로를 무장해제한다는 것이다.[10]

동화 문학이 처음으로 아이들을 대상으로 삼기 시작할 무렵에 동화 문학은 아이들의 내면적 본성을 주조하는 수단으로서, 어린이와 청소년에게 즐거움을 제공하는 동시에 이데올로기를 가르치기 위해 씌어졌다. 페로와 그의 친구들의 고전 동화는 재미의 이데올로기를 채택하는데, 재미의 이데올로기가 언제나 그렇듯 그들의 동화 역시 무해하고 재미있는 것으로 간주된다. 그러나 동화 문학은 서구의 문명화 과정에 관한 핵심적 사회화 요소 가운데 하나로 간주될 수 있었으며, 그런 경우에 동화 문학은 우리가 흔히 생각하는 것보다 훨씬 강도 높은 관심과 논쟁의 주제가 되었다. 그도 그럴 것이 아동기가 좀 더 의미 있는 별도의 시기로 여겨짐에 따라, 교육을 지배하는 사회적 힘들은 '모범적' 동화가 '무해함의 이데올로기'를 유지하고 있는가를 끊임없이 점검하고 조사했다. 다시 말해 교육을 지배하는 사회적 힘들은 동화가 고전적 패턴을 따르고 가정과 학교에서 지배적 사회 규범을 강화하는 방식으로 창작되고 있음을 확인하기 위해 항상 신중한 조사와 검열을 동원했다. 고전 동화들과 보수적인 문화 수호자들이 모종의 일차원적인 문학적 플롯을 만들어냈다고 말할 수는 없다. 그러나 문명화 과정이 진행됨과 함께 역사적으로 전개되어온 동화 문학의 복합적 패턴을 검토하는 것은 중요한 일이다. 우리는 동화 문학을 마음속에 소중하게 간직하고 있지만, 사실상 동화 문학은 우리에게 해롭고도 모순적인 영향을 미쳤다. 그리고 우리는 동화가 우리에게 어떻게 해롭고도 모순적인 영향을 미쳤나를 추적해야 한다.

II

문명화 과정에 대한 노르베르트 엘리아스의 사회적-역사적 연구는 고전 동화의 사회화에 관한 어두운 측면을 밝히는 데 대단히 유용하다. 엘리아스는 사회의 사회학적 진화 과정과 인간의 심리학적 편성 과정 사이의 상호 관계에 주목한다.

> 사회가 문명화되어 있다고 하더라도 인간이 문명화된 상태로 태어나는 것은 아니며 (…) 사람이 반드시 거치게 되어 있는 개인의 문명화 과정은 사회의 문명화 과정에 포함된 한 기능이다. 따라서 아이의 감각 구조와 의식 구조는 '문명화되지 않은' 종족과 분명 어느 정도 비슷하다. 어른의 경우도 마찬가지다. 문명화가 진전됨과 함께 인간의 심리층은 다소간 가혹한 검열에 종속되며, 결국은 꿈 같은 곳에서 출구를 발견한다. 그러나 우리 사회에서는 사람 하나하나가 태어나는 그 순간부터 문명화된 어른의 영향권 밑에서 주조되기 때문에, 개인이 자기가 속한 사회가 역사 속에서 달성한 기준에 도달하기 위해서는 개인들 각자가 문명화 과정을 거치지 않으면 안 된다. 그러나 개인이 거치는 문명화 과정이 사회가 역사 속에서 거쳤던 문명화 과정의 모든 단계를 포함하는 것은 아니다.[11]

엘리아스에 따르면, 17세기 후반기에 사회적-정치적 영역에서 절대주의와 종교적 정통파를 지지하는 방향으로 일대 전환이 있었고, 이러한 상황이 서구의 근대적 태도를 결정했다. 권력분산적 중세사회가 물러난 자리에 좀 더 중앙집권적이고 통제가 강화된 민족국가와 공국 체제가 들어섰다. 새로운 체제는 **궁정예법(courteoisie**, 곧 야만적이라는 수식어가 붙게 된다)이라는 느슨한 개념을 버리고 좀 더 엄격한 **시민예법(civilité)** 개념을 채택했다. 이 무렵에 서구, 적어도 프랑스와 영국에서 시민예법을 도입하고 강화했던 주역은 부르주아 계급이었다.

프랑스에서 부르주아 계급의 대규모 **영역들(secteurs)**이 문화와 정치로 진입한 과정을 이해하는 것은 페로가 설화를 '문명화' 함으로써 상층 계급의 어른들과 아이들을 위한 동화 문학으로 변형시킨 업적의 의의를 이해하기 위해 반드시 필요한 일이다. 16세기와 17세기의 프랑스 귀족 계급은 다른 계급 출신의 인재들을 받아들여 활용하는 특별한 능력을 자랑했다. 귀족 계급은 제3신분에서 인재 집단을 가려내어 귀족사회에 들어오게 해주었고, 귀족 계급의 국가 지배를 확립할 필요가 생기면서 귀족사회에 들어오는 사람들의 수는 점점 늘어났다. 페로는 궁정으로부터 인정받은 운수 좋은 **상류 부르주아 계급**(haute bourgeoisie)에 속했다.[12] 그는 고위 왕실 공무원이자 아카데미 프랑세즈 초대 회원 가운데 하나였으며, 존경받는 논객이자 문학 살롱의 명사였다. 또한 페로는 루이 16세의 정치적 팽창주의 전쟁을 지지했고, 프랑스 절대왕정이 유럽과 그 밖의 전 세계를 '문명화' 할 고귀한 사명을 수행하고 있다고 믿었다. 17세기 프랑스의 '명백한 운명' (manifest destiny)*을 지지하는 일에서 페로는 궁정 대표로서 자신의 견해를 공적으로 표명했을 뿐 아니라, 가정에서 사적으로 자신의 견해를 실천했다. 또한 페로는 부르주아-귀족 엘리트의 상호 이익을 위해 노골적으로 내면적·외면적 아동 발달의 '식민화' 를 추구한 최초의 아동도서 작가 가운데 한 사람이었다.

프랑스의 귀족 계급과 부르주아 계급의 상호 작용을 자세하게 연구하지 않는다면, 서구 문화 속에서 아동 동화 문학이 가지는 사회학적 중요성을 이해할 수 없을 것이다. 엘리아스는 이러한 관련성을 분명히 밝혔다.

> 궁정 부르주아 계급과 궁정 귀족 계급은 똑같은 언어를 사용하고, 똑같은 책을 읽고, 똑같은 관습을 따랐다(단, 관습의 내용은 지위에 따라 달랐다). 사회적·경제적 불균형 상태로 인해 구체제(ancien regime)가 지닌 제도의 틀이 무너지고 부르주아 계급이 국가가 됨에 따라 궁정 귀족 계급, 나아가 궁정 부르주아 집단의 계급적 특징이

*역주 : 강자가 자신의 승리를 정당화하는 논거.

었던 것들이—점점 적용되는 범위가 넓어지면서 또 모종의 변형이 가해지면서—국가의 특징으로 자리 잡았다. 문체 관습과 사교 형식, 옷차림, 예의를 중시하는 태도와 훌륭한 연설 및 대화와 언어의 명료함을 중시하는 태도 등—프랑스에서 이 모든 것은 처음에 궁정 사회 안에서 형성되어 점진적으로 확장되면서 계급적 특징에서 국가적 성격으로 서서히 탈바꿈되었다.[13]

종교개혁(Reformation) 시기의 중대한 위기들이 1490년에서 1650년 사이의 대규모 마녀사냥에서 극단적으로 드러났다면, 페로가 동화를 쓰기 시작할 무렵은 이러한 위기가 일시적으로 해결된 뒤였다. 위기를 해결한 방식은 사회 생활과 영적 생활에 점점 강도 높은 합리화와 규제책을 도입하는 것이었다. 이러한 문명화 과정은, 특히 프랑스와 영국의 경우에, 부르주아 계급이 사회경제적 권력을 확보하는 과정과 일치했다. 따라서 사회적·종교적·정치적 시각이 바뀌는 상황은 부르주아 계급과 귀족 계급의 이해 관계가 결합하는 상황을 보여주는 증거였다. 과거에 궁정인(homme courteois)이 있었다면, 이제는 문명화된 시민(homme civilisé)이 등장했다. 곧, 과거의 정중한 관습과 화법은 부르주아 계급의 자질들—정직함, 부지런함, 책임감, 금욕주의—을 포함하는 방향으로 바뀌었다. 프랑스 부르주아 계급이 영향력의 범위를 확장하고 정치 권력을 좀 더 확보하기 위해서는 이중의 과제를 해결해야 했다—첫째, 궁정 모델을 어느 정도 채택해 무간섭주의(laissez-faire)를 좀 더 확실하게 구축함으로써 부르주아 계급의 이익을 확대·결속해야 했고, 둘째, 민중 풍습을 전유하고 하층 계급 가운데 가장 근면하고 고상하며 경제력이 있는 사람들을 끌어들임으로써 부르주아 계급의 경제적·문화적 권력을 강화해야 했다. 부르주아 계급의 궁극적 목표는 다른 계급에 의존하지 않는 자족적 계급이 되는 것—국가의 이해 관계를 자신의 이해 관계로 만드는 것—이었지만, 위와 같은 측면에서 보면 프랑스 부르주아 계급은 그야말로 중간 계급 내지 매개 계급이었다.

부르주아 계급이 자기의 가치와 이해 관계를 퍼뜨리고 잠재의식의 영역에서 문명화 과정에 대한 지배력을 강화하는 한 가지 방법은 문학적 사회화였다. 아동기가 별개의 성장 단계로서 장래의 성격 발달을 결정하는 중요한 기반이라는 인식이 커지면서, 사람들은 아이들의 예법과 의복, 책, 장난감, 전반적인 교육 등에 특별한 관심을 기울였다. 16세기와 17세기에는 수많은 단행본과 팸플릿, 소책자에서 식탁 예절, 생리 현상, 침실 예법, 성 관계, 올바른 화법 등을 다루었다.[14] 가장 고전적인 예는 로테르담의 에라스무스(Erasmus of Rotterdam)의 『아동 예절에 관하여 *De Civiltate morum puerilum*』(1530)이며, 그 밖에 중요한 예로는 조반니 델라 카사(Giovanni della Casa)의 『갈라테오 *Galateo*』(1588), 칼비아크(C. Calviac)의 『예절 *Civilité*』(1560), 앙투안 드 쿠르탱(Antoine de Courtin)의 『신예절론 *Nouveau traité de civilité*』(1672), 프랑수아 드 칼리에르(François de Calliéres)의 『예의 바른 생활에 유용한 지식을 다루는 세속 학문 *De la science du monde des connoissances utiles á la conduite de la vie*』(1717), 라살(LaSalle)의 『품위 유지 및 기독예법의 규칙 *Les Régles de la bienséance et de la civilité chrétienne*』(1729) 등이 있다. 귀족 계급이나 부르주아 계급에 속한 사람이라면 이러한 실용서의 영향권을 벗어난다는 것이 불가능했으며, 결국 이러한 실용서는 모든 상층 계급 아동의 공식적·비공식적 교육의 일부가 되었다. 이러한 실용서의 시각은 『청색 총서 *la bibliothéque bleue*』라는 싸구려 팸플릿을 통해 농민층으로 퍼져나갔다. 방정한 품행을 규정하는 새로운 법칙들을 따라야 한다는 상류 계급으로부터의 압력은 점점 증가했고, 그로 인해 의복과 예절에 관한 규범은 17세기 말이 되면서 극도로 엄격하고 위계적인 형태를 띠게 되었다. 이러한 사회적 압력의 이성적 목적은 사회 규범과 관행을 내면화시킴으로써 이러한 사회 규범이 제2의 본성, 곧 습관처럼 보이게 만드는 것이었다(단, 이것이 특정 계급의 음모는 아니었다). 부르디외는 자신의 중요한 저서인 『구별짓기 *La Distinction*』에서 이를 아비투스라고 설명했다.[15] 그러나 자제의 형태를 띠는 개인적인 통제는 실제로는 사회적인 통제였고, 공적인 곳에서 '자제심을 잃거나' 또는 '감정에 휩쓸리거나' 하지 않는 것은 사회적 지위가 높다는 표시였다. 엘리아스가 지적한 것처럼 획일화와 사회적 조건화의 체제는 다층통제 체제로서 17세기 중반이 되면서 상당히 구체적인 윤곽을 갖추게 되었다.

> 처음에는 규모가 다소간 한정된 궁정 사회가 자신들이 처한 사회 상황의 필요를 채우기 위해 그러한 사회 상황에 상응하는 심리 상황을 보여주는 이상적 모델을 주조했다. 그러나 프랑스 사회 전반의 구조가 변형되는 과정에서 훨씬 더 넓은 계층의 사람들이 궁정 사회에서 만들어진 모델을 기꺼이 채택했고, 나아가 열렬히 환영했다. 더불어 이러한 모델은 역시 아주 서서히 사회 전체로 확산되었으며, 확산되는 과정에서 모종의 변화를 겪지 않을 수 없었던 것으로 보인다.[16]

프랑스 사회에서 통제가 점차 강화되고, 프랑스 사회를 동질적 국가로 만들려는 노력이 진행됨에 따라, 아이에게 역할 모델에 순응할 것을 강요하는 압력은 점점 강해졌다. 사회 규범이 엄격해지면서 자연스러운 형태의 성행위와 식탁 예절, 복식, 생리 현상—곧, 16세기 이전까지 상층 계급에서 일반적으로 받아들여진 관행들—은 '야만적이다' 또는 '문명화되지 않았다' 는 비난의 대상이 되었으며, 이와 함께 사회적 행실을 규제하는 보다 억압적인 방식에 순응하지 않는 아이에게 수치심과 불안감을 느끼게 하는 일이 중요해졌다. 본능의 억제와 금욕은 인간적 충동과 인간적 생각을 조절하는 올바른 방식을 보여주는 사회적·종교적 규범의 일부가 되었는데, 이는 아이들로 하여금 얌전히 국가를 섬기는 법과 문명화를 배우게 하기 위함이었다. 17세기 말에 '아동기'가 발생했던 주된 이유 가운데 하나는 문명화 과정의 목적이 자연과 본성을 지배하는 것이라는 도구적 성격을 좀 더 강하게 띠면서 어른과 아이 사이의 격차가 좀 더 벌어졌기 때문이다. 1480년부터 1650년까지의 시기 전체를 역사적 이행기로 볼 수 있다. 이 시기 동안 가톨릭 교회와 프로테스탄티즘의 종교개혁 운동은 신진 상인 계급과 산업 계급의 지지 속에 힘을 합해 사회를 합리화하려 했고, 특히 사회적 일탈층—마녀, 늑대인간, 유대인, 집시 등 악마와 관련되는 사람들—을 그야말로 박멸하려 했다. 그중에서도 여성은 잠재적으로 통제 불가능한 자연적 본능과 연결되었으며,[17] 야성의 힘에 쉽게 좌우되는 순수하고 순진한 아이의 이미지가 생기면서, 아이들을 통제하고 보호해야 할 필요성이 좀 더 부각되었다. 사회적 비순응주의와 일탈에는 문명화와 기독교의 이름으로 호된 벌이 가해졌다. 트레버-로퍼(H. R. Trevor-Roper)에 따르면,[18] 그 무렵에 수십만 명, 어쩌면 수백만 명에 이르는 사람들을 처형시킨 것은 사람들의 마음속에 공포심과 불안감을 일으키기 위해서였고, 남자와 여자의 행동과 관련해 새로운 모델이 만들어진 것은 좀 더 금욕적인 생활 방식을 찬양하기 위해서였다. 절대왕정 기독교 통치자의 이름으로 마련된 행실과 훈육, 처벌의 기준에 힘입어[19] 사회 분화가 진행되었고, 이는 신흥 부르주아 산업 계급과 상인 계급에게 유리한 방향으로 작용하게 된다. 엄청난 수의 국민들—민족국가와 공국의 백성들—을 순하고 말 잘 듣는 신민으로 만들기 위해서 인간의 본능을 통제하는 방책들이 생겨났다. 이러한 방책은 처음에는 상층 계급 사람들 사이에서 만들어진 것이었지만 점차 하층 계급으로 전파되었다. 나이프와 포크라는 편리하고 고상한 식기가 도입되었고, 밥을 먹을 때는 식탁 앞에 똑바로 앉아야 했으며, 상차림의 형식이 위계화되었고, 말하거나 움직일 때는 정해진 방식에 따라 일정한 자세를 유지해야 했으며,[20] 자연스러운 생리 작용을 억제해야 했고, 자기가 속하는 사회계급에 따라 옷차림을 달리 해야 했다. 이 모든 조치는 15세기와 16세기에 취해진 것으로서, 이전까지 문제없이 수용되던 긍정적 쾌감의 요소들이 이러한 조치로 인해서 17세기에는 불쾌와 혐오와 염증을 야기하는 무례함으로 변형되었다.

엘리아스에 따르면, "이렇듯 수많은 충동이 사회적으로 금지당하고, 사회 생활과 의식의 표면에서 '억압' 됨에 따라, 어른과 아이 사이의 인격 구조와 행동의 격차는 벌어질 수밖에 없었다."[21] 다시 말해 17세기 말엽에 아동기는 '본래적 순수함' 의 상태와 동일시되었으며, 따라서 타락의 가능성이 잠재하는 상태였다. 아동 문명화—불안 유발의 효과와 적극적 보상을 통한 사회적 세뇌—는 예절과 말투, 성(性), 문학, 놀이 등 모든 차원에서 진행되었다. 그리고 이 과정에서 본능을 훈련하고 통제함으로써 사회적·정치적 사용 가치로 전환해야 했으며, 아동 양육을 관리함으로써 문명화된 **시민**(homme civilisé)을 양성해야 했다.

시민예법(civilité)은 페로와 그의 친구들의 동화가 프랑스 사회화 과정에서 독특하고 강력한 역할을 담당한 방식을 이해하는 데 핵심적인 열쇠를 제공한다. 또한 페로와 그의 친구들의 동화가 보여주는 행실의 척도는—아이들과 어른들 모두에게—오늘날까지 받아들여져 왔으며, 여전히 실제적인 관심의 대상이 되고 있다. 따라서 페로의 산문 동화를 구체적으로 살펴본다면 페로가 말하는 **시민예법**이 무엇인지를 이해할 수 있을 것이며, 나아가 고전 동화의 토대를 이루는 문명화라는 도덕적 가정 자체에 문제를 제기할 수 있을 것이다.

III

『옛날 옛적 이야기들』에 들어 있는 7편의 산문 동화를 아이들의 행동 패턴과 행동 모델을 제공하는 작품으로 볼 경우, 각각의 작품들은 성별을 기준으로 2가지 유형으로 나뉠 수 있다. 곧, 『잠자는 숲 속의 미녀 *Sleeping Beauty*』 『빨간 모자 *Little Red Riding Hood*』 『푸른 수염 *Blue Beard*』 『요정들 *The Faires*』 『신데렐라 *Cinderella*』가 여자아이를 겨냥한다면, 『장화 신은 고양이 *Puss in Boots*』, 『더벅머리 리키 *Ricky of the Tuft*』 『엄지 소년 톰 *Little Tom Thumb*』은 남자아이를 겨냥하는 것으로 볼 수 있다. 우리는 여자 주인공과 남자 주인공을 구별하는 모범적 자질들에 초점을 맞춤으로써 페로가 시민예법의 개념들을 작품 속에 신중하게 짜넣은 방식을 살펴볼 것이다.

『잠자는 숲 속의 미녀』에서 요정들이 공주에게 선사한 '선물'은 아름다움과 천사 같은 마음씨, 우아함, 완벽한 춤 솜씨, 꾀꼬리 같은 목소리, 음악성 등이다. 다른 말로 하면, 공주는 이상적인 귀족 부인이 되도록 키워졌다. 또한 왕자가 나타나 공주를 구해내고 다시 살려낼 때까지 100년 동안 수동적으로 참을성 있게 기다리도록 되어 있다. 공주의 고운 '말씨'(manner of speech)에 반한 왕자는 공주를 아내로 삼는다. 이후 마녀에게 아이들을 빼앗긴 뒤, 공주는 훨씬 더한 참을성을 발휘해야 한다. 공주의 순종과 희생이 보상받는 것은 결말 부분에서 왕자가 돌아와 상황을 바로잡을 때다. 이야기가 끝난 뒤에 페로는 인내를 찬양하는 도덕시를 덧붙인다.

동화집에 포함된 작품 가운데 유일한 경고 동화인 『빨간 모자』는 비교적 불행한 결말로 끝나지만, 여자아이들의 행동 모델을 제공한다는 점에서는 다른 동화와 크게 다르지 않다. 빨간 모자는 자기가 하고 싶은 대로 하다가 할머니의 파멸과 자기 자신의 파멸을 초래한다. 이렇듯 부정적 사례를 보면서 독자는 착한 여자아이란 모름지기 어떠해야 하는지를 배우게 된다. 사실상 이야기의 교훈은 곧, 예쁘고 얌전하고 예의 바른 소녀는 낯선 이와 말을 섞거나 자제심을 잃어서는 안 되며, 그렇게 하지 않으면 늑대에게 잡아먹히게 된다는 것이다. 다시 말해 여자아이는 자신의 성적 충동과 자연적 충동을 통제해야 한다. 안 그러면 위험한 늑대의 형상을 하고 있는 자기 자신의 섹슈얼리티에게 잡아먹히게 될 것이다.

『푸른 수염』의 메시지도 이와 별반 다르지 않다. 푸른 수염의 아내는 자신의 잘못을 깨닫고 기도문을 외움으로써 구원을 받는다는 점이 다를 뿐이다. 『푸른 수염』에서 여자 주인공은 아름답고 얌전하지만 너무 호기심이 많다. 따라서 이 이야기의 교훈도 여자에게 호기심과 상상력은 죄악이며, 자제가 필요하다는 것이다. 이러한 교훈을 완화시키는 또 다른 교훈이 있는데, 이 두 번째 교훈—남녀 관계의 변화를 아이러니한 방식으로 암시하는 교훈—은 이제는 남자가 더 이상 옛날같이 괴물이 아니며, 여자가 좀 더 많은 권력을 가지게 되었다는 것이다. 그런데도 여성의 역할은 겸양과 자제를 요하는 상황 아래 놓여 있다.

『요정들』에는 훌륭한 딸과 그렇지 않은 딸이 나온다. 동생은 아름답고 온순하며 친절하고 집안일을 열심히 한다. 불평하는 법도 없다. 언니는 괴팍하고 거만하며 게으르다. 동생은 가난한 마을 아낙네를 도와주면서 예의 바르고 올바른 태도를 보였기 때문에 선물을 받는다. 말을 할 때마다 입에서 꽃이나 보석이 나오는 선물이다. 결국 동생은 왕자를 상으로 받는 반면, 언니는 집에서 쫓겨나 죽는다. 이 이야기의 교훈은 친절을 베풀어야 한다는 것이다.

『요정들』의 주인공과 마찬가지로, 신데렐라 역시 부지런하고 겸손하며 집안일을 열심히 한다. 또한, 『신데렐라』에도 주인공 딸과 대조를 이루는 인물이 나온다. 신데렐라는 친절하고 다정하고 부지런한 인물로 그려진다. 또한 나중에 멋쟁이 여왕처럼 차려입었을 때는 세상에서 가장 아름다운 여인으로 그려진다. 왕자는 신데렐라의 '탁월한' 자질을 알아보고 신데렐라를 아내로 삼는다. 이 이야기의 교훈은 신데렐라처럼 품위(bonne grace)를 갖춰야 하며, 품위는 신데렐라가 사랑받는 방법이라는 것이다.

페로의 동화에서 여자 주인공이 '신분 상승'을 성취하는 작품들을 보면, 페로가 여성을 보는 시각이 극히 제한되어 있음을 알 수 있다. 페로가 이상적인 여성으로 간주하는 상층 계급의 문명화된 여성(femme civilisée)—복합적 여성—은 아름답고, 예의 바르고, 품위 있고, 부지런하고, 옷 잘 입고, 무슨 일이 있어도 자제할 줄 안다. 여자 주인공이 복종의 시험을 통과하지 못할 경우, 빨간 모자처럼 벌을 받게 된다. 그러나 빨간 모자의 운명은 예외적이다. 『빨간 모자』는 경고 동화라는 특수한 장르에 속하는데, 이에 대해서는 나중에 좀 더 자세히 다루겠다. 페로가 이상형으로 생각하고 있는 여성은 자제와 인내를 보여주어야 한다는 과제를 안고 있다. 곧, 페로의 이상형 여성은 자기에게 맞는 남성이 나타나 자기의 미덕을 알아보고 자기를 아내로 삼아줄 때까지 수동적인 태도를 견지해야 한다. 여성이 사는 방법은 오직 남성이며, 여성이 사는 목적은 오직 결혼이다. 남성은 행동하고 여성은 기다린다. 여성은 자신의 본능적 충동을 공손한 말씨와 올바른 예절과 우아한 옷으로 덮어야 한다.

릴리안 무레(Lilyane Mourey)는 페로의 동화가 여성을 그리는 방식에 관해 다음과 같이 평했다.

페로의 동화에서 '도덕성'의 개념은 아이러니 또는 풍자와 뒤섞인 대단히 독특한 가치를 갖고 있다. 페로는 여자가 남편에게 전적으로 순종해야 한다고 주장한다. 여성의 교태(지배 계급의 특권)는 남편에게 혼란스러움과 당황스러움을 안겨주며, 여성의 독립성을 보여주는 신호일 수 있다. 우리가 앞에서 보았듯이, 페로의 동화에 나오는 여자 주인공은 대단히 아름답고, 충실하고, 집안일에 헌신하고, 겸손하고, 유순하며 약간 미련할 때도 있다. 페로가 보기에 미련함은 여성에게 거의 미덕에 가까운 것이 사실이기 때문이다. 똑똑함은 위험할 수 있다. 페로를 포함한 많은 남자들(그리고 여자들)이 보기에 아름다움은 여성의 자질이고, 똑똑함은 남성의 자질이다.[22)]

물론 페로의 동화 가운데 남자 주인공에 초점을 맞추는 작품은 성격이 완전히 다르다. 『장화 신은 고양이』에서 실질적 주인공인 고양이(Puss)는 주인을 섬기기 위해서 적절한 장비(장화 한 켤레와 자루)가 필요하다. 고양이는 주인을 섬기는 일에서 완벽한 헌신과 근면을 보여주는 교육받은 부르주아 비서의 전형이다. 고양이는 올바른 예절과 재치를 발휘한 덕분에 왕에게 좋은 인상을 심어주고, 영리함을 발휘해 괴물을 처지한 뒤 자기가 섬기는 신분 낮은 주인을 공주와 결혼하게 만든다. 그리고 고양이 자신도 신분 상승에 성공해 마침내 고관대작의 지위에 오른다. 여기서 페로는 우리에게 이중적 교훈을 주고 있다. 첫 번째 교훈은 부지런함과 임기응변(industrie et savoir faire)이 있어야 한다는 점이고, 두 번째 교훈은 좋은 옷을 입고 밝은 표정을 짓고 젊어야 공주의 마음을 얻을 수 있다는 것이다.

『더벅머리 리키』에서 다시 한 번 듣게 되는 교훈은 남자에게는 멋진 외모와 겸손함보다 좋은 머리와 야심이 중요하다는 점이다. 리키 왕자는 추하고 못생긴 외모를 가졌지만, 머리가 대단히 똑똑할 뿐 아니라 자기가 가장 사랑하는 사람을 자기와 똑같은 정도로 똑똑하게 만들 수 있는 힘을 갖고 있다. 동화의 수순에 따라 리키는 어리석고 아름다운 공주를 만난다. 공주는 왕자가 자기를 똑똑하게 만들어준다면 1년 후에 왕자와 결혼을 하겠다고 약속한다. 그러나 공주는 1년 동안 똑똑한 사람과의 행복을 경험한 뒤 약혼을 깨려 한다. 그러나 리키의 공손한 예절과 능력에 매료된 공주는 자기가 리키를 멋있어 보이게 만들 힘을 가졌다고 믿게 된다. 따라서 『더벅머리 리키』의 두 번째 교훈은 정신이 물질보다 강하다는 점이다. 이 두 가지 교훈은 모두 분별력의 중요성을 강조한다.

분별력과 재치는 『엄지 소년 톰』에서도 중요한 역할을 맡는다. 이 동화는 몸집이 작은 주인공—7형제 중 막내—을 친절하고 똑똑한 인물로 그린다. 막내는 7형제 가운데 가장 신중하고 영리한 인물이다. 형제들이 먹을 것도 없고 돈도 없는 상태로 숲 속에 버려졌을 때, 결국은 막내가 다른 형제들을 인도한다. 막내는 괴물 부부를 속이고 형제들을 구한 뒤 엄청난 재산을 얻는데, 이는 막내가 어느 누구보다 재치가 뛰어나기 때문이다. 작은 몸집에도 불구하고 엄지 소년 톰은—동화의 교훈은 이것이다—지력이 완력보다 우월한 것임을 보여준다.

페로의 동화에 나오는 복합적 남자 주인공은 복합적 여자 주인공과 완전히 다르다. 남자 주인공 가운데 특별히 잘생긴 사람은 없지만, 하나같이 뛰어난 머리와 용기와 훌륭한 예절을 갖추고 있다. 또한 남자 주인공은 모두 야심을 가지고 있으며, 자신의 힘으로 신분 상승에 성공한다. 고양이는 고관대작이 되고, 왕자는 아름다운 공주와 결혼해 사회적 명망을 높이고, 엄지 소년 톰은 부유하고 존경받는 왕실 관리가 된다. 여자가 주인공인 동화에서 가장 중요한 목표는 결혼인 반면에, 남자가 주인공인 동화는 사회적 성공과 업적이 아내를 얻는 것보다 중요함을 보여준다. 다시 말해 여성에게는 남자가 삶의 목적이 되는 반면에, 남성에게는 여자가 부수적인 존재일 뿐이다. 남성 주인공은 능동적이고, 분별력을 발휘해 원하는 바를 성취하며, 고도의 문명화 수준을 자랑한다. 남성 주인공의 덕목들은 루이 14세 치하의 궁정 부르주아 계급을 반영하며, 나아가 페로 자신의 성격도 일부 반영한다.

페로의 동화에 나오는 남녀 주인공의 주요 특징과 행동을 검토할 때 선명하게 드러나는 것처럼, 페로가 남녀의 이상형을 제시하는 이유는 프랑스 상층 계급이 정해놓은 문명화 과정의 기준을 강화하기 위해서이다. 페로는 한편으로는 플롯의 차원에서 규범적 행동 패턴을 도입함으로써 모범적 사회 구도를 묘사하려 하고, 다른 한편으로는 언어의 차원에서 다분히 의식적으로 부르주아 계급과 귀족 계급의 말씨를 사용함으로써 유창하고 공손하게 대화하는 올바른 방법을 제시하려 한다. 페로의 동화가 예의 바른 관습과 유창한 표현, 합리적 언행을 차용하는 이유는 인물이 사회적으로 높은 지위에 있고 올바른 가정교육을 받았음을 강조하기 위해서다. 예를 들어 대모가 신데렐라를 '더러운/하녀'에서 '정숙한/공주'로 변신시킬 때, 변신의 관건은 상당 부분 의상의 디자인이다. 페로가 보여주려 했던 것은 뛰어난 사람들이 무슨 옷을 입는가, 행동거지는 어떠한가 등이었다. "모든 숙녀들은 신데렐라의 머리 모양과 드레스를 유심히 보면서, '내일은 나도 신데렐라 같은 머리를 하고 신데렐라 같은 드레스를 입어야지' 라고 결심을 했어요. 그리고 '저렇게 훌륭한 옷감과 저렇게 솜씨 좋은 재단사를 찾을 수 있을까' 하고 걱정을 하기도 했지요."[23] 신데렐라는 세련되고 젊은 귀족 부인이 지니고 있을 만한 장점을 모두 보여준다. 또한 자신의 감정과 동작을 완벽하게 통제할 줄 안다. 언니들에게 망신을 주지 않으면서 기품 있게 대하는 신데렐라의 침착함은 감탄할 만하다. 12시가 되어 떠나야 할 때 신데렐라는 자제심과 공손함이 조화를 이룬 모습을 보여준다.

페로의 내러티브 문체는 페로가 묘사하는 장식과 인물, 가치에 상응한다. 각각의 동화는 데카르트적 추론을 포함함으로써 세련된 바로크 분위기를 풍긴다.[24] 뛰어난 문장가였던 페로는 궁정 사회와 부르주아 사회에서 쓰는 상류층 프랑스어의 유창한 말투가 혼합된 단순하고 솔직하고 우아한 문체를 개발했다. 페로는 아이러니한 유머 감각 덕분에 마법 세계와 거리를 두면서 몇몇 사건을 조롱하는 동시에 (특히 운문으로 교훈을 설파하는 부분) 문명화된 행위를 옹호할 수 있었다. 페로는 니콜라 부알로(Nicolas Bouleau)와의 고대·근대(les Anciens et les Modernes) 논쟁에서 동화를 진지하게 다루면서 동화를 근대 문학의 사례로 들었다. 여기서 페로는 부르주아 계급-귀족 계급의 혼합된 척도를 제공하는 데 심혈을 기울였고, 이를 통해 근대 동화가 도덕적·이데올로기적 목적에 복무하는 방식을 보여주려고 했다.

페로가 구전 설화의 부르주아화(bourgeoisification)에 이바지한 범위는 페로 자신이 의식한 것보다 훨씬 컸다.[25] 페로는 아이에게 예의범절을 가르칠 수 있는 아동 문학을 구축하기 시작했다. 『옛날 옛적 이야기들』에 들어 있는 8편의 산문 동화의 기원을 살펴보면, 대부분의 모티프는 페로 시대에 퍼져 있던 구전 설화 또는 (민속 자료를 차용했던) 스트라파롤라와 바실레 그리고 프랑스 작가들의 문학 작품에서 발견된다. 페로는 민속적 모티프와 문학적 모티프를 혼합하고 독특한 방식으로 조직함으로써 사회적 예법에 관한 자신의 독특한 부르주아적 시각을 제시하려 했다. 이를 통해 페로는 민중적 설화 장르의 내러티브 관점을 농민층의 관점에서 부르주아-귀족 엘리트의 관점으로 바꾸어놓았다. 이같은 상황은 얼핏 보면 별로 중요하지 않은 것처럼 보인다. 그러나 아동 사회화의 측면에서 보게 되면, 설화의 관점이 변함으로써 아동은 자신의 위치와 섹슈얼리티, 사회적 역할, 예절, 정치 등을 인식하는 데에서 대단히 부정적인 영향을 받게 되었다. 20세기와 21세기에 중류 계급의 부모들이 아이들에게 동화를 반복적으로 들려주기 시작한 이유 역시 이를 통해 설명된다. 이미 남녀 주인공의 경우를 통해서 보았던 것처럼, 내러티브 관점의 변화는 조야한 표현법과 사회관을 세련되게 만드는 단순한 문체의 변화에 그치는 것이 아니라, 사회나 현실을 제시하는 방식에서 나타나는 실질적인 변화를 의미한다. 아동 동화 장르의 문학적 측면에서 보게 되면, 페로는 설화 속에 등장하는 낯익은 인물과 배경, 플롯을 근본적으로 변형시킴으로써 아동의 내면적·외면적 본질의 규제를 목적으로 하는 문명화 과정에 초점을 맞추려고 했다. 이미 아리에스와 엘리아스의 저작에서 증명된 것처럼 아동 교육은 명령과 금지를 전달한다는 의도를 점점 분명히 밝혔으며, 페로 동화의 창작 의도는 '민중' 으로부터 의사 표현의 통로를 빼앗는 동시에 어린이와 청소년이 지키도록 되어 있는 사회 규약 체제를 확립하는 것이었다. 페로의 동화에서 내러티브 관점의 변화가 아동 사회화에서 얼마나 중요한 의미를 띠는가는 작품을 구체적으로 살펴보면 알 수 있다. 의미심장한 동화 2편—『빨간 모자』와 『신데렐라』—을 살펴보자.

페로가 『빨간 모자』를 문학적으로 개작할 때 구전 설화를 참고하지 않았다는 것이 1950년대까지 널리 받아들여진 생각이었다. 그러나 폴 들라뤼(Paul Delarue)와 마리안네 룸프(Marianne Rumpf), 마르크 소리아노(Marc Sorinao)[26]의 연구는 그러한 생각이 틀렸음을 증명해주었다. 페로는 그 무렵 프랑스에 널리 퍼져 있던 다음과 같은 구전 설화를 알고 있었다.

농부의 어린 딸이 갓 구운 빵과 버터를 가지고 할머니 집으로 가려고 집을 나섰다. 소녀는 길에서 늑대인간을 만났는데, 늑대인간은 소녀에게 어디로 가는지, 어느 길로

가는지, 작은 바늘 길로 가는지 큰 바늘 길로 가는지 꼬치꼬치 캐물었다. 그리고는 곧 바로 지름길로 소녀보다 먼저 할머니 집에 도착했다. 늑대인간은 할머니를 잡아먹고는 할머니 살을 조금 떼어 바구니에 넣어놓고, 할머니 피를 조금 따라 병에 담아놓았다. 그때 소녀가 왔다. 할머니로 변장한 늑대인간은 소녀에게 할머니의 살과 피를 주며 먹고 마시라고 했다. 소녀가 먹고 마시자 까마귀가 까악까악 울면서 소녀를 꾸중했다. 늑대인간은 소녀에게 옷을 모두 벗어 불에 던져 태우라고 하면서 더 이상 옷을 입을 필요가 없다고 했다. 소녀는 침대로 들어가 제식적 질문을 시작했다. 첫 번째 질문은 당신은 털이 얼마나 많으냐는 것이었다. 늑대인간이 소녀에게 너를 잡아먹겠다고 하자, 소녀는 기지를 발휘해 밖에 나가 용변을 보아야 한다고 대답한다. 늑대인간이 그냥 침대에서 누라고 하자, 소녀는 밖에서 누겠다고 고집을 부린다. 그래서 늑대인간은 소녀의 다리를 밧줄로 묶은 뒤 밖으로 나가 용변을 보게 한다. 그러나 소녀는 밧줄을 풀어 나무에 묶어놓고 집으로 도망친다. 늑대인간은 소녀에게 속은 것을 알고 급히 뒤를 쫓아가지만 소녀를 붙잡지 못한다.

이 설화는 프랑스에서 오랜 전통을 갖고 있는 이야기로, 17세기부터 지금까지 전해진다. 이 이야기가 17세기에 특히 주목을 받았던 이유는 늑대인간에 대한 미신이 널리 퍼져 있었을 뿐 아니라[27] 대규모 마녀사냥이 진행되고 있었기 때문이다. 악명 높은 늑대인간 재판이 무수하게 벌어졌고, 수천만 명의 남녀가 늑대인간이라는 죄목으로 박해와 죽임을 당했다.[28] 소녀가 늑대인간을 만나는 이 이야기는(이 이야기의 소녀는 빨간 모자도 쓰지 않았고 이름도 나오지 않지만) 페로의 가족이 살았던 지역에서도 널리 알려진 이야기였다. 페로가 『빨간 모자』라는 독특한 문학 작품을 쓰면서 이 설화의 영향을 받았으리라는 주장은 충분한 개연성을 갖고 있다. 물론 페로는 많은 부분을 대대적으로 바꿔야 할 필요를 느꼈다. 폴 들라뤼는 이에 관해 다음과 같이 주장했다.

> 문학 작품에는 평민적 요소들이 빠져 있다. 페로가 이러한 요소를 삭제하지 않았다면, 페로 시대의 사회는 그 잔인함(손녀가 할머니의 살과 피를 먹는다)과 유치함(큰 바늘의 길, 작은 바늘의 길)과 부도덕함(손녀가 털이 난 할머니의 몸에 대해 묻는다)에 충격을 받았을 것이다. 페로가 이러한 요소를 삭제하는 동시에 동화를 불후의 명작으로 만드는 민속적 향기와 신선함은 그대로 두었다는 주장은 그럴듯해보인다.[29]

페로가 상류 사회의 취향을 거스르지 않으려고 애썼다는 데는 의심의 여지가 없다. 그러나 페로가 실제로 민속적 특징을 보존하려 했는가에 대해서는 논쟁의 여지가 있다. 페로가 경고 동화의 관점과 의미를 완전히 변질시켰다는 점을 생각하면 더욱 그렇다.

페로의 동화는 소녀들에게 숲 속의 육식동물들을 조심하라고 경고하는 것이 아니라 소녀들 자신의 자연적 욕망을 조심하라고 경고한다. 설화에 등장하는 용감한 시골 소녀는 스스로를 지킬 수 있고 용기와 지혜를 보여줄 수 있었지만, 페로의 동화에 나오는 소녀는 연약한 부르주아 소녀로서 무력하고 순진하고 부주의하며 어리석다고 말할 수도 있다. 설화 속의 소녀는 자신의 몸과 성에 대해 자연스럽고 편안한 태도를 보여주며, 미래의 유혹자가 던지는 도전에 당당히 맞선다. 그러나 페로의 동화에 나오는 빨간 모자는 늑대와 숲의 형태를 취하는 자연에 대해 순진한 태도를 취한다는 이유에서 응징을 당하며, 자신의 자연적 본능을 통제하지 못했다는 죄목으로 강간 내지 처벌을 당한다.

원래의 설화에서는 죄가 문제로 다루어진 적이 없었다. 소녀가 늑대인간을 만나고 할머니의 살과 피를 먹고 마시는 것은 일종의 성인식인데, 이때 성인식은 두 가지 측면을 갖고 있다. 곧, 제식의 패턴은 한편으로는 특수한 프랑스 농민의 전통을 반영하고, 다른 한편으로는 일반적인 '고대' 신앙을 반영한다. 이 이야기가 널리 퍼져 있던 프랑스 농촌 지역에서 이 이야기는 농촌 소녀들이 거쳐야 했던 바느질 훈련과 관계가 있었으며, 사춘기의 시작이나 성년식을 지칭하는 것이었다.[30] 소녀는 자기가 할머니를 대신할 수 있을 만큼 성숙하고 강하다는 사실을 증명한다. 이러한 특수한 전통은 마녀와 늑대에 대한 일반적인 고대 신앙과 연결된다. 이때 마녀와 늑대는 자기 이해에 필수적인 존재이다. 한스 페터 뒤어의 주장은 다음과 같다.

> 고대적 사고 방식에 따르면, 광야 세계와 문명 세계를 구분하는 담장이나 울타리는 극복할 수 없는 경계를 상징하는 것이 아니었다. 오히려 담장은 정해진 때가 되면 무너졌다. 담장을 의식하는 상태로 담장 안에 살고자 하는 사람은 살면서 적어도 한 번은 담장 밖으로 떠나보아야 했다. 다시 말해 사람은 늑대로서 또는 '야만인' 으로서 숲 속을 방황해보아야 했다. 좀 더 현대적인 용어를 쓰자면, 사람은 자기 안의 광야와 자신의 동물적 본성을 체험해보아야 했다. 인간의 '문화적 본성' 이란 동물적 필기아(fylgia)에 숙명처럼 묶여 있는 인간 존재의 한 측면일 뿐이었기 때문이다. 담장 밖으로 나가 자신의 '두 번째 얼굴' 에 스스로를 내던져본 사람은 필기아를 볼 수 있다.[31]

늑대인간을 만나고 일시적으로 그에게 자기 몸을 내던져본 소녀는 자아의 동물적 측면을 발견한다. 소녀가 문명 세계와 야만 세계의 경계를 넘어서 죽음에 직면하는 궁극적인 이유는 생존하기 위해서다. 그리고 소녀가 집으로 돌아오는 것은 온전한 인격체로 앞으로 나아가는 것을 의미한다. 소녀는 스스로를 여성이자 인간으로 인식하며, 사회의 한계를 인식하는 상태에서 기꺼이 사회 속에 통합되려 한다.

강한 소녀가 상징적 제식을 거치는 원래의 설화에서 페로는 혼란과 혐오를 느꼈다. 페로는 이교적 민속 전통에 적대적이었고, 여성을 두려워했는데, 이러한 적대와 공포는 페로의 모든 작품에서 발견된다. 『신데렐라』를 다룰 때 우리는 구전 설화 버전이 동화 문학 버전과 다르다는 점을 기억해야 한다. 구전 설화 버전은 모계 전통에서 나왔으며, 여기서는 소녀가 자신의 사회적 지위와 권리를 되찾는 투쟁이 그려진다(죽은 엄마가 사회를 수호하는 존재로서 소녀를 돕는다).[32] 누더기를 걸치고 중노동에 시달리는 신세로 전락한 신데렐라는 남은 빵을 내미는 것이 아니라 저항하고 투쟁하면서 자기의 불리한 입장을 상쇄하려 한다. 신데렐라는 적극적으로 도움을 구하고 재기를 발휘해 자신의 목표를 달성하려 하는데, 이때 그녀의 목표는 결혼이 아니라 사회적 인정이다. 신데렐라는 바로크풍의 드레스를 차려입지도 않으며, 쉽게 부서지는 유리 구두를 신지도 않는다. 오히려 신데렐라는 자신의 진정한 정체성을 드러내줄 옷차림을 하고 있다. 신데렐라가 잃어버린 가죽 슬리퍼를 되찾고 왕자와 결혼하는 것은 그녀의 강한 독립적 성격이 긍정적으로 받아들여지고 있음을 상징한다. 한편 페로의 동화에서 신데렐라는 자기가 얼마나 순종적이고 부지런한가를 증명하려 하는 인물로 바뀐다. 대모 요정과 왕자가 신데렐라를 구해주는 이유는 그녀가 예절에 신경 쓰기 때문일 뿐이다. 페로는 설화 버전을 조롱하며 수동적 여성성이라는 새로운 모델을 투영(投影)하는데, 페로가 겨냥하는 독자층은 이러한 새로운 여성성을 진지하게 수용하게 된다.

페로에 대한 릴리안 무레의 논평대로, "페로가 설화에 첨삭을 가하는 양상을 살펴보면, 페로에게는 설화를 원래대로 복원해야 한다는 생각이 없었다는 결론을 내릴 수 있다. 무엇보다 페로가 흥미롭고 재미있게 생각했던 설화들은 페로가 자신의 생각과 판타지를 펼치는 특권적 장소가 되었다.

곧, 남자이자 정치가이자 학술원 회원이었던 페로는 설화의 각색을 통해서 자신의 생각과 판타지를 느긋하게 전개할 수 있었고 때로 희화화할 수도 있었다. 페로의 동화를 보면 느긋하고 장난스러운 어조가 순간순간 나타날 뿐 아니라, 도덕성까지도 이러한 어조를 띨 때가 있다. 페로가 무수한 설화 레퍼토리 가운데 몇 편만을 선택했던 것은 그 때문이다. 페로가 '자기 맘에 드는' 설화들을 각색한 이유는 (페로가 이러한 설화를 선호한 데는 무수하고 복합적인 이유가 있다) 이러한 설화가 자신의 관심사와 자신의 감정을 문학적·정치적·사회적 차원에서 발전시킬 (또는 적어도 확인시킬) 가능성을 제공해주었기 때문이다. 페로는 여성을 숙고의 중심으로 삼았던 사람이기 때문에 각색할 설화를 고를 때 자연히 여성의 상황을 보여주는 것들을 골랐다. 페로가 여성의 이상적 '미덕'이라고 생각한 것들—아름다움, 부드러움, 친절, 남편에 대한 복종, 가족을 위한 헌신, 교태 없는 음전함, 절개—은 서로와 긴밀하게 연결되어 서로를 강화했다. 반면에 페로가 비난하는 여자들의 행실은 이러한 미덕과 대조를 이루었다. 페로가 비난하는 여자들은 귀족 계급과 상류 부르주아 계급(haute bourgeoisie)에 속하는 사람들이었는데, 페로는 명망 있는 공무원이자 학술원 회원이자 궁정인(homme de cour)으로서 이러한 계급의 여자들과 접촉이 잦았다."[33]

IV

예절과 도덕을 바라보는 페로의 사회적 시각에 프랑스의 다른 동화 작가들이 언제나 동의했던 것은 아니었다. 그러나 작가마다 의도와 문체에 차이가 있었지만, 작가들의 이데올로기적·미학적 성향에 일반적인 공통점이 있었다는 사실은 아동 동화의 전개 과정을 이해하는 데 대단히 중요한 점이다. 여기서 우리가 반드시 고려해야 할 요소는 모든 프랑스 작가들이 한 가지 사회적 전제를 공유하고 있었다는 사실이다. 곧, 동화 문학은 올바른 양육과 행동을 논의하는 도구가 되어야 한다는 전제였다. 이때 올바른 양육과 행동의 모델을 제공하는 것은 궁정 사회와 부르주아 사회의 관행들 그리고 예절에 관한 이론서들이었다. 작가들이 이름을 떨치느냐의 여부는 이러한 논의에 얼마나 세련되고 독창적인 방식으로 이바지하느냐에 달려 있었다. 작품의 초점은 예절에 맞추어져 있었고, 동화 담론에는 예절의 테마를 둘러싼 다양한 논의가 반영되어 있었다. 나아가 아동이 주요 독자층으로 간주됨에 따라 동화 담론은 점점 교훈적이 되어갔다.

페로의 친구들이 동화 문학을 이용해 문명화의 기준을 세우려 했던 다양한 방식들을 모두 검토하기는 사실상 불가능하다. 그러나 작가들의 여러 편의 대표작을 비교함으로써 전통적 모티프를 다듬어 상층 계급의 품행 개념을 표현하려 했던 작가들의 공통된 방식을 검토하는 것은 가능한 일이다. 따라서 나는 그때부터 지금까지 거의 동일하게 다루어진 중요한 테마 한 가지를 선택하고, 이 테마가 이른바 '고전' 동화의 형태를 취하게 된 근본적인 이유들을 논의하려 한다. 내가 다룰 테마는 '미녀와 야수'이다. 내가 논의할 구체적인 동화들을 보면, 문명화에서 심리학적 인자와 사회학적 인자 사이의 밀접한 관련성을 발견할 수 있을 것이다. 이러한 인자들은 동화 담론의 전개 과정에서 펼쳐진 상징 지형을 통해서 구체화되었으며, 미녀와 야수의 테마를 다루는 작품들 가운데 가장 널리 알려진 버전들은 이러한 인자들로부터 탄생되었다. 나는 가장 유명한 작품들로 논의를 한정할 것이다. 페로의 『더벅머리 리키』(1696), 베르나르 양의 소설 『코르뒤의 이네』(1696)에 포함된 「더벅머리 리키」, 오누아 부인의 『숫양 왕자*Le Mouton*』 『친절한 개구리*La Grenouille bienfaisante*』(1697) 『초록 뱀 *Serpentin Vert*』(1697), 드 빌뇌브 부인의 『미녀와 야수』(1740), 르프랭스 드 보몽 부인의 『미녀와 야수』(1756)가 여기에 속한다.

일군의 '미녀와 야수'에 대한 대부분의 논의는 그 긍정적 측면을 강조한다. 특히 심리적 의미를 검토하는 논의들이 그러하다. 예를 들어 브루노 베텔하임(Bruno Bettelheim)의 주장은 다음과 같다.

> 『미녀와 야수』는 수세기 전에 이미 프로이트의 시각을 예고했다. 곧, 아이의 성적 욕망이 부모에게 향하는 한, 아이는 성을 혐오스러운 것으로 경험해야 한다. 성에 대한 이러한 부정적 태도가 없다면, 근친상간 금기와 그에 따른 인간 가족의 안정성은 유지될 수 없다. 그러나 부모에게서 떨어져나와서 어울리는 짝을 만나는 정상적인 발달 단계를 거치는 경우에 성적 욕망은 더 이상 불결하게 느껴지지 않는다. 오히려 사람들은 성적 욕망을 아름다운 것으로 경험한다.[34]

또한 자크 바르실롱(Jacques Bachilon)은 같은 주제를 포괄적으로 다룬 논문에서 베텔하임의 테제를 뒷받침했다.

> 짐승을 두려워하지 않는 것은 짐승을 사라지게 만드는 것이며, 다르게 말하면 유아적 판타지를 버리는 것, 여성이 되는 것, 현실을 받아들이는 것이다. 이때 현실은 꿈보다 훨씬 실체적이고 꿈보다 훨씬 만족스럽다. 미녀는 성숙한다. 미녀는 짐승의 성적 현실을 분명하게 인식하는 상태에서 그것을 받아들인다. 이로써 미녀는 자신의 금기와 유아적 두려움을 제거한다.[35]

오늘날의 사이비-프로이트적 관점에서는 이 모든 주장이 그럴싸해보인다. 그러나 이러한 분석은 비역사적이며, 그럴듯한 주장에 비해 별로 내용이 없다. 문학에 대한 사이비-프로이트적 접근 방식에 따르면, 아동은 기본적인 공포와 불안과 소망을 가지고 태어난다. 그러나 다양한 사회에서 개인과 가족이 발전해온 과정을 문명화 과정과의 관련성 속에서 검토해본다면, 본능적 충동은 대부분 사회적 환경과의 상호 작용을 통해서 결정된다는 것을 알 수 있다. 인간의 섹슈얼리티는 고정된 것이 아니었다. 미셸 푸코(Michel Foucault)와 노르베르트 엘리아스, 요스 판 우셀(Jos Van Ussel)이 섹슈얼리티의 역사적 전개와 관련해 말했듯이[36] 16세기와 17세기에 유럽인의 태도에 중대한 변화가 생겼다. 성과 생리 작용을 드러내놓고 표현하거나 솔직하게 인정하는 태도가 없어지고 공공연한 성행위를 제약하거나 혐오하는 태도가 생겨났다. 남녀의 역할이 좀 더 엄격하게 나뉘어, 남자는 이성과 절제, 능동성, 통치 질서와 좀 더 밀접한 관계를 맺게 되었고, 여자는 점점 불합리와 변덕, 수동성, 전복적 탈선과 동일시되었다.

역사심리적 관점—심리학적 인자와 사회학적 인자 사이의 관련성을 추적하는 관점—에서 동화가 그토록 중요한 데는 그만한 이유가 있다. 동화는 사회적 관행과 가치가 문학에서 일부 비롯된 것임을 보여주는 동시에, 문학에서 비롯된 가치가 아이 양육을 규정해왔음을 보여주기 때문이다. '미녀와 야수'의 이야기가 문명화 과정에서 중요한 역할을 했었고 지금도 하고 있는 이유는 이러한 동화가 아이들과 어른들로 하여금 '타고난' 심리적 갈등을 극복하고 자신의 내재적 섹슈얼리티를 받아들이게 해주기 때문이 아니다. 이러한 동화가 중요한 이유는 오히려 성적 품행과 사회적 품행의 기준을 세웠다는 데 있다. 이때 동화가 가르쳤던 품행은 사회화라는 금제 형식에 순응하는 것으로서, 이야기를 읽거나 듣는 사람들은 이를 내면

화해야 했다. 내러티브 관점은 작품별로 다양할 수 있지만, 동화에 나타난 예절 담론의 출발점은 지배층이 지니고 있는 기독교적 절대왕정의 시각을 확인하는 것이며, 이는 인간의 내적 본질과 외적 본질의 규제라는 측면에서 남성 헤게모니와 합리화된 산업에 유리한 방향으로 진행된다.

동물이 신랑으로 나오는 구전 설화는 모계사회로부터 유래한다. 이러한 구전 설화와 '미녀와 야수'의 테마를 차용한 17세기 말엽의 동화 문학을 비교해본다면, 성적 구도와 문화 패턴의 변화가 문명화 과정의 내부에서 발생했던 중대한 변화와 관련되어 있었음을 분명하게 알 수 있다. 이에 관해 하이데 괴트너 아벤트로트는 다음과 같이 설명했다.

> 대부분의 동물 신랑 설화에서 남자는 배회하는 야생동물(늑대, 곰, 말, 까마귀, 백조)이다. 이는 남자가 집 없는 존재이자 길들여지지 않는 존재임을 보여준다. 곧, 모계사회의 여성—스스로의 힘으로 보다 나은 환경을 창조하는 존재—이 보기에 남자는 숲 속을 어슬렁거리는 육식동물보다 나을 것이 없다. 남자는 털가죽이나 깃털을 뒤집어쓰고 다니는 반면에, 여자는 자기 손으로 만든 인간의 의복을 입고 다닌다. 인간으로서의 남성의 상태는 아직은 존재하지 않거나 '죽음'의 상태로 존재한다. '마법에 걸린' 짐승의 상태는 이러한 죽음의 상태를 뜻한다. 동물로 변하는 것은 죽음에 비유되는 남성적 상황이며, 남성적 상황은 보다 높은 삶의 형태로 입문한 상황이 아니기에 여성적 상황보다 열악하다. 남성은 아직 인간(곧 여성)의 문화적 차원에 이르지 못했다. 여자가 남자에게 인간의 의복을 만들어 입히고 자기 집에 오게 하여 길들여진 정착자로 만듦으로써 남자를 구원할 것인가의 여부는 전적으로 여자에게 달려 있다.[37]

모계사회의 상징적 문화 패턴은—여기서 여성은 인간적 행동과 사회적 통합의 기폭제로 간주된다—구전 전통과 문학 전통의 양쪽 모두에서 지속적인 변화를 겪었다. 그 결과 17세기 말엽이 되면, 여성(본래 구원을 행하는 존재)이 '진정한' 구원을 얻는 방법은 남성의 집이나 성에서 남성을 위해 스스로를 희생하는 것밖에 없게 된다. 이는 가부장제에 항복하는 것을 상징한다.

17세기 말엽에 가장 유명하고 가장 재능 있는 동화 작가로 간주되던 페로는 '미녀와 야수'의 가부장적 버전을 반복했으며, 당대의 많은 다른 작가들이 페로를 모방하게 된다. 페로의 동화 『더벅머리 리키』에는 동물 신랑이 나오지 않지만, 우리는 이 동화가 2세기 아풀레이우스의 『큐피드와 프시케 *Cupid and Psyche*』와 16세기 스트라파롤라의 『돼지 왕 *Re Porco*』에 토대를 두고 있음을 잘 알고 있다. 페로는 이를 통해 남성의 지성이 여성의 아름다움보다 우월하다는 것을 증명하려 했다.[38] 페로의 동화에서 한 가지 눈여겨보아야 할 점이 있다. 곧, 여자는 남자가 길들여주지 않으면 행실을 올바르게 할 수도 없고 행복하게 살 수도 없다는 주장이 그것이다. 여성은 지성의 힘이 있다고 하더라도, 아니 지성의 힘이 있을 경우에 더욱 위험한 존재다. 페로의 동화에 나오는 공주는 좀 더 잘생긴 남자의 사랑을 받으며 좀 더 행복하게 살 수 있음을 깨닫고 못생긴 리키와의 약속을 깨려 한다. 따라서 리키가 공주에게 '영혼과 정신의 분별력과 장점들'[39]을 발휘하면 자기에게 좀 더 호감을 느낄 것이라고 이성적으로 설득하기 위해서는 자신의 우월한 지성의 힘을 총동원해야 한다. 요컨대 페로의 동화는 말괄량이 길들이기의 '문명화된' 버전이다. 여기서 여성은 자신의 성적 충동을 부정하고 자신의 소망과 욕구를 억누르는 법을 배움으로써 여성 자신에게 이로운 것이 무엇인가를 알고 있는 이상적인 남성을 기쁘게 해야 한다. 리키는 못생기고 추하지만, 공주의 삶에 영혼의 수양과 존엄을 부여한다. 리키가 없었으면 공주는 그런 것을 가지지 못했을 것이다.

페로의 『더벅머리 리키』를 역사적 맥락에서 검토할 때, 우리는 이 동화가 왜 사회학적·심리학적으로 문명화 과정에 들어맞는 작품인지 분명하게 알 수 있다. 첫째, 부르주아 사회와 귀족 사회에 속하는 비교적 젊은 여성은 끊임없이 중년을 넘긴 남성과의 정략 결혼을 강요받았다(이러한 남성은 육체적으로 매력이 없거나 호감을 느끼기 어려운 경우가 많았다). 둘째, 17세기 말엽이 되면 여성은 잠재적인 마녀형 인물과 동일시되기에 이른다. 교회와 국가는 여자가 남자를 유혹하는 성적인 위력을 가지고 있다고 주장했으며, 이러한 위력을 통제하는 것과 악마적 세력을 통제하는 것을 연결지었다.[40] 셋째, 개방적이었던 섹슈얼리티가 은밀한 정사가 되었다. 다시 말해 교회가 혼외정사를 죄악이자 혐오의 대상으로 규정했으므로, 성은 숨겨져야 했고 지극히 사적인 어떤 것이 되어야 했다. 따라서 제대로 잘 자란 아이는 성을 두려워하고 혐오하는 법을 배우게 된다. 마지막으로 페로의 동화는 섹슈얼리티에 대한 여성의 공포를 투영하는 것이 아니라 페로 자신이 여성에 대해 갖고 있는 공포, 나아가 페로가 자기 자신의 성적 충동에 대해 갖고 있는 공포를 그린다. 자신의 성적 충동을 받아들이기 위해 좀 더 '문명화된' 형태로 위장한 것이다. 페로는 자신의 공포와 욕망으로부터 동화의 지형을 만들어낸다. 믿음직하고 금욕적인 남성이 변덕스럽고 무지한 여성을 다스리는 미학적-이데올로기적 구도는 이러한 역사적 맥락에서 비롯된다.

페로가 투영하는 '미녀와 야수'의 구도는 섹슈얼리티와 예절에 대한 페로의 독특하고 미심쩍은 관점과 분명히 연결된다. 그러나 페로가 기벽의 소유자는 아니었다. 사실 많은 동료 귀족들이 페로의 견해를 공유했으며, 나아가 문학에 취미를 보였던 수많은 귀부인이 페로의 견해를 열렬하게 지지했다. 물론 이 여성들은 페로가 묘사한 정형화된 성별 특징들 가운데 많은 것에 의문을 제기하는 경향이 있었다. 페로의 『더벅머리 리키』가 출판되기 1년 전에 베르나르 양은 자신의 소설 『코르뒤의 이네』에 새로운 버전의 「더벅머리 리케Riquet à la Houppe」를 포함시켰다. 피에르 코르네유(Pierre Corneille)와 베르나르 르 보비에 시외르 드 퐁트넬(Bernard Le Bovier Sieur de Fontenelle)의 친척이자 인정받는 작가였던 베르나르 양은 널리 알려져 있었고, 페로와 똑같은 사교계에 출입했다. 한편 베르나르 양이 페로에게 영향을 미쳤다는 설도 있다. 그러나 『더벅머리 리키』의 소재는 이미 사회적·문화적 담론의 테마로 폭넓게 자리 잡고 있었기 때문에 그러한 설이 옳다고 볼 수는 없다. 1699년에 라퐁텐(La Fontaine)은 고전 설화 『프시케와 큐피드』의 새로운 버전을 출판했다. 1670년에는 몰리에르(Molière)와 코르네유가 프시케와 큐피드의 설화를 각색해 5막짜리 비극 발레를 창작했다. 이 작품은 1670년에 궁정에서 초연되었고, 이어 1671년에 대중을 대상으로 상연되었다. 베르나르 양과 페로는 같은 문학적 구도를 사용함으로써 앞으로 아동 동화 유산의 일부가 될 예법 담론에 참여하려 했다. 또한 베르나르 양은 자신을 억압받는 여주인공과 동일시한 것으로 보이며, 남성 헤게모니 개념에 문제를 제기한 것으로 보인다.[41]

베르나르 양의 플롯은 페로의 플롯과 달리 독특하고 매혹적이다. 이야기는 이렇게 시작된다.

> 그레나다에 훌륭한 귀족이 살고 있었다. 그는 신분에 어울리는 엄청난 재물을 가지고 있었다. 그러나 그의 집안에는 한 가지 우환이 있어서 그것이 그가 가진 모든 행복을 망치고 있었다. 그의 외동딸은 미인의 모든 자질을 갖추고 태어났지만 너무나 우둔했기 때문에 미모가 오히려 불쾌함을 배가시켰다. 거동에 우아함이 없었고, 몸매

가 날씬한데도 움직임은 더없이 무거웠다. 육체 속에 영혼이 깃들어 있지 않았기 때문이다.[42]

내러티브가 설정하는 과제는 마마(Mama)라는 이름을 가진 공주가 '영혼' 또는 '지성'을 얻게 하는 것이었다. 어느 날 마마는 흉측한 몰골에 더벅머리를 한 난쟁이 나라의 왕 리키와 마주친다. 공주의 어려운 상황을 알고 있는 리키는 공주에게 1년 뒤에 자기와 결혼해준다고 약속하면 똑똑하게 만들어주겠다고 말한다. 공주는 당연히 리키의 제안을 받아들인다. 자기가 곧 아라다(Arada)라는 젊은이와 사랑에 빠질 것을 모르는 상황이다. 1년이 지난 뒤 공주는 아라다와 사랑하는 사이가 되어 리키와의 결혼을 없었던 일로 하고 싶어 한다. 흉측한 몰골을 지녔지만 매사에 신사적인 리키는 공주에게 선택을 하게 한다. 아버지의 왕국으로 돌아가 다시 우둔한 일생을 살 것인가, 아니면 똑똑해진 상태로 멋진 지하왕국에서 난쟁이 나라의 여왕으로 살 것인가. 공주는 리키와 결혼하기로 결심한다. 그러나 공주의 사고력은 계속 발전해서 결국은 별로 힘들이지 않고 아라다와 은밀한 만남을 계속할 수 있게 된다. 이 사실을 알게 된 리키는 공주에게 낮에는 우둔해지고 밤에는 똑똑해지는 벌을 준다. 이에 공주는 밤마다 아라다를 만나는 것으로 응수한다. 그러자 리키는 아라다를 자신과 똑같은 모습으로 바꾸어 놓는 것으로 복수를 한다. 이제 여왕은 평생 동안 남편과 연인을 구분하지 못한 채 살아가야 한다. 요컨대 여왕은 흉측한 존재의 합리적 통치를 받아들이는 법을 배워야만 하게 된 것이다.

여러 가지 면에서 베르나르 양은 페로에 비해서 여성 인물에게 좀 더 가혹하고, 어린이와 청소년에 대한 올바른 문명화 형식을 강조하는 일에서 좀 더 엄격하다. 공주는 아름다움에 어울리는 지성을 가지게 되면서 교활하고 기만적이며 성적인 인물로 변한다. 공주는 좀처럼 길들여지지 않는다. 리키는 공주를 다루는 일에서 공정하다. 리키가 복수를 행하게 된 시기는 아내를 길들이려면 아내로부터 자유의지를 박탈해야 한다는 사실을 분명히 알게 된 이후이다. 동화가 전달하는 메시지는 분명하다. 여성은 지속적으로 감시를 받아야 하는 존재이며, 그것은 여성에게 욕망을 절제할 줄 아는 이성이 주어진 뒤에도 마찬가지다. 여성은 잠재적으로 파괴적이며, 사회질서에 해를 입힐 수 있다. 그러나 이 동화는 남성들이 여성들을 처벌하는 양상을 비판하는 작품으로 읽힐 수도 있다. 여성들이 스스로 과감하게 자신의 욕망을 채울 경우, 남성들은 여성들을 그야말로 가혹하게 처벌한다. 남성들이 보기에 강한 여성은 위험한 여성이다. 그렇다면 이 작품에서 베르나르는 자신의 욕망의 대상을 획득하기 위해 스스로 머리를 쓰는 법을 배운 여성들의 잠재력을 성찰하고 있다.

오누아 부인은 미녀와 야수의 이야기 가운데 하나인 『숫양 왕자』라는 작품에서 이러한 주제를 다룬다. 여기서 왕의 막내딸인 '최고의 여인'(Merveilleuse)은 죽음의 위협에 직면해 궁정에서 도망쳐나온다. 왕에게 불손하다는 오해를 받았기 때문이다. 숲 속에서 길을 잃은 공주는 말하는 숫양을 만난다. 본디 왕자였던 숫양은 나쁜 요정 라고트(Ragotte) 때문에 동물로 변해 있는 처지이다. 숫양은 공주에게 품위 있고 정중한 말씨로 자기 거처에서 지내라고 한다. 공주는 점점 숫양을 사랑하는 법을 배우게 되고, 왕자의 마법이 풀리고 다시 사람의 모습으로 돌아오기까지 5년 동안 기다리기로 한다. 그러나 공주는 언니의 결혼 소식을 듣고 결혼식에 참석하고 싶어 한다. 숫양은 공주에게 돌아온다고 약속한다면 집에 다녀와도 좋다고 말한다. 공주가 돌아오지 않는다면 숫양은 죽을 운명에 처하게 된다. 공주는 돌아올 것을 약속하고 실제로 돌아온다. 그러나 공주는 둘째 언니의 결혼식 때 다시 한 번 집에 갔다가 아버지와 화해하게 되는데, 화해의 기쁨에 넘쳐 그만 숫양에게 가는 것을 잊고 만다. 숫양은 공주에게 버림받아 죽게 되고, 숫양의 죽음으로 인해 공주는 가장 행복한 순간에 '가장 끔찍한 불행'[43]을 맞게 된다.

오누아는 아름다움이 갖고 있는 위력의 부정적 측면과 긍정적 측면을 그린다. 얌전하고 순종적인 아름다움은 남성 귀족에게 이로울 수 있다. 반면에 자제력을 잃어버린 아름다움은 가정의 평화를 파괴하고, 남성적 명예를 해칠 수 있다. 가정 교육을 잘 받은 귀부인은 남편이 아무리 못생겼다 하더라도 희생과 순종의 본분을 잊어서는 안 된다. 그러나 오누아의 모든 동화에서 흥미로운 것은 남성들과 여성들에 대한 절대 권력을 가진 것이 교회나 국가가 아니라 요정들이라는 점이다. 아름다움이라는 장점이 뜻하는 바를 결정하는 것도 요정들이다. 아름다운 여성이 기꺼이 괴물에게 자기를 바쳐서 다른 사람들을 구하려 한다면, 특히 그 아름다운 여성이 자비롭고 정직하다면, 이때의 아름다움은 사회적 우위를 나타내는 표식이다. 이 점은 오누아의 동화 『친절한 개구리』에서도 분명하게 나타난다. 여기서 무페트 공주(Princess Moufette)는 기꺼이 용의 밥이 되겠다고 함으로써 자신의 절개를 증명한다. 물론 약혼자 무피 왕자(Prince Mouffy)가 나타나 공주를 구해준다. 나중에 알고 보니 용도 귀족 영주였고, 짐승의 껍질을 벗은 뒤에는 정중한 예절을 자랑한다.

미녀와 야수의 테마를 다룬 오누아의 작품들 가운데 가장 고전적 진술은 『초록 뱀』이다. 못난이(Laidronette)는 여러 가지 모험을 거친 뒤, 자신의 못생긴 외모를 받아들이는 법과 자신의 건방진 호기심을 억제하는 법을 배운다. 못난이는 분별력과 올바른 행실을 보여준 대가로 친절한 수호선녀(Protectrice)로부터 이중으로 보상을 받는다. 첫째, 못난이는 아름다운 여자로 변하게 되고, 신중한 여왕(Queen Discrete)이라는 칭호를 받는다. 둘째, 그녀는 초록 뱀을 위해 자신을 희생해도 좋다는 허락을 받게 되고, 초록 뱀은 멋진 왕자로 변한다. 이때 왕자는 구원하는 자인 동시에 구원받는 자이다.

오누아의 동화는 모두 도덕적 교훈을 제공하며, '미녀와 야수'의 테마를 다루는 동화들에서는 페로의 동화에 담긴 메시지가 반복된다. 곧, 여자는 호기심이 많고 믿을 수 없으며 변덕스럽기 때문에 계속해서 벌을 받아야 한다는 메시지이다. 진정한 아름다움은 분별력과 신중함에 달려 있다. 여주인공이 진정한 아름다움을 비유적으로 보여주는 방식은 야수를 위해서 자기를 희생하거나 야수의 명령과 기대에 복종하는 것이다. 야수는 고귀한 귀족의 영혼과 올바른 시민의 예절을 갖춘 존재이기 때문이다. 이 모든 동화의 숨겨진 메시지는 일종의 명령이며, 오누아를 포함한 그 무렵의 여성들은 이러한 명령에 복종하지 않을 수 없었다.[44] 복종을 거부하면 천하게 여겨지거나 배척당했다. 예법이란 자기 부정이라는 고뇌를 견디는 것을 뜻했다. 남자들은 여성과 섹슈얼리티와 평등에 대해서 갖고 있던 두려움을 합리화하기 위해 여성과 기타 억압받는 집단으로부터 자기 표현과 자립성을 박탈하는 규제들을 마련했기 때문이다. 오누아의 「피네트 상드롱Finette Cendron」「흰 고양이The White cat」「마르카생 왕자」 등과 드 라 포르스의 「착한 여자The Good Woman」「페르시네트Persinette」 그리고 드 뮈라의 「복수의 궁전The Place of Revenge」「돼지 왕」 등을 보면, 전복적인 기호들이 다수 등장한다. 이런 기호들은 이 여성 작가들이 남자의 행동에서 드러나는 자의성을 어떻게 비판하려 하는지를 보여준다. 그러나 대부분 이 여성 작가들은 엄청난 사회적 압력으로 인해 모종의 타협을 행했다. 고전 동화의 어두운 측면을 보여주는 암울한 상황 가운데 하나는 여성 작가 자신이 남성의 욕구와 헤게모니를 표현할 수밖에 없었다는 점이다.

이러한 자기 부정을 보여주는 가장 고전적인 사례는 드 빌뇌브 부인과 르프랭스 드 보몽 부인이 쓴 『미녀와 야수 *La Belle et la Bête*』라는 똑같은 제목의 동화 2편이다. 각각 1740년과 1756년에 출판되었다. 여기서 지적해야 할 중요한 사항은 이 두 작가가 동화 창작에서 보다 혁신적이었던 시기가 지난 후에 등장했다는 점 그리고 이전 작가들에 비해 보수적이며 무엇인가를 가르치려 했다는 점이다. 기본적인 플롯은 두 가지 버전이 미녀와 야수의 이야기로 동일하다. 곧, 둘 다 예절과 도덕과 사회 계급에 대해 지나치게 교훈적인 담론이다. 공통되는 내러티브 라인에 따르면, 아주 돈 많은 상인에게 아이들이 있었는데(빌뇌브의 동화에서는 6명의 아들과 6명의 딸, 보몽의 동화에서는 3명의 아들과 3명의 딸), 집안에 재산이 많았기 때문에 버릇없고 거만하게 성장한다. 예쁜이(Beauty)만 빼고 모든 자녀가 자기 계급을 넘어서는 야심을 갖고 있다. 그러니 이 유명한 부르주아 집안의 벼락부자(nouveau riche)에게는 따끔한 가르침이 필요하다. 상인은 재산과 사회적 지위를 잃게 되고, 자식들은 집안에 남아 있는 유일한 재산인 시골집에서의 고달픈 삶에 적응하지 않을 수 없다. 아들들은 부지런히 일하지만, 딸들은 천한 집안일을 해야 할 뿐 아니라 예쁜 옷을 입고 무도회에 갈 수조차 없다는 사실에 분개한다. 딸들은 변함없이 건방지고 거만하고 허영심이 가득하다. 오직 가장 어린 예쁜이만이 겸손함과 자기 희생의 성향을 보여준다. 또한 예쁜이는 이 힘겨운 기간 동안 자기가 얼마나 부지런하고 마음씨가 착할 수 있는지를 보여준다. 아버지는 집안의 재산을 되찾기 위해 집을 떠났다가 야수(곧, 귀족)의 땅에 무단 침입해 목숨을 잃게 될 위험에 처하는데, 이때 겸손과 순종의 모델인 예쁜이가 괴물과의 동거에 동의함으로써 아버지의 목숨을 구한다. 나중에 예쁜이는 야수의 예의 바름과 귀족적 품위에 감동을 받고 야수에게 상당한 호감을 갖게 된다(외모는 속임수이다. 곧, 귀족 남자는 야수처럼 보일 수도 있지만, 사실은 부드러운 마음씨와 정중한 예법을 갖추고 있다). 예쁜이가 가족에게 들르러 갔다가 너무 오래 머무는 바람에 야수는 죽음 직전까지 가는데, 그때야 비로소 예쁜이는 자기가 야수를 사랑하고 있고 야수와 기꺼이 결혼할 마음이 있다는 것을 깨닫게 된다. 야수는 갑자기 잘생긴 왕자로 변해서 상황을 설명한다. 자기는 아름답고 정숙한 처녀가 자기의 청혼을 받아들일 때까지 야수로 있어야 하는 저주를 받았다는 것이다. 언제나 그렇듯 결혼은 착한 소녀의 선행에 주어지는 궁극적 보상인 반면에, 남성은 신부를 얻을 뿐 아니라 군주로서의 권리와 재산을 되찾는다. 다시 말해 남자는 자신의 남성성을 확인하며, 그에 대한 모든 위협을 제거한다.

드 빌뇌브 부인의 『미녀와 야수』 장편 버전을 르프랭스 드 보몽 부인이 단편으로 각색한 작품과 비교하는 사람들은 흔히 전자를 무시하거나 시시하게 생각한다. 후자가 좀 더 유명하며 좀 더 나은 작품으로 여겨지는 것이 사실이다. 그러나 2편의 작품이 보여주는 것처럼, 두 작가 모두 문명화 담론에 참여하기 위해 자신의 동화를 세심하게 다듬었다는 점을 지나쳐서는 안 된다. 그리고 이에 앞서 르프랭스 드 보몽 부인의 작품이 드 빌뇌브 부인의 작품보다 16년 뒤에 나왔다는 점을 지적해야 한다. 보몽은 작품을 의도적으로 축약하고 교훈을 강조함으로써 상층 계급의 아이들에게 예절을 가르치는 데 도움을 주려고 했다. 보몽의 작품이 실린 곳은 『아동잡지 또는 현명한 보모와 뛰어난 학생 몇 명 사이의 대화*Magasin des enfants, ou dialogues entre une sage gouvernante et plusieurs de ses élèves de la première distinction*』였다. 1758년에는 『보몽 왕자 마리아 부인이 어린이에게 들려주는 미덕과 지혜 *Der Frau Maria le Prince de Beaumont Lehren der Tugend und*

Weisheit für die Jugend』라는 제목으로 독역본이 나왔으며, 3년 뒤에는 『아가씨 잡지 *The Young Misses Magazine*』에서 영역본이 나왔다. 그때부터 지금까지 이 버전은 미녀와 야수의 각색들에 일차적인 모델이 되어왔다. 장 콕토(Jean Cocteau)의 유명한 흑백 영화 『미녀와 야수 *La Bell et la Béte*』(1946)와 디즈니 스튜디오의 좀 더 유명한 애니메이션 영화 『미녀와 야수 *Beauty and Beast*』(1990)를 포함하는 모든 속편들도 마찬가지였다.

르프랭스 드 보몽 부인의 사회적 교육관은 부르주아 계급과 귀족 계급의 동맹에 호의적인 반면에(이를 통해 그녀는 미래의 성공을 보장받게 된다), 드 빌뇌브 부인은 계급에 어울리는 행동과 예의를 표현하는 데에서 좀 더 엄격했다. 드 빌뇌브 부인의 버전은 『미국 소녀와 바다 이야기들 *La Jeune Amériquaine et les contes marins*』의 일부로 처음 세상에 나왔으며, 주요 독자는 주로 성인층이었다. 빌뇌브는 작품에서 먼저 야수의 구애 과정을 상세하게 묘사했고, 꿈의 형식을 빌린 심리적 여담에도 상당한 지면을 할애했다. 또한 플롯과 내용에서 르프랭스 드 보몽 부인의 버전과 갈라지는 지점도 여럿이다. 예쁜이의 언니들이 게으르고 쩨쩨하고 질투심이 많은 부정적인 인물로 그려지는 것은 사실이지만, 처벌을 받지는 않는다. 엄밀히 말해서 언니들은 예쁜이와 대립하는 인물이 아니다. 나중에 밝혀지는 바와 같이 예쁜이와 언니들은 태어난 사회 계급이 다르기 때문이다. 야수는 예쁜이에게 단순히 청혼을 하는 것이 아니라 동침을 요구한다. 이때 예쁜이는 야수의 요구를 거절하는데, 야수는 신중한 태도로 예쁜이의 바람을 존중함으로써 예쁜이에게 상당한 감명을 주게 된다. 또한 야수는 예쁜이의 꿈속에 나타나 예쁜이의 정신적 사랑을 얻어낸다. 예쁜이는 결국 야수에게 동침을 허락하는데, 성교를 하지는 않는다. 결혼식을 올리기 이전의 성교는 그들의 사회적 지위에 따르는 예법에 어긋나기 때문이다. 결국 이 작품은 용두사미로 끝난다. 왕비인 야수의 엄마가 착한 요정을 데리고 등장한다. 야수는 잘생긴 왕자로 변하지만, 왕자의 엄마는 예쁜이의 정숙함을 인정하면서도 신분 차이(mésalliance)를 이유로 결혼을 반대한다. 아무리 정숙하고, 사려 깊고, 겸손하고, 순종적인 여자라고 하더라도 상인의 딸이 왕의 핏줄을 이어받은 왕자의 아내가 될 수 있느냐는 문제를 놓고, 착한 요정과 엄마, 예쁜이, 왕자는 오랫동안 토론을 벌인다. 문제를 해결하는 이는 요정이다. 요정은 예쁜이가 사실은 귀족의 딸인데 예쁜이의 안전을 위해서 상인에게 양녀로 보내진 것이라는 사실을 밝힌다. 자신의 당당한 참모습을 되찾은 예쁜이는 자신의 가족으로 여겼던 부르주아 가족에게 축복을 내려주고(성격이 고약한 양언니들도 빠뜨리지 않는다), 돈과 지위와 어울리는 짝도 내려준다.

르프랭스 드 보몽 부인의 작품에서는 이러한 구도가 약간 변경된다. 실제로 보몽은 윤리적·도덕적 차원에서 좀 더 엄격하고 요구하는 바가 많다. 보몽은 부르주아 계급과 귀족 계급 사이의 동맹을 승인하지만, 이와 함께 지배적 사회 규범을 좀 더 엄격하게 지킬 것을 요구한다. 보몽은 올바른 행실에 대한 자신의 견해를 확연한 대조와 함축적 묘사를 통해 독자에게 드러낸다.[45] 예쁜이는 부르주아의 완벽한 정숙함을 구현하고, 야수는 귀족의 고상하고 위엄 있는 모든 특징을 구현한다. 여기서 야수는 예쁜이에게 동침을 요구하는 대신 정중하게 청혼한다. 마침내 예쁜이가 야수의 청혼을 받아들이자 아름다운 요정이 나타나 예쁜이에게 잘생긴 왕자를 소개하며 이렇게 말한다. "현명한 선택을 했으니 상을 주마. 너는 재치나 아름다움 대신에 덕을 택했으니, 이 모든 장점을 모두 갖고 있는 사람을 만날 자격이 있다. 너는 훌륭한 왕비가 되리라. 왕비의 자리가 너의 미덕들을 파괴하지 않기를 바란다."[46] 반면에 예쁜이의 언니들은 왕과 왕비의 성문을 지키는 조각상으로 변해 악의와 질투의 해악을 경고하는 역할을 한다.

언니들과 같은 사회적 일탈자는 가혹한 처벌을 받는다. 이것을 확대 해석하면 상인 집안의 재산이란 남의 땅에 불법 침입할 위험에 처해 있는 부르주아 가정을 시험하는 시련이라는 해석도 가능하다. 내러티브 시점이 이성적으로 기대하는 바는 독자에게 기독교적-합리주의적 규범 패턴의 내면화를 요구함으로써 모든 아동, 특히 여아들에게 미적 취향과 미덕에 관한 사회적 태도를 교육하는 것이다. 르프랭스 드 보몽 부인은 거의 20년 동안 런던에서 보모 노릇을 했는데, 그녀는 이곳에서 여자아이들을 가르치면서 예절에 관한 방대한 분량의 글을 썼다. 보몽은 『미녀와 야수』 외에도 『더벅머리 리키』와 비슷한 『영혼의 왕자』 등의 많은 동화와 여성의 복종을 설교하는 무수한 이야기를 썼다. 바르실롱은 이에 대해 다음과 같이 지적했다. "이처럼 여성의 복종을 설교하는 데는 이유가 있어야 한다. 르프랭스 드 보몽 부인은 사춘기 이전의 여자아이들을 독자로 삼았고, 여자란 모름지기 복종해야 한다는 어조를 견지했다. 보몽은 소녀들에게 미리 '인생'을 가르쳐주고 싶어 했다. 보몽이 생각한 인생은 규범적으로 공인된 부르주아 관습에 따라 정해지는 결혼 바로 그것이었다."[47]

샤를 페로와 카트린 베르나르 양이 1696년에 다루었던 미녀와 야수의 테마와 르프랭스 드 모몽 부인이 1756년에 다루었던 미녀와 야수의 테마 사이에는 그 시간적 차이만큼 문화적 패턴에서도 분명한 차이를 보인다. 전자가 구체적인 사례를 동원하는 예절에 관한 동화 담론으로서 어른과 아이를 대상으로 삼았다면, 후자는 동화의 형태를 띤 설교로서 주로 아이를 대상으로 삼았다. 빌뇌브 버전의 『미녀와 야수』 이후에는 더 이상 비판적 담론이 끼어들 여지가 없었고, 르프랭스 보몽 부인의 버전에 이르면 이미 일정한 구도가 세워져, 예의 바른 소년과 소녀가 따라야 할 고전적 규범과 행실로 고착되었다. 곧, 절제와 합리성이 최후의 승리를 거둔다. 여성의 아름다움은 순종과 복종, 겸손, 근면, 인내에 있는 반면, 남성의 미덕은 자제와 예의, 이성, 불굴의 의지에 있다. 또한 '미녀와 야수'의 각각의 버전에서 작품의 지형이 문명화 과정과의 관계 속에 전개되는 것을 보면, 여성 인물이 '올바른 시민'이 되는 것은 짐승 같은 남성에게 기꺼이 자신을 희생하려 할 때뿐이라는 점을 분명히 알 수 있다. 자기 부정을 통해서 여성 인물은 모든 여자가 옛날에도 원했고 지금도 원한다고 가정되는 그것—결혼—에 도달할 수 있다. 이때 결혼은 남성에 의한 지배의 형태를 취한다. 남성 인물이 '올바른 시민'이 되는 것은 사회적 탈선의 힘들이 제자리로 돌아오고, 여성이 위협적 존재가 아니라 남성적 이성에 종속된 존재가 될 때뿐이다(이때 남성의 이성은 여성에게 마법으로 또는 진정제로 작용한다). 흥미롭게도 남성은 언제나 올바름과 합리성을 대표하는 존재이며, 그러한 남성을 구원하거나 파멸시킬 힘을 가진 것은 여성이다. 세상에 혼란이 생기는 것은 **결코** 남자 주인공의 책임이 아니다. 남성은 언제나 희생자이자(보통은 사악한 여자 요정의 마법에 걸려 짐승이 된 존재) 부르주아적 **합리성(raisonnement)**의 모델이다.

그러나 앞에서 보았던 것처럼 이러한 부르주아적 합리성은 서구 문화의 문명화 과정과 아동 동화 문학의 기원에 그 모습을 드러내는 과정에서 그 어두운 측면도 동시에 드러냈다. 『미녀와 야수』에서는 그 고전적 구도가 여러 가지 형태로 변주되는데, 찰스 램(Charles Lamb)은 1811년에 시의 형태로 개작했고, 그림 형제는 각각 1812년 판본과 1815년 판본의 『가정 동화: '노래하며 날아오르는 종달새'』(「개구리 왕자」「황금 산의 임금님」「곰 가죽 사나이」「백설공주와 장미꽃 봉오리」)에 포함시켰다. 19세기에 '미녀와 야수' 내러티브는 타블로이드판과 대중용 요약본 교훈 동화, 그림책 드라마

등의 형태로 번성했다. 미녀와 야수의 테마가 '고전적' 정점에 도달한 것은 아서 킬러-쿠치 경(Sir Arthur Quiller-Couch)의 각색이었다. 20세기에는 '미녀와 야수'의 이야기가 무수히 많은 소설과 연극, 오페라, 뮤지컬, 영화로 나왔다. 한편, 페미니즘적 각색들은 프랑스 동화 유행기의 몇몇 여성 작품들에서 포착되는 전복적 저항의 측면들을 간파하고 이를 활용했다. 우리는 지금도 우리의 아이들에게 고전 동화를 들려주며 무해한 시간을 보내지만, 고전 동화의 무해함에 어떤 해악이 있는지는 깨닫지 못한다.

4장

누가 그림 형제를 두려워하랴?

경건하게 살면서 나이 먹고 착해진 늑대는
빨간 모자를 다시 만나 이렇게 말했어요.
귀여운 우리 아가, 세상에 이런 이야기가 퍼졌다니
믿을 수가 없구나—그럴 리가 없단다.

이렇게 거짓말을 하다니
옛날에 음험한 살인 사건이 있었다니
모두 다 그림 형제가 지어낸 이야기란다.
솔직히 말해봐! 그들의 주장의 반만큼도 나쁘지 않았잖아.

빨간 모자는 늑대의 이빨을 보면서
더듬더듬 말했어요.
"당신 말이 맞아요, 정말요."
그러자 늑대는 몇 번이고 한숨을 내쉬고는
할머니께 친절한 눈길을 보내며 작별인사를 했답니다.

루돌프 오토 비머(Rudolf Otto Wiemer)
『늙은 늑대 *The Old Wolf*』(1976)

200년 전에 그림 형제는 독일에서 고유의 민담을 수집하고 윤색해 동화 문학의 기틀을 마련했다. 그리고 그때부터 그림 동화는 서구의 아이들과 어른들 모두에게 지대한 영향을 미쳤다. 그림 동화가 최초로 출판된 1812년 이래로 동화는 엄청나게 다양한 모습으로 발전해왔지만, 우리는 지금도 모든 동화에서 그림 형제의 존재를 느낀다. 대부분의 사람에게 그림 형제의 존재라는 것은 별로 거슬릴 것이 없었다. 그러나 지난 15년 동안 동화 나라에 급진적 경향이 나타나기 시작했다. 그림 형제의 동화가 허위 의식을 만들어내고 권위주의적 사회화 과정을 강화하는 데 일조한다고 생각하는 급진적 경향의 작가들이 그림 형제의 동화 나라 통치에 반란을 꾀하기 시작한 것이다. 그림 형제에 대한 반란은 바로 그림 형제의 고향에서 시작되었다. 그곳은 문학혁명이 진짜 정치혁명보다 흔한 나라였다.[1)]

1945년 이후 일정한 시기 동안 옛 서독의 작가들[2)]과 비평가들은 그림 형제와 안데르센, 베히슈타인(Bechstein) 그리고 그들의 아류 동화들을 기성 교육 체제의 '첩자'(secret agents)로 간주하기 시작했다. 이러한 동화들 때문에 아이들에게 부르주아 사회 안에서의 고정된 역할과 기능이 주입되며, 이로 인해 아이들이 자유롭게 자라나지 못하게 된다고 보았던 것이다.[3)] '고전' 동화의 보수주의적 성향에 대한 이런 식의 공격은 1960년대에 시작되었다. 그리고 이후 수많은 작가들이 고전 동화를 변형시켜 혁신적·해방적 동화를 쓰는 일에 몰두했다. 이들의 혁신적 동화는 자본주의적 생산관계와 사회관계에 의존하는 선진 테크놀로지 사회의 조건들에 대해 좀 더 비판적이었다. 그림 형제가 활동했던 무렵에는 그림 형제의 동화가 독창적인 작품으로 여겨졌고 사회적으로 적절한 작품으로 여겨졌을 수도 있겠지만, 혁신적 동화를 지향하는 작가들과 평자들이 보기에는 그림 형제의 동화가 성차별적 태도와 인종차별적 태도를 담고 있고, 성역할을 엄격하게 구분하는 사회화 과정(여자에게는 복종, 근면, 자기 희생을 강조하고, 남자에게는 능동적 활동과 경쟁, 재산 축적을 강조함)에 봉사하는 것이 분명했다. 따라서 옛 서독 작가들은 18세기와 19세기의 동화들, 특히 그림 형제의 동화를 패러디하거나 다시 쓰기를 함으로써 고전 동화와는 다른 좀 더 진보적인 방향으로 선회했다.

'고전' 동화는 이러한 과정들을 거쳐 대부분 재가공되었다(독일어로 표현하면 'umfunktioniert'). 곧, 동화의 기능(function)이 완전히 바뀌었다. 내러티브의 관점과 문체와 모티프가 자본주의 사회의 모순을 폭로하는 방향으로 선회했고, 이를 통해 아이들은 자신의 목표를 추구하고 자립심을 기르는 대안적 방법에 눈뜨게 되었다. 재가공된 동화가 저항하는 것(function against)은 획일적인 사회화 과정에 적응하는 순응주의이며, 재가공된 동화가 지향하는 것(function for)은 새로운 동화에서 그려지는 새로운 방향의 사회화 과정을 통해서 구축되는 새롭고 보다 해방적인 사회이다. 이러한 새로운 동화의 문학적 수준과 급진성의 정도는 작가마다 차이가 있었다.[4] 새로운 동화를 창작하는 작가들 중에는 좋은 의도를 가지고 있었는데도 잘못된 길로 가는 작가도 많았다. 그러나 어쨌든 이들은 동화의 사회정치적 기능에 문제를 제기했으며, 이러한 문제 제기만으로도 중요한 의미를 가진다. 특히 이들은 동화의 메시지가 아이들을 해방시켜 자기가 원하는 것을 스스로 선택하게 만들기 보다는 아이들을 억압하고 구속하는 경향이 있다는 점에 주목했다. 이들의 가정에 따르면, 그림 동화는 모든 서구 사회에서 의심 없이 받아들여졌고, 아이의 발달에 이용되거나 오용되어왔다.

곧, 그림 동화는 아이들을 자본주의 체제에 적응하는 좀 더 기능적인 존재로 만들었고, 아이들이 무엇을 선택해야 하는가를 규정했다. 자본주의 사회에 대한 비판을 공유하는 경우, 그림 동화에서 어떤 점을 바꾸어야 새로운 가능성을 제시할 수 있을까? 동화의 형식을 규정하고 자본주의 사회에서 인간의 성격이 사회화되는 방식을 결정하는 데는 어떠한 근본적 구조화 과정이 관여하는 것일까?

옛 서독 작가들이 이러한 질문에 대답하기 위해 어떠한 문학적 노력을 기울였는가를 살펴보기 전에, 우리는 먼저 그림 동화의 본질이 무엇인가, 동화를 통한 사회화란 무엇을 뜻하는가를 논의해야 한다. 지금까지 상상력이 풍부한 작가들이 동화를 재가공하는 일에 매달렸을 뿐 아니라, 무수한 진보적 평자들이 그림 동화에서 중요한 역사적 자료들을 발굴했고, 그림 동화가 사회화 과정에서 어떠한 역할을 했는가를 조사했다.

I

그림 형제와 관련해 사람들은 1970년대까지 두 가지 전제를 가지고 있었다. 첫 번째 전제는 그림 형제가 주로 농민과 일용노동자로부터 구전 민담을 수집했다는 것이고, 두 번째 전제는 그림 형제가 민담을 고치고 다듬기는 했지만, 그래도 끝까지 민담의 관점과 의미에 충실했다는 것이다. 그러나 두 가지 전제가 모두 잘못된 것으로 밝혀졌다.[5] 그림 형제는 주로 교육받은 중류 계급의 소부르주아 사람들로부터 민담을 수집했다. 다시 말해 그림 형제가 수집한 민담에는 이미 부르주아적 태도가 들어가 있었다. 어쨌거나 그림 형제는 단순히 민담의 문체를 바꾸고 다듬은 것이 아니라, 내용을 늘렸고 등장인물과 의미에 실질적인 변경을 가했다. 또한 그림 형제는 많은 유명한 민담을 수집 목록에서 제외했는데, 이러한 선별 과정 전체가 그들의 철학적·정치적 편견을 반영하는 것이었다. 특히 그림 형제가 이바지한 것은 농민 계급과 하층 계급의 이해 관계와 열망이 깃들어 있었던 구전 민담을 문학으로 정착시켜 '부르주아화'(bourgeoisification)했다는 점이다. 그렇다고 해서 그림 형제가 독일 평민의 유산을 의도적으로 배반했다는 말은 아니다. 그림 형제의 의도만은 훌륭한 것이었다. 곧, 그림 형제는 그 무렵에 떠오르던 중류 계급이 평민의 풍요로운 문화 전통을 사용하고 받아들이기를 소망했다. 그림 형제가 독일 민족의 신화와 관습과 언어를 연구하는 데 평생을 바친 것은 그 때문이다. 그림 형제는 강력한 민족 부르주아 계급이 발전하는 데 도움이 되고자 했으며, 이를 위해 독일 부르주아가 독일의 전통 또는 사회적 제식과 맺고 있는 관련성을 해명했고, 프랑스와 중유럽과 북유럽으로부터 관련된 민속을 끌어왔다. 때때로 그림 형제는 설화에 나오는 등장인물의 믿음과 행동을 차용해 부르주아 규범을 교육하는 기회로 삼았다.

> 19세기는 부르주아적 가족 개념이 정착된 시기이다. 또한 그림 동화에 대한 본격적인 수용이 시작된 때도 바로 이 시기다. 19세기의 그림 동화는 어머니와 할머니가 아이에게 읽어주거나 아이가 혼자 읽는 책의 형태를 띠었다. 처음부터 그림 형제는 동화가 교육적으로 해가 될지 모른다는 의심을 없애려 했으며, 이를 위해 동화 문학이 아이와 어른 모두를 위해서 씌어진 것이라 하더라도 교육받지 못한 사람을 위해서 씌어진 것은 아니라는 주장을 펼쳤다. (…) 그림 동화가 동화 문학으로서 엄청난 판본이 나오고 전 세계로 퍼진 것도 소비자가 부르주아 계급이라는 사실로 설명될 수

있다. 소비자는 부르주아 계급의 한계를 넘지 않는다. 그림 동화가 '고대 독일' 의 특징, 심지어 '순수 헤센' 의 특징을 추구했던 점에 문제가 있기는 하지만, 우리는 그림 형제의 천재성을 인정해야 한다. 그림 형제는 오랜 세월 동안 정리되지 않은 이질적인 자료들을 수집해 『어린이와 가정을 위한 옛날 이야기 *Children and Household Tales*』라는 조화로운 총체 속에 녹여냈다. 그리고 이로써 그림 형제는 '부르주아적' 인 동시에 '독일적' 이며, 당대의 과학적 기질과 정서적 취향에 상응하는 작품을 생산해낼 수 있었다. 일반적으로 부르주아 계급에게 주어지는 동일시의 근거에는 민족적 사고 방식이나 독일 민중 정신 등의 미덕이 포함되어 있었다. 그림 동화가 문학으로 성공한 이유를 이해하기 위해서는 19세기 사회사에 대한 지식이 있어야 한다.[6)]

그림 동화의 기원은 유럽과 고대 독일, 부르주아 계급이었다. 그림 동화의 독자는 성장하는 중류 계급이었다. 그림 형제는 동화에서 자신들의 사명을 발견했다. 그들은 동화를 통해서 부르주아 계급의 가치를 전파하는 일종의 선교사였다. 그림 형제가 미련한 방식으로 설교를 하거나 사람들을 개종하려 했던 것은 아니지만, 그들이 동화에 변형을 가한 것은 사실이며, 변형의 정도도 우리가 생각하는 것보다 훨씬 심한 것이었다. 형제 가운데 좀 더 보수적인 쪽이었던 빌헬름 그림이 개작 작업의 대부분을 담당했는데, 많이 알려진 대로 그는 민담을 깨끗하고 점잖게 고쳐서 부르주아 가정의 아이들이 읽을 수 있게 만드는 데 심혈을 기울였다. 단, 그림 형제가 동화집의 초판에서 아이들을 독자로 명시한 것은 아니었다. 그림 형제가 민담을 수집한 이유는 '문학과 신화의 역사에 봉사' 하기 위해서 뿐만이 아니었다. 그들의 의도는 재미와 교훈을 줄 수 있는 책을 쓰는 것이었다.[7)] 그들은 1819년 판본을 『교육용 도서 *Erziehungsbuch*』라고 부르면서, 이야기를 좀 더 순수하고 진실하고 정의롭게 만드는 방법을 토론했다. 그러면서 아이들이 보기에 해롭다고 생각되는 대목들을 꼼꼼히 삭제해나갔다.[8] 이러한 과정은 1817년 이후 개정본이 나올 때마다 하나의 패턴으로 반복되었다. 일단 동화가 출판되고 중류 계급의 독자들이 읽기에 적절하다는 평가를 받은 이후에도 빌헬름은 독자의 기대에 부응하기 위한 노력을 계속해나갔다. 독일의 독자들은 그 도덕과 윤리에 있어서 점점 비더마이어 시기 또는 빅토리아 왕조 시기로 진입하는 중이었다. 윤리적 위생을 중시했던 빌헬름은 높은 기준을 세웠고, 19세기부터 지금까지 수많은 '교육자'가 그의 모범을 따라 민담을 희석하고 '소독'하는 작업에 매진했다.

1975년 하인츠 뢸레케(Heinz Rölleke)가 그동안 소홀히 여겨졌던 1810년의 자필 원고를 기존의 1812년 판본과 나란히 재출간한 덕분에, 우리는 사회화의 소독 과정이 진행된 방식을 온전히 이해할 수 있게 되었다. 우리는 이제 그림 형제가 구전 민담 하나하나를 세심하게 수정했던 과정과 때로 과감한 수정을 감행했던 과정을 볼 수 있게 되었다. 우리의 목적을 위해 나는 동화 3편을 예로 들어, 부르주아 계급의 이해 관계를 반영하는 규범과 사회화 과정의 점진적인 변화 과정이 동화의 변형 과정과 어떻게 관련되어 있는가를 밝히고자 한다. 먼저 『개구리 왕자 *The Frog Prince*』의 도입부에서 논의를 시작해보자. 1810년 초고와 1812년 판본, 1857년 판본을 비교하면 다음과 같다.

1810년 원고

공주님이 숲으로 들어가 시원한 우물가에 앉았어요. 그리고는 황금공을 꺼내서 가지고 놀았지요. 그런데 황금공이 갑자기 우물로 굴러들어갔어요. 공주님은 우물 앞에 가서 황금공이 우물 바닥으로 떨어지는 것을 보았어요. 그리고는 슬픔에 잠겼지요. 그때 갑자기 개구리 한 마리가 물 위로 고개를 내밀고 물었어요. "왜 그렇게 울고 있니?" "오, 못된 개구리로구나. 네가 결코 도와줄 수 없는 일이야. 황금공이 우물에 빠졌거든." 그러자 개구리가 말했어요. "나를 너희 집에 데려가서 같이 놀겠다고 약속하면, 내가 황금공을 갖다줄게."[9]

1812년 판본

옛날 옛날에 한 공주님이 숲으로 들어가 시원한 우물가에 앉았어요. 공주님은 황금공 하나를 가지고 있었는데, 그 공은 공주님이 가장 아끼는 장난감이었어요. 공주님은 황금공을 하늘 높이 던졌다가 받았다가 하면서 아주 재미있게 놀았지요. 그러다가 한번은 황금공을 아주 높이 던졌어요. 공주님은 손을 뻗고 손가락을 오므려서 황금공을 받으려고 했는데, 황금공이 그만 땅에 떨어져 데굴데굴 구르다가 우물 속에 퐁당 빠졌어요.

공주님은 깜짝 놀랐어요. 우물은 너무 깊어 바닥도 보이지 않았어요. 공주님은 슬피 울며 말했어요. "오! 누가 황금공만 찾아준다면, 뭐든 줄 텐데. 옷도 주고, 보석도 주고, 진주도 주고, 세상에 있는 것은 뭐든 줄 텐데." 공주님이 그렇게 울고 있는 사이에 개구리 한 마리가 물 위로 머리를 내밀고 말했어요. "공주님, 왜 그리 슬피 울고 계신가요?" 공주님은 말했어요. "오! 못된 개구리로구나. 네가 결코 도와줄 수 없는 일이야. 황금공이 우물에 빠졌거든." 개구리가 말했어요. "저는 진주도 필요 없고, 보석도 필요 없고, 옷도 필요 없어요. 하지만 공주님이 저를 친구로 삼아주시고, 공주님의 식탁에서 밥을 먹게 해주시고, 공주님의 금 접시를 쓰게 해주시고, 공주님의 침대에서 자게 해주시고, 공주님이 저를 아껴주고 사랑해주신다면, 제가 황금공을 가져다드릴게요."[10]

1857년 판본

까마득한 옛날, 소원을 빌면 이룰 수 있었던 옛날, 임금님과 임금님의 딸들이 살고 있었어요. 공주님들은 모두 아름다웠지만, 그중에서도 막내 공주님이 가장 아름다웠어요. 온 세상을 다니며 온갖 것을 보아온 해님도 공주님의 얼굴을 비출 때마다 공주님의 아름다움에 깜짝 놀라곤 했어요. 궁전 근처에는 크고 어두운 숲이 있었고, 그 숲 속의 보리수나무 밑에는 우물이 있었어요. 무더운 날이면 공주님은 숲으로 들어가 시원한 우물가에 앉아 있곤 했어요. 앉아서 쉬다 싫증이 나면, 갖고 있던 황금공을 꺼내 던졌다 받았다 하면서 놀았어요. 공주님은 그 놀이를 가장 좋아했어요.

그러던 어느 날이었어요. 공주님이 황금공을 하늘 높이 던졌는데, 황금공이 공주님의 작은 손 위로 내려오지 않고 땅에 떨어져 물 속으로 굴러들어가버렸어요. 공주님은 굴러가는 황금공을 계속 쳐다보았지만, 황금공은 사라져버렸지요. 우물은 깊었어요. 너무 깊어 바닥도 보이지 않았지요. 공주님은 울음을 터뜨렸고, 점점 크게 울었어요. 그래도 공주님의 기분은 나아지지 않았지요. 공주님이 울고 있는데, 누군가 공주님에게 말을 걸었어요. "공주님, 무슨 속상한 일이 있으세요? 공주님의 눈물이 돌덩이 같은 심장도 녹여버릴 것 같아요." 공주님은 목소리가 들리는 곳으로 고개를 돌렸지만, 둔하고 못생긴 머리를 물 위로 삐쭉 내민 개구리 한 마리밖에는 아무것도 보이지 않았어요. 공주님은 말했어요. "오, 너로구나. 칙칙하고 다리 짧은 짐승아! 황금공이 우물에 빠져서 울고 있는 거야." 개구리는 말했어요. "울지 말고 가만히 계세요. 제가 도와드릴게요. 하지만 제가 공을 갖다 드리면, 저에게 무슨 상을 주실 건가요?" 공주님은 말했어요. "귀여운 개구리야, 말만 하면 뭐든 줄게. 옷도 주고, 진주와 보석도 주고, 내가 쓰고 있는 금관도 다 줄게." "저는 옷도 필요 없고, 진주와 보석도 필요 없고, 금관도 필요 없어요. 하지만 공주님이 저를 사랑해주시고, 친구로 삼아주시고, 공주님의 식탁에서 밥을 먹게 해주시고, 공주님의 금 접시를 쓰게 해주시고, 공주님의 컵을 쓰게 해주시고, 공주님의 침대에서 자게 해주신다고 약속해 주시면 제가 물 속으로 헤엄쳐들어가 황금공을 가져다드릴게요."[11]

비교

이 세 가지 버전을 비교해보면, 『개구리 왕자』가 짧은 기간 동안 점점 더 장식적으로 변모해왔다는 사실을 알 수 있다. 버전이 이렇게 변모한 이유는 문체의 변화 때문만은 아니었다. 1810년의 원래 민담은 배경이 단순하고 장식이 전혀 없다. 궁전도 나오지 않는다. 사건이 벌어지는 공간은 널따란 사유지인 듯하다. 공주라고 나오기는 하지만, 농부의 딸일 수도 있다. 어떤 소녀라고 해도 상관 없다. 우물가에서 공을 가지고 놀다가 잃어버리고, 개구리에게 공을 찾아주면 자기 집에 데려가주겠다고 약속하는 소녀라면 누구든 괜찮다. 개구리의 유일한 소망은 공주와 자는 것이다. 이 이야기 속에 변죽을 울리는 내용은 나오지 않는다. 노골적으로 성에 대한 이야기가 나오고, (원시 모계사회에서 파생된) 보편적인 혼인 의식이 암시된다. 또 다른 판본에 따르면, 공주는 개구리를 벽에다 던져버리는 대신 『미녀와 야수』의 미녀처럼 개구리에게 키스를 해준다. 서로가 서로를 남자와 여자로 인정하고 받아들일 때 왕자는 구원을 받게 된다. 1812년 판본과 1857년 판본에는 부르주아 계급의 어린이가 자기를 공주와 동일시할 수 있는 근거들이 좀 더 많이 들어 있다. 공주는 특별하고 다소 버릇이 없으며 대단히 부유하기 때문이다. 공주는 금전적 보상을 생각하고, 기본적으로 개구리를 신분이 낮은 사람으로 취급한다(원래 판본에서는 이러한 태도가 분명하게 나타나지 않는다). 장식적 묘사는 원래 민담에 나오는 성에 관한 솔직함을 감추거나 없애는 일을 한다. 여기서 개구리는 친구가 되어 같이 놀고 싶어 한다. 그림 형제가 보기에 성은 실제로는 역겨운 것이기 때문에, 일단 달콤한 것으로 만들고, 이어 무해한 것으로 보이게 만들어야 했다. 소녀는 아버지에게 복종한다. 부르주아 가정의 모든 착한 아이들이 그렇듯이 소녀는 개구리의 성적인 접근을 거절하고 그 덕분에 상을 받는다. 사실상 세 가지 버전들이 모두 어린 소녀들이 거치는 일종의 가부장적 사회화를 함축하지만(오늘날 진보적인 교육자들은 이러한 가부장적 사회화를 엄격하게 비판하며 문제를 제기해왔다), 특히 마지막 버전은 섹슈얼리티와 복종, 성역할에 대한 봉건적 민중의 태도와 부르주아 계급의 규범 및 예법을 결합한다는 측면에서 가장 안정된 **효과**를 낳는다. 판본의 변형을 통해서 사회적 이행과 계급적 차이가 드러난다. 이로써 우리가 알 수 있는 바와 같이 판본의 변형은 부르주아 계급의 규범과 취향이 점진적으로 부상하던 상황에 의존하고 있었다.

그림 형제는 초기 프랑스 **'상류 부르주아 계급'**의 가치들에서도 문제점을 발견했으며, 보다 엄격한 19세기 중류 계급의 관점과 품위에 어울리는 방향으로 이러한 가치들을 전환했다. 페로의 『빨간 모자』 도입부와 그림 형제의 『빨간 모자 *Rotkäppchen*』의 1812년 판본을 비교해보자. 프랑스 판본은 그림 형제가 지은 『빨간 모자』의 실질적인 출처이니까 말이다.

『빨간 모자』 (1697)

옛날 옛적 한 시골 마을에 어린 소녀가 살고 있었어요. 그 소녀는 마을에서 가장 어여쁜 소녀였어요. 소녀의 어머니는 소녀를 너무너무 사랑했고, 소녀의 할머니도 세상의 무엇과도 견줄 수 없을 만큼 소녀를 사랑했어요. 이 착한 할머니는 소녀에게 작고 빨간 모자를 만들어주었어요. 모자는 소녀에게 아주아주 잘 어울렸고, 그래서 모두들 소녀를 빨간 모자라고 불렀답니다.

어느 날 소녀의 어머니가 구운 과자를 싸주며 빨간 모자에게 말했어요. "할머니가 어떠신지 보고오렴. 할머니가 편찮으시다는 이야기를 들었단다. 할머니께 과자와 작은 버터 단지를 가져다드리렴." 빨간 모자는 곧 다른 마을에 살고 있는 할머니 집으로 갔어요.[12]

『빨간 모자』(1812)

옛날 옛적에 마음씨 고운 작은 소녀가 살고 있었어요. 소녀를 한 번이라도 본 사람은 누구든 소녀를 사랑했지요. 그러나 소녀를 가장 사랑한 사람은 할머니였어요. 할머니는 항상 소녀에게 무엇이든 주고 싶어 했지요. 어느 날 할머니는 소녀에게 빨간 벨벳으로 만든 작은 모자를 선물로 주었어요. 모자는 소녀에게 아주 잘 어울렸고, 소녀는 항상 그 모자만 쓰고 다녔어요. 그래서 사람들은 소녀를 그냥 빨간 모자라고 불렀어요. 어느 날 소녀의 어머니가 말했어요. "자, 빨간 모자야, 할머니께 케이크 한 조각과 포도주 한 병을 가져다드리렴. 할머니는 아프시고 약하시니 이것을 드시면 힘이 나실 거야. 할머니께 안부 전해드리렴. 중간에 놀지 말고 곧바로 할머니 집으로 가거라. 네가 넘어져서 병을 깨뜨리면, 아프신 할머니가 포도주를 드실 수 없잖니."[13]

비교

페로의 『빨간 모자』에 관한 논문에서 캐럴 행크스 주니어(Carole Hanks Jr.)와 D. T. 행크스 주니어(D. T. Hanks Jr.)는 그림 형제를 비롯한 『빨간 모자』 편집자들의 '소독' 과정에 관해 이렇게 논평했다. "페로의 동화는 아동 문학을 계속해서 괴롭혔던 검열의 고전적 사례를 제공한다. 독일 판본 『빨간 모자』를 모델로 해서 씌어진 미국 판본은 철저한 소독 과정을 거쳤기 때문에 에로틱한 요소는 사라졌고, 비극적 결말은 희극적 결말로 바뀌었다. 원래 이야기는 성장 과정의 비유인데, 설득력 있었던 이야기가 개작을 거치며 거세당한 셈이다."[14] 섹슈얼리티에 대한 두려움과 성에 대한 엄격한 규칙이 생긴 것이 권위주의적인 가부장 사회가 발생했기 때문임을 고려하면, '거세'는 페로의 동화(그리고 원래 민담)에서 일어난 사태를 설명하기에 뭔가 어울리지 않는 단어이다. 페로가 동화를 쓰면서 명시했던 독자는 어린이 독자뿐 아니라 어린이를 포함한 상류 계급의 교육 받은 독자들이었음을 고려하면 '거세'라는 단어는 더욱 어울리지 않게 된다.[15] 알다시피 아동 문학이 발전한 것은 나중의 일이었고, 18세기와 19세기 사회화 과정에서 아동 문학이 중요한 역할을 맡은 것도 점진적인 현상일 뿐이었다. 따라서 페로의 초기 동화는 그림 형제의 손을 거쳐 아이들이 읽기에 보다 적절하게 변형됨으로써 좀 더 보수적인 부르주아 윤리 의식을 강화하는 방향으로 나아가야 했다. 이러한 도덕주의적 충동이 가장 분명하게 드러나는 부분은 그림 형제가 수정을 가했던 동화의 도입부다. 빨간 모자는 단순한 시골 소녀가 아니라 순수의 상징이다. 그러나 순수만 가지고는 부족하다. 소녀는 자기 자신의 호기심과 관능성을 두려워하는 법을 배워야 한다. 따라서 줄거리의 목적은 그 시대를 살아가는 여자아이들의 사회화 과정에 상응한다: 관능적 유혹에 빠지기 쉬운 어두운 숲길로 가지 말고 밝은 길로 다녀라, 말 잘 듣고 공손해라(sittsam),[16] 그렇지 않으면 늑대(곧, 악마 또는 성에 굶주린 남자들)에게 잡아먹힐 것이다. 흔히 구원과 부활의 모티프를 상징하는 것은 남자 사냥꾼(섹슈얼리티가 없는 아버지 유형)이다. 여기서도 단어 선택과 어조, 내용 등에 가해진 변형을 이해하기 위해서는 19세기 전반기의 교육과 사회화의 실질적 내용을 알아야 한다.

또 다른 예로 그림 형제의 『백설공주 *Snow White*』의 1810년 자필 원고와 1812년 판본을 비교해가면서 살펴보자.

1810년 자필 원고

다음날 아침에 백설공주가 잠에서 깨어나자, 난쟁이들은 백설공주에게 어떻게 여기까지 오게 되었냐고 물었어요. 백설공주는 어머니인 왕비가 자기를 숲 속에 버리고 가버린 이야기를 모두 들려주었어요. 백설공주를 가엾게 여긴 난쟁이들은 백설공주에게 그냥 이 집에 살면서 자기들이 광산에서 일하는 동안 밥을 지어달라고 했어요. 또 난쟁이들은 백설공주에게 왕비를 조심하고, 아무도 집 안에 들이지 말라고 주의를 주었어요.[17]

1812년 판본

백설공주가 잠에서 깨어나자, 난쟁이들은 백설공주에게 당신은 도대체 누구이며, 이 집에는 어쩌다가 들어오게 되었느냐고 물었어요. 그래서 백설공주는 어머니가 자기를 죽이려 했던 이야기와 사냥꾼이 자기를 죽이지 않고 놓아준 이야기, 하루 종일 달음질로 도망쳐 이 집까지 오게 된 이야기 등을 들려주었어요. 난쟁이들은 백설공주를 가엾게 여겼어요. 그리고 백설공주에게 말했어요. "저희들 대신 집도 지켜주시고 밥과 바느질, 설거지, 뜨개질, 청소, 빨래 등을 해주신다면, 저희와 함께 이 집에서 사셔도 좋습니다. 갖고 싶은 것 있으면 다 가지십시오. 그러나 밤에 저희들이 집에 왔을 때는 식사 준비가 되어 있어야 합니다. 저희들은 모두 낮에는 광산에서 황금을 캐니까 공주님께서는 집에 혼자 계시게 될 것입니다. 그러니 왕비를 조심하시고, 아무도 집 안에 들이지 마십시오."[18]

비교

이러한 대목에서 다시 한 번 드러나듯이, 그림 형제는 민담을 고치면서 민담이 의도했던 것과는 전혀 다른 사회화 과정을 염두에 두고 있었다. 백설공주에게 주어지는 지침은 부르주아 여성의 의무에 보다 가까워졌고, 백설공주가 감당해야 하는 일은 부르주아 여성의 도덕적 의무에 속하게 되었다. 도덕이 동원되는 이유는 노동 분업과 남녀 구분을 정당화하려는 것이다. 여성의 역할은 가정을 지키는 것이고, 가정은 순수함과 아이들을 보호하는 피난처라는 당시의 태도 역시 부르주아 계급에서 여성과 노동, 육아에 관해 통용되던 관념이었을 뿐, 농민층이나 귀족층의 생각은 아니었다. 19세기에는 프롤레타리아 계급이 성장하고 있었지만, 그들은 아내와 자녀를 집 안에 있게 한다는 것을 상상할 수조차 없었다. 프롤레타리아 전 가족의 운명은 장시간 공장에서 계속되는 노동이었기 때문이다. 사실상 백설공주는 그 무렵에 형성되고 있었던(그리고 끊임없이 재형성 중에 있는) 새로운 유형의 공주였다. 1810년 판본에서는 아버지가 의사들을 데리고 나타나 딸을 구한다. 그리고 아버지는 딸에게 신랑감을 구해주고, 악독한 왕비에게는 벌을 내린다. 그림 형제는 원고 여백에 "이런 결말은 어딘가 어색해. 뭔가가 빠졌어."[19] 라는 글을 적어놓았다. 그림 형제의 마무리 작업을 능가하는 것은 20세기 소독의 제왕이라 일컬어지는 월트 디즈니의 얌전빼는 각색밖에 없다.

동화의 편찬 과정과 문학적 변용 과정을 사회적·역사적 맥락에서 이해하는 것이 중요하다면, 그림 형제가 여러 나라의 사회화 과정에 미쳤던 폭넓은 영향력을 조사하는 것은 좀 더 중요한 일이다. 알다시피 그림 형제의 동화집(특히 1857년 최종본)은 100년이 넘는 기간 동안 독일에서 두 번째로 많이 읽히고 널리 알려진 책이었다(가장 많이 읽힌 책은 성경이다). 또한 알다시피 민담과 동화는 대부분의 10세 이하 아이들에게 문화의 양식이다. 독일에서 행한 연구들에 따르면, 동화를 읽는 연령은 6세에서 10세 사이라고 한다.[20] 6세 이하 아이들도 어른들이 읽어주거나 이야기해주는 동화를 듣는다. 그런데 아이들이 동화를 듣는다는 것은 일정한 집단에 속하는 어른들이 평생 동안 아이들에게 동화를 다시 읽어주거나 다시 들려주면서 살고 있음을 뜻한다. 대중 매체가 부상한 이래로 그림 형제의 동화는 (흔히 가장 얌전하고 새침한 버전으로) 라디오와 영화, 음반, 테이프, 비디오로 전파되거나, 광고의 모티프로 사용되거나, 그밖에 상상할 수 있는 온갖 방법과 형태로 상업화되었다. 나라마다 수용의 양상에 차이가 있지만, 그림 형제의 동화라는 특별한 작품은 어렸을 때부터 어른이 될 때까지 사람들의 상상력을 통제한다. 그림 형제의 동화가 선진 테크놀로지 사회에 만연한 해악들에 대해 책임이 있다고 말할 수는 없지만, 이제 우리는—서독의 많은 작가들의 생각대로—그림 형제의 동화가 아이들에게 부과하는 가치와 규범이 아이들의 성장을 가로막을 가능성을 가늠할 때가 되었다. 브루노 베텔하임 등의 비평가들은 그림 형제의 동화가 아이들이 자신의 실존적 조건에 대처하는 데 도움을 주고 아이들을 성숙하게 만든다고 주장하지만,[21] 이러한 주장은 명백한 문제를 안고 있다.

동화 문학을 통한 사회화를 고려할 때, 우리는 먼저 그림 형제의 동화를 읽고 자란 아이들에게 일차적으로 주목해야 한다. 사회화를 논하면서 내가 사용하는 문화의 개념은 일반적인 의미의 문화—인간이 역사 속에서 스스로를 객관화하고, 집단을 이루고, 서로 관계를 형성하면서 자신의 이념과 의도, 대응 방법을 구체화하는 양식—이다. 인간이 자신의 이념과 의도, 대응 방법을 구체화한다는 말은 인간이 모종의 형식을 창조하고 이용함으로써 자신의 이념과 의도, 해법을 감각적인 방식으로 현실 속에 뿌리박고, 이를 통해 이러한 형식이 인간이 영위하는 일상 생활의 현실적 일부가 된다는 뜻이다. 이렇듯 문화는 인간적 객관화라는 역사적 과정으로 인식되며, 이때 민족 문화의 수준과 질은 구성원들이 발전시키는 사회화—현재의 구성원들이 미래의 구성원들을 사회 속에 통합하는 과정이자 사회정치 체계를 합법화하고 사회의 연속성을 보장하는 규범과 가치를 강화하는 과정—에 의존한다.[22)]

책읽기는 내면화 과정—기술적으로 말하자면 재주체화 과정—으로서 기호, 상징, 문자를 '이해'하는 의식적·무의식적 행위이며, 지금까지 사회화 과정에서 일정한 기능을 담당해왔다. 근대 이후, 곧 계몽주의가 전파되고 부르주아 계급이 발생한 이래로 책읽기는 일정 수준 이상의 사회적 지위로 진입하는 통행증이자 위계 질서 속에서 자신의 지위를 감당하고 유지하는 방식이었다.[23)] 19세기에 책으로 인쇄된 동화를 읽는다는 것은 사회적인 의미에서 배타적인 행위였다. 동화 읽기가 진행되는 공간은 주로 부르주아 가정에 속하는 아이의 방이었으며, 하층 계급이 글을 배운다는 것은 단지 문자를 해독하는 기술을 습득하는 것이 아니라, 부르주아 계급의 가치 체계와 사회적 지위를 획득한다는 의미를 지니고 있었다. 단, 하층 계급이 부르주아 계급의 사회적 지위를 획득하기 위해서는 부르주아 계급의 이해 관계가 통제하고 있는 부르주아적 규범에 순응해야 했다. 책읽기의 사회적 기능을 기계론적·환원론적 방식으로—책읽기는 부르주아 헤게모니의 호위병일 뿐이며, 책의 의미를 해석하는 방법은 하나밖에 없다는 식으로—이해해서는 안 된다. 하층 계급은 글을 읽는 법을 배우면서 새로운 지평을 알게 되었고, 좀 더 많은 권력을 가지게 되었다. 또한 문학이 책의 형태로 생산되면서 사회의 지배 세력과 종종 어긋나는 다양한 관점들이 등장할 여지가 생겨나게 되었다. 여러 모로 책읽기는 꿈처럼 폭발적인 방식으로 기능할 수 있으며, 사회화와 제약들에 도전하는 데 도움을 줄 수 있다.

그러나 꿈과 달리 책읽기가 독자 개인의 존재감에 미치는 직접적 영향을 정확하게 가늠하는 일은 실질적으로 불가능하다. 그러나 책읽기가 독자로 하여금 자신의 정체성을 가늠하고 확인하게 할 수 있는 문화적 테두리를 제공하고 또 그것을 반영한다는 점은 분명하다. 책읽기, 특히 동화 읽기를 말할 때 우리는 사회적·역사적 배경을 망각하는 경향이 있다. 사회화와 책읽기는 주어진 사회나 문화의 권력 투쟁과 이데올로기의 영향 아래에서 이루어지고 또 그러한 권력 투쟁과 이데올로기를 반영한다. 그림 형제의 동화는 구전 설화를 통해 자신의 목소리를 내려 했던 평민들의 투쟁의 산물일 뿐 아니라, 독일 부르주아 계급이 자신의 정체성과 권력을 추구하는 과정—자신의 욕구와 소망을 상징적으로 재현하는 과정—에서 만들어진 문학적 산물이다. 그림 형제의 동화에 나타난 규범과 가치 체계가 지향하는 생활 방식—객관화된 표준적 생활 방식—은 삶과 노동에 대한 부르주아적 척도 일반을 정당화하기 위해 의도된 것이었고, 실제로 그러한 척도를 정당화했다. 그리고 이는 비단 독일뿐 아니라 전 세계에 해당하는 이야기이다.

1810년 최초의 자필 원고에는 모두 합쳐 51편의 설화가 실려 있다. 이 가운데 1812년 책으로 출판될 때 몇 편이 빠졌고, 빠지지 않은 작품도 중류 계급의 취향에 맞도록 내용과 문체에 전반적인 변형이 가해졌다. 사회적·미학적 이유에서 진행된 이러한 의식적 수정의 과정은 1857년까지 계속되었다. 1970년대와 1980년대에 이러한 수정을 지적하고 기록했던 뢸레케(Rölleke) 등의 서지학적 연구가 중요한 이유는 그림 형제의 작업 방식을 알려주기 때문만도 아니고, 동화가 독일의 후기 봉건 사회 및 초기 부르주아 사회와 어떠한 관계에 있었나를 보여주기 때문만도 아니다. 그림 형제의 동화 판본을 비교하는 연구는 동화 문학의 전개 과정 전체를 연구하는

데 참고가 되며, 특히 책읽기를 통한 사회화 과정과 글을 읽고 쓸 줄 안다는 것의 의미를 염두에 둘 때 더욱 그러하다.

II

그림 형제의 주관적 선별 과정과 각색 방식을 이해함으로써 우리는 먼저 19세기와 20세기에 출판된 다른 설화집에 대한 연구를 시작할 수 있게 되며, 설화를 문학으로 옮기는 방식을 교육과 사회화 과정에 비추어 분석할 수 있게 된다. 최근의 민속학 연구를 보면, 민담을 들려주는 사람의 역할이 조명을 받았음을 알 수 있다. 그러나 민담을 수집한 사람과 민담을 글로 옮긴 사람의 역할도 중요하다. 우리가 앞에서 보았듯이 그림 형제는 의식적으로든 무의식적으로든 민담을 옮기면서 자신들의 세계관과 함께 수용자로 예상되는 계층의 세계관을 민담 속에 포함시켰다. 덧붙여 민담을 수집하는 사람과 수용자 사이의 관계도 중요하다. 민담을 인쇄하고 글로 옮기는 작업의 의도는 애초의 민담 수용자에게 민담을 다시 한 번 책의 형태로 읽히기 위한 것이 아니었다. 루돌프 셴다(Rudolf Schenda)가 『책 없는 민중 *Volk ohne Buch*』에서 말했던 것처럼,[24] 하층 계급은 책을 읽지 않았고 읽을 수도 없었다. 책을 살 돈도 없었고 글을 읽을 줄도 몰랐기 때문이다. 하층 계급의 전통은 구전 전통이었다. 19세기에서 20세기 초반까지 민담을 글로 옮기는 작업은 주로 교육받은 계층의 아이들과 어른들을 위해서 행해졌던 작업이다. 민담의 수용자가 누구냐 하는 문제는 민담을 수집하는 목적과 민담을 수집하는 스타일에 영향을 미쳤다. 이것은 오늘날에도 마찬가지이다.

앞에서 보았던 것처럼 심리학자들은 꿈과 동화 창작 사이의 관계를 탐구했고, 나아가 동화가 사회화 과정에서 수행했던 특별한 역할을 탐구했다. 왜 아이들은 특히 동화에 끌리는가, 왜 동화는 사회화 과정에서 맡은 바 역할을 잘 수행해내는가 등의 문제에 대해 가장 간결하고 소박한 분석을 내놓은 사람은 에마누엘 K. 슈바르츠(Emanuel K. Schwartz)였다. 그의 주장은 다음과 같다.

'좋은 부모'로 인식되는 사람과 '나쁜 부모'로 인식되는 사람 사이의 투쟁은 유년기의 중대한 문제 가운데 하나다. 동화에서 나쁜 엄마는 흔히 마녀(남근적 엄마)로 그려진다. 훌륭한 남자, 곧 아빠의 형상(오이디푸스)은 동화의 어린 주인공에게 영웅 내지 영웅이 될 사람, 본보기를 상징한다. 동화에서는 사회적·심리적 변화가 그려지는데, 이러한 변화는 언제나 어린 아이 같은 방식으로 진행되며, 주로 마법을 통해서 이루어진다. 한편 소망 충족을 위한 투쟁의 경험은 사회 규범의 사회적 수용과 납득으로 귀결된다. 그러나 사회화의 인식의 강화가 순응주의로 귀결된다는 의미는 아니다. 다만 사회적 '관행'(mores)에의 순응을 유도하는 어느 정도의 상식은 아이들과 어른들 모두에게 현실적으로 필요한 것이다.[25]

슈바르츠는 그림 형제의 동화에 내재하는 순응주의적 내러티브의 기능이 모종의 억압적 행동 표본을 정당화함으로써 이러한 행동 표본이 아이들에게 받아들여질 수 있게 만드는 것이라는 사실을 지적하면서도 이런 유의 내러티브가 안고 있는 근본적인 위험을 최소화하고 있다. 책읽기는 육체적 과정이자 정신적 과정이며, 따라서 규범과 가치의 내면화가 시작되기 전에 이미 동일시가 진행된다. 그림 형제의 동화에서 아이는 쉽게 동일시의 대상을 찾는다. 주인공이 누구인지 모르는 독자는 거의 없다. 주인공은 가장 어리고, 가장 학대당하고, 가장 착취당하고, 가장 작고, 가장 순진하고, 가장 약하고, 가장 순수한 인물이기 때문에 우리는 주인공을 보는 즉시 주인공과 우리를 동일시한다. 이렇듯 아동 독자가 주인공과 동일시하는 일은 독서를 통한 사회화 과정의 시작이다.

아이가 무의식적 차원에서 무엇을 흡수하는가를 가늠하기는 대단히 어렵지만, 그림 형제의 동화에 나타나는 패턴은 대부분 독자가 따라야 할 가치와 모델로 독자의 의식적인 관심을 끌어온다. 동화를 직접 읽거나 다른 사람이 읽어주는 동화를 들으면서 아이는 사회적 궤도를 따르게 되고, 역할의 방향을 정하는 법을 배우게 되며, 규범과 가치를 습득하게 된다. 대부분의 그림 형제의 동화에는 권력과 자립을 얻기 위한 투쟁이라는 패턴이 존재한다. 각각의 동화마다 눈에 띄는 차이가 있지만, 전체적인 패턴을 그려보는 것은 가능한 일이며, 이러한 패턴을 통해서 그림 형제의 동화가 왜 그리고 어떻게 부르주아 사회화 과정에 효과적인 기능을 발휘하게 되는가를 밝혀볼 수 있다.

어린 주인공은 이야기의 도입부에 집을 떠나거나 가족과 떨어져야 하는데, 이것은 권력 관계에 혼란이 생겼기 때문이다. 주인공은 학대를 당하거나 사회 관계의 변화로 인해 집을 떠나야 하는 상황에 처하며, 집을 떠난 주인공은 과제를 부여받고, 이야기 속에 숨겨진 명령을 수행해야 한다. 그 경우에 그림 형제의 동화가 제기하는 질문은 대부분 '어떻게 해야 배울 수 있는가? 곧, 사회에 받아들여지거나 현 상태의 규범과 일치하는 사회를 재구축한다는 목표 아래 내가 가진 능력을 제대로 발휘하기 위해서는 무엇을 해야 하는가?' 이다. 방랑하는 주인공이 집을 떠나는 이유는 집을 재편성하기 위해서다. 방랑 중에 남자 주인공은 능동적이 되고, 경쟁적이 되고, 늠

름해지고, 부지런해지고, 영리해지고, 자기 것을 챙기는 법을 배운다. 남자 주인공의 목표는 돈과 권력, 여자(역시 재산과 연결된다)이고, 그의 활동 영역은 탁 트인 바깥세상이며, 그가 행복할 수 있는가는 그가 권력을 올바로 사용하는가에 달려 있다. 여자 주인공은 수동적이고, 순종적이고, 자기 희생적이고, 열심히 일하고, 인내하고, 깍듯해지는 법을 배운다. 여자 주인공의 목표는 재산과 보석 그리고 자신의 재산권을 보호해줄 남자이고, 그녀의 활동 영역은 가정이나 궁전이며, 그녀가 행복할 수 있는가는 가부장적 규칙에 순응하는가에 달려 있다. 일반적으로 성행위는 결혼 이후로 연기된다. 동화는 욕구 충족에 필요한 재능과 권력, 재산이 얻어질 때까지 욕구 충족이 연기됨을 암시할 때가 많다. 19세기와 20세기에 자본주의 사회에서 자라난 아이에게 그림 형제의 동화가 미치는 영향은 엄청난 것이었다. 곧, 동화의 패턴과 규범에 따라서 이루어진 사회과 과정을 통해서 아이들은 자기가 사는 사회를 보다 쉽게 수용할 수 있었다. 그림 형제의 동화에서는 마찰과 갈등의 지점이 최소화되는데, 그 이유는 사회가 계급 상승과 자립 가능성을 허용하는 것처럼 보이게 만드는 방법으로 부르주아 사회를 정당화하기 때문이다. 모든 그림 형제의 동화에는 정교한 기호와 규범 세트가 포함되어 있다. 그림 동화에서 문제가 생기면—그림 형제의 동화에서는 항상 누군가가 부당한 취급을 받거나 관계에 혼란이 생긴다—자애로운 가부장 질서의 토대인 신성한 규범이 훼손된다. 바람직한 규범은 주인공의 행동을 통해서 구성되며, 주인공의 행복한 결말은 갈등이 규범을 통해서 해결될 가능성을 보여준다. 『여섯 명이 세계 일주를 하는 법 *How Six Travelled through the World*』과 『브레멘의 악사들 *Bremen Town Musicians*』 『영리한 그레텔 *Clever Gretel*』 『푸른 빛 *The Blue Light*』 등의 동화를 보면 짓밟혔던 주인공이 억압자를 전복하는 내용이 있지만, 여기서도 사회 관계와 노동 윤리가 근본적으로 변하는 것이 아니라, 서열화된 사회 체제 안에서 운신의 폭을 허용하는 방식으로 재구성될 뿐이다. 그리고 이것은 혁명을 수행하지 못하면서 농민층을 희생시켜 타협해보려는 독일 부르주아 계급의 욕망과 맞아떨어졌다. 또한 이들 동화에서는 하층 계급 출신이 지배엘리트 집단으로 진입한다. 그러나 이런 일이 가능한 이유는 부르주아 계급이 계발하던 가치들—검소, 근면, 인내, 복종—이 지배 계급에게 필요했기 때문이다. 내러티브 패턴이 기본적으로 암시하는 바는, 솜씨와 자질을 연마하고 발휘한다면, 사유 재산과 돈, 권력에 의존하는 위계 사회 안에서 높은 자리를 얻기 위한 경쟁에 참여할 수 있다는 것이다. 그림 형제의 동화는 명령의 측면과 보고의 측면[26] 둘 다에서 책읽기를 통한 사회화 '과정'—봉건사회와 결별하는 19세기 부르주아 계급의 기본적 규범과 가치, 권력관계를 내면화하는 과정—을 강조했다.

『탁자, 당나귀, 막대기 *The Table, the Ass and the Stick*』를 예로 들어보자. 이 이야기는 남성의 사회화 과정에서 효과적인 역할을 수행하는 동화이다. 1819년에 그림 형제의 동화 증보판에 처음 실린 작품으로, 중하층 계급의 인물을 주로 다루며 남성에 초점을 맞춘다(나중에 베히터F. K. Waechter의 재가공 동화를 논의할 때 이 동화가 토대가 될 것이다). 모든 사건은 주인과 노예의 관계를 중심으로 진행된다. 세 아들이 염소를 치는데, 염소의 거짓말 때문에 세 아들 모두 아버지에게 쫓겨난다. 아들을 모두 쫓아낸 뒤에 아버지는 염소가 거짓말을 했다는 사실을 알게 된다. 그래서 아버지는 염소의 털을 깎아버리고, 염소는 도망간다. 그동안 세 아들은 모두 소부르주아 직종—목수, 방앗간 주인, 선반공—에서 열심히 일한다. 세 아들 모두 열심히 일한 대가로 각자의 주인에게 선물을 받는데, 큰아들과 둘째 아들은 여관 주인에게 선물을 도둑맞는다. 여관 주인이 선물을 가짜로 바꿔치기한 것이다. 이 두 아들은 자기가 받은 선물을 자랑하려 하다가 아버지에게 망신만 주게 된다. 여관 주인에게 복수하고, 가족을 재결합하고, 마을 사람들에게 자기 집안의 재산과 권력을 과시해 집안의 명예를 회복하는 일은 이제 셋째 아들에게 달려 있다. 나중에 아버지는 부자가 되어 은퇴한다. 염소는 대단한 일꾼을 만나서 응분의 처벌을 받게 된다.

아버지가 아들들에게 '잘못' 한 것은 사실이지만, 내러티브 전체에서 가족을 관할하는 아버지의 권위에 의문을 제기하는 곳은 전혀 없고, 독자 역시 아버지의 권위를 문제 삼을 여지가 없다. '자연스러운' 것으로 보이는 아버지와 아들 사이의 관계에 혼란을 야기하는 책임은 거짓말쟁이와 사기꾼인 염소와 여관 주인에게 있다. 이들은 속임수를 사용해 권력과 재산을 얻고자 한다. 동화에서 상술되는 규범에 따르면, 재산과 권력을 얻는 유일한 방법은 근면과 불굴의 노력, 정직이다. 아들들의 목표는 아버지에게 복종하고 집안의 명예를 지키는 것이다. 동화가 독자에게 명하는 내용은 노예와 주인의 가부장적 관계와 사유 재산 관계를 구성하는 규범과 가치를 받아들이는 것이다. 일반적으로 사회화 과정에서 '근면, 불굴의 노력, 정직' 의 자질을 강조하는 것은 잘못이 아니다. 여기서 문제가 되는 것은 동화를 통한 사회화가 가부장적 지배 질서를 옹호하고 자기 혼자만을 위한 재산과 권력의 축적을 긍정적 목표로 설정하고 있다는 점이다.

그림 형제의 동화에서는 지배자가 자비로운 인물로서 자신의 권력을 정당하게 사용하는 한, 남성 지배 질서와 주인 대 노예의 관계가 정당화되는 것이 대부분이다. 지배자인 '폭군' 이나 부모의 권위가 도전받는 경우에는 지배자가 애초의 결정을 바꾸거나 다른 지배자로 대체된다. 그러나 이때도 재산 관계와 가부장제는 변하지 않는다. 『탁자, 당나귀, 막대기』에는 주인과 노예의 관계가 아버지와 아들, 가부장적 가족과 염소, 주인과 도제, 여관 주인과 아들 등의 관계로 계속해서 등장한다. 아들들을 비롯한 동화 속의 인물들은 주인을 기쁘게 하는 방향으로 사회화된다. 아들들이 일을 해서 권력과 재산을 얻으려는 목적은 아버지를 기쁘게 하는 것이다. 결말 부분에서 아버지가 은퇴할 수 있는 것은 아들들이 프로테스탄트 윤리에 따라 온당하고 부지런하게 재산을 축적했기 때문이다. 염소와 여관 주인이 벌을 받는 이유는 다르다. 염소가 벌을 받는 이유는 주인과 노예의 관계를 싫어했기 때문이고, 가짜 아빠의 역할을 수행하는 여관 주인이 벌을 받은 이유는 사유 재산의 질서를 침해했기 때문이다. 이 훌륭한 동화를 여러 가지 다른 방법으로 해석할 수 없는 것은 아니지만, 동화가 부르주아적 사회화 과정에서 수행하는 역할에 비추어볼 때, 우리는 왜 수많은 옛 서독 작가들이 반권위주의 운동이 일어나던 1960년대 후반에 그림 형제를 백안시했는가를 비로소 이해할 수 있게 된다.

III

그림 형제의 동화를 가공하고 변형한 것은 옛 서독의 작가들이 처음이 아니었고 그렇게 새로운 일도 아니었다.[27] 아이들을 위해서 민담과 동화를 다시 쓰는 강력한 급진적 전통은 19세기 후반에 시작되어 바이마르 시대에 융성했고, 나치가 이러한 실험을 중단시킬 때까지 계속되었다. 이러한 전통이 되살아난 것은 1960년대였다. 헤르미니아 추어 뮐렌(Hermynia Zur Mühlen)과 리자 테츠너(Lisa Tetzner), 에트빈 회른레(Edwin Hoernle), 발터 벤야민(Walter Benjamin)[28] 같은 작가들이 재발견되고, 반권위주의의 운동과 좌파가 어린이와 사회화에 주목하기 시작한 시기도 이때였다. 옛 서독에서 자본주의와 교육에 대한 급진적 비판이 일반화되면서 나타난 결과 가운데 하나는 지배 부르주아 중심의 공공 영역에서 행하는 착취와 정당화 메커니즘에 맞서 진정한 비상업적 어린이 공공 영역을 구축하는 시도였다. 기존의 공공 영역을 어린이에 맞게 재정비할 문화적 도구와 방법을 제공하기 위해서 진보적 성향의 다양한 집단들이 아이들을 위한 여러 종류의 해방적 메시지와 문화적 산물을 아이들과 함께 창조했고, 이로써 아동 도서와 게임, 연극, TV, 학교에서 볼 수 있는 인종 차별, 성차별주의, 권위주의 등을 상쇄하려 했다.

아동 문학 중에서도 특히 동화 문학의 영역에서는 여러 곳의 출판사가 아동의 공공 영역—아이들과 어른들이 협력해 참여사회의 요구와 소망에 적합한 보다 구체적이고 민주적인 놀이 형식과 노동 형식을 구상하는 공간—을 정치화할 목적으로 창작되는 재가공 동화를 소개하는 데 능동적인 역할을 담당했다.[29] 1960년대 말기에 폭넓은 좌파 성향의 독자층이 생기면서 많은 대형 출판사가 이윤을 노리고 좌파 시장에 뛰어들었다. 그러나 모든 책이 거대 출판회사를 통해서만 나온 것도 아니었고, 이윤만을 노린 것도 아니었다. 1960년대 후반에는 이른바 신좌파(New Left)가 그야말로 새롭고 유력한 세력으로 떠올랐지만, 그 영향력은 점점 쇠퇴했다. 그러나 21세기 초에도 여전히 크고 작은 수많은 출판사에서 저항문화적 동화책이나 재가공 동화책을 열심히 출판했다. 나는 논의를 한정해 로볼트(Rowohlt)와 바지스(Basis), 슐로트(Schlot), 벨츠 앤드 겔베르크(Beltz & Gelberg)에서 1970년대와 1980년대에 출판된 재가공 동화, 특히 그림 형제의 동화에 토대를 둔 작품에 초점을 맞출 것이다. 특히 나는 이러한 동화가 원작 동화와는 달리, 새로운 사회화 과정의 가능성을 반영하는 방식을 밝히고자 한다. 그리고 이런 동화들에 포함된 일부 생각들과 플롯들, 실천들이 아동의 공적 영역과 아동 교육에서 현실화된 양상도 어느 정도 살펴보고자 한다.

1972년에는 대형 출판사인 로볼트 출판사(Rowohlt Verlag)에서 '로로로 로트푹스'(rororo rotfuchs)라는 이름의 총서를 기획했다. 편집장은 우베 반드레이(Uwe Wandrey)였다. 이것은 훌륭한 총서로 발전했고, 지금은 4~18세의 어린이와 청소년을 대상으로 하는 소설과 역사, 자서전, 안내서 등의 광범위한 진보적 아동물을 아우르고 있다. 여기서 나는 기존의 동화를 재가공한 2편의 동화에 초점을 맞추고자 한다. 재가공된 동화 가운데 비교적 초기 작품이자 최고의 작품이다.

프리드리히 카를 베히터(Friedrich Karl Waechter)[30]는 수많은 아동용 정치 동화와 정치 연극을 창작했다. 그의 초기 작품 중 하나인 『음식이 차려지는 식탁과 자루에서 나오는 막대기 *Tishlein deck dich und Knüppel aus dem Sack*』(1972)는 그림 형제의 『탁자, 당나귀, 막대기』의 급진적 재가공이다. 『음식이 차려지는 식탁과 자루에서 나오는 막대기』는 옛날 옛적 브라이텐로데(Breitenrode)라는 작은 마을에서 일어났던 이야기이다(삽화를 통해 볼 때 이 작품의 시간적 배경은 20세기 초반으로 추정된다). 뚱보 야코프 보크(Jacob Bock)는 커다란 제재소를 비롯한 마을의 건물을 대부분 소유한 지주로서, 어떻게든 일꾼들을 착취하려 한다. 어느 날 필리프(Philip)라는 젊은 목수가 마법의 식탁을 만든다. 식탁에 대고 말만 하면 언제든 음식이 한가득 쌓이는 식탁이다. 욕심 많은 보크(독일어로 숫양이라는 뜻)는 그 식탁을 빼앗는다. 제재소에서 일하는 시간에 만들었으니 제재소의 재산이라는 것이었다. 또 보크는 필리프에게 '자루에서 나오는 막대기'를 만들어주면 딸 카롤린(Caroline)을 주겠다고 약속한다. 보크는 재산을 지키기 위해 막대기의 힘이 필요했기 때문이다. 이윽고 필리프에게는 발명가 직함이 주어지고, 그는 이제 화이트칼라 노동자가 되어 마법의 식탁을 제작하는 데 도움을 주었던 다른 목수 친구들과 멀어지게 된다. 처음에 필리프와 친구들은 보크가 막대기를 원하는 정확한 이유를 몰랐지만, 크람(Xram)이라는 요정이 이유를 알려준다('Xram' 은 '마르크스Marx' 의 철자를 거꾸로 배열한 단어이다). 필리프와 친구들은 막대기를 함께 제작하고 함께 관리하기로 한다. 그러나 완성된 막대기를 보크에게 빼앗긴다. 보크는 마법의 식탁을 제바스틴(Sebastien)의 집에 숨겨두고 도둑맞았다고 한다. '말썽꾼' 제바스틴은 항상 노동자의 요구를 주장할 수 있는 노동자 조직을 만들려는 인물이다. 보크는 제바스틴을 마법의 식탁을 훔쳐간 도둑으로 만들고, 제바스틴 같은 도둑들에게 벌을 주고 자기의 재산을 지키기 위해서는 막대기가 있어야 한다고 주장한다. 그러나 필리프는 보크가 진짜 도둑임을 밝혀내고, 욕심쟁이 보크는 마을에서 쫓겨난다. 필리프가 마법의 식탁을 마을 사람 모두의 공동 소유라고 선포하자 노동자들은 환호를 보낸다. 크람은 이때를 틈타서 막대기를 숨긴다. 마지막 삽화를 보면 남녀노소는 물론 개와 고양이 등 각종 동물들까지 함께 모여 마법의 식탁에 쌓여 있는 과일들을 나눠먹으며 거대한 파티를 벌이고 있고, 보크는 마을을 떠나고 있다.

베히터의 그림은 내러티브와 마찬가지로 현존하는 서독의 사회화 과정을 역전시킨다는 의도를 갖고 있다. 줄거리는 사유 재산 관계를 중심으로 진행되고, 이야기는 전통적인 방식으로 주인과 노예의 관계에서 시작된다. 이야기의 교훈은 기존의 '주인에게 복종하면 이익을 얻을 것이다' 로부터 점차 '자유와 행복을 얻는 유일한 방법은 집단 행동과 나눔이다' 로 바뀐다. 이러한 역전된 교훈은 동화의 내러티브 흐름을 통해서 확고해지고, 동화를 읽는 과정은 자본주의 사회의 사회화 과정을 배우는 과정으로 바뀐다. 필리프는 자신과 친구들이 함께 일해 만들어낸 노동의 열매가 어떻게 보크의 손아귀에 들어가게 되는가를 경험한다. 노동자들은 크람의 마법(곧, 마르크스의 통찰)에 힘입어 자신의 노동을 관리하는 법과 노동의 열매를 함께 나누는 법을 배운다. 여기서 주인과 노예의 관계는 구체적인 방식으로 폐기되고, 협력과 생산 수단의 공동 소유에 기초하는 새로운 노동 관계와 사회 관계가 성립된다. 필리프와 노동자들은 자신들의 미덕—근면, 불굴의 노력, 상상력, 정직함—을 사용해 사유 재산 관계에 깊이 뿌리내린 남성 지배 체제를 극복하기 위해 투쟁을 벌인다. 동화의 시각에 따르면, 사회화란 착취적 시장 조건과 노동 조건에 대항해 자율을 쟁취하는 투쟁, 바로 그것이다.

안드레아스 호프(Andreas Hopf)와 앙겔라 호프(Angela Hopf)의 『불 뿜는 용 미니막스 *Der Feuerdrache Minimax*』(1973) 역시 삽화가 있는 정치 동화이다.[31] 이 작품에서 작가들은 독특한 기법을 사용해 아이들과 이상한 동물들이 처해 있는 아웃사이더의 위치를 묘사하는 동시에, 공동체가 발전하기 위해서 아웃사이더가 공동체 내부로 통합되어야 할 필요성을 묘사한다. 작가들은 미니막스와 어린 소녀 힐데(Hilde)를 빨간색으로 드로잉하고, 중세적인 배경과 인물을 에칭으로 찍은 뒤, 드로잉을 에칭 위에 겹쳐놓는 기법을 사용한다.[32] 따라서 독자들은 흑백 판화 위에 빨간색 인물들이 병치된 삽화를 보면서 대조와 차이에 끊임없이 주목하게 된다. 내러티브는 그림 형제의 동화에서 흔히 볼 수 있는 수많은 모티프의 단순한 재가공으로서, 용이나 늑대 등 현 상태를 위협하는 파괴력을 갖고 있는 각종 동물들이 등장한다. 『불 뿜는 용 미니막스』는 현 상태를 의문시하고 공략할 방법을 보여준다.

이야기의 배경은 중세의 성읍 김펠핑겐(Gimpelfingen)이다. 기사가 칼날을 갈 때 불꽃이 튀는 바람에 마을에 불이 난다. 불길은 크게 번져 엄청난 피해가 생기게 되고, 사람들은 용을 방화범으로 지목한다. 그러나 불길을 피해 도망치던 힐데는 강물에서 목욕을 하고 있던 미니막스와 마주치게 되고, 그래서 용이 불을 낸 것이 아니라는 사실을 알게 된다. 오히려 용은 불을 끄는 것을 도와주고, 힐데를 자신이 살고 있는 굴로 데려간다. 용이 좋아하는 것은 마을을 태우는 것이 아니라 불을 뿜어 감자를 구워 먹고 늦잠을 자는 것이다. 기사는 마을의 이익을 위해 싸우는 척하면서, 미니막스가 불을 내고 힐데를 유괴했다며 용에게 죄를 뒤집어씌운다. 기사는 갑옷을 고쳐 입고, 용을 찾아 떠난다. 그러나 기사는 미니막스의 상대가 못 된다. 기사는 용이 자기를 죽일 줄 알았지만, 오히려 미니막스는 기사에게 힐데의 부모님이 걱정할 테니 힐데를 집까지 데려다주라고 말한다. 기사는 마을로 돌아와 자기가 힐데를 구하고 용을 죽였다며 다시 한 번 사람들에게 거짓말을 한다. 힐데는 기사의 말이 거짓이라고 마을 사람들을 설득해보지만, 힐데의 말을 믿는 사람은 몇 사람 되지 않는다. 힐데의 말을 믿은 몇 사람은 다행히도 미니막스가 살았는지 죽었는지 살펴보러 가기로 결정한다. 미니막스를 찾아낸 사람들은 진실을 깨닫고 미니막스를 마을로 데려온다. 기사는 미니막스를 보고 겁에 질려 도망친다. 마을 사람들은 미니막스를 환영하고, 미니막스는 마을 사람들을 도와 불탄 마을을 다시 세운다. 그때부터 미니막스는 마을에 살면서 아이들에게 감자를 구워주거나 아이들을 태우고 하늘 높이 날아오른다. 미니막스는 힐데를 가장 좋아한다. 미니막스는 힐데만 태우면 가장 높이 날아올라 힐데에게 용들이 나오는 동화를 들려준다.

『불 뿜는 용 미니막스』가 인종주의와 군국주의를 다루고 있다는 점은 분명해보인다. 용은 이상해 보이는 외국인을 대표한다. 외국인은 '정상적인'

사람들과 다르게 행동하는 인물이다. 작가들은 이상하고 유별난 존재가 권력자들에게 희생양으로 이용되는 방식을 보여준다. 권력자들이 외국인을 희생양으로 삼는 이유는 진짜 적인 자신들로부터 사람들의 주의를 돌리기 위해서다. 중세사회에서는 주인과 노예의 관계가 지배적인 관계로 정착되어 있었던 반면에, 힐데와 용은 상호 인정에 토대를 두는 우정 관계를 형성한다. 힐데와 용의 관계는 남성 중심적 가부장제라는 마을의 지배적 권력관계와 대립한다. 오늘날의 후기자본주의 사회의 맥락에서 보자면 동화는 페미니즘과 연결되기도 하고, 동물 학대 금지와 연결되기도 한다. 힐데가 보여주는 용을 위한 액티비즘은 소녀들의 행동 규범을 마련한다. 힐데가 자기의 주장을 내세우고 자기의 재능을 발휘하는 이유는 공동체 속에서 살아가는 억압받는 존재들을 위해서이다. 베히터의 정치 동화와 마찬가지로 호프 부부의 동화 역시 목표 지향적 행동의 텍스트적 상징으로서 지배와 사적 통제가 아닌 협력과 집산주의(集産主義)을 지향한다.

이렇듯 아동 문화에서 사회주의의 일반적인 목표들을 솔직하게 표방했던 출판사는 옛 서독의 바지스 출판사(Basis Verlag)였다. 출판사 사람들은 집단 체제로 작업하면서 동화와 아동 문학에 대한 다수의 탁월한 연구서를 출판했으며,[33] 이와 함께 어린이와 청소년을 대상으로 하는 여러 가지 총서들도 출판했다. 여기서 나는 바지스 출판사의 실험 동화 가운데 한 편을 다루고자 한다. 제목은 『슐린츠를 위한 두 개의 코르크 *Zwei Korken für Schlienz*』이고, 작가는 요하네스 메르켈(Johannes Merkel)이며, 원작은 그림 형제의 동화 『여섯 명이 세계 일주를 하는 법』이다. 재가공한 동화 『슐린츠를 위한 두 개의 코르크』는 대도시의 주택 문제를 다루며, 삽화는 재미있는 사진들이 드로잉에 겹쳐진 형태로 되어 있다. 특별한 힘을 갖고 있는 아이들 4명이 세입자 조직을 결성해 건물주의 착취에 대항하려 한다.

아이들의 싸움은 실패로 끝나지만, 싸우는 과정에서 아이들과 독자들은 자신의 실수를 인정하는 법을 배운다. 열린 결말은 아이들이 가까운 장래에 투쟁을 재개할 것임을 시사한다. 이번에는 거짓 환상을 배제한 투쟁이 될 것이다.

『야노슈가 들려주는 그림 형제의 동화 *Janosch erzählt Grimm's Märchen*』(1972) 역시 거짓 환상을 깨뜨릴 의도로 씌어졌지만, 야노슈가 사회주의적 목표를 염두에 두고 있는지는—집단 생활과 나눔을 세상에서 악을 없애는 방법으로 보았는지는—그리 분명치 않다.[34] 야노슈의 주된 관심사는 그림 형제의 동화 50편의 형식과 내용을 패러디함으로써 작품의 이데올로기적 봉제선을 파괴하는 것이었다. 야노슈는 그림 형제의 동화를 빈정대는 방식으로 다시 한 번 들려준다. 현대적 속어와 관용적 표현이 많고, 풍요로운 사회 속의 비참한 생활 조건에 대한 신랄한 언급도 적지 않다. 각각의 작품은 그림 형제의 동화에서 수행하는 사회화를 해체하기 위해 플롯과 인물을 역전시키고 새로운 사건을 덧붙인다. 이러한 역전이 반드시 '좀 더 행복한' 또는 '좀 더 해방적인' 세계관을 염두에 둘 필요는 없다. 야노슈의 동화가 해방적이라면, 그것은 야노슈가 인도적인 차원에서 솔직하고, 냉소적이고, 기성의 습관화된 사고 방식과 행동 방식을 존중하지 않기 때문이다. 예를 들어 『개구리 왕자』에서는 공주가 아니라 개구리가 공을 잃어버리고, 개구리가 공주에게 사랑을 구하는 것이 아니라 소녀가 개구리에게 사랑을 구한다. 개구리는 아버지 때문에 할 수 없이 성가신 소녀를 지하 용궁으로 들어오게 한다. 그러나 소녀가 너무 귀찮게 굴자 개구리는 참지 못하고 소녀의 목을 조른다. 그러자 소녀는 개구리 공주로 바뀌고 개구리 왕자와 결혼해 그간의 사정을 설명한다. 자신이 인간들에게 붙잡혔을 때 인간들의 괴롭힘을 피하기 위해서 못생긴 소녀로 모습을 바꿨다는 것이다. 인간들은 소녀가 못생겼기 때문에 소녀와 결혼하려 하지 않았고, 덕분에 소녀는 자신의 진짜 모습으로 돌아올 수 있었다.

이러한 역전을 통해 야노슈는 그림 형제의 동화를 조롱하고, 이를 통해 인간이 자연과 동물 세계에 가하는 잠재적 위협을 독자들 스스로 깨닫게 될 것으로 기대했다. 야노슈의 동화에 실제로 그러한 교훈이 있는가에 대해서는 반론을 제기할 수도 있다. 그러나 야노슈의 『개구리 왕자』에서 분명한 사실은 야노슈가 독자의 기대를 형성하는 사회적 틀을 깬다는 점이며, 그것은 독자가 그림 형제의 원작 동화를 알고 있든 모르고 있든 마찬가지다. 야노슈가 그린 수많은 삽화는 야노슈가 쓴 동화와 마찬가지로 전복적이며, 야노슈 동화의 힘은 그림 형제의 동화를 무해한 동화로 간주하는 기존의 사회화 방식에 순응하지 않는 데서 나온다. 야노슈가 그림 형제의 작품과 그림 형제가 제시하는 규범을 거부하는 방식은 무정부적이며 다소 냉소적이기도 한데, 야노슈가 그림 형제를 거부하는 것은 야노슈가 이른바 '경제 기적'이 만들어낸 전후 독일 벼락부자들의 위선적 가치들을 거부하는 것과 관계가 있다. 예를 들어 『장화 신은 고양이』에서는 놀라운 고양이가 자기 주인 한스(Hans)를 공허하고 무의미한 사교계에 발을 들여놓게 한다. 그러나 부자들이 물건을 다른 사람들의 생명보다 중요하게 여기는 것을 경험한 한스는 부와 성공의 꿈을 버리고 고양이와 함께 소박하게 마음 편히 살기로 결심한다. 이것은 고양이나 한스가 이상적 인물이라거나 새로운 사회를 창조하기 위한 이상을 보여주는 인물이라는 말이 아니다. 한스와 고양이는 거부의 상징이며, 야노슈는 이러한 거부를 묘사함으로써 '질문하는 영혼,' 곧 그림 형제의 동화에서는 전혀 찾아볼 수 없는 인물인 동시에 야노슈의 도발적인 수정 비전(re-vision) 속에서 생생하게 살아나는 인물을 변호하려 한다(수정 비전 속에서 가장 중요한 것은 새로운 비판적 관점이다).

야노슈의 수정 비전을 지지하는 한스-요아힘 겔베르크(Hans-Joachim Gelberg)는 그림 형제의 동화가 재가공되어야 하며, 아이들과 어른들을 위한 좀 더 정치적이고 비판적인 소설들이 있어야 한다고 주장했던 사람들 가운데 한 사람이었다. 겔베르크가 편집하는 특별한 연감들은 다양한 유형의 실험 동화를 포함하며, 옛 서독의 유수한 도서상을 수상한 바 있다.[35] 그도 그럴 것이 겔베르크가 지향하는 새로운 방향의 아동 문학은 소아적이기를 거부하는 동시에 어른이 아이에게 선심 쓰는 듯한 태도 역시 거부하기 때문이다. 연감 외에도 겔베르크는 1973년에 『작가 43인의 신(新) 룸펠슈틸츠헨과 그밖의 가정 동화*Neues vom Rumpelstilzchen und andere Haus-Märchen von 43 Autoren*』라는 제목의 의미 있는 동화집을 출판했다.[36] 이 책에는 58편의 동화와 시가 들어 있기 때문에 사회화와 관련되는 동화 속의 재가공 테크닉을 자세하게 논하기는 어려운 일이다. 다만, 전반적인 방향이 동일하다는 말은 할 수 있다. 곧, 이 책에 들어 있는 작품들은 전통 동화의 모티프를 대대적으로 재고하고 재구성함으로써 획일적인 동화 읽기 과정과 양육 과정에 의문을 제기하려 한다. 이 책의 제목에 룸펠슈틸츠헨(Rumpelstilzchen)이 나오고, 이 책의 모토—"싫어, 이 세상의 모든 보물보다 나는 살아 있는 것이 좋아"—가 룸펠슈틸츠헨의 말인 것을 감안해 나는 로제마리 퀸츨러(Rosemarie Künzler)의 『룸펠슈틸츠헨』과 이르멜라 브렌더(Irmela Brender)[37] 의 『룸펠슈틸츠헨』을 다루고자 한다. 이 두 작품은 대다수 저자들이 기본적으로 갖고 있는 비판적 태도를 대표하기 때문이다.

퀸츨러와 브렌더는 둘 다 동화의 길이를 대폭 줄이고 주요 등장인물에 대한 새로운 접근 방식을 취한다. 퀸츨러는 먼저 방앗간 주인의 허풍을 강조한다. 방앗간 주인의 딸은 아버지의 허풍 때문에 끔찍한 곤경에 처한다. 딸은 왕에게 시달림을 당하고 이어서 난쟁이에게 시달림을 당한다. 난쟁이는 딸을 도와주는 대가로 딸의 물건들을 빼앗는다. 마지막으로 난쟁이가 딸에게 첫째 아이를 주면 도와주겠다고 하는 순간, 딸은 깜짝 놀라 정신을 차린다. 딸은 난쟁이에게 미친놈이라고 소리를 지르면서, 자기는 지긋지긋한 왕과 결혼하지도 않을 것이고 자기 아이를 내주지도 않을 것이라고 말한다. 화가 난 난쟁이는 발을 구른다.

그런데 발을 너무 세게 굴렀는지 방문의 걸쇠가 벗겨졌고, 딸은 문밖으로 달려나가 탈출에 성공한다. 퀸츨러의 『룸펠슈틸츠헨』은 남성이 여성을 착취하고 지배하는 상황에 대한 간결한 비판이다. 방앗간 주인의 딸은 다른 사람들에게 이리저리 끌려다닌 끝에 정신을 차린다. 야노슈와 마찬가지로 퀸츨러는 기존의 사회화에 반기를 드는 태도를 실제적 해방으로 나아가는 첫 번째 단계로 제시한다.

이와 달리 브렌더의 『룸펠슈틸츠헨』은 룸펠슈틸츠헨의 시각을 취함으로써 그림 형제의 동화에서 내세우는 정의에 문제를 제기한다. 브렌더는 항상 이 불쌍한 친구가 부당한 대우를 받았다고 느껴왔기 때문이다. 어쨌든 룸펠슈틸츠헨이 원한 것은 살아 있는 것, 다시 말해 인간적 접촉이었다. 브렌더의 설명에 따르면, 룸펠슈틸츠헨에게는 돈이 필요치 않았다. 원할 때면 언제든 황금을 만들 수 있었기 때문이다. 또한, 룸펠슈틸츠헨은 열심히 일해서 방앗간 주인의 딸의 생명을 구해줄 용의가 있었다. 그러니 방앗간 주인의 딸이 이해심과 동정심을 좀 더 발휘하지 못한 것은 안타까운 일이었다. 방앗간 주인의 딸이 아이를 포기해야 했다는 말은 아니다. 다만 딸이 왕비가 되고 나서 룸펠슈틸츠헨을 성으로 초대해 함께 살 수도 있었을 것이라는 말이다. 그랬다면 룸펠슈틸츠헨은 그토록 원했던 인간적 관계를 맺을 수 있었을 것이고, 모두가 행복했을 것이다. 브렌더가 보기에 그림 형제의 룸펠슈틸츠헨 이야기의 결말은 전혀 공정하지 않다. 브렌더의 테크닉은 경직된 사회 관계를 개방하고 사유 재산을 문제시할 가능성을 경쾌하게 타진하며, 브렌더의 내러티브는 그림 형제의 동화가 표방하는 황금과 권력이라는 목표를 비판하고 상호 배려와 상호 협력에 기초하는 인간적 관계와 정의라는 새로운 목표를 설정한다.

퀸츨러와 브렌더는 둘 다 사회화 과정의 인간화를 모색하며, 이를 위해 줄거리를 변형하고 상품 교환 체제와 남성 지배 체제를 비판하려 한다. 또한 퀸츨러와 브렌더는 둘 다 작품 속에 페미니즘 시각을 집어넣는다. 삽화가 도리스 레르헤(Doris Lerche)와 작가 그멜린(O. F. Gmelin)의 『용감한 소녀들을 위한 동화*Märchen für tapfere Mädchen*』라는 동화책은 페니미즘 시각을 토대로 하고 있는 책이다.[38] 작품에는 트롤라(Trolla)와 스베아(Svea)라는 두 소녀와 북쪽에서 온 브로르(Bror)라는 한 소년이 등장한다. 작가들은 이들을 데리고 성역할과 사회화에 관한 습관적 태도를 상쇄한다는 목적 아래 새로운 유형의 동화를 서술한다. 예를 들어 『빨간 운동모자 소녀*Little Red Cap*』의 도입부—'옛날 옛적에 겁 없는 소녀가 살았습니다'—는 그림 형제의 『빨간 모자』와 상이한 관점을 드러낸다.[39] 빨간 운동모자 소녀는 늑대를 두려워하지 않으며, 할머니의 침대에서 늑대에게 잡아먹힌 뒤에도 기지를 발휘해 늑대가 자는 사이에 칼을 꺼내 늑대의 배를 가르고 할머니와 함께 뱃속에서 빠져나온다. 그멜린이 개작한 『한스와 그레텔*Hans and Gretel*』을 보면, 아이들의 적은 가난한 부모가 아니다. 오히려 문제의 근원은 가난이다. 아이들은 부모를 돕기 위해 먹을 것을 구하러 숲 속으로 갔다가 길을 잃게 된다. 아이들은 숲에서 여자를 만나는데, 이 여자가 숲에 사는 이유는 마녀이기 때문이 아니라 마을에서 쫓겨났기 때문이다.

여자는 다른 사람들이 정해놓은 가혹한 규칙을 지키면서 살아남는 법을 배웠다. 여자는 아이들이 먹을 것을 구하지 못하게 훼방을 놓지만, 한스와 그레텔은 장애물을 극복하고 먹을 것을 구한다. 그렇지만 아이들은 여자에게 벌을 주지 않는다. 아이들의 관심사는 다시 한 번 부모와 강한 협력과 사랑의 유대 관계를 맺는 것이다. 아이들은 집으로 돌아오지만, 보물을 찾은 것은 아니었다. 결말은 가족에게 어떤 운명이 닥칠지 모르는 열린 결말이다.

IV

옛 서독에서 출판된 다수의 재가공 동화가 열린 결말로 끝난다는 사실은 재가공 동화의 미래가 불확실함을 보여주는 것인지도 모르겠다. 재가공 동화의 사회적 의의와 정치적 경향은 지배적인 사회화 과정을 반박하고 비판하는 것이기 때문에, 학교에서는 이러한 동화를 교재로 사용하지 않으며, 따라서 독자층은 이러한 동화를 선호하는 옛 서독의 식자 계급으로 한정된다. 또한 보수 언론은 이러한 동화가 현실을 '왜곡'하고 아이들에게 피해를 준다고 주장하면서 이러한 동화를 공격해왔다. 그런데도 재가공한 동화의 생산은 줄어들지 않고 있다. 재가공한 동화가 계속 출판되고 있다는 사실은 그림 형제의 동화가 조금씩 인기를 잃고 있다는 것, 아이 독자와 어른 독자 모두 자신이 처한 현실의 구체적 조건과 좀 더 밀접하게 연관되는 판타지를 필요로 하고 있다는 것을 시사하는지도 모르겠다.

설화와 동화는 언제나 특정한 사회 체계의 특수한 사회화 과정에 수반되는 관습과 제식, 가치에 의존해왔다. 또한 설화와 동화는 언제나 주어진 사회 안에 존재하는 권력 관계의 본질을 상징적으로 묘사해왔다. 따라서 설화와 동화는 문명화의 수준, 곧 특정한 문화와 사회 질서의 본질을 보여주는 강력한 지표이다. 해방적 동화와 재가공한 동화가 효력을 발휘하기 위해서는 동화 자체가 좋아야 할 뿐 아니라, 이러한 동화가 수용되는 방식, 곧 이러한 동화가 사회에서 읽히고 퍼지는 방식이 뒷받침되어야 한다. 옛 서독의 작가들은 그림 형제를 의식하는 것을 그만둘 때가 왔다고 주장했는데, 이러한 주장은 사회화 과정의 일부가 긍정적인 방향으로 변화하고 있음을 예고했던 것인지도 모르겠다. 이러한 주장을 들을 때, 최소한 우리는 그림 형제의 동화를 읽으며 사회화되어버린 우리의 모습을 반성하게 된다.

5장

한스 크리스티안 안데르센과 피지배층 담론

안데르센이 몇 년 전에 나를 찾아왔다.
그는 재단사와 비슷해 보였다.
몸은 야위고 볼마저 움푹 꺼진 그의 행색은
정말이지 재단사와 다름없었다.
안달복달하며 충성스럽기만한 그의 행동거지를
통해 그가 왕들이 좋아하는 부류임을 알 수 있었다.
왕들이 그를 그토록 환대하는 것은 그 때문이었다.
그는 모든 시인의 완벽한 전형,
왕이 딱 좋아하는 시인이었다.

하인리히 하이네 (Heinrich Heine) (1851)[1]

그림 형제가 19세기에 구전 민담을 부르주아의 사회화 과정에 유리한 방향으로 재가공함으로써 인기를 끌었던 최초의 작가였다면, 한스 크리스티안 안데르센(Hans Christian Andersen)은 그림 형제의 임무를 그야말로 완결한 작가이자, 1836년부터 1875년까지 본질주의 이데올로기를 찬양하는 (아이들과 어른들을 위한) 동화 문학의 고전 목록을 구축한 작가였다. 안데르센은 타고난 생물학적 질서를 신봉하는 본질주의적 관념들과 '프로테스탄트 윤리'를 동화 속에 주입했고, 이를 통해 좋은 하인이라는 부르주아의 인증서를 받을 수 있었다. 지배 계급은 안데르센의 동화가 모든 계급의 아이들을 양육할 때 쓸모 있고 가치 있는 것이라고 생각했다. 안데르센의 동화가 서구 문화에서 문학적 주식(主食)으로 자리 잡은 것도 그 때문이다.

닐스 코푀드(Niels Kofoed)는 안데르센이 들려주는 이야기들은 기본적으로 하나라는 점을 강조했다. 코푀드에 따르면, 이 이야기는 호레이쇼 앨저(Horatio Alger)의 신화(미국을 비롯한 많은 지역에서 인기를 얻은 성공담)와 다르지 않았으며, 안데르센이 이 똑같은 이야기를 설득력 있고 호감이 가게 반복하자, 19세기 독자들의 상상력은 그것을 기꺼이 받아들였다.

> 안데르센은 자신을 알라딘과 동일시했으며, 자신의 인생이라는 드라마 속에서 알라딘 이야기를 라이프 모티프로 삼았다. 사람들이 자신의 특이한 외모를 조롱하면, 그는 주머니 속에서 두 주먹을 불끈 쥐며 이렇게 말했다. "저들은 나를 바보로 보지만, 나는 내가 바보가 아님을 증명해보이고 말겠어! 기다려봐! 언젠가 저들은 자리에서

일어나서 이 성공한 시인에게 경의를 표할 거야. 나는 세계적인 천재로서, 호메로스와 단테, 셰익스피어, 괴테와 함께 파르나소스 산에 오를 거야 ……." 안데르센은 자신의 소설과 동화에서 자신의 인생의 테마를 여러 번에 걸쳐 반복했다. 그리고 이와 같은 테마를 반복해서 전개하고 확장함으로써 이를 하나의 보편적인 노래로 만들었다. 이 노래의 내용은 시가 인류 모두에게 공동의 이익을 가져다준다는 것이었다. 나아가 안데르센은 동화라는 장르가 모든 좋은 소설들의 기본 구조이자 앞으로 도래할 전 지구적 문명의 보편적 장르라고 생각했다.[2)]

중류 계급은 원래 상상적인 동화에 반감을 가지고 있었다. 그러나 안데르센이 동화의 무대에 등장할 즈음은 그러한 반감이 사라지기 시작할 때였다. 안데르센에게는 다행스러운 일이었다. 실제로 그 무렵에는 판타지가 부르주아의 공리주의적 필요에 부응하는 방식으로 활용될 수 있다는 인식이 점차 싹트고 있었다. 그리고 알고 보니 안데르센은 부르주아의 공리주의가 표방하는 대의에 헌신하는 대단히 겸손한 신하였다.

그러나 안데르센이 부르주아의 공리주의에 헌신했던 저변에는 무엇이 있었을까? 안데르센의 동화에 무슨 힘이 있길래 유럽과 미국의 아이들과 어른들이 그토록 좋아했던 것일까? 동화 작가 안데르센의 업적과 그의 비굴했던 행동거지와 그의 동화가 주는 문학적 감동 사이에는 어떤 관계가 있을까? 안데르센이 19세기에 인기를 얻고 널리 읽혔던 근본적인 이유를 이해하기 위해서는 이러한 질문을 좀 더 비판적인 방식으로 제기해야 할 것 같다. 20세기 동화의 수용과 목적과 효용성을 이해하고 싶다면(특히 문학과 영화를 통한 사회화의 문제를 이해하고 싶다면), 이러한 질문은 사실상 대단히 중요하다.

안데르센은 자신과 자신의 동화에 대해서 많은 글을 남겼고, 많은 학자들이 그의 생애와 작품을 샅샅이 연구했다. 그런데도 안데르센의 동화를 이데올로기적으로 연구하거나 안데르센의 동화가 문화적 적응 과정에서 수행하는 기능을 분석한 연구는 극소수에 지나지 않았다. 안데르센의 동화가 교훈을 주겠다는 목적을 공공연히 밝히고 있을 뿐 아니라, 규범적 행위와 이상적인 정치 기준을 언급하는 부분이 지나치게 많다는 점을 생각하면, 안데르센의 동화에 나타난 이데올로기에 대한 연구가 거의 없다는 점은 더욱 놀라운 일이 아닐 수 없다. 실제로 안데르센 이야기의 화법에는 이데올로기적 편견이 각인되어 있지만, 이러한 편견은 묘한 '변질'을 거친 것이다. 안데르센은 자신의 운명을 좌우했던 자신의 출신 성분과 덴마크의 지배 계급에 대해 모순감정을 가지고 있었으며, 이런 모순감정이 안데르센의 이데올로기적 편견에 변질을 가져왔기 때문이다. 바로 이런 '변질된 모순감정'이 안데르센의 동화에 역동적 긴장을 부여하는 힘이었다. 안데르센은 한편으로는 상층 계급을 열심히 보고 배우고 프로테스탄트 윤리에 경의를 표하면 구원을 얻을 수 있음을 보여주고 싶어 하지만, 다른 한편으로는 이런 식의 구원이 고통과 굴욕, 모멸, 고문으로 점철되어 있으며, 잘못하면 십자가의 수난에 이를 수도 있음을 보여준다. 안데르센의 동화가 오늘날까지 기본적인 인기를 누릴 수 있는 것은 바로 이런 안데르센의 모순감정, 특히 본질주의 이데올로기가 지배적 이데올로기가 되는 상황에 대한 모순감정 때문이다. 그러나 안데르센의 동화가 갖고 있는 매력이 사회화를 수행하는 요소들로 이루어져 있음을 밝히고 그러한 매력을 재평가하기 전에 우리는 먼저 작가 안데르센을 당대의 사회순응(social assimilation)의 조건과 계급 갈등의 맥락에서 다시 한 번 살펴봐야 한다.

I

가난한 구두수선공이었던 아버지와 세탁부였던 어머니의 아들로 태어난 안데르센은 프롤레타리아 집안을 부끄럽게 생각했고, 커가면서 타고난 고귀함이라는 개념에 집착하게 되었다. 작가로 성공한 뒤에는 하층 계급과 어울리는 일이 거의 없었다. 반면에 상층 계급과 어울리는 일은 아주 잦았다. 안데르센은 코펜하겐은 물론 유럽 전역에서 상류층 가족들을 방문했고, 말하자면 그들에게 만찬을 얻어먹는 대가로 책을 비판하거나 글을 낭독하며 환심을 얻었다. 그가 처음 코펜하겐에 왔을 때는 굳게 닫혀 있던 문들이 그의 변한 모습 앞에서 실제로 열리기 시작했다. 그는 자신의 태도를 고쳐 이른바 자기보다 높은 사람들을 기분 좋게 만드는 방법을 습득함으로써 어디서나 환영 받는 인사가 되었다. 그러나 안데르센이 명성을 얻은 이유가 기회주의와 순응주의 때문이라고 말할 수 없는 이유는 그때나 지금이나 마찬가지이다. 곧, 안데르센이 지배 계급의 미학적·이데올로기적 이해관계에 영합한 피지배 계급의 변절자였다는 결론을 내릴 수는 없다는 것이다. 안데르센은 대단히 복잡한 작가였다. 여러 모로 볼 때 그의 동화는 혁신적인 내용을 담고 있었다. 작가는 당대의 폐쇄된 사회 질서가 자기를 받아들여주기를 소망한 반면에, 동화는 그 폐쇄적 질서에 적응하는 데 따른 삶의 문제점을 파헤쳤다. 안데르센은 서구의 귀족 계급과 부르주아 계급에게 인정을 받았고 그들의 일원으로 받아들여졌지만, 안데르센이 완전한 소속감을 느꼈던 그룹은 하나도 없었다. 그는 외부인이요 독거인이었다. 그는 어른이 된 뒤에도 한 곳에 정착하지 못했다. 그에게 방랑은 병이었다. 그는 (그의 동화에 나오는 방랑자들이나 새들이 그렇듯이) 지배 계급을 사랑하면서도 지배당하기는 싫어하는 사람이었다.

이 같은 면은 안데르센의 전기 작가를 대표하는 현대 작가 엘리아스 브레스도르프(Elias Bredsdorff)의 글에서도 잘 나타나 있다.

> 근대적 용어를 쓰자면, 안데르센은 '룸펜 프롤레타리아' 가정에서 태어났으면서도 계급 '의식'이 전혀 없는 사람이었다. 소설이나 동화 속에 그는 '낙오자', 특히 천한 신분 때문에 성공의 기회를 박탈당한 사람들에게 명백한 공감을 표했다. 그리고 높은 신분과 재산을 자랑하면서 하층 계급에 속하거나 속해 있던 사람들을 무시하는 사람들에게는 한껏 비웃음을 안겨주었다. 그러나 실제 생활에서 그는 절대왕정 체제와 체제를 구성하는 계급 구조를 받아들였고, 왕족을 경외하고 숭배했으며, 여러 나라의 왕들과 공작들, 왕자들, 귀족들에게 인정받고 그들과 어울리는 것을 유별나게 즐거워했다.[3)]

안데르센의 동화를 보면, 그가 짓밟히고 가진 것 없는 이들에게 공감했다는 것은 분명해보인다. 그러나 브레스도르프의 주장과는 달리 안데르센이 작품에서 하층 계급에게만 공감을 표한 것은 아니었다. 안데르센이 상층 계급에게 보여주었던 비굴한 아첨은 작품 속에서도 그대로 드러난다. 앞에서 말한 것처럼 안데르센은 자신의 태생과 귀족의 신분에 대해서 모순 감정을 느끼고 있었으며, 안데르센의 동화가 지닌 호소력은 바로 이런 모순감정에 기인한다. 안데르센은 자기가 시인(Digter)의 재능을 '타고났다'는 것에 자부심을 느끼고 있었고, 일종의 생물학적 결정론을 굳게 믿고 있었다. 그것은 곧 어떤 사람은 신의 섭리에 의해 다른 사람보다 우월한 존재로 선택받는다는 믿음이었다. 그는 상류 계급에게 인정받고 받아들여지고 싶다는 자신의 소망을 이러한 믿음으로 정당화했다. 여기서 한 가지 세심한 구분이 필요하다. 안데르센이 그 누구보다 축복받고 인정받기를 원했던 사람은 요나스 콜린(Jonas Collin)과 그밖에 콜린가(家) 사람들(지체 높고 부유한 가부장적 가족들) 그리고 헨리에테 불프(Henriette Wulff) 같은 덴마크의 식자층 관료 계급이었다. 바꾸어 말하면 안데르센이 잘 보이려고 애썼던 대상은 덴마크의 부르주아 엘리트였다. 그 무렵 덴마크의 부르주아 엘리트는 예술에 조예가 있었고, 교역과 행정에 밝았으며, 봉건 귀족을 대신해 덴마크의 지도층으로 떠오르고 있었다.

안데르센이 작가로 성장하는 과정에서 요나스 콜린과의 관계는 대단히 중요했다. 안데르센이 코펜하겐에 올라왔을 때부터 콜린은 그를 아들처럼 후원해주었다. 처음에 콜린은 이 야심만만한 '시인'을 교육시켜 훌륭한 부르주아 시민으로 만들려고 했지만, 점차 마음을 누그러뜨리고 안데르센의 예술적 작업을 지원해주었다. 그때부터 콜린 가족은 안데르센의 가장 중요한 독자가 되었다. 그밖의 독자도 콜린 가족과 비슷한 태도를 갖고 있는 사람들이었다. 평생에 걸쳐 안데르센이 행한 예술적 노력의 목표는 그들의 마음에 드는 것이었다. 예를 들어 안데르센은 요나스 콜린의 1845년 생일을 맞아 다음과 같은 글을 썼다.

> 아버지도 아시지요. 제가 아버지께 부끄럽지 않은 아들이라는 사실을 아버지가 알아주시는 것, 그것이 제게는 가장 큰 자부심이자 기쁨이라는 것을 말입니다. 사람들에게 칭찬받을 때마다 저는 아버지 생각이 납니다. 제 이름이 널리 알려졌고, 외국에서도 정말로 많은 칭찬을 받을 만큼 유명인사가 되었습니다—네, 웃으셔도 좋습니다. 하지만 나라를 다스리는 가장 높은 사람들이 저를 보겠다고 몰려오고, 모든 가정이 저를 환영하고, 왕자들과 가장 재능이 뛰어난 분들이 저에게 최고의 찬사를 보냅니다. 이른바 상류 사교계 사람들이 모여들어 저를 둘러싸고 있는 장면을 아버지도 보셔야 하는데. 우리나라 사람들은 상상도 못할 정도입니다. 우리나라에는 저를 철

저하게 무시하는 사람들이 많습니다. 이곳 사람들이 나에게 표하는 경의의 백분의 일도 받아본 적이 없으면서 말입니다. 저의 글이 덴마크 사람들이 평하는 것보다 가치가 있나 봅니다. 하이베르(Heiberg)의 글도 번역된 것이 있지만, 이곳에서 그를 화제에 올리는 사람은 아무도 없습니다. 당연한 이야기지만, 이 세상에는 덴마크 사람들의 판단만 있는 게 아니었습니다. 사랑하는 아버지, 아버지도 알아주셨으면 합니다. 아버지가 저를 아들로 받아주시고 도움을 주시고 보호해주셨을 때, 아버지는 저를 잘못 판단하신 것이 아니었습니다.[4)]

안데르센에게는 양부 콜린과의 관계가 중요한 만큼 '양형' 에드바르(Edvard)와의 관계도 중요한 영향을 미쳤다. 안데르센에게는 에드바르가 일종의 초자아이자 가장 엄격한 비평가였다. 그는 안데르센의 초고를 교정하면서 안데르센이 명성을 얻는 데 급급해 글을 너무 빨리 쓰고 너무 많이 쓴다고 나무라는 역할을 했을 뿐 아니라, 냉정한 자제심과 사람들을 대하는 침착한 태도, 사업가적 효율성 등을 과시하면서 안데르센에게 처세의 모범을 보였다. 아버지의 뒤를 따라 덴마크의 법정관리인이 된 에드바르 콜린은 안데르센이 꿈꾸어왔던 모든 것을 상징했다. 안데르센은 에드바르에게 강렬한 동성애적 사랑을 느꼈고, 평생 동안 이 식지 않는 사랑을 숨기지 않았다. 안데르센이 1838년에 쓴 다음과 같은 편지에는 에드바르를 향한 극진한 사랑이 역력히 드러나 있다.

형님이 보고 싶어요. 마치 짙은 푸른색 눈동자에 열렬한 연정이 타오르는 사랑스러운 칼라브리아 소녀인 듯, 저는 지금 형님이 보고 싶어요. 저에게는 형제가 없지만, 친형제가 있었다고 하더라도 제가 지금 형님을 사랑하는 것처럼 사랑할 수는 없었을 거예요. 하지만 저에 대한 형님의 마음이 형님에 대한 저의 마음 같지는 않지요! 그래서 마음이 아프지만, 어쩌면 그래서 제가 더 형님에게 강하게 끌리는 것인지도 모르지요. 저의 영혼은 오만합니다. 왕자의 영혼도 저보다 오만할 수는 없습니다. 저는 지금까지 형님에게 매달리고 있습니다. 형님에게—바스타레(bastare)! 이탈리아 동사인데, 코펜하겐 말로 하면 '그만!' 이라는 뜻입니다. (…) 아, 형님이 가난하고 제가 부자라면, 제가 유명한 사람이고 귀족 출신이라면 얼마나 좋을까요. 그랬다면 제가 형님을 신비한 세계로 인도해드릴 테고, 형님은 지금보다 저를 더 인정해주실 텐데. 아! 다음 생이 있다면—다음 생은 꼭 있을 거예요. 다음 생에서 우리는 서로를 진정으로 이해하고 인정할 거예요. 다음 생에서는 저는 지금처럼 친절한 관심도 못 받고 친구도 없는 가난한 사람이 아닐 것이고, 우리는 서로 대등할 거예요.[5]

사실 안데르센은 콜린 집안의 누구와도 대등한 존재라고 느끼지 못했으며, 자기의 가치를 가늠하는 데 그들이 정한 기준을 사용했다. 콜린 집안 사람들은 안데르센에게 겸손과 절제, 금욕, 예의, 검약, 하느님에 대한 신앙, 덴마크에 대한 충성 등을 설교하는 편지를 보냈다. 그들은 한편으로는 안데르센에게 가정을 주었지만, 다른 한편으로는 비판을 가하고 근엄한 태도를 보여 안데르센으로 하여금 안정감을 느끼지 못하게 만들었다. 그들은 너무 고전적이고 너무 세련되었다. 다시 말해 '문법적으로' 너무 정확했다. 안데르센은 그들에게 완전한 시인(Digter)으로 인정받지 못할 것을 알고 있었다. 그러면서도 안데르센은 동화와 소설을 통해서 그들에게 자신의 윤리적 가치와 예술적 재능을 증명해보이려는 노력을 멈추지 않았다. 콜린 집안과의 관계가 안데르센이 지은 모든 동화의 바탕이 된다는 말은 물론 아니다. 다만 안데르센의 동화가 지니고 있는 중요한 측면(이데올로기 교육과 언어학적·의미론적 담론과의 관련성)을 제대로 이해하기 위해서는 안데르센이 사회적 지배와 관련된 개념들과 부딪히는 방식을 포착하는 것이 중요하다.

노엘 비제르(Noëlle Bisseret)의 연구서 『교육, 계급 언어, 이데올로기 *Education, Class Language and Ideology*』는 나의 논점을 밝히는 데 대단히 유용하다. 비제르의 연구서는 안데르센의 동화에서 분명하게 드러나는 본질주의 이데올로기와 타고난 소질이라는 개념의 역사적 기원을 탐색하고 있기 때문이다. 비제르의 정의는 다음과 같다.

> 본질주의 이데올로기는 계급사회의 체계가 성립되면서 그와 함께 발생한 것으로서, 변화에 취약한 권력 관계의 성립을 관장하는 경제적·정치적·사법적·이데올로기적 질서의 **역사적 관계**들을 부정한다. 본질주의 이데올로기가 온갖 사회적 위계 질서의 근거로 내세우는 것은 자연의 생물학적 질서라는 초월적 원칙이다(이러한 자연적 질서의 원칙은 신적 질서의 원칙의 뒤를 이어 18세기 말엽에 광범위하게 차용되었다). 이러한 원칙에 따르면 사람들 사이에는 본질적인 차이가 있기 때문에 심리적 현상과 정신적 현상('지능', '언어' 등)의 차이는 태어날 때부터 정해지며, 따라서 한 사회 질서 안에서 한 개인이 차지하는 위치는 변경될 수 없다.[6]

후기 봉건주의 시대에 재능 또는 기질의 개념이 사용된 것은 현실의 우연성을 지적하기 위해서였다. 이러한 정황에 대한 분석을 통해서 비제르는 재능이나 기질의 의미가 변형되는 양상이 19세기에 부상했던 부르주아 계급의 권력이 정당화되는 양상과 밀접한 관련이 있음을 보여준다. 재능은 **본질적인** 유전 형질이라는 의미로 변하면서 사회적 불평등을 정당화하는 용어로 쓰였다. 바꾸어 말해서 부르주아 계급이 발전시킨 평등의 원칙은 점차 사회화의 동인으로 사용되었다. (평등의 원칙에 따르면 자유시장 체제에는 선택된 사람들이 존재한다. 곧, 이들에게 성공과 출세가 보장되어 있는 것은 이들이 지능과 부지런함, 책임감이라는 본질적 자질을 '소유' 하고 있기 때문이다.)

19세기는 생물학과 우생학, 인종 등에 대한 관심이 대단히 컸던 시기였다.[7] 찰스 다윈(Charles Darwin)과 허버트 스펜서(Herbert Spencer)가 각자의 이론을 세운 시기도 이 무렵이었고, 아르투르 드 고비노(Arthur de Gobineau)가 『인종의 불평등에 관한 에세이 *Essai sur l'inegalité des races humaines*』(1852)를 쓰고, 프랜시스 골턴(Francis Galton)이 『유전되는 천재 *Hereditary Genius*』(1869)를 써서 중류 계급의 사회 선택 과정을 과학의 이름으로 포장하려 했던 것도 이 시기였다. 서구 전역에서 부르주아의 공공 영역이 봉건 체제를 밀어내며 점점 확고하게 굳어졌고, 그 같은 상황은 덴마크도 예외가 아니었다.[8] 사회의 합리화와 이윤의 극대화를 위해 새로운 제도들이 만들어졌고, 이와 함께 통제와 훈육, 처벌 등의 감옥 원칙이 사회화 제도 속에 도입되어 유산 계급의 이익을 확대하고 그들의 지배를 보장하는 역할을 맡았다. 이는 미셸 푸코(Michel Foucault)의 중요한 연구서 『감시와 처벌 *Discipline and Punish*』[9]에서 충분히 설명된 사항으로, 이데올로기적 재능이라는 개념이 사회 조직을 정당화하며, 나아가 그에 대한 '과학적' 보증이 된다는 비제르의 테제를 뒷받침해준다.

부르주아라는 사회 계급은 경제적 권력을 획득하고 이어 정치적 권력을 획득했는데, 이렇게 권력을 획득하던 시기에 이 사회 계급은 불평등의 이데올로기를 구상하고 널리 퍼뜨렸다. 그리고 이러한 불평등의 이데올로기는 두개골측정학과 인체측정학, 생물학, 유전학, 심리학, 사회학의 논의를 빌려오면서 점차 과학적 진리로 둔갑했으며, 이들 분야에서 진행되는 학문적 실천의 방향을 지정하는 경우도 있었다. 이러한 학문은 불평등의 이데올로기를 입증하는 근거가 되었다. 바로 이런 방법을 통해서 불평등의 이데올로기는 진보와 과학(Progress and Science)의 가치를 신봉하는 모든 사회 집단에 하나의 이데올로기로 강요될 수 있었다. 이러한 이데올로기는 서로 다른 기성 집단들의 논쟁을 뛰어넘어 선별 및 교육 지침과 관련된 전체적인 구상에 방향을 제공하는 것으로 보인다. 이러한 이데올로기에 따르면 교육 체제의 목표는 '엘리트'의 선별과 양성이고, 엘리트에게는 자기들의 역량과 장점, 재능을 바탕으로 한 높은 지위가 보장되며, 지위에 따르는 책임은 일정한 사회적·경제적 특권을 수반한다.[10)]

이 점에 관해 안데르센의 경우를 비제르의 테제에 비추어보자면, 안데르센은 그만의 본질주의 이데올로기를 구상하는 데에서 두 가지 중요한 요인의 영향을 받았다. 첫째는 덴마크가 급속한 변화의 와중에 있었다는 점이다. 촘촘히 짜여진 관료주의 봉건 구조 속에서 굴러가던 작은 나라 덴마크는 부르주아 계급이 지배하는 사회로 급속히 바뀌는 중이었다. 덴마크 전체 인구가 20만 명 미만이었고, 코펜하겐 인구는 12만 명 미만이었다. 교육받은 부르주아 계급과 귀족 계급 사이에서 어지간한 사람들은 모두 서로 안면이 있었다. 덴마크는 부르주아 계급의 관료 행정가와 민간 투자자에게 의존하고 있었지만, 기업과 상업, 농업의 결합된 이해 관계를 대표하는 입법 단체가 통제권을 확대하기 시작하던 1940년대 초까지는 왕과 왕의 고문들이 대부분의 중요한 결정을 내렸다. 브레스도르프가 적절히 지적한 것처럼 "19세기 초에 덴마크 사회에서 계급 간의 장벽을 허문다는 것은 거의 불가능한 일이었다. 거의 유일한 예외는 비범한 예술적 재능을 발휘했던 극소수에 불과했다. 그들은 베르텔 토르발센(Bertel Thorvaldsen)과 프루 하이베르(Fru Heiberg), 한스 크리스티안 안데르센이었다. 이러한 예외적인 인물들조차 자신의 원래 신분대로 홀대를 받으며 자신의 출신 성분을 상기해야 하는 순간이 있었다."[11] 진실로 계급 간의 장벽이 허물어졌다고 말하기가 어려운 이유는 이런 점 때문이다. 작가로서의 명성과 인기에도 불구하고 안데르센은 덴마크의 지배층과 어울리면서 평생 동안 피지배 신민(dominated subject)으로 처신해야 했다.

두 번째의 중요한 요인은 그나마 그만한 자리에 오르기 위해서 안데르센이 철저한 감독을 받았다는 점이다. 상류층으로 진입하는 데는 그만한 수고가 따랐고, 일단 진입한 뒤에도 끊임없이 시험대에 올랐다. 게다가 안데르센은 처음에는 '위험 인물'로 여겨졌다. 그래서 안데르센이 1819년에 하층 계급이 사는 오덴세(Odense)의 시골 동네를 떠나 코펜하겐으로 올라왔을 때, 윗분들은 안데르센이 바른 말투와 바른 몸가짐, 바른 예법을 배울 수 있도록 이끌어줘야 했다. 그뒤 콜린은 안데르센의 품위를 길러주기 위해 그를 뒤늦은 나이에(1822년부터 1827년까지) 슬라겔세(Slagelse)와 헬싱괴르(Helsingör)에 있는 엘리트 사립학교로 보냈다. 그곳에서 안데르센은 철저한 정식 고전교육을 받았다. 이러한 교육의 목적은 안데르센을 제어하고 단속하는 것, 특히 안데르센의 자유분방한 상상력을 통제하는 것이었을 뿐, 안데르센이 어느 정도의 자립성을 확보할 수 있도록 도와주는 것은 아니었다.

> 요나스 콜린이 안데르센에게 도움의 손길을 내밀고 문법학교에 보내준 목적은 안데르센을 위대한 작가로 키우기 위해서가 아니라, 안데르센의 부모가 속해 있던 사회 계급보다 높은 사회 계급에 들어가게 하고, 그곳에서 쓸모 있는 공동체의 일원으로 살아가게 하기 위해서였다. 문법학교 체제가 고안된 목적은 남자아이들에게 올바르게 배우는 법을 가르치고, 남자아이들을 소기의 완성된 상품으로 만들며, 남자아이들이 성장해 자신의 아버지와 똑같이 되도록 만드는 것이었다.[12]

브레스도르프가 지적했듯이 체제가 완벽한 것은 아니었고, 따라서 안데르센이 완전히 길들여진 것은 아니었다. 그러나 체제는 지워지지 않는 흔적을 남겼다. 안데르센의 『나의 인생의 동화 *The Fairy Tale of My Life*』—그의 자서전이자 자신의 생애를 신화적·시적으로 투영한 작품[13)]—는 신에게서 받은 개인적 천재성을 계발하는 과정으로 보이지만, 사실은 금욕의 과정이었다. 안데르센은 자신의 가정적 배경을 부끄럽게 생각했고, 자신의 가정에 대해서 말하거나 쓰는 것을 극도로 피했다. 가정에 대해서 말하지 않을 수 없는 경우에는 예외 없이 진실을 왜곡했다. 안데르센에게 고향은 콜린의 집안이었지만, 그 자신도 너무나 잘 알고 있었듯이 그 고향은 도달할 수 없는 곳이었고, 그 고향에 도달할 수 없는 이유는 사회적 차이 때문이었다.

안데르센은 자신의 금욕을 은폐하며 그것을 개인주의의 한 형태로 제시할 수 있었는데, 그것은 자신의 작품과 문학적 성취를 통해서 가능한 일이었다. 19세기 초반에 덴마크에서는 문학적 유행이 바뀌는 중이었다. 곧, 고전주의의 보편성이 수그러들면서 낭만주의의 천재 숭배와 개성 숭배가 떠오르는 중이었다. 안데르센에게는 상당히 유리한 일이었다. 독서광이었던 안데르센은 독일 낭만주의 동화 작가들의 작품을 모조리 읽었고, 셰익스피어(Shakespeare)와 스콧(Scott), 어빙(Irving)을 비롯해 개인주의의 이상을 구현하는 작가들을 섭렵해나갔다. 덴마크에서 안데르센의 성장 과정에 막대한 영향을 미친 것은 낭만주의 운동이었다.

> 덴마크 낭만주의 운동에는 이른바 알라딘 모티프가 수반되었다. 알라딘 모티프는 욀렌슐레게르(Oehlenschläger)의 희곡 『알라딘 *Aladdin*』에서 표현된 사유가 시초가 되었다. 알라딘 모티프를 수반하는 이론에 따르면, 사람들 중에는 위대한 삶을

> 살도록 자연 또는 신(들)에게 선택된 사람이 존재한다. 약하고 어울리지 않는 것처럼 보여도 그들을 막을 수 있는 것은 아무것도 없다. (…) 과거에 누렸던 국가의 영광이라는 테마와 위대한 삶을 살도록 선택받을 가능성이라는 테마는 1814년 이후 덴마크에서 특별한 의의를 지니게 되었다. 영웅적 과거를 다루는 낭만주의-애국주의 드라마는 구차한 현재를 벗어나고 싶어 하는 국민에게 인기를 끌었고, 오랫동안 영감의 원천이 되었다. 한편 알라딘 개념은 새로운 차원을 띠게 되었다. 문학적 테마로 쓰였을 뿐 아니라 개인들에게 적용될 수 있었던 것이다. 욀렌슐레게르는 자기가 알라딘 개념을 구현하고 있다고 생각했고, 그것은 안데르센도 마찬가지였다. 알라딘 개념을 나라에 적용하는 것도 가능했다.[14]

안데르센은 자기가 알라딘이고, 자신의 삶이 동화라고 생각했다. 현실에서 동화 속의 인물을 흉내 내는 것은 일종의 분열증이다. 실제로 안데르센은 평생 동안 신경질환과 정신장애에 시달렸다. 자신의 분열증적 존재를 정당화하기 위해 안데르센은 덴마크 물리학자 한스 크리스티안 외르스테드(Hans Christian Ørsted)의 『자연의 영혼 *The Spirit of Nature*』에 나오는 생각들을 차용해 자신의 정령신앙적 기독신앙과 결합시켰다.[15] 외르스테드는 자연의 법칙이 신의 사유라고 생각했고, 현실에 자연의 영혼이 투영될 때 현실은 기적의 형태를 띤다고 믿었다. 또한 안데르센은 삶은 기적이며, 그것은 신이 스스로 '택한 자들'을 보호하고 도와주기 때문이라고 생각했다. 그러나 이것은 일종의 미신—안데르센의 어머니도 미신에 빠져 있었다—이었다. 그러나 이런 식의 미신은 태생적인 가난에서 벗어나고 싶다는 안데르센의 강렬한 욕망과 함께 문명화의 영향력을 떨쳐내기 위한 안데르센의 불굴의 노력을 은폐했을 뿐이다. 조물주가 세상만사를 관장한다면, 천재는 신의 선물이요 자연의 선물일 것이며, 출신 배경과 상관없이 보답을 받을 것이다. 권력은 신의 손에 달려 있으며, 우리가 머리를 조아릴 곳은 오직 신뿐이다. 그러나 안데르센은 덧없는 사회체제에 머리를 숙일 때가 더 많았고, 이러한 자신의 태도를 충분히 정당화하지 못할 경우에 스스로를 용납할 수 없었다. 스스로를 정당화하는 과정에서 안데르센은 점점 피지배층 중에서도 자신의 출신을 부정하는 부류에 속하게 되었다. 이러한 부류에게는 칭찬과 돈과 안락함이 필요하고, 혼자서 해결하기 어려운 사회적 모순과 씨름하기 위해서는 집필 공간도 필요하다. 이런 상황이 안데르센에게는 신념 상실과 불안으로 점철된 인생을 의미했다.

비제르의 글은 이런 부류의 자아 성장과 관점 형성에 사회심리학적 요인이 미치는 영향을 이해하는 데 도움이 된다.

> 상상력에서는 지배하는 입장이고(나는 누구인가), 현실에서는 지배당하는 입장(나는 무슨 쓸모가 있는가)이며, 자아에 응집력이 없고, 이로 인해 행동이 모순되며 일관성이 없다. 피지배 계급의 아이들은 재능과 취향, 흥미의 측면에서 생각한다. 이들은 학교에서 크고 작은 성공을 거두면서 점차 자기가 지적으로 '바보'는 아니라고 믿게 되기 때문이다. 한편, 이들은 스스로에 대해 근본적인 회의를 품고 있다. 이러한 회의는 이들이 지니고 있는 방향성의 분열적, 불연속적 측면과 무관하지 않을 것이다. 그들에게 시간은 아까운 어떤 것이거나 부질없이 흘러가는 어떤 것이다. 그들의 계획은 수시로 바뀌면서 그들을 딜레마적 상황으로 몰아가거나, 그들의 지식에 빈틈을 만들며 그들의 학업성취를 방해한다. 이로 인해 그들은 자신의 역량에 대해 더 큰 회의를 품게 된다.[16)]

안데르센이라는 특수한 경우에는 스스로에 대한 회의가 생산적이었다. 스스로에 대한 회의로 인해서 안데르센은 자신의 재능과 자질이 고귀하다는 것과 자기가 선택받은 부류에 속한다는 것을 보여줘야 한다는 검증의 필요성을 끊임없이 느꼈기 때문이다. 이는 안데르센의 동화—대부분 피지배층 담론—에 삽입된 참조 체계에서 분명하게 드러난다. 이 점은 비제르가 안데르센의 동화에 나타난 피지배층 담론을 분석하면서 지적한 내용과 같다.

> 각각의 개인이 실현하는 동시에 인지하는 자신의 사회적 존재는 무의식적 지식의 토대 위에 세워진다. 사회 담론에서 '주체'('나')라고 지칭되는 그것은 지배층의 사회적 존재이다. 따라서 피지배층이 자신의 정체성을 규정하는 경우에는 지배층이 자신의 정체성을 규정하는 경우처럼 '나'를 중심으로 자아와 타자를 양극화할 수가 없다. (…) 응집력이 권력의 편에만 존재한다는 사실은 종종 무시되지만, 피지배층은 지배층과 달리 이러한 사실을 무시하기가 쉽지 않다. 그것은 지배층과 피지배층이 하는 말을 들어보면 분명하게 드러난다. 화자가 권력을 휘두르는 자리에 있을수록 그가 사유의 영역에서 선호하는 자리는 신화적 자리, 곧 권력이 사라지고 순수한 추상적 상상력이 부각되는 자리에 가까워진다. 반면 화자가 권력에 종속되어 있을수록, 그가 선호하는 자리는 현실 속의 자리, 곧 권력이 구체적으로 행사되는 바로 그 자리이다.[17]

피지배층 및 지배층과 본질주의 이데올로기의 관련성에 대한 비제르의 논의는 일상에서 사용되는 언어 형태를 다루고 있지만, 픽션 작가들이 사용하는 내레이션 양식도 마찬가지이다. 예를 들어 안데르센은 동화를 쓰면서 대중의 언어 형식과 민속적 언어 형식을 공식적인 고전적 화법과 혼용했는데, 이러한 문체적 종합은 동화의 독특한 어조를 만들어낼 뿐 아니라, 지배 담론이 정체성을 계속해서 분열시키는 상황에서 단일한 정체성을 구성해내려는 안데르센의 노력을 반영한다. 또한 안데르센은 민속적 모티프를 낭만주의 동화의 문학적 모티프와 종합해 민속적 모티프에 고상함을 부여하려 했다. 안데르센이 작품을 쓸 때 특히 많이 참조했던 낭만주의 작가들은 에른스트 테오도어 아마데우스 호프만(Ernest Theodor Amadeus Hoffmann)과 루트비히 티크(Ludwig Tieck), 아델베르트 폰 샤미소(Adelbert von Chamisso), 요제프 프라이허 폰 아이헨도르프(Joseph Freiherr von Eichendorff), 프리드리히 하인리히 카를 푸케(Friedrich Heinrich Karl Fouqué)였다. 안데르센이 하층 계급의 민속적 모티프를 양식화한 것은 출세를 위한 그의 개인적인 노력과도 흡사했다. 곧, 안데르센은 민속적 모티프를 변형해 중류 계급이 정해놓은 '고급 예술'의 기준에 맞추려고 했다.

안데르센이 민담을 이용한 것과 관련해 벵트 홀베크(Bengt Holbek)가 지적하는 것과 같이, "안데르센이 민담을 들었던 환경과 그가 민담을 들려준 환경은 달랐다. 그는 민담의 내용을 조정해야 했고, 특히 섹슈얼리티가 공공연히 드러나는 대목에서 섹슈얼리티의 모든 흔적들을 은폐하거나 삭제해야 했다. 당시에 섹슈얼리티 같은 것은 부르주아 계급의 아이들에게 적당한 오락거리가 아니라고 여겨졌다."[18] 자기검열은 지배 원리들에 따라 진행되었지만, 자신의 모순을 노출시키는 안데르센의 비유적 언어로 인해서 자기검열이 약화되기도 했다. 요컨대 안데르센의 어형과 양식화된 모티프는 19세기에 부상하던 부르주아 계급의 지배를 중심으로 형성되고 결집되던 관계 구조를 드러낸다.

몇몇 예외는 있지만, 안데르센이 쓴 156편의 동화에는 '나'가 거의 나오지 않는다. 다시 말해 '나'는 삼인칭으로 승화되어 있고, 내러티브 담론은 끊임없이 권력의 위치를 의식하는 경향을 보인다. 삼인칭 화자는 자신을 동화에 나오는 사회적 약자 내지 피지배층과 동일시하는 것 같지만, 알고 보면 그렇지가 않다. 화자가 피지배층과 동일시하는 차원도 있지만, 화자의 목소리는 대체로 상위 권력의 승인을 추구하고, 상위 권력과의 동일시를 지향한다. 여기서도 지배자나 귀족 계급을 대표하는 인물이 언제나 권력의 자리에 있는 것은 아니다. 안데르센의 동화가 중류 계급의 독자들 사이에 인기를 누리는 진짜 원인은 과거나 지금이나 귀족 계급 너머에 존재하는 권력에 복종한다는 점이었다. 곧, 안데르센의 동화에서 권력을 가진 존재는 조물주이며, 언제나 부르주아 계급의 본질주의 이데올로기에 의거해 움직인다. 19세기 초반의 동화 작가 가운데 동화 내러티브 속에 안데르센만큼 기독교적 개념의 신(神)과 프로테스탄트 윤리, 부르주아적 사업 등을 집어넣은 사람은 아무도 없었다. 모든 안데르센의 동화는 자신의 백성을 엄격하게 그러나 정의롭게 다스리는 그리스도의 기적적 권력을 명시적으로든 암시적으로든 참조한다. 이런 식의 가부장적 권력은 봉건적 사회 조직을 재현하는 것처럼 보일 수도 있다. 그러나 조물주의 섭리와 동화의 플롯에 의해서 재현되는 지배적 가치 체계는 철저하게 부르주아적이며, 재능과 소질이라는 본질주의 개념을 정당화한다. 덴마크에서 귀족적 권력이 변형되는 와중에 안데르센은 동화를 쓰면서 바로 그런 변형의 의미를 성찰했다.

또한 안데르센의 동화에는 사회적 다윈주의의 경향성이 알라딘 모티프와 뒤섞인 상태로 분명하게 존재한다. 실제로 적자생존은 안데르센 선집에서 가장 앞에 놓인 동화(『부싯깃통 *The Tinderbox*』)의 메시지다. 그러나 가장 힘센 사람이 언제나 적자가 되는 것은 아니다. 적자가 되는 것은 자기가 지배적 가치 체계를 위해서 일하기에 부족함이 없다는 것을 증명하는 선택된 주인공이다. 그렇다고 해서 안데르센이 그의 모든 동화에서 계속해서 하나의 메시지를 설교하고 있었다는 말은 아니다. 1835년에서 1875년 사이의 동화들은 대체로 정체성에 분열을 가져오는 지배담론과 맞닥뜨린 상태에서 통일된 자아를 구축하기 위해 분투하는 피지배층 에고의 창작 과정을 보여준다. 각각의 픽션은 하층 계급 출신을 실질적으로 받아들이거나 인정하지 않는 사회 체제 안에서 어떻게 인정과 동화, 통합을 획득할 것인가라는 테마의 변주이다. 여러 면에서 안데르센은 험프티-덤프티(Humpty-Dumpty) 유형의 인물이다. 성장하는 과정에서 안데르센은 자기가 덴마크의 교육받은 엘리트 집단으로 진입한다 하더라도 그들에게 완전히 받아들여질 수는 없다는 사실을 깨달았다. 안데르센에게 이러한 깨달음은 험프티-덤프티의 위험한 추락에 해당하는 것이었다. 안데르센이 굴욕을 느끼며 불평등을 감지한 뒤에는 왕의 병사들과 군마들이 모두 힘을 합해도 그를 다시 담장 위로 올려줄 수 없었다.* 따라서 안데르센의 동화는 총체성을 획득하고, 복수를 실행하며, 계급 투쟁의 진실을 묘사하기 위한 다채로운 시도이자 승화된 시도들이지만, 피지배층의 목소리는 현실 속의 권력과 관련해 언제나 굴욕적인 것으로 남아 있다.

물론 안데르센의 동화에 권력과 지배라는 테마만 있는것도 아니고, 내가 사용하는 방법이 안데르센의 동화를 분석하는 데 유일하게 타당한 방법인 것도 아니다. 그러나 안데르센의 동화가 서구 문화에서 지속적으로 폭넓게 받아들여지는 이유를 설명하기 위해서는 피지배층 담론이 내러티브 속에서 작동하는 방식을 이해해야 한다는 것이 나의 생각이다. 이데올로기 차원에서 말하자면, 안데르센은 자수성가형 인물, 곧 호레이쇼 앨저의 신화를 퍼뜨리는 부르주아적 태도를 조장했고, 기존의 권력 구조(하층 계급에 대한 지배와 착취를 뜻하는 권력 구조)에 대한 믿음을 강화했다. 실제로 19

*역주 : 루이스 캐럴의 『거울나라의 앨리스』에서 험프티-덤프티가 담장에서 떨어지고 왕의 병사들과 군마들이 그를 도와주러 몰려오는 장면을 빗댄 표현.

세기 미국과 영국에서 안데르센의 명성은 유성처럼 순식간에 나타났다. 우리가 안데르센의 동화를 좀 더 자세히 들여다보아야 하는 것은 그 때문이다. 먼저 우리는 안데르센의 동화가 입신 출세와 개인적 행복의 꿈들(부르주아 계급의 강력하고 포괄적인 선별 과정을 뒷받침하는 꿈들이자 이성과 판타지의 지배를 뒷받침하는 꿈들)을 구현하는 방식을 분석해야 한다.

II

안데르센 동화를 연구하는 대부분의 학자들은 안데르센이 처음에는 아이들을 대상으로 동화를 쓰다가 점차 어른들에게 관심을 옮겼다고 지적한다. 실제로 그는 항상 어른들을 대상으로 동화를 썼으며, 1850년 이후에는 어린 독자들을 배제하기 시작했다. 『아이들을 위한 동화들 *Eventyr, fortalte for Børn*』이라는 제목의 최초의 소책자들은 1837년에 어른들을 위한 책들의 삽입물로 출판되었다. 이와 같은 소책자들은 빌헬름 페데르센(Vilhelm Pedersen)의 삽화가 포함되면서 아이들을 대상으로 하는 책이 되었다. 그러다가 『동화들 *Eventryr*』과 『새로운 동화들 *Nye Eventyr*』 『이야기들 *Historier*』의 경우처럼 제목에 변화가 생겼고, 결국 1850년에 이르러 『동화들과 야야기들 *Eventyr og Historier*』이라는 제목이 붙게 된다. 안데르센의 문체와 관심이 진화한 양상은 책 제목과 초점의 변화에 반영된다. 처음에 안데르센은 구전 전통의 이야기에 부르주아 계급의 아이들과 어른들의 입맛에 맞도록 변형을 가했다. 그러다가 1840년대 초가 되면서 민담을 소재로 이용하는 경우는 거의 없어졌고, 식물들이나 동물들, 사물들을 사람처럼 다루는 자기만의 동화를 창작하기 시작했다. 사람이 아닌 것을 사람처럼 다루는 방식은 안데르센이 처음부터 사용했던 방식이다. 그러나 이제는 대다수의 작품들이 동물들과 사물들을 다루게 되면서, 내러티브는 우화 및 교훈과 비슷해지는 동시에 동화에서 차용한 모티프와 뒤섞였다. 결국 1850년 이후부터 그의 동화들은 더 이상 아이들을 대상으로 하지 않게 되었으며, 전설과 철학적 성찰, 초자연적 이야기, 역사적 논평 등을 포함하기 시작했다. 핀 호베르 모르텐센(Finn Hauberg Mortensen)은 다음과 같이 논평했다.

> 모든 위대한 예술가들과 마찬가지로, 안데르센은 자신의 표현 능력의 한계를 끊임없이 넓혀감으로써 자기 자신과 싸웠다. 이러한 싸움의 흔적은 연극에 대한 그의 짝사랑에서도 드러나고 또 그가 짧은 동화 산문들을 서사시 구조로 확장하려 했던 데에서도 드러난다. 이제는 이와 같은 시도들 가운데 많은 것이 잊혀졌다. 모든 시도들이 성공하는 것은 아니었고, 그것은 안데르센의 경우도 마찬가지였다. 안데르센이 동화에서 거두었던 성공의 핵심은 명료하고 상세한 묘사, 존재의 기이한 측면들을 감지하는 능력, 짧은 산문 작품들을 통해 탄탄하게 구축되는 세계에 있었다. 그의 짧은 산문 작품들은 간결한 구어를 통해서 획일적 부르주아 문화의 분열상을 드러내는데, 그의 이야기는 부르주아 문화 내에서 부르주아 문화와 싸운다.[19]

모르텐센에 따르면, 안데르센의 동화들은 한 편, 한 편 신중하게 분석하고 해석해야 하는 독립된 예술 작품이다. 작품들을 한데 묶어놓고 그러한 묶음이 안데르센 동화의 전반적 특징 내지 전형적 특징을 대변하고 있다고 보는 것은 문제가 있다는 것이다. 그럼에도 모르텐센은 개별 내러티브들을 연결하는 안데르센 동화의 공통된 맥락을 분명히 인식하고 있다. 가장 중요한 맥락 가운데 하나가 바로 안데르센이 '획일적 부르주아 문화의 분열상'을 드러내는 방식이다. 안데르센은 평생에 걸쳐서 이러한 분열상을 수습하려 애썼으며, 그 모습은 거의 비굴할 정도였다. 안데르센의 동화들을 관통하는 가장 일반적인 실마리는 바로 그의 피지배층 담론이다. 나는 「여행 친구The Traveling Companion」 「나이팅게일The Nightingale」 「미운 오리 새끼The Ugly Ducking」 「양치기 소녀와 굴뚝 청소부The Shepherdess and the Chimney Sweep」 「모든 것이 제자리에Everything in Its Right Place」 「픽시와 잡화상The Pixy and the Grocer」 「정원사와 그의 주인The Gardener and His Master」 등 여러 편의 동화들을 분석함으로써 안데르센이 자기에게 고통과 불안을 안겨준 지배집단들의 권력을 어떻게 줄기차게 합리화했는지를 보여주려 한다. 이와 같은 동화들은 안데르센의 왕성한 창작 활동 시기의 스펙트럼 전반을 포괄하고 있다는 점에서 중요할 뿐 아니라, 그가 자신의 뛰어난 재능을 활용해 신의 섭리가 지닌 의미와 친절함의 본질, 예술가의 역할, 여성의 처우, 후원 체제 등의 문제들에 대한 다양한 접근 방식을 모색한 과정을 밝혀준다는 점에서도 중요하다.

「여행 친구」는 안데르센이 구전 민담을 면밀하게 개작함으로써 부르주아 계급에 속한 독자들의 종교적 입맛에 맞추는 동시에 자신의 본질주의 이데올로기 관념을 전개한 양상을 보여주는 좋은 예다. 또한, 이 작품은 여성을 여성의 자리에 놓는 한편, 신의 섭리를 믿는 경건한 신자인 비천한 주인공을 드높인다. 1830년에 안데르센은 이미 이 작품의 다른 버전인 「죽은 자. 푸넨 이야기The Dead Man. A Tale from Funen」를 쓴 바 있다. 이 작품은 그의 작품 가운데 최초로 출판된 작품이다. 그러나 그는 이 작품이 만족스럽지 않았으며, 7년 후에 이 작품을 「여행 친구」라는 제목으로 다시 쓰게 된다. 이야기의 소재는 덴마크는 물론 유럽 전역에 잘 알려져 있었다. 그림 형제는 이 이야기를 1856년 주석본에 「은혜 갚은 죽은 자와 노예 상태에서 구출된 공주The Grateful Dead Man and the Princess Rescued from Slavery」라는 제목으로 포함시켰는데, 안데르센과 그림 형제가 이 이야기 유형을 다루기 전에 이미 이 이야기의 여러 가지 버전들이 널리 퍼져 있는 상태였다. 실제로 민속학자들은 이 이야기의 역사를 추적하기 위해 BC 2세기의 구전 전통으로 거슬러올라간다. 이 이야기는 당시 외전 중 하나인 『토비트 *Tobbit*』의 일부였다.[20] 안티 아르네(Antti Aarne)와 스티트 톰슨(Stith Thompson)은 여러 가지 버전들을 AT 505~508 『은혜 갚은 죽은 자들 *The Grateful Dead*』이라는 항목에 포함시키면서 이 이야기의 기본적인 모티프를 설명한다.[21] 이 항목의 이야기에서 주인공은 죽은 자를 만난다. 죽은 자의 시체는 제대로 묻히지 못한 채 치욕을 당하고 있는데, 그것은 죽은 자가 제때 빚을 갚지 못했기 때문이다. 죽은 자를 동정하는 주인공은 자신의 전 재산을 털어 죽은 자의 빚을 갚아준다. 계속 길을 가던 주인공은 노인과 하인, 여우 등을 만나 그들에게 여행 중에 얻는 것을 나누어줄 테니 자신을 좀 도와달라고 말하고 동의를 구한다. 주인공의 여행길에 동행하게 된 친구는 주인공이 공주를 구출하거나 공주의 마법을 풀 때 도움을 준다. 결국 조력자는 주인공이 빚을 갚아주었던 죽은 자로 판명되고, 자기의 정체를 밝힌 후 어디론가 사라진다. 이 이야기의 스칸디나비아 버전들에서 공주는 트롤과 한 패로 나오는데, 그것은 트롤이 공주에게 마법을 걸었기 때문이다. 주인공은 트롤의 목을 벤다. 공주는 자작나무 회초리로 매를 맞고, 이어 우유, 신 우유, 단 우유로 세 번 몸을 씻게 된다. 그래야 몸이 정화되어 주인공과 결혼할 수 있기 때문이다.

안데르센이 알고 있었던 것이 어느 버전이었는지는 확실치 않지만, 그가 스칸디나비아의 이교 설화를 잘 알고 있었던 것만은 분명해보인다. 안데르센은 이 설화를 완전히 바꾸어 감상적인 낭만 동화로 만들었다. 이 동화는 하느님의 권능을 찬양하는 작품이며, 이 동화에서 주인공은 하느님의 도움 없이는 아무것도 할 수 없는 인물로 등장한다. 이와 같은 메시지가 여러 번에 걸쳐 분명하게 반복됨으로써 주인공 요하네스(Johannes)의 가엾음이 부각된다. 실제로 도입부에서 요하네스는 얼마 전에 아버지를 여읜 고아로 나온다. 그가 해를 쳐다보자, 아버지가 그를 위해 기도하는 모습이 보인다. 아버지는 하느님이 자신의 아들을 보우하사 아들이 하는 모든 일이 잘 되기를 빌고 있다. 그 모습을 본 요하네스는 이렇게 말한다. "언제나 착한 사람이 되기 위해 노력하겠어요……. 그래야 저도 죽은 후에 하늘나라에 가서 아버지를 다시 만날 테니까요. 아버지한테 할 말이 아주 많을 거예요. 아버지는 이 세상의 모든 아름다운 것들에 대해서 가르쳐주셨죠. 하늘나라에서도 모든 아름다운 것들에 대해서 가르쳐주실 테죠. 얼마나 멋질까!"(p. 41) 그리고는 그야말로 멋진 일이 벌어진다. 요하네스는 놀라운 세계를 향해 첫발을 내딛는다. 그는 교회에서 하룻밤을 보내다가 두 악당이 관에 든 시체를 모독하려 하는 것을 발견한다. 죽은 자가 빚을 갚지 않았다는 것이 이유였다. 요하네스는 악당들을 말리면서 그가 받은 유산의 전부인 50마르크를 그들에게 내어준다. 그리고는 이렇게 말한다. "나는 돈이 없어도 괜찮아요. 나는 힘이 세고, 하느님이 나를 도와주실 테니까요."(p. 43) 길을 가던 그는 낯선 이를 만나 그를 여행 친구로 삼고 함께 길을 가게 된다. 이 낯선 이는 여행길에 흔히 볼 수 있는 친구가 아니다. 위기에 처한 사람을 마법의 고약으로 구해주고 그에 대한 답례를 챙기는 사람이기 때문이다. 노파로부터는 자작나무 회초리를 받고, 연극 감독으로부터는 오래된 칼을 받는다. 새로 얻은 칼로 죽은 백조의 날개를 자르기로 한다. 마침내 한 도시에 도착한 요하네스와 낯선 이는 아름답지만 무시무시한 공주에 관한 이야기를 듣게 된다. 공주가 공표한 바에 따르면, 공주는 구혼자에게 세 가지 문제를 내는데, 구혼자는 그것을 모두 풀어야 공주와 결혼할 수 있다. 문제를 못 풀 경우, 공주는 구혼자의 목을 벤다. 이미 숱한 사내들이 참수를 당했다. 요하네스는 이 이야기를 듣고 이렇게 외친다. "무시무시한 공주로구나……. 공주는 매를 맞아야겠어. 맞아야 정신을 차릴 거야. 내가 늙은 왕이라면, 공주를 피가 나게 때려줬을 텐데."(p. 48) 그러나 요하네스는 공주를 한번 본 후, 어쩔 도리 없이 공주를 사랑하게 되고 만다. 그리고 공주에게 구혼을 하기로 결심한다. 모두가 말리려 하지만, 요하네스는 고집불통이다. 시험 전날, 그는 여관에서 잠이 든다. 낯선 이는 등에 백조의 날개를 달아 자기 몸을 보이지 않게 만든 후에 공주의 뒤를 밟는다. 공주는 하늘로 날아올라 트롤의 성으로 향한다. 낯선 이는 트롤의 성으로 가는 길에 공주를 자작나무 회초리로 때리고, 트롤의 성에 도착한 후 첫 번째 문제의 답을 알아낸다. 그리고 그것을 요하네스에게 알려준다. 다음날 요하네스는 낯선 이가 알려준 답 덕분에 목숨을 구한다. 낯선 이는 두 번 더 요하네스를 도와주고, 트롤의 목을 벤다. 그리고는 요하네스에게 공주를 욕조에 집어넣고 세 번 넣었다 뺐다 하는 방법으로 사악한 주문을 없앨 것을 지시한다. "요하네스는 공주를 세 번째로 물속에 밀어넣으면서 하느님께 기도를 올렸어요. 그 순간, 공주는 세상에서 가장 아름다운 공주로 변했어요. 전보다 훨씬 더 아름다워졌답니다. 공주는 사악한 주문을 풀어준 그에게 눈물을 흘리며 감사의 인사를 했어요."(p. 55) 이제 할 일을 끝낸 낯선 이는 자기가 사실은 요하네스가 빚을 갚아준 죽은 자였음을 밝힌 후에 어디론가 사라진다. 요하네스는 공주와 결혼하고, 곧 왕국을 물려받는다.

표면적으로 볼 때, 안데르센이 은혜 갚은 빚쟁이에 관한 구전 민담을 개작한 결과물은 유머러스한 묘사와 전능하신 하느님을 향한 간절한 기도로

가득한 기묘하고도 사랑스러운 내러티브로서 덴마크의 아이들과 어른들이 읽기에 적절한 작품인 듯하다. 그러나 여기에는 재고가 필요한 불온한 측면들이 있다. 다른 작품들에서도 계속해서 반복되는 이와 같은 측면들을 통해 안데르센이 기꺼이 주인공으로 하여금 하느님 등과 같은 높은 권위에 복종하게 하는 양상이나, (주인공들이 여성들을 숭배함에도 불구하고) 작가 자신이 여성 인물들을 비하하는 양상이 밝혀진다.

벵트 홀베크는 20세기의 주요한 덴마크 민속학자 가운데 하나로, 안데르센이 민담을 변형한 양상을 강조한다. 홀베크에 따르면, 안데르센은 남성에 의한 억압에 초점을 맞추는 민담을 지배를 찬양하는 민담으로 바꾸었다. 홀베크는 논평을 통해 "「여행 친구」의 중심 사건은 공주와의 만남이다. 공주는 세 가지 문제를 내면서 문제를 풀지 못할 경우에는 목을 베겠다고 한다. 내가 민담들을 분석하고 내린 결론에 따르면, 이 대목은 안데르센이 민담의 내용을 이해하지 못하고 있거나, 아니면 민담의 내용을 교묘하게 은폐함으로써 오늘날 독자의 이해를 심각하게 방해하고 있다. 이 시점에서 나는 전통적인 농촌 공동체에서 마법 이야기가 주로 성인층의 오락거리였음을 강조해야겠다. 이런 마법 이야기가 부르주아 계급에 속하는 아이들의 세계로 이식될 때, 대단히 중요한 몇 가지 측면들이 소실된다. 나는 이제 그 측면들을 설명할 것"이라고 밝혔다.[22)]

홀베크의 설명에 따르면, 트롤은 틀림없이 공주의 아버지를 상징하는 표상이며, 공주가 내는 수수께끼는 공주가 아버지에 대해서 품고 있는 부정한 사랑의 감정이다. 다시 말해, 이 이야기는, 「손이 없는 처녀 The Maiden without Hands」 같은 다른 유명한 민담들과 마찬가지로, 아버지로부터 억압을 당하거나 아버지의 마법에 걸려 있는 나이 어린 여자의 딜레마를 반영한다. 주인공의 과제는, 안데르센의 이야기와는 달리, 아버지로부터 인정받는 것이 아니라 아버지의 자리를 차지하는 것이다. 이 민담이 근친상간을 다루고 있다는 홀베크의 해석을 받아들일 것인가와 무관하게, 안데르센의 이야기가 눈속임이라는 것과 이 이야기의 내러티브 구조와 테마가 보다 높은 권위에 복종하는 미덕과 순결의 유지를 다룬다는 것은 분명하다. 이 이야기에서는 낯선 자가 모든 어려운 일을 도맡아 한다. 요하네스의 필생의 사명은 하느님께 자기가 얼마나 깨끗하고 순진하고 순수한지를 보여주는 것이다. 공주는 이른바 나쁜 행실 때문에 매를 맞게 되며, 결국 하얀 백조가 될 때까지 욕조에 잠기기를 계속해야 한다. 그리고 공주가 일단 다시 처녀로 변하고 나서야 비로소 공주와 그녀의 순수한 반려자는 결혼할 수 있게 된다. 그러나 요하네스에게 공주와 결혼할 자격이 있을까? 그가 주인공으로서 한 일이 있는가? 홀베크의 주제에서 다소 벗어나는 이야기지만, 공주가 자기의 욕망의 대상인 아웃사이더와 부정한 연애를 하고 있었다는 것이 가능할까? 공주의 아버지와 궁정이 공주의 욕망을 제약하고 있었던 것일까? 요하네스가 미덕의 이름으로 행동하는 방법은 기본적으로 (하느님의 이름으로 행동하는 것으로 나오는) 낯선 이의 명령을 따르는 것이다. 요하네스가 본질적으로 선량하고 상을 받아 마땅한 이유는 위로부터 내려오는 명령에 복종하기 때문이다. 요하네스가 아이들을 포함한 전체 독자에게 이상적인 주인공으로 받아들여질 때, 우리는 한 가지 사실을 기억해야 한다. 곧, 요하네스가 한 일이라고는 죽은 자를 도와주고 순진한 시골뜨기처럼 세상을 이리저리 돌아다닌 것뿐이라는 점이다. 한 마디로, 요하네스는 아이헨도르프의 『쓸모없는 놈의 일생으로부터 *Aus dem Leben eines Taugenichts*』(1826)에 나오는 바보와도 비슷하다. 이것은 안데르센도 잘 알고 있던 작품이다. 요하네스는 자기 삶을 스스로 규제했고, 이로써 궁정사회는 그를 기꺼이 받아들였다. 요하네스라면 왕의 요구를 채워주는 지배의 법칙을 기꺼이 실행할 테니까 말이다.

초기 작품에서 안데르센은 한결같이 하층 계급 출신이거나 자신의 권리를 빼앗긴 주인공이 사회에서 신분 상승에 성공하는 이야기를 들려준다. 주인공의 신분 상승은 그의 품위 있는 행위를 통해 암시된다. 주인공의 행위는 주인공을 선택하고 시험하는 상부 권력에 부합해야 하기 때문이다. 주인공은 봉건 가부장제에 대한 존중을 표하지만, 올바른 규범적 행동은 부르주아 계급의 가치를 반영한다. 주인공이 하층 계급 출신이라면, 이야기 속에서 한번은 콧대가 꺾이는 장면이나 굴욕을 당하는 장면이 나온다. 이를 통해 주인공에게 순종의 미덕이 있는가를 시험하는 것이다. 이렇듯 성공한 개인의 타고난 재능은 부지런함과 불굴의 의지, 부르주아 계급의 지배를 정당화하는 윤리 체계를 충실하게 지키는 태도를 통해 밝혀진다. 좀 더 구체적인 설명을 위해서 나는 1837년 이후 작품 가운데 내가 보기에 가장 인기 있는 작품인 『인어공주 *The Little Mermaid*』(1837)와 『주석 병정 *The Steadfast Tin Soldier*』(1838) 『돼지치기 *The Swineherd*』(1841) 『나이팅게일』(1843) 『미운 오리 새끼』(1843) 『빨간 구두 *The Red Shoes*』(1845) 『그림자 *The Shadow*』(1847) 등을 중심으로 논의를 진행하려 한다.

19세기에서 오늘날까지 독자들이 이러한 동화에 포함된 피지배층 내러티브 담론을 어떻게 받아들여왔는가를 고려할 때, 우리는 두 가지 요소를 염두에 두어야 한다. 첫째, 피지배 계급의 일원이었던 안데르센은 상류 계급에 진입했지만, 분열을 경험하지 않을 수 없었다. 안데르센 개인의 노력을 평가하고 동화 속 주인공의 운명을 결정하는 궁극적 권력은 당대의 서열 관계 조직에서 나왔을 터인데, 그 무렵은 사회적·정치적 변동이 한창인 때였고, 이때부터 덴마크를 비롯한 대부분의 유럽은 부르주아 계급의 통제 아래 놓이게 되었다. 권력의 변동에 민감했던 안데르센은 부상하는 중류 계급 엘리트와 자신을 동일시했지만, 가난한 사람들과 권리를 빼앗긴 사람들을 부정적인 방식으로 그린 것은 아니었다. 오히려 안데르센은 겸허하고 박애적인 입장—축복받은 재능 있는 사람들은 그렇지 못한 사람들을 도덕적·윤리적으로 도와주어야 한다는 입장—을 취했다. 안데르센의 내러티브에서 피지배층 목소리가 들리는 경우에, 안데르센의 원래 사회 계급인 하층 계급을 비난하는 경우는 전혀 없다. 다만 안데르센은 자기 안에 들어 있는 하층 계급의 반항적 충동을 부정하고, 중류 계급 윤리의 합법적 지배를 지지하는 타협을 감행함으로써 자신의 원래 사회 계급인 하층 계급과의 연결고리를 상실했다.

우리가 염두에 두어야 할 두 번째 요소는 안데르센의 동화에서 피지배 담론이 근본적으로 모순적이라는 점이다. 안데르센 동화의 피지배 담론은 피지배 계급의 이익을 대변하지 못한다. 단지 지배 계급의 권력을 정당화할 수 있을 뿐이다. 이로 인해 지배 계급의 권력은 정당한 것이 되고, 힘없는 이들의 입장에서 받아들일 만한 것이 된다. 앞에서도 말했던 것처럼 안데르센은 자신의 목소리에 보편성을 부여하는 삼인칭 화자를 사용함으로써 자신의 동화에 객관성을 부여한다. 그러나 이러한 자기 부정의 태도는 피지배층의 생활방식이다. 피지배층은 자신의 삶을 끊임없이 통제하는 힘들을 참조하고 이러한 힘들에 의존하기 때문이다. 안데르센은 권력을 신비화함으로써 신의 권능으로 보이게 만든다. 위에서 강조한 것처럼 안데르센과 그 무렵에 활동했던 다른 동화 작가들을 비교할 경우, 안데르센은 동화의 액션과 결말을 정당화하기 위해 놀라울 정도로 끊임없이 하느님과 프로테스탄스 윤리에 의존한다. 아이러니하게도 안데르센의 동화에서 영혼을 잃지 않기 위해서는 귀족 계급에게 팔거나 부르주아 계급에게 팔아야 한다. 주인공이 영혼을 어느 쪽에 팔았든지, 주인공의 성공을 보장하고, 안데르센 자신의 사회적 성공을 보장하며, 지금까지 계속되는 안데르센의 동화의 인기를 보장하는 것은 중류 계급의 도덕적·사회적 규약이다. 안데르센의 동화들 가운데 이 맥락에 적용될 수 있는 것은 소수의 동화로 한정된다. 의식적·무의식적 선별 과정을 거쳐 정전으로 정착된 이와 같은 소수의 동화는 지배 원리들에 봉사하는 이데올로기적 관념들을 뒷받침한다.

영혼을 잃는 문제와 관련해 『인어공주』의 사례를 통해서 피지배층이 목소리와 현실적 권력을 잃는 동시에 '행복과 성취'를 얻는 것으로 보이는 과정을 살펴보자. 『인어공주』는 민담을 토대로 하고 있는데, 민담에 나오는 바다 소녀는 사랑하는 인간과 결혼하기 위해 영혼을 갖고 싶어 한다. 안데르센은 괴테의 『멜뤼진 *Melusine*』과 푸케의 『운디네 *Urdine*』—요정의 동경을 미화하는 이교도의 이야기들—를 잘 알고 있었겠지만, 스스로를 희생하는 인어가 나오는 『인어공주』는 괴테와 푸케의 내러티브와는 완전히 다르다. 괴테와 푸케는 언제나 지배 계급의 성원이었고, 이야기 속에서 기독교적 예법을 망각하는 상류 계급 사람들에게 벌을 준다. 한편 안데르센의 관점은 피지배층 성원이 자신의 진정한 고귀와 미덕을 증명하기 위해 참아내야 하는 고문과 고통에 초점을 맞춘다. 예를 들어 인어공주는 물 밖으로 나와 왕족들 사이를 오가게 되기까지 혀가 없어지고 꼬리가 다리로 변형되는 과정을 거친다. 그녀가 걷거나 춤을 출 때 그녀의 다리는 '칼날 같은' 아픔을 준다. 목소리를 잃고 극심한 고통에 빠지게 된 육체적·심리적 박탈의 상태에서, 그녀는 한번도 그녀의 가치를 온전히 알아보지 못하는 왕자를 섬긴다. 인어는 왕자의 목숨을 두 번 구해준다. 여기에서 두 번째가 더 중요하다. 왕자를 죽이고 자신의 정체성을 되찾아 언니들과 할머니에게 돌아가는 대신, 인어공주는 자신의 목숨을 포기하고 하느님의 축복 속에 공기 같은 존재로 변한다. 그녀가 앞으로 300년 동안 선행을 베푼다면, 하느님이 그녀에게 불멸의 영혼을 내려주실 것이다. 하느님이 그녀에게 내려주신 사명은 눈에 보이지 않는 영의 형태로 인간의 집들 사이를 날아다니는 것이다. 그녀가 부모에게 행복을 선사하는 아이, 부모의 사랑을 받을 자격이 있는 착한 아이를 찾아낸다면, 그녀가 불멸의 영혼을 얻는 기간은 짧아질 것이다. 말썽꾸러기 아이가 있으면 그녀가 하느님의 이름으로 선행을 베풀어야 하는 기간에서 300년이 늘어날 수도 있다.

그러나 여기서 문제가 되는 것은 인어공주가 정말로 하느님의 이름으로 행동하고 있느냐는 것이다. 인어공주가 왕족과 사랑에 빠진 것을 포함해 그녀가 행사하는 미래의 행동은 모두 자기 부정과 자기 부정의 합리화 과정을 수반한다. 인어공주의 자아가 분열되는 것은 결코 그녀를 있는 그대로 받아들이지 않을 사람들이 속해 있는 계급에 끌리기 때문이다. 그녀가 자기보다 '높은 분들'과 섞이기 위해서는 사실상 자멸해야 한다. 자기가 누구이고 자기가 무엇을 원하는지를 결코 사실대로 밝힐 수 없다는 점을 그녀는 깨닫고 있지만, 그럼에도 자기 부류, 곧 피지배 계급으로 돌아가려고 하지는 않는다. 따라서 그녀는 절제와 자기 부정—부르주아가 설교하는 가치들이자 귀족 계급이나 상류 계급은 분명 실천하지 않는 가치들—을 통해 자신의 존재를 스스로에게 어느 정도 정당화해야 한다. 역설적이게도 안데르센은 진정한 미덕과 자기 실현은 금욕을 통해 얻어질 수 있다고 설교하는 것 같다. 그러나 이러한 메시지가 피지배층의 목소리로 전달되고 있다는 점에서 그렇게 역설적인 것만은 아니다. 사실 이러한 메시지는 교양을 쌓기 위해 노력하는 하층 계급의 촌스러운 청년이던 안데르센 자신의 날카로운 인식과 경험에서 우러나온 것이다. 하느님의 인정을 받을 방법은 (보잘것없는 사람으로서의) 목소리를 없애고, 칼날 같은 다리로 걸으며, 스스로의 욕구를 부정하는 것이다.

안데르센은 부르주아 법칙의 이름으로 금욕과 절제를 꾸준하게 설교했다. 금욕과 절제에 대한 보답은 자기 삶을 통제할 수 있는 권력이 아니라 권력에 충성할 때 얻어지는 안정이다. 예를 들어 『주석 병정』에서 발레리나를 사랑하게 되어버린 병정은 이렇게 말한다.

"그녀는 내게 완벽한 아내가 될 거야. 그러나 그녀는 내게 너무 과분해. 그녀는 성이 있는데, 나는 24명의 병정들과 함께 써야 하는 상자밖에 없으니. 그녀는 이런 나를 원하지 않겠지. 그래도 나는 그녀와 친구가 되고 싶어."

주석 병정은 그녀의 사랑을 얻기 위해 온갖 고난을 겪어야 했으며, 마침내 사랑을 이룸으로써 고난을 보상받게 된다. 그러나 사랑이 이루어지기에 앞서서 주석 병정과 발레리나는 난로 속에 들어가 불에 타 녹아야 했다. 여기서도 행복은 자기를 내세우지 않는 태도 속에 함축되어 있다.

안데르센의 동화가 언제나 자기희생적이라는 의미는 아니다. 안데르센이 탐욕과 잘못된 오만을 공격할 때도 많다. 그러나 여기서 흥미로운 점은 악덕이 대부분 오만한 귀족 계급 인물들과 연결될 뿐이고 부르주아 계급 인물들과 연결되는 경우는 거의 없다는 것이다. 일반적으로 안데르센은 자신 속의 반항 충동에 휘말리는 분수를 모르는 자(overreacher)에게 벌을 준다. 안데르센의 칠힉 체계 속에서 예법과 균형은 신앙의 대상이 되었다. 『돼지치기』에서 안데르센은 예의라는 개념을 잃어버린 공주의 무례함을 묘사하면서 즐거워한다. 『부싯깃통』과 『벌거벗은 임금님 *The Emperor' s Clothes*』에서 안데르센은 이미 귀족 계급의 부자연스러움과 오만함을 희화화시킨 바 있다. 『지빠귀 부리 왕 *King Thrushbeard*』이라는 민담에 나오는 '말괄량이 길들이기' 의 모티프와 흡사하게 『돼지치기』에서 지배층을 대표하는 인물로 등장하는 변덕스럽고 거만한 공주는 피지배층을 대표하는 인물인 돼지치기로 변장한 왕자에게 창피를 당한다. 그러나 여기서의 결말은 행복한 결말이 아니다. 유머가 갑자기 심각한 어조로 바뀌고, 왕자는 자신의 목적을 달성한 뒤 공주에게 퇴짜를 놓는다. "왕자는 이렇게 말했답니다. '나는 당신을 경멸하게 되었어요. 당신은 정직한 왕자를 원하지 않았어요. 당신은 나이팅게일의 장미는 사랑할 줄 모르면서 장난감을 얻기 위해서는 돼지치기에게 입을 맞추었죠. 안녕.'"

각각의 대립은 정직함 대 거짓됨과 진정한 아름다움(장미/나이팅게일) 대 만들어진 아름다움(장난감), 영혼이 있는 귀족 대 영혼이 없는 귀족 등으로 선명하다. 안데르센이 간접적인 방식으로 주장하고 있는 것은 부상하는 부르주아 계급의 가치 체계에 적응하지 못하면 귀족 계급은 행복의 왕국으로 들어갈 수 없다는 것, 즉 진정한 지도자의 아름다움과 권력을 깨닫지 못하면—왕자는 본래 중류 계급이다—군주제는 몰락하게 된다는 것이다.

이러한 테마는 『나이팅게일』의 핵심을 이룬다. 『나이팅게일』은 예술과 천재, 예술가의 역할에 관한 탁월한 논문으로 볼 수도 있다. 플롯에는 권력관계와 주신 관계를 둘러싼 일련의 변화들이 나온다. 먼저 자비로운 가부장으로 등장하는 중국의 황제가 숲에 사는 나이팅게일을 사로잡아 자신의 성으로 가져오게 한다. 재상은 나이팅게일을 보고 이렇게 외친다. "나이팅게일이 이렇게 생긴 줄은 상상도 못했군. 너무 평범하게 생겼잖아! 귀족들을 한꺼번에 너무 많이 보게 되니 부끄러움과 당황스러움으로 본래 빛깔을 잃었나 보군." 이렇게 평범하게 생긴 새(안데르센을 가리키는 것이 분명하다)는 흉내낼 수 없는 예술적 천재성을 갖고 있기 때문에 황제를 섬기는 새로 고용된다. 주군과 신하의 계약관계에 토대를 둔 지배와 피지배 관계의 첫 번째 단계는 나이팅게일을 무시하고 방치하는 단계로 옮겨간다. 온몸이 보석으로 장식된데다 기계로 만들어져 지칠 줄 모르고 노래를 부를 수 있는 새가 황제에게 선물로 들어왔기 때문이다. 그래서 나이팅게일은 궁전을 빠져나가 숲으로 돌아간다. 기계로 만들어진 새는 결국 고장난다. 5년 뒤에 황제는 몸져누워 죽어간다. 나이팅게일은 그 소식을 듣고 스스로 궁전으로 돌아가 황제의 창가에서 죽음을 몰아낸다. 여기서 주군과 신하의 관계가 재개된다. 단, 나이팅게일에게 새로운 시장 가치가 생긴다. 곧, 나이팅게일은 자기가 원할 때 자유롭게 오갈 수 있다는 조건으로 영원히 왕을 위해 노래하는 새가 되는 데 동의한다. 봉건제도 대신 자유시장체제가 들어선 것이다. 그러나 새(예술가)는 기꺼이 왕족을 충실히 섬기며 권력을 소유한 군주를 지킨다. "그리고 당신은 나의 노래를 들으면서 행복을 느끼고 친절한 마음을 가지게 될 것입니다. 나는 당신 주변의 선과 악만을 노래하지 않습니다. 나는 당신이 보지 못하는 선과 악을 노래합니다. 노래하는 작은 새는 멀리까지 날아다니니까요. 나는 당신의 궁전과 당신의 조정에서 멀리 떨어진 가난한 어부의 오두막과 농부의 초가집 사이를 날아다닙니다. 나는 당신의 왕관보다 당신의 심장을 사랑합니다. 당신의 왕관은 뭔가 신성한 향기를 풍기는 듯합니다. 당신에게 돌아오겠습니다! 당신을 위해서 노래하겠습니다!" 황제가 죽지 않고 살아 있기 위해서는 나이팅게일의 노래가 사실상 반드시 필요하다. 안데르센은 진정한 시(생명의 시, livspoesi)는 특별히 평민들의 현실과 맞닿아 있으며, 이것이 황제의 생명의 원천이라고 주장하고 있는 것처럼 보인다.

우리가 잘 알고 있듯이 안데르센은 덴마크 국왕과 그밖의 상류 계급에 속하는 인사들의 후원에 의존하고 있었지만, 한번도 그들에게 충분히 존중받는다는 느낌을 가진 적이 없었으며 자기에게 주어지는 돈에 뒤따르는 부대 조건들을 싫어했다. 그러나 『나이팅게일』의 피지배층 목소리는 이러한 후원을 끊는 것이 아니라, 주군과 신하의 관계를 유지하되 신하에게 좀 더 견딜 만한 시장 조건을 확보할 새로운 제한을 정하려 한다. 안데르센은 당대의 본질주의 이데올로기를 재확인하며, 재능 있는 '평범한' 사람들이 권력(즉, 국가)을 지탱하는 근간임을 밝힌다. 아쉽게도 안데르센은 '천재' 가 자립할 수는 없는지, 그래서 비슷한 생각을 하고 있는 사람들과 연대할 수는 없는지에 대해 질문하는 수고를 하지는 않았다.

『미운 오리 새끼』에서도 마찬가지다. 천재는 대단히 장엄한 형태를 취하지만, 스스로의 힘으로 서지는 못한다. 『미운 오리 새끼』는 흔히 안데르센 자신의 성공담을 바탕으로 한 우화로 해석된다. 재능을 타고난 낙오자가 '못생긴' 시기를 겪고 자신의 타고난 아름다움을 드러내는 이야기이기 때문이다. 그러나 여기서 우리는 **천재의 비굴함**에 좀 더 주목해야 한다. 안데르센의 시각에 따르면 현실적 권력은 부르주아 헤게모니의 부상을 가능케 한 사회적 조건 위에 놓여 있다. 그러나 안데르센의 주장에 따르면—덴마크의 상황에 어울리는 주장—권력을 가진 부르주아 계급은 일단 통치 계급을 섬겨야 하며, 그렇게 되면 자비로운 통치 계급은 부르주아 계급의 이해 관계를 인정하게 된다. 『나이팅게일』에서 보았던 것처럼 예술가는 황제에게 버림받은 이후에도 왕족을 섬기기 위해서 돌아온다. 『미운 오리 새끼』에 나오는 아기 백조는 농가 마당에서 살다가 열등한 하층 계급 동물들에게 그야말로 쫓겨난다. 이런 열등한 종들은 아기 백조의 타고난 아름다움을 알아보지 못한다. 아기 백조는 무수한 고난을 겪은 뒤에 비로소 자신의 본질적 위대함을 깨닫는다. 그러나 아기 백조의 자기 인식은 모순적이다. 그도 그럴것이, 아기백조는 자기의 참모습을 깨닫기 직전에 자살을 생각한다. "난 저 고귀한 새들에게 날아갈 테야. 나같이 못생긴 새가 감히 접근한다고 나를 죽이려 들겠지. 하지만 무슨 상관이야. 다른 오리들에게 맞고, 암탉의 부리에 쪼이고, 닭 키우는 처녀의 발에 채이고, 겨울철에 떠돌다가 굶어죽는 것보다는 차라리 저 새들에게 죽는 편이 나아."

안데르센은 평민들의 운명에 대해서 분명한 경멸을 표한다. 또한 상류 계급에게 모욕당하는 것이 하층 계급 사이에서 고난당하는 것보다 낫다고 분명히 말한다. 그리고 여기서 다시 한 번 안데르센은 부르주아 본질주의의 철학을 채택한다. 이 같은 안데르센의 생각은 아기 백조가 구원을 받은 뒤 내레이터가 "백조의 알인 이상 닭장에서 태어나는 것쯤은 아무 문제가 되지 않는다"라고 말하는 대목에서 잘 드러난다. 한때 피지배층이었던 백조가 우월한 종족의 일원(얌전하지만 고귀한 신분)으로 드러나는 순간, 우생학과 인종주의 사이의 미묘한 구분마저 사라진다. 백조는 '집' 으로 돌아가지 않고 아름다운 정원에 내려앉아 아이들과 어른들과 자연의 사랑을 받는다. 백조는 마침내 자신의 참모습을 찾은 것 같지만, 안데르센의 동화가 언제나 그렇듯이 여기서도 권력이 은밀한 방식으로 등장한다. 백조가 스스로를 평가하는 가치와 미학적 기준은 아름다운 정원에 살고 있는 '왕족' 백조들과 함께 올바르게 처신하는 아이들과 어른들이 세워놓은 것이다. 백조와 아름다운 정원은 오리와 닭장에 대립한다. 세련된 독자의 '귀족' 감성에 호소하는 안데르센은 분명한 계급적 편견을 반영하며, 고전적인 인종주의적 경향을 반영한다고 말할 수도 있다.

『양치기 소녀와 굴뚝 청소부』의 경우도 마찬가지다. 이 작품은 순수한 사랑의 옹호인 동시에 섹슈얼리티로부터의 도피이다. 『미운 오리 새끼』와 비슷하게 세계로 여행을 떠나는 이야기가 담겨 있는 이 작품은 유머러스하면서 슬픈 이야기다. 여기서 양치기 소녀와 굴뚝 청소부가 세계로 떠나는 이유는 그들의 순수한 사랑이 오염될까 두렵기 때문이다. 그들의 사랑을 위협하는 인물은 엄청나게 커다란 조각상인데, "그 남자는 턱수염이 길고, 이마에 작은 뿔이 났으며, 다리는 염소 다리다."(p. 297) 화자에 따르면, 양치기 소녀와 굴뚝 청소부는 도자기로 만들어진 종류인 데 비해, 마호가니로 만들어진 염소 다리 장군사병 씨는 양치기 소녀의 남편감으로 부적당하다. 염소 다리 장군사병 씨가 양치기 소녀의 할아버지로부터 결혼 승낙을 받았다고 해도 양치기 소녀와 어울리지 않는다는 사실에는 변함이 없다. 양치기 소녀의 할아버지는 중국 관리인데, 역시 도자기로 만들어져 있다. 왜 굴뚝 청소부가 양치기 소녀를 위해 싸우지 않는지는 분명치 않다. 어느 시점에서 굴뚝 청소부는 양치기 소녀에게 함께 향료 단지로 뛰어들어가 할아버지의 눈에 소금을 뿌리자고 한다. 그러나 결국 그는 양치기 소녀의 소원대로 응접실 세계에서 도망쳐 넓은 세계로 나가는 데 동의한다. 응접실 세계에서는 정략결혼이 흔한 일인 듯하다. 그런데 넓은 세계 앞에 나선 양치기 소녀는 겁을 먹고 자기를 안전한 응접실로 데려다달라고 한다. 응접실로 돌아온 굴뚝 청소부와 양치기 소녀는 할아버지가 자기들을 잡으려고 쫓아오다 탁자에서 떨어져서 산산조각 났음을 알게 된다. 양치기 소녀는 이렇게 외친다. "끔찍해!…… 할아버지가 부서져버렸어. 모두 우리 잘못이야! 이렇게 된 이상 살 수 없어!"(p. 300) 하지만 굴뚝 청소부는 이렇게 답한다. "할아버지를 원래대로 만들 수 있어……. 그렇게 말하지 마! 아교로 붙이고 목에 못을 박아주면 문제없어. 이렇게만 하면 옛날처럼 고약한 말을 내뱉는 할아버지로 금방 돌아갈 거야."(p. 300) 중국 관리는 수리를 거쳐서 예전의 모습을 되찾는다. 그러나 고개를 끄덕일 수 없게 되어, 염소 다리 괴물의 위협에도 불구하고 더 이상 결혼을 승낙할 수 없다. 화자는 독자에게 이야기의 결말을 들려준다. "두 젊은 도자기 연인들은 헤어지지 않았어요. 그들은 할아버지 목에 박혀 있는 못에 감사하며, 산산조각 날 때까지 서로를 사랑했답니다."(p. 301)

이 동화의 결말은 다소 달콤씁쓸하다. 중국 관리의 권력은 처음보다 많이 약화되었지만, 중국 관리가 원래 자리로 돌아간 후에야 비로소 양치기 소녀와 굴뚝 청소부의 결합은 확실한 것이 된다. 억압을 피해서 도망쳤던 연인들은 복종해야 할 곳으로 다시 도망친다. 굴뚝 청소부조차도 제자리에 가만히 있었으면 그렇게 고생할 필요가 없었을 거라고 말한다. 중국 관리가 사고를 당하는 바람에 양치기 소녀가 음흉한 염소 다리의 성적 위협으로부터 벗어날 수 있었지만, 굴뚝 청소부와 양치기 소녀는 중국 관리에게 연민을 느낀다. 다행히도 그들의 사랑은 순수한 사랑으로 남는다. 이 작품에서 인종차별적 함축은 『미운 오리 새끼』만큼 강하지 않지만, 염소 다리는 성욕의 화신인 판(Pan) 신을 연상시키는 인물로서 양치기 소녀와 굴뚝 청소부의 순진무구한 존재 양태에 어두운 위협이 되는 것은 분명하다. 양가적인 결말에서 화자는 양치기 소녀와 굴뚝 청소부를 조롱하는 것처럼 보인다. 그들의 순수함은 영원히 지속될 수 없을 테니 말이다. 가짜 조화가 진짜 부조화 위에 니스처럼 칠해진 셈이다.

III

안데르센의 동화 가운데 다수가 감상적인 설교를 늘어놓는 것이 사실이다. 그러나 안데르센의 동화가 감상적인 설교에 그치는 것은 아니다. 안데르센은 계급 투쟁이 당대 민중의 삶에 어떤 영향을 미쳤나를 놀라울 정도로 분명하게 이해하고 있었기 때문이다. 안데르센의 동화 가운데 몇몇 작품에는 부패 권력에 대한 솔직한 비판이 담겨 있기도 하다(단, 안데르센의 동화에서 권력 비판은 언제나 상류 계급에 대한 존경심과 가난에 대한 두려움에 의해 상쇄된다). 예를 들어 나머지 126편 가운데 몇몇 예외적 동화는 좀 더 반항적인 입장을 암시한다. 이러한 예외적 동화가 가장 인기 있는 30편에 들어가지 못한 것도 아마 이러한 반항적인 입장 때문일 것이다. 피지배층 담론은 부르주아 권력을 준거로 삼고 있고, 부르주아 권력을 거부하려 하지도 않지만, 그럼에도 피지배층 담론은 동질적이거나 일의적인 담론이 아니다. 1853년에 안데르센은 많은 동화에서 좌절된 반항을 성찰했다. 유럽의 혁명기인 1848~1850년 직후의 일이었다. 이러한 동화는 안데르센이 부르주아 계급과 귀족 계급에 스스로를 종속시키면서 갈등을 겪었던 모습을 좀 더 분명하게 보여주기 때문에 다룰 만한 가치가 있다.

『모든 것이 제자리에 *Everything in its Right Place*』(1853)에서 오만한 귀족 지주는 재미삼아 거위치기 소녀를 다리에서 밀어 물속에 빠뜨린다. 그때 지나가던 봇짐장수가 이 광경을 보고 소녀를 구해준다. 그리고는 '모든 것이 제자리에'라고 외치면서 지주를 저주한다. 예상대로 귀족은 그때부터 6년 동안 음주와 도박에 빠져 재산을 탕진한다. 새로운 지주는 바로 그때 그 봇짐장수이다. 예상대로 봇짐장수는 거위치기 소녀를 신부로 맞아들이고 성경의 말씀대로 살아간다. 봇짐장수와 거위치기 소녀의 집안은 '모든 것은 제자리에'라는 가훈 아래 그때부터 100년 동안 부흥한다. 바로 이때 새로운 인물이 등장한다. 봇짐장수와 거위치기 소녀의 집안은 부를 쌓아 귀족이 되었는데, 교구 목사의 아들이 별볼일없는 이 집 딸의 가정교사로 들어온다. 이상주의자인 이 가정교사는 귀족 계급과 부르주아 계급의 차이를 논하면서 점잖은 남작부인을 경악시킨다.

귀족의 것은 모두 어리석고 사악하다—이런 말이 요사이 유행이지요. 저도 잘 알고 있습니다. 시인들 중에도 이러한 유행을 따르는 사람이 많습니다. 그들의 주장에 따르면, 진정한 보화는 가난한 사람들 속에서만 빛나고, 신분이 낮을수록 보화의 빛은 더욱 환히 빛난다고 합니다. 그러나 저는 그렇게 생각하지 않습니다. 그것은 완전히 잘못된 생각입니다. 가장 차원 높은 미덕은 가장 지체 높은 계급에서만 발견될 수 있습니다. (…) 그러나 혈통이 순수하고 작위가 있다는 이유만으로 귀족입네 하며 아라비아 말처럼 날뛴다면, 그것은 타락한 귀족입니다. 귀족이 평민이 왔다 갔던 곳에 들어가서 코를 킁킁거리며 '저잣거리 냄새가 난다'고 한다면, 테스피스(Thespis)의 정의로운 풍자로 웃음거리가 되는 것이 마땅합니다.

실제로 이 집안은 타락한다. 한 기사가 저택의 정원에서 열린 음악회에서 가정교사를 조롱하려 하자, 가정교사는 버들피리를 불어 폭풍우를 일으킨다. 그때 바람을 타고 '모든 것이 제자리에!'라는 소리가 들려온다. 그리고 그와 때를 맞추어 저택은 물론 마을 전체에서 사람들이 바람에 날려가고 사회적 지위가 역전되는 일이 벌어진다. 마침내 버들피리가 찢어지고 모두가 예전의 자리로 돌아간다. 한바탕 소동이 끝난 뒤 안데르센은 다시 한번 경고한다. "결국 모든 것은 제자리로 돌아갑니다. 영원은 길어요. 영원은 이 이야기보다 훨씬 더 길답니다." 이러한 '혁명적' 어조는 안데르센에게는 예외적인 것이지만, 시대 분위기에 흠뻑 빠진 안데르센은 1850년대 초반 무렵에는 이따금씩 상류 계층에 대한 비판을 입 밖에 냈으며, 귀족계급의 헤게모니에 대해 문제를 제기했을 뿐 아니라 부르주아 계급의 헤게모니에도 문제를 제기했다.

『픽시와 잡화상 *The Pixy and the Grocer*』(1853)에서 꼬마 요정 픽시는 잡화점에 살고 있다. 픽시는 성탄절이 되면 빵에 바를 버터와 수프 한 그릇을 공짜로 얻어먹는다. 또한 가난한 학생 한 명이 잡화점의 다락방에 세 들어 살고 있다. 학생은 저녁 식사로 빵과 치즈를 먹기보다 빵만 먹고 시집을 사는 것을 좋아한다. 픽시는 학생의 다락방을 찾아가 학생에게 벌을 주려고 한다. 학생이 잡화점 주인에게 시도 읽을 줄 모르는 촌놈이라고 했기 때문이다. 그러나 다락방으로 올라간 픽시는 시의 아름다움과 마력을 발견하고, 학생의 다락방으로 이사할 마음을 먹는다. 그러나 실제로 이사를 하지는 않는다. 학생에게는 먹을 것도 별로 없고 자기에게 버터와 수프를 줄 수도 없다는 사실이 생각났기 때문이다. 그래서 픽시는 가끔 다락방에 찾아가는 것으로 만족한다. 그러던 어느날 밤, 거리에 불이 나고 잡화상의 집 쪽으로 불길이 번진다. 잡화상 부부는 황금과 차용증서들을 움켜쥐고 집에서 뛰쳐나온다. 학생은 태연하고, 픽시는 집에서 가장 소중한 물건인 시집을 밖으로 옮긴다. "그제서야 픽시는 자기 마음이 무엇을 원하고 있으며 가장 지키고 싶은 것이 무엇인지 알았습니다! 그러나 길 건너편 집에서 불길이 잡힌 후 픽시는 생각을 바꾸었습니다. '잡화상과 함께 살다가 학생과 함께 살다가 해야겠다. 잡화상을 완전히 떠날 수는 없으니까. 잡화상과 함께 살아야 수프를 먹을 수 있지.'" 이어 피지배층 화자는 다음과 같은 결론을 내린다. "그것은 아주 인간적인 결정이었습니다. 따지고 보면 우리도 역시 수프 한 그릇을 먹기 위해 잡화상을 선택합니다."

『모든 것이 제자리에』에 비해 『픽시와 잡화상』은 지배 관계에 대해 훨씬 더 모호한 태도를 보인다. 『모든 것이 제자리에』가 열린 결말로 끝나면서 혁명이 일어날 가능성의 여지를 남긴다면, 『픽시와 잡화상』에서 안데르센은 격변이 임박한 시대(화재는 곧 혁명을 의미한다)에 처해 있는 자기 자신과 자기 자신의 모순에 대해서 좀 더 많은 말을 하고 있다. 픽시(안데르센)는 선택의 기로에 섰을 때는 시와 하층 계급, 이상주의 쪽으로 기울지만, 불길이 잦아들자 언제나 그랬듯 타협을 택한다. 어딜 가야 빵에 바를 버터와 권력을 얻을 수 있는지를 알고 있기 때문이다. 내러티브 담론은 아이러니하며 자아비판의 기미도 있지만, 결국은 자기합리화로 끝난다. 모든 사람이 먹을 것을 주는 지배 권력의 편을 드는데, 픽시라고 그러지 말란 법이 있는가? 픽시가 뭐길래 용감하고 남달라야 하는가? 학생에 대한 언급은 더 이상 나오지 않고, 타협하지 않는 사람들이 있다는 말도 없다. 『픽시와 잡화상』의 암시에 따르면 굴종은 지극히 인간적인 태도이고 충분히 이해할 수 있는 태도이다. 자의적인 지배 관계에 굴복하는 것이 인간적인만큼, 불평등과 부당함에 반발하는 것도 인간적이라는 암시는 거의 나오지 않는다.

1853년에 씌어진 동화들을 보면 알 수 있듯이 안데르센은 급진적 변화의 가능성을 모른 것이 아니었고, 부르주아와 귀족이 헤게모니를 장악한 상황에 문제를 제기했다. 안데르센의 동화 가운데 가장 탁월한 작품으로 꼽히는 『정원사와 그의 주인 *The Gardener and His Master*』은 안데르센이 세상을 떠나기 직전인 1871년에 씌어진 작품으로, 노예 상태와 지배 관계, 재능에 관한 작가의 견해가 놀라울 정도로 간결하고 모순적인 방식으로 요약되어 있다. 플롯은 단순하고 낯익다. 오만한 귀족을 위해서 일하는 재능이 뛰어난 겸손한 정원사가 있다. 정원사가 하는 일은 코펜하겐 외곽에 위치한 귀족의 영지를 돌보는 것이다. 그러나 주인은 정원사의 충고를 듣는 법도 없고, 정원사의 실력을 인정하는 법도 없다. 주인인 귀족 부부는 자기 집의 과일과 꽃보다 다른 집의 정원사가 가꾸는 과일과 꽃이 더 낫다고 생각한다. 그러나 왕실은 이 집 정원사의 실력이 최고라고 생각한다. 주인 부부는 자기 집 정원사가 칭찬을 받을 때마다 화가 난다. 주인 부부로서는 정원사가 너무 잘난 척하지 않기를 바랄 뿐이다. 동화 속의 화자로 등장하는 안데르센은 다음과 같이 논평했다. "정원사는 잘난 척하지 않았습니다. 그러나 명예를 얻는 것은 좋은 자극이었습니다. 그는 전국 최고의 정원사 가운데 하나가 되기를 원했습니다. 해마다 채소와 과일을 개량하기 위해 노력했고, 성공을 거둘 때도 많았습니다. 그러나 정원사의 성공이 언제나 인정을 받은 것은 아니었습니다. 주인은 그에게 이렇게 말하곤 했습니다. '배와 사과는 나쁘지는 않지만 작년만 못하군. 멜론은 좋지만, 지난번에 키웠던 최고에 못 미쳐.'"

정원사는 계속해서 자신의 실력을 증명해보여야 했다. 정원사가 거둔 가장 큰 성공은 정원의 한쪽 구석에 '덴마크를 대표하는 숲 속과 들판의 모든 평범한 식물들'을 심은 것이었다. 정원사의 헌신적인 보살핌 덕분에 식물들은 잘 자라났다. 결국은 저택의 주인도 정원사를 자랑스러워하지 않을 수 없었다. 온 세상이 정원사의 성공에 환호했기 때문이다. "그러나 주인 부부가 정원사를 진심으로 자랑스러워했던 것은 아니었습니다. 주인 부부는 자기들이 주인이고 따라서 원하면 언제든 라르센(Larsen)을 해고할 수 있다고 생각했습니다. 주인 부부는 점잖은 사람들이었기 때문에 라르센을 해고하지는 않았습니다. 세상에는 주인 부부 같은 사람이 많이 있습니다. 라르센 같은 사람으로서는 다행한 일이었습니다."

바꾸어 말하면, 안데르센 자신에게 다행한 일이었다. 최소한 안데르센은 말년에 자신의 작가 인생을 아이러니한 시선으로 돌아보면서 그렇게 말했다. 그러나 『정원사와 그의 주인』에는 애처로울 정도로 서글픈 점이 담겨 있다. 안데르센이 이 작품을 인생의 말년에 썼고, 자기가 덴마크에서 제대로 인정받지 못하고 있다고 생각했다는 사실을 감안하면 더욱 그러하다. 정원사 라르센은 분명히 이야기를 들려주는 안데르센이고, 식물이 만발한 정원은 안데르센이 평생 동안 가꾸고 개량했던 동화집이다. 정원 주인은 일단 안데르센의 후견인들이고, 콜린가의 사람들을 비롯한 덴마크의 상층계급 독자들과 연결될 수도 있다. 여기서 우리가 기억해야 할 것은 콜린가의 사람들은 끝내 안데르센을 시인(Digter)으로 인정할 수 없었고, 그저 괜찮은 대중작가로 생각했을 뿐이라는 점이다. 안데르센은 허영심이 엄청나게 강했기 때문에 비판에 극도로 예민했다. 안데르센이 화를 내며 계속 불만을 토로한 내용은 바로 다른 유럽 국가들에서는 자신의 천재성을 인정해 주는데 덴마크에서는 자신의 진가를 인정하지 않는다는 점이었다. 안데르센이 스스로를 대단히 충직한 하인으로 여기고 있었다는 사실에도 불구하고 덴마크에서는 안데르센의 진가를 인정하지 않았다. 이것이 사실이든 안데르센의 상상이든 간에 『정원사와 그의 주인』에는 이러한 상황이 상징적으로 그려져 있다. 정원사가 키우는 **평범한 식물들**은 안데르센이 차용하고 풍요롭게 만들었던 민속적 모티프에 해당한다(민속적 모티프가 안데르센 동화의 토양에서 미학적 형태로 피어났다). 안데르센이 자랑하는 것처럼 덴마크는 정원사 안데르센 덕분에 명성을 얻었다. 안데르센의 정원을 찍은 사진이 전 세계에 퍼졌기 때문이다. 그러나 정원사의 노동은 예속 상황과 후원 체제의 한계를 벗어나지 못한다. 또한 피지배층 화자의 화법은 아이러니를 포함하고 있음에도 불구하고 결국은 주인이 라르센을 다루는 방식을 정당화한다(주인 부부는 '점잖은' 사람들이다). 그러나 우리는 다음과 같은 의구심을 갖지 않을 수 없다(이러한 의구심은 담론의 긴장에서 비롯된다)—정원사가 뛰어난 재능을 가지고 있다면, 왜 주인에게 반기를 들지 않는 걸까? 왜 주인집 일을 그만두지 않는 걸까? 왜 정원사는 그런 모욕과 예속의 상태를 참아내는 걸까? 왜 그는 떠나지 않는 걸까?

안데르센은 이러한 질문을 앞에 놓고 생각에 잠길 때가 많았고, 많은 작품 속에서 이러한 질문을 형상화했다. 그러나 안데르센이 대안이나 저항을 암시하는 경우는 거의 없었다. 안데르센은 안전을 이상주의보다 중요하게 생각했고, 도덕적 분노 대신 도덕적 타협을 선택했으며, 집단 투쟁과 단결된 목표 대신 개인의 안락과 성공을 선택했다. 안데르센의 목표는 독재정치에 저항함으로써 권력을 동원하는 착취를 종식시키는 것이 아니라, 피지배자들을 굴복시키는 권력 체제와 자신을 동일시하는 것이었다. 여기서 내가 안데르센의 이데올로기적 관점에 내포된 문제점을 나열하는 이유는 안데르센이 빈곤과 투쟁의 비참함과 불이익을 감수하는 법을 배웠어야 한다고 주장하기 위해서가 아니다. 안데르센의 이데올로기적 문제점을 이해해야 하는 이유는, 이것이 안데르센 동화의 역사적 수용을 설명하는 중요한 단서이기 때문이다. 안데르센 내러티브는 행복한 결말과 불행한 결말을 막론하고 절대 권력, 즉 신적이고 조화로운 권력이 존재한다는 점과 에고의 통일성은 이런 권력 아래에서 가능하다는 점을 암시한다. 그러나 작가가 작품 속에 이러한 존재를 투영한 이유는 작가 자신이 좌절하고 상처받은 존재였고, 따라서 조화와 자율이 결핍된 인생을 보충해야 했기 때문이다. 안데르센의 생애는 예속 상태에 토대를 두고 있었고, 안데르센의 동화는 허위의식을 정당화하려는 노력, 곧 자신이 동의한 사회 질서를 정당화하려는 문학적 실천이었다.

이런 피지배층 작가의 담론은 독백일 수도 있고, 자신과 같은 이데올로기를 갖고 있는 독자와의 대화일 수도 있지만, 아무튼 이런 피지배층 작가는 결코 자신과 화해할 수 없다. 피지배층 예술가는 이러한 불안정과 불만족을 통해서 자기가 말하고 싶었던 실질적인 내용을 작품 속에 불어넣게 된다. 아이러니하게도 안데르센의 동화가 안데르센 자신과 독자에게 발휘하는 영향력으로서의 힘은 안데르센이 우러러보았던 권력으로서의 힘과는 거의 아무 상관이 없다. 안데르센의 동화의 힘은 보이지 않는 간극, 곧 타협이 강제될 때 느껴지는 뭔가 잘못된 느낌에서 비롯된다. 그도 그럴 것이 안데르센은 행복을 예속에 순응하는 상태로 그렸으며, 그것은 아무리 재능이 뛰어난 사람의 경우에도 예외가 아니었다. 결론을 맺자면, 안데르센은 비굴한 인물이었지만, 그럼에도 불구하고 안데르센의 천재성은 자신이 우러러보았던 모든 것을 동시에 혐오하지 않을 수 없었다는 데 있다.

6장

희망이 세상을 바꾼다: 조지 맥도널드, 오스카 와일드, 프랭크 봄의 동화들

미래는 가능성의 형태만을 취한다. 미래의 가능성 가운데 어떤 것을 택해야 하는가를 말해주는 것은 당위('반드시')이다.
미래에 대한 지식을 얻고자 할 때 — 순수하게 형식적인 방식으로 체계화되고 합리화된 지식을 제외하면 — 미래는 통과할 수 없는 매질이나 단단한 벽처럼 보인다. 벽의 반대편을 보려는 노력이 좌절될 때 비로소 우리는 굳건한 의지를 가지고 우리가 나아갈 길을 선택해야 한다는 것을 깨닫게 되며, 이와 함께 우리를 앞으로 나아가게 해주는 당위(유토피아)의 필요성을 깨닫게 된다.
미래에 걸려 있는 이익과 의무가 어떠한 것인가를 깨달을 때 비로소 우리는 현재의 상황이 간직하고 있는 가능성을 모색할 수 있는 위치에 서게 되며, 이를 통해 역사에 대한 최초의 통찰을 얻을 수 있는 위치에 서게 된다.

카를 만하임(Karl Mannheim)
「이데올로기와 유토피아 *Ideology and Utopia*」(1939)

I

동화를 사회화의 도구로 보는 담론은 19세기 후반이 되면서 예상치 못했던 반론에 부딪혔다. 물론 페로와 그림 형제, 안데르센의 인기가 계속되었고, 벤저민 타바트(Benjamin Tabart), 펠릭스 서멀리(Felix Summerly), 구스타프 홀팅(Gustav Holting), 루트비히 베히슈타인(Ludwig Bechstein) 등의 고전 동화 작가들을 모방하는 작가들이 등장했고, 그밖에 무수한 작가들이 이에 가세했던 것이 사실이다. 이러한 고전 계열의 작가들은 상징 구도와 인물 배치, 플롯을 동원해 예법(civilité)의 정당화를 시도했다. 그러나 앵글로색슨 지역인 대영제국과 미합중국을 중심으로 새로운 조류가 나타나기 시작했다. 아이를 기르는 전통적인 방식과 함께 아이들을 선량하고 책임 있는 시민으로 만드는 합리화된 훈육과 처벌의 수단이 날카로운 비판에 직면했으며, 새로운 경향의 동화들은 이러한 비판을 반영하는 것이었다.

문학비평가 중에는 19세기 전반기 아동 동화가 철저하게 전위적이었다는 입장을 취하는 사람이 적지 않다. 이들의 주장에 따르면, 당시 사람들 사이에서는 아동 동화가 재미에 치우쳐 있고, 어린 영혼이 읽기에 유익하지도 않으며, 경건함도 없다는 생각이 팽배해 있었다. 그러나 이렇게 주장하는 평자들은 그 무렵에 나왔던 각종 동화 인쇄물의 엄청난 인기와 함께 페로와 그림 형제, 안데르센이 영국과 미국과 유럽에서 누렸던 인기를 그냥 지나치는 경향이 있다. 또한, 이러한 평자들은 고전 동화의 기본 담론이 부르주아 계급이 표방하는 문명화라는 목표에 배치되지 않는다는 사실을 잊고 있다. 그러나 어쨌든 19세기 중반 이후에 비해 19세기 전반의 동화 출판에 수많은 제약이 따랐고, 동화의 선별 기준과 검열 수위가 엄격했던 것은 사실이다. 바꾸어 말하면 19세기 전반기의 동화 담론을 좌우했던 사회정치적 조류들은 그 무렵 공공 영역에서 부르주아 지배를 강화하는 데 이바지했던 사회정치적 조류들과 동일한 것이었다.[1)]

아동 도서 출판계의 문학적 보수주의는 1860년대 또는 그전부터 혁신적 동화의 새로운 물결과 맞닥뜨렸다. 브라이언 앨더슨(Brian Alderson)의 논문 「책자, 인과응보, 요정 *Tracts, rewards and fairies*」에서 이에 대한 자세한 설명을 볼 수 있다.[2)] 앨더슨에 따르면 동화 담론의 획기적인 전기를 마련하는 텍스트로 존 러스킨(John Ruskin)의 『황금강의 왕 *King of the Golden River*』(1851)과 러스킨의 서문이 함께 실린 그림 형제의 『독일 민중설화 *German Popular Stories*』(1868)의 재판, 윌리엄 앨링엄(William Allingham)의 『요정의 나라 *In Fairy Land*』(1870)를 들 수 있다. 조너선 코트(Jonathan Cott)의 훌륭한 선집 『거울 너머 *Beyond the Looking Glass*』에는 실제로 '풍요로운 생산성'을 보여주는 동화들이 들어 있다.[3)] 코트는 판타지와 동화에 속하는 탁월한 작품들을 논하면서 특히 영국의 작품들에 주목했다.

> 아동 동화의 창작은 문학 활동으로 인정받고 있었다. 새커리(Thackeray)와 러스킨, 디킨스(Dickens),크리스티나 로제티(Christina Rossetti)도 아동 동화를 창작했다. 빅토리아 시대에 아동물을 창작했던 작가들은 일반적으로 '성인' 문학 작가들에 비해 '윤리미학' (moral aesthetics)—테니슨(Tennyson)과 러스킨, 아널드(Arnold), 뷰캐넌(Buchanan), 페이터(Pater) 등이 참여했던 논의—에 대한 관심이 덜했다. 어떤 의미에서 빅토리아 시대의 아동물 작가들은 '문학의 목적'을 둘러싼 해묵은 논

쟁(가르침 대 즐거움)을 초월해 있었으며, 이와 함께 아동 문학이 무엇인가(도덕 논문 대 옛날이야기) 라는 논쟁도 초월해 있었다. (…) 그 무렵의 아동 문학은 거의 대부분 도덕적·종교적 기반을 가지고 있었다. 그러나 바로 이런 윤리성과 상상력 사이의 갈등(크리스티나 로제티의 『요괴시장 *Goblin Market*』에서는 윤리성과 에로티시즘 사이의 갈등)을 통해서 당대의 가장 위대한 작품 중 일부가 탄생했다.[4)]

동화 담론에 근본적인 변화가 정확히 언제 어디서 생겨난 것인지, 이러한 변화를 주동한 인물이 정확히 누구였는지, 영국에서 이러한 변화가 처음 일어난 이유가 정확히 무엇이었는지를 꼭 집어서 말하기는 곤란하다. 짐작컨대 강력한 프롤레타리아 계급의 성장과 산업화, 도시화, 교육 개혁, 복음주의, 빈곤과 착취를 야기하는 권력에 대한 저항과 투쟁이 나아가 사회적·문화적 격변으로 이어졌고, 이러한 격심한 변화는 디킨스와 러스킨, 새커리, 루이스 캐럴(Lewis Carroll), 찰스 킹즐리(Charles Kingsley), 앤드루 랭(Andrew Lang), 윌리엄 모리스(William Morris), 라파엘 전파(前派) 등 무수한 유명 작가들에게 영향을 미쳤던 것으로 보인다. 그러나 동화 작가 가운데 진정한 '고전' 작가들, 곧 당대에 명성을 얻었을 뿐 아니라 지금까지 가치를 인정받는 작가들은 조지 맥도널드와 오스카 와일드, 프랭크 봄이다. 단, 프랭크 봄은 영국의 동향을 미국에서 받아들인 작가이다. 이들은 동화를 급진적 거울(사회에서 통용되는 관습과 관행, 규범에 관한 일반적인 담론에서 잘못된 것들을 반영하는 거울)로 사용하는 작가였고, 이들이 잘못된 관습을 논하는 방법은 동화 장르 특유의 문명화 담론을 변경하는 것이었다.

동화는 더 이상 거울에 비유될 수 없었다. 동화는 더 이상 백설같이 하얗고 순수해보이는 아름다움과 미덕으로 치장하는 부르주아 화장술의 척도를 반영하는 벽걸이 거울이 아니었다. 19세기 말이 되면서 동화와 거울은 급진적 파편들로 산산이 부서졌다. 아이들을 위한 동화만 그런 것이 아니었다. 어른들을 위한 소설도 마찬가지였다. 동화와 소설은 사회적 폭발력을 함축하는 내용이 점점 많아졌고, 치밀한 기교도 점점 늘어갔다. 동화의 본질을 논하면서 미셸 뷔토르(Michel Butor)는 요정 나라를 '뒤집힌 세계' 나 이상적인 세계, 화석화된 현실에 대한 비판이 될 수 있는 세계에 비유한 바 있다. 뷔토르는, "요정 나라는 화석화된 현실과 나란히 존재하는 것이 아니라, 현실에 대한 반작용의 형태로 존재한다. 곧, 요정 나라는 우리가 현실을 바꿔야 한다는 것, 어질러진 것들을 제자리로 되돌려야 한다는 것을 말해준다"[5]고 설명했다. 한편으로 보면 이런 말은 지극히 개괄적이고 순진한 말이다. 우리가 잘 알고 있듯이 페로와 그림 형제와 안데르센의 동화 문학은 현실적인 사회적 조건을 비판하는 듯하지만, 이들의 실제적인 의도는 모든 계급 아이들로 하여금 품행에 신경쓰게 만들고 현 상태를 유지하는 것이며, 이것은 결국 지배 담론을 좌우하는 세력에게 유리하게 작용하기 때문이다. 그러나 다른 한편으로 보면 뷔토르는 동화 장르의 전복적 잠재력을 통찰한다. 다시 말해 뷔토르는 동화 가운데 일부가 부르주아의 공공 영역 속에 갇혀 있는 고전 동화 전통의 규범적 구조와 체제 수호의 담론을 깨뜨릴 수 있다는 사실을 감지한다. '전복적 역량' 은 작품마다 차이가 있지만, 특히 실험적인 아동 동화는 전복적 잠재력이 있다.

판타지를 설명하는 연구서에서 로즈메리 잭슨(Rosemary Jackson)은 판타지를 전복의 문학으로 간주한다.

> 판타지 텍스트는 작품이 처해 있는 특정한 역사적 배경과 이데올로기적·정치적·경제적 결정 요인에 따라 각각 다른 기능을 수행한다. 그 가운데 가장 전복적인 판타지

는 상상계와 상징계의 관계 방식의 변형을 시도하는 판타지다. 이러한 판타지는 급진적 문화 변형의 가능성을 구축하려 하는데, 이를 위해 판타지가 동원하는 방법은 상상계와 상징계의 관계를 유동적인 것으로 바꾸는 것, 곧 주체의 형성 과정을 급격하게 뒤집거나 거부함으로써 상징계를 소멸시킬 수 있음을 직접적으로 진술하거나 간접적으로 투영하는 것이다.[6)]

잭슨이 동화의 전복적 역량을 아무런 유보 조항도 없이 인정하는 것은 아니다. 잭슨에 따르면 동화는 경이문학(literature of the marvellous)에 속하며, 따라서 독자의 참여를 방해하는 경향이 있기 때문이다. 다시 말해 동화는 '현실' 세계의 가치를 위반하는 것이 아니라, 그러한 가치에 사후적이고 우의적으로 의문을 제기할 뿐이다. 바꾸어 말해서 동화가 이상적 상황을 제시함으로써 또 다른 세계들과 새로운 대안들을 개념화하는 것은 현실을 문제 삼는 것이 아니며, 문화적 질서가 없는 공간이나 문화적 질서 바깥의 공간을 개방하는 것이 아니다. 동화의 은유는 지나치게 통일적이기 때문에 현실과 관련되기 어렵다.[7)]

잭슨은 동화와 판타지를 구분했는데, 이 같은 구분은 유용했지만 문제점도 없지 않았다. 잭슨은 동화의 고정적 모델에 매달려 동화 장르의 급진적 변형을 그냥 지나쳤으며, 그로 인해 동화와 판타스틱 사이의 밀접한 관계를 소홀히 다루었다. 예를 들어 잭슨의 주장에 따르면, 판타스틱이 19세기에 양식화된 미메시스에 대립하는 자립적 장르로 자리잡는 경향을 보인 것이 우연은 아니었다. "판타스틱은 미메시스의 획일적 비전을 전복하며, 작품 속에 혼돈과 대안을 들여온다. 19세기의 혼돈과 대안은 리얼리즘 소설로 지탱되던 부르주아 이데올로기와의 대립을 뜻했다."[8)] 19세기에 이런 식의 전복은 동화 담론 안에서도 작동하고 있었으며, 이는 어른들과 아이들을 동시에 겨냥하는 것이었다. 그리고 여기에 중요한 도약을 이루어놓은 것은 독일 낭만주의 작가들이었다. 이들은 낯익은 토포스(topos)와 모티프를 신비한 상징적 풍경으로 변형함으로써 독자의 기대를 무너뜨렸으며, 이를 통해 독자들은 과거의 보수적 동화에서 보았던 안전한 세계와 자기를 둘러싼 '현실' 세계에 문제를 제기하고 싶다는 욕구를 느끼게 되었다. 잭슨이 지적하는 내용처럼 대부분의 동화에서 재현(re-presentation)되는 세계는 '회피해야 할 가능성 또는 선택해야 할 가능성의 구체적 표현'이다. 실험 동화도 예외가 아니다.[9] 그러나 동화가 상상적 투영이라는 사실로 인해 작가의 상징 작용과 작품 구성의 전복적 잠재력이 약화되는 것은 아니다. 전복은 정도의 문제이며, 독자의 기대에 얼마나 도전하는가의 문제이다. 작가들은 주체(독자)가 사회에 의해 주어진 제한적 선택지에 맞서 스스로를 정의할 무한한 텍스트적 가능성을 보여줌으로써 전통적인 사회화를 열어젖히고 전복하려는 열망을 안고 있으며, 어린 독자들에게 동화 담론의 역사적 변환는 이러한 어른 작가들의 열망과 관련될 수밖에 없다.

역사적으로 볼 때 최초의 '전복' 운동이 시작된 시기는 아이러니하게도 동화 문학이 19세기 유럽과 미국의 깔끔한 아이들 방과 학교와 도서관에 당당하게 입장하기 시작하던 바로 그때, 출판업자들이 이윤을 얻기 위해 어린이를 대상으로 한 대규모 소비자 시장에서 동화책을 판촉하기 시작하던 바로 그때였다. 많은 동화 작가들이 시장과 출판업자에 영합했지만, 그렇지 않은 비판적인 작가들도 있었다. 비판적인 작가들이 인식하고 있었듯이 설화가 가지고 있었던 유토피아적 핵심—변화를 향한 갈망과 보다 나은 생활 조건에 대한 소망—은 고전 동화 문학의 형태로 전유 내지 순화되었고, 결국 거짓 희망을 낳는 원인으로 전락했다. 모두에게 익숙하게 알려져 있었던 페로와 그림 형제와 안데르센의 동화들은 동화 담론의 전형적 테마에 엄격한 제약을 가했으며, 맥도널드와 와일드, 봄 등 이러한 제약을 깨려는 작가들은 점점 많아졌다. 물론 비판적인 작가들은 주류가 아니었고, 이들이 주류 동화 내레이션의 문학적 관습을 완전히 깨뜨린 것도 아니었다. 그러나 이들이 페로와 그림 형제와 안데르센의 현실 세계와 고전 도식을 뒤집고 전복한 것만은 사실이다. 이들이 동화의 문명화 담론을 확장한 것은 대안적 세계와 대안적 생활 양식을 구상하기 위해서였다. 이렇듯 이들은 전통 양식과 결별하면서 좀 더 실험적인 20세기 아동 동화로 나아가는 길을 준비했다. 무수한 작가들이 동화 담론 내부에서 이른바 '전복의 예술' 에 몰두하기 시작했다.

개혁가가 고전의 반열에 오르는 것은 흔한 일이며, 그것은 급진적인 개혁가의 경우에도 마찬가지다. 고전 도식을 전복한 맥도널드와 와일드, 봄도 고전 동화 작가들로 명성을 떨치게 되었다. 그러나 이들의 '고전주의' 는 페로와 그림 형제와 안데르센의 고전주의와는 질적으로 다르며, 동화 장르의 발전에 대해 이들이 독특하게 이바지한 내용을 정확하게 밝히는 일은 대단히 중요하다. 이들은 동화의 문명화 담론의 전환점을 대표하는 작가이자 현재와 미래의 개혁가들에게 본보기가 되는 작가이기 때문이다. 맥도널드와 와일드와 봄은 전형적인 섹슈얼리티 개념과 성역할 개념을 받아들이기를 거부했으며, 이들 모두 아이들의 상상력을 제약하는 것들에 문제를 제기했다. 또한 이들의 동화는 억압받는 하층 계급의 관점을 취한다. 안데르센이 주인공에게 타협을 제안했다면, 맥도널드와 와일드, 봄은 주인공의 불만을 토대로 타협에 저항했다. 이들은 권위주의적 통치의 자의성과 통치자의 이윤 동기에 문제를 제기함으로써 사회 관계의 변경과 재편의 필요성을 표명했다. 그리고 나아가 정부를 상대로 '폭력적 타도' 를 외치지 않았다는 의미에서 혁명적 작가들은 아니지만, 지배 관계와 지배 담론에 대해 강도 높은 불만을 품었으며, 동화에서 희망을 가지고 세계를 역전시키고 전복시켰다.

아동 동화 문학의 역사의 맥락에서 이들의 주요 작품을 검토한다면, 이들이 문명화 담론의 변형 과정에 의식적으로 개입하고 있었다는 사실이 분명해질 것이다. 이들은 동화 창작이라는 사회적 상징 작용을 통해 문명화 과정에 변형을 가했다. 이들은 전통적인 동화 담론이 아이들에게 분명한 해악을 미치고 있다고 생각했으며, 아이들을 위해 그러한 해악을 바로잡는 일에서 저마다 독특한 방식으로 역사적인 기여를 했다.

II

조지 맥도널드의 생애는 사회적으로는 보수주의, 종교적으로는 정통주의, 경제적으로는 자본주의에 저항하는 투쟁으로 점철되어 있다.[10] 그가 사는 동안 그가 바랐던 사회적·종교적 변화는 성취되지 않았지만, 그는 결코 개혁을 향한 희망과 열정을 버리지 않았다. 문명화의 야만성에 반격을 가하기 위해서는 사회가 인간에게 미치는 사악한 영향에 맞서서 인간 속에서 신의 특징을 끌어내고 완성해야 한다는 것이었다.

스코틀랜드 시골 마을의 커다란 농장에서 어린 시절을 보낸 맥도널드는 부지런히 일하는 것이 성공으로 가는 길이라고 생각했다. 그는 10대 소년 시절에 마을에서 금주회를 조직하고 의장직을 수행했다. 바른 생활에 온몸을 바치는 그에게는 성공의 열매가 열릴 것 같았다. 그는 1840년에 애버딘 대학교(University of Aberdeen) 과학 부문의 장학생이 되었다. 그러나 도시 생활을 처음으로 장기간 접하면서 그는 파멸하기 일보 직전까지 갔다. 공부보다는 술과 여자에 빠졌고, 1842년에는 얼마 동안 대학에 다닐 수 없을 정도가 되었다. 되돌아보면 이 시기는 그의 일생의 전환점 중 하나였다. 그는 몇 달 동안 대저택을 소유한 한 귀족의 서재에서 사서로 일하면서 처음으로 독일 낭만주의와 고전 영시, 중세의 기사담 등을 접하게 되었다. 또한 그는 저택에 사는 딸을 사랑하게 되었는데, 사회적 신분이 낮다는 이유로 퇴짜를 맞았다. 그가 다시 대학을 다닐 수 있게 되었을 때, 그는 부유한 귀족에 대한 증오심과 문학, 특히 낭만주의를 향한 열정을 간직한 청년으로 바뀌어 있었다.

그는 화학과 물리학에서 학위를 받은 뒤 3년 동안 런던에서 가정교사로 일했는데, 그동안 엄청난 자성의 시간을 보내면서 성직자가 되기로 결심했다. 그는 1748년에 런던에 자리잡고 있는 조합파 신학교(Congregational Divinity School) 하이베리 칼리지(Highbury College)에 등록했고, 같은 해에 루이자 파월(Louisa Powell)과의 약혼을 발표했다. 1852년에 맥도널드와 결혼한 파월은 그가 세상을 떠날 때까지 그의 아내이자 반려자였으며, 그의 문학 작품에 등장하는 훌륭한 여자 주인공 가운데 다수의 모델이었던 것으로 보인다. 맥도널드는 1850년에 신학교를 졸업하고 서식스에서 목사 생활을 준비할 즈음에 결핵으로 쓰러졌다. 결핵은 그의 집안 내력이었다. 그의 아버지도 결핵 때문에 세상을 떠났고, 그의 자식들 중에도 결핵으로 사망한 아이들이 있었다. 이때 이후 그는 평생 동안 육체적인 불편을 겪었고, 습진 같은 기타 질병에 시달렸다. 이러한 투병 생활을 통해서 그의 종교적 신심과 도덕적 품성은 더욱 굳어졌다. 그는 결핵을 치료하는 기간 동안 장편 극시를 지었는데, 이 작품은 그의 불복종주의 성향과 신비주의 성향이 표현된 최초의 작품이다. 또한 그는 설교문을 비롯한 자신의 글 속에 신과 자연, 에피파니, 인간의 완성 등에 대한 자신의 독특한 시각을 집어넣는 데도 주저함이 없었다. 그는 1851년에 『노발리스의 영혼의 노래 열두 편 *Twelve Spiritual Songs of Novalis*』의 번역서를 출판했으며, 설교 중에 자신의 이단적 구원관을 표명하기 시작했다. 신도들은 솔직하고 열정적인 그의 설교를 좋아하지 않았다. 그는 1853년에 신도들의 압력으로 목사직을 사임하고 작가로서 새로운 인생을 시작했다. 그러나 맥도널드 개인의 종교적 사명은 변하지 않았다. 그는 여러 가지 형식의 글을 썼는데, 언제나 자신의 사회적·종교적 확신을 좀 더 많은 사람에게 알리는 데 정력을 쏟았다. 실제로 그는 40권 이상의 산문과 시를 썼으며, 당대에 가장 성공적인 소설가이자 가장 인기 있는 강연자 가운데 하나였다. 디킨스와 마찬가지로 그는 영국 산업화 시대의 열악한 물질적 상황과 부당한 사회 관계를 폭로하고 싶어 했다. 대영제국을 건설한다는 것은 평민들의 고혈을 짜내는 것을 의미했다. 그는 개혁을 요구했다. 그러나 그는 결코 사회와 정부의 위계 구조를 급진적으로 변혁해야 한다고 외치지 않았다. 농촌에서 성장했기 때문인지 그의 정치관은 인간의 타고난 권리와 개인의 자율성을 보호하는 형태를 띠는 경향이 있었다. 이러한 정치관에 따르면, 개인의 책임은 좋은 정부의 윤리적·도덕적 자질을 창조하는 것이었다. 리처드 H. 리스(Richard H. Ries)는 이렇게 말했다.

> 맥도널드가 노동 계급의 문제에 무감각했다는 뜻은 아니다. 그는 거대한 집단으로 존재하는 산업 프롤레타리아를 인식하지 못했지만, 각각의 장인—구두장이, 대장장이, 목수, 석공—이 영국 사회의 경제 체제를 이루는 뼈대임을 확신하고 있었다. 그가 지나간 시절을 동경하는 러스킨와 윌리엄 모리스의 사회이론에 영향을 받은 것은 분명해보인다(러스킨과 모리스가 동경하는 시절은 숙련공의 존엄성이 지켜지던

시절로, 대량 생산과 임금 노역이 숙련공을 밀어내기 전이었다). 이는 유토피아에 대한 맥도널드의 산발적인 언급들이 중세 봉건주의 노선을 따르는 것을 보면 알 수 있다.[11]

흥미롭게도 맥도널드의 사회적·정치적 시각은 일반적으로 아동 동화보다는 리얼리즘 소설에서 좀 더 관습적인 형태를 띠었다. 다시 말해 맥도널드는 판타지 양식에 힘입어 개인적·사회적 문제들을 좀 더 자유롭게 탐색할 수 있었고, 이를 통해 급진주의와 개혁주의로 나아갈 수 있었던 것으로 보인다. 일반적으로 인정되는 바와 같이 맥도널드가 문학에 역사적으로 이바지한 것은 판타지와 아동 문학의 영역이다. 그의 종교적 신비주의와 인간의 존엄에 대한 근본적 신념에 자양분을 제공한 것은 특히 동화였다. (사람들이 서로의 욕구와 재능을 계발할 수 있는 곳은 착취와 이윤 창출에 토대를 두지 않는 공동체뿐이다.) 맥도널드는 꿈이란 종교적 에피파니와 비슷하고, 동화의 상징은 꿈의 상징과 연결되어 있다고 믿었다. 그래서 그는 동화의 상징 구도에 사회적·종교적 가치를 부여하는 방식을 통해 수고롭게 설교하지 않으면서 자신의 메시지를 전달할 수 있었다.

1864년에서 1883년 사이에 맥도널드는 여러 가지 방법으로 자신의 시각을 아이들에게 전달했다. 먼저, 『젊은이를 위한 금언 *Good Words for the Young*』(1868~1872)이라는 잡지를 편집했다. 여기에는 그의 가장 유명한 동화 『가벼운 공주 *The Light Princess*』를 포함해 여러 편의 동화가 실렸다. 또한, 그는 『북풍 뒤에서 *At the Back of the North Wind*』(1871), 『공주와 난쟁이 *The Princess and the Goblin*』(1872) 『분신 이야기 *A Double Story*』(1874~1875)—또 다른 제목은 『길 잃은 공주 *The Lost Princess*』—그리고 『공주와 커디 *The Princess and Curdie*』(1883) 등의 장편 동화 4권을 출판했

다. 이에 더해 그는 『아델라 캐스카트 *Adela Cathcart*』(1864) 등의 소설에 동화들을 집어넣거나 『요정과의 거래 *Dealings with Fairies*』(1867)처럼 소설에 실렸던 동화들을 한꺼번에 묶어서 내거나 낱권으로 출판했다. 어떤 경우에든 맥도널드의 의도는 관습과 규범, 가치와 관련된 동화 담론에 의식적으로 개입해 기존의 동화 담론을 변형하는 것이었다. 아동의 사회화를 바라보는 맥도널드의 관점은 맥도널드 이전의 고전적 작가들과 달리 그 무렵의 영국의 문명화 과정을 구성하던 훈육과 처벌의 형태에 정면으로 배치되는 것이었다. 그의 동화의 패턴 및 구도는 제도화된 기성 육아 형식을 부정하는 경향을 드러낸다.

기독교 신비주의자였던 맥도널드는 인간의 완성을 믿었으며, 사람 하나하나가 이 세상에서 최선의 상태에 이를 수 있다고 주장했다. 맥도널드는 '신적 개인주의'(divine individualism)를 설교했을 뿐 아니라, 타인들과 삼라만상에 연민을 가져야 한다고 설교했다. 그가 지은 대부분의 동화에는 유토피아 개념이 함축되어 있다. 신은 삼라만상을 통해 신의 뜻을 전하는데, 인간이 신의 뜻을 알게 되면 바로 지금 여기에서 유토피아적 충동을 곧바로 실현할 수 있다. "자연(nature)에는 인간 속에 내재하는 가장 좋은 본성(nature)의 생성과 소멸, 성장과 변화에 대응하는 상징과 비유가 넘치도록 들어 있다."[12] 완성으로 가는 길은 정해져 있지 않다. 맥도널드의 사고방식 속에서 완성은 신과의 합일에 해당한다. 사람들은 저마다 자신의 주변 환경과 자기 자신 속에서 신적 속성을 발견해야 한다. 이러한 에피파니를 통해서 인간은 신의 뜻을 알려주는 양심에 따라 행동할 것이다. 맥도널드는 인간의 창조적 잠재력을 계발하는 것에 역점을 두면서, 백일몽과 꿈, 신비한 체험 등을 신적 정신과 합일하는 수단으로 간주한다. "모든 꿈이 거짓은 아니다. 어떤 꿈은 너무나 당연한 사실보다 진실하다. 사실이란 기껏

해야 진실의 옷에 지나지 않는다. 진실은 수만 가지 옷감을 짜내는 베틀이다. 꿈꾸는 사람은 자기가 꾸는 꿈의 진실을 깨닫는 것으로 족하다. 그러면 언젠가는 그 꿈을 실현해야 했던 모든 이유를 깨닫게 될 것이다."[13] 노발리스와 마찬가지로 맥도널드는 삶과 소설의 판타지 요소들이 신적 본질의 상형문자라고 확신했다. 진정한 인간이 된다는 것은 창조적인 예술가가 된다는 뜻이었다. 맥도널드에 따르면 진정한 인간은 스스로를 창조하는 자립적인 예술 작품이었으며, 맥도널드의 아동 동화의 목적은 어린 독자들이 자신의 창조적 재능을 깨닫도록 자극하고, 이를 통해 독자들이 저마다의 예술적 사명을 종교적 자세로 감당할 수 있게 하는 것이었다.

맥도널드의 동화를 당대에 나왔던 수많은 얌전하고 위선적인 동화들과 비교해본다면, 그가 관습적인 교수법과 엄격한 기독교 육아법을 비판하고 있었다는 사실이 분명해진다. 그는 권위주의적인 상층 계급의 규칙을 피했으며, 그의 동화는 '신'이 있는 곳을 초월적인 자리에서 아이의 마음속으로 옮겨옴으로써 아이를 대하는 태도를 전환시키고 확장시켰다. 신적인 것은 마음속에 있으며, 상상력을 통해서 이 신적인 것을 발견할 수 있다는 것이었다. 아동의 사회화를 이러한 새로운 관점으로 바라보기 위해서는 규범과 가치, 사회관계를 재편해야 했고, 판타지를 통해 영국의 사회적·종교적 척도가 강경해지는 상황을 반영해야 했다. 맥도널드의 동화가 전달하는 유토피아적 비판을 이해하기 위해서 나는 그의 좀 더 탁월한 3편의 단편 동화 『가벼운 공주』(1864) 『황금열쇠 *The Golden Key*』(1867) 『태양의 소년과 달의 소녀 *The Day Boy and the Night Girl*』(1879)와 2편의 주요 장편 내러티브인 『공주와 난쟁이』와 『공주와 커디』를 다루고자 한다. 각각의 동화는 비슷한 패턴을 지니고 있다. 주인공이 한 명만 나오는 경우는 전혀 없고, 언제나 남녀 주인공이 함께 등장한다. 이들은 마음 깊은 곳에서 원하는 대로 행하고, 서로의 욕구와 재능을 존중하고, 서로의 소망을 나누는 법을 배운다. 사악한 세력은 이들에게서 미래의 행복을 빼앗고 이상적 공동체의 실현을 방해하려 하지만, 이들은 힘을 합해 이러한 사악한 세력을 물리친다. 맥도널드의 동화는 시·소설·수필과는 달리, 신의 이름에 의존하는 파토스와 수사를 동원하지 않는다. 각각의 동화가 지닌 이데올로기적 관점에 기독교 신비주의가 내포되어 있을 수도 있겠지만, 작가는 독특하고 기이한 동화적 상징을 사용해 이단의 분위기를 자아낸다. 요컨대 윤리적 반란군이었던 맥도널드는 관습을 가지고 장난스러운 실험을 행하고, 이를 통해 관습을 침식하면서 도덕적·사회적 행동을 위한 새로운 방향을 제시하려 한다.

역시 그의 동화인 『리틀 데이라이트 *Little Daylight*』와 마찬가지로 『가벼운 공주』는 『잠자는 숲 속의 미녀』와 『라푼첼*Rapunzel*』의 패러디이며, 이 점에서는 전통적인 민담과 동화에 대한 맥도널드의 경멸적 태도를 반영한다. 맥도널드가 인식한 것처럼 대부분의 전통적인 민담과 동화의 상징 체계는 출구가 없음을 암시하며, 이로 인해 아이들은 자기 안에도 있고 자기 밖에도 있는 신적 존재와 자신 사이의 특별한 관계를 깨닫지 못한다. 맥도널드가 자신의 동화 담론의 출발점을 그림 형제나 안데르센의 작품에서 찾지 않고 독일 낭만주의, 특히 노발리스의 매혹적인 동화에서 찾은 것은 분명하다. 노발리스의 『하인리히 폰 오프터딩겐*Heinrich von Ofterdingen*』에 들어 있는 동화 3편, 곧 유토피아적 모티프와 젊은 남녀의 종교적·성애적 관계의 발전을 보여주는 동화들은 그에게 막대한 영향을 미쳤던 것 같다. 『가벼운 공주』에서 맥도널드는 노발리스와 마찬가지로 질서 정연한 세계를 거꾸로 뒤집는 경향을 보이는데, 이를 통해 맥도널드는 관습적인 사회 질서와 사회 관계를 희화화하고 새로운 행동 양식과 가치를 창조할 가능성을 인식하고 표현할 수 있었다.

지금도 널리 애독되고 있는 『가벼운 공주』의 플롯은 모두가 알고 있는 바와 같다. 왕과 왕비는 아이가 없었다. 기다리던 아기가 태어났을 때 왕과 왕비는 왕의 누이 마켐노이트 공주(Princess Makemnoit)를 아기의 명명식에 초대하지 않는 무례를 범한다. 직업이 마녀였던 그녀는 모욕을 당했다고 생각하고 아기에게 저주를 내린다. 저주의 내용은 아기의 몸무게를 없애는 것이다. 공주는 걷고 싶을 때마다 몸이 하늘로 떠올라 둥실둥실 떠다닌다. 공주는 몸무게가 가볍기 때문에 통제가 어렵다. 17세가 되었을 때, 공주는 수영의 즐거움을 알게 되면서 중력을 느끼게 되고, 젊은 왕자를 만나게 된다. 왕자는 공주가 그토록 좋아하는 수영을 계속할 수 있다면 기꺼이 자신을 희생할 자세가 되어 있다. 공주가 수영을 계속할 수 있는 유일한 방법은 왕자를 마개로 사용해 호수의 물이 더 이상 빠지지 않게 하는 것이다(이것도 마녀의 저주다). 왕자가 자기를 위해서 죽어가고 있다는 생각이 떠오르자 공주는 왕자를 구해내려 한다. 그리고 공주가 울음을 터뜨리는 순간 저주가 풀리고 공주는 몸무게를 되찾는다.

동화의 불경스러운 어조는 전통적인 동화의 관습을 문제 삼을 뿐 아니라 귀족 계급의 생활 양식 자체를 문제 삼는다. 예를 들어 왕은 평범한 인물, 즉 '많은 다른 왕들이 그렇듯 거대한 옥좌에 앉아 있는 왜소한 왕이다.'[14] 왕실의 형이상학자들인 훔-드럼(Hum-Drum)과 코피-켁(Kopy-Keck)은 바보들이다. 전형적인 왕자마저 조롱의 대상이다.[15] 맥도널드는 독자에게 윙크를 보내며 귀족 계급의 어법과 규약의 가면을 벗긴다. 그러나 가벼운 희극에도 심각한 면이 있다. 도입 부분에서 저주가 내린 뒤에 공주와 궁정과 동화의 독자는 한 가지 문제에 직면한다. 공주의 발이 땅에 닿지 않으며, 이로 인해 왕국에 끊임없는 재난을 일어날 수 있다는 것이다. 그렇다면 어떻게 공주에게 몸무게를 돌려줄 것인가? 동화의 주요 테마는 사회 통합이다. 그러나—이것이 중요한 점이다—중력(사회적 책임감과 연민)은 추상적으로 강요하거나 가르친다고 배울 수 있는 것이 아니다. 중력은 감정과 경험을 통해서 체득되는 것이며, 해방적인 것이기도 하다. 공주는 물에 손을 대는 순간 물을 정말로 좋아하게 된다. 물에서는 자신의 움직임을 통제할 수 있고 왕자와 즐거움을 나눌 수 있기 때문이다. 또한 공주는 자신의 즐거움을 위해서 사랑하는 사람이 죽어야 할 만큼 자신의 즐거움이 가치 있는 것이 아님을 깨닫게 됨으로써 이기주의를 극복한다. 공주는 왕자—전통적인 동화의 여성상을 본떠 만들어진 희생적이고 상냥한 인물—와의 관계를 통해서 사회적 공감의 능력을 기른다. 저주가 풀린 뒤 공주가 고통을 무릅쓰고 걷는 법을 배우는 장면은 어려움을 무릅쓰고 사회적 책임을 받아들이는 과정에 해당한다.

물론, 귀족 계급의 사회 구조—권위주의를 보존하는 체제—가 그대로 남아 있다는 주장이나 공주는 '중력'과 정체성을 획득하기 위해 남자 주인공에게 의존하는 것으로 보인다는 주장도 가능하다. 정치적 관점에서 보자면 이런 점은 분명 그의 이데올로기적 취향이자 약점이다. 그러나 여기서 한 가지 지적해야 할 것은, 맥도널드는 사회적 품성의 재도야 쪽에 좀 더 관심이 있다는 점이다. 맥도널드의 신념에 따르면, 모든 사회 변화는 개인적 성실성의 계발에서 비롯되는 것이며, 개인적 성실성의 계발이 반드시 정치적 재편과 변동에서 비롯되는 것은 아니다. 그가 강도 높은 탐색과 강렬한 경험을 거친 윤리적 선택과 행위를 강조하는 것도 이러한 신념 때문이다. 또한 『가벼운 공주』에서 여자 주인공은 '물렁한' 왕자에게 의존하지 않는다. 왕자가 공주와의 만남에서 이로움을 얻는 것과 마찬가지 방식으로, 공주는 왕자와의 관계를 통해서 모종의 자질들을 획득한다. 이야기의 종결부에서 이 독특한 두 인물 사이에는 전통적인 역할 연기와는 다른 훨씬 더 섬세한 상호 작용이 존재한다. 이는 맥도널드가 자신의 모든 내러티브에서 전개하게 되는 특별한 구도이다.

예를 들어 『황금열쇠』에서 어린 소년 모시(Mossy)는 무지개 끝에 있는 보물을 찾으러 떠나는데, 결국 그는 인생의 진짜 '보화'가 자기 인식에 이르는 경험임을 알게 된다. 모시에게 이것을 가르쳐준 사람 가운데 하나가 탱글(Tangle)이다. 탱글은 학대를 당하다 겁을 먹고 집에서 도망쳐나온 13세 소녀이다. 모시와 탱글은 신비한 대모(일종의 어머니 대자연)에 의해 요정나라에서 마주치게 되고, 대모는 이들에게 용기를 불어넣어준다. 용기를 얻은 모시와 탱글은 황금열쇠에 맞는 열쇠 구멍을 찾아서 여행을 떠난다. 이들은 여행 중에 서로와 헤어져 바다와 땅과 불의 노인들과 함께 다양한 모험을 경험한다. 온갖 종류의 시련을 겪은 뒤에 이들은 마침내 그림자가 지는 나라 앞에서 재회한다. 영원히 나이를 먹지 않는 모시와 탱글은 자신들이 꿈꾸는 낙원을 향해 나아간다.

맥도널드의 유토피아를 이루는 토대는 바로 완벽한 사회 관계와 성관계이다. 모시와 탱글은 동반자다. 그들이 요정나라에서 길을 잃을 때, 우리 독자들도 고도의 상징이 동원된 이 복잡한 동화 속에서 길을 잃는다. 모든 것은 상징을 얼마나 정확하게 해독하는가, 자연과 삶의 도전에 얼마나 민감하게 반응하는가에 달려 있다. 모시와 탱글은 열쇠 구멍을 찾는 여행을 통해서 (이들의 여행 역시 분명 성적 탐색의 여행이다) 그들만의 특별한 모험을 경험한다.[16] 그들의 신비하고 관능적인 경험이 그들의 성장의 토대를 마련한다. 열심히 열쇠 구멍을 찾아 헤맨 그들에게 주어지는 보상은 물질적 부가 아니라, 그들의 통찰의 실현을 약속해주는 또 다른 세계로 들어가는 것이다.

이렇듯 내면 세계로 떠나는 상징적 여행에 힘입어 독자는 다른 사람들과 외부 세계에 대한 이해의 토대를 구축할 수 있다. 이러한 패턴의 자아탐구는 『카라소인 *The Carasoyn*』과 『리틀 데이라이트』 『엇갈린 목적 *Cross Purposes*』 같은 맥도널드의 다른 동화에서도 여러 가지 흥미로운 방식으로 그려진다. 그러나 맥도널드의 동화 가운데 남녀의 상호 존중과 상호 의존 관계를 가장 독특한 방식으로 그린 작품은 『태양의 소년과 달의 소녀』라는 도발적인 이야기다. 여기서 맥도널드는 머리 속에 늑대가 들어 있는 와토(Watho)라는 마녀를 창조한다. 와토는 모든 것을 알고자 하는 통제 불가능한 욕구에 이끌려 인간을 대상으로 무차별적 실험을 행한다. 와토는 오로라(Aurora)와 베스퍼(Vesper)라는 2명의 귀부인을 자신의 성으로 초대하고, 마법을 사용해 그들에게 아이를 낳게 한다. 아이를 낳은 뒤에 두 여자는 겁에 질린 상태로 마녀의 성에서 도망친다. 와토는 남자아이 포토젠(Photogen)과 여자아이 닉테리스(Nycteris)를 각각 성의 다른 곳에 두고, 포토젠은 빛만 보게 하고 닉테리스는 어둠만 보게 한다. 그래서 포토젠은 어둠을 두려워하게 되고, 닉테리스는 빛을 두려워하게 된다. 포토젠과 닉테리스는 사춘기에 접어든 소년 소녀로 자란 뒤에 비로소 우연히 서로 마주치게 되고, 와토의 육아법이 자신들에게 심각한 악영향을 미쳤음을 알게 된다. 그래서 닉테리스는 포토젠에게 어둠 속에서 세상을 보는 법을 가르쳐주면서 어두울 때 눈이 되어주겠다고 제안한다. 작품에 재미있는 장면이 있는데, 여기서 맥도널드는 성역할의 획일화와 조건화라는 문제 전반을 염두에 두고 있다.

> 포토젠은 닉테리스가 시키는 대로 볼 수 없는 것을 보기 위해 눈을 뜨고 있어야 했다. 포토젠은 이제 그만 했으면 좋겠다고 생각했다. 포토젠은 수시로 새로운 공포의 고통에 관통당한 것처럼 깜짝깜짝 놀라면서 닉테리스를 꽉 붙잡았다.

닉테리스가 말했다. "이러지 마, 친구! 이런 식으로 하면 안 돼. 용감한 여자아이가 되어야지. 그리고……."

"여자아이라고!" 포토젠은 이렇게 외치면서 화가 나서 벌떡 일어났다. "네가 남자였다면, 내가 벌써 죽여버렸을 거야."

"남자라고?" 닉테리스가 되뇌었다. "그게 뭔데? 내가 어떻게 그게 될 수 있지? 우린 둘 다 여자아이야……. 안 그래?"

포토젠은 대답했다. "아니, 나는 여자아이가 아니야." 그리고는 말투를 바꾸고 닉테리스의 발목을 붙잡으며 덧붙였다. "내가 하는 행동을 생각하면 네가 나를 여자아이라고 하는 것도 당연한 일이지만 말이야."

닉테리스가 대꾸했다. "그래, 이제 알겠다! 하지만, 말도 안 돼! 너는 여자아이가 될 수 없어. 여자아이는 겁내지 않아. 너처럼 공연히 겁내지는 않는단 말이야. 이제 이해가 간다. 네가 그렇게 겁을 내는 이유는 네가 여자아이가 아니기 때문이야."

포토젠은 풀밭을 뒹굴며 답답해했다.[17]

이 유쾌한 역전은 맥도널드가 이 내러티브에서 남자라는 족속의 오만함을 묘사는 한 가지 방식일 뿐이다. 남성은 다른 성의 가르침을 받을 때까지 오만함을 버리지 못한다.[18] 닉테리스와 포토젠은 서로에게 배울 점이 엄청나게 많다는 것을 깨닫는다. 이러한 깨달음 덕분에 그들은 마녀를 이길 힘을 얻게 된다. 그들의 관계는 빛이 어둠 속에 있을 수 있고 어둠이 빛 속에 있을 수 있는 상태, 즉 종합의 상태가 된다.

『태양의 소년과 달의 소녀』는 육아에 대한 맥도널드의 가장 솔직한 진술이다. 와토의 성(城)과 와토의 성격, 와토가 아이들을 다루는 방식은 각각 학교와 엄격한 교사, 자의적인 조건화를 상징한다. 이러한 체제의 반대편에는 자신들의 본질과 자율성이 만물의 상호의존 관계에 의지하고 있음을 깨달아가는 두 주인공의 힘겹지만 의미 있는 자아탐구가 놓여 있다. 포토젠과 닉테리스는 자기가 무서워하는 것을 받아들이는 법을 배움으로써 만물의 총체성을 찬양하게 된다. 나아가 이들은 공포에 직면함으로써 자신을 둘러싼 환경을 새롭게 관찰한 뒤 다시 한 번 생각하고 다시 한 번 경험할 수 있게 되며, 이를 통해 자신의 감각에서 궁극적인 즐거움을 끌어내고 이상세계의 건설에 착수할 수 있게 된다. 맥도널드의 거의 모든 동화가 그렇듯이 『태양의 소년과 달의 소녀』에서도 맥도널드는 빅토리아 시대의 위선을 외면하며, 남녀의 건강한 결합으로 나아가는 상징적인 성적 유희와 성적 교섭을 작품 속에 투영한다.

맥도널드는 사람들이 인간의 본성을 따름으로써 '문명화' 될 수 있다고 확신한다. 인간의 본성은 모든 생명체의 본성과 필요에 경외감을 갖는 것이기 때문이다. 그러나 다른 한편으로 맥도널드는 사람들 각자가 도달할 수 있는 '문명화' 의 수준에 인간 전체, 곧 사회도 도달할 수 있느냐에 대해서는 심각한 회의를 품고 있다. 여기서 문명화를 바라보는 그의 시각은 계급적 제약을 벗어나지 못하는 영국의 문명화 과정에 전적으로 배치된다. 그의 두 장편 동화 『공주와 난쟁이』와 『공주와 커디』는 그가 어느 정도까지 빅토리아 시대와 불화하고 있는가를 잘 보여준다. 『공주와 난쟁이』에서 아이린 공주(Princess Irene)는 자기를 납치하고 아버지의 왕국을 파괴하려 하는 난쟁이들 때문에 골치가 아프다. 공주는 모든 것을 알고 있는 신비한 대모의 보호를 받는다. 대모는 공주에게 적들과 싸우는 데 필요한 참을성과 감수성을 선물한다. 또한 공주는 용감한 광부의 아들 커디(Curdie)의 도움을 받는다. 커디는 난쟁이들의 사악한 계획을 문자 그대로 침식해 그들의 왕국을 끝장낸다. 『공주와 난쟁이』의 후속편인 『공주와 커디』에서 커디는 '잔인한 캐릭터' 가 될 위험에 처하고, 급기야 대모에게 호출을 당한다. 그제야 커디는 자기가 망가질 찰나에 있었음을 깨닫는다. 대모는 커디에게 아이린 공주의 아버지를 도와주라는 임무를 부여한다. 공주의 아버지는 부패한 관리들에게 독살당하는 중이다. 귄티스톰(Gwyntystorm) 시(市)로 가는 길에 커디는 괴물과 사회 부적응자 49명으로 이루어진 부대를 조직한다. 아이러니하게도 공동체의 질서와 정의를 회복하는 것은 바로 이들이다. 커디는 아이린 공주와 결혼하지만, 두 사람 사이에는 아이가 없었다. 커디와 공주가 죽자 백성들은 새 왕을 선출한다. 새 왕은 주로 황금을 캐는 데 관심이 있다. 백성들은 다시 한 번 부패와 방탕에 빠진다. 그들의 자기파괴적 성향은 도시의 몰락과 소멸로 이어진다.

동화임을 감안하면 그렇게 행복한 결말은 아니다. 맥도널드는 왜 1883년에 이런 책을 썼을까? 이 책은 그가 아이들을 위해서 쓴 마지막 책인데, 그동안 그가 비관주의자가 된 것일까? 아니면 아이들을 위해서 경고를 보내는 것일까? 정신 차리지 않으면—창조적 감수성을 종교적인 방식으로 일깨우지 않는다면—무슨 일이 생기게 되는가를 보여줌으로써 유토피아적 충동을 독자들의 마음속에서 계속해서 타오르게 하려는 것일까? 『공주와 난쟁이』와 『공주와 커디』를 하나의 작품으로 본다면, 이 작품이 맥도널드의 침착한 낙관주의를 표현하고 있음을 보여주는 증거는 많이 있다. 이러한 낙관주의에 따르면, 인간은 야만 상태에서 스스로를 고양시켜 유토피아적 사회를 만들어야 하며, 상상력과 도덕적 위력을 끊임없이 발휘해 이상사회를 추구해야 한다. 그렇지 않으면 야만주의로 돌아가야 할 것이다.

맥도널드는 사랑과 아틀란티스에 대한 노발리스와 호프만의 태도에 지대한 영향을 받은 것으로 보인다. 이러한 태도는 각각 『하인리히 폰 오프터딩겐』과 『황금단지 *The Golden Pot*』에서 드러난다. 이 두 명의 독일 낭만주의자의 작품을 보게 되면, 여성은 에로스라는 신비한 개념을 구현하며 속된 것과 신성한 것 사이를 매개하는 존재이다. 주인공은 여성의 사랑을 뒤쫓는 과정에서 자신의 힘과 정체성을 발견하며, 그때서야 비로소 생명을 가진 모든 것과 공감의 관계를 맺을 수 있게 된다. 유토피아는 도달할 수 있는 것이 되지만, 그것은 한 순간에 지나지 않는다. 『하인리히 폰 오프터딩겐』에 들어 있는 한 이야기에서는 아틀란티스가 사라지는 것으로 나오고, 『황금단지』에서 주인공 안셀무스(Anselmus)는 화자와 독자가 따라갈 수 없는 아틀란티스로 떠나버린다. 여기에는 세속적 사회에 대한 비판이 암시되어 있다. 그 사회는 곧 사소함과 판에 박힌 일상에 매몰된 나머지 삶과 예술의 신적 본성을 알아볼 수 없는 사회이다.

이것이 맥도널드의 관점이기도 하다는 점은 분명하다. 19세기 후반의 영국에 대한 글을 쓰면서 그는 대다수 사람들의 물질주의적 태도와 정부의 부패를 개탄했다. 커디와 공주의 관계는 어린 독자들에게 본보기를 제시하고 자극을 주도록 의도된 것이다. 두 주인공의 경험과 성장을 그리면서 사실상 맥도널드는 영국 사회에서 잘못된 모든 것을 반영하려 한다. 가정교사는 아이린 공주가 다른 세상과 소통할 수 있다는 사실—공주의 신비하고 창조적인 능력—을 믿지 않는다. 사실 아무도 공주를 믿지 않는다. 공주의 행동과 시각은 빅토리아 시대의 영국에서 사회화된 아이의 행동과 거의 대부분 정반대다. 커디조차 공주를 의심하면서 『공주와 난쟁이』가 끝날 때까지 공주가 제정신인지, 거짓말을 하는 것은 아닌지 회의를 표한다. 이로 인해 커디는 평범하고 우둔하며 다른 사람과 주변 세계에 무감각한 광부가 될 수도 있었다. 그러나 자그마한 공주에 대한 사랑과 존경을 간직하는 덕분에 커디의 엄청난 잠재력의 불꽃은 여전히 타오르게 되며, 상상력을 통해 할 수 있는 일과 해야만 하는 일을 통찰하게 된다.

맥도널드 자신도 사회가 미치는 해악에 대한 한탄을 그치지 않았다. 사회는 완전성을 추구하는 인간의 자연스럽고 숭고한 노력을 가로막는 힘이었기 때문이다. 일찍이 그는 속물 사회에 대한 독일 낭만주의자들의 비판에 담겨 있는 미학적 중요성을 포착했으며, 상상력과 창조적 예술가의 힘을 옹호하면서 동시에 신비주의적인 종교적 본질을 끌어냈다. 영국의 아동동화 담론에 진입하던 시점에서 그는 사회개혁 운동의 영향과 디킨스와 러스킨의 사유의 영향을 피할 수 없었다. 그가 동화 담론을 확장하고 문명화의 화법을 정당화의 화법에서 비판의 화법으로 전환하는 데 주력한 시기는 1864년부터 1882년까지였다. 그의 작품은 시작일 뿐이었다. 그 시기는 바야흐로 '고전' 동화에 의식적인 사회적 저항이라는 새로운 특징이 생겨나는 중이었다.

III

조지 맥도널드와 오스카 와일드는 성격이나 신념이라는 면에서 볼 때는 극과 극에 위치하는 인물이다. 그러나 이 두 사람의 생애에는 눈에 띄는 유사성이 존재한다. 이 두 사람에게 빅토리아 시대의 영국에서 동화를 통한 문명화 과정의 재맥락화를 시도했다는 공통점이 있는 것도 그 때문이다. 두 사람 모두 영국의 기성사회 바깥에서 태어났다. 맥도널드가 태어난 스코틀랜드와 와일드가 태어난 아일랜드는 토착적인 색다른 민속과 반영(反英) 정치로 알려진 곳이다. 두 사람 모두 당대의 사회개혁 운동에 영향을 받았고, 존 러스킨과 윌리엄 모리스 등 정치적 양심을 소유한 예술 분야의 개혁가들에게 직접적인 영향을 받았다. 두 사람 모두 위선을 혐오했고, 격식에 치우친 영국 상층 계급의 관습을 증오했다. 또한 두 사람 모두 예술을 통해서 영국 국교와 극단적으로 대립하는 종교적 시각을 표명하려 했다. 위에서 본 것처럼 맥도널드가 동화에서 채택했던 사회 비판의 형식은 기독교 신비주의에 영향을 받았다. 한편 와일드의 사회 비판에는 개인주의와 예술을 찬양하는 독특한 기독교 사회주의의 신앙이 각인되어 있다.

와일드의 매력적인 생애와 예술과 불행한 죽음에 대해서는 수많은 학자들과 평자들이 깊이 있는 연구를 남겼다. 와일드를 옹호하는 연구서와 와일드를 비판하는 연구서는 지금까지 계속해서 출간되고 있다.[19] 그러나 와일드의 작품 가운데 가장 유명한 장르는 동화일 터인데, 그의 동화를 주제로 삼고 상세한 연구를 진행한 연구자는 거의 없다. 와일드의 동화는 여러 언어로 번역되어 수백만 권이 팔렸을 뿐 아니라, 연극과 영화, 라디오, 음반 산업 등의 분야에서 다양한 방식으로 각색되었다. 인습에 얽매이지 않는 와일드의 동화들이 고전의 반열에 오른 것은 아이러니한 일이라고 할 수 있다. 와일드의 동화는 반항적 인생과 얽혀 있기 때문에 그가 왜 동화 담론을 변형하려 했는지를 이해하기 위해서는 그의 작가적 인생에서 몇 가지 측면을 고려해야 한다. 아일랜드의 와일드는 스코틀랜드의 맥도널드에게 직접적으로 영향을 받은 적은 없었지만, 동화 담론을 변형하려 했다는 점에서 맥도널드의 궤적을 밟았다고 할 수 있다. 영향 관계를 말하자면 두 사람 모두 같은 시대정신에 영향을 받았다고 해야 할 것이다. 그들은 모두 근대 영국의 사회적·정치적 현실에 맞지 않는 시대 착오적인 동화 내용과 동화 형식을 바꾸고자 한 것이다.

잘 알려진 바와 같이 와일드의 아버지 윌리엄과 와일드의 어머니 제인 프란체스카 엘지(Jane Franchesca Elgee)는 사회적 명사이자 작가로서 더블린에서 괴짜 같은 생활을 했다. 아버지는 의학과 고고학 분야의 연구로 유명했을 뿐 아니라 무수한 연애 행각으로 유명했다. 어머니는 시인이자 작가이자 아일랜드인의 권리를 옹호하는 애국자로 유명했다. 와일드는 두 살 때부터 아버지와 어머니 그리고 집에 오는 손님들과 식사하는 자리에 끼었다. 그가 그토록 능란하고 세련된 이야기꾼이 된 것은 그 때문일 것이다. 그러나 그의 사회적·미학적 시각의 형성에서 더욱 중요한 요인은 그가 세련된 사람들이 사회적 관습을 가지고 놀면서 순응주의를 조롱하는 것을 목격할 기회를 얻었고, 이를 통해 아주 어린 나이부터 숨막히는 사회화 형식에 대한 대안을 모색하는 법을 배웠다는 사실이다. 그 결과 그는 자신의 탁월한 수사적·창조적 화술을 사용함으로써 세상의 주목을 끄는 동시에 세상과 거리를 두는 법을 익혔다. 더블린의 사교계란 더러움과 스캔들을 먹고 사는 공간이었다. 거기서 와일드가 포즈를 취하는 법과 학업과 예술에 매진하는 법을 배운 것은 주로 살아남기 위해서였다.

와일드는 트리니티 칼리지(Trinity College)에서 여러 차례 수상한 후 1874년에 옥스퍼드 대학교 맥덜린 칼리지(Magdalen College at Oxford)에 입학했다. 이곳에서 그는 러스킨과 페이터의 영향을 받았다. 러스킨과 페이터는 와일드에게 서로 다른 방향으로 영향을 미쳤지만, 많은 비평가가 주장하는 것처럼 그렇게 반대되는 방향은 아니었다. 러스킨은 와일드가 사회 문제 그리고 예술과 구체적인 실제 생활 사이의 관계에 관심을 가지게 유도했던 반면에, 페이터는 사적인 경험이 외적 세계의 아름답고 심오한 본질을 포착하는 데 얼마나 핵심적인 것인가를 보여주었다. 결국 와일드는 이 두 훌륭한 학자의 관점을 종합하며 미학의 사회적 개념을 만들어냈다. 여러 모로 볼 때, 와일드의 품성은 바로 사회적 미학의 상징적 표현이었다. 곧, 와일드는 언제나 자신을 예술 작품으로 변형하는 데 정력을 쏟았다.

옥스퍼드에서 그의 의상과 포즈, 대화와 글, 행동 등은 좀 더 대담하고 화려해졌다. 와일드와 동시대를 살았던 대부분의 사람들과 와일드의 생애를 다룬 비평가들은 대부분 그의 댄디즘을 이기적 행동이자 속물 근성이라고 폄하했지만, 그가 자신의 포즈와 교묘한 화술을 진지하게 생각했고 나아가 스스로를 의식적·잠재의식적으로 일종의 예술 작품으로 여기게 되었다는 점은 분명해보인다. 필리프 쥘리앵(Philippe Jullian)이 지적한 것처럼 와일드는 "오늘날 사교계에 들어가기 위해서는 요리를 먹여주거나 충격을 안겨주거나 해야 한다"는 말을 좋아했다.[20] 그의 옥스퍼드 시기는 수업의 시기였다. 단, 그의 선생은 그 자신이었고, 그가 배운 것은 괴상함과 기이함을 기르는 법이었다. 1878년에 런던 사교계에 입문하면서 와일드는 터무니없는 언행을 유행으로 만들기 시작하는 한편, 사교계 자체가 훨씬 더 터무니없다는 사실을 폭로했다. 어떤 의미에서 와일드는 현대적 버전의 왕실 광대—귀족 사회의 기벽들을 반영하면서도 언제나 용서받는 존재—였다. 조지 우드콕(George Woodcock)은 다음과 같이 논평했다. "20년 동안 런던 살롱의 저명인사였던 와일드는 귀족들이 자기들의 부와 특권을 정당화하려고 하지 않는다는 것을 알게 되었다. 귀족들은 미덕을 자랑하거나 사회적 목적에 이바지함으로써 자신의 지위를 정당화하려는 시도조차 하지 않았으며, 와일드는 곧 귀족들 대다수를 경멸하게 되었다. 와일드의 희곡에서 귀족들은 브랙넬 부인(Lady Bracknell)과 캐버셤 경(Lord Caversham) 같은 가장 그로테스크한 인물로 등장한다. 곧, 와일드는 나이 많은 국회의원 귀족들을 묘사하면서 상류 계급의 어리석음을 조롱하고, 귀족의 미망인들과 공작부인들을 묘사하면서 계산적 천박함을 조롱한다."[21]

와일드의 꼼꼼하게 계산된 대화와 묘사는 자신이 존경하는 사람들에 대한 경멸에 기초한다. 이런 의미에서 와일드는 사회적 명성에 연정을 품었던 순종적인 동화 작가 한스 크리스티안 안데르센과는 다르다. 안데르센과 마찬가지로 와일드는 자기가 귀족 계급보다 고상하고 존경스러운 사람이라고 생각했다. 그러나 안데르센과는 달리 와일드는 한심스러운 사회적 관습과 권위에 머리를 조아리기를 거부했다. 사교계에서 인정받고 싶었지만, 용납될 수 없는 사람으로 인정받고 싶었던 것이다. 용납될 수 없는 사람이라는 것이 그의 명함이었다. 그가 사교계의 인정을 받을수록 그는 점점 많은 규범을 깨뜨리면서 잔인한 계급의 정의 체계가 보여주는 억압적 관용을 시험했다.

1878년부터 『행복한 왕자와 다른 동화들 *The Happy Prince and Other Tales*』이 출판되던 1888년까지 와일드는 여전히 예술 수업 중이었다. 그러나 이 시기에 그의 경험은 대학교 강의실 안에 갇혀 있지 않았다. 그는 런던과 미국, 유럽의 사회 상황을 접했고, 당대 최고의 작가들과 예술과 문학에 대한 비판적 시각을 교환했다. 그러면서 그의 시와 비평, 강연, 사설 등이 높은 수준으로 도약하기 시작했다. 그가 동화를 쓰기 시작한 것은 그의 위대한 창작기의 도래를 알리는 신호였다. 『사회주의 하에서의 인간의 영혼 *The Soul of Man Under Socialism*』(1891), 『석류나무 집 *The House of Pomegranates*』(1891), 『도리언 그레이의 초상 *The Picture of Dorian Gray*』(1891), 『윈더미어 부인의 부채 *Lady Windermere's Fan*』(1892), 『하찮은 여자 *A Woman of No Importance*』(1893), 『이상적인 남편 *The Ideal Husband*』(1895), 『진지함의 중요성 *The Importance of Being Earnest*』(1895) 등은 모두 이 시기의 작품이다. 와일드의 작품은 점점 혁신적으로 변해갔고, 이와 함께 와일드의 사생활도 점점 과감해지면서 용납될 수 없는 방향으로 나아갔다. 그는 자기 가족을 보호하기 위해 열심히 일했지만, 그와는 별도로 사회의 비난을 감수하며 자신의 동성애 사실을 고백했고, 사람들이 자신의 예술을 숭배해야 한다고 생각했다. 이상하게도 그는 예술을 통해서 개인주의를 구축하고 품위를 떨어뜨리는 사회와 거리를 두려고 했지만, 다른 한편으로는 그러한 사회로부터 상당한 존경, 더 나아가 어마어마한 존경을 받고자 했다.

『행복한 왕자와 다른 동화들』이 와일드의 위대한 창작기의 서막을 알리는 작품이라는 점은 충분히 짐작할 수 있는 사실이다. 와일드는 사회가 젊은이들에게 조건반사 체계를 주입하는 방식 그리고 정해진 규칙에 순응하지 않은 젊은이들이 사회로부터 처벌당하는 방식을 보면서 엄청난 혼란을 느꼈다. 말년에 와일드는 감옥에서 청소년 비행에 대한 잔인한 처벌 방식을 목격했고, 이러한 경험을 글로 남겼다.[22] 더구나 그는 대부분의 영국 아이들이 참아내야만 하는 권위주의적 학교와 교회의 경직성에 언제나 민감하게 반응했다. 와일드의 동화는 기독교 사회주의에서 표방하는 인본주의를 포함하며, 영국에서 실행되던 문명화 과정에 반론을 제기한다. 원하는 만큼의 효과를 내기 위해 와일드는 고전 동화와 빅토리아 시대의 유치한 동화에서 전개하는 기성사회 옹호론과 결별하며, 이를 통해 빅토리아 시대의 사회 문제를 작품 속에 반영하려 한다. 단, 여기에는 어렴풋한 희망—변혁을 향한 유토피아적 충동—이 내포되어 있다. 이조벨 머리(Isobel Murray)는 이렇게 말했다.

> 와일드는 『행복한 왕자』의—그리고 『행복한 왕자』 직후에 씌어진 『어린 왕 *The Young King*』의—나지막한 기독교적 어조와 성서를 모방한 어법을 통해 동화 양식을 시와 특권과 예술에 관한 빅토리아 시대의 치명적인 문제들과 결합시킨다(테니슨은 『예술의 궁전 *The Palace of Art*』에서 이러한 문제들을 체계적으로 요약했다). 안데르센의 동화에서 반복되는 테마들은 분명 와일드의 작품에도 나타난다. 『나이팅게일』은 자연과 예술과 인공에 대한 우화로서 와일드의 관심을 끌지 않을 수 없었

고, 『이웃 가족들 *The Neighbouring Families*』에도 비슷한 매력이 있었다. 또한 와일드는 안데르센으로부터 재치 있고 담백한 필치를 배웠던 것 같지만, 『이기적인 거인 *The Selfish Giant*』 같은 비교적 감상적인 작품에서도 안데르센같이 감상의 나락으로 떨어져버리지는 않는다. 와일드는 『헌신적인 친구 *The Devoted Friend*』에서 그랬듯이 인간의 말을 하는 재치 있는 동물들과 사물들을 등장시켜 작품의 틀로 삼지만 안데르센처럼 역겨운 장면이 없으며, 대체로 안데르센을 초월한다.[23)]

와일드가 동화를 창작하는 근본적인 목적을 한 마디로 표현하자면 '초월' 보다는 '전복' 이 적당할 것이다. 와일드가 안데르센의 동화가 전달하는 메시지를 전복하고자 했던 것은 분명하지만, 그보다 더 중요한 사실은 그의 시적 문체가 성서의 리듬과 어법을 연상시킨다는 점이다. 와일드가 성서의 리듬과 어법을 차용하는 이유는 기독교의 엄격한 규약에 반기를 들기 위해서다. 와일드의 기독교 해석은 교회의 부정을 폭로하고, 교회 지도자가 기독교를 사용하는 불명예스러운 방식에 의문을 제기한다. 기독교 지도자는 기독교라는 미명 아래 쾌락의 본능을 억제하고 사회적·경제적 착취 체제를 합리화하려 하기 때문이다. 와일드의 '성서' 동화의 목적은 전통적인 동화 담론에 개입해 동화 담론의 방향을 급진적으로 바꾸는 것이었다. 와일드의 동화의 사회미학적 경향을 이해하는 열쇠는 그의 수필 『사회주의 하에서의 인간의 영혼』이다.

와일드는 그의 중요한 수필 『장자 *Chuang Tzu*』에서 개인주의에 대한 자신의 주요한 아나키즘적 사유와 태도를 이미 구상한 바 있다. 『사회주의 하에서의 인간의 영혼』은 사회주의에 대한 그의 여러 가지 관점들을 하나로 결집하는 작품으로, 페이비언 사회주의에 대한 조지 버나드 쇼(George Bernard Shaw)의 연설문이 계기가 되었다. 이 수필의 의의는 사회주의의 대의에 이론적으로 이바지했다는 데 있는 것이 아니라, 와일드의 사회미학(socio-aesthetics)을 이해하는 열쇠가 된다는 데 있다. 와일드가 즐겨 하던 말대로 인간이 사회주의자가 되는 것은 그리 어려운 일이 아니지만, 사회주의를 인간적으로 만드는 것은 엄청나게 어려운 일이다. 이것이 바로 이 작품의 중심 사유이며, 그의 모든 동화들이 이것과 똑같은 정서를 표현한다(이 작품의 토대는 그리스도인데, 여기서 그리스도는 이론적 구성물이다). 와일드가 사회주의를 옹호하는 주된 이유는 그것이 인도주의적 개인주의로 나아가는 길이기 때문이다. 먼저 그는 사유재산을 공격하고, 사회주의 봉기를 가로막는 자선을 공격한다. "인간의 진정한 완성은 인간이 무엇을 가졌냐가 아니라 인간이 무엇이냐는 것이다. 사유재산은 진정한 개인주의를 짓밟으며, 거짓 개인주의를 내세운다. 사유재산은 사회의 절반을 잘못된 길로 가게 하고 엄청난 짐을 지게 함으로써 그들이 인간이 되는 것을 가로막아왔다. 인격이 재산에 완전히 동화된 나머지, 영국법은 언제나 신체에 대한 범죄보다 재산에 대한 범죄를 훨씬 더 가혹하게 처벌했다. 지금도 재산은 완전한 시민권의 시금석이다."[24] 그러나 사회주의로 나아가기 위해서 필요한 것은 사유재산의 철폐만이 아니다. 사유재산을 철폐한 뒤에는 반권위주의적 태도를 익혀야 하는데, 이러한 태도는 특히 가난한 사람들 사이에서 필요하다. 그리스도는 인간의 모델로 설정된다. 그리스도는 '완벽하게 그리고 절대적으로 자기 자신이다.'[25] 따라서 사람이 모두 그리스도처럼 된다면 정부는 필요 없을 것이다. 개인주의의 완성인 사회주의하에서는 범죄도 없을 것이고, 기계들이 사람들을 해방시켜 사람들이 창조적이 될 것이다. "유토피아가 그려지지 않은 지도는 쳐다볼 가치도 없다. 인간성(Humanity)이 정박하는 나라는 유토피아밖에 없기 때문이다. 유토피아에 정박한 인간성은 세상을 둘러보다가 더 좋은 나라가 눈에 띄면 닻을 올린다. 진보란 유토피아의 실현이다."[26] 와일드가 사회주의를 주창한 것은 자신의 이익을 위해서였다고 말할 수도 있다. 사회주의가 도래하면 예술의 대의가 증진될 것이기 때문이다. 예술은 '지금까지 세상에 존재했던 가장 강렬한 개인주의(Individualism) 양식이다.'[27]

보다 나은 생활 조건을 얻기 위해 투쟁하는 동안 사람들은 고통을 환영하는 지경에 이르렀다. 그로 인해 그리스도의 고통 자체가 목표로 간주되는 오류가 발생했다. "그러나 미래의 개인주의는 기쁨을 통해서 스스로를 발전시킬 것이다. 그리스도는 사회를 재구축하려는 아무런 시도도 하지 않았으며, 결과적으로 그리스도가 인간에게 설파한 개인주의는 고통을 통해서만 또는 고독 속에서만 실현될 수 있었다. 우리가 그리스도에게 배운 이상은 사회를 완전히 저버린 사람들의 이상, 또는 사회에 철저히 저항하는 사람의 이상이다. 그러나 인간은 본래 사회적 존재다."[28] 여기서 중요한 것은(동화를 이해하는 데 꼭 필요한 것은) 한편으로 그리스도는 반권위주의와 인본주의의 모델로 설정되지만, 다른 한편으로 우리는 사회주의를 향한 기쁨의 공동 투쟁을 통해서 그리스도를 극복해야 한다는 점이다. 그리스도와는 대조적으로, "근대 사회는 청사진이 있다. 근대 사회는 빈곤과 빈곤에 수반되는 아픔을 없앨 것을 계획한다. 근대 사회는 고통과 고통에 수반되는 아픔을 없애기를 희망한다. 근대 사회는 이러한 계획을 실현하는 수단으로 사회주의와 과학을 신뢰한다. 근대 사회가 목표로 삼는 것은 기쁨을 통해 스스로를 표현하는 개인주의이다."[29] 역설적이게도 사회에 저항하는 개인의 투쟁은 개인주의를 창조하기에 충분치 않다. 와일드가 말하는 개인주의는 지상에 낙원을 건설한다는 공동체의 노력을 수반하기 때문이다.

와일드는 그리스도의 약점을 논하면서 사실은 스스로를 비판했다고 할 수 있다. 와일드가 자신을 그리스도와 동일시하는 것은 분명하기 때문이다. 그가 그리는 수많은 주인공이 그리스도를 닮았다는 사실이 그가 기독교적 구원관을 설파하려 함을 뜻하는 것은 아니다. 또한 몇몇 비평가들의 주장과는 달리 와일드가 아이들에게 기독교적 설교를 들려주어야 한다는 의무감을 느꼈던 것도 아니다. 그리스도적 행동은 칭찬받을 만한 행동이지만 충분히 급진적인 행동은 아니다. 고통을 받아들이는 것은 변하지 않을 것 같은 사회 지배 체제를 대하는 올바른 방법이 될 수 없다. 사실상 와일드가 그리스도의 형상을 사용한 것은 전통적인 기독교 메시지를 전복해야 한다는 사실을 보여주기 위해서였다. 와일드의 작품에서 그리스도적 인물형이 제시되는 맥락을 보면, 와일드는 고전 동화 담론을 변형하고 독자를 자극해 사회 변혁을 숙고하게 만들고자 한다. 『행복한 왕자』는 이 점을 보여주는 좋은 예이다.

도시를 굽어보는 높은 기둥 위에 납으로 제작된 죽은 왕자의 동상이 서 있다. 왕자는 사파이어와 루비, 황금으로 장식되어 있기에 장려해보인다. 모두가 왕자를 보고 감탄한다. 특히 시의원들이 왕자를 보고 감탄한다. 왕자는 행복의 본보기인 듯 너무나도 아름답기 때문이다. 한때 왕자는 정말로 행복의 본보기였다. 그러나 이러한 행복은 무지 때문에 가능했다. 왕자는 자신의 백성이 얼마나 고통받고 있는지 전혀 몰랐던 것이다. 왕자는 과거에 자신이 보여준 무관심과 이기주의를 보상하기로 결심하고는 헌신적인 제비를 불러서 가난한 재봉사와 예술가와 성냥팔이 소녀에게 보석들을 나누어주라고 명한다. 결국 제비는 추운 겨울에 왕자 옆을 지키다가 세상을 떠나고, 시장과 의원들은 동상을 녹인다. 그들이 보기에 동상은 더 이상 아름답지도 않았고 소용도 없었기 때문이다. 시장과 의원들은 저마다 자기 동상을 세웠으면 좋겠다고 생각한다.

이 짧은 요약에서 분명히 알 수 있는 것처럼 '박해받은' 왕자는 그리스도의 형상이고, 제비는 일종의 제자이다. 그들의 자비로운 행동은 타의 모범이 된다. 왕자는 예술을 위한 예술의 입장을 극복하고, 이를 통해 모든 아름다움의 사회적 본질을 드러낸다. 제비는 갈대에게 품었던 변덕스러운 사랑을 잊고서 왕자에게 품고 있는 사랑의 의무에 의지해 가난한 사람들에 대한 연민을 키운다. 작품의 이데올로기적 관점은 왕자에 대한 연민과 비판을 동시에 포함한다. 와일드는 죽은 왕자의 동상을 아주 높이 세움으로써 영국 사회에 존재하는 엄청난 불평등을 아이러니한 방식으로 지적할 수 있게 된다. 다시 말해, 왕자는 높은 곳에 서 있기 때문에 평범한 사람들이 얼마나 비참하게 사는지 그리고 지배 계급을 대표하는 자기가 이들의 불행에 얼마나 큰 책임이 있는지를 깨닫게 된다. 그러나—이것이 와일드 작품의 요점이다—그리스도적 인간의 개인적 행동들은 빈곤과 불의와 착취를 끝내기에 충분치 못하다. 왕자와 새는 결말 부분에서 신의 축복을 받을지 몰라도 도시는 여전히 시장과 시의원들의 통제 하에 있다. 우쭐대는 이 광대들은 분명 도시를 다스리며 사리 사욕을 채울 것이고, 왕자의 박애적 행동은 잊혀질 것이다.

와일드의 동화의 힘은 풀리지 않은 긴장에서 나온다. 사회의 짜임새는 변하지 않는다. 왕자의 선행을 본받는 사람은 아무도 없다. 와일드가 자극을 주려 했던 독자들이 아마도 유일한 예외일 것이다. 바꾸어 말하면 왕자의 진정한 아름다움을 깨닫는 사람은 아무도 없다. 시의원들과 도시 사람들은 아름다움을 물질적 부나 화려함과 동일시하는 데 너무나 익숙하기 때문이다. 와일드에 따르면 왕자의 아름다움은 탐욕과 허세를 조장하는 자본주의 사회에서는 인정받을 수 없는 아름다움이다. 와일드는 이러한 상황을 타파해야 한다고 설교하지 않는다. 오히려 와일드는 왕자를 존경하며, 종교적 우화를 암시하는 리듬과 비유를 통해서 이러한 존경심을 독자에게 전달한다. 특히 와일드는 왕자와 마을 관리들을 비교하는 방식으로 자신의 메시지를 분명하게 전달한다.

『행복한 왕자』에 나오는 관습과 가치에 관한 담론은 와일드가 영국의 상류 계급과 부르주아 계급의 위선으로 인해 얼마나 극심한 혼란을 겪었나를 보여준다. 모든 그의 동화는 한편에는 그리스도적 인물형을, 다른 한편에는 문명화 과정에 의해 강화되는 규범들을 병치시킴으로써 영국 상층 계급의 방종함과 잔인함을 폭로하려는 예술적 시도이다. 여기서 지적할 점은 와일드가 그리스도적 인물형 역시 약점을 가지고 있음을 보여주기 위해 세심한 노력을 기울이고 있다는 사실이다. 그리스도적 인물형은 와일드의 미학적 세공품으로서, 와일드의 작품에서 사회 갈등과 사회 모순을 폭로하는 장치로 사용된다. 와일드는 가난한 사람들에게 연민을 느끼며 사회를 거부하는 행위를 자비롭고 아름다운 행위로 설정하는 한편으로, 독자로 하여금 지배와 착취 같은 추악한 행위의 메커니즘을 구성하는 것들을 좀 더 잘 인식하게 하려 한다. 지배와 착취의 메커니즘에 맞서 투쟁하기 위해서는 먼저 문명화 과정이 인간의 퇴화에 이바지하는 방식을 인식해야 한다.

예를 들어 『석류나무 집』에 들어 있는 첫 번째 동화 「어린 왕」에서 와일드는 사회의 작동 방식을 좀 더 분명하게 묘사함으로써 『행복한 왕자』의 테마를 발전시킨다. 염소 치는 소년은 어느 날 자기가 왕족 할아버지의 유일한 상속자(왕의 딸의 서자)라는 말을 듣고 깜짝 놀란다. 할아버지는 죽어가고 있다. 소년은 자연에서 도시로 끌려와 탈상 뒤에 있을 대관식을 준비해야 한다. 그러나 소년은 종교적 환상을 보게 된다. 맥도널드 동화에 나오는 에피파니와 대단히 비슷하다. 환상을 본 어린 왕은 사교계의 아름다움이 노동자에 대한 잔인한 착취에 토대를 두고 있다는 사실에 눈을 뜨게 된다. 그는 이런 곳에 발을 들이고 싶지 않았기 때문에, 염소 칠 때 입었던 옷을 입고 찔레나무로 만든 관을 쓰고 대관식에 가기로 결심한다. 와일드는 '옷이 날개' 라는 속담을 뒤집고, 안데르센의 『벌거벗은 임금님』에 나오는 조롱의 모티프를 급진적인 이데올로기적 진술로 변형시킨다.[30] 왕은 그리스도를 닮은 거지의 모습으로 사회적 관습과 교회, 귀족 계급에 반대한다. 목사가 그를 말리려 하자, 그는 "슬픔(Grief)이 지은 옷을 기쁨(Joy)이 입을까요?"[31]라고 반문한다. 여기서 어린 왕이 상징하는 것은 타협을 거부하며 사람들에게 사회가 변해야 한다는 사실을 일깨우는 개인이다. 왕의 허름한 모습이 구경꾼들의 눈에는 더 없이 품위 있고 찬란해보인다.

행복한 왕자는 자신의 박애적 조치에도 불구하고 (또는 그러한 조치로 인해서) 결국 희생을 당하는 반면에, 어린 왕은 모든 사람이 알아보고 그대로 따르기를 소망하는 행동의 본보기를 마련함으로써 유토피아로 나아가는 방법을 보여준다. 기본적으로 어린 왕은 문명화된 세계의 아름다운 외양이 야만적인 노동 조건을 은폐하는 역할을 수행할 뿐임을 보여준다. 어린 왕이 왕복과 왕관과 왕홀을 거부하는 것은 사유재산과 장식과 부당한 권력에 대한 거부를 상징한다. 어린 왕은 기식자가 되기를 거부하고 원래 입던 옷을 입음으로써 자립적 인간이 되는 동시에 다른 사람들과 동등한 인간이 된다. 그 행위의 아름다움은 한편으로는 인간에 대한 연민에서 비롯되며, 다른 한편으로는 자신의 잠재력이 실현되기 위해서는 다른 사람들이 진정으로 자유로워야 한다는 깨달음에서 비롯된다. 사회적 반목은 작품이 끝날 때까지 해결되지 않지만, 와일드는 그리스도적 인물형을 유토피아로 가는 길을 닦는 기쁨의 상징으로 만듦으로써 『행복한 왕자』의 세계를 극복한다.

사실상 와일드의 동화 가운데 「어린 왕」만큼 낙관적인 동화는 별로 없다. 와일드의 동화는 대부분 『행복한 왕자』의 패턴을 따르며, 독자로 하여금 왜 사회 관계가 더 나은 세상을 만들지 못하는가를 자문하지 않을 수 없게 한다. 『나이팅게일과 장미 *The Nightingale and the Rose*』『헌신적인 친구』『비범한 폭죽 *The Remarkable Rocket*』『별 아이 *The Star Child*』『어부와 그의 영혼 *The Fisherman and his Soul*』은 위선적인 사회 관습과 이중적 척도가 부당한 지배 체제를 유지하는 방식을 묘사한다. 결론은 아픔과 고통이며, 동화의 플롯은 행복한 결말을 거부한다. 재산 관계와 사회의 성격이 변하지 않았기 때문이다. 이런 조건 하에서 개인이 도달할 수 있는 최선의 상태는 그리스도처럼 희생당하는 것이다. 와일드의 문체는 와일드가 자신의 종교관과 예술관, 문명관을 표현하기 위해 선택한 양식으로서, 성경의 어법과 전통적인 동화의 모티프에 미묘한 변형을 가해 반복하는 문체였다. 다시 말해 와일드는 성경과 전통적 동화들의 문체와 테마를 변형해 새로이 사용함으로써 자신의 기독교 사회주의 개념을 전달하려 했다.

예를 들어 『별 아이』는 안데르센의 『미운 오리 새끼』의 역전이며, 그리스도 탄생의 모티프가 들어 있다.[32] 안데르센이 생각하는 아름다움은 아기 오리가 백조로서 풍기는 외적 매력과 연결되거나 백조들로 이루어진 귀족 계급에 대한 굴종과 연결되는 반면에, 와일드의 이데올로기적 입장은 아름다움에 대한 좀 더 복합적인 태도를 드러내며 암암리에 안데르센을 조롱했다. 와일드에게 아름다움이란 부패 권력과 사유재산에 맞서는 것이 비참함을 극복하는 방법이라는 즐거운 깨달음에 바탕을 둔 것이었다. 『별 아이』에서 외모가 준수한 소년은 오만하고 잔인하고 이기적인 인물로서, 준수한 외모를 타고났다는 사실 때문에 그렇지 못한 사람들을 함부로 대해도 되는 것은 아니라는 사실을 깨달아야 한다. 소년의 외모가 추하게 변하고, 소년은 자기가 함부로 대했던 사람들의 입장에 처한다. 소년은 오랫동안 방랑하며 선행을 베푼 끝에 준수한 외모를 되찾는데, 이번에는 정신적인 아름다움이 더해져 훨씬 멋진 모습이 된다. 왕이 된 소년은 백성을 정의와 자비로 다스리는 왕으로 인정받는다. 그러나 와일드의 작품은 주인공 한 사람의 끝이 좋으면 다 좋다는 식으로 끝나지 않는다. 성경을 연상시키는 결말의 어조는 일종의 경고처럼 들린다. "그러나 그는 오래 다스리지 못했으니, 3년을 보내고 세상을 떠난 것은 그가 겪은 고통이 너무 극심했고, 그를 시험한 불길이 너무 뜨거웠음이라. 그의 뒤를 이은 자는 다스림에 악했도다."[33] 안데르센의 주장에 반대하는 와일드의 지속적인 주장에 따르면, 아름다움의 본질이 드러나게 하기 위해서는 사회에서 지배 관계를 제거해야 한다.

『어부와 그의 영혼』에서 와일드는 다시 한 번 안데르센의 동화를 역전시킨다. 이번에 역전시킨 작품은 『인어공주』이다. 와일드의 동화에서는 인어가 영혼을 얻기 위해 고통과 굴욕을 당하는 것이 아니라 어부가 인어를 사랑한 나머지 자신의 영혼을 버린다. 그러나 초자아와 사회적 관습의 상징인 어부의 영혼은 질투를 느끼고 복수를 노린다. 어부는 영혼에 휘둘려 사악한 짓을 저지르지만, 인어에 대한 사랑이 너무도 강렬했기 때문에 결국 교회와 사회에 등을 돌리는 데 성공하고, 죽는 순간 인어와 하나가 된다. 어부의 불복종주의는 성직자와 장사꾼의 이익을 따르지 않겠다는 거부를 상징한다. 사랑은 해방적 경험이며, 사랑에 힘입어 인간은 영혼의 간섭 없이 자기와 하나가 된다. 아이러니하게도 와일드는 영혼을 거부하는 사람의 삶을 찬양하며, 이렇게 영혼을 거부하는 사람을 일종의 성인으로 간주한다. 경건한 어조와 종교적 이미지는 부자들을 대변하며 고통을 합리화하는 정통파 기독교의 위선을 고발하기 위해 사용된다.

위에서 본 것처럼 대부분의 와일드 동화의 결말은 그리스도와 비슷한 인물이 죽음을 맞이하는 충격적인 결말이다. 따라서 독자는 왜 이렇게 훌륭한 주인공이 사회 내부에서 자신의 꿈을 이룰 수 없는지를 자문하지 않을 수 없다. 이러한 충격의 원천은 와일드의 유토피아적 충동인데, 이러한 충동이 좀 더 긍정적인 방식으로 표현된 작품은 『어린 왕』과 『이기적인 거인』이라는 두 작품에 불과하다. 와일드의 가장 인기 있는 작품으로 꼽히는 『이기적인 거인』은 자본주의적 재산 관계와 사회주의 노선에 따른 사회 재구성의 필요성에 대한 가장 원숙한 진술이다. 작품은 세 단계로 구성된다. 첫 번째 단계는 아이들이 정원에서 쫓겨나는 단계이다. 여기서는 지주인 거인과 생산 집단인 아이들이 대립한다. 두 번째 단계는 에피파니 단계이다. 이기적인 거인이 고통받는 이유는 자신의 재산을 공유하지 못하기 때문이다. 자신의 이기심 때문에 어린 소년이 비참함에 빠졌다는 사실을 깨달은 거인은 마음을 누그러뜨린다. 마지막 단계는 거인의 정원이 아이들의 낙원으로 변모하는 단계이다. 거인은 재산을 모두와 공유하고 그와 함께 모두의 기쁨을 공유한다. 마지막 단계에서 거인은 자기의 도움을 받았던 어린 소년을 찾아 헤매고, 세상을 떠나기 직전에 비로소 소년이 있는 곳을 찾아낸다. 그때서야 비로소 거인은 소년이 그리스도의 강생이며, 자기가 소년 덕분에 낙원에 이르게 되었음을 깨닫는다. 이러한 결말은 여러 가지 방식으로 해석될 수 있다. 먼저 이러한 결말은 와일드의 동성애와 연결된다. 와일드는 소년에 대한 사랑을 일종의 해방으로 묘사한다. 한편 이러한 사랑은 인도적 차원의 연민으로 볼 수 있다. 와일드는 이러한 연민이 사회주의 건설에 필수적인 것이라고 생각했다. 마지막으로 거인이 소년을 찾아다니고 결국 그리스도와 합일하는 장면은 우리가 우리 내부에 있는 그리스도를 찾아다닌다는 의미로 해석할 수 있다. 와일드의 수필 『사회주의 하에서의 인간의 영혼』에서 드러나듯이 이러한 형태의 행복한 개인주의는 유토피아를 지향하는 진보의 길 위에서만 꽃필 수 있다.

맥도널드와 마찬가지로 와일드는 유토피아의 윤곽을 그리지 않기 위해주의를 기울였다. 영국 빅토리아 시대의 열악한 상황을 너무도 잘 알고 있었고, 현실에서 사회적 유토피아를 어렴풋이나마 볼 수 있게 되기까지 지난한 투쟁이 필요하리라는 것을 깨닫고 있었기 때문이다. 역시 맥도널드의 경우와 마찬가지로 와일드가 동화 담론에서 사회화 과정과 문명화 과정의 역전을 강조했던 것은 그 때문이었다. 사회적 행위를 가능케 하기 위해 도덕적·미학적 감수성을 길러야 한다는 점은 두 작가의 공통된 전제였다. 맥도널드의 주인공들은 잘못된 점들을 고치는 데 주안점을 두는 반면, 와일드의 주인공들은 사회 변혁을 위해 반드시 존재의 뿌리까지 거슬러올라간다. 맥도널드와 와일드의 동화의 패턴은 대부분 놀랄 만큼 비슷하며, 영국의 사회화 과정을 반영한다는 점도 공통적이다. 대체로 어리고 무지하고 순진한 주인공이 꿈이나 환상을 통해서 깨달음을 경험한다. 깨달음의 시점에서 주인공은 사회를 괴롭히는 문제를 알아낸다. 남녀 주인공의 행동은 사회의 현 상태와 대립하는 경향을 보인다. 플롯을 진전시키는 주인공의 행위는 한편으로는 문명화 과정 전반에 대한 비판을 함축했고, 다른 한편으로는 그 무렵 영국의 현실적 사회 경화(硬化) 과정을 반영하는 유토피아 개념을 함축했다.

19세기 말 영국의 사회적 불평등과 열악한 상황을 고려할 때, 맥도널드와 와일드가 사회가 성숙할 가능성 대신 인간이 성숙할 가능성에 기대를 걸었던 것은 놀랄 일이 아니다. 근대적 유토피아의 가능성을 동화로 표현할 사람이 있다면, 그 대상은 '토종' 미국인이어야 했다.

IV

프랭크 봄은 어른이 되고 나서 거의 20년의 세월 동안 동화의 유토피아를 그리는 데 매진했다. 그가 추구한 것은 강력한 사회주의적·모계사회적 경향을 보이는 유토피아였다. 이를 통해 봄은 미국에 대한 환멸, 나아가 서구 문명의 흐름 전반에 대한 환멸을 표현하려 했다. 봄은 맥도널드 또는 와일드와 똑같은 기질을 타고났다. 봄은 몽상가이자 이상주의자, 개혁가였으며, 인간의 완성을 굳게 믿었지만, 완벽한 인성에 도달하는 길이 보통 사람의 존엄을 짓밟는 일이 허용되는 사회에 순응하는 것이라고 믿지는 않았다. 맥도널드와 와일드와 마찬가지로 봄은 자신의 예술에 사회적 목적을 주입시킴으로써 러스킨과 모리스의 행로를 따랐다. 1888년부터 1901년까지 미국에서는 유토피아 소설이 60편 이상 출판되었으며, 그러한 소설의 열렬한 독자였던 봄은 특히 에드워드 벨러미(Edward Bellamy)의 『과거를 돌아보다 *Looking Backward*』(1888)와 모리스의 『유토피아에서 온 소식 *News From Nowhere*』(1891)을 애독했다.[34] 그러나 봄은 자신의 유토피아 개념을 표현하는 장르로 소설 대신 고전 동화를 택했다. 봄은 동화라는 지극히 유럽적인 문학 장르를 '미국화' 하는 것을 자신의 사명으로 여겼으며, 이를 통해 동화의 문명화 담론을 펼쳐갈 새로운 영역을 개척하고 미래의 실험 동화가 나아갈 길, 곧 고전 이후의 동화가 지닌 잠재력을 실험함으로써 사회 현실에 대한 급진적 대안을 제시하는 길을 보여주었다.

장편 유토피아 소설 가운데 『오즈의 마법사 *The Wonderful Wizard of Oz*』처럼 고전의 반열에 올라 있는 작품은 별로 없다. 이는 『오즈의 마법사』가 그만큼 진실하다는 이야기일 것이다. 『오즈의 마법사』는 우리를 둘러싸고 있는 회색빛 세계를 벗어날 출구를 보여주고, 우리의 창조적 에너지를 일깨우며, 내가 되고 싶은 사람이 되기 위해 나의 꿈을 접어야 하는 것은 아니라고 말해준다. 덴슬로(W. W. Denslow)의 멋진 삽화를 곁들여 1900년에 출판된 『오즈의 마법사』는 출판되자마자 미국의 어린 독자들을 사로잡았고, 1902년에 뮤지컬 연극으로 각색되면서 어른 관객까지 매혹시켰다. 그리고 그때부터 출판된 13권의 속편도 전 세계의 아이들과 어른들의 사랑을 받았다. 1939년에는 실사가 포함된 뮤지컬 애니메이션이 만들어졌으며, 주디 갈런드(Judy Garland)와 버트 라어(Bert Lahr), 레이 볼저(Ray Bolger), 잭 헤일리(Jack Haley)가 기억에 남는 연기를 펼쳤다. 동화가 고전의 반열에 올랐다는 사실이 MGM 영화의 불멸성을 보장해주었다.[35] 「무지개 너머 어딘가에 내가 꿈꾸던 나라가 있어요Somewhere over the rainbow way up high, there's a land that I dreamed of」라는 노래는 지금도 수백만의 관객들의 마음속에 희망을 심어주고 있다. 영화를 본 관객들은 오즈의 나라로 여행을 떠났던 경험에 힘입어 고향의 상황을 변혁할 수 있다고 믿게 된다. 영화는 원작의 많은 사건을 바꾸었지만, 이와 같은 원작의 유토피아적 충동을 간직했다. 원작과 영화 모두 유토피아를 향한 욕구를 찬양한다. 또한 봄의 오즈에는 비극적 측면이 있는데, 영화는 이러한 비극적 측면을 간파했다(비평가들 중에는 이러한 측면을 간파했던 사람이 별로 없다). 『오즈의 마법사』와 속편들은 농부들과 노동자들의 절망적인 경제 상황(특히 미국 중서부 지역의 상황)을 얼버무리는 도금시대(Gilded Age) 앞에서 혼란을 느꼈던 순진한 작가의 감수성을 배경으로 하고 있다. 영화 역시 1930년대 대공황을 배경으로 해서 만들어졌다.

봄은 철학자가 아니었으며, 『오즈의 마법사』에서 거창한 세계관을 해설하려 했던 것도 아니었다. 봄은 순진했고, 마음이 착했고, 세상을 믿었다. 놀랍도록 순진해서 애처로울 정도였다. 봄의 작품은 작가의 보기 드문 상상력과 솔직함을 반영한다. 봄은 말장난과 익살, 터무니없는 유머를 능숙하게 구사했다. 봄의 문체와 메시지는 직설적이고 선명했다. 곧, 봄은 폭력과 착취에 격노했다. 봄의 작품의 플롯에는 미묘함이 거의 없으며, 등장인물은 특이하지만, 성격이 복잡하게 변하는 경우는 거의 없다. 작품이 단순하면 독자가 지루함을 느낄 수도 있다(몇몇 속편은 실제로 지루하다). 그러나 봄의 매혹적인 동화들은 미국에 대한 심오하고 번득이는 비전을 제공하며, 이러한 비판적 통찰을 통해서 봄의 작품은 특별한 힘을 갖게 된다. 솔직하고 꾸밈없는 내러티브는 독자의 경계심을 없애기 때문에, 독자의 상상력은 전복적인 사유를 위험할 만큼 거리낌 없이 받아들이게 된다. 오즈의 나라로 떠나는 여행은 도피가 아니다. 여정을 따라가는 독자는 미국에 없는 것이 무엇인지, 나아가 세상에 없는 것이 무엇인지 깨닫지 않을 수 없기 때문이다. 흥미롭게도 처음에 봄은 도로시(Dorothy)의 지루한 회색빛 일상의 빈틈이 오즈 나라로 여행을 다녀온 후 채워질 수 있을 것이라고 생각했다. 그러나 봄은 미국의 생활 방식에 실망했고, 그의 실망이 커질수록 도로시가 오즈에서 즐겁게 보내는 시간도 늘어났다. 제6권 『에메랄드 도시 *The Emerald City*』(1908)에 이르면, 도로시는 캔자스와 '고향집'을 완전히 떠난다. 이제 오즈 나라가 고향이 된다. 이로써 봄은 미국으로부터의 추방을 자청한 것이다. 이상한 행동이다. 봄이 도로시를 오즈에 남겨두지 않을 수 없었던 이유가 미국 개척시대의 종료와 미국 사회의 제약 때문이었을까? 봄이 오즈를 밖에서는 볼 수 없는 곳으로 만들지 않을 수 없었던 이유는 무엇일까? 봄이 미국의 '문명화 과정'에서 정확히 무엇을 보았기에 오즈는 스스로를 지키기 위해서 스스로를 숨기지 않을 수 없었던 것일까?

봄이 선택했던 인생 행로를 살펴보는 것은 오즈 연작에 나오는 문명화 담론과 유토피아 담론의 성격을 이해하는 데 일부 도움이 된다. 봄은 상류 계급에서 아래로 추락하는 독특한 사회 이동 경로를 거쳤고, 배우와 세일즈맨, 상점 주인, 기자로 일했으며, 동부 해안에서 서부 해안으로 이동했다. 그리고 이런 모든 경험은 도금시대—대규모 경제 팽창과 경제 위기의 시대—에 미국에서 살아가던 평범한 사람들의 어려운 상황을 이해하고 공감하는 토대가 되었다. 봄의 정치관을 이해할 때 염두에 두어야 할 것이 하나 있다. 곧, 봄은 자기가 '비정치적'인 사람이라고 주장했지만, 이례적일 만큼 통찰력 있는 정치관을 가지고 있었다. 봄이 이러한 정치관을 가지게 된 것은 유토피아 소설과 미국 인민주의, 참정권 운동 덕분이었다. 작가들 중에는 자기는 정치와 별로 상관이 없다고 주장하면서 정치를 작품의 핵심에 놓는 사람들이 있는데, 이런 부류에 속하는 작가의 작품을 읽는 것은 언제나 흥미로운 일이다. 바로 이런 순진함 속에서 우리는 시대의 모순에 대한 가장 날카로운 정치적 통찰을 발견할 수 있다.

봄은 1856년에 뉴욕 북부에서 태어났는데, 태어날 때부터 심장에 문제가 있었다. 그리고 이러한 사실은 봄의 생애에 상징적인 의미를 드리웠다.[36] 아버지 벤저민 워드 봄(Benjamin Ward Baum)은 돈 많은 석유회사의 중역이었고, 아들이 정상적인 생활을 영위하는 데 필요한 보살핌과 뒷받침을 제공할 능력이 있었다. 그런데도 봄은 언제든 심장 발작이 일어나 죽을 수도 있다는 두려움 속에서 살아갔다. 봄이 살아 있는 것들에게 관심과 흥미를 가지고 있었고, 가능한 한 갈등과 폭력을 피하려 했던 것도 그 때문이었다. 봄은 시러큐스 외곽에 있는 15에이커 규모의 대지 위에 세워진 저택에서 성장했고, 개인 교습을 받으면서 농장이나 근처의 숲 등을 마음껏 탐험할 수 있었다. 그는 직접 닭을 키우면서 특별한 기쁨을 느꼈고, 개인 교습이 없을 때는 책을 읽으며 시간을 보냈다. 흥미롭게도 봄은 그림 형제의 동화와 안데르센의 동화에 빠져들면서도 동화에 나오는 폭력과 잔인함,

슬픔은 싫어했다. 봄은 인생의 가장 밝은 면을 보는 데 힘을 쏟았다. 자기를 둘러싼 세상을 음미할 시간이 얼마나 남았는지 그로서는 알 수가 없었기 때문이다.

봄의 부모는 1868년에 봄을 픽스킬 군사학교(Peekskill Military Academy)에 보냈다. 자신들의 몽상가 아들에게 현실을 느끼게 해주고 싶었기 때문이다. 그렇지만 봄은 그곳에서 채 2년을 버티지 못했다. 학교의 체벌과 군사 훈련을 견디지 못했기 때문이다. 그때부터 봄은 계속 집에서 개인 교습을 받았고, 디킨스는 그가 가장 좋아하는 작가가 되었다. 봄은 1873년에 저널리즘에 종사하기로 마음먹고 『뉴욕 월드 *New York World*』에서 수습기자 자리를 얻었다. 그리고 곧 다른 신문사 사업에도 관여하게 되었다. 1875년에는 펜실베이니아 브래드퍼드에서 인쇄소 경영을 맡으면서 『새 시대 *New Era*』라는 신문을 창간했다. 아버지가 뉴욕과 펜실베이니아에 오페라 하우스와 극장 몇 개를 소유하고 있었는데, 봄은 그 사업의 경영을 맡으면서 작가 겸 배우로 극장 일에 심혈을 기울였다. 봄이 실질적인 성공을 거두었던 첫 번째 작품은 아일랜드를 배경으로 펼쳐지는 뮤지컬 코미디 『애런의 처녀 *The Maid of Arran*』였다. 『애런의 처녀』의 성공으로 봄은 연극의 길을 걸어갈 용기를 얻었다. 그러나 순진했던 봄에게 연극의 길은 험난할 수밖에 없었다. 봄이 믿었던 사람들에게 사기를 당할 때마다 아버지는('대부 요정' 처럼) 자금과 인맥을 동원해 도움을 주거나 위기 상황에서 구출해주었다. 그렇다고 해서 봄이 아들을 너무나 사랑하는 아버지에게 계속해서 도움을 청하는 부잣집 응석받이였다는 뜻은 아니다. 오히려 봄은 정력적인 기획자였으며, 엄청나게 다재다능한 작곡가이자 작가이자 육체 노동자였다. 1881년에 봄은 거칠 것 없이 승승장구하며 앞으로 나아갔다. 봄이 모드 게이지(Maud Gage)를 만난 것도 그 해였다. 성공이 눈앞에 있는 것 같았다. 모드의 어머니 마틸다 게이지(Matilda Gage)는 수전 앤서니(Susan B. Anthony)와 엘리자베스 케이디 스탠턴(Elizabeth Cady Stanton)과 함께 4권짜리 저서 『여성 참정권의 역사 *History of Woman Suffrage*』를 집필했고, 단독 집필한 『여성, 교회, 국가 *Woman, Church and State*』로도 유명했다. 모드는 코넬 대학교를 나왔고, 모드와 봄의 사회적 환경이 달랐다는 것은 두말할 필요도 없었다. 그러나 모드와 봄은 서로의 빈틈을 보완해주는 것 같았다. 모드에게는 냉정한 사회관이 있었고, 봄에게는 무한히 펼쳐지는 이상주의와 상상력이 있었기 때문이다. 모드와 봄은 1882년에 결혼식을 올렸는데, 그때부터 부부에게는 냉정함과 이상주의가 모두 필요해진다. 일련의 사고와 비극적 사건들을 겪으면서 부부의 사회적 지위가 계속해서 하락했기 때문이다.

봄은 부실 경영과 화재로 인해 1884년에 오페라 하우스 체인의 지분을 잃었다. 그 후 봄은 아버지의 사업과 연계해 원유 제품을 판매하는 작은 회사를 개업했다. 그러나 아버지의 회사는 몇몇 직원들의 장부 위조로 인해 사운이 다하고 있었다. 벤저민 봄이 세상을 떠나던 1887년 무렵에는 이미 사업은 망하고 석유로 쌓았던 재산도 거의 바닥난 상태였다.

그 무렵의 수많은 미국 사람들과 마찬가지로 봄도 서부 개척지로 눈길을 돌렸고, 모드와 아들 하나를 데리고 사우스다코타의 애버딘으로 거주지를 옮겼다(나중에 아들 둘이 더 태어난다). 봄은 '봄스 바자'(Baum's Bazaar)라는 잡화점을 개업했지만, 1890년에 문을 닫지 않을 수 없었다. 가난한 단골들, 특히 농부들에게 계속 외상을 주었고, 가게를 들락날락하는 아이들에게 이야기를 들려주며 세월을 보냈기 때문이다. 가혹한 경제 불황이 극에 달한 때였고, 봄은 농부들이 은행가들과 사업가들로부터 어떠한 착취를 당하고 있는가를 두 눈으로 목격했다. 폐점과 가난은 사우다코타에서 흔히 볼 수 있는 상황이었으며, 봄은 1년 동안 『애버딘 새터데이 파이어니어 *The Aberdeen Saturday Pioneer*』를 편집하면서 그에 관한 기사를 실었다. 그 후 1891년에 봄의 가족은(아들이 3명으로 늘어났다) 시카고로 거처를 옮겼고, 그곳에서 『시카고 이브닝 포스트 *Chicago Evening Post*』 기자로 온갖 일을 처리했고, 나중에는 도기 제품과 유리 제품을 파는 회사에 출장 전문 세일즈맨으로 취직했다. 시카고로 거처를 옮기고 처음 6년 동안 봄은 인민주의 시위에 참석하는 등 당시 가장 활동적이고 급진적이었던 사회개혁 집단들에 대해 공감을 표명했다. 그러나 봄의 가장 큰 걱정은 가족들을 먹이고 입히는 일이었다. 봄은 1897년에 심장 스트레스의 징후인 과로와 비강 출혈을 일으켰고, 이로 인해 세일즈맨을 그만두어야 했다. 그 후 봄은 미국 최초의 쇼윈도 디스플레이 잡지 『쇼윈도 *The Show Window*』를 편집하는 일자리를 구했다. 비슷한 무렵에 장모 마틸다 게이지는 사위 봄이 손자들에게 들려주는 옛날이야기가 훌륭한 작품이 되겠다고 생각했고, 봄은 장모의 격려에 힘입어 아동 도서 『산문으로 들려주는 거위 아줌마 *Mother Goose in Prose*』(1897), 『내 촛대의 불빛 *My Candelabra's Glare*』(1898), 『거위 아저씨 *Father Goose*』(1899)를 제작하기 시작했다. 모든 책이 성공을 거두었지만, 특히 1900년 『오즈의 마법사』가 출판되면서 봄은 『쇼윈도』 편집자를 그만두고 집필과 연극에 전념할 수 있었다. 봄이 『오즈의 마법사』의 연작을 의도했던 것은 아니었다. 봄은 1901년에 『오즈의 마법사』의 후속작 『신나는 나라의 도트와 토트 *Dot and Tot of Merryland*』와 『미국 동화들 *American Fairy Tales*』을 썼고, 1902년에 『산타클로스의 생애와 모험 *The Life and Adventures of Santa Claus*』, 1903년에 『마법에 걸린 섬 *The Enchanted Island of Yew*』을 출판했다. 봄이 『오즈의 마법사』의 속편 『오즈의 신기한 나라 *The Marvelous Land of Oz*』를 출판한 것은 1904년이었다. 봄이 속편을 쓴

데는 여러 가지 이유가 뒤섞여 있었다. 첫째, 모든 연령층의 독자들 사이에서 『오즈의 마법사』의 속편에 대한 상당한 수요가 있었고, 1902년 뮤지컬 각색의 성공으로 오즈에 대한 관심이 증폭되었다. 둘째, 봄은 연극을 올리느라 경제적 어려움에 시달렸고, 연극적 가능성이 있는 속편을 쓴다면 필요한 자금이 생길 것을 알고 있었다. 그래서 봄과 오즈 연작 사이에 흥미로운 관계가 맺어졌다. 곧, 봄에게 오즈 연작은 돈이 필요할 때마다 꺼내 쓰는 화수분인 동시에 독자들과 접촉하는 통로였다(수백 명 나아가 수천 명에 이르는 독자들이 봄에게 편지를 보내서 오즈 연작의 인물과 사건, 플롯 등을 제안했다).

봄은 1909년에 할리우드에 정착해 영화 일을 해보기로 결심했고(봄은 언제나 새로운 경험이나 기상천외한 기획에 기꺼이 뛰어들었고, 당시에는 캘리포니아 앞바다의 한 섬에 '오즈의 나라'를 세울 생각까지 했다), 1910년 『오즈의 에메랄드 도시 *The Emerald City of Oz*』를 마지막으로 오즈 연작에 종지부를 찍으려고 했다. 그러나 영화사는 망했고, 봄은 1911년에 개인 파산을 선언했다. 그리고 얼마 뒤인 1913년에 봄은 『오즈의 패치워크 소녀 *The Patchwork Girl of Oz*』로 오즈 연작를 재개했다. 그때부터 캘리포니아 시절에 쓴 대부분의 작품은 유토피아적 기획과 관련이 있었고, 이러한 유토피아적 기획이 구체적인 형태를 취할 수 있는 곳은 오즈밖에 없는 것 같았다. 그도 그럴 것이 봄 자신도 오즈 연작을 통해서 자기가 무수한 독자들에게 기쁨을 선사하고 있고, 독자들이 자기의 유토피아적 판타지를 공유하고 있다고 느꼈던 것이다. 또한 약한 심장 때문에 병세가 점점 악화되면서—1914년에 안면 발작을 일으킨 후 건강이 회복되지 않았고, 급기야 1917년에 몸져눕게 되었다—봄은 점점 오즈에서 위안을 찾았다. 이 모든 것은 봄의 저택 '오즈코트'(Ozcot)에서 일어난 일이다. 오즈코트는 월트 디즈니가 몇 년 뒤에 스튜디오를 짓게 될 할리우드 바로 옆에 있었다. 캘리포니아는 봄이 쉬기에 이상적인 장소이자 마지막 개척지였다. 어찌보면 봄은 좀 더 나은 미국을 찾아 동부 해안에서 서부 해안으로 밀려왔지만, 처음부터 좀 더 나은 미국은 없다는 자신만의 어두운 비밀을 알고 있었다. 봄은 이러한 사실을 인정하기 어려웠다. 봄이 1919년 세상을 떠날 때까지 독자들에게 희망, 곧 지금의 현실에서 미국의 꿈을 추구하는 방법 말고 다른 방법이 있을지도 모른다는 희망을 주려 했던 것도 그 때문일 것이다.

봄의 작품에 대한 훌륭하고 철저한 연구가 많이 나와 있다. 봄의 정신을 기리는 것을 목적으로 하는 국제 협회와 학술 잡지도 있다. 그러나 봄의 오즈 연작을 다룬 논문 가운데 오즈 연작을 동화 담론의 역사적 맥락 속에서 다룬 논문은 거의 없으며, 봄의 글에 나타난 비극적 기조를 다룬 논문은 더욱 없다. 나는 바로 이 두 가지를 하고 싶다. 그리고 이를 위해 『오즈의 마법사』와 이후에 나온 5권의 속편 사이의 차이를 지적할 것이며, 속편들 가운데 특히 『오즈의 에메랄드 도시』에 주목할 것이다. 알려진 바와 같이 봄의 오즈 동화는 세 단계로 구분되는데, 첫 번째 단계와 두 번째 단계가 매우 중요하다. 처음에 봄은 도로시가 고향집으로 돌아가 캔자스의 '회색빛' 음악과 정면 대결하기를 원했다. 두 번째 단계에서 봄은 도로시로 하여금 오즈와 캔자스 사이를 왔다 갔다 하게 만들다가 결국 도로시와 아줌마와 아저씨는 미국에서 결코 행복할 수 없다는 결론에 도달한다. 마지막 단계—캘리포니아 시기에 씌어진 8권의 속편—가 흥미로운 이유는 유토피아의 틀을 완성하고, 그 안에서 몇 가지 문제를 해결해보려는 봄의 욕망이 나타나기 때문이다. 봄의 모든 작품에서 오즈의 문명은 미국 문명과 대립하며, 봄은 도로시를 영원한 망명자로 남겨둔다. 이렇듯 미국의 사회화와 가치들에 대한 봄의 비판이 얼마나 준엄하며 또 왜 그렇게 준엄한가를 이해하는 것은 아주 중요한 일이다.

원조 『오즈의 마법사』에 대한 가장 통찰력 있는 연구로 꼽히는 논문은 리틀필드(Henry M. Littlefield)의 「오즈의 마법사: 인민주의에 대한 우화 The wizard of Oz: parable on populism」이다.[37] 여기서 리틀필드의 설득력 있는 주장에 따르면, 동화에는 사우스다코타의 농부들이 처한 비참한 상황과 1890년대의 불황과 파업, 스페인과의 전쟁, 봄의 민주적 인민주의 등이 반영되어 있다. 리틀필드의 중심 논제에 따르면, 봄은 "미국이 20세기로 진입할 때 중서부 사람의 눈에 비친 미국의 혼란스럽고 아이러니한 모습을 그린다. (…) 봄의 작품 전체를 관통하는 주제는 성공의 상징을 향한 미국의 욕망은 환상에 지나지 않는다는 것, 진짜 필요한 것은 그것이 아니라는 것이다."[38] 리틀필드의 알레고리적 해석은 참고할 만하다. 곧, 순진함과 착한 마음(도로시)의 인도와 보호를 받으며 농부(허수아비)와 노동자(양철 나무꾼), 정치가(사자)는 신비한 국가 권력의 소유자(마법사)를 찾아가 개인적 소망을 이루어달라고 청하지만, 결국 자신의 소망은 스스로 이루어야 한다는 것을 알게 된다.

리틀필드의 논제에는 수정과 확장이 필요하다. 일단 봄은 결코 중서부 사람이 아니다. 봄의 동화를 통해서 봄이 내세우는 미국적 문명화의 담론을 이해하기 위해서는 봄의 이데올로기적 관점을 분명히 해야 한다. 오즈 동화를 쓰기 시작할 무렵은 봄이 이미 사회적 지위를 잃고 난 후였다. 곧, 봄은 상류 계급의 사람이 아니라 사회적 추락의 상처를 경험한 사람이었다. 또한 봄의 정치 의식은 장모와 아내의 페미니즘, 미국 중서부의 농민 투쟁, 인민주의 운동 등을 통해서 일깨워진 상태였다. 봄이 그리는 미국은 동부의 상층 계급 출신자의 미국—자신의 사회적 기대가 배반당했기 때문에 자신의 계급을 '배반한' 사람의 미국—이었다. 그가 자신의 계급을 배반하는 방법은 아이들로 하여금 미국이 기회의 땅이라는 거짓 환상을 더 이상 믿지 않게 만드는 것이었다.

봄은 미국의 현실에 대해 깊은 우려를 간직하고 있었다. 봄이 그림 형제의 동화와 안데르센의 동화에서 발견되는 고전 동화의 패턴과 모티프를 변형하고 '미국화' 하려 했던 것은 그 때문이다. 일반적으로 주인공은 세 번에 걸친 여러 유형의 만남을 가진 후 일종의 반전(Peripeteia)에 이르고, 또 세 번의 만남을 가진 후 목표를 달성한다. 만남은 대부분 주인공이 장애물과 악을 물리치기 위해 필요로 하는 친구 또는 자질과의 만남이다. 『오즈의 마법사』에서 회색빛 풍경이 미국이라는 것은 곧 알아볼 수 있다. 또한, 도로시는 분명 미국인 그 자체다. 나아가 오즈를 여행하면서 고아 도로시는 사회에서 짓밟힌 괴짜들에게 크나큰 연민을 보여주는데, 허수아비와 양철 나무꾼, 사자가 미국인의 여러 유형이라는 것은 곧 알아볼 수 있다. 여기서 봄은 여성 인물이 다양한 유형의 인물들을 한데 모은다는 전통적인 동화의 관습을 차용한다. 봄의 목적은 외톨이들과 낙오자들을 한데 모아 그들이 사실은 상당한 능력이 있음을 보여주는 것이다. 여기에 함축된 태도는 평범한 사람들이 감독관이나 중간상이 없이 스스로 자기의 일을 처리할 수 있다는 것과 모든 순박한 사람들의 마음속에는 창조력이 잠재되어 있어서 일깨우고 북돋워주기만 하면 발전할 수 있다는 것이다. 『오즈의 마법사』의 주인공들은 경쟁하지 않고 착취하지 않는다. 그들은 돈이나 성공을 원하지 않는다. 그들은 정식 교육이나 바보 같은 사회적 관습에 별로 관심이 없다. 그들은 모든 살아 있는 것들 사이의 차이를 존중하며, 자기 삶의 빈 곳을 채워나갈 기회를 찾는다. 그들의 행동을 그리면서 봄은 규범과 품행에 대한 담론을 전개해나가는데, 이러한 담론은 그림 형제의 동화나 안데르센의 동화에 나오는 표준적인 담론과 모순을 일으키는 한편으로 미국에서 실제로 진행되는 문명화 과정에 문제를 제기한다.

봄은 사우스다코타와 시카고의 현실을 목격하고 너무 놀라 돌처럼 굳어졌다. 봄이 경쟁과 업적에 기초하는 미국의 문명화 과정을 전복하려 했던 것은 그 때문이었다. 봄이 독자들에게 개인주의가 다른 방식—부드러움, 착한 마음, 협력—으로 성취될 수 있다는 사실과 영리함, 자비로움, 용감함 같은 소질들을 사용하면 소외를 극복할 수 있다는 사실을 일깨우기를 원했다는 데에는 의심의 여지가 없다. 오즈를 구성하는 색채와 환경은 사회적 책임감을 저해하지 않으면서 상상력과 조화를 허용하는 분위기를 띠고 있다. 도로시도 이것을 잘 알고 있고, 또 이것을 피부로 느낀다. 도로시는 오즈 여행을 통해 '성숙한다.' 봄은 도로시가 좀 더 강해졌고, 이제는 캔자스의 단조로움에 대처할 수 있다는 것을 알고 있다. 봄이 작품을 미국에서 끝낸 것도 그 때문이다. 곧 도로시는 마음속에 유토피아적 불꽃을 간직하고 있으므로 회색빛 환경 속에서도 생기를 잃지 않을 것이다.

이어지는 4권의 속편인 『오즈의 신기한 나라』(1904)와 『오즈의 오즈마 *Ozma of Oz*』(1907), 『오즈로 간 도로시와 오즈의 마법사*Dorothy and the Wizard in Oz*』(1908), 『오즈로 가는 길*Road to Oz*』(1909)에서 봄은 자신의 유토피아 개념을 발전시키고 유토피아의 사회 관계를 미국의 현실과 대조한다. 『오즈의 신기한 나라』에서 봄은 **얼핏 보면** 여성 참정권 운동을 조롱하고 있는 것 같지만, 주인공이 '남자'(hero)에서 '여자'(heroine)로 밝혀지면서 페미니즘의 이상들이 분명하게 나타난다. 많은 미국의 사서들은 봄의 '복장 도착'을 용서하지 못한다.* 봄이 남자 팁(Tip)을 여자로 바꾼 이유는 주인공이 원래 모습을 되찾고 오즈마, 곧 자비롭고 정의로운 오즈의 통치자가 되게 하기 위해서였다.[39] 봄은 여성적 자질을 찬양하며 유토피아

*역주 : 그래서 미국 도서관에서는 이 작품의 구입을 꺼린다

건설의 전제로 삼았는데, 이에 대한 심리적 이유는 여러 가지로 추측해볼 수 있다. 항상 딸을 갖고 싶어 했기 때문일 수도 있고, 한번도 어머니와 친밀한 관계를 맺어보지 못했기 때문일 수도 있으며, 아내 모드에게 잘 보이고 싶었기 때문일 수도 있다. 『오즈의 오즈마』에서 도로시와 오즈마는 투기꾼 왕(Nome King)과 첫 만남을 갖게 된다. 투기꾼 왕은 물질주의적 탐욕과 권력을 위한 권력욕을 상징한다. 투기꾼 왕의 패배는 복수를 향한 사악한 욕망을 야기할 뿐이다. 『오즈로 간 도로시와 오즈의 마법사』에서 영원한 여섯 살 소녀는 마법사(Wizard)와 재회하고, 심장도 없고 인도적 이상도 없는 지하 괴물에게 잡혔다가 오즈마 덕분에 구출된다. 이 작품에서 마법사는 영원히 오즈로 돌아가는데, 그로써 그는 미국에서 오즈로 이주하는 행렬 가운데 첫 번째가 된다. 『오즈로 가는 길』에서 도로시는 사랑의 자석을 가지고 있는 털보인간(Shaggy Man)을 만난다. 털보인간은 돈이 사람을 거만하고 잘난 척하게 만들지만, 자기는 거만하고 잘난 척하고 싶지 않다고 말한다. 털보인간이 원하는 것은 다만 사람들이 자기를 사랑하는 것인데, 털보인간에게 사랑의 자석이 있는 한 사람들은 그를 사랑할 것이다. 미국은 경쟁과 소외의 나라여서 마법의 자석이 필요했겠지만, 오즈에 도착한 털보인간은 여기서는 돈이나 마법이 없어도 자기가 원하는 것을 얻을 수 있다는 것을 알게 된다. 오즈마는 털보인간에게 오즈 사람들은 뭔가를 가졌기 때문에 사랑을 받는 것이 아니라, 서로에게 친절을 베풀고 착한 일을 하기 때문에 사랑을 받는다고 말해준다. 그래서 털보인간은 마법사와 마찬가지로 오즈에 머물기로 결심한다. 오즈에서는 자기의 존재 그 자체로 인정받고 사랑받기 때문이다.

봄이 『오즈의 에메랄드 도시』를 썼던 1910년에는 유토피아에 대한 정확한 원칙이 세워져 있었으며, 봄은 이 책의 도입부에서 그러한 원칙을 분명히 밝혔다.

> 모든 남자와 여자는 이웃으로부터 필요한 음식과 옷, 집, 가구, 장식품 등과 오락거리를 받았고, 그것은 그가 공동체를 위해서 무엇을 생산했는가라는 문제와는 상관없는 일이었다. 간혹 필요한 물건이 떨어지면 통치자의 커다란 창고에서 꺼내왔으며, 나중에 사람들이 쓰고 남는 것으로 다시 채워넣었다.
> 모두가 하루의 절반은 일하고 하루의 절반은 쉬면서 놀이를 즐기는 것만큼 노동을 즐겼다. 할 일이 있다는 것은 좋은 일이었기 때문이다. 그들을 감시하는 잔인한 관리자도 없었고, 야단치는 사람이나 비난하는 사람도 없었다. 사람들은스스로 친구와 이웃을 위해 일하면서 자랑스러움을 느꼈고, 자기가 생산한 것을 친구와 이웃이 사용할 때 기쁨을 느꼈다. 오즈는 요정의 나라이고, 따라서 오즈의 주민들은 당연히 요정들이었다. 그렇다고 해서 오즈의 주민들이 우리 세계의 주민들과 많이 달랐다는 뜻은 아니다. 오즈의 주민들 가운데는 온갖 괴짜들이 있었지만, 사악한 사람은 단 한 명도 없었고, 본성이 이기적이거나 폭력적인 사람도 없었다. 그들은 평화롭고 친절하고 다정하고 유쾌했다. 주민들 모두가 오즈를 다스리는 아름다운 소녀를 아끼고 사랑했으며, 이 소녀 통치자의 모든 명령에 즐거이 복종했다.[40]

봄의 '사회주의' 유토피아는 오즈마라는 이름의 공주가 통치를 한다는 점에서 이상한 유토피아다. 그러나 오즈에는 위계 질서나 지배 계급은 사실상 존재하지 않는다. 여성인 동시에 남성인 오즈마는 모계사회의 상징이다. 또한 오즈마는 마술을 단속하고, 특히 흑마술을 금지함으로써 오즈에서 사회주의 휴머니즘의 기틀을 마련한다. 오즈마는 은행가들에게 몹쓸 꼴을 당하고 미국에서 완전히 고립된 처지에 놓였던 엠 아줌마(Aunt Em)와 헨리 아저씨(Uncle Henry)를 따뜻하게 환영할 뿐 아니라 복수심에 불타는 투기꾼 왕에 맞서 비폭력 전략으로 오즈를 지킨다. 『오즈의 에메랄드 도시』는 봄의 동화 가운데 예술성 면에서 가장 혁신적이고, 주제 면에서 가장 급진적인 작품이다. 내러티브는 이중 플롯에 기초하며, 각각의 플롯은 액션에 극적 서스펜스를 가미하는 변증법적 장면들을 포함한다. 한편에서 도로시는 엠 아줌마와 헨리 아저씨를 '재문명화' 하기 위해 오즈의 새 집의 놀라움을 보여주려 하고, 다른 한편에서 투기꾼 왕은 엄청난 군사를 소집해 오즈를 파괴하려 한다. 봄은 은행가와 투기꾼 왕을 등치시킨다. 은행가는 몸이 아파 더 이상 일할 수 없게 된 늙은 농부들을 짓밟는 무자비한 존재이고, 투기꾼 왕과 그의 동맹군인 윔지 부대(Whimsies), 그롤리워그 부대(Growleywogs), 판파즘 부대(Phanfasms)는 사람들을 노예로 만들어 부와 권력을 얻으려 한다. 엠 아줌마와 헨리 아저씨가 오즈의 해방적 원칙과 상황을 하나씩 하나씩 깨닫고 이해할 때마다 투기꾼 왕은 조금씩 조금씩 유토피아 문명을 훼손하려 한다. 독자는 내러티브 시점에 따라 자신과 오즈의 대의를 동일시한다. 우리는 오즈마가 오즈를 구해내고 오즈의 영원한 건재함을 보장하는 방식을 보면서 봄의 통찰력과 상상력을 확인할 수 있다. 모든 종류의 폭력에 반대하는 봄은 망각의 샘물을 만들어냈다. 망각의 샘물을 마시면 모든 것을 잊게 되고, 특히 자신의 사악한 의도를 잊게 된다. 오즈의 적들은 망각의 샘물로 모든 것을 잊고 오즈를 떠나 자기 나라로 돌아간다. 봄의 동화는 그리스도처럼 한 쪽 뺨을 맞으면 다른 쪽 뺨도 내밀라는 설교가 아니다. 봄은 만약 적과 똑같은 방법을 사용하면 적처럼 되기 쉽다는 사실을 좀 더 잘 알고 있었을 뿐이다. 투기꾼이나 은행가처럼 살인적이고 투쟁적이 되었다면, 오즈의 정신과 원칙은 흐려졌을 것이다. 따라서 적과 선을 긋는 동시에 인도적이 되려는 노력을 통해서 오즈마와 친구들은 상상력과 인간성을 좀 더 분명하게 의식하게 된다. 그러나 이러한 적과의 충돌로 인해서 오즈마는 오즈를 외부인들의 눈에 보이지 않는 곳, 외부인들이 접근할 수 없는 곳으로 만들기로 결심한다. 외부인들은 유토피아에 비극을 가져오기 때문이다. 자신의 이데올로기적 관점을 통해서 본 자본주의 기업가가 테크놀로지를 손에 넣는다면, 오즈 같은 유토피아는 파멸되고 말 것이라는 사실을 깨달았다. 오즈의 나라를 보이지 않게 만듦으로써 봄은 미국에서 유토피아를 실현할 가능성이 완전히 사라졌다는 사실을 말해준다. 자신의 이익을 위해서 타인의 꿈을 조작하고 착취하는 금융 미국의 현실 속에서 미국의 꿈(American Dream)은 발붙일 곳이 없었다.

오즈 연작에 대한 가장 날카로운 논평으로 꼽히는 논문에서 고어 비달(Gore Vidal)[41]은, "테크놀로지와 전원주의 사이의 긴장이 오즈 연작에서 다루는 내용 가운데 하나이며, 이는 봄이 그것을 의식하고 있는가의 여부와는 상관이 없다"는 매리어스 뷸리(Marius Bewley)[42]의 주장에 동의를 표한다.

> 오즈에서 봄은 제퍼슨(Jefferson)이 갖고 있던 전원의 꿈(노예 대신 마술과 선의가 들어섰다)을 펼친다. 그리고 오즈라는 에덴 동산에 금단의 지식을 들여온다. 금단의 지식은 흑마술(기계)의 형태를 띠고 있으며, 백마술(전원사회의 가치)을 통해 극복되어야 한다.
> 뷸리의 시각에 따르면, '오즈인(Ozite)은 마법의 과학적 속성을 잘 알고 있기 때문에 오즈마(Ozma)는 마법의 사용에 지혜롭게 제약을 가한다.' 결국 통제된 마법은 사회를 발전시킨다. 마치 통제된 산업화가 우리 사회와 비슷한 사회들을 고양시킬 수 있고 나아가 구제할 수 있는 것처럼 말이다. 불행히도 미국은 100년 이상 투기꾼 왕의 지배를 받아왔고, 투기꾼 왕은 왕위에서 물러날 기미를 보이지 않는다. 그동안 많은 사람들의 삶이 확실하게 투기적(nome-ish)이 되었고, 환경은 파괴되어 돌이킬 수 없

는 지경이 되었다. 봄의 독자가 우리나라의 '현실적' 제도가 오즈의 것보다 못하다는 사실을 깨닫게 된다는 의미에서 봄은 진정 전복적인 작가이다.[43]

앞에서도 말했듯이 동화를 통한 '전복의 예술'을 펼친 작가가 봄만은 아니었다. 산업화가 발생하고 노동 계급에 대한 착취가 합리화되면서 사회개혁 운동도 변모했고 교육 방식도 개선되었다. 이를 통해 이른바 선진 기술이 발달한 국가에서 문명화 과정의 모순이 밝혀지기 시작했다. 일반적으로 19세기에 영국과 미국의 동화 작가들이 동화라는 형식을 차용한 이유는 여전히 더 나은 삶의 약속이 깨진 것을 위로하고 변명하기 위해서가 대부분이었다. 노동 조건과 사회 관계에 긴장과 소외가 야기되는 상황이 점점 악화될 때이기도 했다. 그러나 동화 작가 중에는 규모는 작지만 강력한 저항 집단이 있었다. 디킨스와 러스킨, 맥도널드, 와일드, 봄도 여기에 속했다. 이들은 고전 동화와 사회 전반에 의문을 제기하는 정치적 관점을 통해서 동화가 윤리와 관습을 다루는 방식을 변화시켰다. 또한, 젊은이를 중심으로 보다 폭넓은 새로운 독자층이 구성되었다. 이들은 노동 계급과 소부르주아 계급을 망라했고, 전통적인 동화 작가와 저항적인 동화 작가는 양쪽 모두 이들을 잠재적 독자로 간주했다. 물론 상층 계급의 아이들도 대부분의 동화 작가가 생각하는 잠재적 독자에서 빠지지 않았다.

개혁적 성향의 동화 작가들에게 중요한 점은 동화가 새로운 유형의 정치 의식을 제공할 수 있다는 것이었다. 그들은 이러한 새로운 정치 의식을 통해서 하층 계급의 비교적 '새로운' 독자들은 보다 분명한 사회적 확신을 얻을 수 있고, 특권층 독자는 자신의 사회적 책임을 깨달을 수 있다고 여겼다. 서사적 관점의 이데올로기에 일대 전환이 있었던 것은 분명해보인다. 페로와 그림 형제, 안데르센으로 대표되는 1800년대 후반의 이데올로기는 더 이상 통하지 않았다. 새로운 작가들은 영국과 미국의 상층 계급이 지니고 있는 시각을 정당화하기를 거부하고 사회주의 유토피아의 욕망을 전달하는 심미적 구도를 고안했다. 그리고 이들의 이데올로기 렌즈를 통해서 새로운 세계가 어렴풋이 그 모습을 드러냈다. 동화 문학은 젊은 층의 정신과 감수성을 공략하거나 사로잡기 위한 도구로 쓰이면서 근본적인 의미에서 정치적 무기라는 측면이 점점 더 강해졌다. 동화는 언제나 정치적 무기인 측면이 있었지만, 고전적인 형식에 고전적인 내용을 담고 있는 동화라는 장르는 마법과 비유를 사용해 독자의 욕망과 필요를 억압하려 했던 것이 사실이다. 반면에 맥도널드와 와일드, 봄의 새로운 '고전' 동화는 사회적 해방의 일부였다. 그들의 예술은 투기꾼 왕의 권위주의 통치를 뒤엎을 수 있을 때 유토피아가 구체적으로 어떻게 실현될 것인가를 보여주는 전복적인 상징 작용이었다.

7장

동화 담론을 둘러싼 투쟁: 바이마르 공화국과 나치 독일의 가족, 마찰, 사회화

곰팡이

사람들은 지금 그 어느 때보다 이것과 함께 살아간다.
이것은 아이들을 키울 때 끼어든다.
아이들은 이것을 견디다가 끝내 아버지처럼 된다.
이것을 따르지 않는 사람도 평범한 사람들의 대화를 들으며
익숙해진다. 그러다가 끝내 식탁에 둘러앉고, 수다 떨고,
남의 집에 놀러가고, 가식적인 웃음을 터뜨리고,
서로에게 맹독을 퍼뜨린다. 숨을 들이쉬지 않는 사람도
답답한 썩은 공기를 피하지 못한다.
이것은 아래쪽의 젊은 남자들에게도 스며들고,
위쪽의 예쁜 여자들에게도 스며든다.
이곳에도 얌전히 조용히 남아 있고,
저곳에도 얌전히 말없이 남아 있다.

에른스트 블로흐(Ernst Bloch)
『이 시대의 유산*Erbschaft dieser Zeit*』(1934)

최근 들어 바이마르 문화와 나치 문화의 본질적 특징들을 이해하고, 독일 역사에서 이 두 시기가 중대한 관계가 있음을 밝히려는 의미 있는 작업들이 진행되어왔다. 그런데 이러한 작업 가운데 동화를 중요하게 다룬 것은 거의 없다. 그리고 이 점은 주목을 요한다.[1] 내가 '주목을 요한다'고 말한 데는 그럴 만한 이유가 있다. 독일은 서구에서 유일하게 민담과 동화를 문학적 사회화 과정 속에 흡수한 나라다(예외가 있다면 영국 정도일 것이다). 따라서 독일에서 민담과 동화는 사람들의 미적 취향과 가치 체계를 형성하는 데에서 중요한 역할을 담당한다. 민담과 동화라고 하면 먼저 그림 형제와 독일이 떠오르는 것이 사실이다. 물론 한 민족의 관습과 의식이 형성되는 과정에서 문화의 어느 한 분야가 미치는 영향력을 지나치게 강조하는 것은 현명한 처사가 아니지만, 독일인의 믿음과 규범을 형성함에 있어 민담과 동화가 상당한 영향력을 발휘했다는 데는 의심의 여지가 없으며, 민담과 동화가 사회 질서의 변화상을 상징적인 방식으로 반영했다는 데도 의심의 여지가 없다. 우리가 아는 바와 같이, 특히 동화는 부르주아 발생기에 의식적으로 또는 무의식적으로 아이들에게 사회적으로 받아들일 수 있는 역할을 보여주고 교양—시민예법(civilité)의 독일식 버전—을 제공하는 데 사용되었다.

나치가 민담 및 동화와 관련된 정책을 수립할 필요성을 인식하고 있었다는 것만 보아도, 민담과 동화가 아이들뿐 아니라 어른들에게도 문화적 영향을 미친다는 사실이 일반적으로 인식되고 있었음을 알 수 있다. 나치가 역사의 무대에 등장하기 전에도 독일의 식자층에서는 민담과 동화가 미치는 부정적 효과와 긍정적 효과(특히 아이들에게 미치는 효과)에 대한 논쟁이 있었다. 이러한 논쟁은 18세기 계몽주의 시대에 시작되었고, 지금까지 계속되고 있다. 이러한 논쟁이 공론화되면서 동화 담론은 일종의 비평 제도로 확립되었다. 동화 비평은 동화가 아이들의 심리에 미치는 효과와 그로 인해 아이들의 사회적 태도와 행동과 상상력에 미치는 효과를 다룬다. 이러한 효과를 측정하기는 극히 어려운 일이므로, 여러 가지 서로 다른 시각을 검토하는 것이 의미가 있다. 입장 자체가 해당 시대에 문학과 육아를 바라보는 이데올로기적·사회적 시각을 드러내기 때문이다. 바이마르 독일과 나치 독일의 경우에도, 동화의 미적 생산과 공적 영역에서의 동화의 용도를 연구함으로써 당대의 가정과 사회화, 문화적 태도 등에 대해서 많은 것을 알 수 있다. 이것은 너무나도 방대한 주제이기 때문에, 나는 이 글의 논의를 가족 행동 패턴의 문제와 경쟁 및 지배 이데올로기의 문제로 한정하려 한다.

바이마르 시대와 나치 시대는 전(全) 서구 세계에서 동화 장르가 발전해 온 양상을 전반적으로 이해하는 데 대단히 중요한 시기다. 앞에서 본 것처럼 동화에 나오는 문명화의 화법은 19세기 말엽이 되면서 확대되거나 역전되거나 전복되었다. 이로 인해 20세기 초가 되자 동화 화법을 둘러싸고 공적 영역에서 치열한 공방이 벌어졌다. 이 과정에서 동화 담론과 문명화 과정의 연관성이 독일만큼 극명하게 나타난 곳도 없었다. 어마어마한 사회적·정치적 격동의 결과로 사회가 양극화되면서, 작가들은 상징 행위를 행하는 데에서 명쾌한 이데올로기적 입장을 취하지 않을 수 없었기 때문이다. 그 무렵에는 그밖의 다른 나라도 상황이 비슷했다. 독일과 다른 나라의 상황을 비교하면서, 우리는 문화적 발전의 불균일성과 특수성을 볼 수 있는 동시에 서구에서 아동 동화가 대체로 비슷한 윤곽을 그리며 발전했다는 것을 알 수 있다. 이 장의 주제인 독일의 동화 문학을 검토함으로써 우리는 서구 사회의 문명화 과정이 거쳐간 경로를 포착할 수 있다. 이 장의 사례 연구를 통해서 독일의 동화 문학이 어떻게 고전 동화의 패턴과 보다 근본적인 방식으로 단절하고 지배와 야만의 문제를 논의하려 했는가를 살펴보는 것도 흥미롭다. 독일에서 곰팡이(나치가 제국을 건설하며 격세유전적 태도를 보인 것에 대한 블로흐의 비유) 제거제를 찾으려는 활발한 노력은 바이마르 시대의 동화 담론에 힘을 불어넣었지만, 1930년대의 맹독 앞에서는 백기를 들고 말았다. 바이마르 독일과 나치 독일에서 아동 동화와 성인 동화가 관심사를 상당 부분 공유했으므로 나는 이 장에서 이러한 관심사가 동화 담론을 둘러싼 광범위한 투쟁을 구성했던 양상을 설명할 것이다(이러한 담론 투쟁에 참여했던 논자들에 따르면, 논쟁의 결과에 문명의 미래가 달려 있었다). 서구의 다른 나라 동화 작가들도 이러한 투쟁을 벌이고 있었다. 따라서 우리는 이러한 투쟁을 문학의 전면전으로 인식해야 한다. 그 무렵의 문학 전쟁에 관한 역사는 아직 씌어지지 않았지만, 이러한 담론 투쟁을 전면적으로 인식할 때 비로소 독일의 사례는 하나의 비평적 텍스트로서 우리로 하여금 메워야 할 역사적 빈틈의 지점을 포착하게 해준다.

I

20세기 초의 독일에서 어린이 동화의 고전이 얼마나 중요했느냐 하는 것은 다양한 분야의 학자들이 동화에 지대한 관심을 보였다는 사실을 통해서도 알 수 있다.[2] 여기서 말하는 '고전'은 그림 형제와 안데르센, 베히슈타인의 공인된 유명 작품을 뜻한다. 독일에서 논쟁과 토론이 벌어지면 주로 이러한 작품이 거론되었고, 이러한 작품은 종종 민담으로 간주되었다. 심리학 분야에서 가장 중요한 저작은 샤를로테 뷜러(Charlotte Bühler)의 『동화와 어린이의 상상력 *Das Märchen und die Phantasie des Kindes*』(1919)과 한스 부세(Hans Hr. Busse)의 『14~18세 노동 청년의 문학 이해 *Das literarische Verständnis der werktätigen Jugend zwischen 14 und 18*』 그리고 에르빈 뮐러(Erwin Müller)의 『독일 민담의 심리학 *Psychologie des deutschen Volksmärchens*』(1928) 등이다. 꿈 그리고 꿈과 동화의 관계에 주목하는 프로이트 학파와 융 학파에 속하는 이들 저작은 동화가 아이들의 인성 계발에 중요한 영향을 미치는 측면을 지적했다. 또한 이들 저작은 동화가 아이들의 사회적 역할을 개발·완성한다고 보고, 사회화 과정 안에서 동화가 가지는 미덕을 옹호했다. 사회학적·교육학적 연구서인 빌헬름 레더만(Wilhelm Ledermann)의 『학교와 가정에서의 민담 *Das Märchen in Schule und Hans*』(1926)과 라인하르트 놀테(Reinhard Nolte)의 『자유로운 민담 생산의 분석 *Analyse der freien Märchenproduktion*』(1931)은 고전에 속하는 동화의 폭넓은 인기와 효용을 기록함으로써 뷜러와 부세 등의 연구 내용을 뒷받침했다.[3] 발터 베렌트존(Walter A. Berendsohn)은 『그림 형제의 아동 동화와 가정 민담에 나타난 민중적 서사예술의 기본 형식 *Grundformen volkstümlicher Erzählkunst in der Kinder-und Hausmärchen der Brüder Grimm*』(1922)에서 동화와 동화 이외의 단편 내러티브 산문을 분명하게 구분하려 했다. 보수적인 민속 전통의 연구자들은 고전에 속하는 동화와 민담에 등장하는 상징적인 인물형의 기원을 게르만 종교와 신화에서 찾아보려고 했다. 카를 폰 슈피스(Karl von Spiess)의 『독일 민담 *Das deutsche Volk-smärchen*』(1925), 게오르크 쇼트(Georg Schott)의 『독일 민담에 나타난 예언과 실현*Weissagung und Erfüllung im deutschen Volksmärchen*』(1925), 베르너 폰 뷜로(Werner von Bülow)의 『룬을 통해 본 동화의 의미. 독일 동화의 비밀의 언어*Märchendeutungen durch Runen. Geheimsprache der deutschen Märchen*』(1925) 등의 저작은 민속학 분야에서 파시즘적 경향의 편파적 연구와 교육적·인류학적 작업을 진행하는 토대가 되었다. 마지막으로 에트빈 회른레(Edwin Hoernle)는 『공산주의 아동 그룹 연구*Die Arbeit in den Kommunistischen Kindergruppen*』(1923)에서 동화의 수용과 효용을 마르크스주의적 관점에서 자세하게 다루었다. 1930년대에 에른스트 블로흐[4]와 발터 벤야민[5]은 회른레의 논의를 좀 더 정교하게 전개했다.

바이마르 시대에 고전 동화의 가치와 효과를 둘러싸고 벌어졌던 열띤 토론을 제대로 이해하기 위해서는, 아동 도서가 사회화 과정에서 어떤 기능을 하는가를 둘러싼 논쟁의 맥락을 알아야 한다. 이것은 하인리히 볼가스트(Heinrich Wolgast)의 저서 『우리 아동 문학의 궁핍: 아동 예술 교육을 위한 제언*Das Elend unserer Jugendliteratur. Ein Beitrag zur künstlerischen Erziehung der Jugend*』(1896)을 통해 일찍이 촉발되었던 논쟁이다. 자유주의 좌파로서 사회민주당을 열렬히 지지했던 볼가스트는[6] 청년문학운동(Jugendschriftenbewegung)이라는 조직의 창립 멤버였는데, 조직의 신조는 아동 도서와 청소년 도서를 정화하고, 미학적 기준을 마련하는 것이었다. 1920년대에 볼가스트의 입지를 분명하게 대변해준 것은 바로 헤르만 쾨스터(Herman L. Köster)가 저술한 『작가로 본 독일 아동 문학의 역사 *Geschichte des deutschen Jugendliteratur in Monographien*』(집필 1906, 개정 1927)였다. 청년문학운동의 공동 창립자였던 쾨스터 등 많은 사람들은 1920년대 아동 문학의 미학적 수준과 도덕적 품위를 유지하기 위해 노력을 기울였다. 그러나 이들의 이데올로기적 입장은 기본적으로 부르주아 보수

파의 가치 체계를 암암리에 강화하는 광신적 애국주의나 군국주의 성향의 도서와 기타 그림책이 점점 많이 나오도록 허용하는 것이었다.

청년문학운동은 결국 세버린 뤼트거스(Severin Rüttgers)의 영도 아래 나치에게 넘어갔다. 청년문학운동의 이러한 보수적 경향의 반대편에서는 공산주의자와 급진주의자, 진보주의자로 구성된 강력한 운동이 일어나, 아동 문학을 솔직하게 정치화하고 이를 통해 청년 문학의 예술적·이데올로기적 수준을 높이려 했다. 고전 동화의 용도 중에서는 부르주아 계급의 사회화 과정에서 아이들로 하여금 자기에게 기대되는 역할에 적응하게 만든다는 용도가 가장 컸다. 따라서 사회주의자들이 내용을 바꾸고 용도를 변경하려 했던 첫 번째 대상 가운데 하나가 동화 장르였던 것은 우연이 아니다. 1923년 에트빈 회른레는 다음과 같은 주장을 펼쳤다.

> 우리는 이야기하는 방법을 다시 배워야 한다. 전(前)자본주의 시대에 농부들이 실을 잣는 방에서, 장인들이 공방에서 들려주던 그 환상적이고 자연스러운 이야기를 배워야 한다. 민중의 생각과 감정은 여기서 가장 단순하게 반영되며, 따라서 가장 선명하다. 자본주의는 가족을 파괴하고, 노동하는 인간을 기계화하면서 이 오래된 '민중예술' (Volkskunst)을 없애버렸다. 프롤레타리아는 새로운 동화를 창조할 것이다. 여기에는 노동자의 투쟁과 노동자의 인생과 노동자의 생각이 반영될 것이다. 동화는 노동자가 어떻게 다시 한 번 인간이 될 수 있는가와 노동자가 어떻게 늙어빠진 옛날 사회 대신 새로운 교육적 사회를 건설할 수 있는가를 보여줄 것이며, 노동자의 투쟁과 노동자의 인생과 노동자의 생각은 동화가 보여주는 가능성에 상응할 것이다. 아이에게 들려줄 적당한 동화가 없다고 불평하는 것은 말도 안 된다. 동화는 전문적인 작가들이 쓰는 것이 아니며, 책상 앞에서 나오는 것이 아니다. 진짜 동화는 무의식적으로, 집단적으로 오랜 시간을 거쳐 생겨나는 것이며, 작가가 하는 일은 주어진 자

료를 세련되게 다듬는 것이다. 프롤레타리아가 동화를 들려줄 공간(낭독할 공간이 아니라 들려줄 공간)을 마련하는 즉시 프롤레타리아적이고 산업적인 새로운 동화는 나타날 것이며, 이러한 새로운 동화는 똑같이 반복되는 것이 아니라 입에서 입으로 전해질 것이다. 과거에 농민과 소부르주아의 동화에서 늑대와 냄비가 말을 했던 것처럼, 새로운 동화에서는 기계와 연장, 기관, 기차, 선박, 전보, 전화, 갱도, 실험실 유리관이 말을 할 것이다.[7)]

알다시피 회른레의 예언이 완전히 실현된 것은 아니지만, 그럼에도 불구하고 진보적인 동화와 사회주의 경향의 동화가 만들어지기 시작한 것은 틀림없는 사실이다. 회른레는 모르고 있었지만, 사실 이러한 동화는 훨씬 전부터 나오고 있었다. 19세기 말에 이미 유럽과 미국 전역의 어린이 동화 문학은 분명한 사회주의적 특징을 드러냈다. 그러나 공산주의적·사회주의적 어린이 동화의 공세가 본격적으로 시작된 것은 제1차세계대전이 끝나고 난 뒤였다. 독일의 헤르미니아 추어 뮐렌은 1921년에 『꼬마 페터의 친구들이 들려주는 이야기 *Was Peterchens Freunde erzählen*』를 필두로 정치적 색채가 짙은 어린이 동화를 쓰기 시작했고, 이어서 『진실의 성 *Das Schloss der Wahrheit*』(1924), 『옛날 옛적에…… 그리고 앞으로 언젠가 *Es war einmal…… und es wird sein*』(1930) 등의 동화집을 써나갔다. 또한 에른스트 프리드리히(Ernst Friedrich)는 베르타 라스크(Berta Lask)와 카를 에발트(Carl Ewalt), 로베르트 그뢰츠(Robert Grötzsch)가 쓴 흥미로운 정치 동화를 묶어 『프롤레타리아 유치원 *Proletarischer Kindergarten*』(1921)을 냈다. 한편, 브루노 쇤랑크(Bruno Schönlank)의 『대도시 동화들 *Grossstadt-Märchen*』(1923), 발터 에슈바흐(Walter Eschbach)의 『현실의 동화들 *Märchen der Wirklichkeit*』(1923), 하인리히 슐츠(Heinrich Schulz)의 『작은 사람, 작은 동물, 작은 사물 이야기*Von Menschlein, Tierlein, Dinglein*』(1925), 클레레 마이어-루가우(Cläre Meyer-Lugau)의 『신비한 나라*Das geheimnisvolle Land*』(1925), 리자 테츠너의 『한스 우리안*Hans Urian*』(1931)은 동화가 아이들에게 사회 모순을 고도의 계몽적인 방식으로 설명하는 데 유용하게 쓰일 수 있음을 보여주었다. 그러나 동화를 급진화하려는 시도가 바이마르 공화국의 아이들과 어른들 사이에서 실제로 뿌리를 내린 것은 아니었다. 그림 형제와 안데르센, 베히슈타인의 고전 동화가 독자층을 지배했고, 이러한 고전 동화를 모방하는 무수한 이류 작가들은 독자를 내려다보며 도덕적 교훈에 매달리는 동화의 고전 목록을 늘렸을 뿐이다. 이들의 동화는 기본적으로 아이들의 삶을 사탕발림하는 데 쓰였다. 또한, 고전 동화는 라디오와 영화를 통해 널리 퍼졌고, 이를 통해 모든 계급의 어린이들에게 보다 큰 영향을 미쳤다. 곰팡이를 퍼뜨리는 데는 일상 대화뿐 아니라 대중 매체도 한몫했다. 현대적 테크놀로지가 시대착오적 이데올로기를 지지하는 형국이었다.

1933년 나치가 정권을 잡았을 때, 아동 동화의 생산에 서서히 변화가 생겼다. 첫째, 사회주의적 실험 동화가 금지된 것은 물론이었다. 둘째, 작가들은 동화를 쓰겠다는 의욕을 점점 잃어갔다. 민담은 아리아인의 신성한 유물로 간주되었다. 따라서 무조이스의 고전 동화와 함께 그림 형제와 안데르센, 베히슈타인의 고전 동화가 이상적인 추천도서 목록에 들어갔고, 낭만 동화를 비롯한 예술 동화(Kunstmärchen)는 기피의 대상이 되었다. 그 무렵에 나치가 동화와 관련한 부분에서 강조했던 정책은 순수한 아리아인의 민담 전통을 회복하는 청소정책이었다. 크리스티나 카메네츠키(Christina Kamenetsky)는 다음과 같이 지적했다.

국가사회당이 민중과 공동체, 농민, 민속에 대해서 갖고 있던 생각은 헤르더(Herder), 그림 형제, 아른트(Arndt), 괴레스(Goerres), 얀(Jahn)의 민족주의적인 저술에 나타났던 생각과도 상당히 달랐다. 국민사회당은 제3제국의 이데올로기적 지향에 모종의 낭만적 태도를 결합했기 때문이다. '투쟁하는 민중공동체'와 총통을 받들며 하나로 뭉쳐 무조건 충성하는 '단일 대오'는 목가적 시골의 농촌 민중공동체와는 전혀 다른 개념이었다. 국민사회당은 무해했던 민담을 이데올로기적 무기로 둔갑시켜 천년 제국 건설에 복무케 하려 했다. 1935년 당의 고위 관리였던 알프레트 아이트(Alfred Eyd)는 이렇게 선언했다. "독일 민담은 인종적·정치적 청년 교육을 위한 대단히 중요한 수단이 될 것이다."[8)]

이는 나치가 새로운 민담 전통 내지 동화 전통을 창조할 것이라는 의미가 아니었다. 파시즘 시대에 나온 민담집과 동화집 또는 그 무렵의 창작물을 살펴보면, 도서 포맷을 바꾸기 위한 실제적인 노력이 거의 없었다는 놀라운 사실을 발견하게 된다. 엄밀한 의미에서 민담이라고 할 수 있는 작품은 하나도 없었다. 어린이를 대상으로 수집되고 출판되는 작품들은 대부분 그림 형제, 안데르센, 베히슈타인의 고전 동화들이었다. 도판 역시 상당 부분 19세기 삽화(래컴Rackham, 뒬라크Dulac, 도레Doré)를 그대로 가져오거나 전원풍의 농촌 풍경을 모방했다. 바꾸어 말하면 아리아인의 특징을 강조하는 동화를 새로 쓰거나 삽화를 게르만적으로 그리거나 하는 대규모 시도는 없었다. 그러나 교육자들과 당의 공직자들, 문학 비평가들은 나치 이데올로기에 따라 작품을 재해석하고, 이러한 해석을 아이들의 사회화에 이용하는 데 엄청난 노력을 기울였다. 또한 당 기관지 『영화와 회화 *Film und Bild*』에서는 아동용 동화 영화를 둘러싼 무수한 기사와 논쟁이 있었다.[9)] 고전 동화의 게르만적 속성에 대한 요제프 프레스텔(Josef Prestel)의 언급을 보면, 동화에 대한 파시즘적 재해석의 일반적 경향이 어떠했는가 그리고 이러한 경향이 어떻게 활용되었는가를 짐작할 수 있다.

> 영웅적 인종주의의 맥락에서 동화에 나오는 왕의 딸이 맡는 역할도 새로운 조명을 받게 된다. 왕의 딸은 영웅에게 주어지는 최고의 보답이다. 자신의 삶을 걸고 뭔가를 지키는 사람은 삶을 사는 동안 보답을 받는다. 왕의 딸이 택하는 사람은 어떤 사람일까? 용감하고, 마음씨 착하고, 충실한 사람이라면 목동도 좋고, 사냥꾼도 좋다. 왕의 딸이 택하는 사람은 '민중의' 최고의 자질을 갖고 있다. 그는 승리를 거두고 궁정사회로 진입한다. 민중의 위력적 자질이 고결한 혈통의 어머니와 결합한다. 영웅에게 상으로 주어진 공주는 종의 개량의 상징이요, 차원 높은 인종주의 이념의 상징이요, 혈통의 영속화('그래서 그들은 지금까지 행복하게 살고 있다')의 상징이기 때문이다. 동화는 도덕적 세계의 반영물을 손에 잡힐 듯 생생한 이미지로 제공한다(동화의 도덕적 세계는 아이의 낙관주의와 연결되는 구원의 확신에서 비롯된다). 그렇다, 동화를 통해서 특히 민중의 미덕이 드러난다. 남자 주인공의 경우에는 충성과 불굴의 의지, 겁내지 않는 용기이고, 여성 주인공의 경우에는 희생과 겸허한 헌신, 연민이다.[10]

『덤불 속의 유대인 *The Jew in the Thorn*』 같은 동화에 노골적인 반유대적 해석을 가하거나 절도와 사기를 유대인과 연결하는 것 외에도, 국가사회당의 해석은 대부분 대립하는 두 세계(순수한 아리아인 대 오염된 외국인)의 투쟁을 강조했다. 그렌츠(G. Grenz)가 『신데렐라』를 다음과 같이 해석한 것도 같은 맥락이다.

> 그래서 이 두 세계는 맞붙어 싸운다. 처음에는 기만과 거짓이 승리하는 것처럼 보인

> 다. 그러나 자연은 속지 않는다. 자연은 순수한 사람과 헌신하는 사람을 향해 열린다. 자연은 그런 사람을 돕는다! 자연은 종의 적절한 표본들을 하나로 융합하며, 이런 방식으로 가차 없는 논리적 일관성을 가지고 자연 법칙을 완성한다. 왕자가 음전하고 유덕한 신부를 찾아낼 수 있는 것은 순수한 본능의 인도를 따르기 때문이요, 왕자의 피가 바로 그녀라고 말하기 때문이다.[11]

파시즘 시기에 고전 동화의 용도는 어린이 독자로 하여금 자신이 게르만 유산을 계승하는 게르만 인종임을 알게 하고, 자기가 동일시해야 할 봉건적 공동체와 영웅의 역할을 알려주는 것이었다. 그러나 다른 한편으로 어린이 독자나 청소년 독자는 고전 동화 속에서 탈출구를 발견할 수 있었다. 책을 읽을 때 당의 교사나 관리가 항상 눈앞에 있는 것은 아니었다. 노골적인 정치적 상징으로 장식된 동화와 제3제국의 영광을 설교할 목적으로 다시 쓴 동화 이외에도 많은 동화가 있었기 때문에, 어린이 독자와 성인 독자 모두 동화를 읽으면서 일상 생활의 정치 공세를 보상받을 수 있었다. 한 아동 문학사가에 따르면, 제2차세계대전이 끝날 무렵까지 동화의 인기는 점점 높아졌다. 실제 전쟁과 이데올로기 전쟁으로 얼룩진 쓰디쓴 현실 속에서 동화가 일종의 피난처를 제공했기 때문이다.[12] 그러나 여전히 고전 동화의 지배적인 사회적 기능은 나치가 민중공동체를 재창조하고 있다는 환상, 곧 독일 민족의 채워지지 않은 욕구에 부응하는 환상을 조장하는 경향이 있었다. 이러한 환상에 따르면, 독일 민족은 히틀러의 영도 아래 투쟁을 재개함으로써 다시 한 번 세계적 위상을 요구할 수 있었다.

앞에서 보았던 것처럼, 바이마르 시대와 나치 시대에 고전 동화의 출판계에는 거의 아무런 변화가 없었지만, 공적 영역에서 진행되는 고전 동화의 전략적 활용과 해석에는 분명한 변화가 있었다. 성인 동화 문학의 경우에는 변화가 훨씬 컸다. 설화에 일정한 변형을 가하는 방식으로 창작되는 동화는 설화의 상징과 모티프, 플롯을 독창적인 방식으로 활용함으로써 사회적 현실을 비판적인 방식으로 해설하고 반영하는 오랜 전통을 갖고 있다. 18세기부터 바이마르 시대까지 독일의 동화 작가들은 전복적인 창작 솜씨로 유명했고, 때로 악명을 떨쳤다. 동화는 사회적 상징 작용으로서 특정 작가의 정치적·철학적 시각에 따라 다양한 방식으로 활용되었다. 따라서 하르트무트 게르켄(Hartmut Geerken)이 표현주의 동화집 『황금 폭탄 *Die goldene Bombe*』[13]에서 다음과 같은 범주를 가지고 20세기 초반의 실험동화를 분류하려 했던 것은 완벽하게 논리적인 것이었다. (i) 신은 죽었다—우주 속의 인간, (ii) 마술—블랙 유머, (iii) 체스에서 기사의 움직임—풍자—그로테스크, (iv) 별들의 위치, (v) 이인용 침대 속에서 마성적인 것, (vi) 사회적으로 정치적인 것, (vii) 옛날이야기, (viii) 다다이즘. 게르켄의 동화집에는 엄청나게 다양한 작가들의 동화가 담겨 있다. 한스 아르프(Hans Arp)와 후고 발(Hugo Ball), 베르톨트 브레히트(Bertolt Brecht), 테오도어 도이블러(Theodor Däubler), 알베르트 에렌슈타인(Albert Ehrenstein), 한스 폰 플레슈-브루닝겐(Hans von Flesch-Brunningen), 오스카어 마리아 그라프(Oskar Maria Graf), 빅토르 하트비거(Victor Hadwiger), 프란츠 헬트(Franz Held), 게오르크 하임(Georg Heym), 야코프 폰 후디스(Jacob von Huddis), 프란츠 카프카(Franz Kafka), 클라분트(Klabund), 프리츠 람프(Fritz Lamp), 쿠르트 라스비츠(Kurd Lasswitz), 구스타프 마이링크(Gustav Meyrink), 카를로 미렌도르프(Carlo Mierendorff), 알프레트 몸베르트(Alfred Mombert), 뮈노나(Mynona), 오스카어 파니차(Oskar Panizza), 한스 라인만(Hans Reinmann), 파울 셰바르트(Paul Scheebart), 한스 쉬펠부트(Hans

Schiebhelbuth), 쿠르트 슈비터스(Kurt Schwitters), 라인하르트 요하네스 조르게(Reinhard Johannes Sorge), 오토 슈퇴슬(Otto Stoessl)이 그들이다. 이들 이름 가운데 상당수가 생소한 이름이다. 그러나 그 무렵에 이들은 유명한 작가였고, 예술 분야에서 20세기 초의 엄청난 사회 변화를 반영했던 중요한 아방가르드 전통을 대표하는 작가들이었다. 크리스토프 아이크만(Christoph Eykmann)은 표현주의 동화의 일반적인 경향에 대해서 논하면서 이렇게 말했다.

> 동화라는 숨겨진 형식은 말하고자 하는 바를 전달하는 능력에 있어서 직접적인 논증보다 효과적일 때가 많다. 전형적인 표현주의자가 보다 순수한 세계에 대한 자신의 유토피아적 이미지를 구상할 때, 동화가 그 어떤 문학 장르보다 효과적이라는 점은 충분히 예상할 수 있는 일이다. 그러나—동화가 아닌 표현주의 문학에서와 마찬가지로—중요한 것은 현존하는 현실의 상태에 대한 비판일 뿐이며, 현실이 어떠해야 하는가라는 예측적 관념은 전혀 중요하지 않다. 셰바르트의 동화에서 지향하는 이상적 세계는 보다 나은 인간 세계이다. 그러나 이러한 희망은 자연의 힘에 의해 좌절된다. 하트비거의 동화에서 보다 나은 세상을 대표하는 거인은 조악한 현실의 희생자가 된다. 에렌슈타인의 동화 『죄인들 *The Guilt*』에서는 인류가 스스로 자멸한다. 정체된 사회 공간에서 벗어나는 길은 죽음밖에 없다.[14]

아이크만도 인정했듯이 이러한 압도적인 비관주의는 대부분의 동화에서 지배적인 특징은 아니지만 바이마르 시대에 쓰여진 동화의 본질과 연결된다. 이야기 속에서 사회적 질서를 전복함으로써 새로운 유토피아적 세계를 구상던 낭만주의자들과는 달리 1919년에서 1933년 사이의 성인 동화 작가들은 유토피아적 해답을 제시하지 않았거나 제시할 수 없었다. 한편,

성인 동화 작가들은 봉건주의에서 자본주의로 이행하는 시기의 낭만주의 동화에서 주인공의 모순감정이라는 또 하나의 특징을 끌어냈다. 변화하는 사회질서 속에 갇혀 있는 주인공은 새로운 구조를 만들기를 원하지만 새로운 사회와 지나간 사회 사이에서 분열되어 있다. 게르켄의 동화집에 포함되지 않은 바이마르 시대의 동화 작품 몇 편을 보면, 흐트러진 관계와 모순감정을 반영하는 열린 결말이 이러한 작품들의 핵심적인 특징인 듯하다. 『다른 별에서 온 이상한 소식 *Strange News from Another Planet*』『시인 *The Poet*』 등 1919년에 출판된 헤르만 헤세(Hermann Hesse)의 동화에는 조화와 평화에 대한 갈망이 투영되어 있다. 이러한 조화와 평화는 그 무렵의 사회 내부에서는 얻을 수 없는 것이었고, 그것은 주인공의 경우나 독자의 경우 모두 마찬가지였다. 토마스 만(Thomas Mann)의 기념비적 저작인 『마의 산 *Magic Mountain*』(1924)은 전체적으로 낭만 동화의 형태를 취하는 작품으로, 중심을 잃고 비틀거리던 주인공이 아이러니한 내러티브의 결말에서 진흙탕에 뒹구는 것으로 끝난다. 외된 폰 호르바트(Ödön von Horváth)는 『운동경기 동화 *Sportmärchen*』(1924)를 비롯한 당시의 동화들을 통해 소부르주아 생활의 천박함 그리고 물려받은 전통의 무익함을 보여준다. 그의 동화 속에 등장하는 인물들은 자신들의 진부한 대화 방식과 진부한 사고 방식에 갇힌 채로, 스스로의 캐리커처로 변해간다. 오스카어 마리아 그라프의 『빛과 그림자 *Licht und Schatten*』(1927)에 들어 있는 동화들 속에서 장면 설정은 파편화된 공동체를 연상시킨다. 파편화된 공동체는 어서 하나가 되어야 하는데, 공동체를 하나로 모아야 할 사람들 자체가 찢겨진 상태다. 1929년에 쓴 2편의 동화에서 베르톨트 브레히트는 모든 것이 혼란스러운 세상에서 의사 소통이 부재하는 문제를 건드린다. 1950년대의 헤르만 슈테어(Hermann Stehr)와 프리드리히 블룬크(Friedrich Blunck)의 지극히 보수적인 글에서도 암암리에 공동체를 향한 모색과 절망의 벼랑 끝에 몰린 인류를 쇄신할 선한 세계로의 회복을 향한 모색이 나타난다.

동화의 예술적 구조와 내용은 작품마다 다르지만, 바이마르 시대의 글에는 일반적으로 두 가지 공통점이 있다. 첫째, 옛날 설화와 고전 동화라는 형식이 유용하게 쓰이는 경우는 바이마르 시대의 사회적 현실과 밀접하게 연결되는 시대 착오의 모델을 제공하는 경우였다. 둘째, 작품의 지형이나 주요 등장인물은 과거의 전원적 민속 공동체와는 전혀 아무런 관계가 없었다. 오히려 작품은 자본주의 사회에서 일어나는 인간 관계의 붕괴를 상징했고, 이를 통해 기계화와 자동화, 상품 물신주의를 드러냈다. 파시즘적 낙관주의와 신세계 질서를 강조하는 교조주의가 횡행하던 나치 독일의 상황을 고려하면, 이런 나치 독일에서 바이마르 유형의 새로운 동화 문학이 번성하지 않았고 또 번성하지 못했던 이유는 자명하다.

대부분의 진보적 동화 작가들은 나치 독일을 떠났으며, 작품 활동을 계속하는 경우에도 조국의 독자에게 작품을 읽힐 수가 없었다. 블룬크와 슈테어, 헤세, 빌헬름 마티센(Wilhelm Matthissen) 등 나치 독일에서 동화 출판이 가능했던 작가들은 국가사회당의 민속 이데올로기와 부딪히지 않았으며, 순수성과 충성심, 모성의 희생, 남성적 용기를 지향하는 나치의 이념을 조장하는 데 이용될 수 있었다. 따라서 낭만 동화의 비판적 전통을 따르는 작품들은 독자를 빼앗겼으며, 사회에 유해한 존재처럼 보이게 되었다. 크리스티나 카메네츠키는 나치가 동화 문학을 적대시한 것을 보여주는 예로, 1930년대 초반에 알베르트 크레브스 박사가 작성한 '낭만 동화'라는 연설을 들고 있다.

크레브스는 수많은 교재와 선집의 저자였고, 그의 책들은 국가사회주의교사연맹

(National Socialist Teachers' Association)에서 발행하는 교육 잡지 『민중 교육 *Die Volksschule*』 편집진의 추천을 받았다. 당대의 유행과 궤를 같이 했던 그는 민담의 '건강하고 유기적인' 세계관을 강조했고, 동화 문학의 '인위적이고 퇴폐적인 세계관'과의 차이를 부각시켰다. 크레브스에 따르면, 초기 낭만주의 작가들도 말했듯이 동화 문학은 뒤틀린 바로크적 현실 인식의 산물이므로 아이들의 책장에 꽂아놓아서는 안 되는 책이었다.[15]

아이들이 낭만 동화를 읽는 것이 금지되었을 뿐 아니라, 성인들의 낭만 동화 역시 고전 동화보다 열등한 것으로 재평가되었다. 민중 이데올로기를 조장하고 동화 문학을 민중 문화에 속하지 못하는 이질적인 것으로 경시한 결과, 친파시스트 작가들은 동화라고 할 수 있는 작품을 거의 쓰지 않았고, 독일 작가 가운데 감히 문학 장르를 사용해 사회 현실에 대한 불만을 표하는 사람은 거의 없었다. 게르하르트 하우프트만(Gerhart Hauptmann)은 1939년에 괴테(Goethe)를 모방해 대단히 난해한 『동화 *Das Märchen*』를 썼는데, 여기에는 사회 현실에 대한 불만을 표하는 정치적 진술이 담겨 있다. 에른스트 비헤르트(Ernst Wiechert)는 전쟁이 끝날 때까지 베개 밑에 감춘 권총 같은 동화들을 집필했다. 하우프트만과 비헤르트의 동화들은 반파시즘의 특징을 지니고 있었고, 그 때문에 나치의 세계 질서가 몰락한 후에야 출판될 수 있었다. 다행히도 나치즘의 붕괴 이후에 독일 작가들은 서서히 동화 문학 실험을 시작할 수 있었고, 회른레의 소망대로 근대적 소재와 사회주의적 이념을 갖춘 급진적 성향의 새로운 동화가 다시 한 번 발전할 기회를 얻었다. 그러나 이러한 새로운 동화 역시 급진적 유토피아주의를 백안시하는 지배적인 동화 담론에 맞닥뜨렸다.

II

고전 동화는 바이마르 독일과 나치 독일의 아이들과 어른들에게 가장 널리 알려진 이야기였고, 사회화 과정에 폭넓게 활용되었다. 이를 염두에 둔다면 고전 동화의 도식에 그려진 모범적 역할이 가질 수 있는 이데올로기적 함의를 분석하는 것이 중요한 일임을 알 수 있다. 이를 통해 우리는 독일 역사에서 이 두 시대가 보여주는 사회적·문화적 경향을 이해할 수 있을 것이고, 아울러 이러한 경향이 동화 담론 일반에 미친 영향도 파악할 수 있을 것이다. 이 시대에는 고전 동화를 창작하는 대신 아이들과 어른들을 특정한 정치적 방향으로 교육하기 위해 고전 동화를 활용했다. 따라서 고전 동화라는 당대의 대표적인 문화 산물의 기능을 도발적이고 불온했다고 할 수 있는 실험적인 동화 문학과 비교하고 대조하는 작업이 필요하다. 이를 통해 참신하고 혁신적인 형식들은 당시에 문명화 과정에서 어떤 변화가 일어났는지, 지금은 어떤 변화가 일어나고 있는지를 보여줄 수 있다. 언제나 그렇듯 여기서 우리는 권력과 지배의 문제가 동화의 해석과 수용에서 가족 및 사회화와 관련해 얼마나 중요한 것인가를 살펴볼 것이다.

「동화에 나타난 가족과 자연Familie und Natur im Märchen」이라는 논문에서 막스 뤼티(Max Lüthi)는 마법 동화(Zaubermärchen)에서는 가족이 지배적인 역할을 한다고 주장했다.[16] 동화에서 중심이 되는 것은 우리가 흔히 생각하는 대가족(Grossfamilie)이 아니라 소가족 내지 핵가족(Kleinfamilie)이다. 뤼티에 따르면, 배경을 핵가족으로 한정할 때 동화는 단순하고 이해 가능한 뼈대를 갖출 수 있다. 핵가족 구조에서 가족관계를 특징짓는 것은 화목이 아니라 긴장과 불화, 갈등이다. 뤼티는 주요 사항을 다음과 같이 열거했다.

(1)

아이는 부모 때문에 위험에 빠진다. 부모가 아이를 내쫓고 싶어 할 수도 있고, 어쩔 수 없이 쫓겨나야 하는 상황에 처할 수도 있다. 어쩔 수 없는 상황을 만드는 것은 아이에게 질투를 느끼는 사악한 계모나 형제나 자매일 수도 있고, 아이를 죽이라는 명령을 받은 사냥꾼이나 하인일 수도 있다.

(2)

대부분의 동화에서 이야기의 도입부에 등장하는 것은 어린아이가 아니라 가족과 싸우고 집을 떠나는 청년이다. 중심 테마는 개인의 성숙이다. 개인이 성숙해지는 것은 가족이나 사회 환경 덕분이 아니다. 청년이 행복을 얻기 위해서는 자연에 의존하거나 자신의 재능에 의존해야 한다.

(3)

결혼은 대부분의 동화에서 목표로 설정되지만, 결혼이 동화의 주제는 아니다. 결혼은 왕국과 마찬가지로 상징으로 보아야 한다. 남녀 주인공은 모두 결혼이라는 목표를 위해서 노력을 경주하며, 가족 자체가 걸림돌이 될 때가 많다.

(4)

동화에서 악당은 동물보다는 사람일 때가 많고, 특히 주인공의 가족일 때가 많다.

요컨대 친밀한 관계(상호의존) 속에 위험이 있고, 자연과 우주(고립) 속에 안전이 있다는 생각은 동화가 보여주는 인간상의 기본 패턴에서 파생되는 특수한 형태이다.

친밀한 관계의 긴장감이 심화되어 죽음에까지 이르는 양상은 심리학적 측면이나 인류학적 측면에서 해석하는 것에 그칠 문제가 아니라, 전반적으로 극단을 지향하는 동화 양식 자체의 특징으로 봐야 한다. 아름다움과 보상을 묘사할 때나 범죄와 처벌을 묘사할 때나 동화는 철저히 극단적 상황을 지향한다. 또한 누이나 아내가 오빠나 남편을 구하기 위해서 보여주는 희생의 마음이나 고통을 견디는 능력, 불굴의 의지 등도 극단적으로 점점 심화되어 현실감을 상실한다(동시에 이러한 비현실적 미덕들은 물질적인 형태를 띠게 된다). 극단적인 긴장감과 시련이 여기서는 긍정적인 종류의 것이다. 동화에서도 친밀한 관계에서 사랑의 힘이 드러날 때가 있고, 그럴 때는 극단적인 형태를 띠게 된다. 현실이 암흑일 때, 가능성은 여전히 빛이다. 왕족과의 결혼이라는 목표는 결승점에서 환하게 빛난다.[17)]

뤼티의 가설은 분명 도움이 되지만, 고전 동화에 나타난 가족의 전체적인 의미를 이해하는 데에서는 오해를 야기할 수 있다. 뤼티의 작업을 자세히 다루기에 앞서, 고전 동화에 나타난 결혼에 대한 엘레아자 멜레틴스키(Eleasa Meletinsky)의 설명을 고려해야 할 것 같다.

혼인 '교환' 에도 사회적 기능이 있었다. 그것은 부족들 사이의 사회적 결속이었다. 이러한 결속이 이루어지면서 모든 가치 교환이 시작되었다. 이러한 의미의 '혼인 교환' 은 신화에서 비롯된다. 그러나 동화에서는 부족의 번영이 아니라 개인의 행복이 중요하며, 따라서 혼인 '교환' 은 점점 '소통의 기능' 을 상실하고 새로운 의미를 띠게 된다. 실제로 동화에서 결혼이 개인에게 의미하는 바는 일상적 관계의 형태로 구현되는 사회 갈등으로부터의 '기적적' 탈출이다 (동화에 나오는 가족이 많은 경우 대가족이라는 점, 곧 가족이 다소간 씨족 유형의 가부장적 공동체를 대표한다는 점은 주목을 요한다). (…) 기본 모순 (삶과 죽음의 유형들 등)은 흔히 가족 관계의 형태를 취하는 위태로운 사회 갈등 내에서 표현된다. 중재는 주인공이 갈등을 피하고 보다 높은 사회적 지위로 상승하는 방식으로 표현된다. 이러한 사회적 지위의 변화는 결혼을 통해서 가능한데, 주인공이 누구냐에 따라 결혼 상대는 왕의 아들이나 상인, 왕의 딸 등으로 달라진다. 이렇듯 동화에서 '결혼'은 등장인물이 기본적 사회 관계를 벗어나 해방되는 중재의 수단이 된다.[18]

멜레틴스키는 클로드 레비-스트로스(Claude Levi-Strauss)의 작업과 자신의 연구를 결합해 두 가지 중요한 논점을 가지고 뤼티에게 반론을 제기한다. 첫째, 멜레틴스키는 고전 동화에 나오는 가족을 가부장적 확대가족과 연결짓는다(이것은 올바른 연결이다). 둘째, 멜레틴스키는 대부분의 동화에서 결혼은 단순한 목표가 아니라 중재로서 인물들 사이의 관계의 바탕이 된다는 점과, 결혼이 주인공의 모범적 행동 방식과 플롯의 모범적 작동 방식을 결정한다는 점을 지적한다. 또한 멜레틴스키의 인류학적 방법론은 뤼티의 문학적이고 기술적인 방법론에 비해 동화에 나타난 가족과 가족 관계의 중요성을 이해하는 데 보다 실질적인 접근 방식이 될 수 있다. 고전 동화에서 가족의 역할을 평가하는 데는 인물과 동기, 존재론적 딜레마를 아는 것만 가지고는 부족하다. 고전 동화의 전체적인 구도는 특정한 가치와 세계관을 강조하는 가족 유형을 구성하는 등장인물들의 상호 작용을 통해서 형성되며, 따라서 우리는 이렇게 형성된 전체적인 구도를 분석해야 한다. 고전 동화의 특수한 사례에서 우리는 작품 속의 가족에 의해서 유지되는 이데올로기 및 사회적 기능과 관련해 가족 갈등과 가족 패턴의 현실적 근거를 포착해야 한다.

뤼티와 멜레틴스키는 특정한 역사적 시기에 진행된 고전 동화의 수용에는 관심이 없었으며, 가족과 사회화에 대한 명확한 정의를 가지고 논의를 진행한 것도 아니었다. 따라서 뤼티와 멜레틴스키의 연구는 작품의 토대가 되는 사회적·역사적 기원과 작품의 함축적 의미를 탐구하지 않은 채로 가족들 사이에 일어나는 일들을 설명하려 했다는 점에서 한계가 있다. 또한 뤼티와 멜레틴스키는 민속학이라는 분과 학문을 뛰어넘지 못하고, 마법 동화를 민담의 일종으로 간주한다. 따라서 동화와 동화에 나타난 가족의 이미지, 동화에 스며 있는 경쟁과 지배의 이데올로기가 바이마르 독일과 나치 독일의 사회화 과정에서 어떤 역할을 했는가를 이해하기 위해서는 뤼티와 멜레틴스키의 작업을 넘어서야 한다.

알다시피 뤼티와 멜레틴스키가 연구했던 수많은 마법 동화는 19세기에 그림 형제와 그림 형제를 추종하던 작가들에 의해 이미 고전 동화 문학의 반열에 올라가 있었다. 마법 동화의 바탕이 되었던 민담에는 원시적·봉건적 요소들이 포함되어 있었을 테지만, 이러한 요소들은 재가공되어 19세기를 지배했던 부르주아 가치 체계와 어울리게 바뀌었다. 요컨대 그림 형제와 이후의 연구자들에 의해 기록되고 베히슈타인 같은 작가들에 의해 각색된 고전 동화에는 기독교 이전 시대와 봉건주의 시대, 초기 자본주의 시대의 요소들이 뒤섞인 상태로 포함되어 있지만, 선별과 기록, 변경, 출판을 거친 작품들은 그 어법과 규범 패턴에서 부르주아 계급의 문명화 과정에 상당한 영향을 받았다. 그렇다면 고전 동화, 특히 그림 형제의 동화에 나타난 가족과 사회화가 논의의 대상이 되는 경우, 그러한 동화가 부르주아 문명화 과정에 영향을 받았다는 것은 어떤 의미를 갖는가?

마크 포스터(Mark Poster)가 『비판적 가족이론 *Critical Theory of the Family*』에서 가정했던 내용을 가지고 논의를 전개해보겠다.[19] 포스터는 가족을 정의할 때 규모가 아니라 감정 패턴과 관련된 문제를 기준으로 삼았다. 포스터의 연구의 의의는 바로 여기에 있다. 포스터가 보기에 가족은 사회화 과정에서 정해진 기능이 있지만, 가족을 하나의 제도로 볼 때 가족은 일차적으로 심리 구조가 절대적 우위를 점하는 사회적 공간이다.

> 여기서 가족은 연령과 성별을 심리적 형태로 위계화하는 (상대적 자율성을 지닌) 감정 구조로 개념화된다. 즉, 가족은 사랑하는 대상들로 이루어진 체계로 구상화된다. 육아 패턴은 최초의 세 가지 발달 단계(구강기, 항문기, 성기기)에 주목하는 상호 작용 과정으로 이론화된다. 이러한 상호 과정 속에서 육아 전략의 배경을 이루는 권위와 사랑의 패턴이 성인들에 의해 제도로 정착된다. 마지막으로 어른과 아이 사이의 유대를 강화하는 동일시의 패턴이 밝혀질 수 있다. 위와 같은 범주를 자세히 연구하면 구체적인 가족 구조를 이해할 수 있게 된다.[20]

이어서 포스터는 이렇게 덧붙인다. "가족은 내면화된 연령과 성별의 위계 질서라는 심리적 패턴을 생성하는 한편으로, 보다 큰 규모의 사회 제도에 참여한다. 이러한 참여의 여러 가지 유형들을 가시화하는 것이 우리의 과제다."[21]

포스터의 개념들, 특히 감정 패턴과 상호 작용이라는 개념들을 고려하게 되면, 우리는 고전 동화에 나타난 가족에 대해서 뤼티와 멜레틴스키가 보여준 것보다 좀 더 변별적인 상을 얻게 된다. 이러한 가족상의 중요성을 밝히기 위해서 나는 샤를로테 뷜러의 1919년 목록에 따라[22] 독일에서 가장 유명한 아동 동화 14편을 가지고 상호 작용과 가족관계, 유대 그리고 이런 문제들이 지배와 경쟁과 관련될 때 생기는 이데올로기적 의미를 검토하려 한다. 『빨간 모자』와 『늑대와 일곱 마리 아기 염소 *The Wolf and the Seven Kids*』 『잠자는 숲 속의 미녀』 『한젤과 그레텔 *Hansel and Gretel*』 『백설공주』 『홀레 부인 *Mother Holle*』 『신데렐라』 『오누이 이야기 *Brother and Sister*』 『거위치기 소녀 *The Goose Maid*』『개구리 왕자』『도둑의 왕 *The Master Thief*』『지빠귀부리 왕』『요린데와 요링겔 *Jorinde and Joringel*』『황금산의 왕 *The King of the Golden Mountain*』이 그것이다. 나는 때로 그림 형제의 다른 동화들을 언급할 것이고, 독자들이 내가 언급하는 작품을 알고 있다고 가정할 것이다. 그림 형제의 동화 가운데 큰 인기를 모은 작품들의 기본 유형이 사회적으로 좀 더 비판적인 유형인 일화 동화(Schwankmärchen)가 아니라 마법 동화(Zaubermärchen)라는 점은 주목을 요한다. 다르게 말하면 그림 형제의 동화에 대한 사회적 수용은 보수적인 경향을 띠었다.

동화의 배경은 봉건 농촌 사회를 반영하고, 동화의 인물은 귀족이나 농민이나 제3신분(시민, burgher)에 속한다. 바꾸어 말하면 가족의 세 가지 사회적 유형이 나타나고, 이는 다시 권력과 재산, 성별에 따라 구분된다. 가족들 모두가 작품 속에 나오는 경우는 거의 없지만, 언제나 가족이 많다는 암시가 나온다. 우리는 하인들과 가까운 친척이 확대가족에 속한다는 점을 기억해야 한다. 동물(염소 등)도 새끼가 일곱 마리 이상이다. 대부분의 동화에서 자식은 셋이거나 일곱, 열둘이며, 자식이 없는 것은 죄로 간주된다. 바꾸어 말해, 동화에서 다산과 대가족은 높이 평가된다. 확대가족의 가장은 권위주의적 남성이고, 가장이 대부분의 결정을 내린다(『잠자는 숲 속의 미녀』와『개구리 왕자』『지빠귀부리 왕』『황금산의 왕』이 그렇다). 엄마와 여왕, 대모 등이 남성보다 능동적인 역할을 하는 경우에도 여전히 가부장제 사회에 이로운 방식으로 행동한다. 선하거나 악하거나 상관없이 엄마나 여왕이나 대모는 소녀로 하여금 왕자와의 결혼에서 구원을 찾게 하는 방향으로 행동한다(『신데렐라』와『거위치기 소녀』『백설공주』가 그렇다). 소녀는 자기가 왕자와 결혼할 가치가 있음을 증명하기 위해 수줍음과 부지런함, 겸손함, 정직함, 순결함, 근면함 등의 자질을 행동으로 보여줘야 한다. 또한 소녀는 자기를 내세우지 말아야 하고, 자기를 부정해야 한다. 소년은 대개의 경우에 소녀보다 능동적이며, 힘과 용기, 지혜, 충성심 그리고 간혹 살생본능 같은 자질을 보여줘야 한다(『황금산의 왕』이 그렇다). 모든 사회 계급에서 소년과 소녀 주인공은 원래 가족과 갈등을 겪을 수 있지만, 가부장적 가족 제도를 거부하지 않는다. 주인공은 가족을 떠나 외부인들과의 상호 작용을 통해 자신의 가치(교환 가치)를 보여주며, 이를 통해 주인공은 자기가 결혼을 하거나 새로운 공동체로부터 인정받아 행복한 사람이 되기에 부족함이 없다는 사실을 증명한다. 그 과정에서 주인공은 갈등으로 가득한 가족을 벗어나 좀 더 높은 사회 계급으로 진입할 수 있지만, 가부장적 가족의 기본적 위계 질서(아버지를 정점으로 해서 그 밑의 어머니와 남자 형제, 여자 형제)는 변하는 것이 아니라 오히려 더욱 확고해진다. 하층 계급에 속하는 인물이나 억압받는 사람이 '꿈'을 실현하는 방법은 새로운 사회 질서와 가족 관계의 창조가 아니라 정해진 역할의 기대치에 부응하고 가족과 사회의 인정을 확보하는 것이다.

결혼을 통해 왕비 또는 왕이 된다는 것에는 수많은 사회심리학적 의미가 함축되어 있으므로, 여기서 그 모든 의미를 밝히기는 어려운 일이다. 그러나 한 가지만은 확실하다. 그것은 결혼을 통한 가족의 구성이 의사결정권자인 강력한 남성 가장에 의해 이루어진다는 점이다. 절대 권력과 절대 지혜를 소유한 가장은 가족 구성원들이 가족과 공동체 안에서 살아갈 수 있도록 행동과 관계의 골격을 제시한다. 남성은 구원자로서 여성(지위가 낮은 존재, 나아가 천대받는 존재)을 지배하고 여성의 미덕을 보호하며 (『지빠귀부리 왕』), 남성과 여성은 힘을 합해 전통적 가족 패턴과 정서적 유대관계, 상호 작용을 복원한다. 이러한 복원의 바탕을 이루는 사회적 가치와 동일시 패턴은 부상하는 부르주아 계급의 그것과 연결될 수 있다. 고전 동화에 봉건주의가 각인되어 있는 점은 분명하지만, 그림 형제의 '마법 동화'의 내러티브 시점은 농민 계급의 세계관과 신흥 부르주아 계급의 민주적 인본주의를 융합하고 있다. 따라서 가족 구성원이 다뤄지는 방식은 계급과 재산, 권력 정도에 따라 다르지만, 가족 간의 상호 작용에 대한 다양한 묘사들을 아우르는 전체적인 정서 패턴은 남성 인물이 부과하는 윤리적 구속과 성적 억압, 금욕의 원칙들을 중심으로 구성된다(남성 인물은 부르주아적 가치를 축적하는 인물에게 훌륭한 결혼이나 안정된 사회적 지위라는 보상을 제공한다). 부르주아적 가치는 귀족 이데올로기(권력이 곧 정의다)와 뒤섞일 때도 많지만, 대부분 정의는 가부장의 현명한 권력 행사에 의존한다(가부장은 아내와 아이에게 무엇이 최선인지 알고 있다). 동화들 가운데 특히 왕족이 나오는 동화를 보면, 가족 개념이 왕국이라는 제도를 암시하고 있음을 알 수 있다. 가족은 왕국보다 하위에 놓이는데, 이를 통해 문명화 과정에서 무엇이 중요하고, 무엇을 우선해야 하는지가 암시된다. 곧, 강력한 왕국의 지도자가 나머지 사회에 모델을 만들어주어야 한다. 가족의 이미지는 사회 질서와 밀접한 관련이 있으며, 이때 사회 질서는 왕과 왕비의 행동에 반영된다. 여기서도 봉건적 절대주의와 부르주아적 특질들의 혼합을 볼 수 있다(그림 형제는 민담을 고전 동화로 재가공하고 수용하고 계발하면서 부르주아적 특질들을 받아들이고 발전시켰다). 대부분의 동화들에 스며 있는 생각이 있는데, 그것은 계몽된 귀족 계급이 농민 계급과 부르주아 계급, 귀족 계급의 가족 구성원이 행하는 역할과 행동 패턴을 만들어내는 존재라는 생각이다. 이를 통해 우리는 동화의 마법과 마술의 유토피아적 기능에 한계가 있음을 알 수 있다. 곧, 마법이나 마술은 주인공의 상황을 개선함으로써 주인공으로 하여금 일정한 제도 안에서 부모나 주인의 역할을 하게 하는 기능을 하는데, 여기서 제도는 본질적인 의미에서 주인공이 자기의 힘으로 만들어낸 것은 아니다. 그림 형제의 마법 동화에 나타나는 감정 패턴과 역할, 관계, 태도, 목표 등은 바이마르 공화국과 제3제국에서 지배적 유형의 부르주아 가족이 실제로 받아들였던 감정 패턴과 역할, 관계, 태도, 목표 등과 비슷하다. 이렇듯 바이마르 시대와 나치 시대는 여러 가지 측면들과 이데올로기적 요소들에서 차이가 있지만, 고전적 아동 동화의 수용에 유리한 토대들이 마련되어 있었다는 점에서 공통된다.

바이마르 시대와 나치 시대에 동화가 수용된 양상을 다룸에 있어서 당시의 동화가 언제나 (아이들로 하여금 특정한 문명화 과정의 지배적 척도에 순응하게 함으로써) 이데올로기적 방식으로 사용되었다거나 아이들에게 뚜렷한 사회심리적 영향을 미쳤다(미칠 수 있었다)고 가정하는 것은 위험한 일이다. 독일에서 동화가 예나 지금이나 문명화 과정에서 대단히 도구적인 방식으로 사용된다는 것은 사실이다. 그러나 동화 한 편이 아이에게 어떤 특수한 의미를 갖게 하는가를 결정하기란 사실상 불가능한 일이며, 주어진 시대에 동화가 갖고 있던 전반적인 의미를 측정하는 것도 대단히 어려운 일이다. 동화에 관한 일반적 담론과 동화 담론 자체, 어른들이 동화를 이용하는 양상 등을 연구하지 않는다면, 동화가 예절과 취향과 사회적 시각에 어떠한 영향을 미칠 수 있는가에 대한 타당한 결론을 내릴 수 없다. 우리가 알고 있는 것처럼 바이마르 공화국의 경우에는 다양한 가족 유형이 존재했고(농민과 프롤레타리아, 소부르주아, 부르주아, 귀족), 동화의 수용은 계급마다 차이가 있었다. 일반적으로 말해서 그림책과 라디오, 학교 교육, 광고, 시리얼 상자나 답뱃갑에 찍힌 쿠폰, 영화, 교재 등에 실제로 사용되는 동화는 아이다움(Kindertümlichkeit), 조화로운 세계(heile Welt)라는 도덕적 환상, 민족주의를 강조하거나, 부지런함과 근면함, 복종, 절약, 순수함 같은 가치들을 강조했다. 지배적 부르주아 계급의 양육 관행에 따라 아이에 대한 관심이 점점 높아졌고, 질서 정연함과 예의범절이 점점 강조되었으며, 이로 인해 동화가 사고력과 상상력의 건강한 성숙에 필요한 규범의 패턴을 제공하고 건전한 **독일적** 특징에 대한 믿음을 강화한다고 여겨지게 되었다. 동화에 나타난 남녀 간의 상호 작용 패턴은 권위주의를 인정하는 것이었고, 아이들이 가족과 사회를 통해 받아들일 것으로 예상되는 행동 형식에 상응하는 것이었다. 곧, 고전 동화에 나오는 가족 관계의 패러다임은 바이마르 공화국에서 현실 속에 존재했던 부르주아 가족 모델 내지 양육 정책과 배치되지 않았다.

고전 동화는 나치 시대에 좀 더 중요한 의미를 띠었으며, 게르만족의 문화 유산의 일부였던 그림 동화는 특히 그러했다. 어떠한 요소가 강조되고 있는가에 따라 동화마다 차이는 있었지만, 고전 동화의 봉건적 세계상은 나치 이데올로기를 구현하는 데 사용될 수 있었고, 실제로 사용되었다. 가족의 경우에 다산의 요소, 독단적이고 용감한 왕자, 정숙하고 희생적인 엄마, 부지런한 자식들은 독일의 이상적 가족을 형성하는 자질들로 간주될 수 있었다. 그러나 고전 동화에 대한 나치의 해석과 활용을 자세하게 살펴보면, 오히려 가족 간의 유대를 훼손하는 정책에 부응하는 것을 알 수 있다. 잉게보르크 베버-켈러만(Ingeborg Weber-Kellermann)이 지적한 것처럼,[23] 가족은 사회화 과정에서 중심적 역할을 담당하는 제도가 아니라 주로 경제적·생물학적 의미에서 생산과 재생산의 기능을 수행하는 제도로 간주되었다. 나치의 해석은 동화에 나오는 정서적 상호 작용의 패턴을 수용했지만, 그러면서도 나치의 정책에 들어맞는 요소들을 강조했다. 곧, 나치의 해석에 따르면 집단과 종족이 가족에 우선하며, 왕과 왕국이 모든 것에 우선한다. 모든 영웅적 자질과 영웅적 행동은 세계를 정화하고 새로운 제국(Reich)을 건설할 필요성과 연결되었고, 이로써 지도력과 권위는 총통(Führer)과 연결되었다. 왕이나 왕국을 위해서 희생하는 여성의 순종적 역할은 여성이 집안에 머물러 많은 자녀를 키우면서 제국에 이로운 가정을 꾸릴 것을 장려하는 나치의 정책 변화에 상응했다. 그러다가 여성들이 생산직과 사무직 노동을 떠맡아야 했던 1930년대 후반에 와서는 동화에 나오는 희생의 요소를 적당히 변형함으로써 새로운 정책을 합리화하려 했다.[24)]

고전 동화의 특징 가운데 바이마르 시대와 나치 시대에 아이들과 어른들 모두가 좋아했던 특징은 가정이 안정과 행복을 되찾고 가족 구성원이 각자의 정해진 역할을 되찾는 것이었다. 바이마르 시대의 이데올로기와 나치 시대의 이데올로기 사이에는 중대한 차이가 있었지만, 지도층은 두 시대에 걸쳐 일부일처제와 대가족, 부권 통치, 권위적 인물에 대한 숭배, 국가 정책에 대한 가족의 지지를 선호했다. 고전 동화의 구도는 가족 안에서의 갈등에도 불구하고 전통적인 가족과 그 정서 패턴(곰팡이)을 복원할 수 있다는 환상을 조장한다. 동화는 앞으로 나아가는 것처럼 보이지만, 사실은 필사적으로 과거에 매달린다. 곧, 일단 마찰이 해결되면, 전통적 사회 질서와 전통적 가족은 지향의 목표로 제시된다. 바이마르 시대와 나치 시대에 동화가 떨쳤던 위력과 동화가 가졌던 용도는 에른스트 블로흐가 말하는 비동시성(Ungleichzeitigkeit) 개념 및 고향(Heimat) 개념과 밀접한 관계가 있었다.[25)] 이 두 시대에 고전 동화는 하층 계급의 충족되지 않은 소망과 욕구에 활기를 불어넣었을 뿐 아니라, 신속한 과학 기술의 발전과 사회경제적 변화에 뒤처져 있다고 느끼는 모든 계급 사람들에게 일종의 보상을 제공했다(심리적 뿌리를 상실한 사람들은 시대와 발맞추어 나아가지 못한다고 느끼고 있었다). 그 무렵의 사람들은 자신의 불만족과 부적응을 구체적으로 발화할 수 없었다. 그들은 자신들이 디디고 서 있는 땅이 무너지고 있다고 느꼈으며, 안전한 장소를 찾아 불안하게 두리번거렸다. 따라서 그들은 좋았던 옛날을 동경했고, 보다 전원적인 형태로 투영된 시대의 안정과 질서를 동경했다. 그리고 그만큼 가족과 결혼에 대한 전통적 이미지를 반영하고 '고향'을 약속하는 동화는 독일 바이마르 시대와 나치 시대의 사회화 과정에서 안정화의 요소로 사용되었다.

여기까지가 그 무렵의 일반적 경향이었다. 아이들과 어른들을 위한 실험 동화 문학을 고려의 대상으로 삼아야 하고, 당시의 고전 동화 및 그 용도와 비교해야 하는 것은 그 때문이다. 실험 동화 문학은 파괴적인 것으로 인식되는 문명화 과정에 개입하려는 상징적 시도를 대표하고, 가족과 사회의 경쟁과 지배를 예술적으로 반영하며, 현존하는 상황에 대한 가능한 대안들을 투영한다.

이제부터는 바이마르 시대와 나치 시대에 나왔던 탁월한 동화 문학을 살펴보겠다. 먼저 아이가 독자인 동화를 살펴보고, 이어서 어른이 독자인 동화를 살펴보겠다. 이러한 동화 가운데 지금까지 알려진 작품은 거의 없다. 그럴수록 우리는 이러한 동화의 담론을 재구성하는 일에 더욱 노력을 기울여야 한다.

III

바이마르 시대의 중요한 작가로는 헤르미니아 추어 뮐렌과 브루노 쉰랑크, 리자 테츠너 등을 들 수 있다.[26] 이들은 여러 가지 차이에도 불구하고 한 가지 공통점이 있다. 그것은 현실적인 사회적 조건을 묘사하려 했다는 점이다. 이들은 노동 계급의 어린이가 현대 기술 문명의 영향 하에 있는 도시 환경 속에서 자신의 사회적 조건을 어떻게 경험하고 있는가를 묘사하려 했으며, 중대한 사회 변화가 일어나지 않는다면 가족 안의 열악한 조건도 바뀔 수 없음을 지적했다. 서사의 관점은 억압받는 사람의 관점이다. 마법의 모티프와 동화의 모티프를 사용하는 목적은 지배와 현실적인 사회 모순의 근본 원인을 (은폐하기 위해서가 아니라) 드러내기 위해서다.

『대도시 동화들』에 들어 있는 쉰랑크의 동화는 때로 낭만적이고 이상주의적으로 흐르는 것이 사실이다. 그러나 쉰랑크가 가족과 사회에 긴장과 마찰이 생기는 근본적인 이유를 파헤치는 데 어느 정도 성공하고 있는 것도 사실이다. 『누더기 바지 *Die geflichte Hose*』에서 늙은 과부는 부자들의 집안일을 해주면서 아들 넷과 함께 힘들게 살고 있다. 막내아들 프란츠는 언제나 형들이 입던 옷을 물려 입는다. 프란츠는 언제나 기운 옷만 입기 때문에 아이들로부터 놀림을 당한다. 어느 날 프란츠와 형들은 앵무새 두 마리를 갖고 있는 늙은 고물장수를 만난다. 고물장수는 사형제를 가게로 부른다. 이어 가게 안의 헌옷과 가구, 고물이 입을 열어 사형제에게 자기들을 소유했던 옛날 주인에 관한 이야기를 들려주고 인생의 고달픔을 말해준다. 고물장수도 자신의 사연을 들려준다. 그는 한때 부자였는데, 그림을 팔러 온 가난한 남자를 매몰차게 거절했다. 그때 그가 그림을 고물이라고 하자 가난한 남자는 그에게 고물의 참뜻을 알게 되는 벌을 준다. 그래서 그는 고물장수가 되었고, 그의 버릇없는 두 딸은 앵무새가 되었다. 그때부터 고물장수는 슬픔과 사랑, 기쁨이 고물에 스며 있음을 알게 되었고, 중고품을 보물보다 소중하게 여기게 되었다. 고물장수의 이야기를 듣고 나서 프란츠도 자신의 누더기 바지가 사랑으로 만들어진 것임을 알게 된다. 앵무새들에게 누더기 바지를 달라는 부탁을 받게 된 프란츠는 잠시 망설이다가 앵무새들에 대한 연민의 마음이 생겨나 누더기 바지를 넘겨준다. 이렇게 마음이 담긴 선물 덕분에 두 마리의 앵무새는 아름다운 소녀들로 변신하고, 아버지는 옛날의 힘을 되찾는다. 그리고 그들은 함께 프란츠의 집을 찾아가고, 고물장수는 프란츠의 어머니에게 모두 같이 살며 서로의 짐을 나누고 싶다고 말한다. 『기차 경적 이야기 *Das Märchen vom Lokomotivenpfiff*』에도 결속의 모티프가 등장한다. 여기서 결속의 모티프를 들여오는 인물은 사람들을 한데 불러모으는 오르간 연주자인데, 그는 사람들에게 하나가 되어 함께 일하고 함께 즐기면 스스로도 변화될 수 있고, 도시도 변화시킬 수 있음을 느끼게 한다. 『다채로운 도시 *Die bunte Stadt*』의 경우도 마찬가지다. 도시 전체가 잿빛으로 그려지고 음울한 인물들이 나오는데, 화가의 조수인 명랑한 청년 하나만 예외다. 어느 날 청년은 가난한 노파를 도와주게 되고, 노파는 감사의 표시로 청년에게 마법의 단지를 선물한다. 마법의 단지에는 화가 여인이 들어 있다. 청년은 화가 여인 덕분에 온갖 사물을 여러 가지 색깔로 칠할 수 있게 된다. 청년이 도시를 다채롭게 색칠하자 사람들의 태도가 변하기 시작한다. 청년은 화가 여인과 결혼하고, 도시는 이들 덕에 계속해서 행복하다. 쇤랑크의 동화를 보면, 가난한 사람들의 경우에 가족 구성원 간의 상호 작용이 지배에서 협력으로 변하는 것을 볼 수 있다. 빈곤과 억압을 극복하는 유일한 방법은 집단 행동을 취하거나 개인적인 재능과 상상력을 공동체를 위해서 사용하는 것뿐이다. 또한 쇤랑크의 동화에서 남녀의 역할은 전통적인 패턴을 따르지 않는다. 관계에서 중요한 것은 변화이자 정의롭게 느껴지는 정서 패턴을 성취하는 것이다. 전형적인 보수적 해피 엔딩이 사라진 자리에, 사회 변화가 필요하고 또 바람직한 것이라는 낙관적 믿음이 들어선다.

추어 뮐렌의 혁신적 동화들도 대부분 사회 변혁의 테마를 강조한다. 우연인지 모르지만, 추어 뮐렌의 동화들은 『노동자 자녀를 위한 동화 *Fairy*

Tales for Worker's Children』라는 제목으로 번역되었고, 1925년 매일노동자 출판사(Daily Worker Publishing Company)에서 출판되었다. 『제비 *Der Spatz*』는 소부르주아 가정에서 자라난 어린 제비가 허세로 가득 찬 숨막히는 집을 견디지 못하고 가출하는 이야기다. 부모 제비는 아들 제비가 돈 많고 지체 높은 새들을 존경하고 나중에 그들처럼 되기를 바란다. 그러나 어린 제비는 부모 제비와 다른 제비들에게 작은 새도 큰 새처럼 다른 나라로 날아가 좀 더 좋은 조건에서 일하며 살아갈 수 있음을 보여주려 한다(추어 뮐렌이 안데르센과 그의 『미운 오리 새끼』를 반박하는 대목이다). 집을 떠난 어린 제비는 용기와 과감한 결단력과 지혜를 발휘해 수천 마일의 비행 끝에 남쪽나라에 도착한다. 여행길에 어린 제비는 세상이 가난한 쪽과 돈 많은 쪽, 억압받는 쪽과 억압하는 쪽으로 나뉘어 있음을 알게 된다. 그래서 제비는 집으로 돌아가 형제자매들에게 자기가 배운 것을 알려주고, 그들이 좁은 세상을 박차고 나오도록 도와주려 한다. 그러나 제비는 집으로 가는 길에 목숨을 잃게 되고, 어린 소년이 제비의 메시지를 전하는 임무를 맡게 된다. 소년은 분명 이를 위해 투쟁을 계속할 것이다.

동물이 억압받는 이들에게 자유를 주기 위해 목숨을 바치는 내용은 『회색 개 *Der graue Hund*』에서도 중심을 이룬다. 여기 나오는 개는 흑인 소년의 목숨을 구하고 죽는다. 흑인 소년은 미국에서 북부로 도망치던 노예였다. 추어 뮐렌이 희생의 모티프를 사용하는 방식은 고전 동화와는 완전히 다르다. 고전 동화에서 아내나 아이가 자신을 희생하는 이유는 흔히 성인 남성 인물의 사랑을 얻기 위해서다. 그러나 추어 뮐렌의 동화에서 희생은 착취에서 벗어나려 하는 피지배 집단을 위한 것이다. 지배 관계를 중심으로 형성되는 전통적 가족 관계에 변화가 암시되는 부분이다. 제비가 소부르주아 가정을 떠나고, 노예와 개가 봉건주의적 농장에서 도망치는 것도 같은 맥락이다.

추어 뮐렌의 다른 동화들, 예를 들어 『안경 *Die Brillen*』과 『붉은 깃발 *Die Rote Fahne*』 『몽상가 자이트는 어떻게 배신자 자이트가 되었나 *Wie Said der Träumer zu Said dem Verräter wurde*』 등에서 추어 뮐렌은 착취와 지배, 불의가 재산의 축적에서 비롯된다는 것 그리고 사회적 조건은 바뀔 수 있다는 것을 보여주려 한다. 고전 동화와는 달리 추어 뮐렌의 동화는 결혼이나 왕국의 재건으로 끝나지 않는다. 오히려 계속되는 투쟁과 변화를 강조한다. 추어 뮐렌의 동화는 보다 나은 세상에 대한 희망을 환상적이 아닌 방식으로 보여주려 한다. 그리고 그의 동화에 나오는 덕목들은 (부르주아 계급이 강조하는 덕목들과 겹칠 때가 많지만) 부르주아 계급의 덕목들이 승인하는 것과는 질적으로 다른 감정 패턴을 승인하고 소외를 낳지 않는 사회 관계를 승인하는 방식으로 조직된다. 이로써 가족의 기능 자체가 변화를 거치는 결과를 낳는다. 추어 뮐렌의 동화에 나오는 젊은이들은 배타적 가족이라는 사적 공간의 협소한 제약을 벗어나 모든 사람들을 커다란 한 가족으로 여기는 모습을 보여준다. 그리고 이때 억압에 맞서는 공동 부양과 공동 투쟁은 보다 인간적이고 만족스러운 생활 조건을 만들어내는 방법으로 그려진다.

리자 테츠너의 훌륭한 동화 소설 『한스 우리안의 세계 여행 이야기 *Hans Urian, The Story of a Trip Around The World*』(1931)에서는 전 세계의 모든 인종과 생명체가 한 가족처럼 하나가 되어가는 움직임이 그려진다. 브레히트의 희곡 『남자는 남자다 *Man is Man*』의 주인공 갈리 가이(Galy Gay)가 생선을 사러 시장에 갔다가 인간이 괴물로 변함을 알게 되는 이야기와 비슷한 구조로 되어 있는 이 동화는, 한스라는 아홉 살의 가난한 소년이 굶주리는 가족을 위해 돈을 벌러 나갔다가 세계를 한 바퀴 돌게 되고, 세상을 돌면서 사람들이 빵을 얻기 위해 얼마나 억압적인 상황에서 노동해야 하는가를 알게 되는 이야기다. 한스는 가족들이 아무리 배가 고파도 돈이 없으면 빵을 얻을 수 없다는 것을 빵장수에게서 배운 뒤, 역시 엄마와 동생들을 위해 양식을 구하러 나온 토끼 트릴레비프(Trillewipp)를 만난다. 의기 투합한 한스와 트릴레비프는 미국에 가면 돈과 빵이 있다는 것을 알게 되고, 미국까지 날아서 가기로 결심한다(트릴레비프는 프로펠러 같은 긴 귀를 가졌고, 하늘을 나는 마법의 능력도 갖고 있다). 한스와 트릴레비프는 미국으로 가는 길에 에스키모 카그스그수크(Kagsgsuk)를 만나 친구가 되고, 미국에서는 빌을 만난다. 빌의 아빠는 전쟁용 대포를 만드는 사람이다. 미국에서 세 아이와 토끼는 어딜 가나 사람들이 자기들을 이용하려 든다는 것과 일을 시키고 돈을 주지 않으며 착취하려 한다는 것을 알게 된다. 아프리카에서 그리고 나중에 중국에서 세 아이는 강제로 붙잡혀 노예처럼 일을 하고, 트릴레비프도 똑같은 상황에 처한다. 아이들은 자유를 얻기 위해 서커스단을 만든 뒤에 트릴레비프를 우리에 집어넣고 다른 인간들이 그렇듯이 토끼를 잔인하게 다루는 척 연기한다. 아이들은 중국과 몽골을 이리저리 헤맨 후에 러시아로 향하는데, 이곳에서 처음으로 아이들은 인간적인 대우를 받으며 고아원에 보내지고, 트릴레비프는 자유를 얻게 된다. 이곳에서 아이들은 다른 아이들과 함께 일하는 법과 자기의 필요와 욕구를 스스로 결정하는 법을 배우게 된다. 이곳에서 얼마 동안 지낸 뒤에 한스와 트릴레비프는 하늘을 날아서 고향으로 돌아온다. 트릴레비프는 토끼들이 사람들보다 서로를 좀 더 인간적으로 대한다면서, 한스에게 너도 토끼가 되어 우리 가족과 함께 살자고 한다. 그러나 한스는 고향에 돌아가 그곳의 상황을 개선하고 사람들이 좀 더 사람답게 살 수 있게 도와주고 싶다면서 토끼의 제안을 거절한다. 고향에 돌아온 한스는 어려움에 부딪힌다. 한스의 엄마와 이

웃 아이들은 한스를 따뜻하게 맞아주지만, 경찰과 선생은 한스를 마을과 학교에서 쫓아내고 싶어 한다. 한스가 쫓겨난다는 말을 들은 아이들은 하나가 되어 한스가 교칙을 어긴 것이 아니니 학교에서 쫓아낼 수 없다고 주장한다. 한스는 교칙을 어긴 것이 아니라 엄마에게 빵을 구해주기 위해 먼 길을 다녀왔을 뿐이라는 것이다.

1928년과 1929년에 씌어져 1931년에 출판된 테츠너의 이 책은 흥미로운 역사를 갖고 있다. 1933년 나치에게 판금 조치를 당했고, 제2차세계대전 후 옛 서독에서 복간되었다가 1948년 미군 점령기에 다시 한 번 판금 조치를 당했다. 미국을 비방한 것이 그 이유였다. 역사적으로 볼 때 테츠너가 소련을 이상 사회로 그린 것은 분명하다. 테츠너가 그리는 소련은 아이들을 존중하고, 아이들을 보호하고, 아이들이 힘을 합해 일하면서 스스로의 운명을 개척하도록 고무하는 사회이다. 테츠너가 이 동화를 쓸 무렵에는 소련을 이상 사회의 모델로 삼는 시각이 현재에 비하면 그런 대로 현실에 부합하는 것이었다. 동화에서 가정하는 소련의 상징적 의미가 이제는 완전히 없어졌지만, 자본주의의 정글이라는 미국의 상징적 의미는 대체로 남아 있다. 일반적으로 테츠너가 상징 작용을 가하는 방향은 러시아를 독일 아동을 위한 유토피아로 바꾸는 것이었고, 동화의 구도는 유토피아를 구성하는 전략을 세우는 것이었다. 곧, 독일인 한스와 에스키모 카그스그수크, 미국인 빌, 토끼 트릴레비프 사이의 연대와 신뢰는 온갖 계급과 인종 사이의 모범적 상호 작용과 정서적 유대를 상징한다(이러한 유대는 미래의 가족 관계와 사회 관계의 토대가 될 수 있다). 또한, 쇤랑크나 추어 뮐렌의 동화와 마찬가지로 테츠너의 동화에서도 가족이 가난에 시달리고 고통받는 이유는 재산과 권력, 착취에 토대를 두고 있는 사회 관계 때문이다. 하층 계급의 가족은 바뀌어야 하고 바뀔 수 있다. 단, 가족의 변화에는 사회적 조건의 개선이 선행되어야 한다. 사회의 핵심으로서의 가족 개념은 내러티브 담론에서 계급 연대의 구분선을 따라 확장되며, 결국 모든 피억압자들을 포함하게 된다. 그 결과 개인의 가치는 가족의 물질적 재산과 권력에 의존하는 교환 가치에 따라 결정되는 것이 아니라, 자신의 재능을 평등과 협력의 방향에서 사용하는가에 따라 결정된다. 동화에서 가족에 대한 정의 또는 재정의는 아직 진행 중에 있다. 결말은 주인공이 영원히 행복하게 살았다가 아니라 가능한 사회 관계로 나아가는 투쟁과 통찰이다.

나치 독일에서 새로 쓰인 동화 문학 가운데 몇몇 작품은 방향이 완전히 다르다. 예를 들어, 한스 팔라다(Hans Fallada)의 동화집 『무르켈라이 이야기 *Geschichten aus der Murkelei*』(1937)를 보면, 잔인한 독일 고전 『더벅머리 아이 *Struwwelpeter*』와 비슷한 테마들을 강조하는 동화들이 들어 있다. 거의 모든 동화에서 버릇 없는 아이나 당대의 도덕적·윤리적 규범을 이탈하는 아이가 나온다. 그리고 이런 아이들은 말을 잘 듣게 될 때까지 가혹한 벌을 받거나 고문을 당한다. 첫 번째 이야기 「작은 이야기에 대한 이야기 Geschichte von der kleinen Geschichte」부터가 그러한데, 여기에 나오는 밥을 먹기 싫어하는 아이는 식탁에서 침대로 쫓겨나 엄마가 들려주는 이야기를 들을 수 없게 되는 벌을 받는다. 웅얼이(Nuschelpeter)에 관한 이야기는 더 심한데, 여기에 나오는 웅얼이는 발음이 나쁘다는 이유로 학교 친구들에게 얻어맞는다. 이야기는 거의 모두 남과 다르게 행동하거나 자기가 하고 싶은 일을 하거나 새로운 관계 형태를 실험할 수 있는 아이들에게 공포를 불러일으킬 의도를 가지고 씌어졌다. 「남동생 이야기 Geschichte von Brüderchen」나 「무르켈라이 이야기」 같은 동화에서 강조하는 점은 가정의 생물학적 기능이다. 이때 가정은 재생산의 중심이자 아이들을 사회화하는 장소이며, 사회화의 목적은 아이들에게 겁을 주어 법을 지키게 만드는 것이다. 플롯의 정서 패턴은 출산과 순종이 중심을 이루며, 권위주의적 남성 인물의 지배에 토대를 두고 있다. 이때 남성 인물이 권력을 행사하는 방식은 사랑을 주지 않은 무관심이나 체벌이다.

그러나 팔라다의 동화는 노골적인 이데올로기 이야기라기보다는 유치함(Kindertümlichkeit)이라는 전통적인 부르주아 문학과 궤를 같이 한다. 반면에 힐데 슈탄슈(Hilde Stansch)의 『산 속의 아이 *Das Kind im Berge*』(1944)는 이상적인 파시스트 어린이 동화에 필요한 모든 조건을 만족시켰다. 배경은 목가적인 시골이다. 우나(Unna)와 남편 헬게(Helge)는 결혼하고 몇 년이 흘렀지만 아직 아이가 없다. 그들은 항상 아이가 생기길 기도했지만, 그들의 바람은 이뤄지지 않았다. 우나는 현명한 친척 에르다(Erda)를 찾아가고, 에르다는 우나에게 아이를 가지려면 신성한 산으로 가라고 알려준다. 우나는 우여곡절 끝에 요람에 누워 있는 신성한 아이를 발견한다. 우나는 집으로 돌아와 남편과 사는 동안 12명의 아이를 낳는다. 에르다가 죽으면서 다산의 비밀을 우나에게 전해주고, 우나는 죽으면서 그것을 큰딸에게 알려준다. 즉, 지혜와 비밀이 혈통으로 전해지고 있다. 이 동화에는 완벽한 아리아인 동화의 모든 요소가 담겨 있다. 첫째, 여성은, 비옥하고 겸허하고 현명한, 땅과 같은 어머니다. 둘째, 남자는 강하고 생산력이 뛰어나며 땅에서 농사를 짓는다. 셋째, 선택받은 인종은 인내하며 지금까지 존속했고 영원히 존속할 것이다.

나치 시대에 씌어진 모든 동화 문학이 팔라다와 슈탄슈의 동화처럼 보수적이고 퇴행적인 것은 아니었다. 예를 들어 파울 알베르데스(Paul Alverdes)의 『난쟁이 미텐츠바이 *Das Männlein Mittentzwei*』(1937)에는 아이들이 장난감이나 물건이나 동물을 함부로 다루는 것을 비판하는 내용이 들어 있다. 그러나 알베르데스의 동화를 비롯해 블룬크, 마티센 그리고 『아동 연감*Auerbachs Kinderkalender*』의 작가들이 지은 동화처럼 명시적으로 아동 독자를 겨냥하는 동화 가운데에서 나치 집권기에 가족의 상호 작용이나 사회적 행동에 대한 새로운 시각을 보여주거나 인종주의적 편견과 지배, 권위주의, 제3제국의 엄혹한 현실을 은폐하는 거짓된 환상 등과의 결별을 암시하는 작품은 하나도 없었다. 아동 문학에서 혁신적 실험이 있었다 해도 그것은 파시즘의 지배 이데올로기와 권위주의의 감정 패턴을 강화하는 방향에서 전개되었다. 그 무렵에 나왔던 독본이나 연감, 픽션 전반을 보면 이 같은 사실을 분명히 알 수 있다. 아동 동화 문학은 현실 비판을 위해서는 그리 적절치 않은 수단으로 여겨졌다. 게다가 알다시피 고전 동화의 전통적 포맷은 가족 단위와 마을 단위에서 나치 이데올로기에 어울리는 바른 생활이 무엇인가를 보여주는 데 사용될 수 있었다.

Ⅳ

바이마르 시대와 나치 시대에 성인을 대상으로 씌어진 동화 문학 쪽으로 눈길을 돌리면, 가족 속에 나타나는 이데올로기적 역할과 감정 패턴, 지배 관계 등에서 약간의 차이를 보인다. 바이마르 시대에는 가족의 모습이 훨씬 다양했고, 전통적인 가족의 조건에 대한 솔직한 비판도 훨씬 많았다. 반면에 나치 시대에는 동화 문학이 거의 없어지다시피 했고, 18세기와 19세기와 20세기 초 작품의 재출판을 제외하면, 1920년대와의 연속성도 거의 찾아볼 수 없었다. 1920년의 동화 담론 그리고 동화에 나타난 가족의 상호 작용 패턴을 보면 그 이유를 알 수 있을 것이다.

1919년에 헤르만 헤세(Hermann Hesse)가 작품집 『동화들*Märchen*』을 출판하면서, 바이마르 시대의 기조가 정해졌다. 헤세의 동화는 전쟁을 우려하는 평화주의를 반영했으며, 전통적인 부르주아 가정 생활에서 벗어나고 싶다는 작가의 애매한 욕망과 작가 자신의 결혼 생활에 관한 문제에도 영향을 받았다. 이 점에서 헤세는 초기 낭만주의자들을 추종했으며, 그의 작품을 보면 그를 포함한 20세기 초의 독일 작가들이 스스로를 **예술 동화(Kunstmärchen)**라는 뿌리 깊은 전통의 계승자로 간주하고 있었음을 알 수 있다. 따라서 헤세의 동화가 바이마르 공화국에서 아방가르드 실험 동화의 시발점이 되었다거나 당시의 독일 작가들이 관습적 동화 담론과 단절하려 했다거나 하는 주장은 잘못된 것이다. 헤세의 동화를 비롯한 바이마르 시대의 동화들이 중요한 이유는 동화 담론을 확장하고 전복했기 때문이라기보다는 기존의 동화 담론을 놀라울 정도의 창조적인 방식으로 사용함으로써 문명화 과정에 영향을 미치는 사회 문제에 논평을 가하려 했다는 데 있다.

헤세는 1919년에 『아우구스투스 *Augustus*』와 『시인 *The Poet*』 『다른 별에서 온 이상한 소식 *Strange News form Another Planet*』 『다른 길 *The Difficult Path*』 『꿈 속의 한 장면 *A Dream Sequence*』 『팔드룬 *Faldrun*』 『이리스 *Iris*』 등 7편의 동화를 출판했다. 헤세의 소설은 모두 똑같은 메시지와 패턴을 반복하는 경향을 보이는데, 그것은 이들 동화의 경우도 마찬가지다. 재능 있는 청년이 자신에게 시적 사명이 있음을 감지하고, 부모나 가족 때문에 답답함을 느낀다. 청년은 집을 떠나 보통은 관능의 단계와 금욕의 단계를 거쳐서 진정한 자신으로 돌아온다. 진정한 자신으로 돌아온다는 것은 자신과 화해하고 자신의 개인적 발전에 만족하게 된다는 것을 의미한다. 여기서 중요한 점은 헤세의 동화에 등장하는 주인공이 거의 예외 없이 자신의 가족이나 마을을 떠난다는 것 그리고 새로운 사회를 건설하지 않는다는 것이다. 주인공이 자기가 경멸했던 가족과 모종의 화해에 이르는 경우도 있지만, 그래도 여전히 주인공은 아웃사이더의 자리에 머문다.

『아우구스투스』에 나오는 청년은 어머니가 자신을 위해서 희생한 것에 대해 감사하는 마음을 가진 적이 한 번도 없었다. 몇 년 동안 방탕한 삶을 살다가 고향으로 돌아온 청년은 자신의 과거를 뉘우치고, 기인이자 성자인 대부의 기도에 힘입어 죽은 어머니와 신비스럽게 합일을 이룬다. 그러나 청년은 결말에 가서도 여전히 참회하는 방랑자일 뿐이다. 『시인』에서 주인공 한 포크(Han Fook)는 약혼자와 가족을 버리고 시인의 삶을 살고자 한다. 고향에 돌아온 한 포크는 모두가 세상을 떠났음을 알게 되지만, 한 포크 자신은 전통적인 방식의 가족 생활을 버림으로써 보다 중요한 뭔가를 깨닫게 된 것으로 보인다. 『다른 별에서 온 이상한 소식』에 나오는 소년은 혼돈과 살육의 의미에 대해 배우며, 이를 통해 조화에 헌신하고 지진 이후 사람들의 마을 재건을 도울 수 있게 된다. 이것은 헤세의 동화 가운데 재건을 위한 사회적 협력의 필요성을 감지할 수 있는 유일한 동화다. 일반적으로 헤세의 동화는 반항과 자기 초월의 패턴에 있어서 반사회적이며 특히 반가족적이라고 말할 수 있다. 가족은 정체된 제도와 보수주의의 요새로 그려진다. 보수적인 가족이 언제나 부정적으로 그려지는 것은 아니지만, 가족 형태는 시대에 뒤떨어진 것으로 밝혀진다. 젊은이가 발전을 원한다면 가족이라는 구속적 환경을 떠나야 한다. 헤세 자신은 가족을 떠난다는 대안을 해방적인 것이라고 보았을 테지만, 헤세의 동화에서는 강한 자기기만이 엿보인다. 헤세의 동화에 등장하는 주인공은 내면 세계로 도피하는데, 이는 사회의 억압적 관용 덕에 가능한 것이다. 사회는 사회적 관습을 깨뜨리고 사회적 행동을 통해서 사회를 거부하는 저항자보다는 사회 문제에 끼어들지 않고 내면으로 침잠하는 사람을 선호하기 때문이다. 헤세의 동화에 나오는 주인공은 권위주의적 행동이나 자의적인 남성 지배에 비판적인 행동 패턴을 드러내는 한편으로, 현존하는 사회상과 타협하거나 화해한다. 헤세는 전통적인 가부장적 가족을 거부하지만, 이는 절대적 거부가 아니다. 대안은 오직 선택받은 주인공의 행복한 영혼 속에 어렴풋이 존재할 뿐이다. 현자라는 인물은 새로운 신비주의적·평화주의적 규범을 구현하는데, 이때 새로운 규범은 서구의 문명화 과정과 대립하는 모범적 가치를 가질 수도 있다.

헤세의 1919년 동화들은 1920년대와 1930년대 작가들이 가족을 다루는 이중적 방식을 보여준다는 의미에서 중요하다. 일부 작가들은 부르주아의 속물주의와 전통적인 부권 권위주의 가정이라는 진부한 곰팡이를 전적으로 거부했다. 이때 작가들이 사용한 방법은 조롱이나 패러디, 진지한 비판 등이었다. 한편, 일부 작가들은 가정이 규범적 패턴에 따라 복원되는 모습을 보여주려 했다. 이때 규범적 패턴은 게르만적 암시와 진정한 기독교적 사랑을 통해 강력한 중세적 유대를 보여주었다. 이렇듯 완전히 다른 두 가지 동화 담론은 20세기 초부터 독일의 청년층 사이에 모습을 나타낸 강력하고 이질적인 경향들에 비추어 이해해야 한다는 점에서 공통점을 지닌다. 제1차세계대전 이후 반더포겔 운동(Wandervogel Movement)이 여러 분파로 나뉘면서 구세대에 저항하는 수많은 청년 조직과 청년 집단이 생겼다. 인간 본성과 순수성, 독립성은 부르주아 청년 집단의 구호가 되었고, 그밖의 조직들은 공산당과 사회당, 국가사회당 등과 동맹해 자신들의 저항적 주장을 표명하려 했다. 이러한 상황이 그 무렵에 동화의 문명화 담론의 배경을 이루었고, 아버지의 살해와 저항을 말하는 다양한 목소리가 들렸다.

예를 들어 게르켄의 표현주의 동화 선집 『황금 폭탄』을 보면, 전반적인 경향은 지배적인 부르주아 가족과 그에 해당하는 역할 패턴을 하찮게 만드는 것이다. 인간 관계는 피상적이고 사물적인데, 그것은 사람들이 경쟁과 돈, 권력을 행동의 토대로 삼기 때문이다. 가족과 사회를 복원할 수 있다는 환상을 가차 없이 깨뜨리는 작품으로는 한스 폰 플레슈 브루닝겐의 『형이상학적 카나리아*Der metaphysische Kanarienvogel*』(1917)와 살로모 프리들란더(Salomo Friedlander)의 『식물성 부성*Die vegetabilische Vaterschaft*』(1919)을 들 수 있다. 새로운 왕국이 펼쳐지는 고전 동화의 행복한 결말은 역전되는데, 그것은 표현주의 작가들이 가족을 부정적 제도로 보기 때문이다. 표현주의 작가들에 따르면 가족은 아이들을 보호하지도 못하고, 아이들에게 자신의 욕구와 소망을 실현할 용기와 기술을 가르쳐주지도 못한다. 외된 폰 호르바트와 오스카어 마리아 그라프 등 바이마르 시대에 활동했던 다른 작가들의 동화도 마찬가지로 암울하다.

호르바트는 1920년대에 『운동경기 동화』와 『폴링거 양과 기타 이야기*Fräulein Pollinger und andere Märchen*』 『두 편의 이야기*Zwei Märchen*』 등 일련의 동화를 창작했는데, 이러한 동화들은 하층 계급 사람들의 진부함과 소통의 부재를 풍자하는 그의 민중극과 밀접한 관계가 있었다. 『우리 시대의 동화*Das Märchen in unserer Zeit*』에는 동화를 찾아 집을 떠나는 소녀가 나온다. 아무도 소녀를 도와주지 않는다. 그러다가 소녀는 도살 직전의 늙은 말을 만나게 된다. 사람들은 말이 늙고 쓸모가 없어졌기 때문에 도살하려 한다. 말은 소녀가 바로 동화라고 말하면서 소녀에게 이야기를 들려달라고 한다. 잠시 망설이던 소녀는 말에게 이야기를 들려주고, 말은 곧 죽는다. 집으로 돌아온 소녀는 식탁에 차려진 말고기를 먹지 않으려 하고, 엄마와 다른 가족들은 소녀에게 버릇없는 공주라며 욕을 한다. 소녀는 아무것도 먹지 않고 집을 나가 말을 생각한다. 소녀는 더 이상 배가 고프지 않다.

아무에게도 이해받지 못하는 소녀의 상황은 『폴링거 양의 이야기 *Das Märchen vom Fräulein Pollinger*』에서 더욱 악화된 형태로 그려진다. 주인공 폴링거 양은 평균적 몸매와 평균적 얼굴을 지닌 여성으로, 자동차 수리점의 경리과에서 일한다. 그녀는 수리점 남자들과 친구가 되기 위해 그리고 그들의 오토바이를 얻어 타기 위해 가끔씩 그들과 동침한다. 그녀는 프리츠(Fritz)라는 남자와 일 년 동안 어울린 뒤 임신한 상태에서 버림받고 혼자 생계를 꾸려야 하는 상황에 처한다. 왕자도 없고, 결혼도 없고, 가족도 없다. 이렇듯 호르바트는 전원적인 행복한 가정 생활의 환상을 산산이 부순다. 그 대신 상품 가치에 의존하는 생경하고 착취적인 인간 관계가 모든 사람을 소모품으로 바꾸어놓는 현실을 그린다.

그라프의 동화집 『빛과 그림자』에서도 삶과 가족 관계의 야만적 측면이 강조된다. 당시에 활동하던 많은 사회주의 작가들과 마찬가지로 그라프 역시 공산주의 운동의 즉각적 승리를 그리는 데는 관심이 없었다. 오히려 그라프는 인간이 심각한 정도로 짐승이 되었고 사회 의식을 박탈당했음을 보여주려 했다. 그의 모든 동화는—어린이와 청소년 독자를 겨냥하는 작품으로서—가족과 사회 생활이 얼마나 심각한 정도로 황폐해지고 야만적이 되고 빈곤해졌나를 보여주려 한다. 그리고 조국도 이것을 경험해보아야 한다고 생각했다. 씁쓸하고 아이러니한 『조국이 언젠가 겪은 일 *Was das Vaterland einmal erlebte*』에서 조국은 누가 자신을 가장 사랑하는가를 보기 위해 인간으로 모습을 바꾼다. 그는 모든 사회 유형과 모든 사회 계급을 찾아가보지만, 유감스럽게도 계속해서 냉대받고 무시당하고 얻어맞고 구걸해야 하는 상황에 처한다. 그에게 친절과 연민을 보여준 유일한 사람은 거지였다. 거지는 조국에게 자신의 인생 이야기를 들려준다. 거지가 옛날에 사회에서 받아들여졌던 것은 그가 사회에서 뭔가를 생산하고 내놓을 수 있기 때문이었다. 그러나 이제 그가 늙고 병든 몸이 되자 아무도 그를 돌보지 않았다. 조국과 거지는 조용히 눈물을 흘리고, 뒤이어 형제처럼 손을 잡고 잠이 든다. 이 동화에서는 독일이 행복을 누리는 하나의 거대한 가족이라는 환상이 무너진다. 『쾨니히 이야기 *Das Märchen vom König*』에서는 환상의 파괴 정도가 더 심하다. 여기서 우리는 무시무시한 가부장의 모습을 보게 된다. 왕국을 다스리는 왕은 전쟁을 벌이고 살인을 교사하는 것에 기쁨을 느낀다. 그는 점점 제멋대로 날뛰고, 결국은 아무도 왕국의 대신이 되어 왕의 명령을 수행하고 싶어 하지 않게 된다. 모두 왕에게서 도망치고 왕국에는 절름발이 한 명만 남게 된다. 알고 보니 절름발이는 왕이 일으켰던 모든 공포와 결핍과 불의의 상징이었다. 절름발이는 기적적으로 폭군을 응징하는 데 성공하고, 황폐화된 왕국에는 다시 한 번 평화가 찾아온다.

헤르만 슈테어와 한스 프리드리히 블룬크 같은 좀 더 보수적인 동화 작가들은 바이마르 시대에 가족 안팎에서 벌어지는 야만적·착취적 인간 관계에 대한 불만을 다른 방식으로 표현했다. 슈테어와 블룬크는 그 무렵에 좀 더 인기가 있었던 작가들이었다. 슈테어는 1929년에 『독일의 심장에 관한 이야기 *Das Märchen vom deutschen Herzen*』라는 제목의 동화집에 3편의 동화를 포함시켰다. 여기서 슈테어는 급진적이고 진보적인 작가들의 좀 더 비판적이고 냉소적인 동화들에 대한 대안을 제시하려 했다. 예를 들어 동화집에 포함된 3편의 동화 가운데 한 편인 「독일의 심장에 관한 이야기」에서 하느님은 인간에게 이성의 능력을 줌으로써 인간을 동물과 구분했다. 그러나 이로 인해 인간은 부유해지고 편해지고 경쟁적이 되었다. 수백만의 인간들이 탐욕과 전쟁으로 죽어가고, 이로 인해 인간은 멸종 위기에 놓인다. 이러한 상황을 우려한 하느님은 살아남은 인간에게 균형을 잡아주기로 결심한다. 곧, 하느님은 인간에게 심장을 주기로 한다. 하느님은 특히 밝은 금발머리의 인간에게 마음이 끌린다. "그리고 기대로 가득 찬 그의 푸른 눈동자를 향해 이렇게 말씀하셨습니다. '너, 사랑스러운 독일의 사내여, 나는 너에게 두 가지 심장의 불꽃을 주노라. 이로써 너는 천국의 이름으로 다른 모든 사람들을 섬길 수 있을 것이요, 너 자신을 극복함으로써 모두를 극복할 수 있을 것이니라.'"[27] 여기서 하느님은 영원한 사감 선생 같은 존재로 등장하며, 금발의 독일 남자가 자신의 의지를 관철할 수 있도록 보살핀다. 이러한 기독교적 메시지의 인종 차별적 함의는 『벤델린 하이넬트 *Wendelin Heinelt*』에서도 나타난다. 아리아족에 속하는 하이넬트 가족은 가난한 사람들을 도와줌으로써 축복받은 민족의 모범적 공동체로 추어올려진다. 경건함이 풍겨나오는 슈테어의 동화들에 따르면, 지상에는 그리스도의 자비가 부족하기 때문에 하느님은 사람들 가운데 일부 집단을 택해 신으로 향하는 길을 되찾게 한다. 슈테어는 인간에 대한 착취와 학대를 반대하며 열변을 토하지만, 슈테어가 서양 문명에 대해서 피력하는 견해를 보면, 이데올로기 관계가 분명하게 드러난다. 특히 독일의 심장에 관한 동화가 그렇다. 가부장이라는 남성 역할은 신의 역할에 상응하며, 신적인 삶을 찾는 길은 가부장의 명령과 신의 명령을 동시에 따르는 것뿐이다. 전통적인 가족에서 나타나는 서열 관계는 바뀌지 않는다. 오히려 작가는 모더니즘의 퇴폐적 위력에 맞설 수 있도록 기존의 서열 관계를 복원하고 강화한다.

가족 관계와 역할 분담의 복원 양상—1920년대의 독일 도시보다는 봉건적 농촌 사회에 어울린다—은 1929년부터 1931년 사이에 한스 프리드리히 블룬크가 자신의 동화에서 다루었던 주요 테마 중 하나였다.[28] 어른과 아이를 동시에 독자로 간주하는 블룬크의 동화는 거의 대부분 결혼과 출산의 긍정적 측면을 다루며, 감상적 향수에 의존해 민중 전통으로 돌아간다. 중심 인물은 왕과 왕비, 농부, 상인, 읍민, 난쟁이, 숲의 요정, 물의 요정, 숲 속의 여러 동물 등이다. 여기서 중요하게 등장하는 마법사는 홀레 부인(Mother Holle)인데, 사람들을 사랑에 빠뜨리는 마법사의 역할을 맡을 때가 많다.

가족과 사회화, 지배에 대한 블룬크의 이데올로기적 태도를 전형적으로(다소 극단적인 방식으로) 보여주는 동화는 『홀레 부인과 선원의 아내 *Frau Holle und die Schifferfrau*』이다. 작품은 이렇게 시작된다. "옛날 옛날에 좋으신 우리 하느님과 홀레 부인이 세상에 다시 내려오셨습니다. 이 아리따운 부인은 자기가 우리 나라를 얼마나 아름다운 정원으로 가꾸어놓았는지 보여주고 싶어 하셨습니다. 우리 주님은 인간들이 그동안 사이좋게 지냈는지, 자신의 명령을 잘 지켰는지 물으셨습니다. 특히 주님은 여자들이 얌전히 집안에 있었는지, 남자들이 가정을 위해서 열심히 싸우고 일했는지 궁금해하셨습니다."[29] 신과 홀레 부인은 선원의 아내와 마주친다. 그녀는 남편이 항상 집을 비우는 것이 불만이다. 신은 남편과 아내를 장미 정원으로 만들어 부부가 함께 전원적인 환경에서 행복하게 살도록 해준다. 그러나 신이 다시 선원의 아내를 찾아갔을 때 그녀는 아이들이 넓은 세상을 보고 위대한 업적을 이룩할 기회가 없다고 불평한다. 그래서 신은 다시 아내와 남편을 사람으로 만들어 배를 타고 온 세상을 다니게 해준다. 몇 년 후에 신이 세 번째로 선원의 아내를 찾아갔을 때 그녀는 아이들이 자기 곁을 떠났고, 그들의 삶이 너무나 고달프다고 불평한다. 이제 신과 홀레 부인은 모든 것을 처음으로 되돌리는 것이 최선의 방법이라고 믿게 된다. "그때부터 지금까지 착한 사람들은 이렇게 살아가고 있습니다. 남자는 거친 바다로 항해를 떠나고, 여자는 딸들과 함께 집에서 기다립니다."[30]

『홀레 부인과 살아 있는 자들 *Frau Holle und die Lebenden*』이라는 동화에서는 젊은 시인이 홀레 부인을 찾아나선다. 세상 모든 사람들이 사랑의 의미를 잃어버려 악의 시대가 닥쳐왔기 때문이다. 시인의 약혼자는 끈기 있게 시인을 기다린다. 시인 커플의 경건한 사랑과 희생이 홀레 부인을 세상에 다시 오게 만들고, 홀레 부인은 신의 모든 피조물에게 조화를 되돌려준다. 『멋쟁이 할머니 *Feinsmütterchen*』에서 홀레 부인은 부유한 관료의 아내가 아이를 가질 수 있도록 도와준다. 그러나 여자는 은혜를 모르고 홀레 부인의 명령을 지키지 않는다. 그래서 착한 홀레 부인은 여자가 참회할 때까지 여자에게 벌을 주게 된다. 여자가 참회하고 받은 상은 자기 몸이 꽃으로 변해서 자기의 아들들에게 바쳐지는 것이다.

블룬크의 대부분의 동화는 동화 특유의 낡은 특징들을 줄기차게 강조한다. 예를 들면, 여자는 자기를 희생하며, 남자는 용감하고 땀 흘려 열심히 일해야 한다는 특징이다. 바르고 착한 길을 간다면, 신의 분노나 홀레 부인의 분노를 두려워할 필요가 없다. 이러한 특징을 대표하는 것이 『신랑의 떡갈나무 *Bräutigamseiche*』다. 여기서 여자의 근면과 인내는 마법의 힘 덕분에 결혼이라는 보상을 받게 된다. 블룬크의 동화는 설교조도 아니고 지나치게 교훈적이지도 않다. 그러나 전원 문학 류의 가볍고 재치 있고 진부하고 향수 어린 그의 글의 분위기는 1920년대에 독일의 시골과 도시에서 동시에 진행되던 가족 관계와 사회화의 변화상을 제대로 반영하지 못한다. 실제로 나치는 가정 생활에 대한 거짓된 이미지와 남녀의 고정된 위계적 역할 분담 등을 이용해서 대중의 현실적 욕구를 훼손하려 했고, 대중이 좀 더 안전하고 만족스러운 삶을 영위하는 것을 가로막았다. 달콤한 조화와 정해진 역할, 착하고 열심히 일하는 남녀들의 운명을 결정하는 초자연의 힘에 대한 신의 승인 등과 같은 블룬크의 동화 이미지는 1920년대 독일을 파멸 직전까지 몰고갔던 사물화된 사회 관계와 혼란을 극복하고자 했던 블룬크 자신의 소망에서 비롯된 것이었다. 그러나 1920년대에 견고한 과거 독일의 민중 전통을 사회 갈등의 해법으로 제시했던 많은 다른 작가들과 마찬가지로, 블룬크 역시 나치에게 이용되어 곰팡이의 확산에 일조했다. 곰팡이의 독성은 점점 강해지고 있었다.

V

슈테어와 블룬크, 마티센 그리고 그들과 비슷한 관점을 갖고 있는 작가들의 동화가 나치 시대에 출판되었다는 것은 우연이 아니다. 블룬크가 나치 시대에 문화부의 고위 간부였다는 것도 마찬가지다. 사실상 헤세의 동화들을 (특별히 홍보해준 것까지는 아니라도) 출판해준 이들은 파시스트들이었다. 반면에 사회 문제에 비판적 의문을 제기하고, 사회화 과정의 낡은 역할과 규범에 대한 반성적 사유를 자극하며, 동화 문학의 활기찬 실험을 감행했던 사람들은 국외로 추방당하거나 출판을 금지당했다. 예를 들어 『짐플리시시무스*Simplicissimus*』 편집장이었던 토마스 테오도어 하이네(Thomas Theodor Heine)는 1935년에 『동화들*Die Muärchen*』이라는 제목의 냉소적인 단편집을 출판했다. 철학자 막스 호르크하이머(Max Horkheimer)는 정치적인 의도에서 자신의 주요 저서 『황혼*Die Dämmerung*』(1935)에 동화 2편을 포함시켰다. 알프레트 되블린(Alfred Döblin)과 요제프 로트(Joseph Roth)는 1930년대에 동화 장르를 가지고 실험을 행했고, 브레히트와 호르바트는 희곡 속에 동화의 모티프를 도입했다. 그러나 정작 동화 장르의 경우에는 추방된 사람들의 작품 중에 중요한 의미를 갖는 것이 없고, 파시즘 하의 조국에서 나온 작품 중에도 가치 있는 것이 없다. 다만 게르하르트 하우프트만과 에른스트 비헤르트의 시도는 상징적인 의미에서 언급할 만한 가치가 있다.

1941년에 하우프트만의 『동화*Das Märchen*』가 『신평론*Die Neue Rundschau*』에 실렸다. 괴테의 『동화*Das Märchen*』를 변주한다는 의도가 있었지만, 영향력을 발휘할 정도로 날카로운 작품은 아니었다. 늙은 방랑 순례자 테오프라스트(Theophrast)는 반딧불 두 마리와 함께 강을 건너간다. 그가 도착한 나라는 노인들이 새로운 모습으로 영원한 삶을 이어가는 나라였다. 그가 사자를 떠올리자 곧 사자가 나타난다. 그러나 일단 나타난 사자는 없다고 생각해도 결코 없어지지 않는다. 그에게 사자는 두려운 사랑(Angstliebe)의 일부로 언제나 그의 곁에 있었던 것처럼 느껴진다. 순례자는 정해진 목표 없이 동물들과 방랑을 계속하고, 그러다가 요한 오페린(Johann Operin)이라는 맨발의 남자를 만난다. 순례자와 요한은 여러 가지 난해하고 비밀스러운 토론을 벌이고, 이상한 모험을 겪는다. 반딧불 두 마리는 순례자를 데리고 화장터로 가려 한다. 화장터는 어리석음을 태우는 곳이다. 그러나 테오프라스트는 어리석음이 주검을 남기지 않는다는 것, 어리석음은 죽지 않는다는 것을 알고 있기 때문에 화장터로 가기를 거부한다. 그리고는 화장터가 지배하는 이 나라를 떠나서 자기가 원래 살던 곳으로 안전하게 돌아온다.

이 동화를 분석하는 것은 거의 불가능한 일이다. 작품의 구조가 독특한 방식으로 하우프트만의 생애 및 시대와 암호처럼 맞물려 있기 때문이다. 하우프트만은 1930년대 초만 해도 국가사회주의의 등장을 환영했지만, 곧 제3제국에 환멸했고, 말년에는 병적인 성향을 보였다. 20세기 초의 희곡 작품에서 하우프트만은 동화의 모티프를 사용해 사회적 · 정치적 상황에 논평을 가하려 했었다. 『동화』에서도 분명 같은 의도를 가지고 있었을 것이다. 그러나 나치에 대한 두려움으로 인해 쉽게 이해할 수 있는 상징을 가지고 사회에 비판을 가할 수는 없었을 것이다. 그러나 나치즘의 보다 폭력적인 측면들을 반영하는 세계를 거부하는 순례자의 이동 경로를 보면 한 가지 분명한 점이 눈에 띈다. 곧 주인공은 나치즘의 비밀을 알게 되는 것을 거부하며 외부자로 남게 되고, 비이성주의의 논리에 의존하는 세계에 의문을 제기하며 그 파괴적 경향을 이성적으로 설명해보려 한다.

비헤르트는 동화를 쓴 이유를 훨씬 더 단도직입적으로 밝히고 있다. 비헤르트의 작품이 출판된 것이 제3제국이 망한 이후이기 때문에 더욱 그러하다. "내가 이 책을 쓰기 시작한 것은 전쟁이 한창이던 지난 겨울이었다. 미움과 불길이 세상과 사람들의 마음을 태워버릴 것 같았다. 나는 가난한 사람들의 가난한 아이들을 위해 그리고 나의 마음을 위해, 나 자신이 진실과 정의에 대한 믿음을 잃지 않기 위해 이 책을 썼다. 동화 속 세상은 기적과 마법의 세상이 아니라 모든 시대의 아이들과 사람들이 꿈꾸어온 위대하고 영원한 정의의 세상이기 때문이다."[31] 비헤르트의 동화는 그 문장과 구조의 복잡함을 고려할 때 어린이 동화라기보다는 성인 동화에 가깝다. 그 중 6편의 작품인 『시대동화*Zeitmärchen*』『왕의 방앗간*Die Königsmühle*』『'이제 그만' 이라는 이름의 새*Der Vogel 'Niemalsmehr'*』『늑대들*Die Wölfe*』『일곱 명의 아들들*Sieben Söhne*』『세상에서 가장 소중한 사람*Die Liebste auf der Welt*』은 상징적인 차원에서 전쟁과 착취와 폭력과 독재를 다루기 때문에 특히 흥미로운 작품이다. 비헤르트의 작품은 머나먼 중세의 과거를 무대로 하고 있기 때문에 작품에서 파시즘과의 상관성을 끌어내기 위해서는 작품을 쓴 배경을 알고 있어야 한다. 그는 가족 속에 새로운 사회 관계의 가능성을 그리고자 하는 사회주의자나 급진주의자가 아니었으며, 나치 시대의 범죄에 반대하는 기독교적 도덕주의의 입장을 취했다. 따라서 비헤르트의 작품에는 일정한 모순이 들어 있다. 곧, 정의를 외치면서도 보다 강도 높은 착취의 토대를 마련하고 있다.

예를 들어 『늑대들』에 나오는 남매는 왕의 폭정에 저항함으로써 정의를 획득할 수 있음을 용기 있게 증명해보인다. 누이는 백성을 파멸에서 구하기 위해 늑대에게 자기 몸을 바치는데, 알고 보니 늑대는 마법에 걸린 왕으로 누이의 행동에 의해 마법에서 풀려난다. 마법에서 풀려난 왕은 군대를 이끌고 독재자와 싸워 왕국의 정당한 통치자가 된다. 소녀는 왕의 양녀가 된다. 왕이 죽으면 소녀가 왕좌를 물려받을 것이고, 백성들은 소녀를 섬기고 받들 것이다. 이렇듯 중세적 사회는 조화와 정의를 되찾는다. 그러나 위계적 패턴과 사회 관계는 사실상 변하지 않았다. 정의가 실현되는 것이 아니라 특별한 개인의 도덕적 자질에 의존하는 정의의 환상이 있을 뿐이다.

『일곱 명의 아들들』에 나오는 과부는 왕 때문에 자신의 일곱 아들이 의미 없는 전쟁에 끌려가는 것을 막으려 한다. 아들 여섯 명이 죽었을 때 어머니는 왕에게 찾아가 막내아들은 집에 있게 해달라고 한다. 어머니는 왕이 모성을 존중하지 않는다고 공격하는데, 이는 나치 정책에 대한 직접적인 비판에 해당한다.[32] 그러나 어머니의 용기도 막내아들의 목숨을 구하지 못한다. 막내아들 역시 충성스러운 죽음을 맞이하고, 어머니는 자기에게 주어진 짐을 지는 법을 배워야 한다. 작품 전체에는 가장 높은 곳에서 모든 마지막 결정을 내리는 최고의 판관, 즉 하느님이라는 존재가 암시되어 있다. 인간은 때가 오면 가능한 한 용감하게 자신의 운명을 감수해야 한다. 여기서도 어머니는 위엄을 지니고 있음에도 불구하고 기본적인 역할 패턴과 가족의 사회화 패턴이 바뀔 수 있다는 암시는 전혀 없다. 비헤르트의 동화에서 주인공은 윤리적 원칙에 따라 행동하고, 자비와 정의라는 인도적 목표를 추구하는 것이 사실이다. 그러나 우리가 충분히 짐작할 수 있듯이, 이러한 동화가 나치 시기에 출판되고 유통될 수 있었던 이유는 지배 패턴의 변화를 보여주지 않았기 때문이다. 이러한 동화는 권력을 좀 더 현명하게 그리고 백성을 위해서 사용해야 한다고 말한다. 알다시피 히틀러는 자기가 백성을 위해서 권력을 휘두르고 조국을 침략하는 사악한 세력에 맞서는 지혜로운 왕이라고 생각했다.

히틀러는 동화 속의 왕이었다. 독일은 찬란한 왕국이었다. 정치 미학의 목적은 신비화였다. 부르주아 계급의 공적 영역에서 이루어지는 파시즘적 왜곡과 그로 인해 독일 국민에게 닥친 비참한 현실은 1930년대와 1940년대에 걸쳐 동화 문학 담론의 바탕을 형성했다. 1920년대에 비판의 대상이 되었던 고전 동화의 곰팡이는 게르만 유산의 의복으로 치장하고 인종차별주의, 성차별주의, 권위주의를 정당화하는 양식으로 부활했다. 그러나 민주주의를 향한 신호와 요구는 1920년대에 이미 긴급한 상황에 놓여 있었으며, 독일 파시즘의 시대착오적 기획들이 그러한 신호와 요구를 은폐하고 억압하기는 불가능했다. 제3제국은 처음부터 실패할 수밖에 없었다. 지금 돌아보면 섬뜩하리만큼 터무니없는 제3제국의 수많은 문화 제도들도 마찬가지였다. 일단 제2차세계대전이 종식되자, 문명화를 둘러싼 동화 문학 담론 내부의 논쟁이 다시 한 번 표면으로 떠올랐다. 작가들은 실험을 재개했고, 고전 동화가 더 이상 사회적 목적을 수행할 수 없음을 증명하려 했다. 작가들은 동화 형식의 해방을 통해 진보적 목적을 달성하려 했으며, 1930년대에 동화 담론의 확장과 전복은 독일뿐 아니라 서구 전체에서 점점 눈에 띄는 현상이 되었다. 이제는 제2차세계대전 이후 동화 장르의 전개 과정을 살펴볼 차례이다.

8장

판타지가 우리를 자유케 하리라: 현대의 아동 동화

중요한 것은 우리가 옛날 옛적의 세계를 만들어낸
것이 아니라 옛날 옛적의 세계가 우리를
만들어냈다는 점이다. 우리는 아이 적에 옛날
옛적의 세계를 통째로 흡수했고, 옛날 옛적의 세계가
갖고 있던 가치와 정신을 절대적 문화로 마음에
새겼으며, 그것은 우리가 사실상 남자와 여자로
성장하기 오래 전부터였다. 우리는 아동 동화를 버리지
않은 채로 어른으로 성장한다. 우리가 씹어먹은 아동 동화는
아직 우리 위장 속에 들어 있다.
아동 동화는 우리의 진정한 정체성이다.
백설공주와 그녀를 구해준 영웅 왕자는
우리의 두 가지 거창한 픽션이다.
이 두 픽션 사이에서 우리에겐 정말이지 별다른 승산이 없었다.
어떤 시점에서 대구분(Great Divide)이 지어진다 :
그들(소년들)은 그레타 백마(Greta Steed)에
올라타고 난쟁이를 찾아가서 백설공주를 사오는
꿈을 꾸고, 우리(소녀들)는 시간증(屍姦症) 환자의
욕망의 대상(순결한 '희생양' 인 잠자는 공주,
최고로 어여쁜 살덩이, 잠자는 상품)이 되기를
소망한다. 우리는, 자기도 모르게
때로는 알지만, 원하지 않지만, 어쩔 수 없이
우리가 배웠던 역할을 연기한다.

안드레아 드워킨(Andrea Dworkin)
『여성 혐오 *Women Hating*』(1974)

육아와 사회화, 테크놀로지, 정치에 대한 우리의 시각은 제2차세계대전 이래로 너무 많이 변했다. 그 때문에 진보적 성향의 비평가들과 작가들은 고전 설화나 고전 동화를 지나치게 퇴영적인 작품으로 여긴다. 진보적인 논자들은 이야기 자체가 지나치게 성차별적이고 인종차별적이며 권위주의적이라고 생각할 뿐 아니라, 내용 전반에 반(半)봉건적·가부장적 사회의 관심사를 반영한다고 생각한다.[1] 수백 년 전에 고전 설화와 고전 동화는 보다 나은 생활 조건을 향한 희망을 싹틔우는 작품이었을지도 모르지만, 오늘날 서구 아이들에게 이러한 작품은 상상력을 제약하는 측면이 더 크다. 핵전쟁의 위협과 환경 파괴, 개인에 대한 정부와 기업의 통제 강화, 심각한 경제 위기 등에 봉착한 상황에서 고전 동화 담론이 계몽적이고 해방적인 효과를 낳는다고 생각할 수 없게 된 것이다.

물론 고전 설화와 고전 동화 중에도 아이들의 요구를 다루는 작품이나 개인적 자립과 사회적 자유를 성취할 가능성을 밝히는 작품이 많이 있다. 따라서 고전의 반열에 올라 있는 작품 전체를 사회적으로 쓸모없고 미학적으로 촌스러운 작품이라 여기며 거부하는 것은 어리석은 일일 것이다. 또한 고전 동화 장르를 구성하는 작품들이 계속 변한다는 것도 주지해야 할 사실이다. 19세기 작가들 중에는 찰스 디킨스(Charles Dickens)와 조지 맥도널드, 존 러스킨, 조르주 상드(George Sand), 오스카 와일드, 앤드루 랭, 에디스 네스빗(Edith Nesbit), 프랭크 봄 등과 같이 '고전' 의 반열에 올라 있으면서도 권위주의적 경향의 문명화 과정에 반대하며 아동 동화 담론의 지평을 확장한 작가들이 있었다. 이들은 유토피아적이고 전복적인 실험 동화로 나아가는 발판을 마련했으며, 이러한 실험은 20세기 초 동화 담론의 성격을 바꾸어놓았다. 사회 관계와 정치 구조의 해방적 변혁을 꿈꾸었던 작가들은 동화 창작이라는 상징 작용을 통해서 아동 학대와 억압적 성교육을 비판했다.

그렇지만 20세기의 첫 30년 동안은 아이들을 위한 혁신적 동화가 별다른 성과를 거두지 못했다. 고전 동화의 판타지와 전반적 골격을 재활용함으로써 아이들과 어른들 사이에 폭넓은 독자층을 형성하는 데까지 이르지는 못했다는 것이다. 어쨌든 판타스틱의 용도는 문화와 노동, 가족 생활이 점점 합리화되는 서구 사회의 현실에서 파생되는 결핍을 채우는 것이었고, 아이들의 상상력을 옹호하는 것이었다. 판타스틱은 수세적인 입장에 있었다. 판타스틱이 현실에 대한 공격으로 보이는 것은 겉보기에만 그럴 뿐이었다. 주류는 따로 있었고, 그것의 이름은 진보와 문명화였다. 그러나 진보와 문명화도 이름일 뿐이었다. 그것의 정체는 생산직과 사무직의 획일화(Taylorization)와 학교·병원·감옥 등에서의 전방위 감시 체제(panoptic organization), 코러스라인이나 컨베이어벨트를 연상시키는 안무 등 예술의 획일화(synchronization), 군대 사열이나 전쟁 등 획일적 군사력의 찬양, 테크놀로지를 통한 소비주의 조장, 유명인사 문화의 조성 등이었다. 20세기 초반의 진보적이고 실험적인 아동 동화들은 바로 이런 현실적인 사회적·정치적 경향들에 맞서는 반작용이었다. 이러한 현실은 1930년대와 1940년대, 1950년대의 동화 담론에서 저항적 요소를 제한하고 진압하는 힘이었다.

그때부터 아동 동화에서 판타스틱은 공세적 입장을 취하지 않을 수 없었다. 그 이유는 좀 더 해방적인 역할이 주어졌기 때문이 아니라, 더 이상 후퇴할 수 없는 전투를 치르는 중이었기 때문이다. 많은 작가들은 판타스틱의 전투 상대를 테크놀로지에 의존하는 도구적·조작적 세력으로 묘사했다(이러한 세력은 주로 상업적 이윤을 추구하며 사회 전반에 '전체주의'의 그림자를 드리웠다. 그리고 이로 인해 사람들은 자기 삶을 자기 힘으로 개혁하고 개척하는 노력을 포기하고, 자기에게는 자기 삶을 바꿀 힘이 없으며 자기 삶을 바꾸려는 노력은 부질없는 일이라고 생각했다). '1984년'이나 '멋진 신세계', '1차원적 인간' 등의 용어는 서양과 동양 전체에서 진행되는 사회 발전 비판론에서 핵심어로 부상했다. 전후 세계의 동화에 대한 논평에서 매리언 록헤드(Marion Lochhead)는 파시즘의 임박한 승리가 클라이브 스테이플스 루이스(Clive Staples Lewis)와 존 로널드 톨킨(John Ronald Tolkien) 같은 작가들에게 최대의 관심사였다고 주장했다. "신화 만들기가 계속된다. 경이감의 르네상스가 절정에 달했다. 그리고 우리에겐 신화가 필요하다. 선과 악(절대악)의 투쟁—판타지의 어린이 주인공이 악당에게 붙잡혀 극한 상황에서 고통받는 내용—이 흔한 테마가 되었다."[2] 그러나 선이 살아남는다는 것이 현대 동화에 반영되는 내용의 전부는 아니다. 소외를 낳지 않는 삶의 조건을 마련할 가능성의 판타지 역시 현대 동화가 반영하는 내용이다. 1960년대 투쟁의 결과로 소외 없는 미래에 대한 소망이 피어났다. 1960년대 투쟁은 민권운동과 반전 시위, 페미니즘의 발생, 전 세계 소수 민족과 약소국가의 독립운동 등 광범위한 조류를 포함했다. 21세기 초에 들어서면서 이와 같은 희망이 약화되고 유토피아적 지향이 디스토피아적으로 변형되었으나, 많은 작가들은 아직은 동화가 문명화 과정의 야만적 선회를 비판할 수단이 된다고 생각한다. 이런 작가들은 사회 변화가 아직은 가능하다는 믿음을 갖고 있다.

1945년 이후에 전개된 이러한 투쟁에 부응하는 아동 동화 문학의 전개 과정 전체를 망라하고, 동화 작가들이 판타지를 해방적인 방식으로 투영했던 이유와 방법을 설명하는 것은 너무 힘든 일이 될 것이다. 그래서 나는 이 글의 논의를 영국과 미국, 이탈리아, 독일, 프랑스의 대표 작가 몇 명으로 제한하려 한다. 이들은 선진 산업국가가 개인에게 부과하는 속박의 관점에서 동화를 좀 더 해방적으로 만들겠다는 의도를 밝혔던 사람들이다. 나의 논점은 두 가지다. 첫째, 동화에 투영된 판타지를 좀 더 해방적으로 만들기 위해 작가들이 사용했던 모티프와 착상, 문체, 방법을 설명하고 싶다. 둘째, 사회화가 대부분 통제와 훈육, 합리화와 연결되는 사회에서 해방적 동화가 실제로 작가가 의도한 효과를 낼 수 있는가를 질문하고 싶다.

그러나 이 두 가지 논점을 다루기 전에 해야 할 일이 있다. 그것은 고전 동화와 혁신적 동화를 포함하는 동화 문학 일반의 '힘'을 규명하고, 논의에 사용되는 용어들, 곧 진보와 퇴행, 해방과 억압 등의 의미를 명료하게 정의하는 것이다. 먼저 동화의 '힘'에 대해서 살펴보기로 하자. 고전 동화가 여전히 아이들과 어른들 사이에서 인기를 누리는 이유가 단지 문명화 과정의 규범을 따르기 때문만은 아니다. 고전 동화는 엄청난 힘을 가지고 있다. 조르주 장(George Jean)에 따르면, 고전 동화의 힘은 의식적 차원과 무의식적 차원에서 발휘된다. 의식적인 차원에서 모든 좋은 동화는 판타지와 기적의 요소를 미학적으로 구성하고 활용함으로써 독자로 하여금 각자의 일상 생활을 감당할 수 있게 한다.[3] 마법은 역설적인 방식으로 사용된다. 곧, 마법은 우리를 기만하기 위해서가 아니라 우리를 계몽하기 위해 쓰인다. 무의식적 차원에서 최고의 동화는 주관적인 동화 충동(assimilatory impulse)과 객관적인 사회상을 결합함으로써 독자를 매료시키고, 각자의 이념과 신념에 따라 동화를 다양하게 해석할 여지를 제공한다.[4] 조르주 장의 결론에 따르면, 동화에서 판타지의 힘은 동화가 사회적 현실에 이르는 통로를 제공할 때 '불안한 낯섦'(the uncanny)이 유발된다는 데에 있다.

한편, 역사적으로 정해진 문명화 과정 안에서의 동화 담론이 문제로 부각되는 상황에서 현대 아동 동화의 해방적 잠재력을 이해하기 위해서는 동화 일반의 퇴행적 측면과 진보적 측면을 좀 더 신중하게 구분할 필요가 있다. 여기서 나는 지그문트 프로이트(Sigmund Freud)의 '불안한 낯섦' 개념과 에른스트 블로흐의 '고향'(home) 개념을 논의하고 싶다. 이 두 개념은 동화에 투영된 판타지 뒤에 숨겨진 해방적 충동을 구성하는 요소로서, 고전 동화와 실험 동화 모두에서 발견된다. 프로이트와 블로흐의 개념은 아이들이 세상을 바라보고 세계에 적응하는 방식과 관련된 장 피아제(Jean Piaget)의 시각과 연결될 것이며, 이를 통해 우리는 현대 동화를 역사에 흔적을 남기려는 정치적 상징 작용으로 이해하고, 그 퇴행적 속성과 진보적 속성을 포착할 수 있을 것이다.

I

불안한 낯섦에 대한 논문에서 프로이트가 주장한 내용에 따르면, 'heimliche'라는 단어는 낯익음, 기분 좋음을 뜻하는 동시에 숨겨짐, 눈에 보이지 않음을 뜻한다. 프로이트의 결론에 따르면, 'heimliche'라는 단어의 의미는 이중적인 방향으로 발전했으며, 결국 반의어인 'unheimliche', 곧 불안한 낯섦과 똑같은 의미를 가지게 되었다.[5] E. T. A. 호프만의 동화 『모래인간 *The Sandman*』에 대한 자세한 분석에서 프로이트가 주장한 내용에 따르면, 불안한 낯섦(unheimliche)을 통해 우리는 낯익음(heimliche)과 좀 더 가깝게 만난다. 불안한 낯섦은 정서적 불안과 관계가 있고, 우리로 하여금 우리의 진화 과정 중에서 억압된 단계를 환기하게 만들기 때문이다.

> 정신분석학 이론에 따르면, 감정 충동(emotional impulse)은 그것의 종류와 상관없이 억압되면 언제나 불안으로 변형된다. 이러한 주장이 옳다면, 무서운 것들 가운데는 무서움의 요소를 억압된 것의 '귀환'으로 볼 수 있는 부류가 있다. 이러한 부류가 바로 불안한 낯섦이다 (불안하게 낯선 것이 그 자체로 본래 무서운지, 아니면 뭔가 다른 정동 affect을 전달하는지는 별로 중요한 문제가 아니다). 한편, '귀환'이 정말로 불안한 낯섦의 은밀한 속성이라면, 우리는 낯익음(Heimliche)이라는 단어의 의미가 반의어인 불안한 낯섦(Unheimliche)으로 확장된 이유를 이해할 수 있다. 불안한 낯섦은 사실은 결코 새롭거나 이질적인 것이 아니라, 낯익은 어떤 것, 예전부터 마음속에 자리 잡고 있던 어떤 것이 억압 과정을 거쳐 소외된 것이기 때문이다. 나아가 우리는 억압이라는 요인을 참조함으로써 불안한 낯섦에 대한 셸링(Schelling)의 정의, 즉 불안한 낯섦이란 감춰져 있어야 하는데 모습을 드러낸 어떤 것이라는 말의 의미를 이해할 수 있게 된다.[6]

프로이트의 주장에 따르면, 불안한 낯섦의 범주를 사용할 때는 극도로 신중을 기해야 한다. 억압당한 욕망과 극복당한 사유 방식을 환기하는 것들 중에는 개체와 인류의 선사(先史)에 속하지 않는 것들, 곧 불안한 낯섦으로 간주될 수 없는 것들도 들어 있기 때문이다. 특히 프로이트는 불안한 낯섦을 배제하는 것으로 동화를 예로 든다.

> 예를 들면 동화는 시작부터 현실 세계를 떠나 있고, 물활론의 신념 체계를 솔직하게 차용한다. 소망의 실현과 신비한 권력, 사유의 전능함, 무생물이 생물처럼 살아 움직이는 모습 등 동화에서 아주 흔히 볼 수 있는 이러한 요소들은 불안한 낯섦의 효과를

전혀 내지 않는다. 위에서 본 것처럼 '극복된' 것들, 믿을 수 없는 일이라고 간주되는 것들이 사실은 어쩌면 일어날 수 있는 일이 아닐까라는 판단의 갈등이 일어나지 않는다면, 불안한 낯섦의 느낌은 생길 수가 없기 때문이다. 동화는 '극복된' 것들이 어쩌면 일어날 수 있는 일이 아닐까라는 의문을 처음부터 배제한다. 동화 세계의 전제가 그러한 의문을 배제하기 때문이다.[7]

동화에서 화자의 시점은 불안한 낯섦을 당연한 것으로 받아들이기 때문에 불안한 낯섦이 낯익은 것이 되고, 나아가 동화의 규범이 되는 것이 사실이다. 그런데도 동화의 전제와 동화의 구도 안에는 여전히 또 다른 종류의 불안한 낯섦의 경험을 위한 여지가 없지 않다. 곧, 동화의 전략과 관련된 프로이트의 논의는 수정이 필요하다. 그러나 내가 지금 그 점을 논하고 싶지는 않다. 다만, 동화를 읽거나 들을 때 불안한 낯섦이 중요한 역할을 한다는 사실만은 말해두고 싶다. 프로이트가 말하는 불안한 낯섦의 범주를 제한적으로 수용하면서 나는 동화를 읽는 행위는 처음부터 독자를 현실의 제약에서 떼어놓는 행위이고, 억압된 낯섦을 다시 한 번 낯익은 것으로 만드는 행위라는 의미에서 동화를 읽는 행위 자체가 불안한 낯섦의 행위이다라고 주장하고 싶다. 브루노 베텔하임에 따르면, 동화는 아이로 하여금 현실 세계를 낯설게 느끼게 만들며, 이를 통해 아이는 뿌리 깊은 심리 문제들이나 불안감을 일으키는 사건들에 대처함으로써 자립심을 기를 수 있게 된다.[8] 베텔하임의 주장대로[9] 동화가 실제로 자아의 문제들에 대처할 수단을 제공할 수 있는가의 여부는 아직 미지수다. 그러나 우리가 일단 동화를 듣거나 읽기 시작하면, 낯익은 세계와 멀어지면서 무서우면서도 힘이 되어주는 불안하게 낯선 느낌이 유발되는 것만은 사실이다.

현실 세계의 완벽한 역전은 사실 우리가 동화를 읽기 전에 이미 일어난다. 곧, 작가는 동화를 쓰면서 불안한 낯섦을 경험하며, 독자에게 이러한 자신의 경험을 반복할 것을 청한다. 독서 과정은 독자가 자신의 낯익은 배경으로부터 떨어져나오는 과정이며, 이를 통해 홀로 떨어진 주인공과 동일시하는 과정이다. 이로부터 고향 같은 느낌(Heimische) 또는 진짜 고향을 향한 여정이 시작된다. 동화는 고향을 향한 이중적 여정을 촉발한다. 먼저 독자의 마음속 여정은 심리적 여정이며 좀처럼 해석하기 어렵다. 독자가 한 편의 동화를 읽는 방식은 독자의 배경과 경험에 따라 다양하기 때문이다. 두 번째 여정은 동화 속 여정으로, 주인공이 자신의 사회에 참여하기 위해 겪게 되는 사회화 과정과 가치 습득 과정을 보여준다(주인공은 결정권을 좀 더 많이 갖고 있다). 고향을 향한 이 두 번째 여정은 내레이터가 사회를 대하는 태도에 따라 **퇴행적**이 될 수도 있고 **진보적**이 될 수도 있다. 마음속 여정과 동화 속 여정에서 고향(Heimat) 개념은 모두 어원상 'heimliche' 및 'unheimliche'와 밀접한 관계가 있으며, 동화의 독자를 사로잡는 강력한 진보적 매력을 갖고 있다. 동화에 나오는 불안하게 낯선 배경과 모티프는 이미 우리를 최초의 경험(primal experience)의 귀환 앞에 서게 하지만, 그럼에도 불구하고 우리는 앞으로 나아갈 수 있다. 불안한 낯섦이 우리를 '가능했던 미래' 앞에 서게 하기 때문이다. 프로이트에 따르면, "불안한 낯섦을 통해서 우리는 (우리가 판타지 속에서 여전히 매달리는) 실현되지 않았지만 가능했던 미래들과 만나고, (우리에게 자유의지의 환상을 심어주는) 우리의 모든 의욕적 행위들과 만난다."[10]

물론, 프로이트는 현실 속에서 판타지에 집착하는 태도를 용인하지 않을 것이다. 그러나 에른스트 블로흐의 주장에 따르면, 판타지 중에는 반드시 가꾸고 지켜야 할 판타지가 **일부** 존재한다. 이러한 판타지는 사회 구조를 변혁하려는 우리의 급진적·혁명적 충동을 재현함으로써 우리가 고향에 도달하는 것을 가능케 하기 때문이다. 멈춰 있는 꿈은 쓸데없는 꿈이다.

> 그러나 멈춰 있는 꿈이 전진하는 꿈으로 변한다면, 꿈의 대의가 살아날 것이다. 그것도 아주 신선하고 자극적인 방식으로 살아날 것이다. 단순한 동경은 실현될 가망이 거의 없고, 사람을 풀죽게 만든다. 단순한 동경이 사라지면, 꿈은 실제로 무엇을 이룰 수 있는지를 보여줄 수 있다. 언제나 세상은 인간에게 세상의 압력에 순응하며 살라고 충고한다. 인간은 세상의 충고를 따랐다. 그러나 꿈은 이러한 충고를 들으려 하지 않는다. 이 점에서 인간은 모두 미래주의적이다. 인간은 자신의 과거를 넘어서며, 자기는 좀 더 나은 삶을 살 자격이 있다고 생각한다. 자기 삶은 자기가 만족할 정도는 되어야 한다는 것이다 (좀 더 나은 삶을 진부하고 이기주의적인 방식으로 상상하는 경우라도 마찬가지다). 그래서 인간은 주어진 운명에 만족할 수 없을 경우, 어쩔 수 없다고 생각하며 적응하기보다는 그것을 장애물로 여긴다.
>
> 그런 만큼 아무리 개인적이고 어리석은 소망이라 하더라도 소망에 의거한 사유는 아무 생각 없는 군대 사열보다 낫다. 소망에 의거한 사유는 혁명적 인식에 이를 수 있으며, 역사의 수레에 올라타기 위해 꼭 꿈에 포함된 바람직한 내용을 버려야 하는 것은 아니다.[11)]

블로흐에 따르면, 꿈에 포함된 바람직한 내용이란, 많은 경우에 동화에 투영된 판타지와 액션에 함축된 미래지향적·해방적 시각을 뜻한다. 곧, 동화는 곧게 사는 인간, 민주적 공조와 인간적 배려가 가능한 자립적 생활과 소외 없는 환경을 쟁취하기 위해 분투하는 인간을 꿈꾼다. 인간이 다른 인간을 착취하고 노예로 만드는 상황이 존재하는 한, 자립적 인간의 자기 결정으로 이루어지는 진짜 역사는 시작될 수 없다. 세계 속의 부당하고 야만적인 조건에 저항하는 능동적 투쟁은 고향 또는 유토피아로 인도한다. 이곳을 아는 사람은 아무도 없다. 그러나 이곳은 인류가 자신의 참모습을 찾게 될 그때를 상징하는 장소이다.

> 세상의 진정한 시작은 처음이 아니라 끝에 있다. 세상은 사회와 실존이 급진화될 때 비로소 첫 발을 내딛기 시작한다. 곧, 세상은 사회와 실존이 자신의 뿌리를 이해하기 시작할 때 시작된다. 그러나 역사의 뿌리는 노동하고 창조하는 인간, 세상의 주어진 환경을 재건하고 변혁하는 인간이다. 인간이 스스로를 이해하고 진정한 민주주의 사회에서 자신의 영역을 구축하며 비인간화와 소외를 거부한다면, 우리들 모두 어린 시절에 어렴풋이 보았었던 그것, 곧 아무도 가본 적이 없고 아무도 경험하지 못한 그것이 이 세상에 실제로 나타날 것이다. 그것의 이름은 고향이다.[12]

그렇다면 철학적인 의미에서 불안한 낯섦의 진정한 귀향 내지 귀환이란, 억압되어왔고 한 번도 실현된 적이 없는 그것을 향해 나아가는 것이다. 동화의 패턴은 대부분 고향을 새로운 지평 위에서 새롭게 구성하는 것이다. 동화가 아이들과 어른들 모두에게 매력을 발휘하는 이유가 바로 이것이다.

동화에 대한 블로흐의 대표적인 논문에는 「시간이 흘러도 동화는 동화다Das Märchen geht selber in Zeit」와 『동화와 선정주의 문학*Das Märchen und Kolportage*』 중 「장터와 서커스에 나타난 더 좋은 공중누각 Bessere Luftschlösser in Jahrmarkt und Zirkus」 등이 있다.[13] 여기서 블로흐는 동화의 주인공과 미학적 구조가 억압을 극복하는 방식을 조명한다는 점에 관심을 갖는다. 블로흐는 낙오자나 보잘것없는 사람이 기지를 발휘해 위기를 모면하고 좀 더 행복한 삶을 영위하는 방식에 초점을 맞춘다. 블로흐의 주장에 따르면, 전통적인 동화가 시간을 초월해서 인기를 누리는 데는 그만한 이유가 있다. "소망과 사랑이 여전히 생명력을 간직하는 것처럼 동화도 생명력을 간직한다. 또한 동화에서 심심치 않게 나오는 극악무도함은 오늘날의 현실에서도 여전히 발견된다. 아울러 동화에 극악무도함보다도 더 많이 나오는 '옛날 옛적' 의 행복은 여전히 미래에 대한 우리의 비전에 영향을 미친다."[14)]

블로흐가 전통적인 동화에 관심을 갖는 이유는 전통적인 동화가 시간을 초월하기 때문만은 아니다. 블로흐는 전통적인 동화가 현대화됨으로써 사회 안의 모든 계급과 모든 연령 집단 사이에서 인기를 누리는 방식에도 관심을 가진다. 대중문화의 진부한 호소력을 비하하는 대신, 블로흐는 모험소설과 현대 로맨스, 만화, 서커스, 시골 장터 등에 대한 탐구를 시도한다. 블로흐는 고급 예술 형식과 저급 예술 형식의 구분에 의존하는 단순화된 질적 판단을 거부하며 대중을 대상으로 하는 예술 작품의 생산과 수용을 추동(推動)하는 유토피아적 충동을 포착하려 한다. 블로흐의 반복되는 주장에 따르면, 동화는 우리가 현실에서 나아가야 할 길을 암시한다.

> 이런 부류의 '현대 동화' 에서 눈여겨보아야 할 점은 바로 이성 자체가 옛날 동화의 소망 투영을 유도하고 또 뒷받침한다는 것이다. 용기와 꾀의 조화가 다시 한 번 중요한 것으로 밝혀진다. 일찍이 『한젤과 그레텔』에서 보여준 계몽의 최초 유형이 바로 이것이다. 당신이 자유롭게 태어난 존재이고 온전한 행복을 누릴 권리를 가진 존재라고 생각하라. 당신이 가진 이성의 능력을 과감하게 이용하라. 세상이 나의 편이라고 생각하라. 이것들이 동화의 진정한 교훈이다. 우리에게 다행한 것은, 이러한 교훈이 과거에만 있었던 것이 아니라 지금도 있다는 점이다.[15)]

고향을 향한 소망이 불안과 동시에 위안을 준다는 점에 의거해, 블로흐와 프로이트는 이러한 소망이 우리를 민담과 동화로 이끄는 방식을 이해하는

데 도움을 주는 일반적인 영역들을 보여주었다. 이제 우리는 동화에 대한 아이들의 흥미라는 좀 더 구체적인 문제에 초점을 맞출 필요가 있다. 제1차 세계대전 이후에 시작된 사회학 연구와 심리학 연구를 통해서 우리가 이미 알고 있는 바와 같이 5~10세의 아동은 동화의 종류를 막론하고 동화를 맨 처음 대하는 독자이자 가장 중요한 독자다.[16] 동화와 관련된 다양한 연구의 결과들이 상식처럼 공유되는 지금 (물론 이러한 연구에 대한 다양한 해석이 존재한다), 우리가 던져야 하는 질문은 동화에 대한 아이들의 흥미가 이상향(ideal home)—진정한 자기로 돌아올 수 있는 세계 또는 그러한 상태—에 대한 **욕망**과 관련될 수 있는가의 여부이다.

『아이와 동화: 재미의 기원*Child and Tale: The Origins of Interest*』에서 앙드레 파바(André Favat)는 아이들이 동화에 끌리는 이유를 설명할 목적으로 장 피아제 이론의 유용성을 탐색한다.[17] 파바는 피아제 이론에 따라 '고전' 동화(페로, 그림 형제, 안데르센)의 내용과 형식이 6~8세 아동의 세계 인지 방식에 대응한다고 주장한다. 6~8세의 아동은 발달 단계에서 사유와 사물 사이에 마법적 연관성이 있다고 생각하고, 무생물을 살아 있는 존재로 간주하며, 권위를 보복적 정의와 처벌의 형태로서 존중하고, 원인과 결과를 병렬적 형태로 이해하며, 자아와 외부 세계를 구별하지 않고, 사물의 위치가 자신의 욕망에 따라 계속해서 바뀔 수 있다고 생각한다. 파바의 주장에 따르면, 아동이 이런 방식으로 인지한 세계는 일반적으로 동화에 의해서 승인된다. 동화가 아동의 요구를 충족시킬 목적으로 만들어진 것은 아니었겠지만 말이다.

6~8세 아동은 자신의 세계가 외부의 힘에 의해 시험당하고 있음을 점점 분명하게 감지한다. 파바가 아동의 반응과 안정 욕구를 논의하면서 신중을 기하는 것은 그 때문이다. 피아제와 마찬가지로 파바 역시 아동의 발달 단

계와 세계 인지가 아동이 경험하는 특정한 문화적 사회화 양식에 따라 차이가 있음을 강조한다. 일반적으로 아동은 정령 신앙과 자기중심성의 단계를 거쳐 사회화의 단계, 곧 사회에서 수행되는 보다 의식적인 상호 작용의 단계에 이르는데, 이로 인해 10세에 도달한 아동은 일반적으로 동화를 거부하게 된다. 10세 전후의 아동은 현실 세계에 좀 더 적응하게 되고, 동화를 보다 확실한 적응의 방해물로 보게 된다. 청소년기가 끝나고 나서야 비로소 사람들은 동화와 환상 문학으로 돌아오는데, 이때 사람들이 동화와 환상 문학으로 돌아오는 이유는 자기 안의 어린이를 되찾기 위해서일 때가 많다.

자기 안의 어린이를 되찾는다는 것은 하찮은 일이 아니라 자기 만족과 자아 실현을 위한 중대한 과제이다. 동화에서 자기 만족과 자아 실현을 추구하는 진지한 자세는 아이들이 처음 동화에 끌리기 시작하는 시기에 분명하게 드러난다. 파바는 이렇게 주장한다.

> 아이가 동화를 찾는 것은 손에 닿는 오락이나 기분 전환 거리를 찾는 것이 아니다. 아이가 동화를 찾는 것은 현실 세계보다 만족스러운 정돈된 세계에 대한 끈질긴 추구이며, 자기가 겪고 있는 경험의 위기에 대처하려는 진지한 노력이다. 그렇다면 각자가 독서 치료를 어떻게 보느냐와는 무관하게, 아이가 동화를 찾는 것은 암묵적 문화 장치를 건전하게 활용하는 일이라고 말할 수도 있다. 나아가 독자는 동화를 읽은 뒤에 현실 세계에 동화의 구조를 투영한다고 말할 수도 있다.[18]

프로이트의 논의와 블로흐의 논의, 피아제 이론에 대한 파바의 논의에서 고향은 해방을 암시하는 경향을 보이는데, 이 세 가지 논의를 종합해본다면 동화에 나타난 판타스틱의 해방적 잠재력을 포착할 수 있다. 심리학적 차원에서 보면 다양한 연령 집단의 독자들은 불안하게 낯선(unheimliche) 상징을 통해 해방을 경험한 후 억압된 자아의 문제들로 돌아갈 수 있게 되고, 독자의 삶에 존재했던 낯익은(heimliche) 최초의 순간으로 돌아갈 수 있게 된다. 그러나 동화가 최종적으로 해방적 효과를 산출하기 위해서는 의식적·문학적·철학적 차원에서 작용해야 한다. 곧, 동화는 고향에 대한 객관적 표상, 다시 말해 소외 없는 조건 하에 구축되는 진정한 민주주의를 투영해야 한다. 이것은 해방적 동화가 도덕적·교조적 해법을 가지고 있어야 한다는 의미가 아니라, 동화가 해방을 가져오기 위해서는 모든 유형의 억압과 권위주의에 저항하는 **투쟁 과정**을 반영하고, 유토피아의 구체적 실현을 위한 다양한 가능성을 정립해야 한다는 의미이다. 그렇지 않다면 해방이라는 단어가 미학적 범주로서의 의미를 가지지 못할 것이다.

피아제에 따르면, 6세에서 12세까지 아동의 도덕심과 정의감은 처벌을 통한 보복의 정의에 대한 믿음에서 평등한 분배의 정의에 대한 믿음으로 바뀐다. 전통 설화와 고전 동화는 초기 발달 단계에 해당하는 장르로서, 자의적 권위(일반적으로 왕이나 왕이 될 사람의 형태를 취한다)를 중심축에 놓고 그것을 최종 심급으로 간주함으로써 퇴행적인 고향 개념을 강화하는 경향이 있다. 권력은 노골적인 권력 그 자체로 드러나는데, 이때 권력의 용도는 잘못을 바로잡는 것이거나 봉건적 가치와 부르주아적 가치가 혼합된 가부장적 규범을 뒷받침하는 것이다(단, 이러한 규범이 형성하는 '행복한 결말'을 유토피아와 혼동해서는 안 된다). 지난 200년 동안 수많은 작가들이 동화 담론을 가지고 실험을 행했던 이유는 고전 동화가 바로 이런 구도를 갖고 있기 때문이다(물론 그렇지 않은 고전 동화도 많이 있다).[19] 또한 서양 문화에서 해방의 실질적 내용이 무엇인가에 대한 우리의 생각이 변하면서, 수정된 형태의 아동 동화 문학은 급진적이고 복합적인 경향을 꾸준히 발전시켜왔다. 한편, 현대 작가들 가운데 이른바 '저항문화적' 작가들은 좀 더 해방적인 동화—과거의 동화에서 나타나는 퇴행적 고향에 대립하는 진보적 고향을 향해 나아가는 동화—를 창작하기 위해 노력한다. 이제 우리가 해야 할 질문은 이러한 저항문화적 작가들이 동화를 좀 더 해방적인 것으로 만드는 방식은 무엇인가라는 것이다.

II

'저항문화적' 동화 작가들이 발전시킨 독특한 이야기 양식을 검토할 때 분명해지는 것은 그들의 실험이 문명화 과정을 변혁하려는 노력과 연결되어 있다는 점이다. 그들이 동화의 문명화 담론에 끼어드는 방식은 먼저 관습적인 퇴행적 창작 형식과 사유 형식, 삽화 형식과 거리를 두는 것이다. 낯익은 내용을 낯설게 바꿈으로써 심리학적 차원과 사회학적 차원에서 진정성이란 무엇인가를 보여줄 수 있기 때문이다. 바꾸어 말해서 소외 없는 상황의 '진실한' 고향이란 무엇인가를 밝힘으로써 동화 작가들은 고전적 서사를 변형하고 고전적 서사에 나오는 고향의 최종적 구도를 밝혀내며, 이를 통해 독자들로 하여금 사회화의 조건과 제약을 비판적으로 성찰하게 만든다. 동화 작가들은 소격 기법을 통해서 저항문화적 의도를 드러내는데, 소격 기법이란 해피엔드라는 매혹적이고 마법적인 환상에 의존해 현재의 문명화 과정을 정당화하는 대신, 밖에서 부과된 환상에 종지부를 찍을 것을 요구하고, 서로 충돌하는 상징들을 활용함으로써 외부에서 부과된 환상에 종지부를 찍을 것을 요구하는 기법을 말한다. 소격 기법의 목적은 독자로 하여금 원대한 개인적 소망의 현실적 한계와 가능성을 사회적 맥락 속에서 인식하게 하는 것이다.

화자는 인간성을 침해하는 억압된 사회심리적 갈등들을 탐색하고 폭로하려 하며, 이를 통해 어린 독자들은 현실 속에서 과연 어떤 힘들이 행동의 자유를 침해하는지를 좀 더 분명하게 상상할 수 있다. 변화되어야 하고 또 변화될 수 있는 현실적 상황을 보여주기 위해 자의적 권위주의와 성적 위압, 사회적 억압에 관한 불편한 문제들이 제기된다. 문명화 과정에 관여하는 고전 동화와는 달리, 해방적 동화의 판타지 투영은 독자의 상상력을 도구화한다는 이성주의적 목적을 위해서 사용되는 것이 아니라, 합리화의 통제를 전복하기 위해 사용된다. 이를 통해 독자는 자아의 문제들에 대해 좀 더 자유롭게 성찰하고 자신의 사회적 상황을 타인들의 사회적 상황과 비교함으로써 노동과 놀이를 공동체적 의미에서 사유할 수 있게 된다.

물론 해방적 동화를 창작하는 방법은 여러 가지가 있다. 여기서는 서구의 문화 패턴과 직접 관련되는 두 가지 유형의 실험에 집중해보겠다. 한 가지 유형은 이른바 고전 동화의 변용이다. 일반적으로 작가는 어린 독자가 이미 고전 동화를 이미 알고 있다고 가정하고, 낯익은 내용을 낯설게 만드는 방식으로 고전 동화를 다시 쓴다. 결과적으로 독자는 시대착오적 형식의 부정적 측면을 반성하지 않을 수 없으며, 나아가 이를 극복할 수 있다. 고전 동화의 변용은 전통적 모티프를 파괴하거나 변환, 폭로, 재배치함으로써 독자를 인위적이고 고정적인 문학 수용에서 해방시키는 방향에서 이루어진다. 변용의 의도는 미학적·사회적 설정이 달라지면 모든 가치들이 상대화된다는 사실을 보여줌으로써 고전 동화의 특징이나 가치를 제거하지 않으면서 고전 동화의 부정성을 삭제하는 것이다. 이와 같은 작가의 창조적 변용 행위와 변용의 결과인 예술적 산물을 통해 독자는 문명화를 포함하는 삶 전체가 자신의 기본적 필요를 충족시킬 수 있는 방향으로 구성될 수 있음을 깨닫는다. 해방적 동화와 고전 동화가 똑같은 특징들과 가치들을 포함할 수도 있지만, 변용 과정 자체에 방점이 찍힐 때 내러티브 형식과 내용 둘 다에서 질적 차이가 생겨난다.

변용과 유사한 두 번째 유형의 실험은 이른바 전통적 구도와 현대적 자료의 융합이다. 이는 낯익은 구도를 골격으로 삼으면서 독자가 낯설게 느끼는 현대적 배경과 플롯을 사용함으로써 독자의 호기심과 흥미를 유발하는 전략이다. 판타지 투영을 사용하는 목적은 오늘날의 사회관계가 변할 수 있음을 보여주려는 것이며, 여기서 전통적 구도와 현대적 자료의 융합은 구체적인 유토피아를 조명할 온갖 가능한 수단을 결합하는 역할을 수행한다. 사실상 융합과 변용의 서사 기법은 둘 다 독자에게 혼란과 충격을 주려는 목적으로 사용된다. 이로 인해 독자는 사회의 현 상태에 대한 안일한 태도를 버리고, 공동체적이고 민주적인 맥락 속에서 자신의 개성을 실현할 방법을 모색하게 된다. 그러나 오늘날의 해방적 동화 작가들의 가장 큰 특징은 사회의 현 상태에 저항하는 반(反)성차별적이고 반권위주의적인 시각이다.

예를 들어 해리엇 허먼(Harriet Herman)의 『숲 속의 공주 *The Forest Princess*』(1975)는 전통적인 『라푼첼』 동화의 변주로서, 남성 우위의 지배관계와 성별 고정관념에 문제를 제기한다. 동화는 다음과 같이 시작된다. "공주는 깊은 숲 속에 있는 높은 성탑 속에서 혼자 살고 있었어요. 공주가 아주 어렸을 때, 투명요정이 공주를 성탑에 가두었거든요. 투명요정은 공주를 감시하면서 공주에게 먹을 것과 입을 것을 가져다주었고, 공주의 생일이 돌아오면 특별한 선물을 주었어요."[20] 폭풍우가 몰아친 다음 날, 공주는 난파당한 왕자를 구해준다. 처음에 공주는 자기도 왕자라고 생각한다.

공주는 왕자와 아주 닮았고, 남녀가 구별된다는 사실을 몰랐기 때문이다. 공주와 왕자는 함께 살면서 서로에게 자기가 알고 있는 기술을 가르쳐준다. 그러나 왕자는 고향을 그리워한다. 공주는 왕자가 황금 궁전의 비밀을 알려주는 조건으로 황금 궁전에 가는 것에 동의한다. 그러나 황금 궁전에 도착한 공주는 싫지만 변하지 않을 수 없다. 화려한 옷을 입어야 하고 화장을 해야 하고, 무엇을 하든 여자아이들과 함께 있어야 하기 때문이다. 공주는 왕의 명령을 어기고 여자아이들에게 글 읽는 법을 가르쳐준다. 또한 왕자가 공주와 함께 말을 타려 하지 않자, 공주는 혼자 힘으로 말 타는 법을 배운다. 왕자의 열네 번째 생일에 공주는 모든 궁정 사람들 앞에서 깜짝 놀랄 만한 말 타기 실력을 자랑한다. 왕은 공주에게 상을 주기로 하고 한 가지 소원을 말해보라고 한다. 그러자 공주는 이렇게 대답한다. "폐하, 제가 오늘 해낸 일은 폐하의 나라에 살고 있는 모든 남자아이들과 모든 여자아이들이 할 수 있는 일입니다. 저의 소원은 남자아이들과 여자아이들이 함께 말을 타고, 함께 책을 읽고, 함께 노는 것입니다."[21] 그러나 왕은 공주의 소원을 들어줄 수 없다고 하면서, 남자아이들과 여자아이들은 지금 이대로 행복하다고 말한다. 아이들은 항의를 해보지만 왕은 받아들이지 않는다. 공주는 황금 궁전을 떠날 때가 되었음을 깨닫는다. 지금 공주가 어디에 있는지는 아무도 모른다. 그러나 내레이터는 공주가 떠난 뒤에 공주의 소원이 이루어졌다는 이야기를 들려준다. 동화는 반드시 행복하게 끝나야 하니까 말이다.

결말의 아이러니는 현실과의 차이를 암시한다. 동화는 행복하게 끝나야 하지만, 현실은 행복하게 끝나지 않는다는 것이다. 따라서 독자는 왜 현실이 행복하지 못하고 현실에서 고향을 찾을 수 없는지를 성찰하지 않을 수 없다.[22] 나아가 『숲 속의 공주』를 전통적인 『라푼첼』과 비교해볼 수도 있는

데, 이럴 경우에 『라푼첼』의 권위주의적 속성이 가시화된다.

허먼의 작품과 비슷한 방식으로 영국 리버풀 머지사이드 여성해방운동(Merseyside Women's Liberation Movement in Liverpool, England)에 동참하는 네 명의 여성은 전통적인 동화들—남성에게는 탐욕스러운 공격성을 가르치고, 여성에게는 남성의 공격성을 충실하게 보필할 것을 가르치는 동화들—이 전달했던 가치들에 반대하는 동화들을 출판하기 시작했다. 이 작가들의 주장에 따르면, "동화는 정치적이다. 동화는 아이들의 가치 형성을 도와주고, 아이들에게 사회를 받아들이는 법과 사회 속에서 자기에게 주어진 역할을 받아들이는 법을 가르친다. 이러한 사회의 중심에는 지배와 종속이 모든 인간 관계의 자연스러운 토대라는 가정이 놓여 있다."[23] 그래서 네 명의 작가들은 『왕자와 돼지치기』 『라푼첼』 『빨간 모자』 『백설공주』 같은 유명한 고전을 다시 썼다. 『왕자와 돼지치기』에서 돼지치기 사미아(Samia)는 욕심쟁이 왕자를 웃음거리로 만든다. 『빨간 모자』의 배경은 북유럽의 제재소 마을인데, 여기서 수줍음 많은 어린 소녀 나디아(Nadia)는 숲에 대한 두려움을 극복하는 법을 배운다. 나디아는 결국 늑대를 죽이고 늑대에게 잡혀 있는 증조모를 구해낸다. 늑대의 털가죽은 결국 빨간 모자의 망토 안감으로 사용된다. 증조모는 빨간 모자에게 이렇게 말한다. "이 망토에는 이제 특별한 힘이 생겼단다. 수줍음 많고 겁 많은 아이를 만나면 숲에서 같이 놀면서 이 망토를 빌려주렴. 그러면 그 아이도 너처럼 용감해질 거란다."[24] 그때부터 빨간 모자는 숲 속을 탐험하며 점점 더 깊은 곳까지 들어간다.

이 두 동화에서 주인공은 모두 작고 억압받는 인물로서, 자신의 힘으로 기생적 억압자의 지배에서 벗어나는 법을 배운다. 이 두 동화에서 삶은 끊임없는 투쟁이자 과정이며, 따라서 '행복한' 결말은 환상이 아니다. 곧,

'행복한' 결말은 상황의 종결이 아니라 현실적인 발전의 시작이다. 해방적 요소가 드러나는 때는, 주인공이 자신의 능력을 발휘하고 비슷한 상황에 있는 다른 사람들을 도와주기 위한 수단으로 자신의 판타지(상상력)를 동화 속에 투영할 때이다.

머지사이드 그룹(Merseyside Group)이 그랬듯이 토미 웅거러(Tomi Ungerer)도 『빨간 모자』를 다시 써야 한다고 생각했고, 여기에 '되새김한 이야기' 라는 제목을 붙였다.[25] 웅거러도 해방적인 관점을 취하지만, 머지사이드 그룹의 관점과는 완전히 다르다. 안데르센의 『성냥팔이 소녀』를 개작한 『성냥팔이 소녀*Alumette*』와 마찬가지로, 『빨간 모자』의 개작 역시 불경스럽고 장난스럽고 무정부적이다. 세련된 남작처럼 차려입은 웅거러의 늑대는 전통적인 동화에 나오는 교활한 늑대와는 완전히 다르며, 웅거러의 빨간 모자는 '동화의 헛소리를 믿지 않는 소녀' (the real no-nonsense one)이다. 곧, 남의 말에 속지 않고 두려움 없이 자기의 생각을 표현하는 소녀라는 뜻이다. 동화를 읽다보면, 소녀의 할머니가 비열하고 심술궂고 심지어 소녀를 구타할 때도 있다는 것을 알게 된다. 소녀가 딸기를 따면서 시간을 끄는 이유는 할머니 집에 가는 것이 싫기 때문이다. 늑대가 나타나서 하는 말은 솔직 담백하다. "나는 너희 할머니가 어떤지 잘 알아. 흉볼 생각은 없으니, 너희 할머니 평판이 나의 평판보다 나쁘다는 말만 해두겠어."[26] 늑대는 소녀에게 자기와 함께 자신의 궁전으로 가면 동화 속 공주처럼 대접해주겠다고 말한다. 소녀는 늑대의 속셈을 의심하며 늑대의 턱뼈와 혓바닥에 대한 질문을 던지기 시작한다. 늑대는 바보 같은 질문 좀 그만 하라고 한다. 늑대는 부모와 할머니는 자기네들끼리 알아서 잘 살 테니 걱정 말라며 소녀를 설득한다. 그래서 늑대와 빨간 모자는 결혼해서 아들딸 낳고 행복하게 살게 되고, 심술궂은 할머니는 꼬부랑 할머니가 되어서도 여전히 심술을 부린다.

웅거러의 동화는 아이러니와 기발한 반전을 이용해 전통적인 동화의 성적 금기를 깨려 한다. '불안하게 낯선' 늑대는 유년기 쾌락 본능이라는 낯익은 성적 갈망과 동일시된다. 내용을 바꾼 이유는 어머니·아버지·할머니의 초자아 기능에 맞서는 해방적 효과를 산출하기 위해서다. 빨간 모자는 늑대 덕에 성숙한 성관계의 영역에 진입한다. 이 동화에서 도달한 '고향'은 다른 해방적 동화에 비해서 그 사회적 의미가 약하지만, 소녀와 늑대의 독립심이 그만큼 부각된다는 주장도 할 수 있다. 옛날 동화가 퍼뜨린 '평판'은 더 이상 통하지 않으며, 오늘날의 우리도 옛날 동화가 퍼뜨리는 소문을 액면 그대로 믿어서는 안 된다는 사실을 소녀와 늑대가 보여주기 때문이다.

1945년 이후에 나온 『빨간 모자』의 개작들은 대부분 소녀와 늑대에게 가해졌던 전통적인 명예훼손—소녀를 힘없고 순진하고 착하게 묘사하고, 늑대를 사람을 잡아 먹는 악당이자 골치 아픈 남성 강간범으로 묘사하는 경향—을 변형하고 비판한다. 캐서린 스토(Catherine Storr)의 『두건 소녀 폴리*Little Polly Riding Hood*』(1967)에는[27] 영리하고 독립심이 강한 소녀 폴리와 소녀를 잡아먹고 싶어 하는 실수 연발의 늑대가 나온다. 늑대는 옛날 동화 『빨간 모자』를 숙독하며 행동 지침을 마련한다. 그러나 폴리를 잡아먹고 말겠다는 늑대의 확고한 결심이 번번이 좌절되는 것은 당연한 일이다. 막스 폰 데어 그륀(Max von der Grün)의 개작은 좀 더 진지한 화법으로 편견과 순응주의에 비판을 가한다.[28] 주인공인 빨간 모자 소녀는 자신의 상징인 빨간 모자 때문에 마을에서 쫓겨난다. 한때 독일에 퍼져 있던 반유대주의 정서와 반공산주의 정서를 강력하게 암시하는 대목이다. 한편 늑대를 변호하는 입장에서 쓴 동화들도 나타났다. 이링 페처(Iring Fetscher)

의 『빨간 머리 소녀와 늑대*Little Redhead and the Wolf*』(1974)와 필리프 뒤마(Philippe Dumas)와 보리 무아자르(Boris Moissard)의 『옥색 두건 소녀*Little Acqua Riding Hood*』(1977)가 대표적인 작품이다.[29] 페처의 각색은 삐딱한 가짜 정신분석학적 해석을 제공한다. 여기서는 아버지가 늑대를 죽이는데, 아버지가 늑대를 죽이는 이유는 늑대가 빨간 머리 소녀의 오빠와 친구가 되었기 때문이다. 신경증 환자인 아버지는 빨간 머리 소녀의 오빠를 싫어했다. 뒤마와 무아자르의 동화에서는 또 다른 아이러니한 인물들이 그려진다. 이번에는 빨간 모자의 손녀가 자르댕 데 플랑트(Jardin des Plantes) 식물원의 부설 동물원에 갇혀 있던 늑대의 조카가 낳은 아들을 풀어준다. 고전 동화를 소생시켜서 파리 사교계에서 인기를 끌어보고 싶었기 때문이다. 그러나 늑대는 고전 동화를 반복하는 어리석음을 범하지 않는다. 가족에게 일어났던 비극을 통해서 교훈을 얻었기 때문이다. 늑대는 시베리아로 피신하는 데 성공하며, 어린 늑대들에게 프랑스 '문명'의 위험을 조심할 것을 경고한다.

고전 동화를 반전시키는 기법은 뒤마와 무아자르의 동화책 『거꾸로 읽는 이야기*Conte á l'envers*』에 포함된 다른 동화들에서도 가장 중요한 기법으로 사용된다. 그밖에 고전 동화의 반전을 토대로 하는 동화집으로는 제이 윌리엄스(Jay Williams)의 『현실적인 공주와 그밖의 해방적 동화들*The Practical Princess and other Liberating Tales*』(1979),[30] 제인 욜런(Jane Yolen)의 『꿈을 짜는 직공*Dream Weaver*』(1979),[31] 한스-요아힘 겔베르크(Hans-Joachim Gelberg)의 『노이에스 폼 룸펠슈틸츠헨*Neues vom Rumpelstilzchen*』(1976) 등이 있다.[32] 이들은 전통적 동화를 변용함으로써 전통적 동화의 억압적 내용을 전복시킨다. 나아가 형식과 인물, 모티프를 뒤집는다는 의도는 문명화 과정의 내부에서 진행되는 동화 담론에 의문을 제기할 가능성을 확장시킨다.

동화 작가들이 지배 문화 패턴에 대한 대안을 암시하기 위해 사용하는 가장 일반적인 방식이 고전 동화의 변형이라면, 두 번째 방식은 동시대의 사회에서 문제점을 안고 있는 사회적 사건을 직접 다루는 것이다. 여기서 나는 이탈리아와 독일, 프랑스, 영국에서 나온 탁월한 실험 동화 4편에 초점을 맞추고 싶다. 동화에는 해방을 향한 **국제적** 원정과 새로운 고향 개념이 나오는데, 이는 분명 지배 관계와 획일화, 착취라는 **국제적** 경향에 대한 반작용일 것이다.

이탈리아에서 자유를 향한 일관된 저항을 보여주는 작가들로는 아델라 투린(Adela Turin)과 프란체스카 칸타렐리스(Francesca Cantarellis), 넬라 보스니아(Nella Bosnia), 마르게리타 사카로(Margherita Saccaro), 실비에 셀리그(Sylvie Selig) 등을 들 수 있다. 이들의 작품 중 7권을 런던 작가와 독자 출판협회(Writers and Readers Publishing Cooperative in London)에서 번역하고 출판했다.[33] 여기서 중요한 의의를 가지는 작품은 『대포와 쐐기벌레 *Of Cannons and Caterpillars*』(1975)라는 제목의 동화다.

> 용기 왕(King Valour)의 성에 사는 사람 가운데 첫 번째 전쟁을 기억하는 사람은 이제 아무도 없었습니다. 성직자들과 고문관들, 비서관들, 관측원들, 집정관들, 기록관들, 전략가들, 외교관들도 기억하지 못했고, 심지어 장군들, 대령들, 하사관들, 육군 소령들, 해군 소령들도 기억하지 못했습니다. 살아 있는 군인들 가운데 최고령자인 테렌스 와일드(Terence Wild)는 부상당한 상처를 꿰매고 또 꿰맸고, 한쪽 눈은 유리 눈, 한쪽 다리는 나무 다리, 한쪽 손은 갈고리가 되었지만, 역시나 첫 번째 전쟁을 기억하지 못했습니다. 왜냐하면 첫 번째 전쟁이 끝나자 두 번째 전쟁이 일어났고, 이어서 세 번째, 네 번째, 다섯 번째 전쟁이 일어났으며, 이윽고 스물한 번째 전쟁이 일어

나 지금껏 계속되기 때문이었습니다. 또한 용기 왕의 성에 사는 사람 가운데 복숭아나 참새, 삼색 털을 지닌 얼룩 고양이, 들쭉나무 열매로 만든 잼, 래디시, 초록빛 잔디 위에 펼쳐진 뽀송뽀송한 돗자리를 기억하는 사람은 아무도 없었습니다. 게다가 용기 왕은 스물두 번째 전쟁 준비에 열중해 있었습니다. 용기 왕은 앞날을 이렇게 예견했습니다. "나무 한 그루도 남아 있지 않을 거야. 풀 한 포기도 살아남지 못할 거야. 혼자 피어 있는 토끼풀 한 송이나 혼자 뛰는 베짱이 한 마리도 절대 피하지 못할 거야. 우리에게는 궁극적 무기가 있으니까. 악독한 고엽제와 살인 광선, 마비 가스, 틀림없는 정확성을 자랑하는 대포가 있으니까."[34)]

용기 왕은 기괴하고 코믹하게 과장된 인물인 것 같지만, 오늘날 우리 사회에도 용기 왕과 같은 사고 방식을 갖고 있는 정치가가 많이 있다. 용기 왕의 아내인 델피나(Delphina) 왕비는 용기 왕의 위험성과 광기를 깨닫고 슬퍼한다. 용기 왕은 델피나 왕비에게 평생 동안 방탄 창문이 달려 있는 첨단 고층 빌딩에 갇혀 나오지 못하는 벌을 내린다. 이 성에는 왕비의 딸인 필리피나(Philippina) 공주와 전쟁으로 남편을 잃은 과부들, 고아가 된 소년·소녀들이 함께 갇혀 있다. 첨단 테크놀로지로 둘러싸인 숨 막히는 인공적 삶을 살게 된 델피나는 딸에게 쐐기벌레와 꽃, 동물, 식물 등을 아우르는 자연을 가르쳐주기 위해 이야기책을 짓고 삽화도 그려넣는다. 델피나의 이야기책이 점점 길어지면서 필리피나와 고층 빌딩에 살고 있는 모든 과부들과 고아들의 슬픔도 점점 줄어든다. 그러던 "어느 날 밤, 성으로 돌아온 용기 왕은 아주 기분이 좋았습니다. 새로운 전쟁이 막 선포된 뒤였기 때문입니다. 이번 전쟁은 가장 길고 가장 끔찍한 전쟁이 될 것으로 예상되었습니다. 그래서 용기 왕은 왕비와 공주, 과부들, 고아들을 일요일 아침에 풍요왕(King Copious)의 궁전으로 옮기기로 결정했습니다. 풍요 왕의 궁전이 전쟁터와 좀 더 멀리 떨어져 있었기 때문입니다."[35]

용기 왕의 결정 덕분에 왕비 일행은 행운을 얻게 된다. 왕비 일행은 풍요 왕의 궁전으로 가는 길에 버려진 성에서 쉬었다 가게 된다. 그 성은 계속된 전쟁으로 폐허가 된 곳이었다. 아름다운 시골 경치에 반해버린 왕비 일행은 건물들을 개조하고 토지를 개간하며 그 성에 살기로 결심한다. 그리고 자기들이 가져온 커다란 이야기책을 이곳에 펼쳐놓는다. 이야기책 속에서 그렸던 모든 꿈을 그들은 이제 현실 속에 실현하려 노력한다. 여러 해가 지난 후, 용기 왕과 용기 왕의 전쟁들을 기억하는 사람은 거의 없게 된다. 폐허가 되었던 성은 완전히 달라졌고, 성을 중심으로 많은 사람들이 모여들어 마을이 생겼으며, 이야기책을 짓고 아름다운 삽화를 그려넣은 전설적인 작가 델피나의 이름을 모르는 사람은 아무도 없었다.

탁월한 반전 동화 『대포와 쐐기벌레』를 장식하는 독특한 삽화들 속에는 권위주의에 대한 비판과 공동체의 민주적 삶이 투영되어 있다. 나아가 동화의 전체적 주제가 평화 공존의 실현을 고무하는 것이다. 첨단 고층 빌딩에 갇혀서도 희망과 휴머니즘을 잃지 않기 위해 애쓰는 델피나는 함께 갇혀 있는 사람들을 위해 이야기책을 만든다. 열악한 상황을 벗어날 기회를 얻게 된 왕비 일행은 기쁨에 넘쳐서 상상력을 발휘한다. 메말랐던 삶이 두려움도 없고 억압도 없는 풍요로운 삶으로 바뀐다. 마침내 이들은 스스로의 능력을 발견하고 테크놀로지를 통제해 평화로운 공동체의 필요를 채우는 수단으로 사용한다.

미하엘 엔데(Michael Ende)는 테크놀로지와 관료주의에 인류를 노예로 만들 잠재적 위험성이 내포되어 있다는 점을 270쪽짜리 동화 소설 『모모 *Momo*』를 통해 그려냈다.[36] 탁월한 통찰력과 독창성이 돋보이는 『모모』는 1970년에 출판되어 독일청소년도서상(German Youth book Prize)을 수

상했고, 17개국 언어로 번역되었으며, 영화로도 만들어졌다. 『모모』는 한 이탈리아 고아 소녀의 투쟁에 관한 이야기다. 강하고 정직한 이 소녀의 이름은 모모이며, 나이는 8세보다는 많고 12세보다는 적다. 모모가 사는 집은 고대 로마의 원형극장이 있던 옛터다. 모모에게는 사람들의 고민을 들어주는 특별한 재능이 있어서 모모에게 고민을 털어놓은 사람들은 스스로 고민을 해결할 방법을 찾게 된다. 이러한 재능 때문에 모든 이웃 사람들은 모모를 성자처럼 생각하며 보호한다. 모모는 원형극장에서 즐겁게 뛰어노는 수많은 아이들에게 둘러싸여 있고, 특별한 두 친구인 거리 청소부 베포(Beppo)와 어린 사기꾼 기기(Gigi)가 있기에 아무 부족함 없이 자신의 기지와 상상력을 발휘하며 행복하게 살아간다. 모모가 사는 동네 사람들은 대부분 가난하지만, 서로 가진 것을 나누면서 스스로 정한 속도에 따라 자신의 삶의 질을 높이려고 노력한다. 그러나 동네 사람들의 생활 방식과 놀이 방식은 자신들도 모르는 사이에 시간도둑들(time-savers)에게 위협을 받고 있다. 시간도둑들은 회색 양복을 입고 있고, 그 옷에 어울리는 잿빛 안색을 하고 있다. 또한 그들은 빳빳한 중절모를 쓰고 회색 담배를 피우며, 청회색 서류 가방을 가지고 다닌다. 그들의 정체를 알고 있는 사람은 아무도 없으며, 그들의 방문을 받고 그들의 영향을 받아 '시간은 돈이다', '시간은 비싸다', '절약한 시간은 갑절의 시간이다' 같은 원칙을 따르며 살게 된 사람들은 하나같이 그들의 존재를 기억하지 못한다. 그들의 은밀한 영향력은 너무나도 대단하기 때문에 도시는 점차 부드럽게 돌아가는 기계처럼 변해간다. 건물들과 거리들이 헐려나간 자리에 첨단 테크놀로지와 자동화 시스템이 들어선다. 모두들 시간을 절약하고 좀 더 많은 돈을 벌 방법을 찾기 위해 바삐 돌아다닌다. 도시의 전체적 설계가 사람들의 심리에 영향을 미치고, 사람들은 급기야 일을 위한 존재, 일에 적합한 존재로 바뀐다. 회색 인간들은 모든 사람을 조종해 모모를 고립시키는 데 성공한다. 모모는 초·분·시간을 뜻하는 세쿤디우스 미니투스 호라 박사(Master Secundius Minitus Hora)가 살고 있는 '어디에도 없는 저택'(nowhere house)으로 가는 길을 찾아낸 뒤에야 비로소 회색 인간들의 위협에서 벗어난다. 호라 박사는 야위고 친절한 시간의 수호자로서, 모모에게 시간의 본질—시간은 각자의 마음속에 있으며, 시간을 아름답게 만드는 것도 각자의 마음먹기에 달려 있다—을 알려준다. 시간의 본질을 깨달은 모모는 회색 인간들과의 투쟁을 기도하고, 호라 박사와 마법 거북의 도움으로 마침내 그들의 사악한 계획을 막아낸다. 그 결과 시간이 해방되고, 그로 인해 인간은 스스로의 운명을 개척할 수 있게 된다.

엔데의 다채로운 동화 소설 『모모』의 시간적 배경은 과거일 수도 있고, 현재일 수도 있고, 미래일 수도 있다. 엔데는 도구적 합리화를 비판할 때 색다른 상징적 형식을 사용하기 때문에 8세에서 15세 사이의 독자들도 작가의 의도를 이해할 수 있다. 해방적 잠재력을 갖고 있는 오늘날의 수많은 동화가 그렇듯, 엔데의 동화도 여자 주인공이 변혁을 이끌거나 변혁의 방향을 제시하는 인물로 등장한다. 모모가 자신의 능력을 십분 발휘하자, 사회관계가 재구성되어 시간은 모두에게 활짝 열리는 듯하다. 그럼에도 불구하고 『모모』의 결말은 문제점을 안고 있다. 먼저 『모모』의 결말은 기만적으로 해방적이다. 곧, 엔데는 판타지를 사용해 개인주의적 액션 그리고 상상력의 사유화를 찬양한다. 그리고 이런 식의 개인주의가 일상 생활의 점진적 합리화에 맞서는 해법으로 가정된다. 엔데의 두 번째 베스트셀러 『끝없는 이야기 *Die unendliche Geschichte*』[37]도 개인주의를 찬양하는 작품이다. 주인공은 바스티안(Bastian)이라는 이름의 뚱뚱하고 겁 많은 소년이다. 소년은 자기가 상상력을 사용해 끝없는 이야기를 지어낼 수 있음을 알게 되고, 소년이 지어낸 이야기는 소년이 현실에 적응하는 것을 도와준다. 바스티안은 책 한 권을 훔친 뒤 외딴 곳에 틀어박혀 읽다가, 문제가 발생한 판타지엔(Phantásien) 왕국이 자기를 부른다고 느끼고, 그곳에서 수많은 모험을 겪는다. 바스티안은 충실한 친구 아트레유(Atréju)와 마법 동물들의 도움을 받으며 판타지엔 왕국의 멸망을 막아낸다. 현실로 돌아온 바스티안은 아버지와 화해하고 현실을 감당할 수 있을 만한 힘과 용기를 얻게 된다. 『끝없는 이야기』에서 그려지는 고향 찾기는 『모모』와는 반대로 퇴행과 타협의 형태를 띠고 있다. 게다가 엔데는 '모든 권력을 상상력에' 라는 학생저항운동의 슬로건을 승인하려 하다보니 관습적 상투 어구와 고정 관념을 너무 많이 빌려온다. 이로 인해 엔데의 동화를 마지막까지 분석해보면, 결국 독자를 현혹하고, 독자가 자신의 잠재력과 문제점을 직시하지 못하게 만들며, 독자의 의식과 상상력를 조작하고 이용하는 사회적 힘들도 파악하지 못하게 만드는 것으로 밝혀진다.

장 피에르 앙드레봉(Jean-Pierre Andrevon)의 훌륭한 동화 소설 『요정과 측량기사*La Fée et le Géometre*』(1981)에서는 이런 식의 기만을 찾아볼 수 없다.[38] 앙드레봉이 묘사하는 목가적인 초록나라에서는 소녀 요정과 난쟁이, 노인 요정, 마녀, 마법사, 꼬마 요정, 용, 바람 요정 등이 조화롭게 살아간다. 여기에는 규칙도 없고, 돈도 없고, 합리화된 생산 관계도 없다. 자연은 야비한 착취의 위협을 모른다. 이들이 서로 관계를 나누고 물건을 나누는 것은 모두에게 이익이 되는 일이며, 성차별은 존재하지 않는다. 각자 자신의 필요에 따라 일하거나 즐기기를 선택한다. 그러나 탐험가 아르투르 리빙슈바르츠(Arthur Livingschwartz)가 이 낙원을 발견하면서 모든 것이 변한다(아르투르는 다국적 거대 기업의 직원이다). 그때부터 앙드레봉은 초록나라의 점진적인 식민화를 묘사한다. 기술자와 과학자, 군인, 건축가,

사업가들이 속속 도착하면서 이 자그마한 처녀지는 물건을 만들어낼 능력이 별로 없는 관광지로 탈바꿈한다. 도로와 도시, 공장이 지어지는 바람에 자연은 황폐화되고 환경은 오염된다. 노인 요정과 난쟁이, 소녀 요정, 꼬마 요정은 돈을 벌기 위해 일을 하지 않을 수 없게 되고, 외부인들의 요구에 맞도록 자신의 시간을 조정하면서 생활을 바꾸어야 한다. 이제는 외부인들이 초록나라의 생산을 통제하는 상황이다. 인간과 요정이 결혼하는 커플이 생기고, 그중 요정 시비알(Sibialle)과 측량기사 로익(Loïc) 같은 커플은 식민화와 산업화의 습격에 맞서 저항을 시도한다. 그러나 조직화된 강력한 저항운동이 전개되는 것은 시비알과 로익의 딸을 비롯해서 인간과 요정 커플들의 자녀들이 성장해 인간 착취와 환경 파괴를 경험한 이후의 일이다. 저항운동은 원자로와 공장, 고속도로에 의한 자연 잠식에 맞서 투쟁을 벌인다. 폭력은 전혀 쓰지 않는다. 투쟁은 시작되고, 앙드레봉은 이야기를 끝맺는다.

요정의 나라는 전과는 달라질 것입니다. 요정의 나라는 퇴보하지 않을 것입니다. 삶이란 뒤로 가는 것이 아니라 앞으로 가는 것입니다. 삶이란 상어처럼 끊임없이 전진하는 것입니다. 상어는 심술궂은 동물이 아닙니다. 우리 모두 그렇듯 상어도 살아야 합니다. 그뿐입니다.
요정의 나라가 나아갈 최선의 길은 과거로 돌아가는 길이 아닙니다. 요정의 나라가 인간 세계를 흉내내서는 안 됩니다. 요정의 나라는 요정의 자질과 인간의 자질이 결합된 전혀 다른 세상이 될 수 있습니다.[39]

요정의 나라가 전혀 다른 세상이 될 수 있는지, 삶의 변혁을 다짐하는 초록나라 사람들의 투쟁이 성공할 수 있는지는 동화의 결말에 이르러서도 해결되지 않은 문제로 남아 있다. 여기서 앙드레봉은 고향을 어렴풋이 느끼게 만드는 담론을 통해서 오늘날의 아이들에게 대단히 중요한 사회적·정치적 문제들을 제기하는 데 성공한다. 마법과 판타지, 타고난 욕구의 도구화라는 문제에 개인주의적 해법을 제공했던 엔데의 『끝없는 이야기』와는 달리 앙드레봉은 장밋빛 환상을 그리지 않는다. 사실상 앙드레봉은 환경 파괴와 사회 붕괴라는 절박한 문제가 자본주의적 식민화라는 근원적 문제가 빚어내는 모순에서 비롯되는 것이라고 파악하고, 이에 대한 해법으로 집단적 저항을 생각한다. 앙드레봉이 현대의 테크놀로지와 산업화를 혁명과 변혁의 힘으로 보는 것은 이런 의미에서이다. 테크놀로지와 산업화가 이윤 추구와 착취의 수단으로 이용되지 않을 수만 있다면, 사람과 동식물과 자연에게 유익하게 쓰일 수 있다고 보는 것이다. 톨킨이나 C. S. 루이스와 같이 낭만적인 입장에서 자본주의에 반대하는 동화 작가는 과거에서 구원을 찾으려는 보수적 성향을 보이는 데 비해서, 앙드레봉은 테크놀로지와 산업 자체가 나쁜 것은 아님을 알고 있다. 앙드레봉은 사회주의 생태학자의 관점을 채택하며 질적으로 새로운 '고향'을 지향하는 낙관주의를 보여준다.

진보적인 동화 작가가 모두 앙드레봉처럼 낙관적인 것은 아니다. 예를 들어 톨킨의 『반지의 제왕 *Lord of the Rings*』과 리처드 애덤스(Richard Adams)의 『워터십 다운 *Watership Down*』을 전복하고 풍자하려 하는 마이클 드 라라베티(Michael de Larrabeiti)는 도시에 사는 하층 계급의 관점을 채택하며 앙드레봉과는 다른 결말을 끌어낸다. 자신의 첫 번째 동화 소설 『보리블 파 *The Borribles*』(1978)[40]에서 그는 배터시(Battersea)에서 보낸 어린 시절의 기억을 토대로 작품 속의 인물들을 창조한다. 이들은 사회적 저항에서 단연 돋보인다. 보리블 파는 방랑자들 또는 도망자들로서, 이들이 그 무엇보다 자유를 소중하게 여기는 이유는 진정한 자기의 모습을 사랑하기 때문이다. 또한 보리블 파는 자의적 권위를 상징하는 어른들, 특히 경찰들을 피한다. 보리블의 귀는 길고 뾰족하게 자라는데, 이것은 비순응주의를 뜻한다. 경찰이 보리블을 잡으면, 귀를 잘라 의지를 무너뜨린다. 보리블은 전 세계의 구석구석에 살고 있다. 그러나 드 라라베티는 주로 런던에 살고 있는 보리블의 이야기를 다룬다.

드 라라베티의 첫 번째 소설은 보리블 파가 교만한 럼블 파(중간 계급에 속하는 속물들의 상징)를 상대로 싸우는 위대한 투쟁의 이야기와 웬들 강(River Wendle)에서 엄청난 양의 보물을 잃어버린 이야기로 되어 있다. 『보리블 파』의 속편 『보리블 파, 죽도록 버티다*The Borribles Go for Broke*』(1981)[41]에서 드 라라베티는 전편에서 다루었던 작은 보리블 파의 모험담을 좀 더 들려준다. 이들은 참을성이 없어 매사에 조급한 호리블 대장 스피프(Spiff)의 꼬임에 넘어가, 잃어버린 보물을 찾기 위해 배신에 능숙한 웬들 파(Wendles)의 지하 세계로 내려간다. 사실, 이 소규모 보리블 파(강인한 두 소녀 샬로트Chalotte와 시드니Sidney, 트와일라이트Twilight라는 이름의 방글라데시 아이, 페컴Peckham에서 온 스통크스Stonks, 스테프니Stepney에서 온 벌지Vulge로 이루어짐)가 일차적으로 원하는 것은 위대한 럼블 사냥(Great Rumble Hunt)에서 엄청난 도움을 주었던 샘(Sam)이라는 영리한 말을 구해내는 것이다. 그러나 경찰이 보리블 처리반(Special Borrible Group/SBG)를 조직해서 보리블 파를 끈덕지게 뒤쫓는다. SBG 지휘관은 보리블을 광적으로 증오하는 서스워스(Susswort h) 경감이다. 소설을 읽다보면 보리블 파가 SBG에 잡히는 장면도 나온다. 하지만 벤(Ben)이라는 이름의 비범한 방랑자가 보리블 파를 구해준다. 벤은 나름대로 어른 보리블이다. 보리블과 벤에게는 경찰을 골려먹는 것이 일도 아니지만, 런던의 하수도를 지배하는 웬들 파는 그리 호락호락하지 않다.

스피프는 보리블 파의 힘을 빌려 잃어버린 보물을 찾아내고 포악한 두목 플린트헤드(Flinthead)를 제거하기 위해 온갖 계략을 동원하는데, 알고 보니 플린트헤드는 스피프의 형이었다. 결국 스피프와 플린트헤드는 둘 다 죽임을 당하고, 보리블 파의 탈출과 함께 샘도 구출된다. 그러나 보리블 파는 행복한 결말에 만족하는 대신, 억압적 사회의 일상에 저항하기 위한 다음 단계를 놓고 한바탕 논쟁을 시작한다.

드 라라베티가 구사하는 문체와 화법을 통해서 있을 법 하지 않은 일이 그럴듯한 일로 변한다. 얼핏 보아서는 드 라라베티의 문체와 화법의 진가를 알기가 어렵다. 드 라라베티의 출발점은 **룸펜 프롤레타리아**(런던의 하층 계급 중에서도 하층 계급이자 주변 계급)다. 『보리블 파, 죽도록 버티다』에서 드 라라베티는 뚝심 있고 용기 있는 소녀 샬로트와 섬세하고 예민한 방글라데시 아이 트와일라이트 사이의 관계를 중심으로 이야기를 시작한다. 여기서 작가가 당면한 문제는 샬로트(여성 전체의 상징)와 트와일라이트(소수민족 전체의 상징)의 선량함과 유능함을 확실하게 구축하는 것이다. 이어서 관심의 영역을 확장한 작가는 사회에서 퇴출당한 어른인 벤과 사회에 반항하는 어린 아웃사이더 집단인 보리블 파 사이의 관계를 묘사하기 시작한다. 보리블 파는 처음에는 벤을 믿지 않지만, 곧 벤의 원칙이 보리블 파의 원칙과 비슷하다는 것을 알게 된다. 벤은 낭비적인 사회의 찌꺼기와 풍족함에 만족하며 그날그날 살아가고, 일상의 지긋지긋함을 혐오하고, 돈 버는 일을 피하고, 남의 삶에 일체 간섭하지 않는다. 그리고 벤은 이 모든 것을 자기의 특별한 노래에 담아서 들려준다.

세상은 돌고 돌게 내버려두시라
족쇄 차고 일하는 녀석들도 내버려두시라

다들 자기가 나보다 잘났다는데
돈에 미쳐 일에 매인 건데

선택하시라, 어떻게 살 텐가?
야심은 방귀만도 못한데
자유가 예술이고 작품인데
베니(Benny) 삼촌과 자유를 즐겨![42]

벤과 보리블 파는 자유를 쟁취하고 수호하려면 얼마나 상상력이 풍부하고 현명해야 하는지를 보여준다. 이들은 법과 질서 자체를 위해서 법과 질서를 요구하는 강력한 사회적 힘들에 둘러싸여 있을 뿐 아니라, 벤과 보리블이 처음 만났을 때는 일단 상대를 경멸하고 의심하는 서로의 본성과도 부딪혀야 했다. 어린 독자들에게 하층 계급의 삶을 있는 그대로 보여주는 데에서 드 라라베티의 판타지는 수많은 이른바 '리얼리즘' 소설보다 탁월하다. 또한 표현이 직설적이고 가차 없으며, 인물 묘사가 훌륭하고, 구어의 구사에서 특히 런던 동부의 방언이 탁월하게 묘사되어 있다. 때로 플롯이 지나치게 인위적이고, 상상력이 너무 멀리 나갈 때가 있는 것은 사실이다(그렇다, 판타지 문학도 상상력이 너무 멀리 나갈 수가 있다!). 하지만 드 라라베티는 오늘날의 인종 투쟁과 성별 투쟁, 정치 투쟁과 관련된 테마들을 다룰 때 동화 화법을 사용해 친근하게 다루기 때문에 어린 독자들도 아웃사이더들의 저항이 중요하고 절박하다는 것을 충분히 이해할 수 있다. 그의 동화 소설에는 '고향'이라는 것이 없다. 보리블 파는 집으로 가기를 거부하고 일상적 가정을 꾸리기를 거부함으로써 퇴행적 고향을 찬양하는 고전 동화의 이른바 '해피 엔딩'의 거짓 약속을 폭로한다.

III

지금까지 논의했던 동화들은—그리고 그밖에 논의하지 못했던 수많은 동화들은[43]— 대부분 판타지 투영을 위한 사회적·정치적 토대를 제공하며, 이를 통해 판타지에 해방적 잠재력을 주입한다. 실험 동화 담론의 구도는 독자가 갖고 있던 사회화의 관점과 의미를 변경하는 방식으로 재편되어 있다. 고전 동화에서 남성들의 능동적·공격적 행동이 나타났다면, 실험 동화에서는 남녀 연합의 행동주의가 나타난다. 이때 실험 동화의 행동주의는 사회 구조와 사회 제도 때문에 실현될 수 없었던 소망과 꿈과 욕구를 드러낸다. 동화에서 플롯과 인물과 모티프가 투영하는 판타지에는 사회 관계의 변화를 통해서 구속적인 사회적 조건을 변형할 가능성이 반영되어 있다. 일반적으로 동화 담론은 스스로를 탈바꿈함으로써 보다 해방적이고 혁신적이 되어야 한다는 요구에 직면해 있다. 그러나 실험 동화가 진정으로 해방적인 동화인지, 실험 동화의 목적이 달성될 수 있는지는 아직 문제로 남아 있다. 과연 실험 동화는 어린 독자들에게 소기의 효과를 발휘할 수 있을까?

해방적 문학이 아이들에게 어떠한 효과를 미칠 수 있는가를 예측하기가 얼마나 어려운 일인가는 이미 여러 평자들에 의해 지적되어왔다.[44] 아이들은 대부분 변화를 싫어한다. 고전 동화가 변하는 것은 더욱 싫어한다. 옛날이야기를 들으며 자랐던 아이들은 그 내용이 바뀌기를 바라지 않는다. 그들의 사회적 기대가 보수적인 사회화 과정에 의해서 결정되어 있을 경우, 그들은 동화의 변화를 코믹하게 생각하는 한편으로 동화가 바뀌는 것을 온당치 못하다고 생각하며 불안을 느낄 때가 많다. 그것은 동화가 그들에게 유익과 해방을 준다 해도 마찬가지다.

해방적 동화는 바로 이런 **불안감**을 겨냥하고, 이때 불안감은 의식적 차원과 무의식적 차원에서 동시에 일어난다. 해방적 동화가 문명화 과정에 개입하는 의도는 변화를 창조하고 독자로 하여금 사회적 조건을 새롭게 인식하게 만드는 것이다. 비평가가 한편으로 해방적 동화의 **전복적** 효과를 인식해야 하고, 다른 한편으로 어른 독자와 어린 독자가 해방적 동화에서 느끼는 불안한 낯섦을 연구해야 하는 것은 바로 이런 동화의 도발적 측면 때문이다. 해방적 동화의 질을 판단하는 기준은 독자가 작품을 수용하는 방식이 아니라, 작품이 옳지 않은 사회 관계에 문제를 제기하는 특별한 방식 그리고 독자로 하여금 스스로를 돌아보게 만드는 특별한 방식이다. 이렇게 보자면, 실험 동화에서 판타지의 해방적 잠재력은 언제나 불편함을 안겨줄 것이며, 내러티브 전망을 통해서 구체적인 유토피아가 밝혀진다 하더라도 불편함은 남아 있을 것이다.

예외가 있기는 하지만, 대부분의 해방적 동화는 유머와 예술적 기교가 동원된 수준 높은 작품으로서, 독창적이고 자극적인 방식으로 불편한 편안함이라는 역설적 감흥을 일으킨다. 내가 보기에 해방적 동화가 직면한 가장 큰 어려움은 분배 체제와 유통 체제, 사용 체계의 문제이며, 이러한 문제가 해결될 수 있느냐는 어른들—교사, 사서, 부모, 지역 기관의 아동 부문 담당자—의 교육관에 달려 있다. 페로와 그림 형제, 안데르센의 퇴행적인 동화들과 그밖의 보수적인 작가들의 동화들은 학교와 도서관과 가정에서 아무 거리낌 없이 읽히고 있는데, 해방적 동화의 독특하고 진취적인 판타지는 일반적으로 출판사를 비롯한 동화 유통 관련자들에게 인정받지 못하는 상황이다.

물론 실험 동화가 진보하지 않았다거나 실험 동화 작가들이 진보하지 않았다고 말하려는 것은 아니다. 서구 세계 전역에서 이야기꾼들과 작가들,

출판사들, 교육자들은 고전 동화 담론을 비판하고 확장시킬 새로운 방법과 기법을 발전시켜왔다. 잔니 로다리(Gianni Rodari)[45]라는 이탈리아의 유명한 동화 작가는 고전 동화의 해체를 의도하는 일련의 게임을 고안해 아이들로 하여금 자기만의 동화를 스스로 창작할 수 있도록 자극하려 했다. 게임의 규칙은 동화에 색다른 요소를 집어넣는 것으로 시작한다. 예를 들어 신데렐라가 고집 세고 반항적인 소녀로 나온다거나, 백설공주가 난쟁이들 대신 거인들을 만나 도둑 떼를 조직하거나 하는 식이다. 이를 통해 아이는 동화의 획일적인 수용 방식을 깨뜨리게 되고, 고전 동화를 구성하는 요소들을 재검토하게 되며, 이러한 요소들의 역할과 의미를 재고하게 되고, 이것들을 바꾸는 것이 낫지 않을까 생각해보게 된다. 로다리는 『스무 개의 이야기 더하기 한 개의 이야기 *Venti Storie più una*』(1969)나 『갖고 놀 수 있는 많은 이야기들 *Tante Storie per giocare*』(1971)과 같은 수많은 혁신적인 책들을 출판했다. 여기서 그는 동시대의 배경에 어울리는 방식으로 동화들에 수정을 가하거나 전통적인 동화의 플롯이나 결말과는 다른 새로운 플롯과 결말을 선보였다. 마리아 루이자 살바도리(Maria Luisa Salvadori)를 통해 볼 수 있듯이,[46] 그가 비안카 피초르노(Bianca Pitzorno), 로베르토 피우미니(Roberto Piumini), 마르첼로 아르질리(Marcello Argilli) 등과 같은 이탈리아 동화 작가들에게 미친 영향은 엄청나다.

프랑스에서 조르주 장(Georges Jean)[47]은 자신이 학교에서 사용해본 여러 가지 교수법을 설명한다. 이러한 교수법을 사용하면 아이들이 동화를 좀 더 창조적인 방식으로 활용할 수 있다는 것이다. 장이 설명하는 카드 게임에서 참가자는 고전 동화의 인물과 상황을 자신의 생활과 좀 더 밀접한 관련이 있도록 바꾸는 과제를 안게 된다. 장의 주장에 따르면, 동화의 재창작은 아이들이 전통 담론을 현대화할 필요를 인식하는 수단이다. 이와 같은 재창작을 보여주는 최고의 사례는 아마도 피에르 그리파리(Pierre Gripari)의 이례적인 작품들이리라. 그리파리는 『브로카 가(街) 이야기 *Contes de la rue Broca*』(1967), 『메리쿠르 가(街) 이야기 *Contes de la rue Folie-Méricourt*』(1983), 『동화순찰대 *Patrouille du conte*』(1983) 등 중요한 책 3권을 출판했다. 여기서 그리파리는 프랑스 문명화 과정의 규범과 척도에 대해 분명한 논평을 가했다. 특히 『동화순찰대』는 여덟 명의 아이들이 정치적으로 올바른 의제를 가지고 세계를 인간화하기 위해 노력하는 과정에서 오히려 더욱 많은 야만성을 초래하는 결과를 낳는다는 도발적인 이야기를 담고 있다.

물론 정치적 올바름을 지향할 때 세계는 변한다. 그러나 정치적 올바름을 지향하는 방법이 그리파리가 그의 동화 소설에서 그리는 것과 같이 독단적이거나 파괴적이어선 안 된다. 예를 들어, 미국에서 아동용 동화 작가들과 삽화 작가들은 아동학대, 약물, 성차별, 폭력, 편협 등의 문제를 탐구하기 위해 전통적인 동화의 모티프와 플롯을 변형했다. 제인 욜렌(Jane Yolen), 윌리엄 스타이그(William Steig), 모리스 센닥(Maurice Sendak), 도나 조 나폴리(Donna Jo Napoli), 프란체스카 리아 블록(Francesca Lia Block), 그레고리 마귀레(Gregory Maguire) 등이 여기에 포함된다. 영국의 경우도 마찬가지다. 필립 풀먼(Philip Pullman), 앤 파인(Anne Fine), 마이클 로젠(Michael Rosen) 아델 게라스(Adèle Geras), 에마 도너휴(Emma Donoghue), 마이클 포먼(Michael Foreman), 다이애너 와인 존스(Diana Wynne Jones), 벌리 도허티(Berlie Doherty) 등의 작품들은 유머러스하면서도 진지하게 사회적 조건들을 성찰한다.

21세기에 출판된 보다 탁월한 그림책 가운데 하나는 토니 쿠슈너(Tony Kushner)가 글을 쓰고 모리스 센닥이 삽화를 그린 『브룬디바르 *Brundibar*』

(2003)이다. 해방적 동화인 『브룬디바르』의 정치적, 예술적 깊이는 45년 이후 시기의 동화 작가들과 삽화 작가들의 진보적 실험에 큰 영향을 받았다. 이 작품의 원작은 1938년에 한스 크라자(Hans Krása)가 작곡하고 아돌프 호프마이스터(Adolph Hoffmeister)가 대본을 쓴 짤막한 오페라로, 작품의 줄거리는 홀로코스트라는 중요한 역사와 관련되어 있다. 주인공은 페피섹(Pepicek)과 아닌쿠(Aninku)라는 남매인데, 의사는 이 아이들에게 근처 마을로 가서 우유를 가져오라고 한다. 병든 어머니를 위해서다, 어머니는 우유를 마시지 못하면, 목숨을 잃게 된다. 아이들에게는 아버지가 없다. 게다가 아이들에게는 돈도 없다. 아이들은 마을로 갔지만, 우유장수는 돈이 없는 아이들에게 우유를 주지 않으려 한다. 돈을 버는 방법은 노래를 부르는 것뿐이다. 그러나 풍각쟁이 부룬디바르의 악기 소리 때문에 아이들의 노랫소리가 묻혀버리고, 부룬디바르가 돈을 모두 걷어간다. 다행히도 참새와 고양이, 개가 남매를 도와주러 온다. 페피섹과 아닌쿠는 마을 아이들을 불러모아 함께 노래를 부르고 부룬디바르를 물리친다. 그리고는 구경꾼들에게서 받은 돈으로 우유를 사서 어머니의 목숨을 구한다.

이 공동 작품에서 쿠슈너와 센닥은 이야기를 변경해 나치 시대와 오늘날의 미국 사이에서 유사점을 끌어낸다. 호프마이스터와 크라자는 원래 작품에서 나치가 체코슬로바키아를 점령했을 당시의 조건들을 다루려 했었다. 이 원작은 1941년에 프라하의 한 고아원에서 비밀리에 공연된 후, 테레지엔슈타트 집단수용소의 죄수들에 의해 55회에 걸쳐 무대에 올랐다. 나치는 풍각쟁이 브룬디바르가 히틀러를 상징하는 인물인 줄 까맣게 몰랐다. 한편, 쿠슈너와 센닥의 그림책에서는 브룬디바르의 정체가 분명하게 나타난다. 일단, 빈약한 콧수염을 기르고 잘난척하는 브룬디바르는 약자를 괴롭히는 히틀러의 모습을 연상시킨다. 이어, 쿠슈너와 센닥은 이야기의 결말에 중요한 변경을 가한다. 아이들의 마지막 노래("악당에게 승리는 없어요! 승리는 우리 것! 폭군들이 나타나죠, 하지만 기다려보세요! 폭군들은 쓰러져요, 하나-둘-셋! 우리의 노래는 여기서 끝나요. 친구들이 우리에게 힘을 주죠!") 뒤에 작가들은 냉정함을 되찾게 만드는 브룬디바르의 코다를 덧붙인다("저들은 자신들이 이겼다고 생각하지, 저들은 내가 없어졌다고 생각하지, 하지만 나는 아직 안 죽었어! 완전히 끝나는 건 없어—약자를 괴롭히는 악당은 포기를 모르지. 이 악당이 사라지면, 저 악당이 나타나지. 꼬마들아 우린 다시 만날 거야! 나는 지금 가지만, 멀리 가진 않을 거야……. 나는 꼭 돌아오고 말 거야").

여기서 새로운 악당이 전 세계에 존재하는 악당들과 폭군들을 가리키고 있는 것은 분명하며, 여기에는 미국 대통령도 포함된다. 그러나 쿠슈너와 센닥이 구체적인 이름을 거론하거나 지나치게 교훈적인 설교를 늘어놓을 필요는 없다. 낙관적인 결론에도 불구하고 이 동화는 집단수용소가 무너지고 히틀러가 죽어도 문명화된 세계의 야만성이 끝나지는 않는다는 사실을 보여준다. 이 점에서 쿠슈너와 센닥의 이야기는 훌륭한 정치사 수업을 제공하는 작품이다. 아이들에게 희망을 주는 동시에, 아이들로 하여금 오늘날 존재하는 폭군의 위험성을 깨닫게 하기 때문이다. 이 작품에서 흥미로운 점은 쿠슈너와 센닥이 스스로의 운명을 개척하고 가정을 구하는 두 아이의 여정을 서술하면서 다채로운 방법과 자유로운 운문, 놀라울 정도의 순박한 이미지를 사용하고 있다는 사실이다. 아이들은 커다란 용기와 자신감과 현실감을 얻은 상태에서 어머니에게 돌아간다. 억압자 브룬디바르에게서 해방된 아이들은 독자들에게도 해방감을 안겨주며, 이를 통해 독자들은 자기가 해방되기 위해서 자기의 창조적 재능과 상상력을 활용할 방법을 생각하게 된다.

쿠슈너와 센닥 그리고 그 이전의 많은 사람들의 작업에서 분명히 밝히고 있듯이, 진보적 사회 이념은 일단 어른들 사이에서 실현되어야 한다. 아이들이 해방적 동화를 읽고 거기에서 영향을 받을 확률은 그때까지 제한될 수밖에 없다. 바꾸어 말해서 문명화 과정 자체에 보다 진보적인 변화가 일어나기 전까지는 동화의 해방적 잠재력이 영향을 미치는 범위가 문명화 과정의 진보를 추구하는 사회 집단으로 국한될 것이다. 그러나 한 가지 분명한 사실이 있다. 그것은 작가가 자신의 판타지를 동화의 마법 속에 투영하며 해방감을 경험했다는 사실이다. 작가는 동화의 창조적 생산을 통해서 고향에 도달하며, 결과적으로 불안한 낯섦을 통해 낯익은 소망들의 의미를 되찾을 수 있게 된다. 아울러 작가는 바로 이런 감각적 경험을 독자와 상징적인 방식으로 공유하려 한다. 작가가 느끼는 해방감은 타인들, 특히 아이들이 자기가 쓴 동화를 읽고 그 전복적 위력에서 유익을 얻을 때 비로소 확인되는 것이기 때문이다.

9장

월트 디즈니와 문명화의 사명: 혁신에서 복고로

20세기 예술가와 작가 가운데 월트 디즈니만큼 아이들과 어른들의 문명화에 지대한 영향을 미칠 수 있었던 사람은 아무도 없었다. 디즈니는 자신의 유토피아 비전과 사명을 발견하고, 다른 예술가들에게 자기가 원하는 일을 시키는 법을 배웠으며, 그때부터 깨끗하고 질서정연한 완벽한 세계를 만드는 데 총력을 기울였다. 그가 죽기까지 만들었던 무수한 동화 영화와 동화 서적에는 이와 같은 세계가 고스란히 반영되어 있고, 그의 온갖 테마파크에는 이와 같은 세계가 구상되어 있다.

그의 유토피아 비전과 유토피아 정신은 매우 완강하게 유지되었으며, 디즈니 회사는 디즈니가 세상을 떠난 후에도 그가 살아 있을 때와 다름없이 운영되었다. 곧, 디즈니가 세상을 떠난 후에도 디즈니 회사가 제조하는 동화는 디즈니의 소망을 채워주고, 디즈니의 꿈을 실현하고, 디즈니의 이데올로기를 전파하는 동화였다.

디즈니 밑에서 일했던 사람들과 디즈니의 동화 영화를 보았거나 지금도 보고 있는 수백만의 관객들이 바람직한 인생과 건전한 오락에 대한 디즈니의 유토피아 비전을 공유하지 않을 수도 있겠지만, 그럼에도 디즈니의 존재는 모두에게 느껴졌다. 곧, 디즈니가 영화 테크놀로지와 서적 출판 산업을 통해서 동화를 혁신했다는 사실을 우리는 인정하지 않을 수 없다. 그러나 디즈니가 이룩한 혁신은 사실은 퇴보였고, 디즈니 때문에 동화의 수많은 해방적 측면이 활력을 잃으며 보수화되었다. 디즈니의 문명화 과정은 유토피아의 변질을 초래했다.

그러나 디즈니가 어떻게 동화를 순화시키고 동화의 보수적 특징들을 복원시켰는지, 그래서 동화의 반항적·진보적 특징들이 어떻게 사라졌는지를 설명하기에 앞서, 나는 먼저 19세기 말에 동화라는 장르가 어떠한 위치에 있었나를 요약하려 한다. 여기서 언제나 염두에 두어야 할 점은 동화가 대부분의 유럽 국가에서 사회제도로 정착되어 있었다는 점과 이들 국가에서 동화의 생산과 동화의 수용 사이에 분명한 차이가 있었다는 점, 지나치게 잔인하고 음란하게 여겨질 수 있는 비교적 사악한 동화들 때문에 아이들이 해를 입는 일이 없도록 동화라는 장르를 유치하고 무해하게 만들려는 경향이 두드러졌다는 점이다. 이렇듯 동화는 아동 문화의 주식(主食)이 되었으면서도 교회와 인습을 따르는 교육자와 부모가 보기에 언제나 수상쩍은 이교적 아우라를 지니는 장르였고, 언제나 검열과 통제 하에 있는 장르였다. 20세기 초에 동화라는 장르가 하나의 사회제도로서 어떠한 기능을 수행했고 어떠한 경향을 보였나를 다음과 같이 요약할 수 있다.

1. 19세기에 영국과 미국에서 동화는 아동용 장르 겸 아동용 사회제도로 육성되었으며, 이와 함께 엘리트주의와 기독교적 능력주의 같은 개념들이 이야기에 도입되었고, 어린이와 청소년의 사회화를 위한 동화의 정전이 선별되었으며, 글을 읽을 수 있는 아동을 위해서 아동용 버전이 생산되었다. 대부분의 고전 동화에서는 엘리트주의와 기독교적 능력주의가 쉽게 발견되었고, 한스 크리스티안 안데르센의 동화들은 특히 그러했다. 안데르센은 19세기와 20세기 초에 이미 유럽과 미국에서 가장 유명한 작가로 꼽혔다. 이야기의 중심은 엄청나게 재능 있는 사람이 하느님의 은총이나 기적에 힘입어 불행을 끝내고 행복을 얻는다는 것이었고, 여기서 하느님의 은총이나 기적은 요정이나 마법사나 마법의 물건을 통해서 은유적으로 표현되었다. 이러한 이야기 속에서 아이들과 어른들에게 호소력이 있었던 또 다른 측면

은 기회를 십분 활용하고 자수성가해보라고 권고하는 호레이쇼 앨저 같은 태도였다.

2. 앞에서도 지적한 것처럼 구전 민담은 녹음을 하거나 글로 받아쓰지 않으면 듣는 즉시 사라지는 데 비해 그림책은 정통성과 지속성이라는 가치를 확보할 수 있었다. 구전 민담을 기독교 이데올로기와 중간 계급 이데올로기에 부합되는 방식으로 보존하고 수정하는 작업은 20세기 초 영국과 미국에서 완성된다.

3. 동화를 읽어주는 사람은 주로 어머니나 아버지였고, 동화를 읽는 공간은 아기방이나 도서관, 학교, 침실 등이었으며, 동화를 읽어주는 목적은 아이를 재미있게 해주거나 아이의 불안감을 달래주는 것이었다. 아동용 동화가 아이의 불안감을 달래줄 수 있었던 이유는 낙관적인 시각과 완결된 플롯(해피엔딩) 덕이었다. 19세기 말에 미국과 영국에서 동화는 어른들과 아이들이 무대에서 연극을 공연할 때 가장 먼저 고려하는 이야기로 자리잡게 된다. 또한, 사서들과 교사들도 아이들에게 동화를 읽어주었고, 초등학교 저학년 교과서에도 동화가 실렸다.

4. 아이들과 어른들을 위한 고전 동화는 플롯이 다양해지고 주제와 인물이 변형되었음에도 불구하고, 경직된 섹슈얼리티와 남녀 차이의 관념에 의존하는 가부장적 상징질서를 강화했다. 동화책이나 동화 연극에 나오는 인물들은 (전형적 인물이 아니라) 상투적 인물로서, 젊은 남녀의 행동 양식에서 도식적 관념을 따르는 경향이 있었다. 단순화의 위험을 무릅쓰고 말하자면 남자 주인공은 대부분 영리하고 운이 좋으며 모험심이 많고 잘 생기

고 용감한 반면에, 여자 주인공은 아름답고 수동적이고 복종적이고 부지런하고 희생적이다. 주인공 가운데 하층 계급 출신이 적지 않고, 계급 상승이라는 주제가 중요한 역할을 하지만, 농부와 하층 계급 인물들은 특정한 아비투스를 습득한다. 아비투스란 부르디외가 사용한 용어로, 일련의 예절과 관습, 규범적 행동, 사고방식을 가리킨다. 이를 통해 인물들은 사회 계급과 성차에 따른 관습적 기대에 부합되는 방식으로 일정한 사회적 역할을 감당하고, 사회적 지위를 높이며, 두각을 나타낼 수 있다.

5. 동화가 책의 형태를 띠면서 (구전 민담과는 달리) 누군가의 소유물이 되었다. 동화는 시장에서 사고파는 상품이 되었고, 작가와 수집가와 출판업자에게는 재산권이 주어졌다. '새' 주인은 동화를 구입했고, 이렇게 재산을 취득한 주인은 여가가 생길 때 동화를 읽으며 도피와 위안, 영감을 얻었다. 과거에는 특정한 공동체에 속해 있던 구전 민담이 맥락을 벗어나 본디 갖고 있던 사회적 의미와 적절성을 상실했다.

6. 문학 전통과 구전 전통의 사이에는 언제나 긴장이 존재했다. 구전 민담은 글로 쓴 동화를 문제 삼고 해체할 수 있었으며, 따라서 보다 관습적이고 고전적인 이야기들은 예로부터 구전 민담으로부터 위협을 느꼈고, 그것은 지금도 마찬가지다. 또한, 문학 전통의 내부에서 활동하던 19세기 후반의 많은 작가들이 동화가 갖추어야 할 모습을 결정하는 획일화된 모델에 의문을 제기했다. 찰스 디킨스와 조지 맥도널드, 루이스 캐럴, 오스카 와일드, 에디스 네스빗(Edith Nesbit), L. 프랭크 봄 등이 대표적인 인물이다.

7. 19세기 말이 되자, 구전 민담과 동화 문학이 무엇이며 각각이 어떠한

기능을 하는가를 둘러싸고 본격적인 논쟁이 벌어지는데, 논쟁의 계기가 된 것은 각본이었다. 19세기 말은 동화가 고급 예술(오페라, 발레, 드라마)과 저급 예술(민속극, 보더빌, 패러디)로 확장된 후였고, 아이들과 어른들을 위한 고전 동화 및 실험 동화가 발전한 후였다. 구전 민담은 온갖 공동체 모임을 통해서 계속 확장되는 한편으로 라디오로 방송되었으며, 민속학자들은 구전 민담을 수집해서 책으로 엮었다. 19세기 후반에 있었던 중대한 사건은 민속학이 인류학과 함께 독립된 연구 영역으로 정착된 것이다. 민속학은 사회제도가 되었으며, 민속학의 다양한 학파가 융성했다. 당시에 문학 비평에서 동화와 민담을 다루는 경우는 거의 없었다.

8. 19세기에 많은 동화 서적과 동화 선집에 삽화가 들어갔고, 때때로 과도하게 들어가는 경우도 있었지만, 이미지는 대부분 텍스트를 그림으로 옮기는 것이었다. 주로 남자였던 삽화가들은 이름이 없었고, 그렇게 중시되지 않았다. 삽화가 이야기를 풍요롭고 깊이 있게 만드는 경우가 많았지만 대부분 텍스트에 종속된 것이었고, 삽화가 텍스트를 이해하는 대안적 방법을 제시하는 경우는 거의 없었다. 그러나 동화가 하나의 장르로 발전하는 과정에서 글은 점점 우위를 잃었다. 장르의 제도화 과정에서 두 번째 혁명은 영화 테크놀로지의 발전에서 비롯된 것이었는데, 그때부터 이미지가 텍스트의 중심을 차지하며 이미지 고유의 텍스트가 등장했다. 이미지 텍스트는 문자를 거스르는 경우도 있었지만, 문자 문화에 의존하는 경우도 많았다. 월트 디즈니를 비롯한 애니메이터들이 동화의 무대에 등장한 것은 바로 이런 상황에서였다.

디즈니의 마법적 출세

19세기 말에서 20세기 초에 이르는 시기에는 재능 있는 삽화가가 이미 다수 포진해 있었다. 구스타프 도레(Gustav Doré)와 조지 크루이크솅크(George Cruikshank), 루트비히 리히터(Ludwig Richter), 월터 크레인(Walter Crane), 찰스 로빈슨(Charles Robinson), 앨리스 우드워드(Alice Woodward), 찰스 포카드(Charles Folkard), 아서 래컴(Arthur Rackham), 마거릿 타란트(Margaret Tarrant), 프랜시스 던킨 베드퍼드(Francis Donkin Bedford), 맥스필드 패리시(Maxfield Parrish), 하워드 파일(Howard Pyle), W. W. 덴슬로(W. W. Denslow) 등이 여기에 속했는데, 이들은 이미지를 가지고 동화를 해석하는 뛰어난 재능을 보여주었다. 또한, 포스터와 통속화(image d'Epinal)가 19세기 후반기에 유럽과 미국에 확산된 후였다. 그림과 글자를 인쇄한 이러한 그림은 만화책의 선구자였으며, 20세기 초에 처음으로 만들어진 최초의 만화 영화를 예기하는 것이었다. 실제로 프랑스 영화제작자 조르주 멜리에스(Georges Méliès)는 일찍이 1896년에 마술 영화(féerie), 즉 트릭 영화를 제작하면서 판타지 형태들과 동화 모티프들을 실험하기 시작했다.[1] 그는 『신데렐라』, 『푸른 수염』, 『빨간 모자』 등을 영화로 제작했고, 고전 전통에 아이러니한 태도를 보인 것과 평범한 일상적 상황에서 비롯되는 놀라운 환상을 창조한 것으로 이름을 알렸다. 프랑스에서 동화에 지대한 관심을 가졌던 영화제작자는 멜리에스 외에도 더 있었다. 페르디낭 제카(Ferdinand Zecca)와 알베르 카펠라니(Albert Capellani), 뤼시앵 농그(Lucien Nonguet), 에티엔 아르노(Étienne Arnaud) 역시 페로의 「푸른 수염」 「잠자는 숲 속의 미녀」 「장화 신은 고양이」 「신데렐라」를 원작으로 하는 이례적인 영화들을 제작했다.[2] 그러나 당시의 영화산업은 아직은 초기 단계였으므로, 멜리에스와 그밖의 프랑스 영화제작자들이 이 장르의 제도화—테크놀로지적 제도화와 영화적 제도화—에 주요한 변경을 가져오기는 힘든 일이었다. 루이스 제이콥스(Lewis Jacobs)가 지적한 것처럼, 멜리에스의 작품은 "동화를 재창조했다기보다는 이야기를 삽화처럼 묘사했다. 원시적인 형태이기는 하지만, 장면들의 순서에는 일관적·논리적·점진적 연속성이 존재했다. 곧, 동영상의 제작에 새로운 방법이 발명된 것이다. 이제 카메라를 위해 장면을 배치하고 선별하는 것이 가능했고, 영화제작자는 대상과 대상의 배열 모두를 통제할 수 있었다."[3]

20세기 초반에 윈저 매케이(Winsor MaCay)와 존 브레이(John Bray), 얼 허드(Earl Hurd), 맥스 플라이셔(Max Fleischer)와 데이브 플라이셔(Dave Fleischer), 폴 테리(Paul Terry), 월터 부스(Walter Booth), 앤슨 다이어(Anson Dyer), 로테 라이니거(Lotte Reiniger), 월터 란츠(Walter Lantz) 등은 동화의 모티프와 플롯을 여러 가지 방식으로 차용해 트릭 영화와 카툰을 만들었지만, 최초의 만화 영화 제작자 가운데 월트 디즈니가 동화에 쏟았던 정도의 열정을 보였던 사람은 아무도 없었다. 디즈니가 처음 만든 애니메이션은 (그가 만든 상업 광고를 고려하지 않는다면) 1922~1923년에 캔자스시티에서 어브 아이웍스(Ub Iwerks)와 함께 제작했던 동화 각색 작품들이었다. 『브레멘의 악사』『빨간 모자』『장화 신은 고양이』『잭과 콩나무 *Jack and the Beanstalk*』『골디록과 곰 세 마리 *Goldie Locks and the Three Bears*』『신데렐라』 등이 여기에 속하는데, 디즈니는 이 작품들을 '래포그램 영화'(Laugh-O-gram Films)라고 명명했다.[4] 이 단편 영화들는 하나같이 매우 실험적인 것이었고, 대체로 열린 결말에 창의적이었으며, 놀라운 활기를 보여준 동시에 애니메이션의 예술적 측면과 기술적 측면에서 독창적이었다. 또한, 이 단편 영화들은 모두 20세기 미국을 배경으로 삼았으며, 이야기가 약자 편에 서는 경향이 있었다. 주인공은 어딘가 디즈니를 닮았으며, 주인공의 야심도 디즈니의 야심을 닮았다. 『빨간 모자』에서 소녀는 할머니에게 도넛을 가져다주고 '늑대 같은' 날렵한 신사에게 겁탈당할 위기에 처한다. 그러나 비행기 조종사가 나타나 소녀를 구해주고, 늑대는 호수에 떨어뜨리는 방법으로 처리한다. 『신데렐라』에서 중노동에 시달리는 피착취 청소부 소녀와 결혼하는 왕자는 고귀한 월트 디즈니와 닮은 점이 아주 많다. 디즈니는 자기가 차용하는 동화와 자기를 상당 부분 동일시했다는 점을 생각하면, 그의 이름이 동화 장르와 사실상 동의어가 되었다는 것도 그리 놀랄 일은 아니다.

20세기 초에 동화를 각색한 영화에서 우리는 '혁명적' 측면을 볼 수 있다. 이러한 영화는 진보적 개혁을 이루는 방법을 준비함으로써 관객의 시야를 확장하는 동시에 사회적 조건과 문화에 대한 이해를 확장했다. 반면에, 이러한 영화는 동화 영화라는 기계 복제 장르를 퇴행적으로 이용함으로써 개인의 매력이 성공의 조건이라는 신화를 조장하고 영화 내러티브를 상업화했다는 문제점도 안고 있었다. 예를 들어, 동화 영화에서는 먼저 목소리가 지워지고, 이로써 이미지가 스크린을 전적으로 지배할 수 있으며, 대사나 내러티브 목소리는 오직 애니메이터의 계획 하에 삽입된다. 월트 디즈니의 경우, 애니메이터의 서명이 스크린 위에 눈에 띄게 부각된다. 사실 오랫동안 디즈니는 자신의 영화를 위해서 일하는 예술가와 기술자를 크레디트에 포함시키지 않았다. 디즈니 영화의 이미지는 기존 동화의 아우라를 파괴하기 위한 의도와 애니메이터의 창의성과 천재성을 찬양하기 위한 의도를 가지고 있었다. 초기 애니메이션 영화는 대부분 독창적인 플롯이 거의 없었고 스토리라인도 중요하게 다루어지지 않았다. 중요한 것은 제작자의 기술적인 창의력과 개그였다. 실제 배우들을 카툰 인물들 사이에 끼워넣고 연기하게 만들거나, 움직이는 인물들의 흔들림을 최소화하거나, 익살스럽고 터무니없는 장면들을 고안해 볼거리를 제공하는 것 등은 기술적인 창의력에 속했다. 이미지를 통해 관객에게 놀라움을 줄 수 있다면, 잠시나마 관객의 상상력을 사로잡을 수 있다면, 사람들이 웃음을 터트리게 만들 수 있다면, 사람들이 깜짝 놀라 화면을 멍하니 쳐다보게 만들 수 있다면 이야기의 내용은 무엇이든 상관이 없었다. 초기 애니메이션 영화의 목적은 관객들을 깜짝 놀라게 만들고, 제작자라는 신적인 존재의 마법적 재능을 찬양하는 것이었다. 결과적으로 동화를 이루는 이야기는 애니메이터가 자신의 예술적 재능을 표현하는 수단이자 전통적인 이야기를 조롱하는 수단인 동시에 테크놀로지를 개발하는 수단이었다. 애니메이터는 그림을 사용하는 능력을 발휘해 관객에게 감명을 주고자 했으며, 이를 통해 관객으로 하여금 기존의 동화를 잊어버리고 자기들(새로운 예술가들)이 보여주는 이미지를 기억하게 만들고자 했다. 이들 동영상을 통해 애니메이터는 동화 문학과 구전 동화를 전유함으로써 사람들에게 동화 하면 디즈니라는 생각을 심어주려 했고, 이를 위해 이미지와 함께 책을 활용했다(디즈니는 영화를 보완하기 위해서 1930년에 서적 출판까지 시작했다).

초기 애니메이션의 제작자들 가운데 동화라는 제도를 영화를 통해 그야말로 혁신한 인물은 바로 디즈니였다. 디즈니가 동화 장르에 사로잡혀 있었다고 말할 수도 있다. 디즈니가 동화에 끌렸던 이유는 동화에 디즈니 자신의 고군분투가 반영되어 있었기 때문이다. 어쨌든 디즈니는 비교적 가난한 집안에서 태어났고, 사랑 없는 아버지로부터 착취와 학대를 당했으며, 젊은 시절에 연인으로부터 퇴짜를 맞았고, 자신의 불굴의 의지와 기지와 용기와 능력에 힘입어 성공했다. 어브 아이웍스를 비롯한 재능 있는 예술가들과 그의 형제 로이(Roy) 등의 경영자들을 한데 모은 것도 디즈니의 능력에 속했다.

그의 초기 영화 중 하나인 『장화 신은 고양이』는 그가 동화 문학에 접근하는 태도를 이해하는 데 매우 중요하다. 그는 동화 문학을 이용해 이른바 기업가 정신을 장려했는데, 이러한 정신은 이후 오랫동안 동화 문학 장르의 중요한 특징이 되었다. 관객이 페로의 원작 『장화 신은 고양이』를 알고 있건 또는 다른 대중적 형태의 『장화 신은 고양이』를 알고 있건 디즈니는 크게 상관하지 않았다. 디즈니가 실제로 어떤 텍스트를 알고 있었는지 역시 분명치 않다. 그러나 디즈니가 자신의 애니메이션 『장화 신은 고양이』를 가지고 다른 모든 형태의 『장화 신은 고양이』를 밀어내려 했다는 것과 이 만화가 놀라울 정도로 자전적이라는 것은 분명하다. 또한, 이 작품은 그가 문명화 과정의 일반적 현 상태를 공략하는 양상을 잘 보여준다. 기억을 환기해보자면, 페로가 1697년에 쓴 『장화 신은 고양이』에서 위기에 처하게 된 영리한 고양이는 기지를 발휘해 왕과 괴물을 속여넘기면서 목숨을 건진다. 상징적 차원에서 고양이는 상층 부르주아 계급(자신의 계급)의 남성을 그리는 페로의 시각을 대변한다. 이 계급의 남성은 루이 14세의 궁정에서 행정을 맡았고, 농민과 귀족을 매개하는 역할을 행하는 경우가 많았다. 페로의 작품을 읽는 데는 여러 가지 방법이 있지만, 어느 것을 택하든 주인공이 고양이라는 사실은 변하지 않는다.

그런데 디즈니의 영화는 다르다. 주인공은 청년이고 평민이며, 왕의 딸을 사랑한다. 그리고 왕의 딸도 그를 애틋하게 사랑한다. 한편, 주인공의 검은 고양이는 암컷이고, 왕실의 하얀 개와 연애 관계에 있다. 개는 왕의 운전사다. 청년이 자기 딸에게 구애하고 있음을 알게 되는 거인 왕은 청년을 궁전에서 쫓아내고, 고양이도 함께 쫓아낸다. 처음에 주인공은 고양이의 도움을 원하지 않으며, 고양이에게 장화를 사주려 하지도 않는다(고양이는 가게 진열장에서 발견한 장화를 갖고 싶어 한다). 청년과 고양이는 함께 극장에 들어가 루돌프 바셀리노(유명한 루돌프 발렌티노를 빗댄 인물)가 투우사로 나오는 영화를 보게 된다. 영화는 고양이의 상상력을 자극한다. 결국 고양이는 주인공에게 좋은 수가 있다고 하면서, 자기에게 장화를 사주면 왕의 딸을 얻도록 도와주겠다고 한다. 물론 주인공은 왕의 딸을 얻기 위해서라면 뭐든 할 것이다. 우선 주인공은 가면을 쓴 투우사로 변장해야 한다. 고양이의 계획은 주인공이 황소와 싸우는 동안에 자기가 투우장 뒤에 숨겨놓은 최면 기계를 작동시키고, 이를 통해 주인공이 황소를 물리치고 왕에게서 인정받는다는 것이었다. 투우가 벌어지는 날 변장을 하고 나타난 주인공은 우여곡절 끝에 황소를 물리친다. 주인공의 실력에 완전히 매료된 왕은 주인공에게 딸과의 결혼을 허락한다. 그러나 우선 가면을 쓴 우승자의 얼굴을 보고 싶어 한다. 주인공이 모습을 드러내자 왕은 격분한다. 그러나 주인공은 공주를 잡아끌고 왕의 운전사인 하얀 개의 도움으로 고양이와 함께 도망친다. 왕은 그들을 뒤쫓아가지만 붙잡지 못한다.

이 영화에서 영리한 고양이가 중요한 역할을 맡는 것은 사실이지만, 디즈니의 관심의 초점은 어떻게든 성공하려 하는 청년이다. 전통적인 동화와는 달리, 주인공은 농부도 아니고 바보도 아니다. 이 작품을 당시 디즈니가 살던 삶의 우화로 본다면, 주인공은 청년 디즈니로 볼 수 있다. 디즈니는 어브 아이웍스(고양이)와 그의 형제 로이의 도움으로 애니메이션 영화 산업(왕)에 끼어들고자 한다. 그리고는 왕의 화를 돋운 후에 갖고 싶어 했던 것(처녀 공주)을 손에 넣고 도망친다. 요컨대, 왕은 갖고 있던 것을 빼앗기고, 젊은이는 친구들의 도움으로 왕을 앞지른다.

그러나 디즈니의 영화는 동화 문학의 전통에 대한 공격이기도 하다. 디즈니는 동화 문학으로부터 목소리를 빼앗고 그것의 형식과 의미를 바꾼다.

영화 매체가 대중적 표현 형식이고 폭넓은 관객층을 가지고 있었음을 생각하면, 디즈니가 동화를 사실상 다수 대중에게 돌려주는 것이라고 말할 수도 있다. 이미지들(장면, 프레임, 인물, 제스처, 조크)은 남녀노소와 지위고하를 막론하고 누구나 쉽게 이해할 수 있다. 조크가 유치하게 마련이듯, 동화 역시 유치해진 셈이라고 할 수 있다. 플롯은 세상 모든 소년의 가장 깊은 오이디푸스적 욕망을 기록한다. 아들이 아버지를 모욕하고 파괴한 후 아버지가 가장 사랑하는 대상, 즉 아버지의 딸이나 아내와 도망치는 일이 그것이다. 그러나 디즈니는 오이디푸스 콤플렉스 플롯을 기호학적인 흑백 논리로 단순화했으며, 이를 통해 콤플렉스 자체를 조롱하는 효과를 낳는다. 그리고 이로부터 디즈니는 그밖의 주제들, 예를 들어 민주주의와 테크놀로지, 근대성 등을 건드린다. 그러나 이 시점에서 디즈니가 자신의 문명화 사명을 달성하는 방향으로 영화의 잠재력을 실현했던 것은 아니었다. 청년 디즈니는 민중주의로부터 많은 영향을 받았고, 개인주의를 찬양했으며, 약자에 주목했다. 디즈니가 주목했던 약자들은 특히 나이 어린 사람이나 사람의 형태를 띤 동물로서, 억압받는 가운데 엄청난 용기를 보여주며 끝내 자수성가하는 데 성공한다.

디즈니의 주인공은 테크놀로지를 이용할 줄 아는 청년 사업가다. 디즈니의 주인공은 민중이나 공동체를 돕는 일은 전혀 하지 않고 있다. 사실상 디즈니의 주인공은 자기가 황소보다 강하다는 환상을 만들어냄으로써 대중과 왕을 기만한다. 고양이의 도움으로 디즈니의 주인공은 속임수를 통해 명예를 얻을 수 있음을 배운다. 관객을 지배하고 인기를 얻으려면 이미지를 교묘하게 사용해야 한다. 애니메이션은 속임수(트릭 영화)이다. 애니메이션이란 원래 움직이지 않는 스틸 이미지가 기계적 조작을 거쳐서 움직이는 것처럼 보이게 하는 것이기 때문이다. 주인공이 변장하고 있는 한에서 안전한 것과 같이, 애니메이터는 이미지(그리고 기계)를 통제하는 범위에서 지배자가 될 수 있다. 그림들은 통제 장치와 기계를 은폐해 관객이 생산 과정과 조작 과정을 이해하는 것을 가로막고, 이로써 관객은 스스로 동화를 머릿속에 구상할 수 없게 된다. 책으로 읽을 때는 동화의 장면을 떠올릴 수 있는 반면, 만화로 볼 때는 그럴 수 없다는 것이다. 그림들은 관객이 스스로 인물과 역할과 욕망을 가시화하는 것을 가로막는다. 그리고 이를 상쇄하기 위해 디즈니는 관객에게 절시증의 쾌락을 제공하며, 기분 좋은 이미지들과 우스운 인물들, 성애적 기호들을 퍼붓는다. 일반적으로 애니메이터 디즈니는 자신의 고유한 이미지를 통해서 자신의 삶을 유쾌한 동화의 형태로 투사하며, 애니메이션 스틸을 통해서 자신의 심리에 깔려 있는 오이디푸스적 욕망을 실현한다. 실제로 디즈니는 자신이 만든 대부분의 동화영화 속에서 자신의 오이디푸스적 욕망을 반복해서 구현한다. 디즈니가 1920년대부터 지금까지 미국 관객들에게 호소력을 가질 수 있었던 이유는 세계를 청소하고 싶다는 그의 유아적 항문성애 성향의 반복적 구현 때문이다(이러한 소망이 바로 미국 신화의 핵심이다). 그러나 유아적 호기심—우리 안에 있는 아이—을 찬양하는 대신, 디즈니는 상상력을 길들이고 나아가 상상력을 도구화함으로써 법과 질서를 내세우는 세력에 봉사할 것을 강조하기 시작했다.

누가 커다란 나쁜 늑대를 두려워하랴?

디즈니는 1924년에 캔자스시티에서 할리우드로 자리를 옮긴 후, 동화에서 영화의 원작을 찾는 일을 그만둔다. 그러나 그것은 잠시였다. 1928년에 『실리 심포니 *Silly Symphony*』를 제작하면서 그는 동화의 영역으로 복귀했다. 그때부터 디즈니는 『즐거운 난쟁이들 *The Merry Dwarfs*』(1928), 『미운 오리새끼 *The Ugly Duckling*』(1931), 『숲 속의 아기들 *Babes in the Woods*』(1932), 『아기 돼지 삼형제 *Three Little Pigs*』(1933), 『커다란 나쁜 늑대 *The Big Bad Wolf*』(1934), 『하늘을 나는 쥐 *The Flying Mouse*』(1934), 『황금의 손 *The Golden Touch*』(1935), 『아기 늑대 삼형제 *Three Little Wolves*』(1939), 『용감한 재단사 *The Brave Little Tailor*』(1938) 등 혁신적인 만화들을 계속해서 창조한다. 로버트 스클라(Robert Sklar)가 말한 대로, "「미키마우스」와 「실리 심포니」 등 초기 만화들은 마법적이다. 시간과 책임의 짐을 벗고 해방된 사건들은 결말이 열려 있고, 역전이 가능하고, 에피소드의 나열이고, 말하려는 내용이 명확하게 없다. 이상스러운 사건들이 결말에 대한 걱정 없이 마음껏 펼쳐진다. 세계의 질서는 정해져 있지 않다. 곧, 세계는 상상력과 의지에 따라서 바뀐다."[5] 그러나 인용문에 이어 스클라가 지적하는 것처럼, 디즈니의 작품은 1930년대 동안 상당한 변화를 겪는다. 그의 동화 영화가 지녀온 이데올로기가 완전히 바뀌고, 나중에 그의 테마파크와 EPCOT(Experimental Prototype Community of Tomorrow: 미래의 실험적 원형 마을) 센터—그가 생각하는 도시의 모델—에서 구현될 이상적 사회에 대한 그의 비전도 바로 이때 생겨난다.

디즈니의 만화들은 1932년을 기점으로 변하기 시작하며, 1933년이 되면 완전히 새로운 세계관이 출현하게 된다. 이후의 카툰은 이야기 형식으로 되어 있고, 그중에 다수는 도덕적인 이야기다. 여기서 이야기는 직선적인 시간 위에 전개된다. 시작과 끝이 있으며, 중간에 벌어지는 모든 일이 전체적인 이야기 속에서 의미를 갖는다. 세계에는 나름의 규칙이 있으며, 그것을 배우지 못하면 말썽이 일어날 것이다. 상상력을 자제할 것과 호기심을 자제할 것, 고집을 자제할 것 등이 이러한 규칙에 속한다. 몰라서 실수하는 것은 용납할 수 있지만, 어쨌든 규칙을 배우지 않으면 안 된다. 이러한 생각에는 1930년대 후반의 문화에 나타난 기존 가치의 강화라는 사회적 목적의 정신이 표현되어 있다. 단, 이러한 생각은 그의 장편 영화들보다 1, 2년 앞서 표현되었는데, 그것은 장편을 기획하고 제작하고 배급하는 데 시간이 걸렸기 때문일 것이다.[6)]

물론 디즈니가 이러한 만화를 직접 감독했던 것은 아니었다. 그러나 디즈니는 대부분의 이야기 구상에 관여했고, 그의 스튜디오에서 제작할 작품을 결정하는 데 중추적인 역할을 담당했다. 따라서 그는 이 모든 만화에 자신의 표식을 남겼고, 1920년대에 만들어진 초기 영화들에서도 이와 같은 표식을 발견할 수 있다. 테크니컬러와 사운드라는 최첨단 영화 테크놀로지를 사용해 캐릭터의 유연성과 역동성을 높였다는 것이 1920년대와 달라진 점이라면 달라진 점이다. 래포그램 시절에 보여준 원시적·활력적·노골적 특징은 버트 길렛(Burt Gillett)이 감독한 『숲 속의 아기들 *Babes in the Woods*』에서 보다 풍요로운 컬러와 캐릭터에 힘입어 더욱 선명하게 표현된다. 미국 민요와 그림 형제의 「한젤과 그레텔」에 토대를 둔 이 단편 만화는 전통적 동화에 대한 이례적인 해석을 보여준다. 이 작품은 숲 속의 '마녀 바위'에 대한 설명으로 시작된다. 사악한 마녀가 싸움에서 패배한 후 돌이 되었다는 이야기다. 첫 장면 직후에 두 아이가 화면에 등장한다. 네덜란드 아이 아니면 독일 아이로 보이는 이 두 아이는 나막신을 신고 숲 속을 헤맨다. 아이들은 길을 잃고 겁에 질린 모습인데, 아이들이 왜 이러한 곤경에 처하게 되었는지는 분명하지 않다. 다행히도 아이들은 유쾌한 요정들의 마을을 발견한다. 요정들은 아이들에게 함께 축제를 즐기고 춤을 추자고 한다. 그러나 마침 마을 위를 날아가던 심술쟁이 마녀가 축제를 망친다. 요정들은 겁에 질려 도망치고, 아이들은 마녀의 꼬임이 넘어가버린다. 마녀가 아이들에게 하늘을 나는 빗자루를 타고 사탕 집에 가

자고 꼬였던 것이다. 아이들은 빗자루에서 내리자마자 집을 먹기 시작한다. 그러자 마녀는 아이들을 집 안으로 유혹한다. 집 안에는 온갖 기괴한 작은 동물들이 우리 안에 갇혀 있다. 갑자기 마녀가 마법의 약으로 소년을 거미로 만들어 우리 안에 가둔다. 마녀가 소녀까지 잡으려는 찰나에 요정들이 나타난다. 마녀는 요정들과 공중전을 벌이기 직전에 소녀를 지하실에 처넣는다. 하얀 오리를 탄 요정들이 빗자루를 탄 마녀에게 화살 세례를 퍼붓는 동안, 거미로 변한 소년은 지하실로 통하는 바닥의 뚜껑 문을 여는데 성공한다. 지하실을 빠져나온 소녀는 마법의 약을 구해 오빠를 다시 인간으로 되돌린다. 남매는 이 약으로 우리에 갇힌 온갖 가엾은 동물들을 소년 소녀들로 되돌린다. 나중에 아이들은 펄펄 끓는 마녀의 가마솥을 집 밖으로 꺼내오고, 빗자루에서 떨어진 마녀는 마법의 약을 끓이는 가마솥에 빠져 바위로 변한다.

전에 이 두 아이에게 무슨 일이 있었는지, 앞으로 이 두 아이들에게 무슨 일이 벌어질지 우리는 알 수 없다. 그저 앞으로도 그들은 자유로운 여행을 계속하리라는 것을 알 뿐이다. 모든 프레임을 장식하는 화려한 컬러와 결코 좌절하는 법이 없는 아이들의 생동감 넘치는 동작은 영화의 낙관주의를 반영한다. 곧, 아이들은 주도권을 쥐고 있는 행동하는 인물이며, 마녀라는 위험에도 불구하고 숲 속에서 무럭무럭 자라난다. 아이들이 책임감이 없다거나 호기심이 지나치게 많다는 비난의 암시는 전혀 없다. 아이들은 잘못을 저질러 벌을 받는 인물이 아니다. 얌전하게 행동해야 한다거나 주변을 깨끗하게 치워야 한다는 암시도 전혀 없다. 아이들이 위험과 흥분으로 가득한 세계에서 배워야 하는 것은 오직 하나, 어떻게 해야 살아남을 수 있느냐는 것이다.

그러나 디즈니 영화의 메시지는 이 영화가 만들어진 1932년을 기점으로 변화를 겪게 된다. 이 시기의 디즈니의 영화 가운데 이러한 이행을 보여주는 가장 훌륭하고 가장 인기 있는 만화는 1933년에 제작된 『아기 돼지 삼형제』 그리고 그것의 속편인 『커다란 나쁜 늑대』(1934)와 『아기 늑대 삼형제』(1936) 이다. 세 편 모두 똑같은 교훈을 전하고 있으며, 프랭크 처칠(Frank Churchill)이 만든 인기곡 「누가 커다란 나쁜 늑대를 두려워하랴」의 분위기가 지배한다. 작품이 나왔을 무렵부터 얼마 동안 수많은 비평가가 논평한 바에 따르면, 유독 이 만화가 미국 사람들의 상상력을 사로잡았던 이유는 늑대가 대공황을 상징하고, 돼지들은 늑대와 맞서 싸우다가 끝내 승리를 거두는 보통 사람들을 상징하기 때문이었다. 그러나 당대에는 어느 정도 통했을지 모를 이러한 해석은 적지 않은 문제점을 안고 있다. 늑대에게 승리를 거둔 것은 보통 사람들이 아니라 뛰어난 건축가로 나오는 맏형 돼지이기 때문이다. 맏형 돼지는 모든 인물들과 모든 물건들을 제자리로 되돌리며 온 세계를 정돈한다(그런데 늑대는 『아기 돼지 삼형제』에서 자본주의를 상징하는 유대인 봇짐장수와 연결되고, 나중에 『아기 늑대 삼형제』에서는 히틀러의 파시즘과 연결된다). 열심히 일하고 청결하게 생활하는 돼지의 이미지는 춤추는 동생 돼지들과 대조를 이룬다. 동생 돼지들은 뭐든 닥치는 대로 잡아먹는 늑대에게 잡아먹힐지도 모른다는 두려움을 항상 안고 있다. 「누가 커다란 나쁜 늑대를 두려워하랴」라고 노래하는 동안에도 동생 돼지들은 이 무시무시하면서도 우습기 짝이 없는 존재와 대결할 자신감을 가지지 못한다. 늑대에게 맞설 수 있는 것은 오직 맏형 돼지밖에 없다. 맏형 돼지는 스튜디오 일꾼들을 감독하고 워커홀릭의 모범을 보이는 디즈니 자신과도 일맥상통한다. 진지하고 굳건한 돼지, 자신의 이익을 지킬 줄 아는 사업가 돼지—오직 그런 돼지만이 동족상잔의 무한경쟁에서 살아남을 수 있다. 『커다란 나쁜 늑대』에서 벽돌공 돼지는 『빨간 모자』와 그녀의 할머니까지도 구해준다. 그는 이미 믿음직한 왕자님의 면모를 갖추고 있으며, 디즈니의 초기 영화 『장화 신은 고양이』에 나오는 고양이 및 젊은이와 연결된다. 디즈니가 그의 동화 영화에서 전하기 시작한 메시지는 모험하지 말 것과 호기심을 갖지 말 것, 분수를 알 것, 집에서 멀리 떠나 방황하지 말 것 등이다. 예를 들어, 『하늘을 나는 쥐 *The Flying Mouse*』(1934)에서 어린 쥐는 새처럼 날고 싶다는 간절한 소망을 가지고 있는데, 나비가 거미줄에 걸린 것을 구해준 후 자신의 소원을 이룬다. 나비가 요정 나라의 공주로 변해서 쥐에게 하늘을 나는 능력을 준 것이다. 그러나 친구들과 가족들은 그를 보고 감탄하는 대신 그의 곁을 피한다. 쥐에게 날개가 달리니까 박쥐나 흡혈귀 같았기 때문이다. 또한, 동굴 속의 못된 박쥐들은 그를 '쥐도 아닌 놈' 이라고 부르며 놀린다. 이미 공주는 그에게 쥐란 하늘을 날도록 되어 있는 존재가 아니라고 말했었다. 이제 쥐는 그 말뜻을 알게 되고, 요정에게 자기를 원래대로 되돌려달라고 간청한다. 이제 쥐는 '쥐도 아닌 놈' 에서 벗어나 진정한 쥐가 된다. 그러나 여기서 말하는 진정한 쥐란 어머니의 앞치마를 입으려고 집 안으로 뛰어들어가는 온순한 쥐다. 이 영화는 날개를 달고 싶어 하고, 독립하고 싶어 하고, 무엇인가 멋진 일을 하고 싶어 하는 어린이에게 주는 경고다.

그러나 당시에 이들 동화 영화에서 형성 중에 있던 디즈니의 보수 이데올로기는 순응성 및 인습성과 더욱 밀접하게 관련되는 양상을 보인다. 세상을 좀 더 순수하고 안전한 곳으로 만들고 싶다는 디즈니의 욕망에는 청결 페티시가 상당 부분 포함되어 있다. 문명화된 올바른 행동이 어떠해야 하는지가 그의 마음속에 점점 분명하게 자리 잡아갔고, 『실리 심포니』의 짧은 만화들은 그가 1930년대 초반 내내 작업했던 기념비적 동화 영화 『백설공주와 일곱 난쟁이 *Snow White and the Seven Dwarfs*』(1937)를 위한 시험

대일 뿐이었다.

상품의 마력과 백설공주

1933년부터 1937년까지 디즈니는 『백설공주』 제작에 할당된 애니메이션 제작자들 및 기술자들과 긴밀하게 작업했다. 그때 이미 디즈니는 자신의 스튜디오를 여러 개의 부서(애니메이션, 레이아웃, 사운드, 뮤직, 스토리텔링 등)로 나눈 뒤였다. 부서들은 더욱 세분되어 애니메이션 제작자 중에는 인물들(백설공주, 왕자, 난쟁이들, 여왕/할멈 등)을 개발하는 업무를 담당한 사람도 있었다. 디즈니는 수천 달러짜리 멀티플레인 카메라를 구입해서 자기가 원하는 생동감 있는 액션과 장면의 심도, 클로즈업을 포착하려 했다. 또한, 그는 자기가 고용한 연구원들로 하여금 컬러 젤, 포커스를 흐리는 블러링, 젖빛 유리를 투과시키는 촬영 등을 실험하게 했고, 최첨단 기기를 사용한 사운드와 음악을 통해 스크린 위에서 캐릭터의 그림과 음향이 좀 더 일치하게 만들었다. 『백설공주』 제작에서 디즈니는 처음부터 끝까지 모든 것을 주관했고, 각 단계마다 디즈니의 승인이 필요했다. 어쨌든 『백설공주』는 디즈니가 그림 형제의 원작을 가지고 자신의 취향과 신념에 따라서 완전히 새롭게 각색한 이야기, 그러니까 디즈니의 이야기였다.[7] 디즈니는 백설공주라는 독일 동화에 마법의 주문을 걸어서 그것을 다음과 같은 미국 특유의 동화로 바꾸어버렸다.

1. 백설공주는 고아다. 아버지와 어머니가 모두 세상을 떠났다. 처음에 백설공주는 누더기 옷을 입고 하녀처럼 궁전을 청소하는 모습으로 그려진다. 일종의 신데렐라라고 할 수 있다. 그림 형제의 버전을 보면, 어머니가 세상을 떠나는 감상적인 장면이 나오고, 아버지는 아직 살아 있다. 백설공

주는 궁전의 계단 청소 같은 평민의 노동은 결코 할 필요가 없었다.

2. 영화의 도입부에서 왕자가 백마를 타고 나타나 백설공주에게 열렬한 사랑의 노래를 부른다. 그림 형제의 『백설공주』에서 왕자는 이야기의 끝에 나타난다. 그림 형제의 이야기에서 왕자의 역할은 별로 비중이 없다.

3. 여왕의 질투는 백설공주가 자기보다 아름다운 것에 그치지 않는다. 여왕은 왕자가 백설공주에게 노래를 바치는 것을 보게 되고, 의붓딸에게 그토록 잘생긴 구혼자가 있다는 것에도 질투를 느낀다.

4. 숲과 동물들은 말을 하는 것은 아니지만 인간의 형상을 하고 있다. 특히 동물들은 백설공주의 친구가 되어주고, 백설공주의 집안일을 도와주는 등 백설공주를 보호하는 역할을 맡는다. 동물들은 암수 구분이 없고 마치 동물 인형처럼 유순하다.

5. 난쟁이들은 열심히 일하는 부유한 광부들이다. 모두 이름이 있고—똘똘이, 잠꾸러기, 부끄럼이, 행복이, 재채기, 투덜이, 멍청이—이러한 이름은 인간의 특징을 대표한다. 난쟁이들은 가장 생동감 있게 형상화되어 있고, 영화에서 가장 흥미를 끄는 대상이다. 난쟁이들의 행동은 악을 물리치는 데 중추적인 역할을 수행한다. 또한, 난쟁이들은 코믹릴리프를 제공하기도 한다. 그림 형제의 동화에서 난쟁이들은 이름이 없고 비중도 별로 없다.

6. 그림 형제의 『백설공주』에서는 왕비가 세 번 등장하는 반면에, 디즈니

의 이야기에서 왕비는 단 한 번 나와서 우연히 죽임을 당한다. 왕비는 난쟁이들을 압사시킬 생각으로 거대한 바위를 산 아래로 굴리려 하다가 오히려 자기가 죽임을 당한다. 그림 형제의 이야기에서 왕비가 받는 벌은 좀 더 끔찍한데, 벌의 내용은 백설공주의 결혼식에서 불에 벌겋게 달군 구두를 신고 춤을 추는 것이다.

7. 그림 형제의 동화에서 백설공주는 유리로 만든 관에 안치되어 실려 가던 중에 관을 지고 가던 난쟁이가 발을 헛딛는 바람에 되살아난다. 반면에, 디즈니의 동화에서 백설공주는 그녀를 찾아 헤매던 왕자의 키스를 통해 깨어난다. 왕자의 사랑의 키스는 여왕의 독의 힘을 없애는 유일한 해독제다.

얼핏 보면, 디즈니의 작품에 나타난 변화는 별로 대단치 않다. 그러나 샌드라 길버트(Sandra Gillbert)와 수전 구바(Susan Gubar)는 『다락방의 미친 여자 *The Madwoman in the Attic*』[8]에서 이 영화에 대한 통찰력 있는 분석을 내놓는다. 이 책에 따르면, 디즈니의 영화는 남성의 담론을 통해 여성의 삶을 조직화한다는 의미에서 고전적인 성차별적 내러티브를 구현하는 작품이다. 이런 식의 조직화에 갇혀버린 여성들은 좌절에 빠지고, 그중에 일부는 광기에 이르기도 한다. 또한 이런 식의 조직화는 여성들 사이의 경쟁을 조장한다. 이를테면, 여성들은 남성에게 자신의 한때뿐인 미를 인정받고 싶어 한다(마법의 거울). 여성들이 아무리 애써 노력한다 하더라도 스스로의 삶을 남성의 조작과 개입 없이 구축하기란 불가능하다. 디즈니의 영화에서 왕자가 도입부에 등장하는 만큼, 왕자가 여성의 삶의 조직화에서 수행하는 역할은 좀 더 커진다. 왕자가 등장할 때 백설공주는 '오늘 사랑하는 사람이 나를 찾아오면 얼마나 좋을까' 라는 노래를 부르는 중이다. 또한, 왕자는 작품의 종결부에서도 백설공주의 꿈을 실현하는 역할을 맡는다. 그림 형제의 동화에서 나타나는 이데올로기적 특징들은 19세기의 가부장적 개념들을 강화하는 것이었고, 디즈니가 그러한 특징들 가운데 핵심적인 것들을 고스란히 가지고 있다는 사실에는 의심의 여지가 없다. 어떤 의미에서 디즈니는 그림 형제의 완벽한 '제자' 라고 볼 수도 있다. 그림 형제는 여성에 대해서 정형화된 시혜적 태도를 보이는데, 디즈니가 그러한 태도를 보존하고 표현하기 때문이다. 예를 들어, 그림 형제의 동화에서 오두막에 들어오게 된 백설공주는 난쟁이들에게 자기도 이곳에 머물게 해달라고 간청하며, 그렇게만 해준다면 자기가 설거지도 하고, 바느질도 하고, 집 청소도 하겠다고 한다. 디즈니의 영화에서 오두막에 온 백설공주는 집이 더러운 것을 보고 집 청소를 시작한다. 동물들에게도 오두막을 깨끗하게 정돈하게 도와달라고 부탁하는데, 그것은 집을 깨끗하게 해놓으면 난쟁이들이 자기를 그곳에 머물게 해줄 것이라는 생각에서였다. 물론 그림 형제에게나 디즈니에게나 집이란 착한 소녀들이 있어야 할 곳이다. 이렇듯 여자 길들이기는 그림 형제의 동화와 디즈니의 영화의 한 측면을 이룬다.

그러나 디즈니는 여성 길들이기에 대한 찬양에서 한 술 더 떠 사회에서 추방당한 약자들의 승리를 찬양한다. 다시 말해, 디즈니는 자신의 운명을 찬양하며, 많은 미국인이 처해 있는 주변적 입장을 공유하는 범위에서는 호레이쇼 앨저라는 미국의 신화를 찬양한다.

이 신화는 불굴의 의지와 고된 노동, 헌신, 신의, 정의를 성공의 조건으로 내세우는 남성 신화이다. 여기서 말하는 성공의 조건들은 프로테스탄트 윤리의 핵심적인 요소들로, 이른바 미국의 문명화 과정의 기초를 이룬다.

디즈니가 자신의 동화 영화들을 통해 남성의 신화를 영속화한다고 주장하는 것이 이상하게 보일 수도 있다. 실제로 디즈니의 동화 영화들은 『피노키오 *Pinocchio*』(1940)를 제외하면 모두 젊은 여성들을 주인공으로 내세웠다. 『신데렐라』(1950)가 그랬고, 『잠자는 숲 속의 미녀』(1959)도 마찬가지였다. 그러나 디즈니의 여자 주인공들은 아름답고 매력적임에도 불구하고 어딘가 맥 빠지고 가련해보인다. 영화에 나오는 보다 능동적인 악역들과 비교하면 더욱 그러하다. 마녀들은 악의 대리인일 뿐 아니라 성애적·전복적 힘을 대표하는 인물이다. 창작자와 관객 모두에게 마녀들이 좀 더 매력있게 느껴지는 것은 그 때문이다.[9] 젊은 여성들은 혼자서는 아무것도 할 수 없는 무력한 존재요, 보호가 필요한 장식물에 불과하다. 영화에서 액션이 등장하면, 이런 인물들은 화면에 나오지 않는다. 『백설공주와 일곱 명의 난쟁이』에서 영화가 본격적인 생동감을 얻기 시작하는 것은 난쟁이들이 등장한 후부터다. 난쟁이들은 오두막에 살고 있는 미스터리한 인물들이며, 그들이 정의로운 세계를 유지하고 세계에 조화를 가져올 수 있는 것은 힘든 노동과 연대를 통해서다. 우리는 난쟁이들이 대공황의 어려움 속에서 힘을 합쳐 노력하는 미국의 하층 노동자들이라고 해석할 수 있다. 그들은 "야이야 우리는 일터에서 집으로 간다네" 또는 "야이야 우리는 일터로 간다네" 같은 노래를 부르며 사기를 올린다. 그들이 보여주는 단호함은 모든 노동자가 갖고 있는 단호함 바로 그것이다. 바꾸어 말하면, 그들이 밖에서 일하는 동안 여자들이 집안을 깨끗하게 치운다는 조건이 채워지면, 그들은 반드시 성공할 것이다.

한편, 난쟁이 노동자들이 디즈니 밑에서 일하는 직원들이라고 해석하는 것도 가능하다. 디즈니가 훌륭한 영화를 내놓기 위해서는 직원들의 노력이 꼭 필요하다. 그리고 그렇게 보자면 왕자를 디즈니 자신이라고 해석할 수도 있다. 왕자는 처음부터 이야기를 러브스토리로 조직한다. 앞에서 말한 것처럼 이 영화에서 내러티브를 조직하는 인물은 왕자이다. 왕자는 영화 도입부에서 자신의 열렬한 사랑을 고백하며, 백설공주는 왕자가 자기에게 키스하러 오기 전까지는 불완전한 존재로 남아 있다.

그러나 왕자가 내러티브를 조직하는 인물로서 이렇다 할 행동을 보인 것이 있는가? 디즈니가 자신의 이름을 상표로 내세우며 동화에 이렇다 하게 기여한 내용이 있는가? (디즈니라는 상표는 디즈니라는 인물이 동화를 전유해 자기의 것으로 삼았음을 의미한다.) 동화 영화 제작자이자 디즈니 스튜디오의 중요한 소유주 가운데 한 사람인 그는 영화에 출연하고 싶어 했고, 자신이 만든 작품으로 이러한 소망을 만족시킬 수 있었다. 우선, 화면 위에 영화의 제목이 나올 때 마치 자기 작품에 서명을 하듯이 제목 옆에 자신의 이름을 새길 수 있었고, 이어 왕자의 역할을 자기의 역할과 비슷하게 만드는 방식을 통해 직접 작품 속으로 들어갔다. 디즈니 왕자가 작품을 만드는 건축가로서 자신의 애니메이션을 통해 그림에 생명이 깃들게 하는 것과 마찬가지로, 『백설공주와 일곱 난쟁이』에서 영웅으로 등장하는 왕자는 마법의 키스로 백설공주에게 새로운 생명을 주게 된다. 나중에 왕자는 백설공주를 품에 안고 함께 자신의 성으로 간다. 마지막 장면은 왕자가 백설공주를 백마에 태우고 언덕 위의 황금 궁전으로 데려가는 장면이다. 어둡고 불길한 여왕의 궁전 너머에 왕자의 황금 궁전—모든 여성의 꿈—이 있다. 왕자는 백설공주에게 주어진 보상인 셈이다. 왕자의 권력과 재산은 궁극적으로 미화된다.

『백설공주와 일곱 난쟁이』에는 뒤섞인 메시지 또는 다중적 메시지가 존재한다. 그러나 내가 보기에 지배적 기호는 디즈니의 서명이다. 여기서 디즈니는 스스로를 조직가, 살균제, 기업가로 미화하면서 세계를 '깨끗하게 청소하기'를 원한다. 각각의 시퀀스가 영화에서 분명하게 구상되어 있고,

처음부터 예정되어 있는 모든 인물들의 운명을 반영하는 것과 마찬가지로, 파스텔 컬러와 잉크로 선명하게 그려진 윤곽은 깨끗함의 이미지를 창조한다. 피터 브뤼넷(Peter Brunette)은 이 영화에 항문성애 강박증이 있다고 말한다. 예를 들어, "빨래와 청소를 끊임없이 강조하고 난쟁이들의 오두막을 중간 계급의 깔끔한 교외 주택으로 바꾸려고 하는 것은 바로 이 방향과 일치한다."[10] 여기서 말하는 방향은 항문 단계로 나아가는 방향을 말한다. 브루넷은 이러한 방향을 미국 문화에 나타난 청교도적 사고 방식의 집요함에 비유한다. 초기의 실험적인 동화 단편들과 달리, 디즈니는 영화에 완전히 닫힌 결말을 도입한다. 그리고 이를 통해 숲이라는 공간을 정화해 순수한 사랑의 장소로 만들고, 이야기에 가부장적 특징을 각인한다. 디즈니가 보기에 그림 형제의 동화는 내러티브에 담겨 있는 보다 깊은 의미나 내러티브의 역사를 탐구하는 도구도 아니고,[11] 내러티브의 고전적 지위에 문제를 제기하는 도구도 아니다. 오히려 디즈니가 생각하는 그림 형제의 동화는 올바른 성역할과 행동, 예절, 관습과 관련된 메시지를 확산하는 도구이다. 플롯에 나타난 가장 큰 변화는 왕자의 힘이 커진 점이다. 왕자는 백설공주를 구해줄 수 있는 유일한 인물로서, 작품의 종결부에 이르면 이야기의 초점으로 올라선다. 디즈니가 캔자스시티에서 만들었던 초기 동화들은 고전적 내러티브에 대한 그의 뒤틀리고 불경스러운 태도를 보여준다. 디즈니와 아이웍스가 이야기를 다시 쓰고 영화로 만드는 방식에는 그들의 혁신적인 성향을 암시하는 강력한 증거들이 존재한다. 그들은 영화 산업에 애니메이션의 혁신적 방법을 도입하는 동시에 버림받은 사람들을 대변하려 했다. 그러나 1934년에 디즈니는 이미 애니메이션 왕국의 중추적 인물 중 하나가 되는데, 그는 그때까지 배워왔던 모든 것을 이용해 동화 애니메이션에 대한 자신의 권력과 지배를 강화하려 한다. 그가 당대의 뮤지컬과 영화를 따라하거나 동화를 가부장적 규칙에 따라서 원작에 가깝게 각색하는 양상을 보게 되면, 그가 하는 모든 테크닉 실험의 목적은 미국에서 사회 변화를 일으키는 것이 아니라 자기 같은 개인들이 권력을 장악한 상황을 그대로 유지하는 것이라는 점을 알 수 있다.

리처드 쉬컬(Richard Schickel)이 예리하게 지적한 것처럼, 디즈니는 "자기 것이 아닌 것을 자신의 것으로 만드는 재주가 있었다. 그러나 그 과정에서 작품은 거의 대부분 독창성을 상실했다. 곧, 작품의 영혼을 상실했다고 말할 수도 있다. 작품의 영혼이 사라진 자리에 디즈니는 조크와 노래 그리고 관객을 놀라게 만드는 효과를 삽입한다. 그러나 그가 손대는 것은 거의 항상 망가진다. 그는 항상 정복자로 나타날 뿐 하인으로 나타나는 경우가 전혀 없다. 많은 사람들이 지적한 것처럼, 이것은 많은 미국 사람들이 공유하는 특징이다. 곧, 미국 사람들은 이국 땅에 상륙해서 무엇인가 도움을 주려고 하지만, 그들이 가진 것은 노하우뿐이고, 외래 전통들에 대한 공감이나 존중의 능력은 전혀 갖고 있지 않다."[12)]

디즈니가 무엇인가 새롭고 독창적인 것을 하고 싶어 했을 때는 오로지 자기가 절대적인 지배력을 행사할 수 있는 경우뿐이었다. 또한 그는 새로움이 나오려면 자기가 고용한 직원들의 집단적 기술이 있어야 한다는 사실도 잘 알고 있었다(디즈니는 직원들에게 만족할 만한 대우를 해주거나 어떤 식으로든 은혜를 베풀었다). 따라서 디즈니는 첫 번째 장편 동화 영화를 구상하던 1934년 이후, 미국에서 동화 장르의 기능을 바꾸어놓았던 집단 네트워크의 조직책임자 겸 지휘자였다. 디즈니의 동화 영화들의 힘은 작품의 독창성이나 새로움에 있는 것이 아니라 문명화 과정과 관련된 많은 고답적인 시각들을 애니메이션을 통해 마치 '스틸' 화면처럼 고정시키는 능력 그리고 이를 위해 영화의 첨단 테크놀로지를 활용하는 능력에 있다. 디즈니가 동화 문학을 각색하면서 동화라는 장르의 제도에 일으킨 변화에는 다음과 같은 내용이 있다.

1. 테크닉이 스토리를 압도한다. 스토리는 기술자가 이미지를 조직하는 수단들을 찬양하기 위해 이용된다. 디즈니의 동화 영화를 만드는 데 들어가는 일손은 많지만, 테크닉과 테크놀로지를 어떻게 이용할 것인가를 지휘하는 것은 디즈니 자신이었다.

2. 정교하게 조직된 이미지가 내러티브를 전달하는데, 이를 위해 애니메이터의 수작업과 카메라가 관객을 유혹하는 동시에 강제한다. 관객은 스스로 생각하려 하지 않는다. 관객은 조직자가 통제하는 스펙터클에 도취될 뿐이다.

3. 이미지와 시퀀스는 전체성과 솔기 없는 총체, 조화 등의 감각을 생성한다. 이러한 감각은 스크린 안에서는 구원자에 의해, 스크린 밖에서는 기술자에 의해 조율된다.

4. 인물들은 구체성을 획득해 보다 사실적인 인물이 되지만, 그럼에도 일차원적이며 영화에서 정해진 기능을 수행한다. 인물들은 정형화되어 있고 상상력 길들이기라는 신조에 따라서 배열되기 때문에 인물이 변화하거나 발전하는 경우는 없다.

5. 관념들과 유형들이 우리가 따라야 할 행위의 모범으로 그려지는 한, 길들이기는 식민화와 관련된다. 스크린은 이른바 미국 동화들을 행위의 모

범으로 수출하며, 이렇게 수출된 작품은 다른 나라 관객들을 식민화시킨다. 디즈니에게 좋은 것은 세계를 위해서도 좋고, 디즈니의 동화에서 좋은 것은 동화 밖의 세계에도 좋다. 이러한 일반화가 지나친 단순화로 보일 수도 있겠지만, 전 세계의 주요 기업들이 이런 방식으로 식민화를 계속하고 있는 것이 사실이다. 그것은 미국 기업이든, 유럽 기업이나 다국적 기업이든 모두 마찬가지다.

6. 디즈니의 영화에서 청결함과 통제, 조직적 노동 등의 주제를 강조하는 경향은 영화의 테크닉 측면을 강화한다. 곧, 디테일 하나하나에 주의를 기울이는 깨끗한 프레임, 등장인물들을 진짜 사람처럼 분명하게 재현하고 조작하는 성향, 남성 주인공을 통한 구원에 초점을 맞추는 정교한 플롯 등이 이러한 테크닉에 속한다.

7. 개인적인 독서에서 비롯되는 쾌락이 비개인적 극장에서 행해지는 기분 좋은 관람으로 대체된다. 극장에서 관객은 다른 관객들과 함께 있다. 그러나 한데 모인 관객들이 공동체를 계발하는 대신 그저 즐길 뿐이다. 프랑스에서는 이를 'divertissement' 이라고 하고, 미국에서는 'diversion' 이라고 한다.

8. 디즈니의 동화의 오락성은 비성찰적 관람의 방향으로 나간다. 모든 것은 표면적으로만 머물고, 일차원적이며, 관객은 일차원적 그림과 사유에서 재미를 얻는다. 귀엽고, 이해하기 쉽고, 단순한 분위기가 편안함을 가져오기 때문이다.

디즈니는 자신이 채택한 장편 동화의 공식이 대단한 대중적 호소력을 가지고 있음을 깨달았고, 그때부터 그는 모든 작품에서 예외 없이 이 공식을 이용했다. 동화를 정돈하고 세계를 정돈한다는 모티프는 디즈니가 살아 있는 동안은 물론, 그가 죽은 후까지도 모든 영화 각색 작품들 속에서 면면히 이어지는 것처럼 보이는 것이 사실이다. 디즈니의 사명은 전통적인 문명화 과정의 모범적 사례를 제공하는 플롯을 통해서 보수 이데올로기를 복원하고, 오락 스펙터클을 통해 동화를 관습화하는 것이었다. 그리고 이러한 사명은 1940년 『피노키오』의 제작과 함께 확고하게 정착된다. 이 작품에서 나무로 만들어진 멍청한 소년은 자기가 순종적이고 책임감 있고 말 잘 듣고 착한 아이라는 것을 증명하지 못할 경우, 이른바 문명화된 사회에 편입할 수 없다. 여기서 문명화된 사회는 19세기 이탈리아의 촌락과 도시보다는 차라리 바이에른의 인형 집과 흡사하다. 피노키오가 파랑 요정으로부터 자비로운 대우를 받으려면 자신의 행동을 바르게 해야만 한다. 지미니 크리켓(Jiminy Cricket)은 카를로 콜로디(Carlo Collodi)의 원작 요정 소설에서는 결국 죽임을 당하는데, 상냥하고 귀여운 그는 행동의 도덕적·윤리적 원칙을 세우는 이성의 목소리로 기능한다. 여기서 말하는 행동의 원칙 역시 프로테스탄트 윤리의 규약과 가부장제 전통의 원칙에 따라서 세워진다.

『메리 포핀스 *Mary Poppins*』(1964)도 마찬가지다. 여자 마법사는 엉망진창인 뱅크스(Banks) 씨의 집안을 구해주기 위해 가정교사 모집 광고를 보고 지원한다. 가정교사 마법사는 아이들에게 상상력을 심어주거나 재능을 북돋워주지 않는다. 그녀는 요정이라는 사실이 무색하게도 지저분한 상류층 가정을 청소하는 유형화된 유모 내지 하녀처럼 행동한다. 뮤지컬은 매력적이지만, 이러한 매력이 오히려 디즈니가 고전 동화의 보수적 경향을 복원하고 있다는 사실을 은폐한다. 메리 포핀스는 마법과 상상력을 이용해 아이들을 길들이고, 뱅크스 씨가 은행에서 승진하게 도와주며, 뱅크스 부인이 참정권 운동에 연루되는 것을 최소화한다. 『메리 포핀스』는 감정을 고양시키는 영화로 여겨졌지만, 해피엔드라고 할 수 있는 결말은 호기심과 다양성 죽이기에 비견될 수 있다. 스티븐 와트(Steven Watts)는 이렇게 말한다.

> 『메리 포핀스』는 고결한 도덕을 전하는 작품이라고 여겨졌는데, 이러한 생각은 영화에 나오는 두 명의 빅 스타에 대한 선전으로 광채를 더했다. 헌신적인 어머니로 등장하는 줄리 앤드루스(Julie Andrews)는 "내가 가진 가장 큰 재능은 가정주부가 되는 것인지도 모르겠다"고 점잖게 고백하고, 교회에 열심히 출석하는 가정적인 가장으로 등장하는 딕 반 다이크(Dick Van Dyke)는 신문과 잡지에서 '건전한 가치의 모범'으로 추앙하는 인물이다. (…) 그러나 『메리 포핀스』가 전하는 도덕에 대한 호의적인 비평이 일종의 문화 논쟁을 일으켰다. 이러한 논쟁은 보다 넓은 문화 전쟁의 맥락을 가졌다. 논쟁의 한편에는 미국의 보통 사람들이 있었다. 이들은 일반적으로 디즈니의 작품에 나오는 무해한 농담과 판타지, 도덕적 고양, 센티멘털한 감정 등을 좋아했다. 다른 한편에는 비평가들이 있었다. 이들은 도덕적 순진성과 사회적 보수성, 예술적 저열함 등을 점점 혐오했다.[13)]

이렇듯 디즈니의 작품에서 몇몇 등장인물이나 장면들은 매우 귀엽게 보일 수도 있겠지만, 전반적인 예술성은 저열하기 그지없다. 그리고 그것은 언제나 똑같은 낭만적 해피엔딩을 반복하는 할리우드와 브로드웨이 뮤지컬의 전형적인 패턴을 반복하기 때문이다. 『백설공주와 일곱 난쟁이』에서 『미녀와 야수 *Beauty and the Beast*』에 이르기까지 디즈니 스튜디오의 작가들과 감독들은 하나의 공식을 따랐다. 오프닝 음악을 통해 여주인공이 무엇을 동경하고 있는지를 보여주고, 상냥한 젊은 여자가 희생자로 등장하며(그녀는 악한 세력에 의해 어딘가에 사로잡혀 있거나 갇혀 있으며, 언제나 처녀다), 코믹한 동물들이나 살아 있는 물건들이 『미녀와 야수』에서처럼 코믹릴리프를 제공하는 동시에 핍박받는 여주인공을 도와주려 하고, 어느 시점에서 남자 주인공이 낭만적인 노래 한두 곡과 함께 등장하며, 스스로의 힘으로 상황을 타개할 수 없는 소녀는 마녀나, 교활한 대신, 말 못하는 짐승 등으로 상징되는 악의 세력을 극복하기 위해 남자 주인공에게 의지한다. 물론 이 패턴에 변화가 전혀 없는 것은 아니지만, 변화가 있다 해도 미미한 정도다. 이러한 '흑백 논리' 영화가 전하는 메시지는 단순하다. 악은 불화와 무례, 자만으로 상징된다. 디즈니의 동화 영화에는 복잡함이 전혀 없고, 인물에 대한 탐구도 전혀 없으며, 내러티브에서 주인공들이 마주치게 되는 장애물이 생겨나는 원인도 전혀 없다. 여기서 강조되는 것은 정화로, 주인공은 엘리트의 일원으로 선택받기 위한 조건들을 갖추려고 한다. 이와 같이 실력주의 사회에 토대를 둔 미국적 청소 과정은, 기존의 유럽 동화 패턴을 대체하는 동시에 위계 질서와 엘리트주의를 되살리고, 디즈니와 같은 기획자가 관리하는 용렬한 행동 유형을 강화하며, 마침내 정체된 디스토피아 세계관, 곧 유토피아의 타락으로 귀결된다.

디즈니의 동화 영화가 조장하는 행동 유형 및 사고 유형과 디즈니 주식회사가 건설한 디즈니 테마파크와 EPCOT 센터와 축하 마을이 불러일으키는 행동 유형 및 사고 유형 사이에는 밀접한 관련성이 존재한다. 디즈니가 동화를 차용해 만들어낸 작품에는 분명한 이데올로기적 가정들이 함축되어 있으며, 그가 세계에서 성적인 특징을 없애고 세계를 정리하기 위해 사용한 이미지와 음악은 온전함과 순수함, 진지함, 완전함, 시원시원함, 깨끗함, 복종을 암시한다. 마찬가지로 디즈니는 그의 테마파크에도 영화와 똑같은 완벽한 행복의 세계를 심으려고 했다는 것과 그의 회사 사람들을 고무시킴으로써 1966년 세상을 떠난 후에도 그들로 하여금 자신의 생각을 실행하게 했다는 것을 우리는 알 수 있다. 예를 들어, 그는 1955년에 처음으로 캘리포니아 디즈니랜드를 만든 이후 EPCOT를 구상하기 시작하며 다음과 같이 말했다. "EPCOT는 계획과 통제를 따르는 하나의 사회이자 미국의 산업과 학문, 학교들, 각종 문화 공동체와 교육 공동체를 위한 쇼케이스다."[14] 디즈니의 경영과 영화가 모두 그렇듯 여기서도 통제가 강조되었으며, 디즈니가 세상을 떠난 후에 EPCOT가 세상에 모습을 드러낼 때에도 상상력의 자유와 움직임의 자유에 제한이 있다는 것이 분명해보였다. 알렉산더 윌슨이 지적한 것처럼, "EPCOT의 조직 원리는 통제다. 보는 이의 시선은 주어진 지침을 따른다. 시각적 전망과 청각적 자극, 허용되는 움직임의 종류—이 모든 것이 센터의 여러 가지 주체들을 강화하고 재해석한다 (…) EPCOT는 솔기 없는 환경이다. 디즈니 리조트 매니저들의 시각적·청각적·후각적 프로그래밍을 거치지 않은 공간은 전혀 없다."[15] 결국, EPCOT는 축하 마을이라고 불리는 실제의 마을을 만들기에 이르렀다. 이곳은 EPCOT 및 테마파크들과 똑같이 균질화된 정태적인 특징들을 보여주고 있다. 이곳 주민들은 자기가 살고 있는 마을에 대한 통제권이 전혀 없다.[16]

민권 박탈과 상상력의 지속적 도구화, 미국 생활의 폭력을 봉쇄하는 치안 조치들의 증가—이런 모든 것들에도 불구하고 세계를 조화롭게 정돈하고 통제해야 한다는 디즈니의 비전은 여전히 매력을 잃지 않고 있다.[17] 위대한 프랑스 철학자 루이스 마랭(Louis Marin)은 왜 디즈니의 유토피아적 활력이 미국에서뿐 아니라 전 세계에서 여전히 유행하고 있는가 그리고 왜 그것이 의미심장한 동시에 우려할 만한 일인가를 이미 오래 전에 지적한

바 있다.

> 디즈니랜드는 미국 사회의 지배 집단들이 자신의 진짜 존재 조건들과 미국의 진짜 역사, 미국 국경의 바깥 공간 등과 맺고 있는 상상적 관계를 지형적 공간 속에 실현한 작품이다. 디즈니랜드는 미국 역사의 판타지 투사요, 미국의 역사가 다른 나라들 및 자연의 세계와 관련해 그려지는 방식의 판타지 투사다. 디즈니랜드는 미국 사회에 고유하게 존재하는 재현 체계와 가치 체계의 거대한 은유이자 치환된 은유다. 디즈니랜드의 이러한 기능은 명백히 이데올로기적이다. 디즈니랜드의 방문객이 소외감을 느끼는 이유는 일상생활이 왜곡되고 환상적인 방식으로 재현되어 있고, 과거와 미래가 매혹적인 이미지로 구축되어 있기 때문이다. 곧, 거리감이 느껴지는 것과 친밀감이 느껴지는 것이 모두 매혹적인 이미지로 구축되어 있다. 여기에는 안락과 행복, 소비, 과학과 테크놀로지의 진보, 초강대국, 도덕성이 모두 포함된다. 이런 모든 것은 폭력과 착취를 통해서 얻어지는 가치인데, 여기서는 법과 질서의 비호 아래 투사되고 있다.[18]

마랭은 유토피아가 변질되는 것을 우려하는 동시에 유토피아가 신화로 바뀌는 양상에 우려를 표한다. 디즈니의 경우, 그의 동화 영화에서 유토피아가 변질되기 시작한 것은 1930년대부터다. 당시 그는 자신의 작품이 문명화 과정에 끼치는 영향을 좀 더 분명하게 의식하기 시작했고, 자기가 실제로 자신의 영화에서 미국의 가치를 어떻게 포착해서 묘사하고 있는지도 좀 더 분명하게 의식하기 시작했다. 디즈니의 작품은 엄청나게 많고 다양하며, 디즈니가 이런 작품들을 통해 아이들과 어른들 모두에게 어느 정도 영향을 미쳤는가라는 질문에는 여러 가지 이견이 있을 수 있다. 그러나 디즈니가 문명화의 사명을 전개했고, 이러한 사명을 전하는 수단으로 동화를 사용했다는 사실에는 이견이 있을 수 없다. 디즈니는 미국 이데올로기의 본질(대중주의, 청교도주의, 엘리트주의, 소비주의)을 대표하는 인물이 되었고, 이러한 가치가 자신의 작품을 통해 전 세계로 확산되어야 한다고 느꼈다. 그의 장편 동화 영화들은(그가 제작한 영화와 그가 죽은 후에 그의 회사에서 제작된 영화를 포함해) 결코 프로파간다라고 할 수 없다. 그러나 그의 영화들이 동화의 문명화 기능을 바꾸어놓은 것은 틀림없는 사실이고, 또 그의 영화들에 디즈니의 개인적 이데올로기가 반영되어 있는 것도 틀림없는 사실이다.

다행히도 디즈니가 영화에서 동화를 차용하는 방법에 반론이 제기되지 않은 것은 아니었다. 그러나 그림 형제가 19세기에 그랬던 것처럼, 디즈니는 20세기에 모든 동화 영화(애니메이션이든 실사든)를 가늠하는 세계적 척도를 마련했다. 디즈니는 애니메이션의 혁신적·실험적 양식을 발전시킴으로써 동화를 가족 오락의 주식(主食)으로 복원시켰으며, 이는 분명 그의 업적이다. 그러나 그의 이데올로기적 전제들은 이미 오래 전에 정당성을 상실했다. 최근의 동화 영화 가운데 미국의 영화 회사 드림웍스에서 제작한 『슈렉 *Shrek*』(2001)과 『슈렉 2』(2003), 일본 영화제작자 미야자키 하야오가 감독한 『센과 치히로의 행방불명 *Spirited Away*』(2001)과 『하울의 움직이는 성 *Howl's Moving Castle*』(2004)은 오늘날 동화 영화가 유토피아의 변질에 문제를 제기하는 방편으로 사용되고 있음을 암시한다. 특히 두 편의 슈렉 영화에는 디즈니 주식회사와 이데올로기적 세계에 대한 분명한 암시가 나오며, 그에 대한 비판과 문제 제기를 시도한다. 첫 번째 슈렉 영화에서는 그림 형제의 동화와 디즈니 영화에 등장하는 온갖 캐릭터가 슈렉의 늪지대로 추방당해 행복하게 살아간다. 파콰드(Farquaad) 영주의 야만적인 청교도 권력을 피해 늪지대로 도망쳐온 것이다. 파콰드 영주는(디즈니 주식회사 사장이었던 마이클 아이스너와 생긴 것이 비슷하다) 돌연변이처럼 이상하게 생긴 캐릭터와 판타지를 증오하는 인물이다. 그의 영지 안에 존재하는 단정하고 깨끗하고 예쁜 것들은 (살균 소독한 디즈니랜드와도 비슷하다) 파콰드 궁정의 폭력성과 추악함을 은폐한다. 결국 영주는 치졸한 폭군으로 밝혀져 웃음거리로 전락하게 되고, 못생긴 슈렉과 못생긴 피오나(Fiona)는 늪지대로 돌아갈 수 있게 된다. 그러나 속편이 나온 것을 보면, 그곳에서 영원히 행복하게 산 것은 아니었다. 두 번째 슈렉 영화에서 아름다움과 소비주의, 저명인사 등의 개념은 슈렉과 피오나 공주와 교활한 장화 신은 고양이의 행동으로 약화된다. 이 유쾌한 영화에서 피오나의 부모가 살고 있는 왕국은 할리우드와 흡사하며, 프린스 차밍(Prince Charming)은 마녀의 아들이다. 이 마녀는 자기가 창조한 인공적 세계를 지배하지만, 결국 슈렉과 그의 친구들이 그녀의 공갈과 거짓을 폭로한다.

마지막에 피오나는 다시 한 번 슈렉과 늪지대를 선택한다. 슈렉과 주변화된 동물들과 함께 늪지대에 머물기로 한 것이다.

두 편의 슈렉 영화에서 잘생긴 왕자는 힘없는 처녀들을 구해주는 인물이 아니다. 한편, 미야자키의 『센과 치히로의 행방불명』과 『하울의 움직이는 성』에서는 용감한 소녀들의 이례적인 자질들이 온전하게 재현된다. 『센과 치히로의 행방불명』에서 치히로는 귀신 들린 마을에 들어가 자신의 용기를 증명하고, 마침내 욕심 많은 마녀에게 걸려 돼지로 변해버린 부모를 구해준다. 다이애너 와인 존스(Diana Wynne Jones)의 판타지 소설을 원작으로 한 『하울의 움직이는 성』에서 소피(Sophie)는 모자가게에서 일하는 소녀인데, 마법사 하울(Howl)과 힘을 합쳐 낭비 마녀를 물리친다. 미야자키의 영화들은 모두 상상력의 해방을 보여준다. 여기서 상상력은 사회적 현실과 대결하는 힘이자 아이들을 위한 동화 영화들의 전통적인 제작 방식과 대결하는 힘이다. 2001년 톰 메스(Tom Mes)와의 인터뷰에서 미야자키는 다음과 같이 말했다.

> 나는 상상력에서 판타지가 가지는 의미가 매우 중요한 것이라고 믿습니다. 우리는 일상의 현실에 지나치게 집착하지 말고, 마음의 진실과 정신의 진실, 상상력의 진실이 펼쳐질 여지를 주어야 합니다. 이런 것이 삶에서 우리에게 도움이 될 수 있습니다. 그러나 판타지라는 말을 사용할 때에는 조심을 해야 합니다. 요즘 일본에서는 판타지라는 말이 온갖 것에 두루 쓰입니다. TV쇼도 판타지고, 가상현실 같은 비디오 게임도 판타지입니다. 그러나 가상현실은 현실에 대한 부정입니다. 우리는 상상력의 위력에 개방적인 태도를 가져야 합니다. 상상력이 현실에서 뭔가 쓸모가 있다고 믿어야 합니다. 가상현실은 사람들을 가두는 감옥이 될 수 있습니다. 나는 내 작품에서 이 딜레마와 싸웁니다. 상상의 세계와 가상의 세계 사이에서 균형을 잡기 위해 싸웁니다.[19)]

위에서 언급한 미야자키와 드림워크의 작품들과 같이 상상력이 풍부하고 전복적인 21세기의 동화 영화들은 수백 편의 관습적인 동화 영화들과 경쟁해야 한다(관습적인 동화 영화들은 디즈니 주식회사 영화이건 어느 클론 회사의 영화이건 상상력을 도구화함으로써 디즈니의 미국적 이데올로기를 계속해서 조제하고 확산할 수 있다). 그러나 디즈니의 문명화 사명이 이미 결함을 드러냈고 그것이 유토피아의 타락으로 이어졌다는 것은 대단히 중요한 점이다. 디즈니의 결함이 밝혀진 후 미국의 동화 영화들이 지금까지와는 달리 결말이 열려 있는 유토피아적 유형으로 바뀔 것인가는 아직 알 수 없다. 미국의 동화 영화에 일어날 변화는 문화산업 내부의 변화에 의존하기보다는 문명화 과정 전반에서 일어나는 현실적인 사회 변화에 의존

할 것이다. 다시 말해, 미국의 동화 영화는 미국인들의 이데올로기적 성향이 어떻게 구성될 것인가, 미국인들이 자신들의 민주주의의 가치들을 전 세계 나머지 나라에 어떻게 강제하려 할 것인가에 따라 달라질 것이다.

1장 동화 담론: 장르의 사회사를 위하여

1. Fredric Jameson, *The Political Unconscious: Narrative as a Socially Symbolic Act* (Ithaca: Cornell University Press, 1981), p. 35.
2. Ibid., p. 40.
3. Ibid., p. 77.
4. Ibid., p. 79.
5. Cf. Marc Soriano, 'From Tales of Warning to Formulettes: the Oral Tradition in French Children's Literature,' *Yale French Studies*, 43 (1969), pp. 24~43, and *Guide de littérature pour la jeunesse* (Paris: Flammarion, 1975); Isabelle Jan, *Essai sur la Littérature enfantine* (Paris: Éditions Ouvrières, 1969); Dieter Richter & Johannes Merkel, *Märchen, Phantasie und soziales Lernen* (Berlin: Basis, 1974); and F. J. Darton, *Children's Books in England*, 2nd ed. (Cambridge: Cambridge University Press, 1960). 그밖에 많은 연구서에서 이 점을 다룬다.
6. Robert Mandrou, *De la culture populaire aux XVIIe et XVIIIe siècles* (Paris: Stock, 1964) 참고.
7. Teresa DiScanno, *Les Contes de Fées à l'époque classique* (1680~1715) (Naples: Liguori, 1975), pp. 20~30 참고.
8. Cf. Claudia Schmölders ed., *Die Kunst des Gesprächs* (Munich: Deutscher Taschenbuch Verlag, 1979), pp. 9~67.
9. *The Political Unconscious*, pp. 106~107.
10. Vladimir Propp, *Morphology of the Folktale*, ed. Louis Wagner & Alan Dundes (Austin: University of Texas Press, 1968).
11. Algirdas-Julien Greimas, *Sémantique structurale* (Paris: Larousse, 1964).
12. Marie-Louise Tenèze, ed., 'Du Conte merveilleux comme genre' in, *Approches de nos traditions orales*, (Paris: G.-P. Maisonneueve et Larse, 1970), pp. 11~65.
13. Ibid., pp. 23~24.

14. Claude Lévi-Strauss, *Tristes Tropigues* (Paris: Plon, 1955), pp. 29~30.
15. 'Du Conte Merveilleux comme genre,' pp. 28~29.
16. Ibid., p. 65.
17. August Nitschke *Soziale Ordnungen im Spiegel der Märchen*, 2 vols. (Stuttgart: Frommann Holzborg, 1977).
18. Heide Göttner-Abendroth, *Die Göttin und ihr Heros* (Munich: Frauenoffensive, 1980).
19. Cf. 나의 책 *Breaking the Magic Spell: Radical Theories of Folk and Fairy Tales* (Lexington: University Press of Kentucky, 2002), pp. 23~46 가운데 "Might Makes Right–The Politics of Folk and Fairy Tales" 장.
20. Cf. Eugen Weber, 'Fairies and Hard Facts: The Reality of Folktales,' *Journal of the History of Ideas*, XLII (1981), pp. 93~113.
21. Max Lüthi, *Das europäische Volksmärchen*, 2nd rev. ed. (Bern: Francke, 1960) and *Die Gabe im Märchen* (Bern: Francke, 1943) 참고.
22. Denise Escarpit, *La Littérature d'enfance et de jeunesse en Europe* (Paris: Presses Universitaires de France, 1981), pp. 39~40.

2장 이탈리아에서 동화의 기원을 찾다: 스트라파롤라와 바실레

1. 스트라파롤라와 바실레가 프랑스 동화 작가들에게 끼쳤던 영향에 대한 탁월한 연구를 보려면, Charlotte Trinquet, 'La Petite Histoire des Contes de Fées Littéraires en France (1690~1705),' (diss., University of North Carolina, Chapel Hill, 2001) 참고.
2. Giambattista Basile, *The Pentamerone of Giambattista Basile,* trans. N.M. Penzer, Vol. 1 (London: Bodley Head, 1932), 5. Bendetto Croce는 이 판본에 바실레의 생애와 작품에 대한 훌륭한 서문을 썼다.
3. Nancy Canepa, 'Basile e il Carnavalesco,' in *Giovan Battista Basile e l'invenzione della fiaba*, ed. Michelangelo Picone and Alfred Messerli (Ravenna: Longo Editore, 2004), pp.41~60 참고.
4. 영향에 대한 철저한 논의를 보려면, Trinquet, 'La Petite Histoire des Contes de Fées Littéraires (1690~1705)' 참고.

5. 최근에 오누아 부인(Madame D'Aulnoy)에 대한 관심이 늘면서, 오누아 부인을 1690년대 동화 유행을 암암리에 추동했던 인물로 인정하기 시작했다. Jean Mainil, *Madame d'Aulnoy et Le Rire des Fées: Essai sur la Subversion féerique et le Merveilleux Comique sous l'Ancien Régime* (Paris: Kimé, 2001); Anne Duggan, *Salonnières, Furies, and Fairies: The Politics of Gender and Cultural Change in Absolutist France* (Newark: University of Delaware Press, 2005); and Allison Stedman, 'D'Aulnoy's *Histoire d'Hypolite, comte de Dulgas* (1690): A Fairy-Tale Manifesto,' Marvels & Tales 19, no. 1 (2005): pp. 32~53 참고. 또한, Marvels & Tales 특집호 'Reframing the Early French Fairy Tale,' 19, no. 1 (2005), edited by Holly Tucker에 실린 탁월한 참고문헌 참고.

6. Joan DeJean, *Tender Geographies: The Politics of Female Authorship under the Late Ancien Régime* (New York: Columbia University Press, 1991) 참고.

7. Patricia Hannon, *Fabulous Identities: Women's Fairy Tales in Seventeenth-Century France* (Atlanta: Rodopi, 1998) 참고.

8. Norbert Elias, 'The Retreat of Sociologists into the Present,' *Theory, Culture & Society* 4 (1987): pp. 223~247 참고.

9. Ibid, p. 243.

10. Pierre Bourdieu, *Masculine Domination*, trans. Richard Nice (Stanford, CA: Stanford University Press, 2001), p. 11.

11. Michele Rak, 'Il Sisemta dei racconti nel *Cunto de le cunti* de Basile,' in *Giovan Battista Basile e l'innvenzione della fiaba*, ed. Michelangelo Picone and Alfred Messerli (Ravenna: Longo Editore, 2004), p. 13. 이탈리아어

12. Jack Zipes, ed., *The Great Fairy Tale Tradition: From Straparola and Basile to the Brothers Grimm* (New York: Norton, 2001), p. 106.

13. Ibid., p. 132.

14. Ibid., p. 205.

3장 동화, 문명화의 기준이 되다: 샤를 페로와 여성 작가들의 전복적 역할

1. Philippe Ariès, *Centuries of Childhood: A Social History of Family Life* (New York: Knopf, 1962), p. 43.

2. 이러한 유행을 다룬 좀 더 중요한 연구서를 연대순으로 살펴보면, Mary Elizabeth Storer, *La Mode des contes des fées* (1685~1700) (Paris: Champion, 1928); Jacques Barchilon, *Le Conte merveilleux français de 1690 à 1790* (Paris: Champion, 1975), Raymonde Robert, *Le conte de fées littéraire en France de la fin du XVIIe à la fin du XVIIIe siècle* (Nancy: Presses Universitaires de Nancy, 1982); Lewis Seifert, *Fairy Tales, Sexuality and Gender in France, 1690~1715: Nostalgic Utopias* (Cambridge:Cambridge University Press), Patricia Hannon, *Fabulous Identities: Women's Fairy Tales in Seventeenth-Century France* (Amsterdam: Rodopi, 1998): and Charlotte Trinquet, 'La Petite Histoire des Contes de Fées Littéraires en France (1690-1705)' (diss., University of North Carolina, Chapel Hill, 2001).
3. Allison Stedman, 'D'Aulnoy's *Histoire d'Hypolite, comte de Duglas* (1690): A Fairy-Tale Manifesto,' *Marvels & Tales 19*, no. 1 (2005): pp. 32~53 참고.
4. 이 시대를 포함해 프랑스 문학의 전통을 전반적으로 포괄하는 탁월한 선집을 보려면, Francis Lacassin, *Si les fees m'étaient contées… 140 contes de fées de Charles Perrault à Jean Cocteau* (Paris: Omnibus, 2003) 참고.
5. Gilbert Rouger, ed., *Contes de Perrault*, (Paris: Garnier, 1967), p. 3. 특별한 표시가 없는 경우는 필자의 번역이다.
6. Ibid., pp. 5~6.
7. Ibid., p. 89.
8. Robert Samber, *The Authentic Mother Goose Fairy Tales and Nursery Rhymes*, ed. Jacques Barchilon and Henry Petit (Denver: Swallow, 1960), pp. iv~v.
9. Edmund Jephcott, trans., *The History of Manners*, 2 vols. (New York: Urizen, 1978). 제2권은 출판 예정이다. 이 매혹적인 연구서는 처음 『*Über den Prozess der Zivilisation*』 (Basel: Haus zum Falken, 1939)으로 출판되었다. 제2차세계대전이 발발하고 저자가 독일을 떠나 어려움을 겪으면서 이 책은 별다른 주목을 받지 못했다. 1969년에 베른에서 Francke Verlag가 이 책을 재발견해 재출판했다. 그때부터 이 책은 유럽의 주요 사회학자들과 역사학자들에게 깊은 영향을 미쳤다. 참고 논문으로 Wolf Lepenies, 'Norbert Elias: an Outsider of Unprejudiced Insight', pp. 57~64 그리고 Andreas Wehowsky, 'Making Ourselves More Flexible Than We Are—Reflections on Norbert Elias,' pp. 65~82 그리고

George Mosse, pp. 178~183의 서평이 있으며, 세 논문 모두 *New German Critique*, 15 (Fall, 1978)에 실렸다.

10. Christian Zimmer, *Cinéma et politique* (Paris: Seghers, 1974), p. 138.

11. Norbert Elias, *The Civilizing Process* (New York: Urizen, 1978), p. xiii.

12. 페로(Perrault)의 생애와 작품에 대한 가장 철저하고 흥미로운 설명은 Marc Soriano의 *Les Contes de Perrault, Culture savante et traditions populaires* (Paris: Gallimard, 1968) 또한 그의 다른 책 *Le Dossier Perrault* (Paris: Hachette, 1972) 참고.

13. *The Civilizing Process*, p. 36. 또한 Donata Elschenbroich, *Kinder werden nicht geboren* (Bensheim: päd. extra, 1980).

14. Ibid., pp. 59~143.

15. Pierre Bourdieu, *La Distinction* (Paris: Minuit, 1979). 엘리아스(Elias)의 저서와 부르디외의 저서 사이에는 매우 중요한 연관이 있다. 두 저서 모두 문학이 사회적 태도와 행동을 실질적으로 구체화시키는 양상을 설명한다.

16. *The Civilizing Process,* p. 108.

17. Cf. Andrea Dworkin, *Woman Hating* (New York: Dutton, 1974) 그리고 Claudia Honnegger, *Die Hexen der Neuzeit. Studien zur Sozialgeschichte eines Kulturellen Deutungsmusters* (Frankfurt am Main: Suhrkamp, 1978) 그리고 Sylvia Bovenschen, 'The Contemporary Witch, the Historical Witch, and the Witch Myth,' *New German Critique* 15 (fall 1978): pp. 83~120 그리고 Hans Peter Duerr, *Traumzeit. Über die Grenze Zwischen Wildnis und Zivilisation* (Frankfurt am Main: Syndikat, 1978), pp. 13~90.

18. H. R. Trevor-Roper, 'The European Witch-Craze of the Sixteenth and Seventeenth Centuries,' in *Religion, the Reformation and Social Change* (London: Macmillan, 1967), pp. 90~192.

19. Cf. Michel Foucault, *Discipline and Punish* (New York: Pantheon, 1979).

20. Cf . Rudolf Zur Lippe, *Naturbeherrschung am Menschen*, 2 vols. (Frankfurt am Main: Suhrkamp, 1974).

21. *The Civilizing Process*, p. 143.

22. Lilyane Mourey, *Introduction aux Contes de Grimm et de Perrault* (Paris: Minard, 1978), p. 40.

23. *Contes de Perrault*, p. 102.

24. 필립 루이스(Philip Lewis)의 탁월한 저서, 『*Seeing Through the Mother Goose Talse: Visual Turns in the Writings of Charles Perrault*』(Stanford, CA: Stanford Unversity Press, 1996) 참고. 그는 페로의 사고방식과 문체가 데카르트 철학에 많은 것을 빚지고 있다고 설명했다.

25. 이 개념은 필자의 책 『*Breaking the Magic Spell: Radical Theories of Folk and Fairy Tales*』, 2nd rev. ed. (Lexington: University Press of Kentucky, 2000)에서 좀 더 철저하게 개진된다.

26. Cf. Paul Delarue, 'Le Petit Chaperon Rouge,' in *Le Conte Populaire Français*, vol. I (Paris: Editions Erasme, 1957), pp. 337~338; Marianne Rumpf, 'Rotkäppchen. Eine vergleichende Märchenuntersuchung' (Diss, Universität Göttingen, 1951) 그리고 'Ursprung und Entstehung von Warn-und Schreckmärchen,' *FF Communications*, 160 (1955): pp. 3~16; Marc Soriano, 'From Tales of Warning to Formulettes: The Oral Tradition in French Children's Literature,' *Yale French Studies*, 43 (1969), pp. 24~43; and Jack Zipes, *The Trials and Tribulations of Little Red Riding Hood*, 2nd ed. (New York: Routledge, 1993).

27. Elliott O'Donell, *Werewolves* (London: Methuen, 1912); Konrad Müller, *Die Werwolfsage* (Karlsruhe: Macklotsche, 1937) and Montague Summers, *The Werewolf*(Hyde Park: University Books, 1966) 참고.

28. Ibid.

29. Paul Delarue, *The Borzoi Book of French Folk Tales* (New York: Knopf, 1956), p. 383.

30. Yvonne Verdier, 'Grands-mères, sie vous saviez: le Petit Chaperon Rouge dans la tradition orale,' *Cahiers de Littérature Orale* 4 (1978): pp. 17~55.

31. *Traumzeit*, p. 82 (cited in *The Civilizing Process*; see note 16).

32. 무수한 신데렐라 판본들에 대한 철저한 연구를 보려면, Marian Roalfe Cox, *Cinderella: Three Hundred and Forty-Five Variants* (London: Publications of the Folklore Society, 1892) 참고. 가장 중요한 글은 제인 욜렌(Jane Yolen)의 논문 'America's Cinderella,' *Children's Literature in Education*, 8 (1977), pp. 21~29. 욜렌에 따르면, 민담에서 신데렐라는 적극적인 성격의 주인공으로서 긍정적인 방

식으로 그려지는데, 페로(Perrault)의 시대에 들어서면서부터 신데렐라의 모습이 왜곡되고 말았다. 이 동화가 모계사회에 토대를 두고 있음을 보여주는 연구로는 August Nitschke의 *Soziale Ordnungen im Spiegel der Märchen*, 2 vols. (Stuttgart: Frommann-Holzborg, 1977)와 Heide Göttner-Abendroth의 *Die Göttin und ihr Heros* (Munich: Frauenoffensive, 1980).

33. *Introduction aux contes de Grimm et de Perrault*, p. 36.

34. Bruno Bettelheim, *The Uses of Enchantment* (New York: Knopf, 1976), pp. 307~308.

35. *Le Conte merveilleux français de 1690 à 1790*, p. 10.

36. Cf. Foucault's *The History of Sexuality* (New York: Pantheon, 1979); Elias's *The Civilizing Process*, van Ussel's *Sexualunterdruckung: Geschichte der Sexualfeindschaft* (Giessen: Focus, 1977).

37. Heide Göttner-Abendroth, 'Matriarchale Mythologie', in *Weiblich-Männlich*, ed. Brigitte Wartmann (Berlin: Ästhetik & Kommunikation, 1980), p. 224. 또한 그의 책 *Die Göttin unà ihr Heros*, pp. 134~171 참고.

38. Cf. Detlev Fehling, *Armor und Psyche: Die Schöpfung des Apuleius und ihre Einwirkung auf das Märchen* (Wiesbaden: Steiner, 1977).

39. *Contes de Perrault*, p. 180.

40. Claudia Honegger, *Die Hexen der Neuzeit* 그리고 Sylvia Bovenschen, 'The Contemporary Witch, the Historical Witch, and the Witch Myth' (cited in *La Distinction*; see note 15) 참고.

41. Jeanne Roche-Mazon, *Autor des contes de fées* (Paris: Didier, 1968), pp. 61~91 참고.

42. 'Riquet à la houppe', in *Contes de fées du grand siècle*, ed. Mary Elizabeth Storer (New York: Publications of the Institute of French Studies, Columbia University, 1934), p. 78.

43. Jack Zipes, ed. and trans., 'The Ram,' in *Beauties, Beasts and Enchantment: Classic French Fairy Tales* (New York: New American Library, 1989), p. 399.

44. 오누아 부인은 남편과 문제가 많았고, 남편을 대단히 싫어했다. 부인은 남편의 범죄를 고발했고, 이로 인해 남편은 재판을 받았다. 그러나 소송이 부인에게 불리하게 돌아가 결국 파리에서 추방당했다. 남편에 대한 음모에 가담했던 부인의 공범

들 중 두 명은 참수를 당했다. 부인의 또 다른 친구인 티케 부인(Madame Ticquet)은 자기 남편을 죽인 죄로 처형을 당했다. 오누아 부인은 친구의 이 살인에 연관되어 있었는데, 간신히 목숨을 건졌다. Storer, *La Mode des contes de fées*, pp. 18~41 그리고 Jeanne Roche-Mazon, *En marge de 'l'Oiseau bleu'* (Paris: L'Artisan du Livre, 1930) 그리고 *Autor des contes de fées* 중에서 'Le voyage d'Espagne de Madame D'Aulnoy' 장의 pp. 7~20 참고.

45. 예를 들면 상인 가족이 시골로 이주하는 대목에서 르프랭스 드 보몽 부인(Mme Leprince de Beaumont)은 이렇게 말했다.

> 처음에 예쁜이는 그것을 어려워했다. 하인으로 일하는 데 익숙지 않았기 때문이다. 그러나 두 달이 채 지나기 전에 그녀는 그 어느 때보다 힘이 세지고 건강해졌다. 그녀는 일을 마친 뒤에 책을 읽거나 하프시코드를 연주하거나 뜨개질을 하면서 노래를 불렀다. 반면에 그녀의 두 언니는 시간을 어떻게 보내야 좋을지 몰랐다. 그들은 10시에 일어나서 하루 종일 아무것도 하지 않고 빈둥거렸고, 예쁜 옷과 친구들이 없다고 한탄했다.
> 그리고는 자신들의 막냇동생을 보면서 이렇게 말했다. "이렇듯 불행하고 암울한 상황에 만족하다니 얼마나 가련한 영혼인가".
> 하지만 착한 상인은 생각이 달랐다. 그는 예쁜이가 얼굴도 마음도 언니들보다 훨씬 아름답다는 것을 알고 있었고, 예쁜이의 겸손함과 부드러움을 존중했으며, 무엇보다 예쁜이의 인내심을 존중했다. 언니들은 집안일을 모두 예쁜이에게 떠넘길 뿐 아니라 예쁜이를 모욕했다.

46. *Beauty, Beasts and Enchantment: Classic French Fairy Tales*, p. 234 참고.

47. Ibid., p. 244.

4장 누가 그림 형제를 두려워하랴?

1. 민담을 다시 쓰거나 그림 형제가 쓴 고전 동화를 다시 쓰는 유행은 계속 있어왔다. 그러나 최근의 경향은 그 규모면에서는 독일을 벗어나 국제화되었고, 의도면에서는 좀 더 정치화되었다. 몇 가지 예를 들면 Jay Williams, *The Practical Princess and Other Liberating Fairy Tales* (London: Chatto & Windus, 1979); 스웨덴에서 처음

나온 Astrid Lindgren, *Märchen* (Hamburg: Oetingen, 1978); Fairy Story Collective의 *The Prince and the Swineherd, Red Riding Hood,* and *Snow White* (Liverpool, 1976), Merseyside Women's Liberation Movement의 여성들이 출판한 동화집 세 권 등이 있다. 이러한 국제적 추세에 대해서는 이 책의 8장 '판타지가 우리를 자유케 하리라' 에서 다루겠다.

2. 나는 서독에서의 전개 과정으로 관심을 제한한다. 동독에서 동화에 대한 공식 입장은 1949년 이래로 여러 단계를 거치며 변해왔다. 초기에는 동화를 거부했지만, 시간이 가면서 동화가 현실 문제에 의문을 제기하지 않는다는 조건 하에 동화에 대한 호의적인 정책을 마련했다. 따라서 그림 형제가 쓴 옛날 동화는 동화에 어울리는 인정을 받은 반면에, 국가와 사회화를 비판하며 정치적인 방식으로 동화를 재활용하는 시도들은 용인되지 않았다. Sabine Brandt, 'Ropkäppchen und der Klassenkampf,' *Der Monat* 12 (1960), pp. 64~74 참고. 동독과 서독에서의 전개 양상에 관해 좀 더 확장된 논의를 펼친 나의 글: 'The Struggle for the Grimms' Throne: The Legacy of the Grimms' Tales in the FRC and GDR since 1945,' in *The Reception of Grimms Fairy Tales: Responses, Reactions, Revisions,* ed. Donald Haase (Detroit: Wayne State University Press, 1993), pp. 167~206.
3. Dieter Richter and Jochen Vogt, eds., *Die heimlichen Erzieher, Kinderbücher und poltisches Lernen* (Reinbek bei Hamburg: Rowohlt, 1974), and Linda Dégh, 'Grimms' Household Tales and Its Place in the Household: The Social Relevance of a Controversial Classic,' *Western Folklore* 38 (April 1979), pp. 83~103 참고.
4. Erich Kaiser, '"Ent-Grimm-te" Märchen,' *Westermanns Pädagogische Beiträge*, 8 (1975), pp. 448~459 and Hildegard Pischke, 'Das veränderte Märchen,' *Literature für Kinder*, ed. Maria Lypp (Göttingen: Vandehoeck & Ruprecht, 1977), pp. 94~113 참고.
5. *Die älteste Märchensammlung der Brüder Grimm*에서 Heinz Rölleke가 그림 형제의 1810년 수고에 덧붙인 서론과 논평 (Cologny-Geneva: Fondation Martin Bodmer, 1975); Werner Psaar and Manfred Klein, *Wer hat Angst vor der bösen Geiss?* (Braunschweig: Westermann, 1976), pp. 9~30; *Kinder- und Hausmärchen gesammelt durch die Brüder Grimm,* Vol. I (Frankfurt am Main: Insel, 1976), pp. 9~18 참고.

6. Weber-Kellermann, *Kinder- und Hausmärchen gesammelt durch die Brüder Grimm*, Vol. I, p. 14.
7. Ibid., pp. 23~24. 그림 형제의 1819년 서문에서 따온 것이다.
8. Ibid., p. 24.
9. Rölleke ed., *Die älteste Märchensammlung der Brüder Grimm*, p. 144. 이 장에 나온 모든 번역은 특별한 언급이 없을 경우 필자의 번역이다. 텍스트의 역사적 속성을 기록하기 위해 가능한 한 문자 그대로 번역했다.
10. Ibid., p. 145.
11. *Kinder- und Hausmärchen gesammelt durch die Brüder Grimm*, pp. 35~36.
12. Gilbert Rouger, ed., *Contes de Perrault* (Paris: Garnier, 1967), p. 113.
13. Brüder Grimm, *Kinder- und Hausmärchen. In der ersten Gestalt.* (Frankfurt am Main, 1962), p. 78.
14. Carol Hanks and D. T. Hanks Jr., 'Perrault's "Little Red Riding Hood": Victim of Revision,' *Children's Literature*, 7 (1878), p. 68.
15. 페로와 그의 시대에 대한 최고의 분석을 보려면, Marc Soriano, *Les Contes de Perrault* (Paris: Gallimard, 1968) 참고.
16. sittsam이라는 단어는 1857년 판에서 사용되었고, 순결과 정숙, 바른 행실 등의 의미를 가진다.
17. *Die älteste Märchensammlung der Brüder Grimm*, pp. 246, 248 (see note 5).
18. Ibid., pp. 249, 251.
19. Ibid., p. 250.
20. Psaar and Klein, *Wer hat Angst vor der bösen Geiss?* pp. 112~136.
21. *The Uses of Enchantment: The Meaning and Importance of Fairy Tales* (New York: Knopf, 1976) 참고. Bettelheim의 입장에 대한 비판을 보려면, James W. Heisig, 'Bruno Bettelheim and the Fairy Tales,' *Children's Literature*, 6 (1977), pp. 93~114 그리고 *Breaking the Magic Spell: Radical Theories of Folk and Fairy Tales* (London: Heinemann, 1979)에서 'On the Use and Abuse of Folk and Fairy Tales: Bruno Bettelheim's Moralistic Magic Wand' 장의 pp. 160~182 참고.
22. Helmut Fend, *Sozialisation durch Literatur* (Weinheim: Beltz, 1979), p. 30의 주장은 다음과 같다.

사회화는 문화적 객체화의 재주체화 과정으로 밝혀진다. 고도로 복잡한 문화와 사회에서 사회화는 자연적인 문제들을 해결하기 위한 일반적인 세계 이해와 인간의 일반적인 자기 이해를 수반하는 동시에 복잡한 기호 체계와 고도의 지식 형태를 배우는 과정을 수반한다. 문화적 객체화의 재주체화 과정을 통해서 의식의 구조들, 곧 주관적 의미의 세계들이 구축된다. 심리학은 사회화를 형식적으로 이해한다. 심리학에서 말하는 사회화는 특수한 내용으로부터의 추상화 과정이며, 따라서 인식의 구성과 인식 지도의 구성, 내면화 과정 등을 거론한다. 문화적 패턴이 몸에 배는 방식을 설명할 때, 문제가 되는 것은 어떤 사람이 어떤 사회에서 모종의 하위 영역의 어떤 문화 안에서 스스로를 어떻게 개념화하는가, 어떠한 기술을 갖고 있고 어떠한 해석 패턴을 취하는가, 어떤 규범과 가치를 받아들이는가 등이라고 할 수 있다. 일반적으로 사회화 과정이 진행되면 해석학에서 '이해'라고 정의하는 사태가 발생한다. 여기서 이해란 언어로 전달된 의미의 해석적 전유를 뜻한다. 단, 언어로 전달된 의미는 삶의 사회적·역사적 형식을 대표한다. 물론 이러한 이해는 사회 계급에 구속받는 차별화된 발전 과정을 따른다.

23. Richard Hoggart, *The Uses of Literacy* (London: Chatto & Windus, 1957) 참고. R. A. Houston, *Literacy in Early Modern Europe: Culture and Education 1500~1800*, 2nd ed. (London: Longman, 2002).
24. Rudolf Schenda, *Volk ohne Buch*(Frankfurt am Main: Klostermann, 1970).
25. Emanuel K. Schwartz, 'A Psychoanalytical Study of the Fairy Tale,' *American Journal of Psychotherapy*, 10 (1956), p. 755. 또한 Julius E. Heuscher, *A Psychiatric Study of Fairy Tales* (Springfield, Illinois: Thomas, 1963) 참고.
26. 이 말은 Victor Laruccia의 탁월한 논문 'Little Red Riding Hood's Metacommentary: Paradoxical Injunction, Semiotics and Behavior,' *Modern Language Notes*, 90 (1975), pp. 517~534에 나온다. p. 520의 Laruccia의 주장은 다음과 같다.

모든 메시지에는 명령과 보고라는 두 가지 측면이 있다. 명령은 발신자와 수신자의 관계의 속성과 관련된 메시지이며, 보고는 내용의 메시지다. 여기서는 이 두 메시지가 어떻게 관련되는가를 고려하는 것이 중요하다. 이 둘 사이의 관계는 모든 공동체에서 이루어지는 모든 목표지향적 활동에서 중심에 놓인다. 인간의 목적은 언제나 타인과의 관계를 수반하기 때문이다.

Laruccia의 논문에는 그림 형제의 동화에서 남성 지배와 주인 대 노예의 관계가 기능하는 방식에 대한 논의도 들어 있다.

27. Dieter Richter ed., *Das politische Kinderbuch* (Darmstadt: Luchterhand, 1973) 참고. Kurd Lasswitz 같은 작가는 19세기 말에 정치적 동화를 창작하기 시작했다. 바이마르 시대에 출판된 최초의 정치동화집 가운데 하나는 Ernst Friedrich, ed., *Proletarischer Kindergarten* (Berlin: Buchverlag der Arbeiter-Kunst-Ausstellung, 1921)로, 단편소설과 시도 포함되어 있다.
28. 이들 작가들은 모두 1920년대에서 1930년대 전반까지 정치 동화를 쓰거나 정치 동화에 대한 글을 썼다. 이 목록에 Ernst Bloch, Bruno Schönlank, Berta Lask, Oskar Maria Graf, Kurt Held, Robert Grötzsch, Bertolt Brecht 등 많은 다른 이름을 덧붙일 수 있다. 이런 전개 과정에 대해 씌어지지 않은 역사와는 별도로 여기서 기억해야 할 가장 중요한 사실은 오늘날의 작가들이 이 시대를 돌아보기 시작했다는 점이다.
29. 나의 논문 'Down with Heidi, Down with Struwwelpeter, Three Cheers for the Revolution: Towards a New Children's Literature in West Germany,' *Children's Literature, 5* (1976), pp. 162~179 참고.
30. 베히터(Waechter)는 오늘날 독일에서 가장 재능 있는 작가이자 삽화가로 꼽히며, 다음과 같은 책으로 특히 유명하다: *Der Anti-Struwwelpeter* (1973), *Wir könnon noch viel zusammenmachen* (1973), *Die Kronenklauer* (1975), *Die Bauern im Brunnen* (1978).
31. 『*Der Feuerdrache Minimax*』를 출판한 곳은 Reinbek bei Hamburg에 있는 Rowohlt다. 앙겔라 호프(Angela Hopf)는 *Fabeljan* (1968), *Die grosse Elefanten-Olympiade* (1972), *Die Minimax-Comix* (1974), *Der Regentropfen Pling Plang Pling* (1981) 등 정치적 동화와 관련된 흥미로운 책들을 여러 권 집필했다.
32. 이 책의 철저하고 통찰력 있는 분석에 대해서는 Hermann Hinkel and Hans Kammler, 'Der Feuerdrache Minimax—ein Märchen?—ein Bilderbuch,' *Die Grundschule* 3 (1975), pp. 151~160 참고.
33. 동화와 관련된 가장 흥미로운 연구서로 Dieter Richter and Johannes Merkel, *Märchen, Phantasie und soziales Lernen* (Berlin: Basis, 1974); Andrea Kuhn,

Tugend und Arbeit. Zur Sozialisation durch Kinder-und Jugendliteratur im 18. Jahrhundert (Berlin: Basis, 1975); and Andrea Kuhn und Johannes Merkel, *Sentimentalität und Geschäft. Zur Sozialisation durch Kinder-und Jugendliteratur im 19. Jahrhundert* (Berlin: Basis, 1977) 등이 있다.

34. *Janosch erzählt Grimms Märchen*을 출판한 곳은 Weinheim에 있는 Beltz & Gelberg이다. 야노슈(Janosch)의 본명은 호르스트 에케르트(Horst Eckert)이며, 서독에서 가장 독창적이고 자극적인 어린이책 삽화가이자 작가로 꼽히고 있다. 그의 많은 책 가운데 가장 중요한 책으로는 *Das Auto heisst Ferdinand* (1964), *Wir haben einen Hund zu Haus* (1968), *Flieg Vogel flieg* (1971), *Mein Vater ist König* (1974), *Das grosse Janosch-Buch* (1976), *Ich sag, du bist ein Bär* (1977), *Oh, wie schön ist Panama* (1978), *Die Maus hat rote Strümpfe an* (1978) 등이 있다.

35. 1972년 독일청소년도서상을 수상한 *Erstes Jahrbuch der Kinderliteratur. 'Geh und spiel mit dem Riesen,'* ed. Hans-Joachim Gelberg (Weinheim: Beltz, 1971)가 좋은 예다.

36. 동화 중 다수가 겔베르크(Gelberg)가 편찬한 다른 책들이나 그밖의 책들에 실려 있는 것을 보면, 동화를 가공하는 작업이 크게 유행했다는 사실을 알 수 있다.

37. 브렌더(Brender)와 퀸츨러(Künzler)의 동화 번역이 나의 책 *Breaking the Magic Spell*, pp. 180~182에 실려 있다.

38. 특히 그멜린(Gmelin)은 동화의 가치를 꼼꼼히 따지는 데 적극적이었고, 지난 18년 사이에 자신의 입장을 바꾸었다. Otto Gmelin, 'Böses kommt aus märchen,' *Die Grundschule* 3 (1975), pp. 125~132 참고.

39. Lerche and Gmelin, *Märchen für tapfere Mädchen* (Giessen: Schlot, 1978), p. 16.

5장 한스 크리스티안 안데르센과 피지배층 담론

1. 'Er kam mir vor, wie ein Schneider; er sieht auch wirklich ganz so aus. Er ist ein hagerer Mann mit einem hohlen, eingefallenen Gesichte und verrät in seinem äuβeren Anstande ein ängstliches, devotes Benehmen, so wie die Fürsten es gern lieben. Daher hat Andersen auch bei allen Fürsten eine so glänzende Aufnahme gefunden. Er repräsentiert vollkommen die Dichter

wie die Fürsten sie gern haben wollen,' Heinrich Teschner, 'Hans Christian Andersen und Heinrich Heine: Ihre literarischen und persönlichen Beziehungen" (diss., Münster: Westfällische Vereinesdruckerei, 1914), pp. 177~178.

2. Niels Kofoed, 'Hans Christian Andersen and the European Literary Tradition,' in *Hans Christian Andersen: Danish Writer and Citizen of the World* (Amsterdam: Rodopi, 1996), pp. 216~217.
3. Elias Bresdorff, *Hans Christian Andersen: The Story of His Life and Work* (London: Phaidon, 1975), p. 152.
4. Ibid., p. 179. 안데르센(Andersen)의 편지와 일기를 보면 이와 같은 진술을 많이 볼 수 있다. *Hans Christian Andersen's Correspondence with the Late Grand-duke of Saxe-Weimar, Charles Dickens, Etc.*, ed. Frederick Crawford (London: Dean, 1891); *The Diaries of Hans Christian Andersen*, ed. Patricia Conroy and Sven Rossel (Seattle: University of Washington Press, 1990); *Das Märchen meines Lebens. Briefe. Tagebücher*, ed. Erling Nielsen (Munich: Winkler, 1961); and *Aus Andersens Tagebüchern*, ed. Heinz Barüske, 2 vols. (Frankfurt am Main: Fischer, 1980).
5. Ibid., pp. 132~133.
6. Noëlle Bisseret, *Education, Class Language and Ideology* (London: Routledge Kegan Paul, 1979), pp. 1~2.
7. Jeffrey M. Blum, *Pseudoscience and Mental Ability* (New York: Monthly Review Press, 1978) 그리고 Stephan L. Chorover, *From Genesis to Genocide: The Meaning of Human Nature and the Power of Behavior Control* (Cambridge: MIT Press, 1979) 참고.
8. 유럽에서의 전개 과정 전반에 대해서는 Jürgen Habermas, *Strukturwandel der Öffentlichkeit. Untersuchungen zu einer Kategorie der bürgerlichen Gesellschaft.* (Neuwied: Luchterhand, 1962) 그리고 Charles Morazé, *The Trìumph of the Middle Classes, A Political and Social History of Europe in the Nineteenth Century* (London: Weidenfeld and Nicolson, 1966) 참고. 덴마크에 대해서는 W. Glyn Jones, *Denmark* (New York: Praeger, 1968) 참고.
9. Michel Foucault, *Discipline and Punish*(New York: Pantheon, 1968).

10. *Education, Class Language and Ideology*, p. 26.
11. *Hans Christian Andersen*, p. 54.
12. Ibid., p. 69.
13. Cf. *The Fairy Tale of My Life*, trans. W. Glyn Jones (New York: British Book Centre, 1955). 안데르센은 평생 동안 세 권의 주요 자서전을 집필했고, 세 권 모두 사실의 왜곡과 과장으로 점철되어 있다.
14. *Denmark*, pp. 66~67.
15. Cf. Paul V. Rubow, 'Idea and Form in Hans Christian Andersen's Fairy Tales,' in *A Book on the Danish Writer Hans Christian Andersen*, ed. Svend Dahl and H. G. Topsøe-Jensen (Copenhagen: Det Berlingske Bogtrykkeri, 1955), pp. 97~136.
16. *Education, Class Language and Ideology*, pp. 63~64.
17. Ibid., p. 65.
18. Bengt Holbek, 'Hans Christian Andersen's Use of Folktales,' in *A Companion to the Fairy Tale*, ed. Hilda Ellis Davidson and Anna Chaudri (Cambridge: D. S. Brewer, 2003), p. 153.
19. Finn Hauberg Mortensen, *A Tale of Tales: Hans Christian Andersen and Children's Literature*, III부와 IV부 (Minneapolis: Center for Nordic Studies, University of Minnesota, 1989), pp. 16~17.
20. Lutz Röhrich, 'Dankbarer Toter (AaTh-508),' in *Enzyklopädie des Märchens*, ed. Kurt Ranke, vol. 3 (Berlin: De Gruyter, 1999), pp. 306~322 참고.
21. Antti Aarne and Stith Thompson, *The Types of the Folktale*, 2nd rev. ed. (Helsinki: Suomalainen Tiedeaktatemia, 1991), pp. 171~175.
22. 'Hans Christian Andersen's Use of Folktales', p. 155.

6장 희망이 세상을 바꾼다: 조지 맥도널드, 오스카 와일드, 프랭크 봄의 동화들

1. Cf. Jürgen Habermas, *Strukturwandel der Öffentlichkeit* (Berlin: Luchterhand, 1962). English translation: *The Structural Transformation of the Public Sphere,* trans. Thomas Burger (Cambridge, MA: MIT Press, 1989).
2. Brian Alderson 'Tracts, Rewards and Fairies,' in *Essays in the History of*

Publishing, ed. Asa Briggs (London: Longman, 1977), pp. 248~282. 또한 Roger Lancelyn Green, *Tellers of Tales* (London: Ward, 1965), pp. 23~73 참고.

3. Jonathan Cott, *Beyond the Looking Glass: Extraordinary Works of Fairy Tale and Fantasy* (New York: Stonehill, 1973). See also Jack Zipes, ed., *Victorian Fairy Tales* (New York: Methuen, 1987); Michael Patrick Hearn, ed., *The Victorian Fairy Book* (New York: Pantheon, 1988); and Nina Auerbach and Ulrich Knoepfelmacher, eds., *Forbidden Journeys: Fairy Tales and Fantasies by Victorian Woman Writers* (Chicago: University of Chicago, 1993).
4. *Byond the Looking Glass*, p. xlvi.
5. Michel Butor, 'On Fairy Tales,' in *European Literary Theory and Practice*, ed. Vernon W. Gras (New York: Delta, 1973), p. 352.
6. Rosemarry Jackson, *Fantasy: The Literature of Subversion* (London: Methuen, 1981), p. 91.
7. Ibid., p. 33.
8. Ibid., p. 35.
9. Ibid.
10. 맥도널드(MacDonald)의 생애에 대한 폭넓은 논의를 보려면, Greville MacDonald, *George MacDonald and His Wife* (New York: Dial, 1924) 그리고 Richard H. Reis, *George MacDonald* (New York: Twayne, 1972) 참고.
11. *George MacDonald*, p. 45.
12. *Unspoken Sermons*, Second Series (London: Longmans, Green, 1885), p. 49.
13. Quoted in Reis, *George MacDonald*, p. 43에서 인용.
14. *The Complete Fairy Tales of George MacDonald*, intr. Roger Lancelyn Green (New York: Schocken, 1977), p. 17.
15. Ibid., p. 35.
16. MacDonald의 작품에 나타난 성적 함의에 대한 철저하고 고무적인 정신분석학적 검토를 보려면, Robert Lee Wolff, *The Golden Key: A Study of the Fiction of George MacDonald* (New Haven, CT: Yale University Press, 1961) 참고.
17. *The Complete Fairy Tales of George MacDonald*, p. 267.
18. Ibid., p. 271.
19. E. H. Mikhail, *Oscar Wilde: An Annotated Bibliography of Criticism* (Totowa, New

Jersey: Rowman and Littlefield, 1978) 그리고 H. Montgomery Hyde, *Oscar Wilde* (London: Methuen, 1977), pp. 520~531의 유용한 참고 문헌 참조.

20. Philippe Jullian, *Oscar Wilde* (London: Paladin, 1971), p. 62.

21. George Woodcock, *The Paradox of Oscar Wilde* (London: T. V. Boardman, 1949), p. 139.

22. Cf. Jullian, *Oscar Wilde*, pp. 283~297 그리고 Hyde, *Oscar Wilde*, pp. 376~410.

23. Isobel Murray, *Introduction to Oscar Wilde, Complete Shorter Fiction* (Oxford: Oxford University Press, 1979)에 덧붙인 서론. pp. 10 ~11.

24. Oscar Wilde, *The Soul of Man under Socialism*, ed. Robert Ross (London: Humphreys, 1912), p. 18.

25. Ibid., p. 32.

26. Ibid., p. 43.

27. Ibid., p. 45.

28. Ibid., p. 92.

29. Ibid., p. 97.

30. Andersen과 Wilde의 주요한 이데올로기적 차이에 대한 Volker Klotz의 탁월한 소논문 'Wie Wilde seine Märchen über Andersen hinwegerzählt,' in *Der zerstückte Traum: Für Erich Arendt zum 75. Geburtstag*, ed. Gregor Laschen and Manfred Schlosser (Berlin: Agora, 1978), pp. 219~228 참고.

31. *Complete Shorter Fiction*, p. 182.

32. 'Wie Wilde seine Märchen über Andersen hinwegerzählt,' pp. 225~228 참고.

33. *Complete Shorter Fiction*, p. 252.

34. Frank Joslyn Baum과 Russel P. MacFall, *To Please a Child: A Biography of L. Frank Baum* (Chicago: Reilly & Lee, 1961) 참고. 중요한 전기적·역사적 자료가 들어 있다.

35. Aljean Harmetz, *The Making of the Wizard of Oz* (New York: Knopf, 1978) 참고.

36. Frank Joslyn Baum과 Russel P. MacFall의 전기 외에 Raylyn Moore의 *The Wonderful Wizard, Marvelous Land* (Bowling Green, OH: Bowling Green University Press, 1974)는 Baum의 생애에 대한 연구에 귀중한 통찰을 제공한다.

37. Henry M. Littlefield, 'The Wizard of Oz: Parable on Populism,' *American*

Culture, ed. Hennig Cohen (New York: Houghton Mifflin, 1968), pp. 370~381에 포함. 또한 Fred Erisman, 'L. Frank Baum and the progressive Dilemma,' *American Quarterly*, 20 (Fall 1968), pp. 616~623 참고.
38. Ibid., pp. 373, 380.
39. 많은 평자들이 Baum에 대한 미국 사서들의 검열을 논했다. 특히 Martin Gardener와 Russel B. Nye, *The Wizard of Oz and Who He Was* (East Lansing: Michigan State University Press, 1957) 참고. 이 연구서는 미국 문화에서 Baum이 가지는 의의를 재확립한 최초의 저작 중 하나다.
40. L. Frank Baum, *The Emerald City* (New York: Ballantine, 1979), p. 22. 1910년 초판 재인쇄.
41. 2부작 논문 'The Wizard of the "Wizard"', *New York Review of Books*, September 29, 1977, pp. 10~15 그리고 'On Rereading the Oz Books,' *New York Review of Books*, October 13, 1977, pp. 38~42 참고.
42. Marius Bewley, 'The Land of Oz: America's Great Good Place,' in *Masks and Mirrors* (New York: Atheneum, 1970), pp. 255~267 참고.
43. 'On Rereading the Oz books,' p. 42.

7장 동화 담론을 둘러싼 투쟁: 바이마르 공화국과 나치 독일의 가족, 마찰, 사회화

1. 지난 15년 동안 바이마르 시대와 나치 시대의 문학과 문화에 대한 연구가 그야말로 홍수를 이루었다. 그러나 동화의 중요성에 대한 연구는 하나도 없었다. 참고 자료와 배경 자료를 제공하는 최고의 저서로는 George Mosse, *Nazi Culture: Intellectual and Social Life in the Third Reich* (London: W. H. Allen, 1966); Peter Gary, *Weimar Culture: The Outsider as Insider* (London: Secker & Warburg, 1969); Wolfgang Rothe, ed., *Die deutsche Literatur in der Weimarer Republik* (Stuttgart: Reclam, 1974); Horst Denkler and Karl Prümm, *Die deutsche Literatur im Dritten Reich* (Stuttgart: Reclam, 1976); Jost Hermand and Frank Trommler, *Die Kultur der Weimarer Republik* (Munich: Nymphenburg, 1978); John Willett, *The New Sobriety, 1917~1933: Art and Politics in the Weimar Period* (London: Thames and Hudson, 1978); and Ernst Alker, *Profile und Gestalten der deutschen Literatur nach 1914*, ed. Eugen Thurnher (Stuttgart: Kröner, 1979)

등을 들 수 있다.

2. 이러한 논쟁을 가장 철저하게 다룬 책은 Ulrike Bastian, *Die Kinder-und Hausmärchen der Brüder Grimm in der literaturpädagogischen Diskussion des 19. und 20. Jahrhunderts* (Giessen: Haag & Herchen, 1981). 또한 Bernd Dolle, 'Märchen und Erziehung. Versuch einer historischen Skizze zur didaktischen Verwendung Grimmscher Märchen,' in *Und wenn sie nicht gestorben sind. (…) Perspektiven auf das Märchen*, ed. Helmut Brackert (Frankfurt am Main: Suhrkamp, 1980), pp. 165~192 참고.
3. 그밖에 중요한 연구서로 Ernst Linde, *Die Bildungsaufgabe der deutschen Dichtung* (Leipzig: Brandstetter, 1927); Alois Jalkotzy, *Märchen und Gegenwart* (Vienna: Jungbrunnen, 1930); Alois Kunzfeld, *Vom Märchenerzähler und Märchenillustrieren* (Vienna: Deutscher Verlag für Jugend und Volk, 1926); Max Troll, *Der Märchenunterricht* (Langensalza: Beyer, 1928); and Walter Wenk, *Das Volksmärchen als Bildungsgut* (Langensalza: Beyer, 1929) 참고.
4. Ernst Bloch, 'Das Märchen geht selber in der Zeit' (1930) in *Die Kunst, Schiller zu sprechen und andere literarische Aufsätze* (Frankfurt am Main: Suhrkamp, 1969), pp. 10~14 참고. 이 논문의 번역과 내용에 대해서는 Jack Zipes, 'The Utopian Function of Fairy Tales and Fantasy: Ernst Bloch the Marxist and J. R. R. Tolkien the Catholic,' in *Breaking the Magic Spell: Radical Theories of Folk and Fairy Tales* (London: Heinemann, 1979) 참고. All Bloch's essays on fairy tales can be found in Ernst Bloch, *The Utopian Function of Art and Literature*, trans. Jack Zipes and Frank Mecklenburg (Cambridge, MA: MIT Press, 1988).
5. Walter Benjamin 'Der Erzähler,' in *Gesammelte Schriften*, vol. 2, ed. Rolf Tiedemann and Hermann Schweppenhäuser (Frankfurt am Main: Suhrkamp, 1977), pp. 438~465 참고. 번역본으로는 Walter Benjamin, 'The Storyteller,' in *Illuminations*, trans. Harry Zohn (New York: Harcourt Brace, 1968) 참고.
6. Helmut Mörchen, 'Notizen zu Wolgast,' in *Literatur für Kinder*, ed. Maria Lypp (Göttingen: Vandenhoeck & Ruprecht, 1977), pp. 13~20 참고.
7. Edwin Hoernle, 'Die Arbeit in den kommunistischen Kindergruppen' (1923),

in *Das Politische Kinderbuch*, ed. Dieter Richter (Darmstadt: Luchterhand, 1973), pp. 220~221.

8. Christa Kamenetsky, 'Folktale and Ideology in the Third Reich', *Journal of American Folklore*, 90 (1977), p. 169. 또한 Christa Kamenetsky, 'Folklore as a Political Tool in Nazi Germany', *Journal of American Folklore*, 85 (1972), pp. 221~235 참고.
9. 그 무렵의 경향에 대한 좀 더 많은 정보를 얻으려면, Peter Aley, *Jugendliteratur im Dritten Reich* (Gütersloh: Bertelsmann, 1967); Wolfgang Emmerich, *Germanistische Volkstumsideologie, Genese und Kritik der Volksforschung im Dritten Reich* (Reutlingen: Tübingen Vereinigung für Volkskunde, 1968) 참고. 동화와 영화에 대한 많은 기사 중 두 편을 보자면, Adolf Reichwein, 'Märchen und Film,' *Film und Bild*, 2 (April 10, 1926), pp. 114~118; Max Meurer, 'Das Märchen in Bild und Film, von der Schule aus gesehen,' *Film und Bild*, 5 (May 15, 1939), pp. 121~124 참고.
10. Josef Prestel, *Märchen als Lebensdichtung* (Munich: Hueber, 1938), p. 86.
11. *Jugendliteratur im Dritten Reich*, p. 102에서 인용.
12. Irene Dyhrenfurth, *Geschichte des deutschen Jugendbuches* (Zurich: Atlantis, 1967), p. 262 참고.
13. Hartmut Greerken, *Die goldene Bombe* (Darmstadt: Agora, 1970). *Fischer-Taschenbuch* (Frankfurt am Main: Fischer, 1979)로 재출간.
14. Christoph Eykmann, 'Das Märchen im Expressionismus,' in *Denk-und Stilformen des Expressionismus* (Munich: Fink, 1974), p. 126.
15. 'Folktale and Ideology in the Third Reich', p. 177 참고.
16. Max Lüthi, 'Familie und Natur im Märchen,' in *Volksliteratur und Hochliteratur* (Bern: Francke, 1970), pp. 63~78.
17. Ibid., p. 77.
18. Eleasar Meletinsky, 'Die Ehe im Zaubermärchen,' *Acta Ethnographica Academiae Scientarum Hungaricae*, 19 (1970), p. 288.
19. Mark Poster, *Critical Theory of the Family* (London: Pluto, 1978).
20. Ibid., p. 155.
21. Ibid.

22. Charlotte Bühler, *Das Märchen und die Phantasie des Kindes* (Berlin: Springer, 1977), pp. 27~29. 1919년에 Josephine Belz의 논문과 함께 재인쇄.

23. Ingeborg Weber-Kellermann, *Die deutsche Familie* (Frankfurt am Main: Suhrkamp, 1974), pp. 176~192.

24. Renate Bridenthal, 'Something Old, Something New: Women in Nazi Germany' and Claudia Koonz, 'Mothers in the Fatherland: Women in Nazi Germany,' in *Becoming Visible: Women in European History*, ed. Renate Bridenthal and Claudia Koonz (Boston: Houghton Mifflin, 1977), pp. 422~444, 445~471; and Jill McIntyre Stephenson, *Women in Nazi Society* (New York: Barnes and Nobles, 1976) 참고.

25. Ernest Bloch, 'Non-Synchronism and the Obligation to Its Dialectics,' *New German Critique*, 11 (Spring 1977), pp. 22~38 참고. 또한 *New German Critique* 같은 호에 실린 Anson Rabinbach의 비동시성 분석 'Ernst Bloch's Heritage of Our Times And the Theory of Fascism,' pp. 5~21도 중요하다.

26. 동화를 급진화함으로써 사회적인 의미에서 아이들에게 적절하게 만들려는 수많은 노력이 있었다. 추어 뮐렌(Zur Mühlen), 쇤랑크(Schönlank), 테츠너(Tetzner)의 작품은 이러한 운동의 가장 훌륭한 사례에 속한다. 그밖의 중요한 작가와 작품을 보려면, Berta Lask, Karl Ewald, Robert Grötzsch의 동화를 묶은 Ernst Friedrich, ed., *Proletarischer Kindergarten, Ein Märchen-und Lesebuch für Gross und Klein* (Berlin: Buchvelag der Arbeiter-Kunst-Austellung, 1921); Bela Balázs, *Das richtige Himmelblau* (Munich: Drei-Masken Verlag, 1925) and *Sieben Märchen* (Vienna: Rikola, 1921); Robert Grotzsch, *Der Zauberer Burufu* (Berlin: Dietz, 1922); Bela Illes, *Rote Märchen* (Leipzig: Freidenker-Verlag, 1925); Kurd Lasswitz, *Traumkristalle* (Berlin: Emil Felber, 1928); József Lengyel, *Sternekund und Reinekind* (Dresden: Verlags-Anstalt proletarischer Freidenker Deutschlands, 1923); Eugen Lewin-Dorsch, *Die Dollarmännchen* (Berlin: Malik, 1923); Irene Rona, *Was Paulchen werden will* (Berlin: Vereinigung Internationaler Verlagsanstalten, 1926); Maria Szucisich, *Die Träume des Zauberbuches* (Dresden: Verlags-Anstalt proletarischer Freidenker Deutschlands, 1923), and *Silavus* (Berlin: Malik, 1924); and Julius Zerfass, *Die Reise mit dem Lumpensack* (Berlin: Dietz, 1925) 참고.

27. Hermann Stehr, *Das Märchen vom deutschen Herzen* (Berlin: Horen, 1929), p. 13.
28. Hans Friedrich Blunck, *Gesammelte Werke*, 10 vols. (Hamburg: Hanseatische Verlagsanstalt, 1937) 참고.
29. Ibid., Vol. 8, p. 32.
30. Ibid., Vol. 8, p. 34.
31. Ernst Wiechert, *Sämtliche Werke*, vol. 8 (Vienna: Desch, 1957), p. 9.
32. Ibid., pp. 212~213.

8장 판타지가 우리를 자유케 하리라: 현대의 아동 동화

1. Claire R. Farrer, ed., *Women and Folklore* (Austin: University of Texas Press, 1975); Madonna Kolbenschlag, *Kiss Sleeping Beauty Good-bye: Breaking the Spell of Feminine Myths and Models* (New York: Doubleday, 1979); Marcia Lieberman, '"Some Day My Prince Will Come"; Female Acculturation through the Fairy Tale,' *College English*, 34 (1972), pp. 383~395; Allison Lurie, 'Fairy Tale Liberation,' *New York Review of Books*, December 17, 1970, 42; Heather Lyons, 'Some Second Thoughts on Sexism in Fairy Tales,' in *Literature and Learning*, ed. Elizabeth Grugeon and Peter Walden (London: Ward LockEducational, 1978), pp.42~58; Robert Moore, 'From Rags to Witches: Stereotypes, Distortions and Anti-Humanism in Fairy Tales,' *Interracial Books for Children*, 6 (1975), pp. 1~3; Jane Yolen, 'America's Cinderella,' *Children's Literature in Education*, 8 (1977), pp. 21~29; and Heide Göttner-Abendroth, *Die Göttin und ihr Heros* (Munich: Frauenoffensive, 1981) 참고.
2. Marion Lochhead, *The Renaissance of Wonder in Children's Literature* (Edinburgh: Canongate, 1977), p. 154.
3. George Jean, *Le Pouvoir des Contes* (Paris: Casterman, 1981), pp. 153~154.
4. Ibid., pp. 206~209.
5. *New Literary History*, 7 (spring, 1976), pp. 619~645에 다시 실림. 또한 같은 호에 실린 Helene Cixous, 'Fiction and its Phantoms: A Reading of Freud's *Das Unheimliche*,' pp. 523~548 참고.

6. Ibid., p. 634.

7. Ibid., p. 640.

8. Bruno Bettelheim, *The Uses of Enchantment: The Meaning and Importance of Fairy Tales* (New York: Knof, 1976) 참고.

9. Bettelheim에 대한 나의 비판을 보려면, 'On the Use and Abuse of Folk and Fairy Tales with Children: Bruno Bettelheim's Moralistic Magic Wand,' in *Breaking the Magic Spell: Radical Theories of Folk and Fairy Tales* (London: Heinemann, 1979), pp. 160~182 참고.

10. Freud, 'The Uncanny,' *New Literary History*, p. 630.

11. Ernst Bloch, 'Karl Marx and Humanity: The Material of Hope,' in *On Karl Marx* (New York: Seabury, 1971), pp. 30~31.

12. Ibid., pp. 44~45.

13. 블로흐(Bloch)의 논문들에 대한 자세한 논의를 보려면, 내가 쓴 'The Utopian Function of Fairy Tales and Fantasy: Ernst Bloch the Marxist and J. R. R. Tolkien the Catholic,' in *Breaking the Magic Spell*, pp. 129~159 참고.

14. Ibid., p. 133.

15. Ibid., p. 135.

16. Charlotte Bühler, *Das Märchen und die Phantasie des Kindes* (Berlin: Springer, 1977), 1918년 초판; Alois Jalkotzy, Märchen und Gegenwart(Vienna: Jungbrunnen und Verlagsbuchhandlung, 1930); Alois Kunzfeld, *Vom Märchenerzähler und Märchenillustrieren* (Veinna: Deutscher Verlag für Jugend und Volk, 1926); Wilhelm Ledermann, *Das Märchen in Schule und Haus* (Langensalza: Schulbuchhandlung von F. G. L. Gressler, 1921); Erwin Möller, *Psychologie des deutschen Volksmärchens* (Munich: Kösel und Pustet, 1928); Reinhard Nolte, *Analyse der freien Märchenproduktion* (Langensalza: Beyer, 1931) 참고.

17. André Favat, *Child and Tale: The Origins of Interest* (Urbana, IL: National Council of Teachers of English, 1977).

18. Ibid., p. 54.

19. 민담과 고전 동화의 패턴이 별로 다양하지 않다고 생각하는 경향이 있다. 그러나 이런 생각이 널리 퍼진 것은 Vladimir Propp의 *Morphology of the Folk Tale*, 2nd

rev. ed. (Austin: University of Texas Press, 1968)에 그 원인이 있으며, 이런 생각은 문화적 차이가 민담과 동화의 내용과 구성에 미치는 영향을 고려하지 못한다. August Nitzschke, *Soziale Ordnungen im Spiegel der Märchen*, 2 vols. (Stuttgart: Frommann-Holzborg, 1976~1977) 참고.

20. Harriet Herman, *The Forest Princess* (Berkeley: Rainbow Press, 1975), pp. 1~2.

21. Ibid., p. 38.

22. Herman은 이 이야기의 속편 *Return of the Forest Princess* (Berkeley: Rainbow Press, 1975)를 썼지만, 전편에 비해 참신한 재미도 덜하고 열린 결말도 아니다.

23. Merseyside Women's Liberation Movement, *Red Riding Hood* (Liverpool: Fairy Story Collective, 1972), p. 6.

24. Ibid., p. 5.

25. 『빨간 모자』가 역사적으로 변형되어온 다양한 방식을 보려면, 나의 책 *The Trials and Tribulations of Little Red Riding Hood: Versions of the Tale in Sociocultural Context*, rev. ed. (New York: Routledge, 1993) 참고. 최근의 논평을 보려면, Sandra Beckett, *Recycling Red Riding Hood* (New York: Routledge, 2002) 그리고 Catherine Orenstein, *Little Riding Hood Uncloaked: Sex Morality, and the Evolution of a Fairy Tale* (New York: Basic Books, 2002).

26. Tomi Ungerer, *A Storybook* (New York: Watts, 1974), p. 88.

27. Catherine Storr, *Clever Polly and the Stupid Wolf* (Harmondsworth: Puffin Books, 1967), pp. 17~23.

28. Max von der Grün, 'Rotkäppchen,' in *Bilderbogengeschichten. Märchen, Sagen, Abenteuer*, ed. Jochen Jung (Munich; dtv, 1976), pp. 95~100.

29. Iring Fetscher, *Wer hat Dornröschen wachgeküβt?* (Frankfurt am Maim: Fischer, 1974), pp. 28~32 그리고 Philippe Dumas and Boris Moissard, *Contes à l'envers* (Paris: L'ecole des Loisirs, 1977), pp. 15~26 참고.

30. Jay Williams, *The Practical Princess and Other Liberating Tales* (London: Chatto & Windus, 1979).

31. Jane Yolen, *Dream Weaver* (Cleveland: Collins, 1979).

32. Hans-Joachim Gelberg, *Neues vom Rumpelstilzchen* (Weinheim: Beltz & Gelberg, 1976).

33. Adela Turin and Margherita Saccaro, *The Breadtime Story*; Adela Turin,

Francesca Cantarelli, and Nella Bosnia, *The Five Wives of Silverbeard;* Adela Turin and Sylvie Selig, *Of Cannons and Caterpillars*; Adela Turin and Nella Bosnia, *Arthur and Clementine, A Fortunate Catastrophe, The Real Story of the Bonobos Who Wore Spectacles*, and *Sugarpink Rose* 참고. 위의 책은 모두 1975년부터 1977년까지 Writers and Readers Publishing Cooperative에서 출판되었다. 독일어와 프랑스어 번역본도 나왔다.

34. *Of Cannons and Caterpillars*, p. 1.
35. Ibid., p. 17.
36. Michael Ende, *Momo* (Stuttgart: Thienemann, 1973).
37. Michael Ende, *The Neverending Story* (Stuttgart: Thienemann, 1979).
38. Jean-Pierre Andrevon, *The Fairy and the Land of Surveyor* (Paris: Casterman, 1981).
39. Ibid., p. 264.
40. Michael de Larrabeiti, *The Borribles* (London: Bodley Head, 1978).
41. Michael de Larrabeiti, *The Borribles Go for Broke* (London: Bodley Head, 1981).
42. Ibid. p. 80.
43. 예를 들면, Christine Nöstlinger, *Wir pfeifen auf den Gurkenkönig* (『우리는 피클 임금을 야유한다 *We Don't Give a Hoot for the Pickle King*』, Weinheim: Beltz & Gelberg, 1972); Ursula LeGuin, *The Wizard of Earthsea* (1968) and *Orsinian Tales* (1976); John Gardner, *Dragon, Dragon and Other Tales* (1975), *Gudgekin the Thistle Girl and Other Tales* (1976), and *The King of the Hummingbirds and Other Tales* (1977); and Robin McKinley, *Beauty* (1980) 참고.
44. Cf. Nicholas Tucker, 'How Children Respond to Fiction,' in *Writers, Critics, and Children* (New York: Agathon, 1976), pp. 177~178, and Maximilian Nutz, 'Die Macht des Faktischen und die Utopie. Zur Rezeption emanzipatorischen Märchen,' *Diskussion Deutsch*, 48 (1979), pp. 397~410.
45. Gianni Rodari, *The Grammar of Fantasy*, ed. and trans. Jack Zipes (New York: Teachers and Writers Collaborative, 1996).
46. Maria Luisa Salvadori, 'Apologizing to the Ancient Fable: Gianni Rodari and His Influence on Italian Children's Literature,' *The Lion and the Unicorn* 26, no.

2 (2002), pp. 169~202.

47. *Le Pouvoir des Contes*, pp. 203~232.

9장 월트 디즈니와 문명화의 사명: 혁신에서 복고로

1. Lewis Jacobs, 'Georges Méliès: Artificially Arranged Scenes,' in *The Emergence of Film Art: The Evolution and Development of the Motion Picture as an Art, from 1990 to the Present*, ed. Lewis Jacobs, 2nd ed. (New York: Norton, 1979), pp. 10~19, and François de la Bretèque, 'Les contes de George Méliès,' in *Contes et légendes à l'écran* (Condé-sur-Noireau, France: Corlet Éditions Diffusion, 2005), pp. 62~71 참고.
2. Bernard Bastide, 'Présence de Perrault dans le cinema français des premiers temps (1897~1912),' in *Contes et légendes à l'écran*, pp. 24~33.
3. Jacobs, 'Georges Méliès: Artificially Arranged Scenes,' p.13.
4. Russell Merritt and J. B. Kaufman, *Walt in Wonderland: The Silent Films of Walt Disney* (Baltimore: Johns Hopkins University Press, 1993), pp. 39~52 참고.
5. Robert Sklar, 'The Making of Cultural Myths–Walt Disney,' in *The American Animated Cartoon: A Critical Anthology*, ed. Danny Peary and Gerald Peary (New York: Dutton, 1980), p. 61.
6. Ibid.
7. 그림 동화와 디즈니 영화의 차이에 대한 자세한 검토를 보려면, Peter Brunette의 논문 'Snow White and the Seven Dwarfs,' in *The American Animated Cartoon: A Critical Anthology*, pp. 66~73 참고.
8. Sandra Gilbert and Susan Gubar, *The Madwoman in the Attic: The Woman Writer and the Nineteenth-Century Literary Imagination* (New Haven, CT; Yale University Press, 1979) 참고.
9. Cf. Charles Solomon, 'Bad Girls Finish First in Memory of Disney Fans,' *Milwaukee Journal*, TV Section, August 17, 1980, p. 28. 이 논문은 『애니홀*Annie Hall*』에서 우디 앨런(Woody Allen)이 하는 유명한 말을 인용한다. "있잖아요, 어릴 때도 항상 나는 좋아해서는 안 될 여자한테 반했어요. 어머니가 '백설공주'를 보라고 극장에 데리고 갔을 때도 다들 백설공주에게 반했는데, 나는 악독한 왕비

를 보자마자 사랑하고 말았어요."

10. Peter Brunette, 'Snow White and the Seven Dwarfs,' p. 72.

11. Karen Merritt, 'The Little Girl/Little Mother Transformation: The American Evolution of "Snow White and the Seven Dwarfs."' in *Storytelling in Animation: The Art of the Animated Image,* ed. John Canemaker (Los Angeles: American Film Institute, 1988), pp. 105~121 참고. Merritt는 다음과 같이 흥미로운 논지를 펼친다.

> 디즈니의 『백설공주』는 1912년에 공연된 아동극을 각색한 작품인데(디즈니는 이 연극을 사춘기 때 무성 영화로 보았다), 작가는 브로드웨이의 남성 제작자로 여성의 필명을 사용했다. 이 연극은 뉴욕의 이스트사이드 남부에 있는 빈민가의 이민자 아이들을 대상으로 만들어진 연극을 각색한 작품이다. 그리고 다시 이 연극은 아동용 희극과 요정극을 다수 집필한 작가의 독일 아동극을 번역하고 각색한 작품이다. 이 모든 연극들 뒤에는 19세기와 20세기에 영국에서 성탄절에 상연된 동화 무언극과 독일과 미국에서 상연된 요정극이 인기가 있었다. 난쟁이들이 유치한 행동을 떠안고, 그로 인해 백설공주가 엄마 역을 맡게 되고, 백설공주와 난쟁이들의 연령대가 애매하고, '신데렐라' 요소들이 있고, 섹슈얼리티라면 무엇이든 억누르고—이 모든 것이 바로 이런 연극 전통으로부터 전해진 것이다. 이러한 전통 속에는 아동용 작품에서 완전한 형태로 발전한 도덕 교육 철학이 구현되어 있었다……. 디즈니의 『백설공주』를 원작들의 명백한 교훈주의에 비추어 읽는다면, 디즈니는 더 이상 오늘날의 비평가들이 경멸해 마지않는 도덕적 반동분자로 보이지 않을 것이다. 오히려 디즈니는 원작이 된 연극들 속에서 발견되는 연극적 특징을 발전시키는 엔터테이너로서, 다시 한 번 아이들을 놀라게 한다는 과감한 계획을 실행했다(p. 106).

12. 디즈니가 미국의 연극과 영화 전통에서 보다 많은 영향을 받은 것일 수도 있지만, 디즈니는 이 모든 영화들의 원천이 그림 형제의 동화임을 인정했다. 내가 앞에서 주장한 것처럼, 디즈니는 내러티브 실험을 통해서 아이들에게 충격을 주는 것이나 전통적인 이야기를 바라보는 새로운 시각을 제공하는 것에는 그리 관심이 없었다. 그가 영화에서 추구했던 의도와 목적은 그림 형제의 교훈적 메시지를 강화하는 것이 전부였고, 그가 보여준 놀라울 정도의 새로움은 테크닉의 쇄신과 디자인에 국

한된다. 여기서 비판의 목적은, 디즈니가 위대한 기획자를 찬양하기 위해 그림 형제를 재전유했다는 것을 '멸시' 하거나 '힐난' 하는 것이 아니라, 디즈니가 자신의 동화 애니메이션에서 이러저러한 내러티브 전략들을 기획할 때 그에게 영향을 미쳤던 문화적·심리적 힘들을 이해하는 것이다.

13. Richard Schickel, *The Disney Version* (New York: Simon and Schuster, 1968), p. 227.
14. Steven Watts, *The Magic Kingdoms: Walt Disney and the American Way of Life* (Boston: Hughton Mifflin, 1997), p. 408.
15. Alexander Wilson, 'The Betrayal of the Future: Walt Disney's EPCOT Center,' in *Disney Discourse: Producing the Magic Kingdom*, ed. Eric Smoodin (New York: Routledge, 1994), p. 118에서 인용.
16. Ibid., pp. 121~122.
17. Henry Giroux, *The Mouse That Roared: Disney and the End of Innocence* (New York: Rowman & Littlefield, 1991), pp. 63~81 참고.
18. Louis Marin, *Utopics: Spatial Play,* trans. Robert Vollrath (Highland, NJ: Humanities Press, 1984), p. 240.
19. Tom Mes, 'Interview with Hayao Miyazaki,' Midnight Eye, January 7, 2002, 4. 인터넷: http://midnighteye.com/interviews/hayao_miyazaki.shtml.

동화에 대한 성찰

잭 자이프스는 오늘날 동화 연구에서 가장 중요한 저자이자 학자이자 교수이자 번역자이자 편집자이자 액티비스트다. 그러나 자이프스가 동화 연구에서 차지하는 위치를 가늠하는 데는 그가 현재 동화 연구 분야에서 어떻게 기여하고 있는가를 지적하는 것으로는 부족하다. 최초로 동화를 학문적 연구의 대상으로 삼은 사람이 바로 자이프스이기 때문이다. 자이프스 이전에 동화에 대한 논의가, 특정한 동화가 아이들에게 이로운가 해로운가라는 피상적이고 지엽적인 평가에 그쳤다면, 자이프스는 동화의 역사를 구축하고 동화의 사회적 기능을 분석하는 등 동화가 문학의 중요한 장르이고 나아가 문화의 중요한 요소라는 전제 하에 동화에 대한 진지한 학문적 논의를 전개했다.

동화의 막대한 영향력을 고려할 때, 동화가 학문이 대상이 되는 것은 아카데미의 팽창 과정에서 자연스러웠으리라 추측할 수도 있다. 그러나 그렇다고 해서 자이프스의 업적이 빛을 잃는 것은 아니다. 자칫 관습적 가치를 설파하는 고답적 학문이 될 수도 있었을 분야에서 진보적이고 학제적인 학문의 방향을 정착시키고, 학문적 성과를 현실에 개입할 계기로 만든 이가 자이프스이기 때문이다.

그는 25권의 저서를 썼고, 대부분은 그 학문적 통찰에도 불구하고 일반 독자가 접근할 수 있는 형식을 갖췄다. 『왕자가 이긴다는 데 걸지 말 것』 『빨간 모자의 고통과 시련』 등 흥미로운 제목들에서도 저자의 대중적 지향을 짐작할 수 있다. 그 중에 비교적 초기의 저서인 『동화의 정체 *Fairy Tales and the Art of Subversion*』는 저자의 동화 연구에 관한 이론적 골격과 실제 비평들을 포괄적으로 그리고 깊이 있게 접할 수 있다는 점에서 그의 주저라고 해도 좋겠다.

동화를 둘러싼 계급투쟁

자이프스가 보기에 동화란 한 마디로 '문명화 담론'을 둘러싼 계급투쟁이다. 동화가 계급투쟁이라니, 지나친 해석이 아닌가? 순수한 동심의 환상을 이렇게 짓밟아도 되는 건가? 이러한 의문에 대해서 자이프스는 "동화의 역사를 몰라도 된다고 생각하는 것 자체가 동화의 퇴행을 조장하는 지름길"이라고 대답한다. 동화라는 장르가 왜 그리고 어떻게 생겨났는지, 개별 작품들이 그러한 장르적 의도와 어떻게 연결되는지를 이해할 때 비로소 좋은 동화와 나쁜 동화를 구분하는 기준을 마련할 수 있고, 아울러 동화가 나아갈 길을 제시할 수 있다는 것이다.

자이프스는 1장에서 자신의 동화 연구 방법론을 소개했다. 프레드릭 제임슨의 마르크스주의 문학 이론과 레비-스트로스의 구조주의 인류학 등 다양한 체계를 아우르는 이른바 동화 연구의 비판 이론에 대한 골격을 설명하는 부분이다. 이러한 이론에 따르면, 동화의 역사에서 가장 중요한 순간은 전근대 민중 설화에서 근대 동화 문학으로 이행하는 순간이었다. 그러나 이러한 설명을 듣고서, 보편적 가치를 지녔던 민중 설화가 유럽의 근대화 과정을 거치며 지배 계급의 이데올로기로 왜곡되어 버렸다고 생각하면 곤란하다. 우선, 전근대적 민중 설화 내에 이미 가부장제의 사고방식이 담겨 있기 때문이다. 예를 들어, 사악한 요정과 계모, 수동적 여자 주인공 등에는 모계사회에서 부계사회로 이행하던 중세의 풍경이 반영되어 있다. 더구나, 근대 동화 문학에서 중세적 봉건질서는 대개 야만적이고 폭력적인 권위 내지 권력으로 등장한다. 그렇다면, 근대 초에 형성된 동화의 배경이 여전히 중세의 궁전인 이유를, 대안 없는 세계의 폭력성을 강조할 수 있다는 데서 찾을 수도 있다.

따라서 우리는 이 책을 읽는 동안 근대 동화 문학이 구전 민담을 이중으로 변용한 양상을 항상 염두에 두고 있어야 한다. 근대의 동화는 한편으로는 새로운 지배층이 피지배층의 이야기를 순화함으로써 이념적 헤게모니를 확보하는 수단이었지만, 다른 한편으로는 중세라는 봉건적 배경을 통해서 권력이 곧 정의인 부당한 현실을 반영하는 동시에 중세의 특징인 마법과 기적을 통해서 약자의 욕망을 투영하는 수단이었다.

이탈리아의 비밀

자이프스는 동화의 기원을 16세기 이탈리아에서 찾고 있다. 동화 장르가 샤를 페로로 대표되는 18세기 프랑스 궁정에서 처음 생겼다는 견해가 지배적이었던 것을 감안하면, 이는 매우 흥미로운 시각이다. 자이프스에 따르면, "동화 문학이 유럽에 등장하는 과정에서 이탈리아 작가인 조반 프란체스코 스트라파롤라와 잠바티스테 바실레가 대단히 중요한 역할을 했으며, 이들의 동화는 프랑스에 지대한 영향을 미쳤다. 이것은 동화의 역사에서 가장 덜 알려진 비밀 중 하나이며, 이 비밀을 밝히는 것은 의미 있는 작업이다. 이를 통해 우리는 유럽 전역에서 동화 문학이라는 장르가 문명화 과정의 확산과 얼마나 긴밀하게 연관되어 있는가를 알 수 있기 때문이다."

이탈리아 작가들이 프랑스 동화에 미쳤던 영향을 보여주는 증거는 페로의 작품이 (「장화 신은 고양이」와 「신데렐라」는 물론이고) 사실은 거의 모두 스트라파롤라와 바실레의 작품을 모델로 삼고 있다는 사실에 그치지 않는다. 지배층이 주도하는 문명화 과정에 대한 지지이자 저항이라는 동화 장르의 이중성이 스트라파롤라와 바실레의 작품에서 이미 나타나고 있다는 사실이야말로 이탈리아 동화의 영향력을 보여주는 분명한 증거다. "이탈리아 동화와 프랑스 동화에는 공통점이 있다. 문명화 과정의 모순을 폭로한다는 점과 권력이 기회주의적인 사람들이나 조건이 좋은 사람들에게 유리하게 작용하는 양상을 보여준다는 점, 문명화 과정에서 낙오되지 않기 위한 금욕과 절제를 제안한다는 점이 바로 그것이다. 또한, 아이러니와 풍자와 익살을 통해서 권력의 남용을 조롱하고 변화의 가능성을 보여주려 한다는 점도 이탈리아 동화와 프랑스 동화의 공통점이다."

프랑스의 동화 붐

구전 민담과 이탈리아의 이야기 문학은 프랑스에서 동화라는 장르로 정착되기 시작한다. 이 과정을 설명하기 위해 자이프스는 엘리아스의 『문명화 과정』과 부르디외의 『남성 지배』, 아리에스의 『아동의 탄생』 등의 사회비판 이론들을 차용한다.

서구 사회에서 부르주아 계급이 주도권을 확보함에 따라 시민예법이 새로운 규범으로 떠올랐고, 의식주 교육을 포함한 훈육 과정 전반이 극도로 엄격해졌다. 교육의 목표는 한 마디로 본능의 억제였다. 그리고 지배층이 문명화 과정을 통제하는 수단 중 하나가 바로 문학이었다. 문학을 통해서 지배층은 정직함, 근면함, 책임감 등을 피훈육자에게 내면화시키고, 이에 순응하지 않을 경우 수치심과 불안감을 느끼게 만들 수 있었다.

그러나 프랑스 동화가 단순히 지배층의 문명화 사명을 찬양했던 것은 아니었다. 당시 많은 동화 작가들은 이와 같은 문명화 과정에 문제를 제기하거나, 적어도 문명화의 성공을 상징하는 해피엔딩에서 아이러니한 태도를 드러내는 경우가 많았다. 동화를 연구하는 많은 학자들이 프랑스에서 동화의 붐이 일어난 시기를 동화가 지배 이데올로기에 봉사한 시기로 평가했던 것은 주로 페로가 그 당시 동화 붐의 주역으로 여겨졌기 때문이다. 실제로 페로의 동화의 가장 큰 특징은 도덕적인 메시지를 강조한다는 것이었다. 이 부르주아 출신의 궁정 작가는 프랑스가 세계를 '문명화'('식민화')할 사명이 있듯이 동화 작가는 아이의 정신을 '문명화'('식민화')할 사명이 있다고 믿었다.

이와 같은 보수적 성격은 편협한 남녀관을 설교하고 민담의 활력을 삭제하는 작품들을 낳았다. 예를 들어, 페로에게 이상적인 여성은 『잠자는 숲 속의 미녀』와 『빨간 모자』 『푸른 수염』 『요정들』 『신데렐라』의 주인공, 곧 아름답고 우아하고 부지런하고 옷 잘 입고 수동적인 여성, 결혼을 목적으로 본능을 자제하는 세련된 상층 계급의 여성이었던 반면에, 이상적인 남성은 『장화 신은 고양이』와 『더벅머리 리키』 『엄지 소년 톰』 등의 주인공, 즉 재능과 야심을 통해서 신분 상승에 성공하는 하층 계급 출신의 입지전적 남성이었다.

그림 형제와 그 재활용/재가공

그림 형제의 동화는 독일에서 성경 다음으로 많이 읽힌 책이고, 지금까지 전 세계의 온갖 대중매체에서 재활용되어왔다. 그림 형제의 동화가 전 세계 아이들의 사회화 과정에 막대한 영향을 미친 것은 당연한 일이다. 그런데 자이프스에 따르면, 이 영향은 상당 부분 악영향이었다.

그림 형제의 동화는 대부분 구전 민담의 기록이라고 할 수 있지만, 모든 동화 작품에는 그들의 부르주아적 태도가 놀라울 정도로 선명하게 각인되어 있다. 민담의 내용이 상당 부분 변경된 것은 물론, 민담의 취사 선택 과정에 이미 편견이 개입되어 있었다. 다시 말해, 부르주아 계급의 아이에게 해로울 것 같은 이야기는 아예 목록에서 빼버렸고, 선택된 이야기 가운데 해로울 것 같은 대목들은 꼼꼼하게 삭제했다. 그리고 그 자리에 부르주아 계급의 도덕률을 강화하는 메시지를 삽입했다.

실제로 그림 형제에 대한 비판은 독일 동화의 전통에서 하나의 경향이 되었다. 특히 폭넓은 진보적 독자층이 생기기 시작한 1960년대 이후, 그림 형제의 동화가 부르주아 계급의 허위의식을 조장하고 권위주의적 교육 태도를 강화한다는 견해가 우세해졌다, 그리고 이와 함께 그림 형제의 작품들을 비판적으로 재가공하는 흥미로운 실험들이 진행되기 시작했다. 자이프스는 이러한 실험 동화의 예로 베히터, 호프 부부, 야노슈의 작품 등을 들고 있다. 그림 형제의 『탁자, 당나귀, 막대기』는 주인 대 노예 관계와 사유 재산 제도를 옹호하며, 부와 권력을 이상적 가치로 설정한다. 그런데 이 이야기를 재가공한 베히터의 『음식이 차려지는 식탁과 자루에서 나오는 막대기』는 사유 재산 제도와 주인 대 노예 관계를 비판하고 착취적 시장조건 및 노동조건과 투쟁하는 새로운 주인공을 그린다. 또한, 그림 형제가 많이 쓰는 각종 모티프를 재가공한 호프 부부의 『불 뿜는 용 미니막스』는 쇼비니즘의 작동 방식을 폭로하고, 그에 대한 저항의식을 보여준다. 한편, 야노슈의 수정 동화들은 적극적 재가공보다는 냉소적 패러디에 가깝지만, 『개구리 왕자』에서 남자와 여자, 인간과 짐승의 위치가 바뀌는 대목이나, 『장화 신은 고양이』에서 주인공이 사교계에서 환멸을 느끼고 귀향하는 의외의 반전은 전복의 가능성을 충분히 시사한다.

피지배자의 자기 분열

근대 동화 문학의 중요한 모티프 중 하나가 하층민의 신분 상승이다. 안데르센은 바로 이 신분 상승 모티프에 유달리 집착했던 작가이자, 하층민의 신분 상승 내러티브를 자신의 삶으로 고스란히 구현했던 인물이다.

구두 수선공 아버지와 세탁부 어머니 사이에서 태어난 안데르센은 가난한 집안을 부끄럽게 생각했고, 자서전 『나의 인생의 동화』에 나오는 유년시절 이야기도 대개 실제와 다르게 왜곡되어 있다. 한편, 그를 후원해준 집안 사람들에 대한 그의 동경과 열등감은 그의 인생과 작품에 지워지지 않는 흔적을 남기면서, 지배층에 대한 그의 태도를 규정지었다. 실제로 많은 안데르센 동화들이 지배 권력을 정당화하는 구조를 갖고 있다. 『미운 오리 새끼』를 비롯한 그의 전형적인 동화들은 신분이 낮은 인물 또는 권리를 빼앗긴 인물이 계급 상승에 성공하는 줄거리이고, 주인공의 성공의 원인은 지배 계급의 윤리와 가치, 취향 등을 내면화했다는 데에 있다. 『인어공주』나 『주석병정』 같은 극단적인 경우에는 희생을 통해서 신의 인정을 받는 것 자체가 행복으로 설정된다. 안데르센이 인생에서 낙오되는 약자들을 따뜻하게 바라보는 것은 사실이지만, 그가 그들의 고통의 원인인 계급 구조를 전폭적으로 받아들인다는 것 또한 부정할 수 없다.

그렇다면 안데르센의 지배 계급 옹호론이 지금까지 이토록 엄청난 매력을 발휘하는 이유는 무엇일까? 자이프스는 안데르센 동화를 관통하는 피지배층 담론에서 그 이유를 찾고 있다. 안데르센이 대안이나 저항을 외친 것은 아니었다. 오히려 피지배층 주인공은 권력이 고통을 가할수록 더욱더 권력을 사랑한다. 그러나 주인공이 자신의 저항적 충동을 부정하고 지배 권력을 수용할수록 주인공의 굴욕과 상처는 더욱 크게 벌어진다. 안데르센의 작품에서 뿜어져나오는 역동적 긴장의 원천이 바로 여기 있다. 피지배자가 이른바 현실 감각을 발휘해 지배 질서에 기꺼이 예속될 때, 그가 겪는 고통과 그가 보여주는 비굴함은 지배 질서의 정당성을 기묘하게 비트는 효과를 낳는다. 안데르센이 더없이 아름다운 희생을 설교하는 곳에서 독자는 더없는 상실감을 느끼는 것이다.

물론 안데르센의 작품에서 지배 질서에 대한 비판적 성찰을 전혀 찾아볼 수 없는 것은 아니다. 굴종의 아픔을 절실하게 토로하는 『그림자』 같은 작품도 있고, 『모든 것은 제자리에』 『픽시와 잡화상』 『정원사와 그의 주인』처럼 권력에 대한 솔직한 비판을 담은 작품도 있다. 그러나 우리가 여전히 아스라한 슬픔과 함께 기억하는 안데르센 동화의 주인공들은 성찰하는 어른들이기보다는, 사랑받기 위해 피 흘리는 어린 짐승, 반인반수 소녀, 장난감 소년이다. 이는 안데르센이 "획일적 부르주아 문화의 분열상을 드러냄으로써 부르주아 문화 내에서 부르주아 문화와 싸운다"는 평가와도 무관하지 않다.

동화의 두 번째 이행기

19세기 말, 동화의 역사에서 다시 한 번 거대한 이행이 일어난다. 서구의 부르주아 헤게모니가 더이상 정당화될 수 없음이 밝혀짐에 따라, 동화 내러티브의 지향에도 일대 전환이 일어난 것이다. 구전 민담이 근대 동화 문학으로 정착되는 과정에서 변화에 대한 갈망이라는 구전 민담의 핵심이 페로와 그림 형제, 안데르센을 거치면서 개인적 신분 상승으로 순화되었다는 것은 이미 지적한 바 있다. 이런 맥락에서 19세기 후반에 나타난 새로운 동화의 의의는 근대 고전 동화들의 사회화 구도를 비판하며 구전 민담의 유토피아적 충동을 복원하려 했다는 데 있다.

당시의 개혁적 동화 작가들은 이미 '고전'의 반열에 올라 있다. 조지 맥도널드와 오스카 와일드, 프랭크 봄, 루이스 캐럴, 에디스 네스빗 등이 그 대표적인 작가이다. 이들은 안데르센과 마찬가지로 억압받는 하층 계급의 관점을 취하면서도, 안데르센과는 달리 억압과 타협하는 것이 아니라 억압에 저항하며 대안을 모색했다. 이 작가들의 가장 큰 공통점은 상상력을 제약하고 보수적 성 개념을 강요하는 지배 담론을 의식적으로 거부했다는 것 그리고 이를 통해 부당한 사회 관계를 변경하고 재편할 필요를 역설했다는 것이다. 이들은 새로운 유형의 정치의식을 환기하고 진보적 사회화 과정에 기여함으로써 오늘날까지도 개혁적 동화의 본보기가 되고 있다.

그런데 자이프스의 이 책에서 6장은 근대 동화의 이행기를 다루고 있다는 점에서도 물론 중요하지만, 동화의 의의, 나아가 동화의 작동 방식인 판타지의 의의를 규명하려 한다는 점에서도 매우 흥미롭다. 만하임의 유토피아론과 로즈마리 잭슨의 판타지 문학론을 아우르는 자이프스의 참고문헌 목록에서도 암시되듯이, 동화의 의의를 한 마디로 규정하는 것은 물론 불가능한 작업이다. 현실 도피와 현실에 대한 대안이라는 이중성은 판타지의 본질적 속성일 수도 있다. 그러나 자이프스의 의도는 동화를 포함한 판타지 일반의 이중성을 다시 한 번 확인하는 것이 아니라, 진보적 판타지와 퇴행적 판타지를 구분하고, 19세기 말의 개혁 동화들을 진보적인 판타지로 범주화하는 것이다.

물론 자이프스에게 반론을 제기하는 것도 가능하다. 좀 더 나은 삶의 약속이 완전히 깨져버린 19세기 후반의 유럽에서 리얼리즘 내러티브로는 현실의 가공할 배신을 더 이상 형상화할 수 없었다. 바로 이때 판타지는 기만적 위안과 체념의 방편으로 등장했다. 곧, 판타지가 미메시스에 대립하는 독자적인 양식으로 자리잡은 것은 대체로 암울한 현실의 징후였다. 그런데 이런 상황에서 진보적 판타지가 퇴행적 판타지를 구분하는 것이 과연 가능할까? 의식적인 정치관이 구분의 기준이 될 수 있을까? 이에 대해 자이프스는 "전복은 정도의 문제"라고 대답한다. 판타지가 어디까지가 도피이고 어디까지가 대안이냐라는 질문은 구체적인 작품에서 그때그때 판단해야 한다는 것이다. 자이프스의 대답에 만족하느냐 아니냐는 독자가 판단할 문제지만, 『오즈의 마법사』 『이상한 나라의 앨리스』 『행복한 왕자』 『가벼운 공주』 『보물 찾는 아이들』 등을 포함하는 이 시대 최고의 동화들이 억압적 문명화 과정을 전복하는 진보적 시각을 드러냈다는 점만은 부인할 수 없다.

양차 대전 사이의 동화 전쟁

19세기 말에 불어닥친 유럽의 위기는 동화의 지향을 근본적으로 변화시켰다. 대부분의 문화적 실천이 그랬듯이 동화 역시 기존의 문명화 과정에 문제를 제기하며 개혁적인 관점을 채택했다. 그러나 위기가 심화됨에 따라 현실 정치는 점점 우경화되었고, 위기는 세계대전이라는 파국으로 치달았다. 제1차세계대전이 끝난 후, 유럽의 문화는 새로운 국면으로 접어들었다. 새로운 문화를 한 마디로 정의내리기란 불가능하겠지만, 기존의 문명화 과정에 대한 총체적 회의, 나아가 문명화 자체에 대한 회의가 문화적 실천에 새로운 색조를 부여한 것만은 틀림없었다.

제1차세계대전 이후의 동화를 다루는 7장은 독일의 동화에 대한 설명으로 한정된다. 자이프스가 자신의 논의를 독일로 한정한 이유를 구체적으로 해명하고 있지는 않지만, 당시의 독일이 동화를 포함한 문화 일반의 가능성과 문제점을 극적으로 보여주고 있는 것은 틀림없다. 양차 대전 사이, 전쟁에 승리한 연합국들은 전쟁의 원인을 성찰하고 반성에 기초한 새로운 사회를 구상하는 대신, 패전국에 과오를 떠넘기며 전후의 이권을 챙기기에 바빴다. 반면에 패전국이었던 독일은 전쟁의 결과를 고스란히 감당해야 했고, 그런 만큼 기존의 문명화 과정에 대한 회의와 새로운 인류에 대한 비전은 더욱 절실한 것일 수밖에 없었다. 전쟁 직후에 독일이 구습을 타파하는 혁명을 성취하고 괴테의 도시 바이마르를 공화국의 수도로 삼은 것은 고무적이었을 만큼 불가피한 일이었다.

바이마르 공화국은 정치적으로나 문화적으로나 극단적으로 양분되어 있었으며, 이러한 상황은 실험적인 동화에서도 드러났다. 리자 테츠너를 비롯해 사회주의적 비전이 선명하게 각인된 동화 작가들은 바이마르 시대의 일반 독자층에 완전히 뿌리를 내리지 못했으며, 히틀러의 집권과 동시에 추방당하거나 판금당하거나 박해당하는 경우가 대부분이었다. 반면에 헤르만 헤세 등 순응주의적 결론을 암시하며 모호한 좌절을 형상화한 작가들은 나치 집권 이후에도 순수성, 모성의 희생, 남성의 성숙 등 체제에 유리한 가족 이데올로기를 조장하는 데 이용될 수 있었다.

그러나 나치즘 시대의 동화의 주류는 문제적인 창작 동화가 아니라 고전 동화 다시 쓰기 또는 다시 해석하기였다. 나치즘 시대에 고전 동화들을 재해석함으로써 독일 민족의 순수성이나 제국주의적 영웅주의 등을 노골적으로 강조했던 사례들도 물론 시사적이지만, 겉보기에 무해하고 보편적인 것으로 보이는 동화들을 이용해 나치즘 체제의 토대가 된 퇴행성을 주입했던 사례들은 오늘날의 동화 독자들에게도 오싹한 교훈을 준다. "고전 동화는 하층 계급의 충족되지 않은 소망과 욕구에 활기를 불어넣었을 뿐 아니라, 신속한 과학 기술의 발전과 사회 경제적 변화에 뒤처져 있다고 느끼는 모든 계급 사람들에게 일종의 보상을 제공했다. 당시 사람들은 자신의 불만족과 부적응을 구체적으로 발화할 수 없었다. 그들은 자기가 발을 딛고 서 있는 땅이 무너지고 있다고 느꼈으며, 안전한 장소를 찾아 불안하게 두리번거렸다. 따라서 그들은 좋았던 옛날을 동경했고, 보다 전원적인 형태로 투영된 시대의 안정과 질서를 동경했다. 그런 까닭에 가족과 결혼에 대한 전통적 이미지를 반영하고 고향(Heimat)을 약속하는 동화는 독일 바이마르 시대와 나치 시대의 사회화 과정에서 안정화의 요소로 사용되었다."

20세기 후반의 판타지

동화의 구도가 변화를 맞이했던 19세기 말에는, 정치적 지향과 생활 방식이 대체로 일치했다. 정치 의식의 대립이 전쟁의 양상을 띠었던 양차 대전 사이에, 정치 의식은 인생의 행로를 결정하는 결정적인 요소였다. 한편, 제2차세계대전 이후부터 20세기 후반까지 삶과 사회적 의식의 관계는 점점 모호해져갔다. 저항은 젊음의 통과의례로 간주되었고, 문화혁명과 대중문화의 성과는 점점 성찰 대신 이윤과 연결되었다. 욕망은 자본주의의 작동 원리가 되었고, 부조리한 현실은 그 어느 때보다 견고한 것처럼 보였다. 예술이 현실을 바꿀 수 있다는 믿음은 점점 위선자의 설교로 느껴졌다. 아카데미에서는 현실에서 실현되지 못한 존재 단위들에 주목하는 경향이 유행했다. 판타지도 그중 하나였다. 자이프스가 8장에서 펼치는 판타지론도 비슷한 맥락에서 이해할 수 있다. 6장에서는 판타지의 사회적 의의가 비교적 당당하게 밝혀지고 있는 반면, 이 장에서 판타지의 원리를 설명하는 저자의 태도는 다분히 유보적이다.

우선, 자이프스는 프로이트의 불안한 낯섦 이론과 블로흐의 고향 이론을 접목함으로써 판타지라는 심리적 범주가 현실적 의미를 획득할 가능성을 타진한다. 프로이트에 따르면, "판타지 속에서 여전히 우리는 실현되지 않았지만 가능했던 미래에 집착하고 싶어 한다. 우리가 집착하는 그 모든 자아의 노력들은 불리한 외부 환경으로 인해 수포로 돌아가고 말았지만, 의욕적 행위가 억눌리면 자유의지의 환상은 더욱 강해지기 때문이다." 그리고 블로흐에 따르면, "언제나 세상은 인간에게 세상의 압력에 순응하며 살라고 충고한다. 인간은 세상의 충고를 따랐다. 그러나 꿈은 이러한 충고를 들으려 하지 않는다. 이 점에 있어서 인간은 모두 미래주의적이다. 인간은 자신의 과거를 넘어서며, 자기는 좀 더 나은 삶을 살 자격이 있다고 생각한다. 자기 삶은 자기가 만족할 정도는 되어야 한다는 것이다. 그래서 인간은 주어진 운명에 만족할 수 없을 경우, 어쩔 수 없다고 생각하고 적응하기보다는 그것을 장애물로 여긴다."

그러나 '가능했던 미래' 또는 '좀 더 나은 삶'라는 판타지를 어떻게 공동체적 가치와 연결시킬 것인지는 다소 모호하다. 자이프스 역시 동화가 최종적으로 해방적 효과를 산출하기 위해서는 "의식적·문학적·철학적 차원에서 작용해야 한다"는 점을 인정한다. "동화는 고향에 대한 객관적 표상을 투영해야 한다. 이때 고향의 객관적 표상은 소외 없는 조건 하에 구축되는 진정한 민주주의이다. 이것은 해방적 동화가 도덕적·교조적 해법을 가지고 있어야 한다는 의미가 아니다. 동화가 해방을 가져오기 위해서는 모든 유형의 억압과 권위주의에 저항하는 투쟁 과정을 반영하고, 유토피아의 구체적 실현을 위한 다양한 가능성을 정립해야 한다는 의미이다." 그런데 자이프스가 설명하는 해방적 판타지의 내용은 구체적인 분석의 결과인가? 아니면 그렇게 되어야 한다는 선언인가? 엔데의 『모모』와 앙드레봉의 『요정과 측량기사』, 드 라라베티의 『보리블 파』 등 자이프스가 높이 평가하는 동화들이 해방적 동화의 요건을 두루 갖춘 흥미로운 작품들인 것은 분명하다. 그러나 자이프스는 신중한 태도를 보인다. "과연 실험 동화는 어린 독자들에게 소기의 효과를 발휘할 수 있을까? 실험 동화에서 판타지의 해방적 잠재력은 언제나 불편함을 안겨줄 것이며, 내러티브 전망을 통해서 구체적인 유토피아가 밝혀진다 하더라도 불편함은 남아 있을 것이다."

그러나 자이프스가 보기에, 이러한 동화가 맞닥뜨린 어려움은 의도한 효과를 불러일으킬 수 없을지도 모른다는 우려가 아니라, 아예 독자를 만날 기회조차 없다는 사실이다. "해방적 동화가 직면한 가장 큰 어려움은 분배 체제와 유통 체제, 사용 체계의 문제이며, 이러한 문제가 해결될 수 있느냐는 어른들 – 교사, 사서, 부모, 지역 기관의 아동 부문 담당자 – 의 교육관에 달려 있다. 페로와 그림 형제, 안데르센의 퇴행적인 동화들과 그밖에 보수적인 작가들의 동화들은 학교와 도서관과 가정에서 아무 거리낌 없이 읽히고 있는데, 해방적 동화의 독특하고 진취적인 판타지는 출판사를 비롯한 동화 유통 관련자들에게 일반적으로 인정받지 못하는 상황이다."

동화와 대중문화

이 책의 초판이 나왔던 1980년대 초는 이른바 자유주의 진영에서 냉전 이데올로기가 확산되고 신자유주의가 가공할 정체를 드러내기 시작하던 시기였다. 당시의 주요 이론적 작업은 진보 이념을 전제로 진행되었는데, 자이프스가 이 책에서 차용하는 이론들도 당시의 지성계를 주도했던 대표적인 저작들을 다수 포함한다. 한편, 재판이 출간된 2005년의 학계는, 예술적 비전에 대한 비판적 연구가 방향성을 상실하고 대중문화가 새로운 화두로 떠오른 후였다. 이런 맥락에서 9장은 최근의 문화 연구에 대한 경향을 반영하고 있다는 점에서도 흥미롭다.

대중문화가 전통적인 예술에 대해서 압승을 거둔 것은 1960년대 이후이지만, 대중문화의 공세를 추적하기 위해서는 최소한 제2차세계대전 이전으로 거슬러 올라가야 한다. 제1차세계대전 이후, 유럽을 중심으로 한 전통적 의미의 예술이 대중적 기반을 상실함에 따라, 미국 중심의 대중문화가 유럽을 포함한 전 세계에서 헤게모니를 장악하기 시작했다. 전 세계 대중문화에 자본주의적·중간계급적 이데올로기를 각인시켰던 미국 대중문화의 첨병이 바로 미국 영화, 곧 할리우드였다. 자이프스가 디즈니 만화의 의의를 대중문화와의 관계 속에 논의하고 있지는 않지만, 9장의 주인공 월트 디즈니는 여러 모로 할리우드 영화의 전형적인 행보를 보여주는 인물이다.

물론 디즈니의 매력 속에 진보적 대중주의의 전통이 전혀 포함되어 있지 않다고 말할 수는 없다. 디즈니 만화에 깃든 약자를 향한 애정이 미국 대중의 현실과 완전히 무관하다고 말할 수도 없다. "어쨌든 디즈니는 비교적 가난한 집안에서 태어났고, 사랑 없는 아버지로부터 착취와 학대를 당했으며, 젊은 시절에는 연인으로부터 퇴짜를 맞았다." 그러나 디즈니 만화의 해피엔딩은 개인주의적 입신 출세를 주된 내용으로 한다. 디즈니 판타지의 유토피아적 비전은 예술적으로 저열할 뿐 아니라 ("'흑백 논리' 영화가 전하는 메시지는 단순하다. 디즈니 동화 영화에는 복잡함이 전혀 없고, 인물에 대한 탐구도 전혀 없고, 내러티브에서 주인공들이 마주치게 되는 장애물이 생겨나는 원인도 전혀 없다. 주인공은 엘리트의 일원으로 선택받기 위한 조건들을 갖추려고 한다"), 정치적으로 위험천만하다 ("디즈니 때문에 동화의 수많은 해방적 측면이 활력을 잃으며 보수화되었다. 디즈니의 문명화 과정은 유토피아의 변질을 초래했다").

이 책의 초판이 나온 것은 1983년, 개정판이 나온 것은 2006년인데, 2장과 9장은 개정판에서 추가된 장이다. 초판에서 다룬 시기가 근대 동화의 정착기인 17세기 프랑스에서부터 동화 내러티브의 전복을 실험하는 20세기 후반까지라면, 개정판에서는 17세기 프랑스 동화 작가들에게 영향을 미쳤던 이탈리아 전통과 월트 디즈니가 지배하는 21세기 상황까지 아우르고 있다. 그러나 개정판은 단순히 2장을 덧붙여 동화의 시대를 확장했다는 의의만 있는 것은 아니다. 비교적 많은 내용이 추가되고 변경된 3장과 5장에는 지향의 변화가 어느 정도 암시된다. 예를 들어, 초판 3장에서 페로가 억압적 문명화 과정의 대부로 그려졌다면, 개정판에서는 페로를 프랑스의 동화 정착기를 대표하는 작가로 보는 시각 자체를 반성하면서, 당대의 여성 작가들의 전복적 의의를 부각시킨다. 또한, 안데르센을 다룬 초판 5장에서는 『빨간 구두』 등 위반에 대한 처벌의 서사에 주목했다면, 개정판에서는 그보다 억압적 문명화에 대한 아이러니가 드러나는 작품들을 주로 소개한다. 초판 전체에서 동화의 억압적 측면이 비교적 강하게 부각되었다면, 개정판에서는 동화가 문명화 과정에서 담당하는 보다 능동적인 역할이 지적된다. 요컨대, 동화를 보는 시각이 보다 낙관적이 되었거나, 동화를 대하는 태도가 보다 능동적이 되었다고 할 수 있다.

20세기를 지난 지금, 1980년대 초에 비해 동화를 낙관적인 시각으로 바라볼 조건이 만들어진 것은 아닌 것 같다. 실제로 개정판의 행간에서는 20세기 후반에 가졌던 전망을 유보하는 제스처가 엿보이기도 한다. 현실의 전망이 어두울수록 판타지에 각인된 가능성을 보다 적극적으로 발굴하게 되는 것은 자이프스에만 해당되는 이야기가 아닐 것이다. 물론 판타지를 적극적으로 전유하는 태도에 문제를 제기할 수도 있다. 예를 들어, 자이프스는 드림워크스 픽처스의 『슈렉 1』과 『슈렉 2』, 미야자키의 재패니메이션 『센과 치히로의 행방불명』과 『하울의 움직이는 성』을 매우 높이 평가하는데, 이러한 작품의 생산 조건 등을 생각하면 자이프스의 판단에 전적으로 동의하기가 어렵기도 하다. 그러나 자이프스의 평가가 자체로 맞다 또는 틀리다고 말할 수는 없을 것 같다. 문제는 분석의 대상과 어느 정도 거리를 취할 것인가를 정하는 일이다. 대중문화에서 상품으로 소비되는 저항은 키치라는 비판만큼, 지금 이 순간 어느 상품을 사는 것이 계몽적 전유에 유리한가라는 선택도 중요하기 때문이다. "자이프스 이후에는 아무도 디즈니 동화를 편하게 볼 수 없게 되었다"는 한 평자의 말은 이 점에서 더욱 시사적이다. 동화의 고전으로 여겨지는 작품들이 왠지 불편하게 느껴지는 경우는 아주 많다. 1980년대 영어권 독자들이 이 책을 환영했던 이유도 바로 그런 불편함을 느끼고 있었기 때문일 것이다. 자이프스는 이른바 고전으로 분류되는 동화의 문제점을 체계적으로 성찰함으로써 고전 동화가 우리로 하여금 보편적 가치로 믿게 했던 것들이 사실은 불의하고 부당한 세상에 순응케 만드는 은밀한 이데올로기라는 것을 밝혀냈다.

김정아

찾아보기

| ㅁ |

| ㅂ |

ㅇ

ㅎ

옮긴이 김정아

연세대학교 영문학과와 동대학원 석사 과정 졸업 후 비교문학 박사 과정을 마쳤고, 파리3대학 영화학과에서 수학했다. 현재 비교문학과 영문학을 강의하며, 미디어아트센터 연구원으로 재직하고 있다. 옮긴 책으로 『눈과 마음』 『세계화와 싸운다』 『슬럼 지구를 뒤덮다』 『죽은 신을 위하여』 『발터 벤야민과 아케이드 프로젝트』 『붉은 죽음의 가면』 등이 있다. 지은 책으로는 『학교엔 귀신이 산다』(공저)가 있다.

동화의 정체

문명화의 도구인가, 전복의 상상인가

1판 1쇄 2008년 9월 18일 | 1판 3쇄 2021년 1월 4일

글쓴이 잭 자이프스 옮긴이 김정아 펴낸이 염현숙

책임편집 이효숙 최윤미 디자인 이은혜

마케팅 정민호 최원석 홍보 김희숙 김상만 함유지 김현지 이소정 이미희

제작 강신은 김동욱 임현식

펴낸곳 (주)문학동네

출판등록 1993년 10월 22일 제406-2003-000045호

주소 10881 경기도 파주시 회동길 210

전자우편 kids@munhak.com 홈페이지 www.munhak.com

카페 cafe.naver.com/mhdn 북클럽 bookclubmunhak.com

트위터 @kidsmunhak 인스타그램 @kidsmunhak

대표전화 (031)955-8888 팩스 (031)955-8855

문의전화 (031)955-3570(마케팅) (02)3144-3237(편집)

ISBN 978-89-546-0653-0 03840